DAS BUCH

England, 1454: Der kranke König Henry VI. befindet sich isoliert auf Windsor und ist nicht mehr fähig, sein Land zu regieren. Königin Margaret von Anjou steht ihm trotz aller Widernisse zur Seite, in der Hoffnung, dass ihr Sohn Edward eines Tages die Thronfolge antreten wird. Durch politisches Geschick und ihre überragende Persönlichkeit gelingt es Margaret, alle königstreuen Lords um sich zu sammeln.

Doch Richard Duke von York, der als Statthalter Englands gegen den König opponiert, weitet seinen Einfluss aus: Wer sich gegen ihn stellt, verschwindet hinter Gefängnismauern oder verliert sein Leben. Als Henry entgegen aller Erwartungen wieder in den Besitz seiner Kräfte gelangt, erkennt er sein Reich nicht mehr wieder. Er beendet die Regentschaft Richards und nimmt die Krone wieder in Anspruch – mit dramatischen Folgen. Unruhen erschüttern London und den Norden Englands; die Lords der Herrscherlinien Lancaster und York bekriegen sich immer heftiger: Es kommt zum offenen Kampf. Die Rosenkriege gehen weiter …

DER AUTOR

Conn Iggulden, geboren 1971, ist einer der erfolgreichsten Autoren historischer Stoffe. Iggulden lehrte Englisch an der University of London, bevor er sich dem Schreiben zuwandte. *Das Bündnis* ist der zweite Band seiner Serie um die Rosenkriege. Iggulden lebt mit seiner Familie in Hertfordshire, England.

Mehr Informationen über den Autor und die Serie finden Sie unter *www.connigulden.com*

CONN IGGULDEN

DAS BÜNDNIS

DIE ROSENKRIEGE 2

ROMAN

Aus dem Englischen
von Christine Naegele

WILHELM HEYNE VERLAG
MÜNCHEN

Die Originalausgabe
WARS OF THE ROSES: TRINITY
erschien 2014 bei Penguin, London

Verlagsgruppe Random House FSC® N001967

2. Auflage

Vollständige deutsche Erstausgabe 09/2015
Copyright © 2014 by Conn Iggulden
Copyright © 2015 der deutschsprachigen Ausgabe
by Wilhelm Heyne Verlag, München,
in der Verlagsgruppe Random House GmbH,
Neumarkter Straße 28, 81673 München
Redaktion: Heiko Arntz
Printed in Germany
Umschlagillustration: Nele Schütz Design, München,
Verwendung von shutterstock/Genestro
Satz: Schaber Datentechnik, Wels
Druck und Bindung: GGP Media GmbH, Pößneck

ISBN: 978-3-453-41861-5

www.heyne.de

Für Victoria Hobbs,
die gegen Windmühlen kämpft –
und sie umwirft

England zurzeit der Rosenkriege

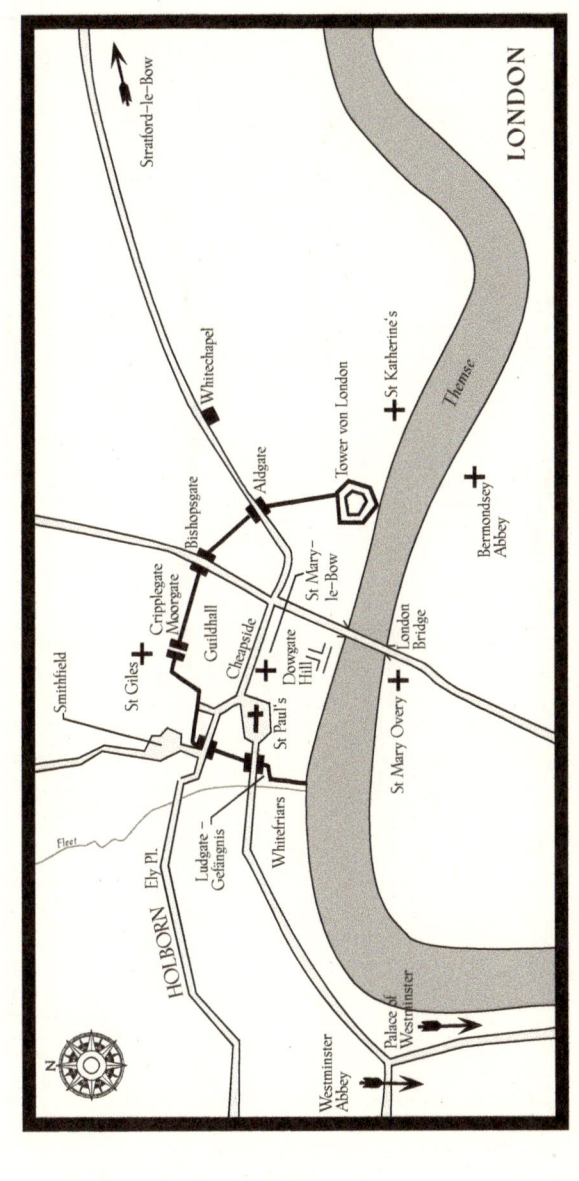

LONDON

Themse

Stratford–le–Bow

Whitechapel

St Katherine's

Tower von London

Aldgate

Bishopsgate

Bermondsey Abbey

Cripplegate
Moorgate

Guildhall

Cheapside

St Mary–le–Bow

Dowgate Hill

St Giles

Smithfield

St Paul's

London Bridge

St Mary Overy

Ludgate – Gefängnis

Whitefriars

Fleet

HOLBORN

Ely Pl.

Westminster Abbey

Palace of Westminster

N

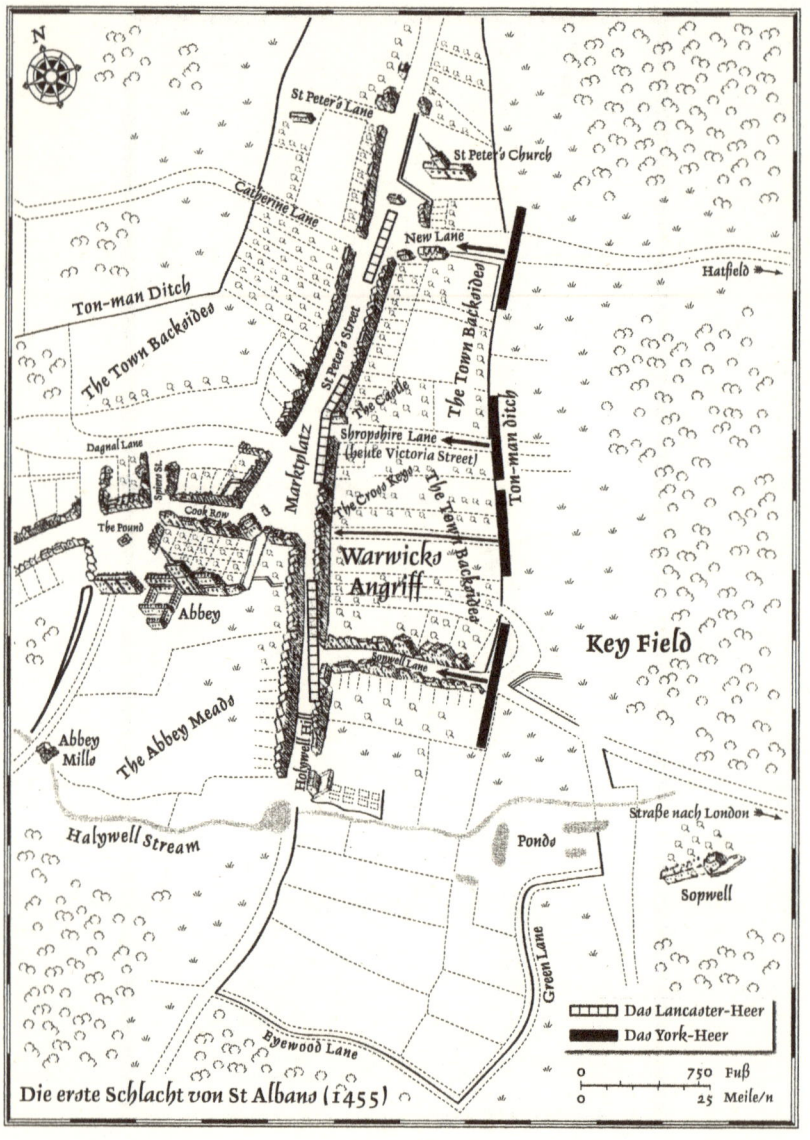

Die erste Schlacht von St Albans (1455)

N

St Peter's Lane
St Peter's Church
Catherine Lane
New Lane
Hatfield →
Ton-man Ditch
The Town Backsides
The Town Backsides
St Peter's Street
The Castle
Ton-man ditch
Dagnal Lane
Shropshire Lane
(heute Victoria Street)
Marktplatz
The Cross Keys
Spurr St.
Cook Row
The Pound
Warwicks
Angriff
The Town Backsides
Abbey
Key Field
Sopwell Lane
The Abbey Meads
Holywell Hill
Abbey
Mills
Straße nach London →
Halywell Stream
Ponds
Sopwell
Green Lane
Byewood Lane

Das Lancaster-Heer
Das York-Heer

0   750 Fuß
0   25 Meile/n

Königliche Linien von England

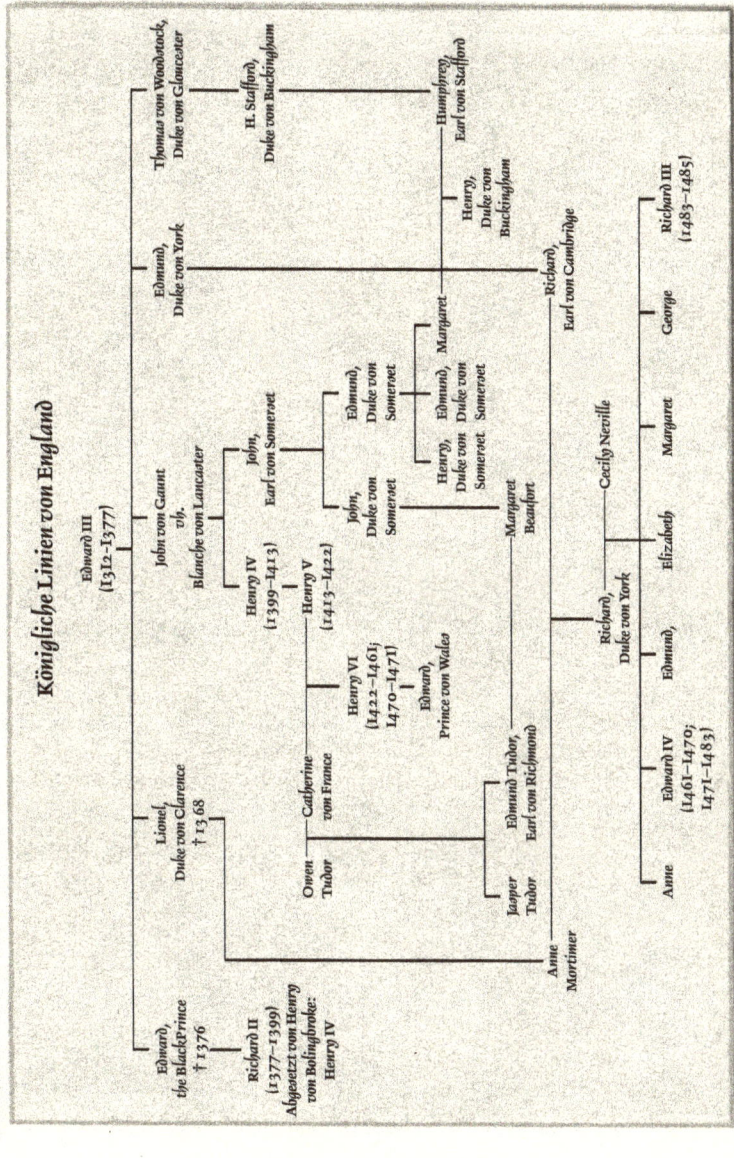

Haus Lancaster

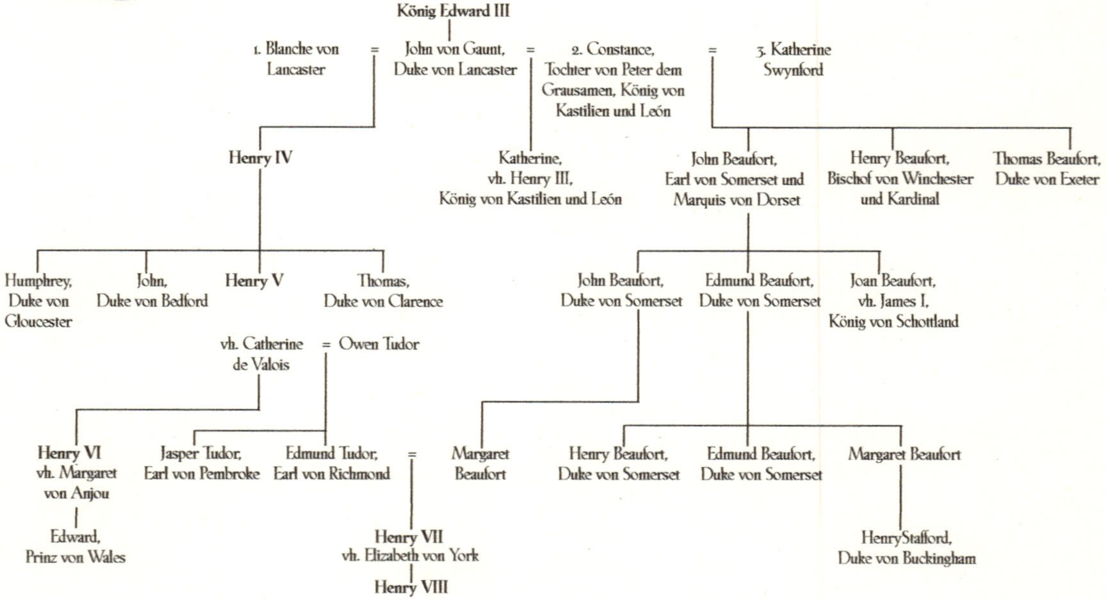

König Edward III
=
John von Gaunt,
Duke von Lancaster

1. Blanche von Lancaster

=

2. Constance,
Tochter von Peter dem
Grausamen, König von
Kastilien und León

=

3. Katherine
Swynford

Henry IV

Katherine,
vh. Henry III.,
König von Kastilien und León

John Beaufort,
Earl von Somerset und
Marquis von Dorset

Henry Beaufort,
Bischof von Winchester
und Kardinal

Thomas Beaufort,
Duke von Exeter

Humphrey,
Duke von
Gloucester

John,
Duke von Bedford

Henry V

Thomas,
Duke von Clarence

vh. Catherine
de Valois

= Owen Tudor

John Beaufort,
Duke von Somerset

Edmund Beaufort,
Duke von Somerset

Joan Beaufort,
vh. James I.
König von Schottland

Jasper Tudor,
Earl von Pembroke

Edmund Tudor,
Earl von Richmond

=

Henry VII
vh. Elizabeth von York

Henry VIII

Margaret
Beaufort

Henry Beaufort,
Duke von Somerset

Edmund Beaufort,
Duke von Somerset

Margaret Beaufort

HenryStafford,
Duke von Buckingham

Henry VI
vh. Margaret
von Anjou

Edward,
Prinz von Wales

Haus York

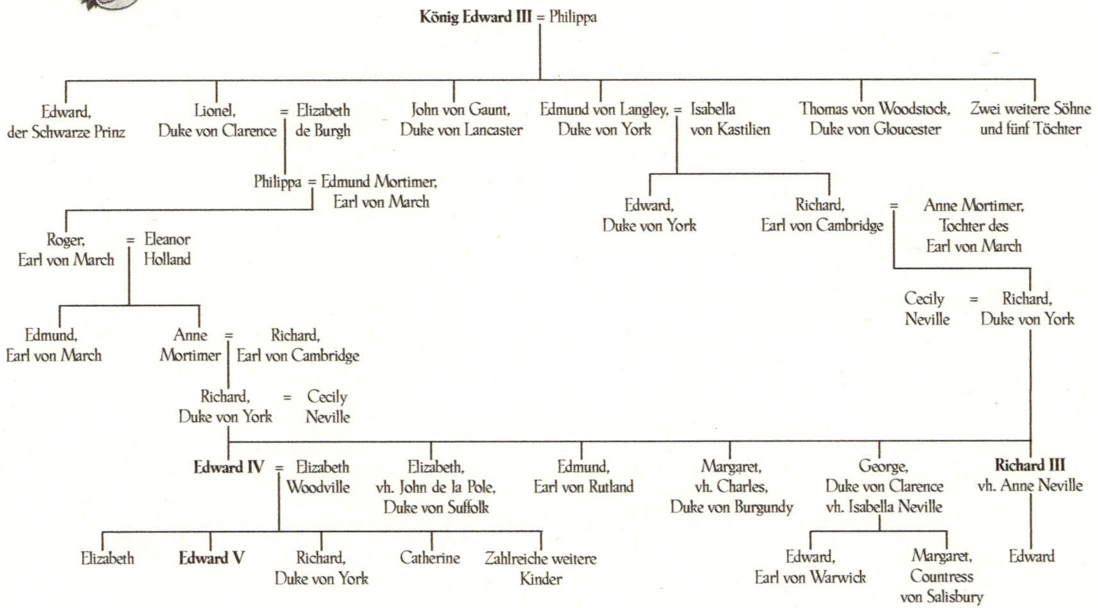

König Edward III = Philippa

Edward, der Schwarze Prinz

Lionel, Duke von Clarence = Elizabeth de Burgh

John von Gaunt, Duke von Lancaster

Edmund von Langley, Duke von York = Isabella von Kastilien

Thomas von Woodstock, Duke von Gloucester

Zwei weitere Söhne und fünf Töchter

Philippa = Edmund Mortimer, Earl von March

Roger, Earl von March = Eleanor Holland

Edmund, Earl von March

Anne Mortimer = Richard, Earl von Cambridge

Richard, Duke von York = Cecily Neville

Edward, Duke von York

Richard, Earl von Cambridge

Anne Mortimer, Tochter des Earl von March

Cecily Neville = Richard, Duke von York

Edward IV = Elizabeth Woodville

Elizabeth, vh. John de la Pole, Duke von Suffolk

Edmund, Earl von Rutland

Margaret, vh. Charles, Duke von Burgundy

George, Duke von Clarence vh. Isabella Neville

Richard III vh. Anne Neville

Elizabeth

Edward V

Richard, Duke von York

Catherine

Zahlreiche weitere Kinder

Edward, Earl von Warwick

Margaret, Countress von Salisbury

Edward

Haus Neville

Ralph Neville = Joan Beaufort, Tochter des John von Gaunt

Richard, Earl von Salisbury = Tochter des Thomas Montacute, Earl von Salisbury

Alice, Schwester und Erbin von Henry Beauchamp, Earl und Duke von Warwick = Richard, Earl von Warwick und Salisbury "Der Königsmacher"

George, Erzbischof von York

John, Marquis von Montacute

Richard, Duke von York = Cecily Neville

Edmund, Earl von Rutland

Edward IV

George, Duke von Clarence

Richard III

George, Duke von Clarence = Isabella

Anne = Edward, Prinz von Wales = **Richard III**

George, Duke von Bedford

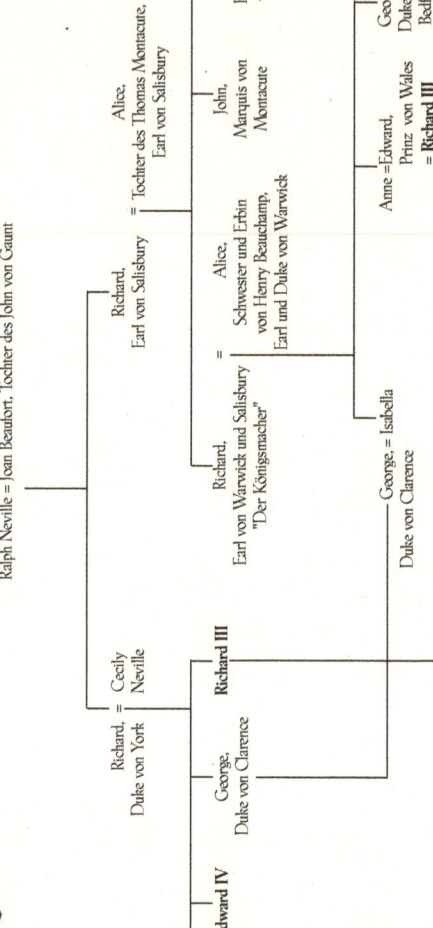

Haus Percy

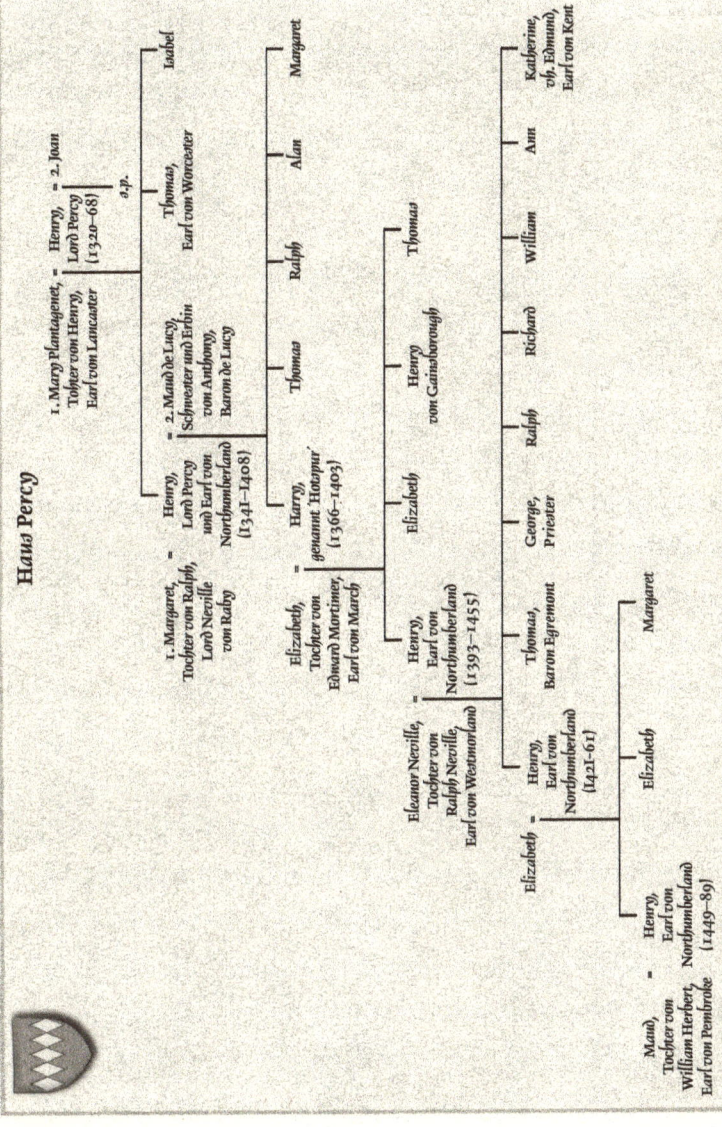

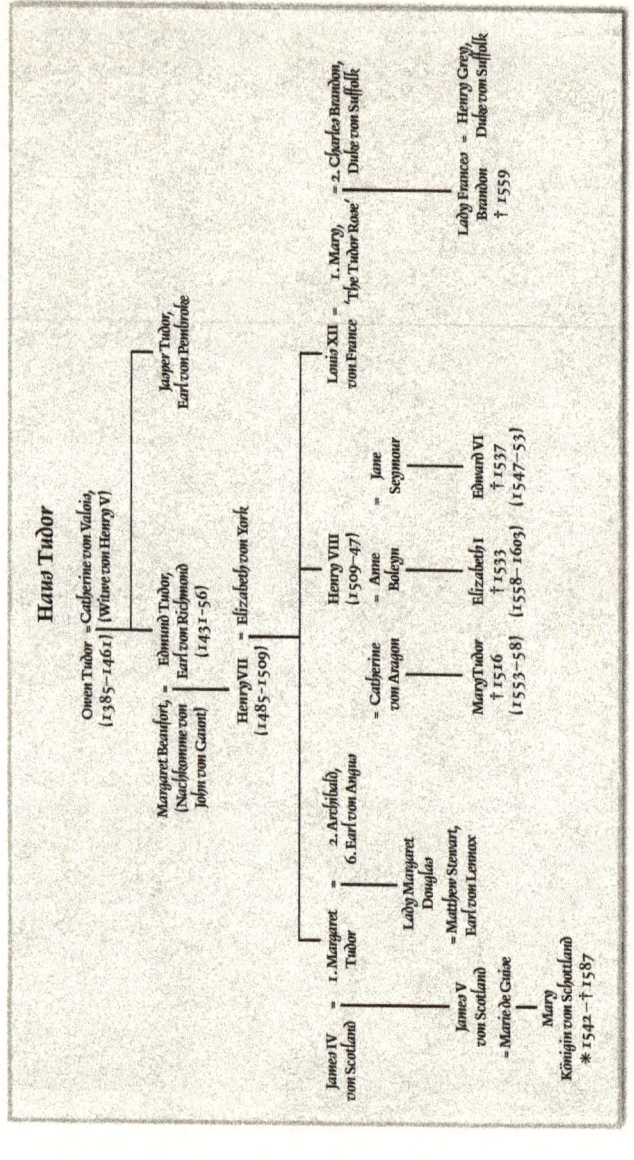

Haus Tudor

PROLOG

Vicomte Michel Gascault war gewiss kein Spion. Er hätte es empört von sich gewiesen, wenn man ihn so genannt hätte. Natürlich stand es außer Frage, dass der französische Gesandte am englischen Hof bei seiner Rückkehr alles melden würde, was seinen Monarchen interessieren könnte. Ebenso stand es außer Frage, dass Vicomte Gascault viel Erfahrung mit den Königshäusern Europas hatte und sich mit Schlachten auskannte. Er wusste, was König Charles von Frankreich wissen wollte, und deshalb beobachtete Vicomte Gascault alles, was um ihn herum geschah, äußerst sorgfältig, auch wenn das nicht sehr viel war. Spione waren von geringer Herkunft, verkommene Gestalten, die sich in Torbögen herumdrückten und sich Losungsworte zuflüsterten. Vicomte Gascault, *de l'autre côté* – oder »andererseits«, wie man hierzulande sagte –, war ein französischer Höfling, der so hoch über diesen Dingen stand wie die Sonne über der Erde.

Solcher Art waren die Gedanken, mit denen er sich in seinen Mußestunden beschäftigte. Ganz gewiss würde er König Charles berichten, dass man ihn drei Tage lang ignoriert hatte, während derer er in einem prunkvollen Zimmer im Palast von Westminster Däumchen gedreht hatte. Die Diener, die man ihm schickte, waren nicht einmal sauber gewaschen, hatte er bemerkt, obwohl sie immer sehr prompt kamen. Einer von ihnen roch sogar nach Pferden und Urin, als seien die königlichen Ställe sein eigentlicher Arbeitsplatz.

Nein, das konnte man nicht abstreiten, für Gascaults körperliche Bedürfnisse war gut gesorgt, was man allerdings von seinen offiziellen Anliegen als Botschafter nicht sagen konnte. Jeder Tag begann damit, dass seine Diener ihn in seine schönsten Gewänder kleideten, ihm seine prächtigsten Mäntel anlegten, die sie aus den riesigen Truhen holten, die er, vollgepackt mit Kleidungsstücken, aus Frankreich mitgebracht hatte. Bisher hatte er noch keine Farbkombination wiederholen müssen, und auch wenn er gehört hatte, dass einer der englischen Diener ihn als den »französischen Pfau« bezeichnete, machte ihm das nichts aus. Bunte Kleider hellten seine Stimmung auf, und ansonsten gab es herzlich wenig, womit er sich die Zeit hätte vertreiben können. Er hielt nicht viel von den Speisen, die man ihm hier vorsetzte. Zwar wusste er, dass man einen französischen Koch in Dienst genommen hatte, aber ebenso klar war auch, dass dem Mann der Geschmack seiner Landsleute ziemlich egal war. Gascault schüttelte sich bei dem Gedanken an die faden Speisen, die hier auf den Tisch gekommen waren.

Die Stunden waren vergangen wie bei einer Beerdigung, und er hatte längst jedes Schriftstück gelesen, das man ihm mitgegeben hatte. Beim Schein eines Leuchters hatte er sich schließlich einem graubraunen Buch zugewandt, das ihm gehörte und das durchweg mit seinen Anmerkungen versehen war. *De Sacra Coena* von Berengarius war eins seiner Lieblingsbücher. Natürlich hatte die Kirche diese Abhandlung über das Letzte Abendmahl verboten. Alle Auseinandersetzungen, die sich mit den Geheimnissen um den Leib und das

16

Blut befassten, erregte unweigerlich die Aufmerksamkeit der päpstlichen Spürhunde.

Gascault hatte es sich längst zur Gewohnheit gemacht, sich Bücher zu verschaffen, die eigentlich für den Scheiterhaufen bestimmt waren, weil sie ihrerseits seine eigenen Gedanken entzündeten. Er strich mit der Hand über das Papier, mit dem das Buch umhüllt war. Die Buchdeckel von *De Sacra Coena* waren natürlich abgelöst und verbrannt worden, die Asche sorgfältig beseitigt, damit kein neugieriges Auge sehen konnte, worum es sich hier handelte. Die anonyme, fleckige Lederhülle war leider eine Notwendigkeit in dieser Zeit, wo jeder jeden anschwärzte und verriet.

Er unterbrach seine Lektüre erst, als man ihn schließlich rief. Gascault hatte sich schon an die laut tönende Glocke gewöhnt, die alle halbe Stunde schlug, ihn aus dem Schlaf riss und seiner Verdauung mindestens ebenso schwer zusetzte wie die bedauernswerten Tauben, die immer so fad auf seinem Teller lagen. Er hatte die Schläge zwar nicht gezählt, aber er wusste, dass es spät war, als der Pferdeknecht – wie er ihn im Stillen nannte – in seine Gemächer trat.

»Viscount *Gascart*, man lässt Euch bitten«, sagte der Junge. Gascault ließ sich den Ärger darüber, wie man seinen stolzen Namen verschandelte, nicht anmerken. Es war klar, der Junge war ein Dummkopf, und der liebe Gott verlangte, dass man Mitleid mit diesen armen Geschöpfen hatte, die er unter die Menschheit gemischt hatte, auf dass sie Barmherzigkeit lerne – jedenfalls hatte Gascaults Mutter es ihm immer so erklärt. Vorsichtig legte er sein Buch auf die Armlehne und stand auf. Alphonse, sein Diener, stand nur einen Schritt hinter dem Jungen. Gascaults Augen wanderten zurück zum Buch, er wusste, es wäre ein Zeichen für seinen Diener, es in seiner Abwesenheit vor fremden Augen zu bewahren. Alphonse nickte kurz und verbeugte sich, während der Pferdejunge verwirrt die Pantomime verfolgte.

Vicomte Gascault schnallte sein Schwert um und ließ sich von Alphonse seinen gelben Mantel umlegen. Als er wieder auf den Stuhl blickte, war das Buch schon verschwunden. In der Tat, sein Diener war die Diskretion in Person, und das nicht nur, weil er nicht sprechen konnte. Gascault neigte dankend den Kopf und rauschte an dem Jungen vorbei nach draußen. Er ging durch die Vorräume und trat in den kalten Korridor.

Hier warteten fünf Männer auf ihn. Vier davon waren offenbar Soldaten, sie trugen den königlichen Wappenrock über der Rüstung. Der fünfte trug einen Mantel über Tunika und Hose, alles von genauso guter Qualität wie seine eigenen Kleider.

»Vicomte Michel Gascault?«, sagte der Mann. Gascault bemerkte, dass er den Namen perfekt aussprach, und er lächelte.

»Ich habe die Ehre. Zu Euren Diensten …«

»Richard Neville, Earl von Salisbury und Lordkanzler. Ich muss mich wegen der späten Stunde entschuldigen, aber Ihr werdet in den königlichen Gemächern erwartet, Mylord.«

Gascault passte sich dem Schritt des Mannes an und ignorierte die Soldaten, die hinter ihnen her trampelten. Er hatte in seiner Laufbahn schon seltsamere Dinge erlebt als ein Treffen um Mitternacht.

»Um den König zu sehen?«, fragte er boshaft, indem er den Earl genau beobachtete. Salisbury war kein junger Mann mehr, aber der Franzose fand, dass er drahtig und gesund aussah. Es wäre sicher keine gute Idee, ihn wissen zu lassen, wie viel man am französischen Hof über den Gesundheitszustand von König Henry wusste.

»Es tut mir leid, aber König Henry leidet an einer starken Erkältung, eine vorübergehende Sache. Ich hoffe, Ihr werdet keinen Anstoß daran nehmen, wenn ich Euch heute Abend zum Duke von York bringe.«

»Mylord Salisbury, es tut mir *schrecklich* leid, das zu hören«, erwiderte Gascault mit Nachdruck. Er sah, dass Salisburys Augen sich einen Moment verengten, und unterdrückte ein Grinsen. Beide wussten, dass es am englischen Königshof Familien gab, die enge Bindungen zu Frankreich hatten, entweder durch Blutsverwandtschaft oder durch Titel. Die vorgebliche Ahnungslosigkeit des französischen Königs, Henrys Gesundheitszustand betreffend, war nichts weiter als ein Spiel zwischen den beiden. Der englische König war seit Monaten kaum bei Bewusstsein, er war so abwesend, dass man ihn nicht in die Wirklichkeit zurückholen konnte. Nicht ohne Grund hatten seine Lords einen aus ihren Reihen als »Protektor des Königreichs« gewählt. Richard, der Duke von York, war der eigentliche König, abgesehen vom Titel, und Vicomte Gascault hatte auch gar kein Interesse daran, einen König zu besuchen, der in Träumen verloren war. Man hatte ihn hierher gesandt, um die Macht des englischen Hofes einzuschätzen und herauszufinden, wie entschlossen man war, Englands Interessen in Frankreich zu verteidigen. Gascaults Augen blitzten vor Vergnügen kurz auf, ehe er seine Gefühle wieder unter Kontrolle bekam. Wenn er berichtete, dass das Land geschwächt und ohne König Henry handlungsunfähig war, genügte Gascaults Wort, um in Frankreich hundert Schiffe flottzumachen und jeden englischen Hafen auszurauben und niederzubrennen. Die Engländer hatten es lange genug mit Frankreich so gemacht, erinnerte er sich, vielleicht war jetzt endlich die Zeit gekommen, den Spieß umzudrehen.

Salisbury führte die kleine Gruppe durch endlose Korridore, dann ging es zwei Treppen hinauf zu den königlichen Gemächern. Selbst zu dieser späten Stunde war der Palast von Westminster noch hell erleuchtet von Lampen, die im Abstand von wenigen Schritten angebracht waren. Trotzdem stellte Gascault fest, dass es feucht und modrig roch, eine unangenehme Begleiterscheinung des nahe gelegenen Flusses. Als sie die letzte, schwer bewachte Tür erreichten, widerstand er der Versuchung, seinen Mantel und den Kragen ein letztes Mal zurechtzuzupfen, aber Alphonse hätte ihn sicher nicht gehen lassen, wenn nicht alles perfekt gewesen wäre.

Die Soldaten wurden entlassen, und die Tür wurde von den inneren Wachen geöffnet. Salisbury streckte die Hand aus, um dem Gast den Vortritt zu lassen.

»Nach Euch, Vicomte«, sagte er. Er hatte scharfe Augen, merkte Gascault, als er sich verbeugte und hineinging. Dem Mann entging nichts, und wieder sagte er sich, dass er vorsichtig sein müsse. Die Engländer waren vieles: bestechlich, unbeherrscht, habgierig, es war eine ganze Latte von Sünden, die man ihnen nachsagte. Doch noch nie, solange die Welt bestand, hatte jemand sie dumm genannt. Wenn Gott sie doch mit Dummheit schlagen könnte! Dann würden ihre Städte und Burgen innerhalb einer Generation König Charles gehören.

Salisbury machte leise die Tür hinter sich zu. Vicomte Gascault stand in einem Zimmer, das kleiner war, als er erwartet hatte. Vielleicht war es nur recht und billig, dass ein »Protektor« sich nicht den Luxus eines Königshofes leistete, jedoch flößte dieser Raum ihm Unbehagen ein. Durch die Fenster sah man die schwarze Nacht, und der Mann, der sich erhob, um ihn zu begrüßen, war ebenfalls in Schwarz gekleidet und im Schatten der trüben Lampen kaum von seiner Umgebung zu unterscheiden.

Mit ausgestreckter Hand forderte Richard, der Duke von York, Gascault auf, näher zu treten. Dem Franzosen sträubten sich die Nackenhaare vor abergläubischer Furcht, aber er ließ sich nichts anmerken. Er blickte sich kurz um, entdeckte aber nichts Verdächtiges außer Salisbury, der ihn beobachtete.

»Vicomte Gascault, ich bin York. Es ist mir ein Vergnügen, Euch willkommen zu heißen, und ich bedaure außerordentlich, dass ich Euch so schnell wieder nach Hause schicken muss.«

»Mylord?«, fragte Gascault verwirrt. Er setzte sich auf den Stuhl, auf den sein Gegenüber gezeigt hatte, und versuchte sich zu konzentrieren, während York sich auf der anderen Seite des breiten Tisches hinsetzte. Der englische Duke hatte ein sauber rasiertes kantiges Kinn und wirkte schlank in seinen schwarzen Kleidern. Gascault starrte ihn noch immer verständnislos an, während York sich eine lose Haarsträhne aus der Stirn strich. Dabei warf er den Kopf zurück, ließ aber Gascault nicht aus den Augen.

»Ich fürchte, ich verstehe nicht, Mylord York. Verzeiht, ich weiß nicht, wie man einen Protektor des Königreichs korrekt anspricht ...« Gascault sah sich um, ob irgendwo Wein oder etwas Essbares zu sehen war, aber es war nichts da, vor ihm erstreckte sich nur die helle Platte des Eichentisches.

York sah ihn unverwandt mit gesenkten Augenbrauen an.

»Ich war in Frankreich Lieutnant des Königs, Vicomte Gascault. Ich bin sicher, das man Euch das erzählt hat. Ich habe auf französischem Boden gekämpft, und ich habe Ländereien und Titel an Euren König verloren. Das alles wisst Ihr. Ich erwähne es auch nur, um Euch daran zu erinnern, dass ich Frankreich kenne. Ich kenne Euren König – und, Gascault, ich kenne Euch.«

»Mylord, ich verstehe nicht, warum …«

York fuhr fort, als hätte er gar nicht gesprochen.

»Der König von England schläft, Vicomte Gascault. Wird er jemals wieder aufwachen? Oder wird er in seinem Bett sterben? Landauf, landab zerbricht man sich darüber den Kopf. Und ich zweifle nicht, dass man sich auch in Paris darüber den Kopf zerbricht. Ist das die Chance, auf die Euer König so lange gewartet hat? Auf die er so lange hingearbeitet hat? Verzeiht, aber Ihr seid nicht einmal stark genug, uns Calais abzunehmen – und da träumt Ihr von England?«

Gascault schüttelte den Kopf und wollte gerade den Mund aufmachen, um es abzustreiten. Doch York hob die Hand.

»Ich lade Euch ein, Gascault. Entscheidet, wie Ihr wollt. Versucht Euer Glück, solange König Henry vor sich hindämmert. Ich würde sehr gern wieder auf dem Grund und Boden stehen, der mir einst gehörte. Und ich würde schrecklich gern mit einer Armee auf französischem Gebiet marschieren, wenn ich die Möglichkeit dazu hätte. Also, denkt über mein Angebot nach. Der Kanal, er ist kaum mehr als ein breiterer Fluss. Und der König, er ist auch nur ein Mensch. Und ein Soldat, nun ja, wenn es ein englischer Soldat ist, ist er auch immer noch ein Mensch, nicht wahr? Er kann versagen. Er kann fallen. Nur zu, greift uns an, solange unser König schläft, Vicomte Gascault! Erklimmt unsere Mauern, dringt in unsere Häfen ein. Ich heiße Euch willkommen, genau wie die Menschen hier Euch willkommen heißen werden. Es wird ein raues Willkommen sein, das verspreche ich Euch. Wir sind raue Kerle. Aber wir haben Schulden zu begleichen, und in der Beziehung sind wir mit unseren Feinden sehr großzügig.

Für jeden Hieb, den Ihr uns versetzt, geben wir drei zurück, ohne Rücksicht auf die Kosten. Versteht Ihr mich, Vicomte Gascault? Sohn von Julien und Clémence? Bruder von André, Arnaud und François? Ehemann von Elodie? Vater zweier Söhne und einer Tochter? Soll ich ihre Namen nennen, Gascault? Oder soll ich noch Euer Haus beschreiben, mit den Kirschpflaumenbäumen am Tor?«

»Genug, Monsieur«, sagte Gascault leise. »Ich verstehe, was Ihr sagen wollt.«

»Da bin ich mir nicht so sicher«, sagte York. »Oder soll ich einen Befehl schicken, schneller als Ihr reiten könnt, schneller als Ihr segeln könnt, damit Ihr mich wirklich versteht, ganz genau so, wie ich es meine, wenn Ihr nach Hause zurückkehrt? Ich bin bereit dazu, Gascault.«

»Bitte nicht, Mylord«, erwiderte Gascault.

»Bitte?«, sagte York. Sein Gesicht war hart und wirkte im Schatten der trüben Lampe noch dunkler. »Nun, das werde ich entscheiden, wenn Ihr abgereist seid. Auf Euch wartet ein Schiff, Gascault – und Männer, die Euch zur Küste bringen werden. Und für die Nachricht, die Ihr Eurem König bringt, wünsche ich Euch das Glück, das Ihr verdient. Gute Nacht, Vicomte Gascault. Geht mit Gott!«

Gascault stand mit zitternden Knien auf und ging zur Tür. Salisbury hielt den Kopf gesenkt, als er sie öffnete, und der Franzose holte vor Angst tief Luft, als er die Soldaten sah, die draußen standen. In der Dunkelheit sahen sie bedrohlich aus, und fast hätte er aufgeschrien, als sie ihn hinausließen, dann kehrt machten und mit ihm davonmarschierten.

Salisbury machte leise wieder die Tür zu.

»Ich glaube, sie werden nicht kommen, zumindest dieses Jahr nicht mehr«, sagte er.

York schnaubte verächtlich.

»Bei Gott, es juckt mich in den Fingern. Wir haben die Schiffe und die Leute. Wenn sie mir nur folgen würden. Aber sie liegen da wie treue Hunde und warten darauf, dass Henry aufwacht.«

Salisbury antwortete nicht. York sah, dass er ihn erwartungsvoll ansah, und lächelte müde.

»Ich glaube aber, es ist noch nicht zu spät. Jetzt lass den Spanier kommen, damit ich ihm die gleiche Rede halte.«

TEIL
EINS

1454–1455

Menschen, die vom Gesetz unterdrückt werden,
können ihre Hoffnung nur auf Gewalt setzen.
Wenn das Gesetz ihr Feind ist,
werden sie zu Feinden des Gesetzes.

EDMUND BURKE

1

Der kühle, graue Morgen war kaum angebrochen, als die Burg zum Leben erwachte. Pferde wurden aus den Ställen geholt und gestriegelt, Hunde bellten und balgten sich und erhielten Fußtritte, wenn sie jemandem in den Weg liefen, Hunderte von jungen Männern, beladen mit Zaumzeug und Waffen, eilten im Burghof hin und her.

Henry Percy, der Earl von Northumberland, starrte aus dem Fenster des großen Wohnturmes auf das Treiben rund um seine Festung. Die heißen Augusttage hatten die Steinmauern gewärmt, aber trotzdem hatte der alte Mann sich in einen Pelzumhang gehüllt, den er vor der Brust fest zusammenhielt. Er war noch immer groß und breitschultrig, aber vom Alter gebeugt. Sein sechstes Jahrzehnt hatte ihm Rheuma und steife Gelenke beschert, sodass ihn jede Bewegung schmerzte, was nicht gerade zur Verbesserung seiner Laune beitrug.

Düster gestimmt blickte der Earl durch die Butzenscheiben. In der Stadt begann sich das Leben zu rühren. Die Welt erwachte zusammen mit der aufgehenden Sonne, und nachdem er lange genug abgewartet hatte, war er jetzt bereit zu handeln. Er beobachtete, wie die bewaffneten Ritter sich versammelten, ihre Knappen reichten ihnen ihre Schilde, die schwarz übermalt oder mit Sackleinwand verhüllt waren. Das blau-gelbe Wappen der Percys war nirgendwo zu sehen, sodass die Waffenknechte, die auf seinen Befehl warteten, einen düsteren Anblick boten. Sie würden eine Zeit lang anonyme graue Männer sein müssen, Strauchritter, ohne Heim und Familie. Ehrlose, wobei gerade die Ehre die Kette war, die sie aneinander schmiedete.

Der alte Mann schneuzte sich und rieb sich die Nase. Nun, dieser Trick würde natürlich kaum jemanden täuschen, aber trotzdem würde er hinterher behaupten können, dass kein Ritter oder Bogenschütze der Percys mit dem Morden etwas zu tun hatte. Und was wichtiger war – diejenigen, die ihn beschuldigen könnten, lägen sowieso kalt in der Erde.

Er war noch immer tief in Gedanken, als er seinen Sohn hörte. Die Sporen des jungen Mannes klirrten und klapperten bei jedem Schritt auf dem Holzfußboden. Der Earl wandte sich zu ihm um, sein altes Herz klopfte vor Erwartung.

»Gott gebe Euch einen guten Tag«, sagte Thomas Percy und verbeugte sich. Auch er warf einen Blick durch das Fenster auf das Treiben unten im Burghof. Thomas zog fragend eine Augenbraue hoch, und sein Vater knurrte missmutig, da ihn das laute Getrampel der Dienstboten störte.

»Komm mit.« Ohne auf eine Antwort zu warten, eilte der Earl den Korridor entlang, sodass Thomas nichts übrig blieb, als ihm zu folgen. Am Eingang zu seinen Privatgemächern zerrte er seinen Sohn ungeduldig hinein und warf die Tür hinter sich zu. Thomas stand wartend da, während sein Vater hastig durch die Räume schritt und Türen auf- und zuschlug. Sein Gesicht war vor Misstrauen tiefrot angelaufen, und durch die geplatzten Äderchen auf Wangen und Nase wirkte es noch dunkler. Mit dieser Gesichtsfarbe konnte der Earl nie blass aussehen. Der Grund für diesen marmorierten Teint lag wohl eher in dem starken Gebräu von jenseits der Grenze, aber die Gesichtsfarbe passte gut zu seiner inneren Verfassung. Das Alter hatte den Mann nicht milder werden lassen, im Gegenteil, es hatte ihn ausgetrocknet und härter gemacht.

Nachdem er sich überzeugt hatte, dass sie wirklich allein waren, kam der Earl zu seinem Sohn zurück, der noch immer geduldig an der Tür wartete. Thomas Percy, Baron Egremont, war nicht größer als sein Vater, doch mit seinem geraden Rücken konnte er über den Kopf des alten Mannes hinwegblicken. Mit zweiunddreißig Jahren war er im besten Mannesalter, mit schwarzem Haar und starken, sehnigen Unterarmen, das Ergebnis von mehr als sechstausend Stunden Waffentraining. Er stand da, förmlich strotzend vor Gesundheit und Kraft, das Gesicht weder durch Krankheit noch von Narben verunstaltet. Beide Männer hatten die typische Percy-Nase, diesen ausgeprägten Keil, den man auch in den Dörfern und Höfen von Alnwick immer wieder antraf.

»So, wir sind unter uns«, sagte der Earl endlich. »Sie hat ihre Ohren überall, deine Mutter. Ich kann nicht einmal mit meinem Sohn sprechen, ohne dass ihr jedes Wort zugetragen wird.«

»Worum geht es denn?«, erwiderte sein Sohn. »Ich sehe, dass die Leute sich mit Bögen und Schwertern bewaffnet haben. Geht es wieder um die Grenze?«

»Diesmal nicht. Die verdammten Schotten sind im Moment ruhig, obwohl ich überzeugt bin, dass Douglas bereits wieder um meine Gebiete herumschnüffelt. Die werden im Winter kommen, wenn sie nichts mehr zu essen haben, und versuchen, meine Kühe zu stehlen. Aber dann werden wir's ihnen schon zeigen.«

Sein Sohn versuchte, sich seine Ungeduld nicht anmerken zu lassen. Er wusste, dass sein Vater stundenlang über »diesen gerissenen Douglas« schimpfen konnte, wenn man ihn ließ.

»Aber die Männer dort draußen, Vater … Sie haben die Wappen verhüllt. Wer bedroht uns denn, dass wir mit Strauchrittern vorgehen müssen?«

Sein Vater trat näher. Er streckte die Hand aus, hakte einen knochigen Finger in den ledernen Brustpanzer seines Sohnes und zog ihn dichter heran.

»Die Nevilles deiner Mutter, Junge, *immer und ewig* diese Nevilles. Wie ich mich auch drehe und wende, immer sind sie da und stehen mir im Wege!« Earl Percy formte mit den Fingern einen Schnabel, mit dem er dicht vor dem Gesicht seines Sohnes in die Luft stieß. »Es gibt so viele davon, dass man sie gar nicht mehr zählen kann. Eingeheiratet in jede adlige Linie! In jedes Haus! Die verdammten Schotten setzen mir an der Flanke zu, sie überfallen England und brennen ganze Dörfer auf meinem Gebiet nieder. Wenn ich mich nicht so entschlossen zur Wehr setzen würde, wenn ich es auch nur ein Jahr versäumen würde, diese jungen Kerle umzubringen, die sie immer wieder schicken, um es zu probieren, würden sie wie die Heuschrecken in den Süden einfallen. Wo wäre England denn ohne Percys Armee? Aber den Nevilles ist das alles egal, sie verbünden sich mit York, diesem Emporkömmling. Auf den Schultern der Nevilles steigt *er* auf, während man uns unsere Titel und Besitztümer stiehlt.«

»Vogt der Westmark«, murmelte sein Sohn, der diese Tiraden leid war. Er hatte sie schon so oft gehört. Earl Percys Blick wurde noch finsterer.

»Und das ist nur einer von vielen. Ein Titel, der deinem Bruder zugestanden hätte, mit fünfzehnhundert Pfund im Jahr, bis Salisbury, dieser *Neville*, ihn bekam. Das habe ich schlucken müssen, Junge. Ich habe auch geschluckt, dass er Kanzler wurde, während der König schläft und vor sich hin träumt und Frankreich dabei verloren ging. Ich habe so viel geschluckt, dass ich es satthabe bis obenhin.«

Der alte Mann hatte seinen Sohn so nahe zu sich herangezogen, dass ihre Gesichter sich fast berührten. Er küsste Thomas flüchtig auf die Wange, dann ließ er ihn los. Aus alter Gewohnheit blickte er sich noch mal im Raum um, obwohl sie allein waren.

»In dir fließt das gute, ehrliche Blut der Percys, Thomas. Es wird das Blut deiner Mutter mit der Zeit verdrängen, genauso wie ich die Nevilles aus dem Land verdrängen werde. Jetzt ist diese Familie mir geschenkt worden, Thomas, verstehst du? Durch Gottes Gnade habe ich endlich die Chance, mir alles zurückzuholen, was sie mir gestohlen haben. Wenn ich zwanzig Jahre jünger wäre, würde ich Windstrike satteln und sie persönlich niederreiten, aber ... die Zeiten sind vorbei.« Die Augen des alten Mannes glänzten wie im Fieber, als er zu seinem Sohn aufsah. »Du musst jetzt mein rechter Arm sein, Thomas. Du musst mein Schwert und meine Fackel sein.«

»Ihr ehrt mich«, murmelte Thomas, dessen Stimme versagte. Als Zweitgeborener war er herangewachsen, ohne viel Liebe von seinem Vater zu spüren. Henry, sein älterer Bruder, war mit tausend Mann in Schottland, um dort plündernd und mordend die grausamen Clans in ihre Schranken zu weisen. Thomas dachte an ihn. Er wusste, es war nur Henrys Abwesenheit, die seinen Vater dazu veranlasst hatte, ihn jetzt ins Vertrauen zu ziehen. Er hatte sonst niemanden, den er schicken könnte. Der Gedanke war für ihn bitter, aber er witterte doch gleichzeitig eine Chance. Schließlich war sein Vater der einzige Mensch, der das Recht hatte, über ihn zu urteilen, und jetzt konnte er ihm zeigen, was er zu leisten imstande war.

»Henry hat natürlich unsere besten Kampfhähne mitgenommen«, sagte sein Vater, der seine Gedanken erraten zu haben schien. »Und ich muss ein paar starke Leute hier in Alnwick behalten, falls der schlaue Douglas sich an deinem Bruder vorbeimogelt und hier auftaucht, um uns zu überfallen. Für diesen elenden Mistkerl gibt's doch kein größeres Vergnügen, als mir etwas zu klauen. Ich schwöre, er ...«

»Vater, ich werde euch nicht enttäuschen«, sagte Thomas. »Wie viele Männer werdet Ihr mir mitgeben?«

Sein Vater schwieg, ungehalten, weil er unterbrochen worden war. Schließlich nickte er.

»Ungefähr siebenhundert. Zweihundert Waffenknechte, der Rest Ziegeleiarbeiter, Schmiede und gewöhnliche Männer mit Bögen. Aber du wirst Trunning dabei haben, hör auf ihn und befolge seinen Rat. Er kennt das Gebiet um York, und er kennt die Leute. Wenn du in deiner Jugend nicht so viel Zeit mit Trinken und Huren vertan hättest, würde ich vielleicht weniger an dir zweifeln. Aber lassen wir das ... Doch vergiss nie: Es sind *meine* Männer, nicht deine. Höre auf Trunning! Er wird dich immer gut beraten.«

Thomas war rot angelaufen, in ihm stieg Zorn auf. Der Gedanke, dass diese beiden alten Männer hier etwas zusammen planten, versetzte seine Nerven in Spannung, die sein Vater zwar bemerkte, aber ignorierte.

»Hast du mich verstanden?«, sagte sein Vater scharf. »Du unternimmst nichts, was Trunning nicht gebilligt hat. Das ist mein Befehl an dich.«

»Ich verstehe«, sagte Thomas, der sich bemühte, seine Enttäuschung zu verbergen. Für einen Moment hatte er gedacht, sein Vater würde ihm das Kommando anvertrauen, statt ihm wieder seinen Bruder oder einen anderen vor die Nase zu setzen. Ihm war, als hätte er etwas verloren, was er noch nie besessen hatte.

»Sagt Ihr mir wenigstens, wohin ich reiten soll, oder muss ich das auch Trunning fragen?«, sagte Thomas. Seine Stimme bebte, und sein Vater verzog verächtlich und amüsiert den Mund.

»Nimm es nicht so schwer, Junge. Du hast einen starken Arm, und du bist mein Sohn, aber du hast keine Erfahrung als Befehlshaber. Die Männer respektieren dich nicht so wie Trunning. Wie könnten sie auch? Er hat zwanzig Jahre lang gekämpft, sowohl in England als auch in Frankreich. Er wird dafür sorgen, dass dir nichts passiert.« Der Earl wartete auf ein Zeichen der Zustimmung, aber Thomas' Gesicht blieb finster, er fühlte sich verletzt und war empört. Earl Percy schüttelte den Kopf und fuhr fort.

»Morgen gibt es bei den Nevilles eine Hochzeit, Thomas, unten bei Tattershall. Der Clan deiner Mutter hat wieder mal zugeschlagen. Und Salisbury, dieser eitle Gockel, wird bei der Hochzeit seines Sohnes natürlich dabei sein. Und alles wird eitel Freude sein, weil sie eine frischgebackene Ehefrau in ihr Herrenhaus nach Sheriff Hutton mitnehmen können. Das weiß ich alles von meinem Beobachter. Der hat Kopf und Kragen riskiert, um mich rechtzeitig zu informieren. Na ja, ich habe ihn auch gut bezahlt. Jetzt hör zu. Sie werden teils zu Pferde sein und teils zu Fuß, eine fröhliche Hochzeitsgesellschaft auf dem Weg zu ihrem Festgelage an einem herrlichen Sommertag. Und du wirst auch dort sein, Thomas. Du wirst sie niederreiten und keinen von ihnen am Leben lassen. So lautet mein Befehl. Hast du gehört?«

Thomas schluckte schwer, während sein Vater ihn ansah. Earl Salisbury war der Bruder seiner Mutter, dessen Söhne waren seine Vettern. Thomas hatte damit gerechnet, dass es sich um einen entfernteren Zweig aus dem Hause Neville handelte, nicht um die Wurzel und das Oberhaupt des Clans selbst. Wenn er das tat, was sein Vater von ihm verlangte, würde er sich an einem einzigen Tag mehr Todfeinde verschaffen als in seinem ganzen bisherigen Leben. Trotzdem nickte er, stumm, denn es hatte ihm die Sprache verschlagen. Sein Vater verzog verärgert den Mund, wieder einmal spürte er die Schwäche und Unentschlossenheit dieses Sohnes.

»Salisburys Sohn heiratet Maud Cromwell. Du weißt, dass ihr Onkel die Hand auf verschiedene Güter der Percys gelegt hat und meinen Anspruch auf sie missachtet. Er bildet sich anscheinend ein, er könne meine Besitztümer als Mitgift den Nevilles schenken, weil beide jetzt zusammen so stark sind, dass ich gezwungen bin, meine Ansprüche gegen ihn fallen zu lassen. Ich schicke dich dort hin, damit du ihnen klarmachst, was Gerechtigkeit bedeutet. Um Stärke zu demonstrieren, um unsere Rechte zu wahren, die Cromwell nicht anerkennt, der sich feige hinter einem noch größeren Schatten versteckt! Jetzt hör mir gut zu. Zieh mit den siebenhundert Mann nach Tattershall und bringt sie alle um, Thomas. Und sorge auch dafür, dass Cromwells Nichte unter den Toten ist, damit ich ihren Namen erwähnen kann, wenn ich ihren trauernden Onkel demnächst im königlichen Gericht treffe. Verstehst du?«

»Natürlich verstehe ich!«, sagte Thomas, der seine Stimme inzwischen wiedergefunden hatte. Seine Hände zitterten, als er seinen Vater wütend ansah, aber er fürchtete die Verachtung des alten Mannes, falls er sich weigern würde. Er biss die Zähne zusammen, sein Entschluss stand fest.

An der Tür, durch die sie gekommen waren, hörte man Klopfen, und beide Männer schraken auf wie ertappte Verschwörer. Thomas trat zur Seite, damit man sie öffnen konnte, und wurde blass, als er seine Mutter erblickte.

Sein Vater reckte sich.

»Jetzt geh, Thomas. Mach deiner Familie und deinem Namen Ehre.«

»Bleib hier, Thomas!«, sagte seine Mutter mit kalter Stimme. Thomas zögerte kurz, dann verneigte er sich knapp, drückte sich an ihr vorbei und ging davon.

Countess Eleanor Percy wandte sich heftig ihrem Mann zu.

»Wie ich sehe, bewaffnen sich deine Wachen und Soldaten, verdecken aber das Wappen der Percys. Was für einen hinterhältigen Plan hast du ihm diesmal eingeflüstert, Henry? Was hast du vor?«

Earl Percy holte tief Luft. Seine Genugtuung war nicht zu übersehen.

»Hast du denn nicht an der Tür gelauscht wie eine Dienstmagd? Ich bin überrascht«, sagte er. »Was ich vorhabe, geht dich nichts an.« Während er sprach, ging er an ihr vorbei zur Tür. Eleanor stellte sich ihm in den Weg und hielt ihm die Hand vor die Brust. Der Earl packte sie grob und quetschte ihre Finger zusammen, sodass sie aufschrie. Er drückte noch fester zu, seine andere Hand an ihrem Ellbogen.

»Bitte, Henry. Mein Arm …«, keuchte sie. Er verdrehte ihr den Arm noch stärker, und sie stieß einen lauten Schmerzensschrei aus. Er sah einen Diener, der im Korridor angelaufen kam, und trat wütend gegen die Tür, sodass sie mit einem Knall zuflog. Seinen eisernen Griff noch immer um Hand und Arm seiner Frau, die vor Schmerzen wimmerte, zwang er sie, sich tief herunterzubeugen.

»Ich habe nichts weiter vor, als zu tun, was deine Nevilles auch mit mir tun würden, wenn ich in ihrer Gewalt wäre«, flüsterte er ihr ins Ohr. »Hattest du etwa gedacht, ich würde es dulden, dass dein Bruder sich gegen den Namen Percy erhebt? Als Kanzler des Dukes von York bedroht er jetzt alles, für das ich stehe, und alles, was meinem Schutz untersteht. Verstehst du das? Ich habe dich genommen, damit du mir Söhne gebärst. Und das hast du getan. Aber wage es nicht, mich nach den Angelegenheiten meines Hauses auszufragen.«

»Du tust mir weh«, sagte sie, das Gesicht vor Schmerz und Wut verzerrt. »Du siehst Feinde, wo gar keine sind. Und wenn du dich mit meinem Bruder anlegst, der wünscht sich deinen Tod, Henry. Richard wird dich umbringen.«

Mit einem wütenden Schnauben schleuderte er sie durchs Zimmer, sodass sie zu Boden stürzte. Ehe sie aufstehen konnte, war er bei ihr, brüllte sie mit vor Wut verzerrtem Gesicht an, während er ihr die Kleider vom Leib riss. Sie schluchzte und kämpfte, aber seine Wut verlieh ihm ungeahnte Kräfte, und er ignorierte ihre Fingernägel, die ihm Gesicht und Arme zerkratzten. Mit einer Hand drückte er sie nieder und entblößte ihren weißen Rücken, während er mit der anderen Hand seinen Gürtel löste und ihn doppelt zusammenlegte.

»In *meinem Haus* redest du nicht *in diesem Ton* mit mir!« Schlag um Schlag traf der Ledergürtel mit lautem Klatschen auf ihren Rücken, ebenso laut war ihr verzweifeltes Schreien. Niemand kam, und er schlug auf sie ein, bis sie still war und sich nicht länger wehrte. Aus langen roten Striemen sickerte Blut und verfärbte den feinen Stoff, während er keuchend nach Atem rang und dicke Schweißtropfen von Stirn und Nase auf ihre Haut fielen. Mit grimmiger Befriedigung schnallte der Earl schließlich seinen Gürtel wieder um und ließ seine schluchzende Frau liegen.

Diener öffneten ihm die Tür, als Thomas Percy, Baron Egremont, in den Schlosshof hinaustrat. Der Himmel war blau, und der Lärm von Hunderten von Männern schlug über ihm zusammen und ließ sein Herz stärker pochen. Irritiert stellte er fest, dass auch seine eigenen Diener schon bereitstanden, wahrscheinlich auf Befehl seines Vaters, und geduldig auf ihn warteten. Sie hielten Teile seiner Rüstung und die Waffen bereit, andere machten Balion fertig, das große schwarze Streitross, das er im Jahr zuvor für einen sündhaften Preis gekauft hatte. Wie es schien, hatte sein Vater keinen Zweifel daran gehabt, wie ihr Gespräch ausgehen würde. Thomas runzelte die Stirn, als er durch die Menge auf die kleine Gruppe zuging. Von oben hörte er gedämpft die Schreie seiner Mutter, zweifellos verprügelte der Alte sie wieder einmal. Thomas empfand dabei nur Ärger, weil sie sich damit in seine Gedanken drängte. Er zog es vor, zu Boden zu sehen, statt sich den peinlichen Blicken der Männer auszusetzen. Bei jedem neuen Schrei zuckten sie entweder zusammen oder sie grinsten, was seine Wut auf sie nur noch verstärkte. Der Aufstieg der Nevilles fraß seinen Vater auf, er steigerte sein Misstrauen und führte immer wieder zu Wutausbrüchen, dabei hätte der Earl jetzt eigentlich seinen Ruhestand genießen und die Verwaltung des Besitzes seinen Söhnen überlassen sollen. Als der Lärm endlich nachließ, sah Thomas zum Fenster der Privatgemächer seines Vaters hoch. Es war typisch, dass der Alte seine Pläne schon seit Tagen in die Tat umsetzte, ohne seinem Sohn gegenüber auch nur ein Wort von seinen Absichten zu erwähnen.

Schnell und geschickt warf Thomas seinen ledernen Brustpanzer und den Mantel ab und zog sich hier im Hof bis auf die Hose und Untertunika aus, auf denen sich schon jetzt dunkle Schweißflecken zeigten. Hier gab es keine falsche Scham, und die vielen jungen Männer witzelten und lachten, während sie, auf einem Bein hüpfend, den zweiten gepanzerten Stiefel anzogen oder nach einem Kleidungsstück riefen, das versehentlich bei einem anderen gelandet war. Thomas setzte sich auf einen hohen Hocker und wartete geduldig darauf, dass seine Diener ihm das gepolsterte Wams anzogen und die verschiedenen Teile seiner Rüstung darüber befestigten. Sie passte ihm gut, und wenn die Kratzer und Dellen auch eher vom Trainieren als von der Schlacht her stammten, sah sie doch alles in allem würdig und verlässlich aus. Er hob die Arme, um sich den Brustpanzer anlegen zu lassen und sah missbilligend auf die matten Stellen, die von einer Küchenmagd stammten, die ihn wie einen Kochtopf gescheuert hatte, sodass das blau-gelbe Wappen verschwunden war. Er reckte den Hals, um nach seinem Schwert zu sehen, das für ihn bereitlag. Thomas stieß einen leisen Fluch aus, denn auch hier war das schöne emaillierte Wappen mit einem Stichel entfernt worden. Natürlich alles auf Geheiß seines Vaters, aber er hatte dieses Schwert seit seinem zwölften Geburtstag, und es schmerzte ihn, es so beschädigt zu sehen.

Stück um Stück wurde ihm die Rüstung angelegt, dann stand er da und empfand dieses großartige Gefühl von Stärke und Unverwundbarkeit, das sich immer einstellte, wenn er so gepanzert war. Lord Egremont griff nach seinem Helm, den der Haushofmeister ihm ehrfürchtig reichte. Als er ihn aufsetzte, hörte Thomas, wie die Stimme des Schwertmeisters über den Burghof hallte.

»Sowie die Tore offen sind, sind wir weg«, rief Trunning den versammelten Männern zu. »Also seid bereit, denn wir werden nicht wie Hofdamen noch mal umkehren können, falls jemand einen Handschuh verliert. Keine persönlichen Diener außer solchen, die reiten und mit Schwert oder Bogen umgehen können. Trockenfleisch, ein Säckel Hafer, ein bisschen Bier und Wein, mehr nicht! Vorräte für sechs Tage. Ihr reitet mit leichtem Gepäck, oder ihr bleibt zurück.«

Trunning unterbrach sich, sein Blick wanderte über die Ritter und sonstigen Männer. Er sah Percys Sohn und ging zu ihm.

Thomas empfand eine gewisse Befriedigung darüber, dass er auf den kleineren Mann herabsehen konnte. »Was gibt's, Trunning?«, sagte er mit absichtlich kühler Stimme.

Trunning antwortete nicht gleich, er stand nur da und sah ihn an, wobei er an seinen weißen Schnurrbartenden kaute, die ihm über den Mund hingen. Der Schwertmeister hatte beide Söhne des alten Earl im Waffenhandwerk ausgebildet und in so zartem Alter damit angefangen, dass Thomas sich an keine Zeit erinnern konnte, wo Trunning nicht da gewesen war und über ungeschickte Hiebe geschimpft hatte oder wissen wollte, wer ihm beigebracht habe, den Schild »wie eine schottische Jungfrau« zu halten. Thomas konnte sich auf Anhieb an fünf Knochenbrüche erinnern, die ihm der rotgesichtige kleine Mann im Laufe der Jahre zugefügt hatte – zweimal die rechte Hand, zweimal war es der Unterarm gewesen, und einmal der Fuß, als Trunning im Zorn aufgestampft hatte. Jede dieser Verletzungen hatte geschiente Glieder und wochenlange Schmerzen bedeutet, dazu natürlich vernichtenden Spott für jeden Schmerzenslaut, der ihm beim Verarzten entfuhr. Thomas hasste diesen Diener seines Vaters nicht, noch fürchtete er ihn. Er wusste, dass Trunning dem Hause Percy und Northumberland treu ergeben war, wie ein besonders bissiger alter Hund. Doch trotz aller Rangunterschiede konnte Thomas, Lord Egremont, sich nicht vorstellen, dass dieser Mann ihn jemals als gleichwertig akzeptieren würde, geschweige denn als seinen Vorgesetzten. Der beste Beweis dafür war, dass sein Vater Trunning das Kommando über diese Aktion übertragen hatte. Die beiden Alten waren aus demselben Holz geschnitzt, keiner von ihnen besaß auch nur einen Funken Güte oder Barmherzigkeit. Kein Wunder, dass sie sich so gut verstanden.

»Euer Vater hat also mit Euch gesprochen? Hat Euch erzählt, was ansteht?«, fragte Trunning schließlich. »Hat er auch gesagt, dass Ihr in allem meinen Befehlen folgen sollt, damit Ihr mit nichts weiter als ein paar frischen Kratzern auf Eurer schönen Rüstung heil wieder nach Hause kommt?«

Thomas unterdrückte den Schauer, der ihm bei der Stimme des Mannes über den Rücken lief. Vielleicht war es das Ergebnis der vielen Jahre des Brüllens beim Training, dass er immer heiser war und seine Worte stets von tiefen, krächzenden Atemzügen begleitet waren.

»Ja, er hat mir gesagt, dass Ihr die Befehle geben werdet, Trunning. Bis zu einem gewissen Punkt.«

Trunning blinzelte ihn träge an.

»Und was für ein Punkt wäre das, mein edler Lord Egremont?«

Bestürzt merkte Thomas, dass sein Herz anfing zu hämmern und er heftiger atmete. Er hoffte, der Schwertmeister würde seine Beklommenheit nicht bemerken, aber damit war kaum zu rechnen, er kannte Thomas zu lange. Trotzdem sprach er mit fester Stimme, er war entschlossen, sich von diesem Mann, der nichts als ein Diener war, nicht länger einschüchtern zu lassen.

»Der Punkt, wo Ihr und ich verschiedener Meinung sind, Trunning. Ich bin es, der die Ehre des Hauses schützen wird.

Ihr könnt Befehle geben, zum Marschieren, zum Angreifen und so weiter, aber die Regeln, nach denen wir vorgehen, werde ich bestimmen.«

Trunning starrte ihn an, er legte den Kopf auf die Seite und rieb sich eine Stelle über dem rechten Auge.

»Wenn ich Eurem Vater sage, dass Ihr Euch widersetzt, wird er Euch als Kochgehilfe mitschicken, wenn überhaupt«, sagte er mit bösem Grinsen. Zu seiner Überraschung drehte sich der junge Mann jetzt um, sodass er ihm ins Gesicht sehen konnte. Er beugte sich herunter.

»Wenn Ihr beim Alten tratscht, dann werde ich hierbleiben. Dann könnt Ihr sehen, wie weit Ihr kommt, ohne einen Sohn der Percys an der Spitze. Aber dann, Trunning, habt Ihr Egremont zum Feinde. Hiermit habe ich Euch meine Bedingungen mitgeteilt. Macht, was Ihr wollt.«

Thomas wandte sich absichtlich seinen Bediensteten zu, winkte sie heran und bat sie um einen Tropfen Öl für sein Visier. Er spürte Trunnings Blick, und sein Herz raste noch immer, aber in dieser Sache war er sich sicher. Er sah sich nicht um, als der Schwertmeister davonging, es interessierte ihn auch nicht, ob er in die Burg ging, um sich bei seinem Vater zu beschweren. Lord Egremont klappte das Visier herunter, damit niemand sein Gesicht sah. Sein Vater und Trunning waren alte Männer, und trotz ihres Starrsinns und ihrer Bosheit war es irgendwann aus mit ihnen. Thomas würde die Bogenschützen und Schwertkämpfer gegen die Hochzeitsgesellschaft seines Onkels anführen, entweder mit Trunning oder ohne ihn, es war ihm egal. Noch einmal überblickte er die kleine Armee, die sein Vater zusammengetrommelt hatte. Die meisten von ihnen waren nichts weiter als Dorfbewohner, die dem Ruf ihres Feudalherrn gefolgt waren. Doch egal, ob

Schmied, Metzger oder Gerber, sie alle hatten seit frühester Kindheit mit Axt oder Bogen trainiert und Fertigkeiten erworben, die für einen Mann wie Percy von Alnwick von Nutzen waren. Thomas lächelte und hob noch einmal das Visier.

»Am Tor formieren!«, brüllte er. Aus dem Augenwinkel sah er, wie Trunning herumfuhr, aber Thomas ignorierte ihn. Mit alten Männern war es irgendwann vorbei, erinnerte er sich mit Befriedigung. Ab jetzt würden die Jungen regieren.

2

Derry Brewer hatte eine Stinklaune. Es schüttete, und der Regen prasselte auf seine Glatze. Er hatte noch nie darüber nachgedacht, wie praktisch ein dichter Haarschopf bei Regen war. Jetzt lag sein Schädel blank, das Trommeln verursachte ihm Kopfschmerzen, und seine Ohren juckten. Noch schlimmer war es, dass er eine völlig durchweichte braune Kutte anhatte, die ihm um die nackten Waden schlug und die Haut wund rieb. Sein Kopf war ihm erst an diesem Morgen ziemlich fachmännisch rasiert worden, er fühlte sich noch ungewohnt an und war empfindlich, besonders jetzt, wo er derart den Elementen ausgesetzt war. Die Mönche, die mit ihm zogen, trugen alle eine Tonsur, ihre weiße Kopfhaut glänzte nass in dem trüben Licht. Soweit Derry wusste, hatte keiner von ihnen seit Tagesanbruch irgendetwas gegessen, obwohl sie den ganzen Tag über gelaufen waren und dabei viel gesungen und gebetet hatten.

Die mächtigen Mauern des königlichen Schlosses lagen vor ihnen am Ende der Erbsengasse, als sie betend und mit der Bitte um milde Gaben mit der Glocke läuteten. Sie waren die Einzigen, die so dumm waren, im Regen zu stehen, während es doch genügend Unterstände gab. Windsor war eine wohlhabende Stadt, das Schloss, in deren Diensten die meisten der Bewohner standen, war nur zwanzig Meilen von London entfernt, genau wie das halbe Dutzend weiterer Schlösser rund um die Hauptstadt – alle einen Tagesmarsch voneinander entfernt. Der königliche Haushalt hatte die besten Goldschmiede, Juweliere, Winzer und Stoffhändler aus London angelockt. Und da der König persönlich hier residierte, war die Bevölkerung um mehr als achthundert Bedienstete des Schlosses angewachsen, was die Preise ansteigen ließ, egal, ob es sich um Brot, Wein oder ein goldenes Armband handelte.

Mürrisch, wie er war, dachte Derry darüber nach, dass sicherlich auch die Franziskaner vom Geld angelockt worden waren. Er war sich immer noch nicht ganz im Klaren, ob seine schmuddeligen Weggefährten am Ende vielleicht auch nichts Besseres als ziemlich schlaue Bettler waren. Klar, Bruder Petrus ließ seine Tiraden über Sünde und Habgier auf die Zuhörer los, aber die anderen Mönche hatten außer ihren Schalen für milde Gaben auch Messer im Gepäck, die sie zum Verkauf feilboten. Ein besonders kräftiger unter ihnen schien sich mit seiner Rolle als Messerschleifer abgefunden zu haben, denn er führte einen großen Schleifstein mit sich. Der stille Godwin trug ihn auf den Schultern, so gebeugt, dass er kaum sehen konnte, wohin er ging. Die anderen behaupteten, er trüge seine Last als Sühne für ein früheres Vergehen, aber Derry hatte nicht zu fragen gewagt, um was für eine Sünde es sich handelte.

Auf ihrem Weg von einer Kirche zur anderen, machte die Gruppe immer wieder Halt in Dörfern, um Andachten zu halten, dabei nahmen sie Wasser oder selbst gebrautes Bier an, das die Dorfbewohner ihnen herausbrachten, während sie ihren Schleifstein aufbauten und Messer schliffen und jeden segneten, der ihnen eine Münze dafür gab, egal wie klein. Derry durchzuckte ein Schuldgefühl, wenn er an den Lederbeutel dachte, den er im Schritt versteckt bei sich trug. Darin war genug Silber, um sie alle königlich zu bewirten, aber wenn er den Beutel hervorziehen würde, würde Bruder Petrus das Geld wahrscheinlich irgendeinem faulen Taugenichts schenken und die Mönche weiter hungern lassen. Derry blies die Backen auf und wischte sich den Regen aus den Augen, der ihm ununterbrochen über das Gesicht lief, sodass er alles wie durch einen Schleier sah.

Vor vier Tagen war es ihm als eine gute Idee erschienen, sich diesen Mönchen anzuschließen. Ihr bescheidenes Gewerbe brachte es mit sich, dass sie alle bewaffnet waren. Sie waren es auch gewohnt, nachts auf der Straße zu sein, wenn Diebe versuchten, selbst die zu bestehlen, die nichts hatten. Derry war gerade im Stall einer heruntergekommenen Kaschemme gewesen, als er Bruder Petrus hörte, der von Windsor sprach, wo man für die Genesung des Königs beten wollte. Keiner hatte sich groß gewundert, dass es hier einen weiteren Reisenden gab, der dasselbe Ziel hatte und mit ihnen gehen wollte, schließlich war die Seele des Königs in Gefahr und das Land voller Räuber und Spitzbuben.

Derry seufzte und rieb sich das Gesicht. Er nieste gewaltig und konnte gerade noch den saftigen Fluch unterdrücken, der ihm auf der Zunge lag. Erst heute Morgen hatte Bruder Petrus mit seinem Stock einen Müller verprügelt, der auf offener Straße lästerlich geflucht hatte. Es hatte Derry großes Vergnügen bereitet, den sanftmütigen Anführer der Gruppe bei einem Wutausbruch zu beobachten, der ihm auf den Kampfplätzen des Londoner Ostends schnell einen gewissen Ruf eingebracht hätte. Sie ließen den Müller auf der Straße liegen, aus dessen Ohren Blut tropfte – sein Wagen war umgeworfen und seine Mehlsäcke alle geplatzt. Bei der Erinnerung daran musste Derry grinsen, und er blickte hinüber zu Bruder Petrus, der bei jedem dreizehnten Schritt seine Glocke erklingen ließ, sodass es von den Mauern oben auf dem Hügel widerhallte.

Die Burg ragte düster im Regen auf. Die dicken Mauern und die runden Türme waren in den Jahrhunderten, seit ihre Grundsteine gelegt worden waren, noch nie bezwungen worden. König Henrys Festung wachte über Windsor, fast wie eine zweite Stadt innerhalb der ersten, eine Heimstatt für Hunderte von Menschen. Derry starrte hinauf, seine Füße schmerzten vom Kopfsteinpflaster.

Es war an der Zeit, sich von der kleinen Gruppe von Mönchen zu verabschieden, und Derry überlegte, wie er das Thema anschneiden sollte. Bruder Petrus war überrascht gewesen über seinen Wunsch, genau wie die anderen die Tonsur zu tragen. Obwohl sie es für sich selbst als eine Absage an die Eitelkeit akzeptierten, wäre dies für Derry nicht nötig gewesen. Er hatte seine ganze Überredungskunst gebraucht, ehe der Ältere ihm zugestanden hatte, dass er mit seinem Kopf machen könne, was er wolle.

Der junge Mönch, der sich mit dem Rasiermesser über Derrys dichtes Haar hermachte, hatte ihn zweimal geschnitten und ihm außerdem ein Stück Kopfhaut von der Größe eines Penny abgeschabt. Derry hatte das alles stoisch über sich ergehen lassen, und schließlich hatte Bruder Petrus ihm anerkennend auf die Schulter geklopft.

Jetzt, in diesem strömenden Regen, fragte Derry sich, ob es die Sache wert gewesen war. Er war ohnehin hager und ausgemergelt, und in einer alten Kutte wäre er vielleicht auch ohne Tonsur als Mönch durchgegangen, aber das Risiko war groß, und die Leute, die ihn jagten, hatten schon mehr als einmal bewiesen, dass sie zum Äußersten entschlossen waren.

Seufzend sagte er sich abermals, dass es den Preis wert war, aber er konnte sich nicht erinnern, jemals im Leben so niedergeschlagen gewesen zu sein.

Er hatte es sich nicht ausgesucht, der Erzfeind von Richard Plantagenet, Duke von York, zu sein. Rückblickend musste Derry zugeben, dass es besser gewesen wäre, er hätte sich etwas diplomatischer verhalten. Der Mann, der ihn ausgebildet hatte, hätte über den Stolz, den er gezeigt hatte, vermutlich missbilligend mit dem Finger gedroht – der alte Bertle hätte ihm gewiss einen langen Vortrag darüber gehalten, dass man seinen Feinden nie zeigen darf, wie stark man ist, *niemals*. Fast glaubte Derry, die verärgerte Stimme des Alten zu hören, als er langsam den Berg hinaufging. Solange sie dich für schwach halten, schicken sie keine starken, kaltblütigen Mörder aus London hinter dir her. Sie bezahlen auch nicht für jeden Bericht darüber, wo man dich gesehen hat, mit gutem Silber. Und sie setzen keinen Preis auf deinen Kopf, Derry!

Vielleicht hatte es ihn gerettet, für ein paar Tage ein Franziskaner zu sein. Vielleicht war es auch nur Zeitverschwendung gewesen, er würde es nie wissen. Auf jeden Fall war er auf seiner Wanderung mit den Mönchen Gruppen von feindselig aussehenden jungen Männern begegnet, Männern, die lachten und johlten und sich abwandten, wenn Bruder Petrus um eine milde Gabe bat. Jeder Einzelne von ihnen oder vielleicht sogar alle hätten von York beauftragt und bezahlt sein können, Derry wusste es nicht. Er hielt seinen Blick zu Boden gerichtet und wanderte mit den anderen weiter.

Der Regen ließ nach, aber in der Nähe hörte man es donnern, und dunkle Wolken ballten sich am Himmel. Bruder Petrus nutzte den Augenblick der Ruhe, indem er den Klöppel seiner Glocke mit der einen Hand festhielt und die andere hob, um seine durchweichte, fröstelnde Gruppe anzuhalten.

»Brüder, die Sonne geht bald unter, und es ist zu nass, um heute Nacht im Freien zu schlafen. Ich kenne eine Familie am anderen Ende der Stadt, weniger als eine Meile von hier, jenseits des Hügels. Die werden uns in ihrer Scheune schlafen lassen, wir werden dafür ihr Haus segnen und sie an unserer Andacht teilnehmen lassen.«

Bei diesen Worten hellten sich die Gesichter der Mönche auf, und Derry stellte fest, dass ihm diese merkwürdige Art von Leben durchaus einen gewissen Respekt abnötigte. Mit Ausnahme des stiernackigen stillen Godwin sah keiner von ihnen besonders robust und widerstandsfähig aus. Er dachte, dass vielleicht der eine oder andere dieses Wanderleben besser fand als zu arbeiten, andererseits nahmen sie es sehr ernst mit ihrer Armut in einer Zeit, wo jeder zweite Mensch einer Arbeit nachging und alles daransetzte, der Armut zu entkommen. Derry räusperte sich und unterdrückte den Husten, den er sich geholt hatte.

»Bruder Petrus, darf ich Euch um ein Wort bitten?«, sagte er. Der Anführer der kleinen Gruppe wandte sich ihm mit mildem Lächeln zu.

»Natürlich, Derry«, sagte er. Die Lippen des älteren Mannes waren blau. Wieder dachte Derry an den Geldbeutel, der sicher und warm zwischen seinen Beinen verborgen war.

»Ich ... äh ... ich werde nicht mit euch weiterziehen«, sagte Derry und blickte auf seine Füße hinunter, um die Enttäuschung im Gesicht des Mönchs nicht sehen zu müssen. »Hier im Schloss ist jemand, den ich sprechen muss. Ich werde wohl eine Weile hierbleiben.«

»Ach so?«, erwiderte Bruder Petrus. »Nun, Derry, wenn du gehen musst, dann geh. Aber nicht ohne Gottes Segen.« Zu seiner Überraschung streckte der Ältere seine Hände aus und legte sie Derry auf den wunden Kopf, den er leicht nie-derdrückte. Derry ließ es sich gefallen, er war merkwürdig gerührt von dem Glauben des alten Mannes, der jetzt den heiligen Christophorus und den heiligen Franziskus anrief, damit sie ihn auf seinem weiteren Weg beschützten und ihm beistanden.

»Ich danke Euch, Bruder Petrus. Es war mir eine Ehre.«

Der ältere Mann lächelte und ließ seine Hände sinken.

»Ich hoffe nur, dass den Leuten, denen du entgehen willst, die Sonne in die Augen scheint, Derry. Ich werde darum beten, dass sie so blind wie Saulus von Tarsus sind, wenn du ihnen begegnest.«

Überrascht sah Derry ihn an, und Bruder Petrus lachte leise.

»Es passiert nicht oft, dass jemand bereits nach ein, zwei Tagen bei uns auf einer Tonsur besteht, Derry. Nun ja, es wird dir nicht schaden, obwohl Bruder John ein wenig unvorsich-tig mit der Klinge war.«

Derry starrte ihn an, amüsiert, trotz seiner schmerzenden Kopfhaut.

»Ich habe mich gefragt, Bruder, warum einige von euch eine Tonsur von nicht mehr als drei Fingerbreit haben, während er mich bis über die Ohren kahl rasiert hat.«

Bruder Petrus' Augen blitzten.

»Das war meine Entscheidung, Derry. Ich dachte, wenn ein Mann so dringend eine Tonsur haben will, dann soll man sei-nen Wunsch auch so gründlich wie möglich erfüllen. Bitte ver-gib mir, mein Sohn.«

»Natürlich, Bruder Petrus. Ihr habt mich wohlbehalten hierhergebracht.« Mit plötzlichem Entschluss hob Derry seine Kutte hoch, suchte in den Tiefen der Falten und zog schließlich den Geldbeutel hervor. Er drückte ihn Bruder Petrus in die Hand und schloss seine Finger um das feuchte Leder.

»Dies ist für Euch. Davon könnt Ihr einen Monat leben, vielleicht länger.«

Bruder Petrus wog den Beutel nachdenklich in der Hand, dann hielt er ihn Derry wieder hin.

»Gott sorgt für uns, Derry, immer. Ich bin gerührt von deiner Freundlichkeit, aber behalte ihn.«

Derry schüttelte den Kopf, er hob die Hände und trat einen Schritt zurück.

»Es gehört Euch, Bruder Petrus, bitte.«

»Schon gut, schon gut«, sagte der Ältere und steckte den Beutel ein. »Sicher werden wir das Geld gut gebrauchen können, oder sonst jemand, der es noch nötiger hat als wir. Geh mit Gott, Derry. Wer weiß, vielleicht bleibst du irgendwann einmal länger als nur zwei Tage bei uns. Darum werde ich beten. Jetzt kommt, Brüder, es fängt wieder an zu regnen.«

Jeder Einzelne trat auf Derry zu, drückte ihm die Hand und gab ihm gute Wünsche mit, selbst der stille Godwin, der Derrys Hand mit seiner großen Pranke fast zerquetschte und Derry auf die Schulter klopfte, wie immer den großen Schleifstein auf dem Rücken.

Derry stand allein auf der Straße, auf dem Hügel vor der königlichen Burg, und sah hinter den Mönchen her, die nach der anderen Seite hinuntergingen. Es hatte tatsächlich wieder angefangen zu regnen, und Derry fröstelte, als er sich dem Torhaus zuwandte. Er hatte das Gefühl, dass er beobachtet wurde, und ging schneller, um in den Schutz der Mauer und zu dem wachhabenden Soldaten zu gelangen. Derry blinzelte mühsam in die Dunkelheit, als er näher kam. Der Mann war bis auf die Haut durchnässt, genau wie er selbst, bei jedem Wetter musste er mit seiner Pike und der Alarmglocke hier stehen.

»Guten Abend, mein Sohn«, sagte Derry, wobei er die Hand hob und das Kreuzzeichen machte. Der Wachsoldat sah ihn an.

»Hier dürft Ihr nicht betteln, Vater«, sagte er barsch. »Tut mir leid«, fügte er nach einer kurzen Pause hinzu. Derry lächelte freundlich, seine weißen Zähne leuchteten in dem sonnenbraunen Gesicht.

»Schickt Eurem Hauptmann eine Nachricht. Er wird herauskommen.«

»Bei diesem Regen bestimmt nicht, Vater«, erwiderte der Mann verlegen.

Derry sah schnell zu beiden Seiten die Straße hinunter. Es war niemand zu sehen, und er war müde und halb verhungert.

»Sag zu ihm das Wort ›Weinberg‹, dann kommt er.«

Der Soldat sah ihn einen Moment zweifelnd an, während Derry versuchte, einen möglichst selbstsicheren Eindruck zu machen. Schließlich zuckte der Soldat die Schultern und stieß einen lauten Pfiff aus. Im Torhaus hinter ihm wurde eine Tür geöffnet, und Derry hörte jemanden fluchen, weil Wind und Regen hereindrangen.

Der Mann, der herauskam, hatte einen stattlichen Schnurrbart, der allerdings schon nass herunterhing. Er trocknete gerade seine Hände an einem Tuch ab, um seinen Mund hatte er Reste von Rührei. Er ignorierte den Mönch, der im Regen vor ihm stand, und wandte sich an den wachhabenden Soldaten.

»Was gibt's?«

»Dieser Mönch, Sir. Er wollte, dass Ihr herauskommt.«

Derry verlor langsam die Geduld, weil der Sergeant der Wachen ihn weiterhin ignorierte. Jetzt sprach er, doch inzwischen zitterte er so vor Kälte, dass er die Worte nur mit Mühe herausbrachte.

»Mir ist kalt, ich bin hungrig und todmüde, Hobbs. Die Losung ist ›Weinberg‹, und die Königin wird mich sehen wollen. Lasst mich rein.«

Sergeant Hobbs, entrüstet über diesen Ton, wollte gerade eine schroffe Antwort geben, als er merkte, dass der Mann ihn mit Namen angesprochen hatte, außerdem hatte er das Losungswort benutzt, das man ihm vor einigen Wochen eingeschärft hatte. Er beruhigte sich und wurde sofort freundlicher. Er sah sich den schmuddeligen Mönch näher an.

»Master Brewer? Du lieber Gott, Mann, was ist denn mit Eurem Kopf passiert?«

»Tarnung, Hobbs, wenn Ihr es genau wissen wollt. Lasst Ihr mich jetzt durch? Mir tun die Füße weh, und mir ist so kalt, dass ich mich kaum noch rühren kann.«

»Aber ja, Sir, natürlich. Ich bringe Euch zur Königin. Ihre Hoheit hat erst vor ein paar Tagen nach Euch gefragt.«

Es regnete noch stärker und prasselte nur so auf den unglücklichen Wachsoldaten, der zurückblieb, als sie hinein ins Warme gingen.

So müde und heruntergekommen er auch war, Derry fiel sofort auf, wie ruhig es überall war. Die Stille wurde noch tiefer, je näher er mit Hobbs den königlichen Gemächern kam. Die Diener bewegten sich fast geräuschlos und flüsterten, wenn sie sprechen mussten. Bis sie an der richtigen Tür angekommen waren, wo Hobbs ein neues Passwort sagte, war

Derry sich sicher, dass es im Zustand des Königs keine Veränderung gegeben hatte. Vierzehn Monate war es jetzt her, seit König Henry in diese tiefe Benommenheit gefallen war, aus der er nicht geweckt werden konnte. Man war bereits im Spätsommer des Jahres 1454, und noch immer gab es auf dem Thron in London keinen König, stattdessen regierte der Duke von York als Protektor des Königreichs. England sah auf eine lange Geschichte von Regenten zurück, die die Amtsgeschäfte unmündiger Könige versahen – Henry selbst hatte auch gute und zuverlässige Männer gebraucht, die an seiner Stelle regierten, als er als kleines Kind den Thron bestieg. Doch dass ein König vertreten werden musste, weil er in geistige Umnachtung fiel, das hatte es noch nicht gegeben – wahrscheinlich ein Erbe der französischen Linie, aus der seine Mutter stammte.

Derry musste sich eine gründliche Durchsuchung gefallen lassen. Als die Wachen sich überzeugt hatten, dass er keine Waffen bei sich trug – oder zumindest hatten sie keine gefunden –, wurde er gemeldet, und die Tür zu den inneren Gemächern öffnete sich.

Die Königin und ihr Gemahl saßen beim Abendessen. Im ersten Moment sah es aus, als säße König Henry ganz normal da, über eine Schale mit Suppe gebeugt. Doch dann sah Derry die Seile, mit denen er an seinem Stuhl festgebunden war, und den Diener mit dem Löffel, der neben seinem Herrn saß und ihn fütterte. Beim Nähertreten sah Derry, dass Henry ein Lätzchen trug, auf dem mindestens ebenso viel Suppe war, wie man ihm eingeflößt hatte. Die nahrhafte Brühe tropfte dem König von den schlaffen Lippen, und als Derry das Knie beugte und den Kopf neigte, hörte er leise Würgegeräusche.

Sergeant Hobbs war an der Schwelle stehen geblieben. Die Tür wurde hinter Derry geschlossen, und die junge Königin erhob sich von ihrem Stuhl. Sie sah ihn besorgt an.

»Euer Kopf, Derry! Was ist mit Eurem Haar geschehen?«

»Königliche Hoheit, ich hielt es für besser, unbemerkt zu Euch zu kommen, ohne dass man über jeden meiner Schritte berichtet. Das Haar, nun, das ist unbedeutend. Es wächst ja wieder. Zumindest hat man mir das versichert.« Genervt stellte er fest, dass die Königin nur mit Mühe ein Lachen unterdrücken konnte.

»Euer Kopf sieht aus wie ein Ei, Derry! Sie haben Euch ja nicht ein Haar stehen lassen.«

»Ja, Euer Hoheit, der Franziskaner war außergewöhnlich gründlich mit seinem Rasiermesser.« Als er sich erhob, taumelte er leicht, ein Schwächeanfall, bedingt durch die Wärme im Raum und seinen großen Hunger. Die Königin bemerkte es, und ihr Gesicht wurde ernst.

»Humphrey! Hilf Master Brewer auf einen Stuhl, ehe er uns umfällt. Schnell.«

Benommen sah Derry sich nach dem Mann um, den sie angesprochen hatte, dann wurde er unter den Armen gepackt und auf einen breiten, hölzernen Stuhl gesetzt. Er zwinkerte und versuchte sich zu orientieren. Der Schwächeanfall war ihm unangenehm, und er dachte an Bruder Petrus, der nach wie vor durch den Regen laufen musste, um seine Scheune mit dem Nachtlager zu erreichen.

»Es geht gleich wieder besser, Hoheit«, sagte Derry. »Ich bin lange unterwegs gewesen.« Er sagte nicht, dass er verfolgt worden war und alles hatte dransetzen müssen, um denen, die ihn suchten, stets einen Schritt voraus zu sein. Er war im vergangenen Monat dreimal von Spähern erkannt und verfolgt worden, zweimal allein in der Woche, ehe er sich den Mönchen zugesellt hatte. Er wusste, dass er irgendwann kein sicheres Versteck mehr finden würde oder dass seine Beine versagen könnten. Die Männer des Dukes von York zogen das Netz um ihn immer enger, fast fühlte er schon die raue Schnur am Hals.

Derry sah hoch, um dem Mann zu danken, der ihm geholfen hatte, und er riss die Augen auf, als er sah, dass es der Duke von Buckingham war. Humphrey Stafford war ein großer, rotgesichtiger Mann mit einem gewaltigen Appetit. Er hatte ihn hochgehoben, als sei er ein Kind, und Derry konnte nur ahnen, wie viel er auf seinem Weg an Gewicht verloren hatte.

Der Duke beugte sich vor, sah ihn genau an und rümpfte seine große, dicke Nase.

»Total erledigt«, verkündete er, und zu Derrys Unbehagen kam er noch etwas näher und schnupperte an ihm. »Sein Atem stinkt, Hoheit, wie verfault. Wenn Ihr ihn etwas fragen wollt, solltet Ihr es jetzt tun, ehe er tot umfällt.«

Derry blinzelte ihn an.

»Ich werde es überleben, Mylord, wie immer.«

Keiner von den dreien hatte König Henry beachtet. Der saß stumm am Tisch, nichts sehend und nichts fühlend. Derry riskierte einen heimlichen Blick und wünschte sofort, er hätte es nicht getan. Der König war bleich und abgemagert, aber das war nicht das Schlimmste. Seine Augen waren offen, aber sein Blick völlig leer. Derry hätte ihn für einen Toten gehalten, wenn er nicht geatmet hätte, wobei er bei jedem Atemzug leicht den Kopf hob.

»Heiße Suppe für Master Brewer«, hörte Derry Königin Margaret sagen. »Und Brot und Butter und etwas von dem

kalten Braten mit Knoblauch, alles, was ihr nur finden könnt.«
Dankbar schloss er die Augen. Die Wärme im Raum tat so
gut, dass er sogar seine Schmerzen für eine Weile vergessen konnte. Es war lange her, seit er an einem guten Feuer
gesessen hatte. Erleichterung und Erschöpfung übermann-
ten ihn, sodass er fast schlief, als die Speisen vor ihm erschienen. Doch bei ihrem Duft wurde er wieder wach, und er
langte mit einem Heißhunger zu, dass Margaret belustigt lächelte. Er merkte, wie die heiße Suppe seine Lebensgeister
weckte, als strömte ihre Kraft direkt in seine Glieder. Derry
schmatzte genießerisch und riss große Stücke vom Brot ab,
das so frisch war, dass man es nicht erst in der Suppe aufzu-
weichen brauchte.

»Jetzt glaube ich auch, dass er es überleben wird«, sagte
Buckingham trocken von der anderen Seite des Tisches. »An
Eurer Stelle würde ich aufs Tischtuch aufpassen, Hoheit,
sonst isst er das auch noch mit.«

Derry warf dem Mann einen kühlen Blick zu. Er biss sich
auf die Zunge, er wollte sich keinen weiteren Feind machen.
Es reichte ein Duke, der ihn erledigen wollte, zumindest fürs
Erste.

Er lehnte sich zurück, denn er wusste, dass die Königin
ihm mehr nachsah als den meisten anderen, die ihr dien-
ten. Dafür war er dankbar. Derry grinste Buckingham an und
wischte sich mit der Tischdecke die Mundwinkel ab.

»Königliche Hoheit, ich danke Euch für Eure Geduld. Jetzt
fühle ich mich erholt und kann Euch Bericht erstatten.«

»Ihr seid zwei Monate weg gewesen, Derry! Was hat Euch
so lange vom König ferngehalten?«

Derry setzte sich auf und schob seinen Teller zurück, der
von einem Diener abgeräumt wurde.

»Hoheit, ich habe die Anzahl meiner Informanten vergrö-ßert. Ich habe Männer und Frauen in jedem vornehmen Haus, das loyal zu König Henry steht. Einige von ihnen sind nicht mehr da, entweder aufgespürt und festgenommen, oder zur Flucht gezwungen. Andere sind aufgestiegen und glauben, deshalb müssten sie besser von mir bezahlt werden. Ich habe mir Zeit genommen, ihnen zu erklären, dass Loyalität zu einem König nicht in Silber bemessen werden kann, aber trotzdem verlangten einige von ihnen jedes Mal dreißig Silber-stücke.«

Königin Margaret war eine schöne junge Frau, gerade vier-undzwanzig Jahre alt, mit klarer Haut und einem schlanken Hals. Sie kniff die Augen zusammen, während Derry sprach, ab und zu warf sie einen kurzen Blick auf ihren Mann, als ob er nach seinem monatelangen Schweigen plötzlich etwas sagen könnte. Derry empfand großes Mitleid mit dieser Frau, deren Mann sie nicht erkannte.

»Und was ist mit York, Derry? Erzählt mir von ihm.«

Derry sah kurz zu der prunkvollen Decke hoch und dachte darüber nach, wie er das Protektorat am besten beschrei-ben konnte, ohne ihre Hoffnung zunichtezumachen. Tatsache war, dass York mit großem Geschick regierte. Man konnte Richard Plantagenet alles vorwerfen – aber nicht, unfähig zu sein. Er war überzeugt, dass der Duke die wichtigen und komplizierten Staatsgeschäfte mit mehr Geschick und Ver-ständnis führte, als König Henry es jemals getan hatte. Doch das konnte er dessen junger Gemahlin nicht sagen, die sich ver-zweifelt nach einer guten Nachricht sehnte.

»Er macht keinen Hehl aus seiner Unterstützung für die Nevilles, Hoheit. York und der Earl Salisbury verleiben sich Güter und Anwesen im ganzen Land ein. Ich habe von mindestens einem Dutzend Gerichtsverfahren gehört, wo es um den unrechtmäßigen Erwerb von Ländereien durch die Nevilles geht.«

Die Königin runzelte die Stirn und machte eine ungeduldige Handbewegung.

»Erzählt mir von Unruhen, Derry! Von Fehlschlägen! Sagt mir, dass die Menschen in England diesem Mann ihre Unterstützung entziehen.«

Derry zögerte einen Moment, ehe er fortfuhr.

»Die Garnison in Calais hat sich seinen Befehlen verweigert, Hoheit. Das ist York ein Dorn im Fleisch. Es ist die größte Armee, die dem König dient, und sie behaupten, sie seien seit dem Fall von Anjou und Maine nicht mehr bezahlt worden. Das Letzte, was ich hörte, war, dass sie die Wollerträge des gesamten Jahres in ihren Besitz gebracht haben und drohen, sie zu verkaufen, um ihre Kosten zu decken.«

»Das ist schon besser, Derry, viel besser. Er könnte Earl Somerset schicken, um mit ihnen zu verhandeln, wenn er sich die Sympathie dieses klugen Mannes durch seine Angriffe auf meinen Mann nicht verscherzt hätte. Sie würden auf Somerset hören, das weiß ich. Wisst Ihr, dass York sogar den Haushalt des Königs verkleinert hat? Seine Männer tauchten hier auf, mit ihren Urteilen und Siegeln, und entließen loyale Angestellte ohne irgendeine Pension. Sie nahmen Pferde aus den Ställen und haben sie seinen Anhängern geschenkt. Züchtungen, die man nie wieder so an einem Ort wird sammeln können. Und alles, um ein paar Silberstücke zu sparen!«

»Das habe ich gehört, Hoheit«, erwiderte Derry beklommen. Er fragte sich, ob York überhaupt irgendwann einmal schlief. Er hatte wahrlich viel erreicht in einem Jahr. Die Probleme mit der Garnison in Calais waren einer der wenigen kleinen Schönheitsfehler, die man dem Protektorat von York anlasten konnte. Doch sonst lief alles ziemlich reibungslos. Zwar regten sich einige über die Einsparungen im königlichen Haushalt auf, doch York war gnadenlos im Einsparen von Staatsgeldern gewesen und hatte das Geld klug angelegt, um sich weitere Unterstützung zu sichern. Wenn es so weiterging, würde man eines Tages womöglich noch hoffen, König Henry würde nie mehr aus seiner Umnachtung aufwachen. Für ihn und Margaret war es notwendig, dass York katastrophal scheiterte – oder dass der König rechtzeitig wieder zu sich kam. Ehe es zu spät war.

Derry blickte wieder zum König, der mit ausdruckslosem Gesicht auf seinem Stuhl vor sich hin nickte, und ihn überlief ein kalter Schauer, dass er eine Gänsehaut bekam. Es war schlimm, wenn ein lebendiger Mensch in einem solchen Zustand dahinvegetierte.

»Hat sich der Zustand des Königs nicht verbessert?«, fragte er. Margaret nahm eine etwas aufrechtere Haltung an, ehe sie antwortete.

»Wir haben zwei neue Ärzte, die ihn behandeln. Diesen Dummkopf Allworthy haben wir entlassen. Ich habe alle möglichen frommen Männer ertragen, die über meinem Mann gebetet, ihn untersucht, abgetastet und beschnuppert haben. Er hat noch Schlimmeres ertragen müssen, Prozeduren, so abstoßend, dass ich sie Euch nicht beschreiben will. Nichts davon hat Geist und Körper wieder zusammengeführt. Buckingham ist mir ein großer Trost, aber selbst er verzweifelt manchmal – ist es nicht so, Humphrey?« Der Duke, der gerade mit einer Schale Suppe beschäftigt war, antwortete mit einem unverbindlichen Brummen.

»Aber Euer Sohn, Hoheit?«, fragte Derry so behutsam er konnte. »Als Ihr ihn König Henry gezeigt habt, zeigte er da keine Reaktion?«

Margaret presste den Mund zusammen.

»Mit Euren Fragen klingt Ihr fast wie Abt Whethamstede. Nun, in der Tat – Henry sah auf, als ich ihm das Kind zeigte. Er sah es einen Moment an, und ich bin *sicher*, er verstand, was ich zu ihm sagte.« Sie hatte Tränen in den Augen, er wagte nicht, ihr zu widersprechen.

Derry räusperte sich, langsam wünschte er, er wäre nicht gekommen.

»Die Ratsversammlung der Lords kommt nächsten Monat zusammen, königliche Hoheit, um Euren Sohn Edward als Thronfolger und Prinzen von Wales zu bestätigen. Wenn York versuchen sollte, das zu verhindern, würde er damit offen zugeben, dass er die Krone will. Und obwohl das ein schwerer Schlag wäre, hoffe ich beinahe, dass es so kommt, damit die wahre Absicht seines Protektorats offenbar wird und jeder weiß, was er im Schilde führt. Dann könnten es auch diejenigen nicht mehr abstreiten, die bis jetzt diese Tatsache nicht wahrhaben wollten.«

Margaret betrachtete ihren Mann mit schmerzlichem Gesicht.

»Darauf kann ich meine Hoffnung nicht setzen, Derry. Mein Sohn *ist* der Thronerbe. Um des kleinen Edward willen ließ ich die Demütigung über mich ergehen, dass York und Salisbury bei der Entbindung zugegen waren, wo sie um mein Bett schlichen und unter die Decke linsten, um ganz sicherzugehen, dass das Kind wirklich mein eigenes war! Beinahe hätte es ein Handgemenge gegeben, Derry, weil Lord Somerset meine Ehre verteidigen wollte. Manchmal wünschte ich, er hätte dem Plantagenet damals tatsächlich sein Schwert in den Leib gestoßen, als Strafe für seine Unverschämtheit und seine Beleidigungen. Nein, Master Brewer, nein! Ich darf nicht einmal daran denken, dass diese Feiglinge meinem Sohn sein Geburtsrecht absprechen könnten.«

Derry errötete bei der Vorstellung, was sie erduldet hatte, obwohl er von diesem Brauch gehört hatte. Einerseits bewunderte er Yorks Scharfsinn, das Misstrauen, dass die Schwangerschaft nur vorgetäuscht sein und ihnen ein anderes Kind untergeschoben werden könnte. Wenigstens das war ausgeschlossen worden, obwohl es immer noch Gerüchte um die Vaterschaft gab. Man flüsterte Somersets Namen, was Derry pflichtschuldigst hinterbracht worden war. Derry, der Somersets strenges Ehrgefühl kannte, war überzeugt, dass es nichts weiter als ein Gerücht war, allerdings eins, das sich hartnäckig hielt.

Er saß da und nickte vor sich hin, fast im gleichen Rhythmus wie der König, er konnte nicht länger gegen seine Erschöpfung ankämpfen. Er war Margaret dankbar, die, als sie sah, wie müde er war, ihn endlich wegschickte, damit er sich ausruhen konnte. Er kniete vor ihr hin und verbeugte sich vor dem Duke von Buckingham, ehe er ging. Noch einmal blickte er zurück, sah den König in seinem Stumpfsinn, blind und taub für alles, was um ihn vor sich ging. Derry stolperte hinter einem Diener her, der ihm einen Raum zeigte, der nach Feuchtigkeit und Staub roch. Ohne seine nasse Kutte auszuziehen, ließ Derry sich aufs Bett fallen und schlief sofort ein.

3

Die Stimmung war gut, als die Hochzeitsgesellschaft aufwachte. Diejenigen, die vom Gelage am Abend vorher noch Kopfschmerzen hatten, standen geduldig Schlange, um sich Rindergulasch mit Klößen zu holen, fett und nahrhaft, um das starke Bier zu neutralisieren und verdorbene Mägen zu besänftigen. Da es weder Mittwoch, Freitag oder Samstag war, gab es keinen Grund, weshalb sie kein Fleisch essen sollten, obwohl normalerweise nur wenige von ihnen schon früh am Morgen eine so schwere Mahlzeit gegessen hätten. Aber bei einer Hochzeit musste man über die Stränge schlagen, damit Gäste und Bedienstete gleichermaßen hinterher erzählen konnten, sie hätten gegessen und getrunken, bis sie nicht mehr stehen konnten und ihre Gürtel sich spannten.

Richard, Earl von Salisbury und Oberhaupt der Familie Neville, war bester Dinge, als er hinter einem Busch seine Blase leerte und zufrieden beobachtete, wie der Dampf aufstieg. Die Hochzeit war gut gelaufen, sein Sohn John hatte eine gute Figur gemacht und die Sache mit Würde hinter sich gebracht. Salisbury lächelte, als er seine Hose wieder zuband, dann gähnte er so heftig, dass sein Unterkiefer knackte. Er hatte bestimmt mehr getrunken, als für einen Mann seines Alters gut war, sodass er sogar jetzt, bei dieser Morgenkühle, noch schwitzte. Aber wenn ein Vater die Hochzeit seines Sohnes nicht richtig feiern konnte, dann stimmte etwas nicht mehr in der Welt. Es schadete auch überhaupt nichts, dass Maud eine eher herbe Schönheit war, stark und mit breiten Hüften, mit kreisrunden Narben auf der rechten Wange, woran man erkannte, dass sie die Pocken überlebt hatte und diese Geißel nicht in die Familie einschleppen würde. Earl Salisbury hatte Spaß dabei gehabt, das Hochzeitszelt auf dem bemoosten Boden zu errichten und dann zusammen mit den anderen zu johlen und den frisch Vermählten gute Ratschläge zu erteilen, während diese, rot bis an die Haarwurzeln, im Zelt verschwanden und es mit viel nervösem Gekicher zum Schwanken brachten. Seine Frau Alice hatte ihn schließlich weggezogen und die Männer davongejagt, damit das Paar etwas Privatsphäre hatte.

Im Lager der Nevilles hatte man noch lange weitergetrunken und die vielen Bier- und Weinschläuche geleert, die man auf Karren mitgebracht hatte. Deshalb waren am nächsten Morgen auch noch nicht viele wach, um in Jubel auszubrechen, als John das mit jungfräulichem Blut befleckte Leintuch vor das Zelt hängte. Bald darauf war der junge Ehemann dann herausgekommen und in der Menge umherstolziert, um sich von allen anerkennend auf die Schulter klopfen zu lassen. Seine Mutter hatte ihm die Freude etwas verdorben, als sie stehen blieb und ihm vor versammelter Mannschaft den Mund abwischte.

Es war ein schöner Tag gewesen, und das Wetter schien gut bleiben zu wollen. Eine kleinere Gesellschaft hätte die Nacht vielleicht in einem Gasthof am Wege verbracht, aber Salisbury hatte mehr als zweihundert Soldaten und Bogenschützen mitgebracht. Im Laufe des vergangenen Jahres waren überall im Land immer wieder Menschen umgebracht worden, und er konnte es nicht riskieren, mit Frau und Kindern umherzureisen, ohne dass seine besten Leute ihn begleiteten.

Sein Leibdiener hatte einen kleinen Schemel und den Rasiertisch im Gras aufgestellt, mit einem weißen Tuch bedeckt und das Rasiermesser, das Ölfläschchen und eine Schüssel heißes Wasser bereitgestellt. Salisbury rieb sich nachdenklich das stoppelige Kinn. Er musste daran denken, wie viel Arbeit auf ihn wartete. Es war eine Erholung, sich ein paar freie Tage von den vielen Aufgaben zu gönnen, die seine Güter und seine Titel ihm abverlangten, unter denen »Kanzler des Reichsprotektors« nicht der geringste war. Doch im Moment war er nichts weiter als ein stolzer Vater wie jeder andere, der ein junges Paar sicher nach Hause begleiten wollte. Diese Reise würde für dieses Jahr seine einzige Unterbrechung sein, das wusste er jetzt schon. Sheriff Hutton war eins seiner Lieblingsquartiere, wo er und seine Frau einen Teil ihrer Hochzeitsreise verbracht hatten. Er wusste, dass Alice sich freuen würde, das altvertraute Anwesen wiederzusehen, auch wenn sie nicht lange bleiben konnten. Sein Sohn und Maud würden eine weitere Woche dort verbringen und dabei die Verwaltung der Güter regeln, die als Mauds Mitgift zum Besitz der Nevilles neu dazugekommen waren.

Salisbury lächelte zufrieden, als er sich auf den Hocker setzte und sich das Tuch umbinden ließ, worauf sein Diener ihm das Gesicht mit warmem Öl einrieb und das Rasiermesser am Lederriemen abzog. An der schottischen Grenze, einem Ort, den er sich immer unter einem Eispanzer oder vom Regen gepeitscht vorstellte, würde sein alter Mitstreiter Percy vor Wut toben, da war er sich sicher. Dieser Gedanke machte ihm den ohnehin schon herrlichen Sommermorgen geradezu perfekt.

Sein Leibdiener wollte das Messer ansetzen, doch Salisbury hob die Hand.

»Wollen wir es etwas interessanter machen, Rankin? Einen Peitschenhieb für jeden Tropfen Blut, einen halben Noble, wenn du es schaffst, mich *nicht* zu schneiden. Was meint dein schwarzes Spielerherz dazu?«

»Einverstanden, Mylord«, erwiderte Rankin. Es war ein altes Spiel zwischen den beiden. Zwar war der Diener im Laufe der Jahre ein halbes Dutzend Mal ausgepeitscht worden, andererseits hatte er dabei auch schon so oft gewonnen, dass er seine drei Töchter mit einer schönen Mitgift ausstatten konnte, was der Earl auch wusste. Mit ruhiger Hand schabte Rankin die Bartstoppeln von Salisburys Hals. Herr und Diener waren von Neville-Soldaten umgeben, die sich grinsend anstießen und ihre eigenen Wetten abschlossen, während sie das Lager abbrachen und sich für den Marsch nach Norden rüsteten.

Alice, Countess Salisbury, trat barfuß aus ihrem Zelt. Sie grub ihre nackten Zehen in das taufrische Gras und atmete tief die frische Morgenluft ein. Sie sah, dass ihr Mann gerade rasiert wurde, deshalb rief sie ihn nicht an. Sie wusste, dass für Rankin das Geld, das er auf diese Weise verdiente, weitaus mehr wert war als sein normaler Lohn. Eine Weile stand Alice da und betrachtete ihren Mann mit sichtlicher Zuneigung, dankbar dafür, dass er trotz seines Alters immer noch gesund und stark war. Er würde in wenigen Monaten seinen fünfundfünfzigsten Geburtstag feiern, und sie überlegte jetzt schon, was sie ihm schenken könnte.

Einige der Männer drehten sich um, weil man Leute rennen hörte, trotzdem fuhr Rankin fort, mit ruhiger Hand zu schaben und zu glätten, ganz auf seine Aufgabe und die damit verbundene Belohnung konzentriert. Vorsichtig blickte Salisbury hoch und erblickte einen der jungen Knappen, die die

Hochzeitsgesellschaft begleitet hatten. Er erinnerte sich vage, dass dieser Junge sich am Abend zuvor sehr gründlich seinem Weinschlauch gewidmet und dann zur Belustigung aller fürchterlich gekotzt hatte.

»Mylord!«, rief der Junge im Näherkommen und kam schlitternd zum Stehen. Er riss die Augen auf beim Anblick eines Mannes, der im Freien rasiert wurde.

»Was gibt's?«, fragte Salisbury ruhig, wobei er das Kinn hob, damit Rankin eine glatte Fläche für das Rasiermesser hatte.

»Dort kommen Männer, Mylord. Soldaten und Bogenschützen, und sie kommen auf uns zu.«

Salisburys Kopf fuhr herum, und er fluchte, als das Rasiermesser seine Wange ritzte. Abrupt stand er auf, ergriff das Tuch um seinen Hals und wischte sich Blut und Öl vom Gesicht.

»Aufsitzen!«, brüllte er die erschrockenen Männer ringsum an. Sie rannten los, um ihre Waffen und Pferde zu holen. »Mein Pferd, hierher! Rankin, du ungeschickter Tölpel, du hast mich geschnitten. Mein Pferd! Alice, um Gottes willen, zieh sofort deine Schuhe an!«

Die friedliche Szene löste sich schlagartig auf, als die Männer auseinanderstoben und nach den Hauptmännern riefen, unter deren Kommando sie standen. Als Salisbury auf seinem Pferd saß, standen bereits mehrere Reihen von Reitern zwischen ihm und denen, die dort näher kamen, wer immer sie auch sein mochten. »Bogenschützen!«, hörte man immer wieder Männer rufen, die besonders scharfe Augen hatten, deshalb reichte man den Reitern jetzt in fieberhafter Eile Schilde hinauf, und die Bogenschützen der Nevilles stürmten los und spannten im Rennen ihre Bögen.

»Mylord, Eure Rüstung!«, rief Rankin. Er ergriff eine Hand-voll Metallteile, an seinem Arm hing ein Ringkragen mit of-fenem Scharnier. Er lief neben dem Steigbügel des Earls her, der sich bereits in Bewegung setzte. Die Knappen, die ihrem Lord die Rüstung hätten anlegen sollen, waren nirgendwo zu sehen. Rankin reichte ihm ein langes Schwert hinauf und wäre beim Stolpern fast unter die Hufe geraten.

»Keine Zeit, Rankin. Aber den Ringkragen, den nehme ich. Und kannst du mir einen Schild besorgen? Dort am Baum hängt einer, siehst du ihn?« Er fing den Ringkragen auf, den Rankin ihm hochwarf, legte ihn um und ließ den Verschluss zuschnappen. Vor ihm warteten einhundertfünfzig Fußsolda-ten und sechzig Bogenschützen ungeduldig darauf, dass er zu ihnen aufrückte. Salisbury blickte sich um und sah, dass man auch für seine Frau und seinen Sohn Pferde besorgt hatte. Die junge Braut stand dabei und rang die Hände. Salisburys Gesicht wurde unruhig beim Anblick dieser wehrlosen klei-nen Gruppe. Er ritt zu ihnen zurück, und sein Sohn sah hoch, als er das Hufgetrappel hörte.

»Was ist los, Sir? Wer kommt denn da?«

»Das weiß ich noch nicht«, sagte Salisbury. »Ich sollte wohl einen oder zwei am Leben lassen, damit ich sie fragen kann, wie? Deine Aufgabe ist es jetzt, deine Mutter und Maud in Sicherheit zu bringen. Alles andere soll heute nicht deine Sorge sein, John.« Was er noch dachte, sprach er nicht aus. Falls das junge Paar heute umkommen sollte, könnten die wertvollen Besitztümer aus Mauds Mitgift wieder an Lord Cromwell oder gar an Percy zurückfallen. Das war genau die Art der Streit-fragen, mit denen sich die Rechtsgelehrten im Oberhof-gericht monatelang, wenn nicht gar jahrelang beschäftigen konnten. Doch es war kein Thema, das man vor der jungen

Braut erwähnte. Allerdings war Salisbury erfreut, als er beobachtete, wie Maud sich in den Sattel schwang, behände und geschickt wie ein gesundes Bauernmädchen. Ihre langen Kleider waren dabei hoch hinaufgerutscht, und da seine Frau anwesend war, wandte Salisbury die Augen ab. Sein Sohn stieg errötend vom Pferd und versuchte, ihre Röcke herunterzuziehen.

»Lass gut sein, John. Ich weiß, wie Mädchenbeine aussehen. Alice? Höre jetzt auf deinen Sohn. Ich möchte, dass ihr euch in Sicherheit begebt. Haltet euch von den Kampfhandlungen fern, es sei denn, es wäre alles verloren. Dann reitet ihr so schnell wie möglich nach Süden, zurück nach Tattershall.«

»Sheriff Hutton ist aber näher – und das gehört zu uns«, gab seine Frau zu bedenken. Doch ihr Mann blickte bereits über die Köpfe seiner Leute hinweg in die Ferne, er wollte endlich aufbrechen.

»Wir wissen nicht, was kommt, Alice, wir kennen nur, was hinter uns liegt. Folge John! Der Süden ist sicher, und Cromwell wird euch Schutz gewähren, bis jemand von der Familie kommt und Vergeltung übt. Das nur für den Fall, dass ich getötet werde. Dies sind meine besten Männer, Alice, auf die würde ich auch meine letzte Silbermünze setzen.«

»Sollen wir denn jetzt schon reiten?«, fragte seine Frau. In diesem Moment musste er sie einfach lieben – dieses ernste Gesicht, diese völlige Furchtlosigkeit. Salisbury merkte, wie Maud die Ältere beobachtete. Heute lernte sie, was es bedeutete, eine Neville zu sein.

»Nein, es sei denn, ihr hört, dass ich gefallen bin oder dass die Schlacht verloren ist. Im Moment seid ihr hier in der Nähe meiner Leute sicherer, als wenn ihr allein losreitet.« Er unterbrach sich, denn ihm fiel ein, dass der Feind sie in der Nacht schon völlig eingeschlossen haben könnte, um jeden zu erwischen, der nach Süden entkommen wollte.

»Carter!«, rief er einem schwergewichtigen Reiter zu, der gerade herankam. Der Mann fuhr im Sattel herum und reckte den Kopf, dann wandte er sein Pferd geschickt auf der Stelle um.

»Braver Kerl, Carter«, sagte der Earl, als er näher kam. »Ich brauche ein paar Leute, die die Gegend nach Süden hin erkunden, ob es da eine Rückzugsmöglichkeit gibt. Nehmt Euch vier Männer und erstattet der Countess Bericht.«

»Jawohl, Mylord«, erwiderte der Mann, dann klappte er sein Visier hoch und stieß einen lauten Pfiff aus, um die Aufmerksamkeit einer Gruppe auf sich zu lenken, die gerade vorbeigaloppierte.

»In Ordnung«, sagte Salisbury. Er lächelte Frau und Sohn an. »Jetzt werde ich gebraucht. Gott segne euch alle. Meine Damen, John – viel Glück!«

Salisbury klappte sein Visier herunter und trieb das Pferd mit den Fersen an, er vermisste jetzt die Stiefel mit den Sporen, die das Pferd hätten lospreschen lassen, egal, wer oder was vor ihm lag. Doch er hatte ein Schwert in seiner Rechten, einen Schild in der Linken und gutes, festes Eisen um den Hals. Das musste genügen.

Er galoppierte zu den berittenen Männern der Nevilles, deren Reihen sich teilten, um ihn an die Spitze zu lassen. Salisbury erblickte eine große Menge Soldaten, die zu Pferde und zu Fuß auf ihn zukamen. Er kniff die Augen zusammen und wünschte, er hätte die scharfen Augen des Jungen, der sie zuerst gesehen hatte. Wer immer diese Leute waren, sie zeigten keine Wappen und trugen auch keine Banner vor sich her. Sein Mund wurde trocken, und er schluckte, als er sah, wie viele es waren – bestimmt mehr als dreimal so viele wie seine eigenen Truppen.

»Meine Frau meinte, ich bräuchte doch kein ganzes Heer mitzunehmen, wo es sich doch nur um einen Hochzeitszug handelt«, sagte er zu dem Mann, der neben ihm ritt. »Falls jemand von uns das hier überleben sollte, würdet Ihr so gut sein und ihr sagen, dass sie sich geirrt hat? Ich bin sicher, sie wird froh sein, das zu erfahren.«

Die Männer in seiner Nähe lachten leise, und Salisbury freute sich über ihren Optimismus. Jeder von ihnen hatte im Grenzgebiet schon gegen ganze Horden wilder Schotten gekämpft, als er dort königlicher Vogt gewesen war. Sie beherrschten ihr Handwerk und waren gut gerüstet mit ihren Kettenhemden oder Panzern, und sie wurden verstärkt durch sechzig gute Bogenschützen, die, wenn es einen Krug Bier zu gewinnen gab, sogar einen Vogel im Flug treffen konnten.

»Scharmützler! Angreifen!«, brüllte Salisbury, und seine Bogenschützen stürzten sich in das hohe Gras vor ihnen. Er sah, dass der näher rückende Trupp ähnlich reagierte, wo sich die Reihen der Bogenschützen aus der Menge lösten, um Chaos und Verwüstung anzurichten. Sie würden auf den ausgetrockneten Feldern, die zwischen ihnen lagen, aufeinandertreffen und ihre Pfeile auf die Männer der jeweils anderen Seite loslassen. Dort würde es auf die Stärke jeder Seite ankommen, und er strengte die Augen an, um abzuschätzen, wie viele es waren, die dort auf sie zukamen. Sein Streitross schnaubte und zerrte ungeduldig am Zügel, er beugte sich hinunter und klopfte ihm beruhigend den Hals.

»Ruhig, Junge. Sollen die Bogenschützen uns erst mal den Weg freischießen.«

Inzwischen waren beide Seiten zum Stillstand gekommen, während die Bogenschützen zwischen den Bäumen erschienen und durch das hohe Gras rannten, sodass Staub und Insekten aufstoben. Es war ein herrlicher Morgen, und obwohl Salisbury merkte, dass sie zahlenmäßig unterlegen waren, packte er sein Schwert fester. Sein Ledersattel knarrte, als er sich vorbeugte. Er hatte ein Dutzend Feinde, nein, wahrscheinlich noch mehr, doch nur einen, der es riskieren würde, ein derartiges Heer gegen ihn ins Feld zu schicken und dies auch finanzieren konnte.

»Percy«, sagte Salisbury leise zu sich selbst. Er hoffte, dass der Alte selbst auch mitgekommen war, sodass er dabei sein könnte, wenn sie ihn umbrachten. Es war zu spät, sich darüber zu ärgern, dass er diesen Angriff nicht vorausgesehen hatte. Salisbury hatte zur Hochzeit seines Sohnes ein weitaus größeres Aufgebot an Bewaffneten mitgebracht, als alle für nötig befunden hatten, und jetzt kam ihm eine regelrechte Armee entgegen. Er gab zu, dass er es eigentlich hätte wissen können, dass Lord Percy nicht untätig in Alnwick herumsitzen und es einfach hinnehmen würde, Besitztümer zu verlieren. Salisbury kannte jede Einzelheit über die Güter der Cromwells, die als Mitgift bestimmt waren. Das war einer der Gründe gewesen, warum er sich so gefreut hatte – weil er diesem verbitterten alten Mann, der dort im Norden regierte, damit eins auswischen konnte.

Er schüttelte den Kopf, aber für Zweifel und Bedauern war jetzt keine Zeit mehr. Seine Leute waren gut ausgebildet und ihm ergeben bis in den Tod. Sie würden ihre Pflicht tun.

Thomas, Lord Egremont, sah den geordneten Reihen der Bogenschützen nach, die losrannten. Im Laufe des langen Sommers war das Gras so stark ausgebleicht, dass es fast weiß war, aber es war hoch genug, sodass ein Mann nur aufs Knie zu gehen brauchte, um nicht mehr gesehen zu werden. Es war nicht einfach gewesen, die Hochzeitsgesellschaft der Nevilles aufzuspüren, hier in diesem Teil des Landes, den er nicht sehr gut kannte. Trunning hatte am Abend zuvor Späher in alle Richtungen ausgeschickt und das Netz weiter und weiter gezogen, bis schließlich einer angekeucht kam und ihnen mit rotem Gesicht seine Nachricht entgegenschrie. Percys Schwertmeister hatte dafür gesorgt, dass die Leute schon wach und bereit zum Abmarsch waren, als Thomas noch gähnend versuchte, sich zu orientieren.

Er und Trunning hatten wenig miteinander gesprochen, seit sie im Burghof von Alnwick ihre Grenzen abgesteckt hatten. Thomas hatte sich gesagt, dass er diesen säuerlichen kleinen Kerl eigentlich gar nicht brauchte, aber tatsächlich war Trunning es, der wusste, wie man einen Feldzug führt. Die alten Soldaten und auch die Handwerker erwarteten seine Befehle, und er war immer zur Stelle, um sie zu geben. Thomas war der Ansicht, dazu sei kein großes Geschick erforderlich. Man brauchte lediglich einen guten Blick fürs Detail, verbunden mit einem cholerischen Charakter. Thomas fragte sich inzwischen, ob er sich die Verachtung dieses Mannes nur einbildete, wenn ihre Blicke sich trafen. Aber das war jetzt gleichgültig. Sie hatten die Hochzeitsgesellschaft der Nevilles aufgespürt, und auch wenn weitaus mehr Soldaten bei ihnen waren, als sie erwartet hatten, waren sie zahlenmäßig in der Lage, mit ihnen fertigzuwerden.

Thomas ließ sein Pferd mitten in einer Reihe von Reitern anhalten, die den rechten Flügel für die fünfhundert Axt- und Schwertkämpfer bildeten, die von dem Marsch im Morgengrauen schon jetzt schweißnass waren. Jetzt legten sie eine kurze Verschnaufpause ein, solange die Bogenschützen vorrückten. Zum Glück merkte man von der Hitze, die sich für heute ankündigte, bisher noch nicht viel. Später würde es eine Qual werden, mit dem Gewicht von Rüstung und Waffen – und erst recht, wenn sie zum Einsatz kamen. Lord Egremont grinste bei dem Gedanken, doch sein Gesicht wurde ernster, als er sah, wie Trunning auf seinem Pferd näher kam und sich ebenfalls in die wartenden Linien einreihte. Der Mann erteilte unaufhörlich Befehle, wenn er nicht gerade Drohungen ausstieß – Thomas hörte, wie er mit heiserer Stimme einem Unglücklichen hinterherbrüllte, der es gewagt hatte, sich von seinem Posten zu entfernen.

Vor ihm verschwanden die etwa hundertzwanzig Bogenschützen im Gras, jeder für sich allein, während sie vorrückten und sich ihre Ziele aussuchten. Thomas hatte keine Ahnung, ob die Nevilles gleichfalls Bogenschützen hatten. Wenn nicht, würden seine hundertzwanzig Mann mit ihren Pfeilen das Gemetzel beginnen und sie aus der sicheren Distanz dezimieren.

Thomas' Kopf fuhr hoch, als er jemanden schreien hörte. In einiger Entfernung torkelte eine Gestalt – etwa dort, wo er selbst sich noch vor Kurzem versteckt hatte. Er hörte weitere Schreie, und auf der anderen Seite des offenen Feldes sah Thomas Leute rennen, dann stehen blieben, ein kurzes Zucken, dann liefen sie weiter und schickten ihre Pfeile vor sich her. Es überlief ihn kalt, als er sich vorstellte, wie die keuchenden Männer versuchten, alle Richtungen gleichzeitig im Auge zu behalten, immer gewärtig, dass sie jeden Moment selbst von einem Schaft durchbohrt werden könnten. Es war eine grausame Arbeit, und jetzt war klar, dass die

Nevilles ebenfalls ihre Schützen dabeihatten, die ihnen in diesem Moment mit ihren Bögen entgegenkamen.

Thomas holte tief Luft und sah stur nach vorn, statt sich mit einem Seitenblick Trunnings Einverständnis zu holen.

»Näher heranrücken! Zusammen mit mir und in Reih und Glied!«, schrie er. Die Männer packten ihre Schwerter und Äxte fester, und die Reiter trieben schnalzend ihre Pferde zum langsamen Vorrücken an. Inzwischen würden die Bogenschützen nahe genug an den Linien der Nevilles sein, um sie zu erreichen.

Plötzlich sah Thomas, wie zwei stämmige Männer zwischen den Ginsterbüschen auftauchten. Er sah, wie sie ihre Langbogen spannten, und sein Schild fuhr hoch. Im nächsten Moment prallte er zurück, als ihn laut krachend ein Schaft traf. Der andere lief vorbei und verschwand, kurz darauf hörte Thomas einen Schmerzensschrei hinter sich. Trunning brüllte einen Befehl, aber die Reihe hatte sich bereits in Bewegung gesetzt. Es galt, gegen die Bogenschützen anzustürmen, und die Reiter galoppierten vor den Fußsoldaten her, mit erhobenen Schilden und geschlossenen Visieren, die Schwerter erhoben. Thomas spürte eine große Erregung in sich aufsteigen, als er dem Pferd die Sporen gab und es zum Galopp antrieb.

Die beiden Bogenschützen versuchten auszuweichen, sie warfen sich zu Boden, als der erste Reiter näher kam. Thomas sah die Staubwolke, als sie verzweifelt versuchten, sich vor den Hufen und dem Schwerthieb des Reiters zu retten, der über sie hinweg galoppierte. Dann war er vorbei und überließ sie den Axtkämpfern, die nachrückten.

Er ritt jetzt schnell, und die Reihe der Ritter teilte sich, als sie auf die natürlichen Hindernisse im Gelände trafen. Thomas merkte, wie sein Pferd die Muskeln anspannte, um über ein Dornengestrüpp zu setzen. Er rückte seinen Schild zurecht und lehnte sich etwas zurück, um die Gangart zu verlangsamen, damit er nicht zu viel Vorsprung hatte. Vor ihm waren die Nevilles, nur noch etwa achthundert Meter entfernt, und im Vergleich mit dem anrückenden Heer sahen sie kümmerlich und schwach aus.

»Lord Egremont! Langsamer reiten, du dämlicher ...« Thomas drehte sich wütend um, als Trunnings Pferd ihm den Weg abschnitt. Der Mann besaß die Unverschämtheit, seine Zügel zu packen und anzuziehen.

»Hände weg!«, fauchte Thomas ihn an. Dann drehte er sich um und sah, dass er seine Streitmacht weit hinter sich gelassen hatte.

Trunning ließ die Zügel los, klappte sein Visier hoch und unterdrückte nur mit Mühe seine Wut.

»Mylord, die Männer müssen sich völlig verausgaben, wenn sie Euch nicht aus den Augen verlieren wollen. Eine halbe Meile ist zu weit, um mit der Rüstung zu rennen. Habt Ihr denn keinen Verstand? Haben diese Bogenschützen Euch so eingeschüchtert? Ist ja gut, Mann, jetzt sind nicht mehr viele von ihnen übrig.«

Thomas empfand eine fast überwältigende Lust, den Mann mit einem Schwerthieb aus dem Sattel zu werfen. Wenn es ihm gelungen wäre, ihn damit zu überraschen, hätte er es auch riskiert. Aber Trunning war ein erfahrener Kämpfer, immer bereit, auszuweichen oder anzugreifen. Selbst das Pferd des Schwertmeisters war ständig in Bewegung und tänzelte hin und her. Es war ein alter Klepper, jedoch mit Waffengeklirr genauso vertraut wie sein Herr. Inzwischen war Thomas klar geworden, dass Trunning völlig recht gehabt hatte, ihn anzuhalten, aber seine Bemerkung ärgerte ihn immer noch, und er war fast blind vor Wut.

»Kümmert Euch um die Leute, Trunning. Kommandiert die herum, so viel Ihr wollt, aber wenn Ihr es noch einmal wagt, meine Zügel anzurühren, lasse ich Euren Kopf auf einen Pfahl stecken.«

Er war empört, als Trunning nur grinste und auf das Heer der Nevilles deutete.

»Euer Feind ist dort drüben, Lord Egremont, falls Ihr es vergessen habt. Nicht hier.«

»Da bin ich mir gar nicht so sicher, du aufgeblasener kleiner Hurensohn«, bellte Thomas. Jetzt hatte er gepunktet. Trunnings Gesicht wurde dunkelrot, er machte den Mund auf, um etwas zu erwidern, dann duckte er sich instinktiv, als einige Pfeile über sie hinweg schwirrten, die aus beiden Richtungen kamen. Thomas fluchte, dann sah er, wie zwei feindliche Bogenschützen in rot-silbernen Wämsern fielen, beide mit einem Pfeil in der Brust. Mit einer Handbewegung dankte er seinen Männern, die sie getroffen hatten. Sie legten respektvoll die Hand an die Stirn und rannten weiter.

»Aufschließen!«, brüllte Trunning. »Aufschließen zu Egremont! Hierher!« Die Reihen schlossen sich wieder um Thomas, der im Sattel saß und vor Empörung bebte. Er hörte den schweren Atem der Fußsoldaten, die ihn jetzt erreichten. Sie keuchten, denn es war bereits wärmer geworden, und Thomas ärgerte sich furchtbar darüber, dass Trunning recht gehabt hatte – wie immer.

»Bleibt erst mal stehen und erholt euch etwas«, rief Thomas ihnen zu und bemerkte die Erleichterung in ihren Gesichtern. »Trinkt Wasser und wartet ab. Wir sind dreimal so viele wie die dort, seht ihr?«

Als sie sich etwas erholt hatten, gingen sie weiter. Sein Pferd stieg vorsichtig über die Leichen der toten Bogenschützen, jeder lag für sich allein da, aber alle hatten einen Pfeil im Leib. Die beiden Heere näherten sich, aber noch immer hörte Thomas das dumpfe Wummern der Bögen. Allerdings schien es mehr Tote mit den Wappen der Nevilles zu geben als bei seinen eigenen grauen Männern.

Während er mit den Männern und Trunning auf den Wiesen hin und her gerast war, hatten die Nevilles lediglich stillgestanden und auf ihn gewartet. Als seine Leute jetzt in ein normales Schritttempo verfielen, setzte sich die Gegenseite plötzlich in Bewegung und stürmte auf sie los. Thomas traute seinen Augen nicht. Die Nevilles waren zahlenmäßig so stark unterlegen, dass es Selbstmord war, hier herauszustürmen, wo er sie einkesseln und vernichten konnte. Er war davon ausgegangen, dass Salisbury sich verschanzen und sein Lager verteidigen würde, solange er konnte, vielleicht sogar Reiter losschicken würde, um Verstärkung zu holen. Ein Angriff ergab überhaupt keinen Sinn.

»Bogenschützen! Auf die vorderen Reihen anlegen!«, hörte er Trunning brüllen. Thomas' Stimmung hob sich, als er sah, wie ein Dutzend Männer, die versteckt im hohen Gras gehockt hatten, aufsprangen und ihr grausames Spiel mit den Bogenschützen der Nevilles aufgaben, um Trunnings Befehl zu befolgen. Sowie sie aus ihrem Versteck kamen, sprangen auch die Bogenschützen der Gegenseite auf, und wieder schwirrten die Pfeile – ein kurzer Abstand jetzt, bei dem jeder Pfeil tief eindrang und einen weiteren Lebensfaden abschnitt. Die Verluste auf beiden Seiten waren grausam, aber Thomas sah, dass sechs oder acht seiner Bogenschützen überlebt hatten und jetzt auf die Reihen der Nevilles zielten. Es war zu spät, um zu flüchten, und sie schossen Salve um Salve, bis sie völlig eingekesselt waren.

Mit lautem Gebrüll ritten Salisburys Reiter über die hinweg, die sie beschossen hatten, Pferde und Männer brachen zusammen und fielen zurück. Jetzt lagen keine zweihundert Yards mehr zwischen den gegnerischen Seiten, und Thomas merkte, wie ihm die Kehle austrocknete und seine Blase immer voller wurde. Sie waren gute Reiter, diese Nevilles. Thomas schluckte nervös, jetzt endlich merkte er, dass er Salisburys persönlicher Schutzgarde gegenüberstand. Ein schneller Blick nach rechts und links beruhigte ihn. Er konnte es mit ihnen aufnehmen, er hatte genügend Leute. Thomas, Baron Egremont, erlebte einen herrlichen Moment, als er den Arm hob – doch ehe er den Befehl zum Angriff geben konnte, war Trunning, dieser hinterhältige kleine Bastard, ihm schon zuvorgekommen.

4

Richard von York ließ den Blick durch den Gemäldesaal schweifen. Der Tag war heiß, der Geruch von Gips und Steinstaub lag in der trockenen Luft. Dieser Saal im Palast von Westminster war schon Hunderte von Jahren alt, und die dunkle rote Decke war der Länge nach gerissen und fast immer feucht. Doch im Moment war sie ausnahmsweise einmal trocken und es roch gar nicht schlecht.

York lehnte sich auf seinem hohen Stuhl zurück, während eine Pergamentrolle, so lang wie sein Arm, am Tisch herumgereicht wurde. Einer nach dem anderen nahm sie ehrfürchtig in Empfang und las noch einmal die Worte, mit denen Edward von Westminster zum Prinzen von Wales und damit zum englischen Thronfolger erklärt wurde. Mehr als einer der anwesenden Lords warf unter gesenkten Augenbrauen einen verstohlenen Blick hinüber zu York und versuchte zu erraten, was wohl seine wirkliche Absicht dabei war. Edmund Beaufort, Earl von Somerset, ließ sie alle warten, während er die offizielle Erklärung noch einmal ganz genau durchlas. Er wollte sicher sein, dass ihm nichts entgangen war.

Die Stille wurde unerträglich. Alle warteten darauf, dass er die Feder nahm und unterschrieb. Ganz nahe hörte man die Glocke von Westminster die Mittagsstunde schlagen, die Töne hallten durch die Korridore. York räusperte sich, und Somerset sah auf.

»Ihr wart doch zugegen, als die Urkunde aufgesetzt wurde, Mylord«, sagte York. »Seid Ihr mit ihrem Wortlaut nicht zufrieden? Oder mit ihren Konsequenzen?«

Somerset schob die Zunge unter seine Oberlippe und verzog den Mund. Er konnte keine spitzfindige Klausel entdecken, keine doppeldeutige Formulierung, die König Henrys Sohn das Recht auf Blut und Erbe absprach. Und doch hatte er das unbestimmte Gefühl, dass er etwas übersah. York gewann doch nichts dadurch, dass er das Haus Lancaster eine weitere Generation duldete. Wenn es je einen Zeitpunkt gab, um nach dem Thron zu greifen, dann war es jetzt, dessen war sich Somerset sicher. König Henry war noch immer geistig umnachtet, in seinen Träumen verloren. York hatte ein ganzes Jahr lang in seinem Namen regiert, ohne Zwischenfälle, auch ohne eine Invasion aus Frankreich, bis auf die üblichen Überfälle auf Schiffe und Küstenstädte. Somerset wusste nur zu gut, dass Yorks Beliebtheit zunahm. Und doch hatten sie es hier vor sich, das Dokument, vom Parlament bestätigt und an die Lords und natürlich an York weitergereicht, um es zu unterschreiben, zu siegeln und zum Gesetz zu machen. Die Männer in diesem Raum würden einen Säugling als zukünftigen König von England bestätigen. Somerset schüttelte ärgerlich den Kopf, als zwei weitere Barone sich laut räusperten, sie wollten endlich zu Mittag essen und danach den Tag allmählich ausklingen lassen.

»Es hat vier Monate gedauert, um dies hier aufzusetzen«, sagte Somerset, ohne aufzusehen. »Also werdet Ihr jetzt noch einen Moment warten können, bis ich es nochmals durchgelesen habe.«

York seufzte hörbar, lehnte sich zurück und blickte zur Decke hoch. Im Gebälk entdeckte er das Lehmnest einer

Schwalbe, ein mutiger oder vielleicht auch törichter kleiner Vogel, der sich diesen Raum ausgesucht hatte, um hier seine Jungen aufzuziehen. York sah eine winzige Bewegung am Flugloch und behielt es im Auge. Er konnte warten.

»Der Knabe Edward soll in Windsor in sein Amt eingesetzt werden«, sagte Somerset laut. »Es wird aber nichts von einem Regenten erwähnt, solange er noch nicht erwachsen ist.«

York lächelte.

»Sein Vater ist noch immer König, Edmund. Es wäre also ein doppelter Fehler, einen Regenten zu benennen. Ich habe mich einverstanden erklärt, das Königreich während König Henrys Krankheit zu schützen und zu verteidigen. Sollte ich noch einen dritten Mann ernennen? Oder gar noch einen vierten? Am Ende würden wir vielleicht alle gemeinsam regieren, wenn es nach Euren Vorschlägen ginge.«

Ein leises Lachen lief um den Tisch, aber Somerset machte ein finsteres Gesicht.

»Wenn König Henry aus seiner Umnachtung erwacht«, erwiderte er, »wo ist dann Euer Platz, Mylord York?«

»Ich bete darum«, sagte York, dessen Augen Belustigung ausdrückten. »Ich lasse jeden Tag Messen lesen, damit ich die Last meiner Verantwortung endlich loswerde. Die Linie meines Vaters mag zwar von König Edward abstammen, aber vor mir stehen die Söhne des John von Gaunt. Ich habe keine Sehnsucht nach dem Thron, Edmund. Ich habe nichts weiter getan, als dafür zu sorgen, dass England keine Gefahr droht, während der König träumt. *Ich* bin nicht der Vater dieses Kindes, nur sein Beschützer – sein Protektor.«

Er hatte die letzten Worte mit übertriebener Betonung gesprochen, und Somerset wusste, dass York ihn damit nur reizen wollte. Trotzdem konnte er seinen Ärger nicht unterdrücken und ballte seine Faust. Er wusste von den Gerüchten, die man im Ober- und Unterhaus flüsterte. Sie waren jenseits aller Kritik und entsprangen nur dem boshaften Wunsch, Königin Margarets Ruf zu schädigen und den rechtmäßigen Platz ihres Sohnes infrage zu stellen. Mit einem mühsam unterdrückten Fluch griff Somerset nach der Feder und unterschrieb mit schwungvollem Schnörkel, worauf die anwesenden Schreiber ihm die Schriftrolle abnahmen und mit Sand bestreuten, ehe sie sie endlich an York weiterreichten.

Vielleicht wollte York den Älteren noch etwas ärgern, jedenfalls ließ er jetzt ebenfalls seinen Blick langsam über den Text schweifen. Es war etwas, wozu man sich Zeit nehmen sollte. Er kratzte sich beim Lesen am Hals und spürte die Belustigung der anderen Männer, während beim Earl, der ihm gegenübersaß, der Ärger noch weiter zunahm. Eigentlich hatte York vorgehabt, die Diskussion und die Verabschiedung im Parlament noch weiter hinauszuzögern. Falls König Henry sterben sollte, ehe es unterzeichnet und besiegelt war, wäre er selbst der Thronfolger. Dazu war er vor vier Jahren ernannt worden, als es so aussah, als sei entweder die Königin unfruchtbar oder der König unfähig, ein Kind zu zeugen.

Schon damals hatte ihn der Gedanke gereizt, dass zwischen ihm und der Krone nichts weiter lag als seine Unterschrift. Doch Salisbury hatte ihn überredet. Das Oberhaupt der Nevilles wusste besser als jeder andere, wie man mit der Macht umgeht und sie sich für die eigene Blutsverwandtschaft sichert. Es war äußerst befriedigend zu erleben, wie alle Klugheit und Gerissenheit der Nevilles zu seinem Vorteil eingesetzt wurde, ging es York beim Lesen durch den Kopf. Durch seine Hochzeit mit Cecily Neville war das Haus der

Yorks so mächtig wie einer der alten Clans geworden. Seine Linie war jetzt so weit verzweigt, dass die Nevilles unweigerlich irgendwann auf den Thron kommen mussten, egal, welchen Namen sie durch Heirat bekamen oder welches Wappen sie führten. York war dankbar dafür, dass sie ihn als Verfechter ihrer Interessen ausgesucht hatten. Ein Mann, der auf Seiten der Nevilles stand, konnte hoch aufsteigen. Wer gegen sie war, wie Somerset, dieser arme Teufel, war zum Scheitern verurteilt.

Endlich nickte York zufrieden. Er nahm seine eigene Feder, setzte seinen Namen ans Ende der Liste und versah ihn genießerisch mit einer Anzahl dekorativer Schnörkel.

Es war noch zu früh, sich um den Thron zu bemühen, davon hatte Salisbury ihn überzeugt. Es gab zu viele Adlige, die ohne Zögern nach den Waffen gegriffen hätten, sobald ein Usurpator seine Absicht zu erkennen gegeben hätte. Der Weg lag vor ihm, aber wenn er ihn verfolgen wollte, musste er ihn vorsichtig gehen, Schritt für Schritt. Außerdem waren die Überlebenschancen eines Neugeborenen ungewiss, York hatte selbst schon fünf durch Krankheit verloren.

Er lächelte, während der Schreiber die Ecken der Pergamentrolle mit Bleigewichten beschwerte. Als Reichsprotektor stand es ihm zu, zum Abschluss das Großsiegel der Krone Englands darunter zu setzen. Vier Männer hatten bereits während der Diskussion mit gebeugtem Kopf darauf gewartet, ihres Amtes zu walten. Als York ihnen nun zunickte, traten sie an den Tisch, legten die beiden Hälften des silbernen Siegels bereit und holten eine Schale mit Wachs, das über einem kleinen Kohlebecken geschmolzen worden war. Alle sahen zu, wie das königliche Siegel jetzt zusammengesetzt und das Abbild König Henrys mit blauem Wachs bedeckt wurde. Einer der Männer säuberte mit einem kleinen Messer den Rand des wächsernen Siegels, das sich jetzt beim Abkühlen verfestigte, während ein weiterer die Bänder auf das Dokument legte. Es war eine Arbeit, die viel Geschick verlangte, und alle Anwesenden verfolgten gespannt, wie die noch weiche Wachsscheibe umgedreht und auf das Pergament gedrückt wurde, auf dem sich rundherum Fettflecke ausbreiteten. Die beiden Hälften der Form wurden abgehoben, sodass ein dünnes Siegel von vier Zoll Durchmesser zurückblieb, das auf die Bänder gedrückt wurde, bis es so fest saß, dass man es nicht mehr abnehmen konnte, ohne es zu zerbrechen oder das Papier zu zerreißen.

Es war vollbracht. Die Siegelbewahrer beeilten sich, ihre Geräte fortzuräumen. Sie steckten die beiden Hälften des silbernen Siegels in kleine Seidenbeutel, die in einen Kasten aus poliertem Silber eingeschlossen wurden. Sie verbeugten sich vor dem Protektor und verließen wortlos den Raum. Sie hatten ihre Pflicht getan.

York stand auf und klatschte in die Hände. »Somit ist ein Kind zum Prinzen von Wales und damit zum Thronerben ernannt worden. Mylords, ich bin heute stolz auf England, so stolz wie ein Vater auf seinen eigenen Sohn.«

Er strahlte Somerset an. Auch das hätte Somerset noch ignorieren können, wenn dabei nicht einer der Anwesenden laut aufgelacht hätte. Getroffen legte er die Hand an seinen Schwertgriff und sah York über den Tisch hinweg an.

»Erklärt, was Ihr damit meint, Richard. Wenn Ihr den Mut habt, einen Mann des Verrats und der Ehrlosigkeit zu bezichtigen, dann sagt es klar und deutlich.«

Yorks Lächeln wurde noch strahlender, und er schüttelte den Kopf.

»Ihr missversteht mich, Edmund. Lasst Euch durch Eure schlechte Laune nicht den Tag verderben! Schließlich ist dies ein Freudentag, jetzt ist König Henrys Linie gesichert.«

»Nein«, erwiderte Somerset mit tiefer, heiserer Stimme. Zwar war er achtundvierzig Jahre alt, aber er war noch voller Kraft, auch wenn sein Haar langsam grau wurde. Langsam erhob er sich von seinem Stuhl und reckte sich zu voller Größe auf, er konnte seinen Ärger nicht länger unterdrücken. »Ich denke, dafür muss ich Genugtuung verlangen, Richard. Wenn Ihr Gerüchte in die Welt setzt, dann müsst Ihr auch bereit sein, sie zu verteidigen. Der Ausgang wird von Gott und meinem rechten Arm bestimmt werden. Entschuldigt Euch also und bittet mich um Verzeihung, oder wir treffen uns morgen bei Tagesanbruch draußen im Hof.«

Hätte nicht der Tisch zwischen ihnen gestanden, er wäre sofort mit dem Schwert auf York losgegangen. Die anderen Männer im Raum fuhren nervös mit der Hand an ihre Schwertgriffe, bereit, jederzeit einzugreifen. York berührte sein Schwert nicht, er wusste, dass er in Somersets Reichweite war, und der Earl konnte verdammt schnell sein. Langsam und vorsichtig stand er auf.

»Ihr droht dem Protektor des Reichs«, erwiderte York. Seine Stimme war leise und lauernd, aber noch immer lächelte er, er konnte nicht verbergen, dass er über den Verlauf dieses Gesprächs äußerst zufrieden war. »Nehmt Eure Hand vom Schwert.«

»Ich habe gesagt, dass ich Genugtuung verlange«, sagte Somerset fest, das Gesicht rot vor Wut. York ließ ein leises Lachen hören, das in der angespannten Situation künstlich klang.

»Ihr befindet Euch im Irrtum, aber Eure Drohung ist ein Vergehen, das ich nicht verzeihen kann. Wachen!« Das Letzte hatte er laut gerufen, sodass alle erschraken. Im selben Moment erschienen zwei stämmige Männer, die sofort die Situation erfassten und ihre Klingen zogen. York instruierte die Parlamentswachen, ohne den Blick von Somerset abzuwenden.

»Nehmt Lord Somerset fest. Er hat dem Reichsprotektor gedroht. Ich bin sicher, die Untersuchung wird eine Verschwörung gegen den Thron und seine Diener ans Licht bringen.«

Endlich zog Somerset sein Schwert, und mit einer einzigen Bewegung warf er sich damit über den Tisch. Seine Reichweite war beachtlich. York wich zurück und prallte heftig mitsamt dem Stuhl gegen die Wand. Erstaunt hob er die Hand und betrachtete seine Finger, als erwartete er, dass sie bluteten. Doch die Wachen hatten Somerset rechtzeitig überwältigt und einen Treffer verhindert. Während er sich noch wehrte, nahmen sie ihm das Schwert ab und drehten seinen Arm nach hinten, sodass er vor Schmerzen aufschrie.

»Ihr seid ein Dummkopf, Edmund«, sagte York mit zunehmender Verärgerung. »Ihr werdet jetzt auf der Themse zum Tower gebracht werden. Ich glaube nicht, dass wir uns wiedersehen, solange Anklage gegen Euch erhoben wird. Ich werde der Königin in Windsor Nachricht über Eure Verhaftung zukommen lassen. Zweifellos wird sie untröstlich sein, jemanden zu verlieren, den sie *so sehr* geliebt hat.«

Somerset, der noch immer brüllte und sich wehrte, wurde hinausgezerrt. York wischte sich den Schweiß von der Stirn. Er deutete mit einer Handbewegung auf das Pergament, dessen Siegel langsam abkühlte.

»Sorgt dafür, dass das nach Windsor zu König Henry kommt. Er wird weiß Gott kein Wort davon verstehen, aber trotzdem muss es sein.«

Er schien sich wieder gefasst zu haben. Mit erhobenem Kopf schritt er hinaus in den warmen Sonnenschein vor dem Palast von Westminster. Wortlos folgten ihm die anderen Lords.

Baron Egremont galoppierte auf das Zentrum der Nevilles zu. Er wusste nur zu gut, dass es für ihn nur eine Möglichkeit gab, und das war, die ganze Hochzeitsgesellschaft vollständig auszulöschen. Denn obwohl das Wappen der Percys überall abgekratzt oder verhüllt war, seine Bogenschützen hatten zuerst angegriffen und ein halbes Dutzend Ritter und Soldaten der Nevilles getötet. Jetzt war kein geordneter Rückzug mehr möglich, es gab keine zweite Chance. Egremont bemerkte die Wut in Earl Salisburys Gesicht, als er angesprengt kam. Der Earl der Nevilles war von seinen besten Kriegern umgeben und hieb mit seinem Schwert nach allen Seiten, während er mit lauter Stimme ihre Formation änderte. Thomas hielt mit seinem Pferd direkt auf den Älteren zu, Schwert und Schild lagen ihm leicht in den Händen. Hierfür hatte er jahrelang trainiert. Er führte sechshundert Mann gegen weniger als zweihundert an. Mit denen würde er fertig sein, noch ehe die Sonne den Zenit erreicht hatte.

Überall prallten die Reiter der Percys und die der Nevilles aufeinander, sie durchbrachen die Linien und droschen mit den Schwertern aufeinander ein, dass den Männern Hören und Sehen verging und sie im Sattel schwankten. Es war ein erschreckender Moment für Percys Ritter, als sie bei ihrem Angriff ihre eigene Geschwindigkeit nicht mehr genügend verlangsamen konnten, sodass sie weiterritten und von ihren Kameraden getrennt wurden. Angesichts der soliden Wand der Nevilles wurden ihre Pferde langsamer, bis Percys Krieger plötzlich stillstanden und nur noch auf die Gegenseite einschlagen und einhacken konnten, während die Pferde nach jedem traten, der nur halbwegs in die Nähe ihrer Hufe geriet.

Thomas hieb wild auf den erstbesten Ritter ein, dem er sich gegenübersah. Der Mann wich so schnell aus, dass das Schwert über die Oberfläche des Panzers glitt und eine glänzende Metallspirale abhobelte. Thomas schrie auf, als sein linkes Bein mit einem Klirren getroffen wurde und sich taub anfühlte, als er jetzt an dem Mann vorbeiritt, den er hatte tödlich treffen wollen. Der Mann knurrte einen Fluch, aber keiner von beiden konnte umkehren. Jetzt sah Thomas sich zwei weiteren Männern gegenüber, und hinter ihnen war Richard Neville, der Earl von Salisbury.

»Balion, vorwärts schlagen!«, brüllte Thomas und spürte, wie das große Pferd unter ihm reagierte und seinen Körper anspannte. Er hatte fast ein Jahr gebraucht, um das Tier dazu zu bringen, sich nicht vollständig aufzurichten, wie er es im Kampf mit einem zweiten Hengst getan hätte. Stattdessen bäumte Balion sich nur kurz auf und warf sich fast gleichzeitig vorwärts, seine Vorderhufe hatten kaum den Boden verlassen, als sie auch schon das andere Pferd trafen.

Bei Gott, in der Wildnis hätte sein Balion jedes Pferderudel angeführt. Der mächtige Kampfhengst brauchte nicht groß angespornt werden, man musste vielmehr aufpassen, dass man nicht die Kontrolle über ihn verlor, wenn er erst anfing, zu steigen und zuzuschlagen. Thomas nahm eine Bewegung hinter sich wahr und schrie: »Rückwärts schlagen!«, und wehrte gleichzeitig mit dem Schild einen Schwerthieb ab. Der Schrei hinter ihm verstummte abrupt, als Balion den

Angreifer mit der Hinterhand traf. Thomas lachte unter seinem Helm, er war immer wie im Rausch, wenn er sah, welche Wirkung er mit nur einem Wort erzielen konnte.

»Und *ruhig jetzt!*«, rief er dem nervösen Hengst zu, doch Balion blieb angespannt, er schnaubte und hätte gern erneut nach hinten ausgeschlagen. Als das große Tier sich endlich beruhigte, landete ein schwerer Schlag auf Thomas' Rückenpanzer. Er stellte sich in den Steigbügeln auf und riss das Pferd mit aller Kraft herum, um sogleich einen lauten Triumphschrei auszustoßen, als sein Schwert einem Reiter in die Seite fuhr, dessen Blut jetzt aus dem aufgerissenen Metall spritzte. Es war keine tödliche Wunde, aber der Mann aus der Neville-Truppe kippte zur Seite und rutschte aus dem Sattel. Eins seiner Beine zappelte verkehrt herum in der Luft, das andere hing im Steigbügel fest, der sich verdreht hatte. Lord Egremont sah zufrieden zu, wie das Pferd des Mannes, dem er in der Schlacht gegenübergestanden hatte, jetzt in Panik losgaloppierte und ihn vom Feld zerrte.

Im nächsten Moment krachte etwas gegen seinen Helm. Thomas stieß einen Schmerzenslaut aus und wich instinktiv zurück, als er merkte, dass er nicht mehr klar sehen konnte. Er hörte den Tumult, der jetzt ringsumher herrschte, und mit einem leichten Schuldgefühl hoffte er, dass Trunning auch dort war und einen klaren Kopf behielt. Er hatte keine Chance, in diesem Getümmel dem Kampfgeschehen noch zu folgen. Er wurde von allen Seiten bedrängt. Man drosch auf seine Rüstung ein, in der Hoffnung, dass die Scharniere zerbarsten, und auf Balion, um das Pferd womöglich mit ihm zusammen zu Fall zu bringen.

Doch noch schien es, als könnten sie ihm nichts anhaben. Seine Rüstung war solide, sie war dicker und stärker als die schmiedeeisernen Rüstungen der ärmeren Ritter. Weiß Gott, es tat weh, wenn man getroffen wurde, aber Thomas war ganz von Metall umschlossen und geschützt, während andere von seinem Schwert getroffen wurden und fielen. Salisbury schien in dem Getümmel verschwunden zu sein, aber jetzt entdeckte Thomas ihn wieder. Er grub seine rasiermesserscharfen Sporen in Balions wunde Flanken und brachte sie erneut zum Bluten. Der Hengst machte einen Satz und sprang über zwei Axtkämpfer hinweg, die sich durch die Reihen der Reiter heranschleichen wollten. Aber sie kamen nicht mehr dazu, ihre Waffen zu heben, ehe Balions Hufe sie trafen und zertrampelten. Thomas, das Gesicht unter dem Visier wutverzerrt, sah jetzt nur noch seinen Onkel. Der Kopf brummte ihm immer noch von dem Schlag und er schmeckte Blut im Mund, aber sein Vater würde es erfahren, wenn Thomas das Oberhaupt des Neville-Clans selbst umgebracht hätte. Vielleicht würde sich die Familie der Percys nicht mit einem Sieg ihrer Strauchritter brüsten können, aber zumindest würde sein Vater wissen, dass er den richtigen Sohn losgeschickt hatte.

»Salisbury!«, rief Thomas, und der Ältere wandte sich im Sattel um. Der Neville trug keinen Brustpanzer, nur einen eisernen Ringkragen. Sein Schild war noch immer unversehrt, seine Leibgarde hatte dafür gesorgt, dass niemand an ihn herankam. Vielleicht war es nur, weil ihr Herr so schlecht ausgerüstet war, dass diese Männer sich so dicht um ihn drängten. Sie hatten zwar in dem Bemühen, ihren Earl zu schützen, ein halbes Dutzend ihrer eigenen Männer verloren, doch schließlich diente es einem edlen Zweck. Allerdings zeigte ihre geringere Zahl auch langsam Folgen. Trunnings heiseres Gebrüll kam von irgendwo auf der rechten Seite, wo er Leute auf die Flanken losschickte. Thomas sah, dass es nicht mehr lange dauern würde, ehe er hier der Herr war, der den Sieg für sein Haus davontrug.

»Percy!«, fauchte Salisbury ihn jetzt an. Thomas war so erschrocken, dass er am Zügel riss – ein sekundenlanges Zögern, bei dem Richard Neville seine Zähne zeigte. »Natürlich, ein Sohn vom alten Percy! Wer würde auch sonst ohne Wappen reiten und eine Hochzeitsgesellschaft angreifen? Welcher von Euch ehrlosen Hunden ist es? Henry? Thomas? Klappt Euer Visier hoch, Mann, damit ich Euch mein Schwert in die hässliche Visage rammen kann.«

Mit einem empörten Schrei gab Thomas dem Pferd erneut die Sporen, und Balion raste los. Er hörte den Neville-Lord lachen, als sie ihm den Weg versperrten. Zum ersten Mal fand Thomas sich Männern gegenüber, die ihm an Geschicklichkeit in nichts nachstanden. Nein, stellte er dann fest, mit ihren starken Schwertarmen waren sie ihm sogar überlegen. Er schaffte es nicht, ihre Reihen zu durchbrechen, und während der ganzen Zeit lachte dieser alte Drecksack, worin Thomas auch wieder den Spott seines Vaters vernahm. Er sah Rot, und in seinen Ohren dröhnte es immer lauter, bis es klang wie brechende Wellen am Meeresstrand. Von einer Wunde am Kopf floss ihm das Blut übers Gesicht, und er zwinkerte, um klar sehen zu können. Sein Helm war gut gepolstert, aber der Schlag mit einer schweren Keule hatte eine scharfe Delle verursacht, die gegen seinen Schädel drückte, als wollte jemand ein Loch hineinbohren. Sein Atem ging heiß und schwer hinter den Luftlöchern, aber immer noch trieb er Balion zum Schlagen an, obwohl das Tier schon Schaum vor dem Maul hatte und mit dem Blut, das ihm an den Flanken herunterlief, auch deutlich an Kraft verlor.

Neben den Berittenen hatten jetzt auch graue Axtkämpfer das Getümmel erreicht. Die Wunden, die sie schlugen, waren grausam, sie zielten auf die Beine der Pferde, um die Reiter zusammen mit ihren schrill wiehernden Pferden zu Fall zu bringen. Wenn die Ritter in ihrer Rüstung erst am Boden lagen, waren sie benommen und angreifbar, ehe sie wieder aufstehen konnten. Der Kampf war zu einem wüsten Gemetzel geworden, in dem keine der beiden Seiten nachgab. Noch immer schwärmten Percys Soldaten umher, und Thomas sah, dass viele von Salisburys Leuten tödlich getroffen wurden, aber die Männer von Nevilles persönlicher Garde waren kräftig und schnell, eingeschworen auf den Schutz ihres Herrn. Für sie stellten Percys Schmiede und Metzger mit ihren Äxten kein großes Problem dar, mit ein paar schnellen, gut gezielten Hieben konnte man sie erledigen.

Der Kampf konzentrierte sich inzwischen auf ein einziges verbissenes Knäuel – gebildet von denen, die für diese Arbeit erzogen und ausgebildet waren, deren Kraft und Ausdauer reichte, falls nötig einen ganzen Tag zu kämpfen. Jetzt war es lebenswichtig, eine solide Rüstung zu tragen, um den tödlichen Hieben standzuhalten, die von allen Seiten kamen. Die Männer kämpften, sie verrenkten Gelenke und brachen sich Glieder in ihrer verbissenen Entschlossenheit, den Feind unschädlich zu machen. Diejenigen, die keinerlei Schutz hatten, fielen wie das Getreide unter der Sense, und das trockene, ausgebleichte Gras wurde von sterbenden Männern plattgedrückt. Und unaufhaltsam stieg die Sonne höher, es wurde heiß, und die Männer keuchten wie durstige Vögel, den Mund im Helm weit geöffnet, sodass bei jedem Treffer die Zähne gegen das Metall schlugen und oft abbrachen.

Eine Stunde später hatte die Schlacht deutlich an Intensität verloren. Jetzt entschied nur noch die Ausdauer jedes Einzelnen, ob er überleben oder sterben würde, sobald zwei oder drei Männer aufeinandertrafen. Die meisten von Percys Fußsoldaten, fast alles Männer aus dem Dorf, waren inzwischen tot oder so schwer verletzt, dass sie sich nur noch humpelnd zurückziehen konnten, wobei sie sich gegenseitig stützten oder die Hände auf ihre blutenden Wunden drückten. Nevilles Leibgarde war auf achtzig Mann zusammengeschrumpft, jedoch immer noch von der doppelten Anzahl von Männern umgeben, und alle in festen Rüstungen.

Thomas zog sich mit Balion ein gutes Stück zurück, um sich einen Gesamteindruck über die Situation zu verschaffen. Er konnte kaum noch den Kopf heben und runzelte fassungslos die Stirn über Trunnings anscheinend nie erlahmende Energie. Unermüdlich ritt der Schwertmeister an der Linie der Percys auf und ab und feuerte seine Leute immer aufs Neue an. Thomas versuchte, in seinem Panzerhandschuh, aus dem Blut tropfte, die rechte Faust zu ballen. Der erste heftige Schmerz von seiner Kopfwunde hatte sich zu einem dumpfen Pochen entwickelt. Selbst Balion senkte den mächtigen gepanzerten Kopf immer öfter ins lange Gras hinab. Doch Salisbury war, soweit Thomas es erkennen konnte, immer noch am Leben. Frustriert biss er die Zähne zusammen. Seinen Sohn, den Bräutigam, hatte er bisher noch gar nicht zu Gesicht bekommen. Überall auf dem Feld lagen Tote, aber es waren nur die Soldaten der beiden Familien, kein einziger wichtiger Name darunter.

Erneut versuchte Thomas, sich zu einem Angriff aufzuraffen. Er brauchte nur an den Spott seines Vaters zu denken, und schon war seine Erschöpfung wie verflogen. Aus dem Augenwinkel sah er, dass Trunning ihm gestikulierend etwas mitteilen wollte, und der Verdacht, der Schwertmeister könnte womöglich denken, Thomas sei vor Angst zurückgeritten, spornte ihn jetzt erst recht an. Hatte er ihn etwa zur Ordnung rufen wollen, wie einen ungehorsamen Schuljungen? Thomas wünschte sich nichts sehnlicher, als dass irgendein Neville Trunning den hochmütigen Kopf abschlagen würde. Das war ein Name, den er gern auf dem Schlachtfeld gelassen hätte, selbst wenn es der Einzige wäre.

Als er zu den Kämpfenden zurücktrabte, stolperte Balion plötzlich, konnte sich nicht mit dem gewohnten Geschick wieder fangen und wäre beinahe gestürzt. Thomas sah, dass nur noch wenige der Nevilles zu Pferde saßen, und fasste einen schnellen Entschluss. Er klappte sein Visier hoch und pfiff zwei verwundete Männer heran, die nicht mehr kampftauglich waren, nachdem er sich vergewissert hatte, dass sie keine Farben trugen. Sie nahmen seine Zügel und halfen ihm beim Absitzen. Seine Beine gaben fast unter ihm nach, so taub waren sie. Thomas schwankte etwas, aber außer ein paar Blutergüssen und einem leichten Blutverlust fühlte er sich noch immer kräftig und konnte auch schnell genug sein, da war er sich sicher. Er klopfte Balion den Hals, erleichtert, dass er sein tapferes, aber erschöpftes Schlachtross nicht würde opfern müssen.

»Besorgt ihm Wasser, wenn möglich. Wenn ich ihn später hole, erwarte ich, dass er gestriegelt ist und dass seine Wunden mit Gänsefett behandelt sind.«

Die Männer waren froh, das blutgetränkte Schlachtfeld verlassen zu können. Respektvoll verbeugten sie sich vor Lord Egremont, dann gingen sie mit seinem Pferd davon.

Thomas wandte sich um, er hob den Kopf und genoss die leichte Brise. Mein Gott, es war herrlich, wieder Luft im Gesicht zu spüren, nachdem es stundenlang eingeschlossen gewesen war. Er schritt vorwärts, vorbei an einem Strauch mit gelben Blüten, der in den trockenen Gräsern stand. Seine Rüstung knarrte und quietschte, das Öl war längst aus den Scharnieren verschwunden. Er schwang im Gehen das Schwert und lockerte die Panzerplatten auf seiner Brust, um seine verspannten Muskeln bewegen zu können.

»Egremont!«, rief Thomas, als er sich erneut in das Kampfgetümmel warf, damit seine Leute wussten, wer er war, und wo. Doch kurz darauf klappte er fluchend das Visier wieder herunter, geschockt darüber, dass Salisbury offenbar aufgehört hatte zu kämpfen und umgeben von seinen Leuten, die ihn weiterhin schützten, den Rückzug antrat. Plötzlich wünschte Thomas sich inständig, er hätte Balion nicht zurückgelassen. Diejenigen, die noch auf ihren Pferden saßen, bedrängten zwar weiterhin die Linie der Nevilles, aber es gab keinen Zweifel mehr, sie zogen sich zurück.

»Nein!«, brüllte Thomas sie an. »Bleibt hier und stellt Euch gefälligst!« Er sah Balions schwarze Silhouette in der Ferne verschwinden und fing an, nach vorn zu stürmen, allerdings ohne recht zu wissen, was er noch ausrichten konnte.

Ein Ritter der Nevilles stand da und winkte wild mit beiden Armen, vielleicht wollte er ebenfalls seine Leute zurückrufen. Wutentbrannt zielte Thomas im Vorbeirennen auf dem Hals des Mannes, der im Gras zusammenbrach. Er rannte weiter und atmete so schwer, dass er sein Visier wieder hochklappen musste, um Luft zu bekommen. Jetzt kam Trunning angeritten, dessen Gesicht nur wenig mehr gerötet war als sonst. Er kaute an seinen Schnurrbartenden und blickte hinab auf Thomas Percy.

»Trunning!«, keuchte dieser erleichtert. »Gebt mir Euer Pferd. Wir müssen sie einholen und niederreiten. Balion ist völlig erledigt. Schnell, Mann, sitzt ab!«

»Das wäre ein Schlachtbefehl, Mylord Egremont. Es hat nichts mit der Politik Eures Hauses zu tun, sondern einfach damit, wer von uns beiden reiten darf und wer zu Fuß geht. Und so leid es mir tut, aber ich entscheide mich fürs Reiten, Mylord.«

»Du treuloser …«, fing Thomas an. Er wollte die Zügel des Mannes packen, aber Trunnings alter Klepper tänzelte zur Seite und entzog sich seinem Griff. »Für diesen Ungehorsam werde ich Euch hängen lassen.«

»Ach ja, Mylord? Meiner Ansicht nach wird es Euren Vater weitaus mehr interessieren, wie viele seiner Leute Ihr heute verloren habt, ohne dass Ihr ihm auch nur einen einzigen toten Neville als Gegenleistung präsentieren könnt. Oder habt Ihr einen gefunden, Lord Egremont? Habt Ihr einen guten Neville-Kopf, den Ihr an Euren Sattel hängen könnt? Ich habe keinen gesehen.«

Thomas antwortete nicht auf die Stichelei des anderen. Weder er noch sein Vater hatten wissen können, dass Salisbury so viele seiner besten Schwertkämpfer dabeihaben würde. Thomas blies die Backen auf und stieß wütend die Luft heraus. Sie hatten gut gekämpft, die Verwandten seiner Mutter. Die Nevilles hätten nichts weiter zu tun brauchen, als seinen Angriff zu überleben, und das hatten sie geschafft. Thomas und seine Männer hatten mehr als hundert von Salisburys besten Leuten abgeschlachtet, doch jetzt trat der immer noch gut bewaffnete harte Kern vor seinen Augen den geordneten Rückzug an. Ein paar Dutzend Bogenschützen hätten sie immer noch in Schwierigkeiten bringen können – wenn er für eine solche Reserve gesorgt hätte. Hilflos musste Thomas mit ansehen, wie sein Onkel aus der Falle entkam, die er ihm gestellt hatte. Er fluchte. Er hätte gern seinen Helm abgenommen, aber der klebte ihm mit Blut an Haaren und Kopfhaut fest, deshalb versuchte er es gar nicht erst. Trunning war noch immer da, er beobachtete ihn und kaute an seinen Schnurrbartenden.

»Ihr könnt Eurem Vater berichten, dass Ihr gut gekämpft habt, Mylord. Das kann niemand bestreiten. Ihr hättet beinahe den alten Teufel erwischt, ich habe es selbst gesehen.«

Überrascht sah Thomas auf, nicht ganz sicher, ob das auch nur wieder Stichelei war. Doch er sah keinen Spott in Trunnings Gesicht und zuckte die Schultern.

»Gut, aber nicht gut genug, was?«

»Heute nicht«, erwiderte Trunning. »Man kann eben stolpern und auf die Nase fallen, so ist es nun mal. Aber das macht nichts. Das Einzige, was zählt, ist, wer am Schluss noch auf den Beinen steht.«

Thomas runzelte die Stirn, völlig sprachlos darüber, dass Trunning ihm diese Niederlage anscheinend nicht anlastete. Er schüttelte den Kopf, und der kleine Mann grinste.

»Ich hole jetzt Euer Pferd, Mylord«, sagte Trunning. »Ich hatte Euch ja gleich gesagt, dass es zu groß ist, aber Mut hat das brave Tier. Erschöpft oder nicht, es wird Euch jedenfalls nach Hause bringen.«

Der Wind wurde stärker, als Trunning davontrabte. Thomas spürte jetzt seine Verletzungen, als sein Körper langsam merkte, dass er nicht mehr zu kämpfen brauchte und sich auf die Schmerzen und die Heilung konzentrieren konnte. Er hatte zwar nicht gewonnen, aber für ihn war es eine Prüfung gewesen. Und zu seiner eigenen Überraschung stellte er fest, dass er sich nicht zu schämen brauchte. Er hob die Hand für alle, die es sehen konnten, und beschrieb einen Bogen nach hinten, dorthin, von wo sie vor einer Ewigkeit gekommen waren.

5

Thomas näherte sich der Burg von Alnwick, die immer höher vor ihm aufragte. Die riesige Festung aus blassgelbem Stein beherrschte die gesamte Umgebung. Der Anblick war ihm kein Trost. Nach drei Tagen auf der Straße tat ihm alles weh, außerdem war er schmutzig und roch nach Schweiß und getrocknetem Blut. Mit Öl und heißem Wasser hatte man es schließlich geschafft, ihm den Helm vom Kopf zu lösen, aber jetzt hatte er dort eine fingerlange, pochende Naht. Die Delle, die diese Verletzung bei ihm verursacht hatte, hatte er nur fassungslos angestarrt.

Sein Mut sank mit jedem Schritt, den Balion tat. Diese hellgelben Mauern bargen tausend Erinnerungen an seine Kindheit, aber in erster Linie war Alnwick seit jeher der Wohnsitz seines Vaters gewesen. Hier würde der alte Percy auch jetzt auf ihn, Thomas, warten.

Nachdem sie das Schlachtfeld hinter sich gelassen hatten, war die Stimmung unter seinen Männern anfangs fast fröhlich gewesen. Zwar war Salisbury ihnen entkommen, aber das war nicht ihr Problem. Damit musste sich Percys Sohn auseinandersetzen. Was sie selbst anbetraf, bei Gott, schließlich gehörten sie zu den Überlebenden, darüber waren sie fast trunken vor Freude. Sie hatten die Schrecken der Schlacht überstanden, und jeder von ihnen konnte mindestens ein Dutzend Geschichten erzählen, von gefährlichen Zweikämpfen, oder wie sie nur um Haaresbreite einer schweren Verletzung entgangen waren. Als sie am ersten Abend ihr Lager aufgeschlagen hatten, waren sie laut und übermütig gewesen, immer wieder hatten diese großen, bärtigen Soldaten lachend die Schwerthiebe nachgestellt, die sie selbst ausgeteilt hatten oder vor denen sie sich in letzter Minute wegducken konnten.

Einer von ihnen besaß eine Rohrflöte, die er selbst geschnitzt hatte und auf der er spielen konnte, sodass einige der Männer wild herumsprangen und tanzten. Thomas hatte überlegt, ob er nach Sonnenuntergang nicht Ruhe anordnen sollte. Man konnte nie wissen, ob die Nevilles sie nicht verfolgten, und es erschien ihm äußerst leichtsinnig, im Dunkeln auf diese Art ihren Aufenthalt preiszugeben.

Vielleicht hatte Trunning ihm diese Gedanken von seinem ernsten Gesicht abgelesen. Er war zu Thomas herübergekommen und hatte ihn zu einem Gespräch unter vier Augen zur Seite gezogen.

»Sie werden sich schon beruhigen, Mylord«, sagte er leise und blickte nachdenklich in die untergehende Sonne. Seine heisere Stimme klang fast wie das Schnurren eines alten Katers, und Thomas bekam eine Gänsehaut. »Ich habe Späher ausgeschickt, die werden jeden ausfindig machen, der sich anzuschleichen versucht. Wir müssen nicht mit Überraschungen rechnen, das versichere ich Euch. Die Jungs sind einfach glücklich, noch am Leben zu sein, Mylord, und noch alle Finger und Zehen zu haben. Lasst sie ruhig ein wenig singen. Der Rausch verfliegt noch früh genug. Kann sein, dass den einen oder anderen sogar die Schwermut packt, aber morgen bei Sonnenaufgang wird die Welt für sie schon wieder ganz anders aussehen.«

Thomas konnte ihn nur anstarren, denn plötzlich hatte Trunnings rotes Gesicht einen fast sanften Ausdruck angenommen. Das, was Thomas dabei empfand, als Überraschung zu bezeichnen, wäre der Sache kaum gerecht geworden. Wäre die Sonne an diesem Abend ein zweites Mal über dem Horizont erschienen und wieder untergegangen, hätte es ihn kaum mehr schockieren können. Und doch war es so. Ein Funken Mitgefühl für diese rotgesichtigen Soldaten, die ihre wehmütigen Lieder sangen, Männer, die jedem das Genick gebrochen hätten, der behauptete, sie hätten etwas anderes in den Adern als das Blut und die Ehre Alnwicks. Thomas aber hatte zustimmend genickt, und der Schwertmeister war davongegangen. Trunning hatte ihn nicht einmal angesehen, er hatte vor sich in die Luft gesprochen, so als stünden sie Seite an Seite vor der Pissrinne.

Die Verwundeten hielten sich vom Feuer fern. Als sie das Schlachtfeld verlassen hatten, hatte Trunning im ersten Dorf, durch das sie kamen, ein paar Wagen »gefunden«, doch längst nicht genug für die rund sechzig Mann, für die man eine Transportmöglichkeit gebraucht hätte. Der Schwertmeister hatte sie alle antreten lassen, um mit rauen Händen jeden Verletzten persönlich zu untersuchen und für »Wagen« oder »Laufen« einzuteilen. Einige der Männer waren schon dem Tode nahe. Trunning hatte sie lange und traurig angesehen und den Kopf geschüttelt. Er wusste, wie es um sie stand, genau wie sie selbst. Trotzdem hatte er sie auf die Wagen gelassen, damit sie dort in Frieden sterben konnten.

Dieser erste Abend hätte fast zu einem Fest werden können, wenn es etwas anderes zu essen gegeben hätte als das salzige Trockenfleisch, das sie in ihren Taschen fanden. Als der Mond aufging, hatte Trunning dem lebhaften Schwatzen ein Ende bereitet. Plötzlich war er am Feuer erschienen und hatte die lachenden Männer angefahren, jetzt endlich zu schlafen und ihre Kräfte für den morgigen Tag zu schonen. Thomas hatte sich gefragt, ob bei Tageslicht wohl Nevilles Späher auftauchen würden. In der Dunkelheit schien alles möglich. Vielleicht würde Salisbury zum Krieg rüsten, sobald er einen Stützpunkt erreichte. Es würde sich erst mit der Zeit herausstellen, wie viele Soldaten der Earl in erreichbarer Nähe hatte. Es ließ sich nicht leugnen: Zwar hatte Thomas seinen Speer auf den wütenden alten Keiler geschleudert, aber er hatte ihn verfehlt.

Doch weder am nächsten Morgen noch am Tag danach waren Nevilles Soldaten aufgetaucht, um ihren Rückzug zu verhindern. Trunning teilte Wachen ein und kontrollierte sie regelmäßig, er selbst schien nur ab und zu ein kurzes Nickerchen zu machen, ehe er wieder auf den Beinen war und die Grenze ihres kleinen Lagers abschritt. Vor nur einer Woche waren sie noch siebenhundert Mann gewesen. Davon waren jetzt, zusammen mit den Verwundeten, noch zweihundertvierzig übrig, die zu Fuß oder auf Wagen nach Alnwick zurückkehrten.

Es war ein seltsames Gefühl, als sie sich am dritten Tag der Festung näherten, ohne Trommler, und ohne stolz geschwenkte Banner. Frauen rafften ihre Röcke zusammen, rannten auf die Straße hinaus und blinzelten in den Sonnenuntergang, um zu sehen, ob ihre Männer unter den Heimkehrenden waren. Thomas biss die Zähne zusammen, als er an ihnen vorbeiritt. Doch seine Ohren konnte er nicht verschließen, als die verzweifelt herumirrenden Frauen immer wieder nach ihren Männern fragten und die Kinder anfingen, laut um ihre gefallenen Väter zu weinen. Beim Anblick der Männer auf den Wagen fing ein großes Wehklagen in der Stadt an. Sie boten einen erbarmungswürdigen Anblick, wie sie fiebernd dalagen, neben anderen, die schon seit zwei Tagen tot waren.

Thomas sah weder nach links noch nach rechts, als er mit Balion auf den Hof zuritt. Es überlief ihn kalt, als er an der neuen Brustwehr vorbeikam. Auch an diesem Abend wurde daran gebaut, in halsbrecherischer Position hockten die Handwerker auf dem halbfertigen Bauwerk und fügten Steine und Mörtel ein.

Thomas bemerkte, wie Trunnings mageres Pferd sich an ihm vorbeidrängen wollte, und drückte Balion leicht die Fersen in die Flanken, sodass er in Trab verfiel. Er sah nicht zurück, als Trunning leise etwas knurrte. Schließlich war er Percys Sohn, er war Egremont. Es müsste mit dem Teufel zugehen, wenn er jemandem gestatten würde, vor ihm in Alnwick einzureiten. Zweifellos würde sein Vater von den oberen Fenstern nach ihnen Ausschau halten. Die geschwollene Wunde auf seinem Schädel pochte, als er die laut weinenden Dorfbewohner hinter sich ließ und mit stolz erhobenem Haupt in den Burghof ritt.

Diener eilten herbei und nahmen ihm die Zügel seines Schlachtrosses ab, ihr Lärm und ihr lautes Schwatzen brachten Leben in den stillen Hof. Düster beantworteten die Heimkehrer ihre Fragen, immer wieder konnten sie nur traurig den Kopf schütteln. Thomas bekam Herzklopfen, als er zum Wohnturm hinaufblickte. Dort stand der Alte, in Pelze gehüllt, und starrte herunter.

»Kümmert Euch um die Männer, Trunning«, rief Thomas. »Ich werde meinem Vater Bericht erstatten.«

Salisbury hielt die Zügel seines Pferdes so krampfhaft umklammert, dass die Prellungen und Blutergüsse in seinen Armen noch stärker schmerzten. Vor einem Percy davonlaufen zu müssen war eine so unerträgliche Demütigung, dass man kaum einen vernünftigen Gedanken fassen konnte. Es war erst eine Woche her, dass Baron Cromwell die Bewohner von Tattershall zusammengerufen hatte, um unter allgemeinem Jubel seine Nichte Maud zu verabschieden, als sie mit ihrem Gemahl und zweihundert Soldaten aufbrach. Und nun, nur sechs Tage später, kamen sie zurückgehumpelt, weniger als die Hälfte von denen, die losgezogen waren, mit vielen Verletzungen, die notdürftig mit irgendwelchen Lumpen verbunden waren. Jetzt musste Salisbury erklären, was passiert war, und dem Mann zeigen, dass seine Nichte unversehrt war. Er stellte sich bereits Cromwells Reaktion vor und knurrte leise vor sich hin, dabei schüttelte er immer wieder den Kopf über die bittere Schande, die er empfand.

Er spürte die Augen seiner Frau und seines Sohnes im Rücken, während er die übel zugerichteten Soldaten nach Süden zur Burg von Tattershall führte. Die Jungen aus den Dörfern rannten bereits voraus und kündigten seine Rückkehr an. Dagegen konnte er nichts machen. Schwer atmend, mit finsterem Gesicht und gebeugtem Kopf ritt er dahin. Salisbury wusste, dass er zum Grübeln neigte, wenn die Dinge nicht so liefen, wie er das erwartete. Sein Vater war ein Mensch gewesen, der auch die schlimmsten Rückschläge schulterzuckend hinter sich lassen konnte und weitermachte, mit stets neuer Energie. Über Menschen, die zur Schwermut neigten, hatte er nur lachen können. Doch er, Richard, war von ernsterer Natur. Er hatte Momente großer Freude erlebt, aber selbst in Augenblicken des Triumphes gab es für ihn ernste Untertöne, die seine Stimmung immer wieder ins Dunkel abgleiten ließen.

Die Stadt lag im Norden der Backsteinburg, die wie ein roter Turm auf dem Hügel stand, den man abgeflacht hatte, um sie darauf zu errichten. Salisbury sah die schockierten Gesichter der Händler und Stadtbewohner, die herausgelaufen waren und jetzt flüsternd herumstanden, die Köpfe schüttelten und sich bekreuzigten. Es gab viel zu tun. Er hatte eine Pflicht zu erfüllen. Es war nicht möglich gewesen, die Toten der Nevilles auf den Feldern zu bergen. Er hatte den Rückzug anordnen müssen, um sich und seine übrig gebliebenen Leute zu retten. Einige der Verwundeten hatten ungläubig aufgeschrien, als sie sahen, dass er abzog. Sie hatten die Arme hochgereckt in der Hoffnung, er würde zurückkommen, wenn er sie sähe, als brauchten sie nur zu winken und Salisbury würde sie holen. Das alles brannte in ihm wie Säure, die seine Brust innerlich verätzte.

Wut. Jahrelang hatte er das gute Gefühl einer echten Wut nicht mehr gespürt, dieses reine Feuer, das den Arm stärkte und den Mut eines Mannes anschwellen ließ. Beim Reiten bemühte er sich um die Ruhe, die zur Planung und Vorbereitung nötig sein würde, aber er fand sie nicht. Er war bis zum Rand voll von Wut, wie ein Krug mit Wasser. Er würde seine Leute zusammenrufen. Er würde eine Armee um sich scharen – und er würde die Hochburg der Percys in Schutt und Asche legen. Das schwor Salisbury sich, als er sich Tattershall näherte.

Es überraschte ihn nicht, als Reiter aus dem Burgtor kamen, noch ehe er den Berg erreicht hatte, und den steilen Abhang heruntergaloppierten, der das erweiterte Burggelände von der Stadt trennte. Cromwell hatte seine Nichte dem Oberhaupt der Nevilles anvertraut, und jetzt war er vermutlich auf das Schlimmste gefasst.

Salisbury hob die Hand, und seine Leute machten halt, als die ersten drei Reiter ihm gegenüberstanden. Ralph Cromwell sah nicht gesund aus, sein Gesicht über dem Kragen war angeschwollen und dunkelrot, obwohl Salisbury wusste, dass seine Ärzte ihn regelmäßig zur Ader ließen. Das Haar des Sechzigjährigen war schneeweiß und schütter, im leichten Wind wehten die Strähnen um seine kahle Platte. Er war ohne Banner losgeritten und trug eine Tunika, die noch mit den Resten seiner letzten Mahlzeit bekleckert war.

»Mylord Salisbury«, rief Cromwell, doch sein Blick wanderte suchend über Richard Neville hinweg zu den anderen. Salisbury bemerkte, wie der Alte vor Erleichterung im Sattel zusammensackte, als er mit tränenden Augen seine Nichte entdeckte. Jetzt wusste er, dass Cromwell an der Verschwörung nicht beteiligt war. Obwohl der Baron keine eigenen Nachkommen hatte, war bekannt, dass er die Tochter seiner Schwester liebte wie sein eigenes Kind. Salisbury war sich fast sicher gewesen, dass er sie keiner Gefahr ausgesetzt hätte. Doch gerade dieses »fast« hatte ihn in gefährliche Versuchung geführt, Cromwell zu töten, denn schließlich gab es nicht viele Menschen, die gewusst hatten, dass Richard Neville in Tattershall gewesen war. Salisbury hatte Mühe, seine Hand vom Schwertgriff zu lösen, so fest hielt er ihn umklammert.

Cromwell blickte zurück, vielleicht ahnte er etwas von der Bedrohung, als er die finsteren Blicke der geschlagenen Truppe sah. Salisbury hob die Hand zu einem traurigen Gruß.

»Maud lebt, Lord Cromwell. Meine Frau und mein Sohn ebenfalls. Und ich auch, wie Ihr seht. Die Briganten der Percys haben versagt, obwohl sie für jeden meiner Männer drei hatten.«

Er merkte, dass Cromwell, dessen Haar wie ein weißes Fähnchen im Wind flatterte, ihn verstanden hatte.

»Percy?« Der alte Mann presste grimmig die Lippen zusammen. »Dann ging es also um die Besitztümer der Mitgift. Mylord, ich wusste, wie niederträchtig sie sein können, aber von diesem Vorhaben hatte ich keine Ahnung. Das schwöre ich bei der Ehre meines Hauses und meines Namens.«

»Ich weiß, dass Euch keine Schuld trifft, Mylord. Wüsste ich es nicht, dann wäre ich nicht nach Tattershall zurückgekommen.«

Das Gesicht des Barons entspannte sich etwas. Richard Neville war nicht der Mann, mit dem man sich anlegte, schließlich hatte er das Ohr des Protektors. Cromwell wischte sich über die Stirn, wo ihm der Schweiß ausgebrochen war.

»Vorläufig allerdings«, fuhr Salisbury fort, »muss ich Euch bitten, dass meine Männer hier bei Euch versorgt werden, während ich meinen Bericht aufsetze.«

»Einen Bericht, Mylord?«, fragte Cromwell. Seine farblosen Augen tränten ständig, gerötet und feucht wanderten sie unter den Männern, die ihn beobachteten, hin und her.

»An Richard von York, Mylord. Den Protektor des Königs. Und an meinen Sohn, Earl Warwick.« Obwohl er sich sehr bemühte, ruhig zu bleiben, merkte Salisbury, wie seine Stimme lauter und härter wurde. »An jeden Bewaffneten in England, der im Dienste der Nevilles steht, an jedes Haus, das uns Lehnspflicht schuldet, durch Blutsverwandtschaft oder Heirat. Alle werde ich rufen. Ich werde die Familie der Percys ausrotten mit Stumpf und Stiel und sie ins Feuer werfen lassen!«

Die Höflichkeit hätte geboten, dass er Cromwell gestattet hätte, ihm voran in die Burg zu reiten, aber Salisbury stand im Rang über ihm und hatte im Moment keinen Sinn für derlei Feinheiten. Er gab dem Pferd die Sporen, sodass es an dem überraschten Baron vorbeitrabte, gefolgt von achtzig düster dreinblickenden, vom Kampf gezeichneten Männern. Sein Sohn John blieb an seiner Seite. Nur Maud und Salisburys Frau Alice blieben zurück, die Ältere streckte die Hand aus, um die Jüngere zurückzuhalten, die pflichtschuldigst ihrem Mann folgen wollte.

»Baron Cromwell«, rief sie, »Richard möchte bestimmt, dass ich Euch dafür danke, dass Ihr uns erneut gestattet, in Tattershall zu wohnen.« Für die Unhöflichkeit ihres Mannes konnte sie sich nicht entschuldigen, also versuchte sie auf diese Weise, den verletzten Stolz des alten Mannes zu besänftigen. »Ihr könnt versichert sein, dass Euer Name in London genannt werden wird, als der eines Mannes, den wir ehren und dem wir vertrauen.«

Cromwell nickte, doch noch immer blickte er unwillig hinter den Männern her, die in seine Burg ritten.

»Ich bin sicher, Maud würde Euren Rat schätzen, Baron«, fuhr Alice fort. »Ich lasse sie in Eurer Obhut, wo sie immer gut aufgehoben war …«

»Es reicht, Alice«, sagte Cromwell mit grimmiger Belustigung. »Euer Mann reitet zwar in meine Burg, ohne meine Erlaubnis abzuwarten, aber wer kann es ihm verübeln, nach allem, was er durchgemacht hat? Wenn ich jünger wäre, würde ich selbst ins Horn stoßen und alle wissen lassen, was er mitgemacht hat. Es soll vergessen sein, aber ich danke Euch für Eure Liebenswürdigkeit.«

Alice nickte und lächelte, sie hatte den Mann gern. Es war jammerschade, dass Cromwells Frau gestorben war, ehe sie ihm Söhne schenken konnte, sodass er nun völlig allein in

Tattershall lebte. Sie trieb ihr Pferd an und folgte ihrem Mann, Onkel und Nichte blieben zurück.

»Deine Schwiegermutter ist eine feine Frau«, sagte Cromwell und sah hinter ihr her. »Ich danke Gott, dass du die Sache wohlbehalten überstanden hast, Maud. Wenn ich gewusst hätte … wenn ich auch nur den Hauch einer Ahnung gehabt hätte, dass du in Gefahr geraten könntest …«

»Ich weiß, Onkel, du hättest mich nicht losgeschickt, selbst mit zweihundert Wachen der Nevilles nicht. Aber sei beruhigt, ich habe nur wenig von dem Töten mitbekommen. John und Countess Alice brachten mich fort, noch ehe die Schlacht richtig losging.« Bei dieser Lüge überlief es die junge Frau kalt, und sie bekam eine Gänsehaut auf den Armen.

»Ich wollte, dass du eine Neville wirst, Maud«, sagte Cromwell und sah hinter den Soldaten her, die in seine Burg ritten. »Salisbury sprach von den Familien, mit denen er verbündet ist, und er hat nicht übertrieben. Sie ziehen sich durch alle Linien und durch jedes wichtige Haus, zumindest jetzt, wo wir mit ihnen verbunden sind.« Er lächelte über diese Selbstgefälligkeit und wurde belohnt, als auch in ihren Wangen Grübchen erschienen. Doch er wurde schnell wieder ernst. »Falls es einen Krieg geben sollte, Maud, dann haben wir durch deine Heirat festgelegt, auf welcher Seite wir stehen. Ich beneide keinen, der sich gegen diesen Mann stellt, der sowohl Richard Plantagenet als auch Earl Warwick auf seiner Seite hat. Diese drei Männer könnten das Reich in Stücke schlagen, wenn sie wollten.«

»So weit muss es nicht kommen, Onkel. Ihr sagtet mir mal, dass jeder Krieg mit Gold anfängt und aufhört. Vielleicht entschädigt uns Earl Percy ja für die Wunden, die er uns geschlagen hat.«

Ihr Onkel schüttelte den Kopf.

»Ich glaube, jetzt würde alles Gold der Welt nicht mehr genügen, um diesen Krieg zu verhindern. Ich werde darum beten, Maud. Aber es gibt Momente, da muss so ein Furunkel einfach aufgeschnitten und der Eiter ausgedrückt werden, damit die Wunde sauber wird. Und dies, meine Liebe, könnte so ein Moment sein.«

Thomas Percy schritt allein durch die Korridore der Burg von Alnwick. Vielleicht mieden die Diener seinen Alten, wenn es schlechte Nachricht gab, er wusste es nicht. Doch was immer der Grund sein mochte, die Burg schien wie ausgestorben, als er blutverschmiert und mit klirrenden Sporen dahinschritt. Er hatte während der Schlacht seine Blase entleeren müssen, ohne dass es ihm möglich gewesen wäre, einen geschützten Ort zu finden und seine Rüstung zu lösen, während die gegnerischen Seiten aufeinanderstießen. Noch viermal seitdem war der warme Urin beim Reiten an seinen Beinen heruntergelaufen und aus den offenen Stiefelspitzen getropft. Die innere Polsterung seiner Rüstung war völlig durchtränkt und die Innenseiten seiner Oberschenkel waren wundgerieben. Er merkte, dass er stank, und er dankte Gott, dass wenigstens sein Darm dichtgehalten hatte. Es gab Schlachten, wo ganze Trupps berittener Kämpfer auf braun verschmierten Pferden zurückkehrten. Und obwohl auch das ein notwendiges Übel war, wurde doch immer unbarmherzig darüber gespottet. Wenigstens das würde ihm erspart bleiben, wenn er jetzt seinem Vater gegenübertrat.

Vom Burghof aus hatte er Earl Percy gesehen, der im Turm am Fenster der Bibliothek gestanden hatte. Thomas stieg die Treppe hinauf, ohne einem Menschen zu begegnen. Am merkwürdigsten war, dass seine Mutter nirgendwo zu sehen war, und er fragte sich, ob sein Vater sie zu einem anderen Sitz der Percys geschickt hatte, damit sie seine Rückkehr nicht miterlebte und nicht fragen konnte, was passiert sei.

Er erreichte die Tür, die nur angelehnt war, und stieß sie mit seinem gepanzerten Handschuh auf. Sein Vater stand noch immer am Fenster und starrte nach draußen. Thomas räusperte sich, plötzlich ärgerte es ihn, dass er so vor dem Alten erscheinen musste, wie ein kleiner Junge, der etwas gestohlen hat und jetzt bestraft werden sollte. Er hatte in seiner Kindheit so manche Tracht Prügel bezogen, als der Mann dort am Fenster noch jünger war. Thomas merkte, dass er Herzklopfen hatte, und er stellte sich vor, was für ein gutes Gefühl es sein müsste, wenn er seinen Vater jetzt durch die Bleiverglasung stoßen und zusehen könnte, wie er unten auf dem Pflaster zerschmetterte. Bei dem Gedanken, was Trunning für ein Gesicht machen würde, musste er fast grinsen, als sein Vater ihn jetzt anblickte.

»Ich habe dich mit siebenhundert Mann losgeschickt«, sagte Earl Percy. Das Gesicht des Alten schien geschwollen, die Adern auf Wangen und Nase wirkten auf der roten Haut fast schwarz. Seine Augen waren stechend, als er jetzt den Pelz enger um seine Schultern zog. »Ich wundere mich, dass du es wagst, nach Hause zu kommen, mit so wenigen Leuten hinter dir. An deinem verängstigten Gesicht sehe ich, dass du mir keinen Sieg vermelden kannst. Die Männer im Burghof lassen die Köpfe hängen, und das sollen sie auch, wenn siebenhundert von ihnen es nicht schaffen, einen jungen Bräutigam und sein Gefolge zu erledigen. Also? Ich will die Wahrheit hören, Junge. Ich bin es leid, noch länger zu warten.«

»Salisbury hatte seine eigene Leibgarde dabei. Mindestens zweihundert seiner besten Leute, darunter sechzig Bogenschützen. Wir haben zwei Drittel von ihnen erledigt, vielleicht auch mehr, aber Neville entkam, zusammen mit seinem Sohn und der Cromwell-Braut.«

Der Alte kam mit ruckartigen Schritten durchs Zimmer, dann blieb er stehen und funkelte seinen Sohn an.

»Du kommst also mit leeren Händen nach Alnwick zurück? Wenn ich deinen Bruder Henry geschickt hätte, glaubst du, der würde auch dastehen und mir erzählen, dass er versagt hat?«

»Das weiß ich nicht«, fauchte Thomas, heiser vor Wut. »Salisbury hatte seine besten Leute dabei. Sie haben ihr Möglichstes getan, und trotzdem haben wir mehr als die Hälfte von ihnen getötet, ehe sie fliehen konnten. Ich glaube nicht, dass Henry es hätte besser machen können!«

Seine Stimme war immer lauter geworden, und plötzlich holte der Alte aus und gab ihm eine schallende Ohrfeige. Thomas zuckte zurück, eine unwillkürliche Bewegung aus seiner Kindheit. Doch im nächsten Moment empfand er Wut und schämte sich seiner Reaktion. Seine Hand fuhr an das Schwert, er war entschlossen, es zu ziehen und seinen Vater zu töten. Doch schon hatte ihn Earl Percys Hand gepackt, wie eine Klaue hielt sie ihn fest.

»Reiß dich zusammen!«, schnauzte Percy ihn an. »Zügle deine Launen, du unverschämter Bengel! Du hast versagt, obwohl du hättest gewinnen können. Ich wusste sehr wohl um das Risiko, als ich dich losschickte. Neville ist schlau, und ich dachte mir schon, dass es nicht leicht sein würde, ihn zu töten. Aber die verlorenen Männer waren den Versuch wert, verstehst du? Es war eine Chance, die ich mit meinen Männern und meinem Sohn ergreifen musste, denn du hättest viel dabei gewinnen können.«

Wieder packte Thomas seinen Schwertgriff und wollte ziehen. Er merkte, wie die Kraft des Alten nachließ, und wusste, dass er stärker war, dass er ziehen und zustoßen konnte, wenn er wollte, und dass sein Vater nichts tun konnte, um ihn daran zu hindern. Dieser Gedanke kam ihm so überraschend, dass er die Hand fallen ließ. Sein Vater knurrte zufrieden.

»Beherrsche deinen Zorn, Thomas, sonst beherrscht er dich. Das ist eine Schwäche der Percys. Aber wir sind noch immer damit fertiggeworden.« Thomas sah unter dem Mantel seines Vaters Metall aufblitzen. Er riss die Augen auf bei der Erkenntnis, dass sich dort ein Dolch befand, der so schnell wieder verschwunden war, dass er nicht ganz sicher sein konnte. Er trat einen Schritt zurück. Earl Percy legte den Kopf auf die Seite und sah ihn amüsiert an.

»Ich kann nicht zurückweichen, Thomas, nicht einen Schritt. Du hast versagt, weil Neville misstrauisch und vorsichtig geworden ist – und zu Recht! Dafür habe ich auch meine Pläne. Deine Mutter ist in einem Kloster, durch Gelübde gebunden. Ich habe die Äbtissin gebeten, sie ein Schweigegelübde ablegen zu lassen, aber die alte Vettel meinte, so etwas gebe es bei ihnen nicht. Ich denke, sie wird es noch bereuen!« Zu Thomas' Überraschung schüttelte der Alte kichernd den Kopf. »Nun ja, trotzdem ist es gut, dass sie fort ist, ehe ich sie getötet oder sie mich im Schlaf mit einem Dolch erledigt hätte. Öl und Feuer, Junge, deine Mutter und ich, wir haben uns gegenseitig geschadet.« Er sah, dass sein Sohn verwirrt war, und schlug ihm auf die Schulter.

»Jetzt hör mir gut zu. Du hast zum Schlag ausgeholt, aber das Herz des Neville-Clans hast du verfehlt. Sie werden kommen, vielleicht noch dieses Jahr, spätestens im nächsten Früh-jahr. Alles, was ich im Namen der Percys geschaffen habe, ist fortan in Gefahr. Doch ich würde lieber in dem Bewusst-sein sterben, dass ich es versucht habe und gescheitert bin, als mich tatenlos in mein Schicksal zu ergeben, verstehst du? Wir werden gegen die Nevilles in den Krieg ziehen, auch gegen York, wenn es sein muss, diese Plantagenet-Schlange, die sich so eng um den König und seinen Sohn gewunden hat! Ein Percy wägt nicht und zählt auch nicht erst ab, ehe er die Fahnen erhebt. Mir ist das nur recht, Thomas. Mir ist die Chance willkommen, ein letztes Mal ins Feld zu ziehen. Wozu sind diese alten Knochen noch nütze, wenn ich nicht gegen meine Feinde kämpfen kann? Und wenn sie kommen, dann werden wir uns ihnen in König Henrys Namen stellen. Wir werden kämpfen, zusammen mit einem Dutzend Earls und Dukes, deren Loyalität gegenüber König Henry unge-brochen ist, die keine Heuchler sind wie dieser verdammte Reichsprotektor York, der mit einer Neville verheiratet ist. Verstehst du? Ich wollte versuchen, es an einem Tag zu schaf-fen, aber ein Fehlschlag bedeutet noch nicht das Ende, Tho-mas. Dies ist erst der Anfang!«

6

Der Winter war kalt in diesem Jahr. Der Dezember begann mit schweren Frösten, sodass alle Teiche, die Nahrungsquellen für Stadt und Kloster, zufroren. Unter dem Eis im Dunkeln lagen fette Karpfen und bewegten kaum die Flossen.

Die Stadt Windsor hatte mehr Glück als die meisten anderen, hier konnten viele Haushalte sich Kohlen leisten und hatten genug Holz gestapelt, um eine Wand so zu isolieren, dass die Familie es warm hatte. Die Arbeit ging auch in den kältesten Monaten weiter, doch als der Frost sich verschärfte, sah man bald auf allen Straßen hungernde Menschen, die um milde Weihnachtsgaben bettelten. Die Ernte war längst eingebracht, aber noch immer gab es genug zu tun für diejenigen, die über besondere Fertigkeiten verfügten. Fensterläden mussten repariert und auf den Dächern Holzschindeln ersetzt werden. Weitere Hunderte kamen in die Stadt, um an den königlichen Festlichkeiten teilzunehmen, mit denen man die Geburt Christi vor eintausendvierhundertvierundfünfzig Jahren feiern würde. Im Schloss wurden Festgelage mit zwei Dutzend Gängen zubereitet, jeder wusste, dass ein Teil davon an die Armen verteilt werden würde. Das war eine Tradition in den königlichen Residenzen, und an den Straßen nahe den Schlossküchen waren die besten Plätze längst vergeben, auch wenn man mitunter nach einer besonders kalten Nacht am nächsten Morgen die eine oder andere erfrorene Leiche im Rinnstein fand.

Die Latrinenarbeiter stellten zusätzlich ein paar Männer ein, die auf Arbeitsuche waren, sie zogen es vor, die Gruben der wohlhabenderen Häuser zu leeren, solange der Inhalt gefroren war. Wenigstens war diesen Männern warm, wenn sie mit ihren Schaufeln und Tüchern um Mund und Nase in die Gruben stiegen, wenn auch meist einige von den Gasen ohnmächtig wurden und mit einem Seil herausgezogen werden mussten. Es war eine schwere Arbeit, aber ein guter Latrinenarbeiter konnte an einem Tag so viel verdienen wie ein anderer Arbeiter in einer Woche, und die Rechte auf die besten Straßen wurden energisch gegen alle verteidigt, die etwa versuchen sollten, hier die Preise zu unterbieten.

Als Weihnachten näher kam, füllten sich die Straßen mit Gästen, die von der königlichen Familie eingeladen worden waren, um die zwölf Tage des Friedens mit ihnen zu feiern. Wie es schien, hatte Königin Margaret entschieden, dass die Krankheit ihres Mannes die Festlichkeiten nicht trüben sollte. Jongleure, Zauberer und Sänger wetteiferten in den Wirtshäusern um Münzen, während jede Unterkunft in der Stadt schon lange vorher ausgebucht war, sodass sogar die Ställe mit schlafenden Familien gefüllt waren. Schauspielertrupps trafen ein, mit lautem Fanfarenlärm und in würdigen Prozessionen, alle in der Hoffnung, vor der Königin erscheinen zu dürfen. Weihnachten war das größte Fest des Jahres, es übertraf sogar Ostern und Pfingsten und war die betriebsamste Zeit in Windsor.

Da König Henry noch immer in seinen Träumen verloren war, hatte man für dieses Jahr kein öffentliches Heilungsritual vorgesehen, bei dem die Kranken nach vorn kommen durften, um seine Hand zu berühren. Doch die ganz hoffnungslosen Fälle, die keinen anderen Ausweg mehr wussten, kamen trotzdem. Aussätzige und Krüppel läuteten auf den Straßen mit ihren Glöckchen und fanden sich zu Gruppen zusammen, da einer oder zwei allein oft von den Stadtbewohnern überfallen und zusammengeschlagen wurden.

Die Edlen ritten an den Händlern und Schaustellern vorbei, um möglichst schnell die Wärme und Bequemlichkeit des Schlosses zu erreichen. Zwar mochte der Duke von York das Land von London aus regieren, doch es war nicht an ihm, die Earls, die anderen Dukes und Barone des Königs zu den Weihnachtsfeierlichkeiten einzuladen. Die Auswahl der Gäste für Windsor war allein Königin Margaret vorbehalten, und es war kein Zufall, dass die Einladungen, die an die vierundvierzig vornehmsten Häuser ergingen, weder York noch Salisbury, noch sonst irgendwelche Familien einschlossen, die mit den Nevilles verwandt waren. Margaret hatte überlegt, ob sie Earl Warwick, dem jüngeren Richard Neville, eine Einladung schicken sollte. Sie hatte ihn während der Belagerung von London kennengelernt, als Jack Cade seine Rebellenarmee in die Stadt gebracht hatte. Damals hatte Warwick sie beeindruckt, aber sein Vater war Yorks Kanzler, und mit Bedauern entschied sie schließlich, dass eine Einladung keinerlei Einfluss auf seine Loyalität haben würde.

Ein oder zwei Gäste hatten mit Bedauern abgesagt, weil sie zu alt oder zu krank waren, um die Reise zu unternehmen. Doch immerhin kamen im Laufe von drei Tagen achtunddreißig Lords mit ihrem Gefolge nach Windsor, eine deutliche Respektbekundung für den König, die Margaret mit großer Befriedigung zur Kenntnis nahm. Sie kam persönlich heraus, um diejenigen zu begrüßen, die sie am meisten brauchte und daher besonders ehren wollte. Es war keine Selbstverständlichkeit, dass diese Gäste sich nicht zur Königin zu bemühen brauchten, und die Freude darüber zeigte sich in geröteten Wangen und dem stolzen Lächeln der Frauen.

Derry Brewer war bei der Ankunft der Gäste für die Königin von unschätzbarem Wert. Er trug eine einfache Tunika und Hose in dunklen Farben und stand unbemerkt unter dem königlichen Personal. Er lächelte alle freundlich an, aber seinen scharfen Augen entging nichts. Seit Tagesanbruch waren Bedienstete in den Farben der großen Häuser auf der Straße herbeigeeilt und hatten ihre Herren angekündigt, lange ehe diese in Sichtweite waren. Einige schickten auch Haushofmeister, die für die Ankunft der Herrschaften alles Nötige vorbereiteten. Wenn die Oberhäupter der vornehmen Häuser dann endlich durchs Tor ritten, hatte Derry der Königin bereits alle wichtigen Informationen zugeflüstert. Dazu brauchte er keine Notizen, er klopfte sich nur an den Kopf, wenn Margaret ihrer Überraschung Ausdruck gab oder womöglich darüber errötete, was er alles wusste.

An Baron Grey würde sie sich erinnern. Er hatte niemanden vorausgeschickt und kam zu Pferde aus der Stadt, neben ihm seine ziemlich magere Frau und zwei gleich gekleidete, rosige Jungen, die sich mit einem schweren Kasten abmühten. Margaret war der Mann auf Anhieb sympathisch, und ihr Gesicht erstarrte, als Derry flüsterte: »Ein Päderast. Treibt es wie die alten Griechen. Hängt an seiner Frau, aber stellt bei jeder Gelegenheit kleinen Jungen nach. Zugegeben, sehr diskret. Stolz wie der Teufel und genauso grausam.« Margaret sah ihren Meisterspion an, während Baron Grey näher kam. Derry hatte sie schon über so manche Besonderheit ihrer noblen Gäste aufgeklärt, von Verdächtigungen des Diebstahls bis zu einem gebrochenen Heiratsversprechen und einem am Boden zerstörten Mädchen, das man bezahlt hatte, damit es schwieg. Mehr als einmal hatten in seiner Stimme Spott und Ironie mitgeschwungen, aber nie ein Vorwurf. Es waren nüchterne Schilderungen alter Schwächen und Verfehlungen. Doch als Lord Grey näher kam, bemerkte sie einen hasserfüllten Ausdruck in Derrys Augen, dumpf und mörderisch. Doch kaum hatte sie ihn bemerkt, war er auch schon wieder verschwunden.

Baron Grey machte eine tiefe Verbeugung. Seine Augen passten zu seinem Namen, klein und grau saßen sie in seinem rosigen, fleischigen Gesicht. Seine Frau machte einen tiefen Knicks. Ihr Kopf verschwand fast vollständig in ihrer hohen, kunstvoll gefalteten Haube. Margaret fand keine Worte, sie konnte den Mann nur anstarren, als sie ihm die Hand hinstreckte. Sie hätte nicht einmal mit Sicherheit sagen können, was ein Päderast eigentlich war. Doch Derrys kurze Beschreibung hatte ihr so unangenehme Vorstellungen beschert, dass sie Mühe hatte, nicht zu erschauern, als Grey ihren Handrücken mit seinen feuchten Lippen berührte. Der Moment ging vorüber, und Grey ging weiter. Seine Frau wandte sich mit dünnlippigem Stolz noch einmal um, ehe sie weggeführt wurden. Margaret zwang sich, ruhig weiter zu atmen, und konzentrierte sich auf Derry, der etwas über Zinnminen sagte. Gleichzeitig verbeugte sich ein älterer Baron wie ein Tanzmeister, obwohl er sicher doppelt so alt war wie sie.

Bei Einbruch der Dunkelheit konnte Margaret sich endlich in ihre Gemächer zurückziehen, ihre Füße schmerzten vom Stehen. Sie hatte sich tagsüber zwischendurch kurz ausgeruht, musste aber immer wieder vom Essen oder einem willkommenen Stuhl aufspringen, um einen neu Angekommenen zu begrüßen. Sie hatte gemerkt, welche Freude sie den Menschen damit bereitete, und obwohl sie erschöpft war, tat es ihr um die vielen Stunden nicht leid. Dafür würde sie für die nächsten zwölf Tage jeden Mann und jede Frau im Schloss kennen.

Mit Derrys Hilfe war es gelungen, alte Feinde so weit voneinander entfernt wie möglich unterzubringen. Sie hatte sogar dafür gesorgt, dass die Empfindlichkeit einer alten Countess nicht dadurch verletzt wurde, dass sie jeden Morgen einer hübschen jungen Cousine beim Aufstehen zusehen musste. Auf Derrys Vorschlag hin hatte sie auch viel Aufhebens um Baron Audley gemacht, einen weißbärtigen alten Kommandanten, der über ihre Aufmerksamkeiten entzückt errötete. Doch als Baron Clifford ankam, wurde der Meisterspion ernst, als er sich Margaret zuwandte.

»Gebt ihm einen Zoll nach, und er wird es Euch als Schwäche auslegen, Mylady«, murmelte Derry. »Für Lord Clifford gibt es nur Wölfe oder Lämmer – dazwischen nichts. Überflüssig zu erwähnen, dass er selbst nicht zu den Lämmern gehört.« Margaret hatte den Kopf erhoben, entschlossen, nicht schwach zu wirken. Ihr Ausdruck war kühl, als sie Baron Clifford willkommen hieß. Der Mann reagierte ebenso steif und folgte den Dienern in seine Räume, die weit entfernt von den Haupträumen lagen.

Ein Name fehlte, und die Bitterkeit darüber konnte sie nicht verwinden. Margaret zählte Somerset zu ihren Freunden, und sie konnte sich nicht mit dem Gedanken abfinden, dass er gefangen gehalten wurde. Zwar genoss er aufgrund seines Ranges einige Freiheit im Tower, wo er auf seinen Prozess wartete. Doch York hatte sich geweigert, dem Mann Hafturlaub zu gewähren und Margarets diesbezügliche Bitte mit einem arroganten Brief beantwortet, in dem von schweren Vergehen gegen die Staatsmacht die Rede war. Unter sein Spinnengekrakel hatte York das Siegel ihres Mannes gesetzt. Sie wusste, dass sie nicht zu sehr daran denken durfte, welches Vergnügen ihm das bereitet hatte. Wenn sie sich erlaubte, zu lange oder zu oft über York nachzudenken, merkte sie, wie sich alles in ihr verkrampfte. Sie hatte schon so oft um Somerset getrauert, sein Verlust war nur ein weiterer dorniger Zweig in dem Feuer, das in ihr brannte und das zu verbergen ihr immer schwerer fiel.

In Schloss Windsor ging es in diesen Tagen turbulenter zu als sonst im ganzen Jahr. Zur Unterhaltung der Gäste wurden Jagden veranstaltet, abends gab es Schauspiele, Gaukler und Musik. Die Stimmung war ausgelassen, trotz der vielen Wachen, die wegen der Zeitläufte notwendig geworden waren.

Als der Weihnachtsmorgen anbrach, ging Margaret zeitig ins Gemach der Amme, um dabei zuzusehen, wie diese ihren Sohn stillte, der eifrig an der rosa Brustwarze saugte, bis er aufstieß und sie ihn für kurze Zeit hinlegen konnte. Der kleine Edward war ein Jahr alt und hatte das Krabbeln entdeckt, sodass man ihn nicht mehr aus den Augen lassen konnte. Man musste ihm nur den Rücken zudrehen, schon versuchte er, aus dem Zimmer zu entwischen.

Die Amme wischte ihm etwas milchige Spucke ab und legte Margaret ein Tuch über die Schulter, ehe sie ihr das Kind reichte. Margaret spürte seine Wärme, als er sich lallend in ihren Armen wand und das kleine Gesicht verzog. Sie lächelte – eine spontane Regung, die die Amme erwiderte, ehe sie mit einem tiefen Knicks das Zimmer verließ.

Für kurze Zeit war Margaret allein. Sie musste gähnen und schüttelte dann amüsiert den Kopf, als sie an all die Dinge dachte, die vor dem großen Fest noch erledigt werden mussten. In der Kapelle würde ein Gottesdienst stattfinden, und während sie alle um die Genesung des Königs beteten, würde sich die Küche in ein wahres Schlachtfeld verwandeln. Die Bediensteten würden die Braten auf Spieße stecken und die vielen verschiedenen Gerichte würzen, um die edlen Gäste ihres Mannes zu beeindrucken – alles Leute, die ihre eigenen Köche mitgebracht hatten. Margaret hatte darauf bestanden, dass alles einen französischen Charakter haben sollte, sie wusste, dass die Gerichte aus dem Anjou ihren Gästen zum größten Teil fremd sein würden. Natürlich gab es Gänse, gleich dutzendweise wurden sie gebraten, aber es würde auch Rebhühner und Tauben geben, delikate Zuckertörtchen und Pasteten, herzhaftes Aspik in riesigen kupfernen Formen, Suppen, gefüllte Backpflaumen, Kuchen, gepökelte Aale – zu einem königlichen Christfest gehörten Hunderte von verschiedenen Speisen.

Sie fing an, dem Kind auf ihrem Arm leise etwas vorzusingen. Der Kleine bewegte sich und blickte um sich, ehe er das Köpfchen wieder an ihre Schulter legte. Ihre Brüste hatten nach seiner Geburt eine Zeit lang schrecklich geschmerzt, aber sie hatte sich dem Brauch der Engländer, das Kind einer Amme anzuvertrauen, gern angepasst.

Draußen erklangen eilige Schritte, und Margaret sah auf. Jemand rief nach ihr, es wurde laut gefragt, wo sie sei. Sie schnalzte unwillig mit der Zunge und blickte herab auf den Prinzen von Wales, der am Daumen lutschte und kurz die Augen öffnete. Sie waren sehr blau. Was er sah, schien ihn zu beruhigen, und sie fielen ihm wieder zu, aber das Rufen draußen hörte nicht auf. Margaret runzelte die Stirn. Die kurzen Augenblicke, die sie mit ihrem Sohn allein war, waren kostbar und allzu selten. Sie hoffte nur, dass sich niemand auf der Jagd verletzt hatte. Ein Diener des Dukes von Buckingham hatte sich gerade am Vortag den Fuß gebrochen, und sie wollte nicht, dass ihre adligen Gäste sich bei diesem Fest später an Unglücksfälle erinnerten.

Die Amme kam wieder herein. Ihr Gesicht war gerötet. Instinktiv streckte sie die Arme nach dem schlafenden Kind aus, und Margaret reichte es ihr, was ihr einen leichten Stich versetzte.

»Mylady …«, fing die Amme an, so aufgeregt, dass sie kaum sprechen konnte. Als würde er spüren, dass etwas nicht stimmte, stimmte der kleine Edward in diesem Moment ein lautes Geheul an und fuchtelte wütend mit den kleinen Fäusten.

»Was ist los, Katie? Hatte ich dich nicht gebeten, mich eine Stunde in Ruhe zu lassen? Eine einzige Stunde am Tag, ist das zu viel verlangt?«

»M-mylady, königliche Hoheit …« Die Schritte und Stimmen draußen kamen näher. Eine große Angst erfasste Margaret. Irgendwas musste geschehen sein. Sofort dachte sie an feindliche Eindringlinge, an Mord und Totschlag.

»Raus mit der Sprache! Was hat dich so fassungslos gemacht, Katie?«

»Euer Gemahl, der König, Mylady. Es heißt, er sei erwacht.«

Die Worte trafen Margaret so unerwartet, dass sie einen Schritt zurücktrat. Sie riss die Augen auf, raffte ihre Röcke zusammen und rannte zur Tür. Sie hatte sie kaum erreicht, als die Kammerdiener des Königs, ebenfalls schwer keuchend, ankamen.

»Der König, Eure Hoheit!«, rief einer von ihnen. Da er ihr im Wege stand, musste sie stehen bleiben, was ihr einen Moment gab, um innerlich und äußerlich wieder ruhig zu werden.

»Wartet«, erwiderte Margaret. Sie hob die Hand, als wollte sie den Mann hinausschieben. Eilig zog er sich zurück, bis sie die Tür vor seinem erstaunten Gesicht schloss. Sie wandte sich um zur Amme und zu ihrem Kind, die sie beide anstarrten.

Margaret hatte an sich gearbeitet, seit sie mit fünfzehn Jahren am englischen Hof angekommen war. Um Henrys wegen hatte sie versucht, nicht nur eine gute Gemahlin, sondern auch eine würdige Königin zu sein. Sie hatte gelernt, hatte Genealogien und Chroniken studiert. Aber als Henrys Frau ging es um mehr, als nur die Namen der Häuser und Besitztümer zu kennen. Es ging um mehr als die Gesetze Englands und all die merkwürdigen alten Traditionen, die unlösbar mit ihnen verbunden waren. Als Königin eines handlungsunfähigen Königs bedeutete es vor allem, dass Margaret nachdenken musste, dass sie selbst Entscheidungen treffen musste, es bedeutete, dass sie auf der Hut sein musste, dass sie kostete, ehe sie aß, und vorsichtig nippte, ehe sie trank.

Henry war seit über einem Jahr dem Tode näher als dem Leben gewesen. Sie sehnte sich danach, ihre Röcke bis an die Schenkel hochzuraffen und zu ihm zu laufen wie ein übermütiges Marktweib. Stattdessen dachte sie nach, lange und gründlich, schließlich nickte sie, öffnete die Tür und schritt würdevoll aus dem Zimmer.

Ungezählte Tage und Nächte hatte sie auf diese Nachricht gehofft. Jetzt, da ihre Hoffnung Wirklichkeit geworden war, stellten sich auch Ängste ein. Es gab viele, die über Henrys Erwachen jubeln würden, doch andere würden fluchen und wüten. Sie zweifelte nicht daran, dass einige seiner Lords erwartet hatten, er würde sterben – und für diesen Fall schon ihre Pläne gemacht hatten. Margaret blieb vor der Tür zu Henrys Gemach stehen. Dann, mit einem Ruck, stieß sie sie auf.

Im Fenster an der gegenüberliegenden Wand ging gerade die Sonne auf, und geblendet erkannte sie ihn zunächst nicht. Doch dann legte Margaret ihre Hand aufs Herz, sie konnte nicht sprechen, denn sie sah, dass Henry aufgestanden war. Bei Gott, er stand vor ihr und sah sie an. Der König war abgemagert, war nur noch Haut und Knochen. Er trug ein langes weißes Nachthemd, das ihm bis auf die Füße reichte, eine Hand lag auf dem Bettpfosten. Zwei Männer bemühten sich um ihn, als er Margaret ansah, sie hielten seine Handgelenke, beugten sich vor und versperrten ihm den Blick. Die Doktores John Fauceby und William Hatclyf waren die Leibärzte des Königs, denen drei Assistenten und Michael Scruton, der königliche Wundarzt, zur Seite standen. Auf den Tischen am Bett dampfte es aus Schalen mit Blut und Urin. Zwei der Männer beäugten sie eingehend und diktierten einem Schreiber ihre Beobachtungen bezüglich der Klarheit und des Sediments. Margaret starrte sie an. Hatclyf tauchte seinen Finger in den Urin und kostete, dann sagte er dem Schreiber, er sei zu süß, und ordnete an, bittere grüne Kräuter zu den Mahlzeiten des Königs hinzuzufügen. Sein Kollege roch am Blut des Königs, auch er tauchte einen Finger in die Schale und rieb es zwischen den Fingern, um den Fettgehalt zu prüfen, ehe seine rosa Zunge ebenfalls hervorschoss. Sie fielen sich förmlich ins Wort, jeder wollte sich Gehör verschaffen und seine Beobachtungen zuerst aufgeschrieben wissen.

Inmitten dieses Treibens stand der König, wach, still und blass. Aber seine Augen waren klar, und Margaret merkte, wie die ihren sich mit Tränen füllten, als sie zu ihm trat. Zu ihrem

Erstaunen hielt er die Hand hoch, zum Zeichen, dass sie sich nicht um ihn sorgen solle.

»Margaret? Ich bin von lauter *Fremden* umgeben. Diese Männer hier sagen, ich habe einen Sohn. Ist es wahr? Herrgott, wie lange habe ich hier gelegen?«

Margaret machte den Mund auf, schockiert, dass ihr Mann zum ersten Mal, seit sie sich erinnern konnte, den Namen Gottes auf diese Weise gebraucht hatte. Sie hatte ihn gekannt als jemanden, über dem Schmerzen und Leiden zusammengeschlagen waren, wie Wogen über einem Ertrinkenden. Doch der Mann, der hier vor ihr stand und sie anstarrte, wandte den Blick nicht von ihr ab. Nervös schluckte sie.

»Ja, du hast einen Sohn. Edward ist etwas über ein Jahr alt. Ich habe ihn dir gezeigt, als du krank warst. Erinnerst du dich nicht daran?«

»Nein, und auch sonst an nichts … nur Momente, flüchtige Eindrücke, nichts, an das ich … Ein Sohn, Margaret!« Plötzlich verengten sich seine Augen, und ein Ausdruck tiefen Misstrauens trat in sein Gesicht. »Wann ist er geboren, dieser Prinz von Lancaster?«

Margaret wurde rot, dann hob sie ärgerlich den Kopf und sah ihn an.

»Am dreizehnten Oktober im Jahre des Herrn vierzehnhundertdreiundfünfzig. Sechs Monate, nachdem du krank wurdest.«

Einen Moment stand Henry da, rieb die Finger seiner rechten Hand aneinander und dachte nach. Margaret konnte nichts tun als warten, bis er schließlich nickte. Er schien zufrieden.

»Aber, was stehst du noch da! Bring ihn mir, Margaret, ich will meinen Erben sehen. Nein … bei Gott, schicke jemand anderes. Ich muss hören, was inzwischen passiert ist. Ich kann nicht glauben, wie viel Zeit verflogen ist. Mir ist, als sei mir ein Jahr gestohlen worden, einfach so.«

Margaret winkte einer Zofe, die losrannte, um den Prinzen von Wales zu holen.

»Noch länger, Henry. Du bist achtzehn Monate … abwesend, nein, krank gewesen. Ich habe gebetet und jeden Tag Messen lesen lassen. Ich … du kannst dir nicht vorstellen, was es für mich bedeutet, dass du erwacht bist.« Ihre Lippen zitterten, und plötzlich rollten Tränen über ihre Wangen, die sie schnell wegwischte. Sie sah, dass ihr Mann nachdenklich wurde. Er runzelte die Stirn.

»Wie steht es um mein Land, Margaret? Das Letzte, woran ich mich erinnere … Nein, das tut jetzt nichts zur Sache. Alles, woran ich mich erinnere, ist so lange her. Schnell, erzähle! Mir ist so viel verloren gegangen!«

»Richard von York ist zum Reichsprotektor gewählt worden, Henry, der das Land regiert, solange du … unfähig dazu warst.« Erstaunt sah sie, wie ihr Mann heftig die Fäuste ballte. Er hatte Gott noch nicht einmal für seine Genesung gedankt, dieser Mann, der, solange sie ihn kannte, täglich stundenlang gebetet hatte.

»York? Der wird sich bestimmt gefreut haben, als ihm meine Krone in den Schoß fiel.« Wütend drehte er an dem Ring an seinem Finger, als wollte er ihn abziehen. »Welcher meiner Lords hat sich derart ehrlos verhalten? Sicher nicht Percy? Und bestimmt auch nicht Buckingham?«

»Nein, Henry. Sie und viele andere blieben der Abstimmung fern. Auch Somerset. Er wurde in den Tower geworfen, weil er sich weigerte, Yorks Autorität anzuerkennen.«

König Henrys Gesicht wurde finster, das Blut war ihm in die Wangen gestiegen, die in dem blassen Gesicht leuchteten.

»Das kann ich schon heute ändern. Wo ist mein Siegel, damit ich die Anweisung für seine Freilassung geben kann?« Jetzt meldete sich der Oberste Kammerherr zu Wort, auch seine Augen waren feucht, nachdem er das Erwachen des Königs miterlebt hatte.

»Euer Gnaden, der Duke von York hat das Siegel, in London.«

Henry taumelte leicht und griff nach dem Bettpfosten, doch sein Arm war zu schwach, und er setzte sich unsanft auf die Bettkante. Seine Ärzte reagierten mit großer Aufregung, murmelnd kommentierten sie laufend seine Farbe und jedes Detail seiner körperlichen Verfassung. Noch einmal legte Doktor Fauceby seine Hand an den Hals des Königs, um die Stärke des Herzschlags zu kontrollieren, doch Henry schob die Hand zur Seite.

»Herrgott, ja, ich bin schwach – schwach wie ein Kind«, fauchte er ihn an. »Schon gut. Aber ich werde mir meinen Sohn ansehen, dann werden meine Diener mich ankleiden. Und dann werde ich nach London fahren und York seines Amtes entheben. Jetzt soll mir jemand auf die Beine helfen. Ich möchte stehen, wenn ich meinen Sohn zum ersten Mal sehe.«

»Euer Hoheit, Eure Genesung, der schnelle Fieberabfall … das ist die Krisis«, sagte Hatclyf mit großem Nachdruck. »Ich muss darauf bestehen, dass Ihr ausruht.« Margaret merkte, dass der Arzt zitterte. Über ein Jahr lang war Henry nicht viel mehr gewesen als eine blasse Hülle, die gewaschen und gekleidet wurde, untersucht und zur Ader gelassen wie ein hilfloses Kalb. Die Ärzte kannten seinen Körper besser als der König selbst, aber den Mann kannten sie nicht. Margaret sah, wie Fauceby und Hatclyf einen Blick wechselten. Mit ihren schlanken Fingern und den hohlen Wangen erinnerten die beiden Ärzte an Mönche. Fauceby war der Ältere. Jetzt sprach er mit leiser, aber fester Stimme.

»Königliche Hoheit, mein werter Herr Kollege hat recht. Ihr seid lange Zeit sehr krank gewesen. Ihr schwitzt – ein Zeichen, dass Eure Leber und Lunge noch schwach sind. Wenn Ihr Euch aufregt, riskiert Ihr einen neuen Zusammenbruch, einen Rückfall in die Krankheit. Ihr solltet jetzt ausruhen, Hoheit, und schlafen. Mit Eurer Erlaubnis werden Hatclyf und ich einen Trank aus Grünkohl, Zyklamen und Wermut zubereiten, den Ihr trinkt, wenn Ihr aufwacht. Er wird Eure Körpersäfte reinigen und ins Gleichgewicht bringen, damit Eure Genesung anhält.«

Henry überlegte, offenbar versuchte er, seine Kräfte abzuschätzen. Er war entsetzt, wie schwach er sich fühlte, aber wenn er die verlorene Zeit richtig schätzte, war er jetzt dreiunddreißig Jahre alt. Die Erkenntnis, dass er genauso alt war wie Jesus Christus, als er gekreuzigt wurde, bestärkte ihn in seinem Entschluss. Er war am Weihnachtstag erwacht, im gleichen Alter wie der Heiland, als er starb. Er war sich sicher, das war ein Zeichen. Er würde keinen Moment länger auf seinem Krankenbett verbringen, egal, was es koste.

»Nein«, sagte er. »Ihr beiden dort, helft mir aufzustehen.« Die Diener gehorchten sofort. Sie packten Henry unter den ausgestreckten Armen und stellten ihn wieder auf die Beine, dann traten sie mit einer Verbeugung zurück, während Henry mit zitternden Knien sein Gleichgewicht fand. Draußen hörte man Schritte, die näher kamen, und gleich darauf betrat die Amme das Zimmer. Sie bemühte sich, einen Knicks zu machen und gleichzeitig den kleinen Prinzen hochzuhalten. Sie wagte nicht, König Henry anzusehen, der immer noch im Nachthemd dastand.

»Bring ihn her«, sagte der König lächelnd. Er nahm das Kind und hielt es in die Höhe, wobei seine Arme vor Anstrengung zitterten. Margaret hielt sich die Hand vor den Mund, um ihr glückliches Schluchzen zu unterdrücken.

»Du«, sagte Henry zu dem kleinen Jungen, der auf ihn herabblickte. »Bei Gott, ich sehe dich, mein Sohn. *Mein eigener Sohn.*«

7

König Henry fröstelte, als er die Themse erreichte, dort, wo sie einen großen Bogen beschrieb. Obwohl er den Palast von Westminster schon sehen konnte, war er immer noch eine halbe Meile westlich der Londoner City. Es hieß, die beiden Teile der Stadt wüchsen immer mehr zusammen, weil die Geschäftsleute auf dem kostengünstigen Land in Reichweite der Londoner Märkte ihre Werkstätten und Lagerräume bauten. Tatsächlich war die Stadt längst über ihre römischen Mauern hinausgewachsen.

Seit es dunkel geworden war, hatte die schneidende Kälte noch zugenommen. Bei Sonnenuntergang hatte der Wind einen Hagelschauer mit sich gebracht, aber es war nicht das Wetter allein, dass Henry zu schaffen machte. Er war entsetzt, wie kraftlos er war, so matt, dass er nach diesen knapp zwanzig Meilen zu Pferde ein keuchendes, schmerzendes Häufchen Elend war, dem unter der Rüstung der Schweiß herablief. Mitunter hatte er das Gefühl, dass nur noch der eiserne Panzer ihn davor bewahrte, vom Pferd zu stürzen.

Er hatte nicht vorgehabt, in einer Prozession zum Palast von Westminster zu reiten, aber schließlich waren in Windsor fast vierzig treue Lords zu Gast gewesen. Als es sich herumgesprochen hatte, dass der König sein Krankenlager verlassen habe und nach London reiten wolle, erhob sich ein Jubel, der durch das ganze Schloss hallte und immer lauter wurde und schließlich sogar die Stadt erreichte.

Vor seinem Aufbruch hatte König Henry noch den Weihnachtsgottesdienst in der St.-Georgs-Kapelle über sich ergehen lassen. Still und blass saß er da, während die Anwesenden Gott für seine Genesung dankten. Das Festgelage war längst geplündert und als Proviant verpackt, aufgeregte Gäste riefen fieberhaft nach Pferden und Dienern, weil alle den König begleiten wollten. Die Wintersonne stand bereits tief am roten Abendhimmel, als Henry mit einem Gefolge von mehr als hundert Mann losritt, alle in Rüstung und bewaffnet, unter dem königlichen Löwenbanner, das im eisigen Wind flatterte.

Der Palast von Westminster war flussaufwärts von der City gebaut worden, weit entfernt von den übelriechenden Dämpfen, die jeden Sommer Krankheiten mit sich brachten. Henry wählte die Straße, die der Krümmung des Flusses folgte, mit Buckingham auf der einen, Earl Percy auf der anderen Seite, hinter sich Derry Brewer, der ihm mit den anderen in dicht geschlossenen Reihen folgte. Der König ritt längst nur noch im Schritttempo, um seine Kräfte zu schonen. Es waren bereits fünf Stunden vergangen, seit sie Windsor verlassen hatten, und Henry machte sich Sorgen, ob er sich mit seinem Entschluss nicht doch zu viel zugemutet hatte. Er wusste, wenn er einen Schwächeanfall bekommen und stürzen sollte, wäre das ein Rückschlag, von dem er sich womöglich nie mehr erholen würde. Doch Somerset war noch immer in Haft, auf Yorks Befehl. Wenn er zu lange wartete, würde man den Earl noch schnell spurlos verschwinden lassen, daran hegte er keinen Zweifel. Doch es war nicht nur diese Sorge, er wollte vor allem sein königliches Siegel von

York zurückhaben. Er hatte keine Wahl, er musste weiterreiten, musste sein wild klopfendes Herz ignorieren, genau wie seine schmerzenden Glieder. Er konnte sich nicht erinnern, jemals so erschöpft gewesen zu sein, aber er dachte immer wieder daran, dass auch Christus auf dem Weg nach Golgatha dreimal gestürzt war. Er würde nicht stürzen, befahl er sich. Und wenn er es täte, würde er wieder aufstehen und weiterreiten.

Henry spürte die Erwartungen all derer, die hinter ihm ritten, und die Last der Verantwortung für die Männer, die im Laufe des vergangenen Jahres von Yorks Günstlingen verdrängt worden waren. Ihre Beschwerden über die Nevilles waren ohne Erfolg geblieben, ihre Klagen abgewiesen von Richtern, die vom Protektor dafür bezahlt wurden. Doch jetzt war der König erwacht, und sie waren überglücklich und trunken vor Freude. Hinzu kam, dass die Menschen in den Dörfern unterwegs angelaufen kamen und die Straße säumten, um Henry vorbeireiten zu sehen. Sie verließen ihre Festessen und ihre Gottesdienste, um ihm zuzujubeln. Sie erkannten sein Banner und verstanden, dass ihr König endlich ins Leben zurückgekehrt war. Hunderte liefen nebenher, soweit genügend Platz da war, um ihren Monarchen nicht aus den Augen zu verlieren – doch Henry wollte nichts weiter, als ausruhen. Seine Beine zitterten in der Rüstung, und mehr als einmal hob er die Hand, um sich den Schweiß von der juckenden Stirn zu wischen, nur um zu spüren, wie sein gepanzerter Handschuh über das Metall kratzte.

Zunächst hatte er vorgehabt, sofort in die City zu reiten, zum Tower, um Somerset aus dem Gefängnis zu holen. Doch seine Glieder schmerzten so sehr, dass er den Plan fallen lassen musste. Der Palast von Westminster war das einzige

Ziel, das er in dieser Nacht noch erreichen konnte. Er betete darum, dass er dort ein wenig zu Kräften kommen würde.

Henry ritt zwischen dem königlichen Palast und der Abtei von Westminster in den Hof ein und wandte sein Pferd um, um abzusitzen. Buckingham sprang eilig aus dem Sattel, um den König zu stützen und ihn, so gut es ging, vor neugierigen Augen zu schützen. Henry beugte sich vor und stieg mit Mühe vom Pferd, dann blieb er einen Augenblick mit der Hand am Sattelknopf stehen, bis er sicher war, dass seine Beine ihn tragen würden. Die königlichen Herolde bliesen ihre Signale über den Hof, obwohl die Nachricht von der Ankunft des Königs von eilfertigen Dienern bereits lauthals in alle Ecken des Palastes getragen worden war.

Henry reckte sich hoch auf. Er legte seine Hand auf Buckinghams Schulter.

»Ich danke Euch, Humphrey. Wenn Ihr mich jetzt hinein geleiten würdet, damit ich mir mein Siegel zurückgeben lasse.«

Buckingham schwoll die Brust, dass sein Panzer knarrte. Spontan fiel er aufs Knie. Earl Percy stieg gerade ab und warf die Zügel einem der Männer zu, die ihn begleitet hatten. Obwohl der Wind bitterkalt war und die Knie des alten Mannes protestierten, sank auch er aufs Pflaster, wobei er den Pelz um seine Schultern festhielt. Jetzt folgten alle anderen, Ritter und Edelleute, bis Henry der Einzige war, der noch stand. Er holte tief Luft und sah über ihre Köpfe hinweg zum großen Tor, das in den Palast führte.

Es war höchste Zeit.

»Erhebt Euch, Gentlemen. Es ist zu kalt, um länger hier draußen im Dunkeln zu bleiben. Führt mich hinein, Buckingham. Führt mich hinein!«

Buckingham stand auf und schritt voraus, die Freude stand ihm ins Gesicht geschrieben. Die anderen folgten Henry wie ein Regiment dem Anführer, zu allem bereit.

Im Stillen segnete Henry seine Rüstung, als er im Westminster-Palast den langen Korridor entlangschritt. Natürlich bedeutete es einen enormen Kraftaufwand für ihn, aber sie verlieh ihm eine gewisse Würde, sodass er wenigstens äußerlich aussah wie der Mann, der er hätte sein können. Die Bediensteten des Palastes hatten von seiner Genesung gehört, und ihre Augen waren feucht vor Rührung, als sie ihn und seine Begleiter in die königlichen Gemächer führten, wo York jetzt residierte. Wenigstens war der Protektor nicht gerade irgendwo im Norden unterwegs, auch wenn dies die anstehende Aufgabe in gewisser Hinsicht vereinfacht hätte. Das Siegel bestand aus nichts weiter als zwei silbernen Stempeln in einem Beutel, der in einem Kasten lag – aber ohne das Siegel konnte keine königliche Bekanntmachung und kein neues Gesetz in Kraft treten. Auch wenn es nur ein Symbol war – wer das Siegel besaß, besaß die Macht im Land.

Im Schutz der Mauern waren sie vor dem Wind sicher, doch der Palast von Westminster war auch unter günstigsten Wetterbedingungen noch ein kaltes, feuchtes Gemäuer. Henry schwitzte noch immer von der Anstrengung des Ritts und schritt barhäuptig, in klirrender Rüstung, den langen Korridor entlang zu seinen Gemächern, von denen man auf den Fluss blickte. Im Gehen versuchte er seine Gedanken zu ordnen, die richtigen Worte zu finden, die er dem Protektor sagen würde. Inzwischen wusste er, dass Richard Plantagenet das Land immerhin gut regiert und es nicht durch einen Krieg in den Ruin getrieben hatte. Nach allem, was seine Lords ihm erzählt hatten, hatte York weder Aufstände noch sonstige Unruhen zu bewältigen gehabt, und auch sonst war weiter nichts Außergewöhnliches vorgefallen in der Zeit seiner – Abwesenheit. Es war schwer zu erklären, warum diese Nachrichten den König ärgerten, aber auch diese Reaktion hatte ihr Gutes, was immer auch ihre Ursache war. Denn er durfte keine Schwäche zeigen, bis er den Mann, der in seinem Namen regierte, seines Amtes enthoben hatte.

Er hatte eine lange Treppe zu bewältigen, dann blieb er schwer atmend stehen und wartete darauf, dass seine zitternden Muskeln sich erholten. Gleichsam als Vorwand für diese Atempause gab er Buckingham den Auftrag, schnelle Reiter bereitzuhalten, um den Befehl für Somersets Entlassung zum Tower zu bringen, sobald er das Siegel in Händen hielt. Auch seine Order, die Siegelbewahrer aus ihren Räumen zu holen, wurde unter den Begleitern des Königs weitergegeben.

Henrys Mund war wie ausgedörrt. Er griff sich an den Hals und hustete, dann nahm er die Flasche, die Derry Brewer ihm ohne ein Wort hinhielt. Der König lief rot an und schnappte nach Luft, als er merkte, dass es Whisky war. Derry legte amüsiert den Kopf auf die Seite und grinste.

»Besser als Wasser. Es wird Euch kräftigen, Hoheit.«

König Henry wollte protestieren, aber er spürte bereits die Wirkung und nahm schnell noch einen Schluck. Dann reichte er die Flasche zurück. *Uisce beatha* – Wasser des Lebens, so nannten es die Schotten. Er merkte, wie die Wärme sich in ihm ausbreitete.

Eine weitere lange Treppe führte in das Stockwerk mit seinen privaten Räumen. Henry beschleunigte seine Schritte, und die Diener öffneten ihm die Türen. Er dachte daran, dass die

Verhandlung des armen Suffolk, William de la Pole, hier statt-
gefunden hatte. Man hatte ihn in die Verbannung geschickt
und dann, als er England verließ, auf See ermordet. Er nahm
derartige Geschehnisse wie durch einen Schleier wahr, fast
wie die Erinnerungen eines anderen Menschen, vielleicht eines
Ertrinkenden. Doch als er durch die Tür trat, war Henrys
Kopf so klar, als wäre plötzlich ein Vorhang zerrissen, der ihn
umgeben hatte. Der Gedanke, dass er seinen Verstand wieder verlieren könnte, war ein Schreckgespenst, das ihm Angst
machte, wie einem Schiffbrüchigen, der an Land geworfen
wurde, und noch immer auf die dunklen Wellen starrt, die
seine Füße umspülen.

»Gott gebe mir einen festen Willen«, murmelte Henry, als
er den Raum betrat und sein Blick auf die beiden Männer fiel,
die bereits dastanden, um ihn zu begrüßen.

Richard von York war etwas fülliger geworden, seit König
Henry ihn zuletzt gesehen hatte. Das machte ihn älter. Aber
er wirkte muskulöser denn je und schien vor Kraft zu strot-
zen. Sein kräftiges schwarzes Haar glänzte, und er war sauber
rasiert. Richard, Earl von Salisbury, war eine Generation älter
als York, doch er war noch immer drahtig, ein Mann aus
der nördlichen Grenzmark mit gesunder Gesichtsfarbe. Henry
merkte, wie Salisburys Ausdruck sich verfinsterte, als er Earl
Percy sah, doch dann fielen sowohl York als auch Salisbury
aufs Knie und beugten den Kopf.

»Königliche Hoheit, ich bin überglücklich, Euch wohlauf
zu sehen«, sagte York, während Henry ihnen mit einer Handbewegung bedeutete aufzustehen. »Ich habe um diesen Tag
gebetet und werde in allen meinen Kirchen Dankgottesdienste
anordnen.« Der König funkelte ihn wütend an, ihm wurde
klar, dass ein Teil seines Ärgers daher kam, dass dieser Mann

den Posten, den er sich gesichert hatte, sehr geschickt ausgefüllt hatte. Natürlich war es unter seiner Würde, an York oder seinem Kanzler etwas auszusetzen zu finden, aber dann dachte Henry wieder an Somerset, der auf Yorks Befehl auf seine Verhandlung und Hinrichtung wartete. Sein Entschluss stand fest. Rachegefühle waren ihm immer fremd gewesen, aber für einen kurzen Moment genoss er jetzt das Privileg, das seine Stellung ihm gewährte.

»Richard, Duke von York, ich habe befohlen, dass das königliche Siegel hierhergebracht wird«, sagte Henry. »Ihr werdet es mir übergeben. Wenn Ihr das getan habt, seid Ihr vom Amt des Protektors mit sofortiger Wirkung entbunden. Euer Kanzler, Earl von Salisbury, ist ebenfalls entlassen. Die, die Ihr festgenommen habt, kommen durch meinen Befehl frei. Und die, die Ihr befreit habt, werden festgenommen!«

York erblasste, als er den Ärger des Königs wahrnahm.

»Königliche Hoheit, ich habe lediglich im Interesse des Landes gehandelt, als Ihr …« Er wählte seine Worte mit Bedacht, um nichts Unbotmäßiges zu sagen. »Als Ihr krank wart. Majestät, meine Loyalität und mein Vertrauen in Euch sind unerschütterlich.« Unter dichten Brauen blickte er auf und versuchte zu begreifen, was geschehen war. Der Henry, den er gekannt hatte, war schwach an Leib und Seele gewesen, ein Mann, der keine Wünsche hatte außer zu beten. Der König, der hier vor ihm stand, mochte körperlich schwächer denn je sein, seine Wangen waren blass und eingefallen, doch seine Seele schien willensstark wie nie zuvor.

Der König wollte gerade etwas erwidern, als alle Anwesenden sich zur Tür umsahen, wo die vier Siegelbewahrer hinter dem König eingetreten waren. Sie trugen den silbernen Kasten, den sie in ihrer Obhut hatten, alle vier schwer atmend, nachdem sie damit durch die langen Korridore des königlichen Palastes geeilt waren. Mit zitternden Händen stellte der Wachsbereiter den Kasten auf den Tisch.

»Öffnet ihn, Richard«, befahl Henry. »Reicht mir mein Siegel, das mein Abbild trägt.«

York holte tief Luft und tat, wie ihm geheißen, aber er konnte noch immer nicht glauben, dass dies der König war, der hier so klare Befehle gab. Was war mit dem bartlosen Jüngling geschehen? York öffnete den Kasten und der seidene Beutel mit den leise klirrenden Stempelhälften aus Silber kam zum Vorschein. Er zog an der Kordel, nahm die zwei Metallplatten heraus und legte sie in die Hand des Königs.

»Ich danke Euch, Richard Plantagenet, Duke von York. Ihr seid aus meiner Gegenwart entlassen, bis ich Euch rufe. Alle beide. Jetzt möchte ich mich ausruhen. Und wenn Ihr beten wollt, dann betet darum, dass Lord Somerset im Tower noch bei guter Gesundheit ist.«

York und Salisbury verbeugten sich tief, Seite an Seite. Mit so viel steifer Würde, wie sie nur aufbringen konnten, verließen sie das Zimmer, und Earl Percy sah mit großer Befriedigung hinter ihnen her.

»Diesen Tag werde ich nie vergessen, Euer Hoheit«, sagte er. »Der Tag, an dem Ihr zurückgekehrt seid, um zu regieren, und dieses Schlangengezücht hinausgeworfen habt.«

8

Die Glocke von Westminster schlug sieben, als Margaret sich dem königlichen Palast näherte. Eine dichte Wolkendecke lag über der Stadt, sodass es auch nach Sonnenaufgang nicht viel heller wurde. Sie hatte die ganze Nacht im Schloss von Windsor gesessen, in dem plötzlich alle Betriebsamkeit, alles Leben erstorben war. Mitternacht war vorübergegangen, während sie auf Nachricht gehofft hatte. Doch dann entschied sie, nicht länger zu warten. Zwar war ihr Mann in Begleitung seiner treuesten Lords nach London geritten, aber dennoch war es nicht auszuschließen, dass Henry sich zu viel zugemutet hatte und einen Zusammenbruch erlitt oder, schlimmer, wieder gänzlich in geistige Umnachtung fiel, während sie hier sicher am warmen Feuer saß und sich die Nacht um die Ohren schlug. Und obwohl sie wusste, dass dieser Gedanke völlig unsinnig war, kam es ihr gleichzeitig vor, als habe Derry Brewer sie im Stich gelassen, als er ihren Mann begleitete. Natürlich war sein Platz an Henrys Seite, aber sie hatte sich an seine Gesellschaft gewöhnt. Ohne ihn drehte sie sich um sich selbst, in immer engeren Kreisen.

Sie hatte die Diener geweckt, um sich von ihnen begleiten zu lassen, zusätzlich zu denen, die ohnehin nachts auf der Burgmauer Wache hielten. Die zwölf Weihnachtstage waren traditionsgemäß eine Zeit des Friedens, und so hatte sie keine Bedenken, noch weitere Leute aus dem Schloss abzuziehen, zwei Dutzend Wachen, die sie vor Wegelagerern beschützen sollten. Die drei Ärzte, die sich während Henrys Krankheit um den König gekümmert hatten, verloren keine Zeit und baten sofort darum, ebenfalls mitkommen zu dürfen. Seit es keinen kranken König mehr zu versorgen gab, hatten sie nichts zu tun, und Margaret merkte, dass Hatclyf, Fauceby und Scruton hocherfreut waren, dass sie nun Gelegenheit haben würden, Henrys weitere Genesung aus der Nähe zu beobachten.

Ihr Sohn Edward würde mit seiner Amme im warmen Schloss in Sicherheit sein, sagte sie sich immer wieder. Sie war seit seiner Geburt noch nicht eine Nacht von ihm getrennt gewesen, und es schmerzte sie, wenn sie daran dachte, dass er seine Mutter vermissen und vielleicht weinen würde, weil sie nicht da war. Sie presste ihre Lippen aufeinander, teils um diesen Gedanken zu verdrängen, aber auch gegen die eisige Kälte. Sie zog ihren weiten Mantel mit der Kapuze enger um sich, der so lang war, dass er dem Pferd bis über die Flanken fiel.

Die Straße war zu dunkel gewesen, um schnell zu reiten, aber auch im Schritttempo hatte sie die Meilen schließlich hinter sich gebracht, während ihr Gesicht vor Kälte taub wurde und sich kleine Eiskristalle in ihren Augenbrauen sammelten. Sie war in den Morgen hineingeritten, trotzdem war sie nicht müde, denn sie würde ja Henry wiedersehen, was ihr noch immer wie ein Wunder vorkam. Mit jedem Atemzug empfand sie Freude darüber, eine innere Wärme, die sie gegen die Kälte schützte.

Doch sie empfand auch eine gewisse Verstimmung, so sehr sie sich auch dagegen wehrte. Die ganze Zeit, während ihr Mann krank gewesen war, hatte sie sich bemüht, seine Macht zu erhalten, doch kaum war er erwacht, hatte er sich mit Männern wie Buckingham und Percy auf den Weg gemacht und sie, Margaret, zurückgelassen. Es war wie eine schmerzende Wunde, die sie nicht ignorieren konnte, immer wieder musste sie daran denken.

Die große Halle im Palast von Westminster ähnelte bei ihrer Ankunft einem Militärlager. Wo tagsüber Rechtsgelehrte und Angehörige des Parlaments gemächlich einherschritten, wieherten jetzt Pferde, die man aus der Kälte hereingebracht hatte. Schon von draußen hatte sie gesehen, dass alle Lampen brannten. Jetzt stieg sie ab und folgte ihren Begleitern, die auch ihr Pferd in das Gebäude führten, in dem hoch unter dem gewölbten Dach die Spatzen zwitscherten. Ihr Gesicht fühlte sich völlig starr an, als müsse es zerspringen, wenn sie zu lächeln versuchte. Sie rieb ihre Wangen, bis das Gefühl in ihr eisiges Gesicht zurückkehrte. Es war still in der Halle, obwohl außer den Pferden auch Dutzende von Männern hier schliefen. Ohne Rangunterschiede lagen sie da, wo sie einen freien Platz hatten finden können. König Henrys Haushofmeister sah sie ankommen, er eilte ihr entgegen und fiel umständlich im Stroh aufs Knie.

»Wo ist mein Mann?«, flüsterte Margaret.

»Er schläft, Hoheit. In den königlichen Gemächern. Wenn Ihr mir bitte folgen wollt.«

Ohne ein Wort schlossen sich auch die beiden königlichen Leibärzte und der Wundarzt mit ihren schwarzen Ledertaschen an. Margaret kam sich wie ein Nachtgespenst vor, als sie so vorsichtig wie möglich über die schlafenden Männer stieg, sie musste lächeln, als der eine oder andere im Schlaf murmelte oder zusammenzuckte. Diese Männer sind alle wegen dem König hierhergekommen, dachte sie gerührt.

Sie kannte den Weg sehr gut, aber der Haushofmeister ließ es sich nicht nehmen, die kleine Gruppe durch die Korridore und die zwei Treppen hinauf zu den Gemächern des Königs zu führen. Hier schliefen die Diener nicht, genau wie die zwei Wachen, die sich, als sie Schritte hörten, mit gezogenen Schwertern vor die Tür stellten, bis sie die junge Königin erkannten.

Als Margaret den Vorraum betrat, hörte sie eine leise Unterhaltung, die verstummte, als die Tür geöffnet wurde. Schweigend erhoben sich Buckingham und Earl Percy und verbeugten sich tief. Henry Percy, dessen Gesicht von vielen geplatzten Äderchen durchzogen war, schien verärgert über die Störung, doch er sagte nichts, als Buckingham auf sie zutrat.

»Königliche Hoheit, ich hatte nicht erwartet, Euch heute hier zu sehen. Ihr müsst die ganze Nacht geritten sein, dazu in dieser Kälte! Earl Percy und ich wollten uns gerade einen Becher heißen Met bringen lassen, um die Kälte aus unseren alten Knochen zu vertreiben. Möchtet Ihr auch einen?« Buckingham ignorierte die Ärzte, die mit gebeugtem Kopf hinter ihr standen.

Margaret schüttelte den Kopf. Sie fühlte sich als Eindringling und verübelte Earl Percy das mürrische Gesicht, mit dem er sie betrachtete.

»Wo ist mein Mann, Humphrey?«, fragte sie und berührte leicht seinen Arm.

»Er schläft. Dort, hinter dieser Tür, und er schläft gut, Hoheit. Er hielt sich mit äußerster Willenskraft im Sattel und ist völlig erschöpft.« Sein Ton wurde sanfter. »Wenn Ihr es wünscht, lasse ich ihn wecken, aber, Margaret, ich glaube, er braucht jetzt wirklich Ruhe. Können diese Männer dort nicht noch etwas warten, bis sie ihn wieder quälen?«

Margaret wandte sich zu den Ärzten um, die immer noch ihre Taschen umklammerten und mit gesenkten Köpfen dastanden wie ausgeschimpfte Kinder.

»Wartet draußen, Gentlemen. Ich lasse Euch rufen, wenn der König wach ist.«

Sie gingen hinaus und schlossen lautlos die Tür, Margaret blieb mit den beiden älteren Männern zurück. Mit großer Würde nahm sie auf einem gepolsterten Stuhl Platz und ordnete ihre Röcke, wobei sie sich nicht anmerken ließ, wie sehr ihre Beine von dem langen Ritt schmerzten.

»Bitte, nehmt doch Platz. Wenn Henry schläft, haben wir ja Zeit. Schläft Master Brewer auch?«

»Auch er war völlig erschöpft, Mylady«, erwiderte Buckingham. »Er war vor Freude völlig außer sich, nachdem Euer Gemahl York und Salisbury ihres Amtes enthoben hatte. Er wird irgendwo in der Nähe sein, falls Ihr möchtet, dass er kommt.«

Margaret wollte schon zustimmen, doch dann entschied sie sich dagegen. Auf keinen Fall wollte sie vor diesen Männern Schwachheit zeigen.

»Nein, ich glaube nicht. Lasst ihn schlafen. Ihr könnt mir ebenso gut erzählen, was inzwischen geschehen ist. Danach können wir entscheiden, was zu tun ist.«

Mit zufriedenem Gesicht nahm Buckingham auf einer geschnitzten Eichenbank Platz, die an der Wand des Zimmers stand. Earl Percy blieb stehen, seine buschigen Augenbrauen und die mächtige Nase gaben seinem Gesicht einen permanent düsteren Ausdruck. Auf Buckinghams fragenden Blick hin räusperte der Earl sich angelegentlich, dann ließ er sich schließlich den beiden gegenüber auf einem Stuhl nieder. Sie bildeten drei Punkte eines Dreiecks, wobei Margaret das knisternde Feuer im Rücken hatte.

Buckingham schilderte ihr das Vorgehen des Königs seit seiner Ankunft in Westminster in der vergangenen Nacht und gab ihr einen Überblick über die Anweisungen, die er gegeben hatte. Anschließend ließ Margaret sich jede Einzelheit über Yorks und Salisburys Entlassung noch einmal schildern. Percy rutschte währenddessen auf seinem Stuhl herum, er konnte seine Ungeduld nicht verbergen. Margaret empfand das als eine Provokation, die sie beinahe veranlasst hätte, Humphrey alles noch einmal erzählen zu lassen, nicht zuletzt, weil es ihr so eine Freude machte zu hören, wie ihr Mann seine Befehle gegeben hatte. Doch sie ließ es bleiben. Der Duke war fertig mit seinem Bericht und schwieg. Er beugte sich vor und starrte zufrieden ins Feuer, während sie über seine Worte nachdachte.

»Ich habe so lange darauf gewartet, dies zu hören«, sagte Margaret leise. »Die Nachricht, dass York und Salisbury gehen müssen und jetzt weit von hier ihre Wunden lecken. Dass mein Mann wieder bei Sinnen ist. Und ich bete darum, dass Earl Somerset gesund aus dem Tower kommt, dass seine Gefangenschaft ihn nicht gebrochen hat. Seine Loyalität war wie ein Prüfstein, während andere abgefallen sind. Ihm vertraue ich, Humphrey. Zweifellos wird Somerset in dem, was jetzt kommen muss, eine wichtige Rolle spielen!«

»Was kommen muss, Euer Hoheit?«, fragte Buckingham leise.

»Es reicht nicht, dass Henry jetzt wieder in London ist! Was weiß das Land von der Genesung meines Mannes, außer den wenigen, die ihn hierher reiten sahen? Nein, er muss sich zeigen! Hier in London natürlich, aber auch im übrigen Land. Man soll den König und seine Lords sehen, soll wissen, dass York keine Macht mehr hat, dass König Henry von Lancaster wieder der Protektor des Reiches ist.«

Buckingham wollte etwas erwidern, aber Earl Percy kam ihm zuvor. Er sprach keuchend, mit der hohen Stimme eines alten Mannes, bei der Margaret eine Gänsehaut bekam.

»König Henry hat die Oberhäupter der edlen Familien, um ihn zu beraten, wenn er erwacht, Hoheit. Über die Art und Weise seiner Rückkehr in die Öffentlichkeit sollte man bis dahin lieber nicht spekulieren. Ihr braucht Euch um Euren Mann keine Sorgen zu machen. Seine Hoheit ist von loyalen Engländern umgeben, die weder für York noch für Salisbury oder die Nevilles etwas übrighaben. Wir werden den Weg gehen, den wir gehen müssen. Und wir werden das Unkraut vernichten, wenn es nötig sein sollte.«

Margaret merkte, wie ihr das Blut in die Wangen stieg. Anderthalb Jahre lang war sie isoliert gewesen, in Windsor vergessen, zusammen mit ihrem vor sich hin träumenden Mann. Während dieser Zeit hatte Earl Percy sie nicht einmal besucht. Es war ihr klar, was er meinte, aber hier im Schein des Feuers überkam sie plötzlich ein großer Groll auf diese alte Krähe, die da in ihrem Pelz hockte und plötzlich wieder so bereit war, an die Seite ihres Mannes zu flattern, jetzt, wo er gesund war. Sie schluckte die Bemerkung hinunter, die ihr auf der Zunge lag, dann sprach sie langsam und gemessen.

»Ich war die Stimme meines Mannes, als er keine Stimme hatte, Mylord. Diese Loyalität, von der Ihr sprecht – das ist doch etwas, was Männer sehr schätzen, nicht wahr? Ich habe dieses Wort oft gehört, als Henry krank war. Aber vielleicht schätzen sie Loyalität mehr im abstrakten Sinn als in der Praxis, wenn sie mit Mühe und Schmerzen verbunden ist.«

Earl Percy kratzte sich an der Nase und sah sie an.

»Ich scheine Anlass zu Ärger gegeben zu haben, Hoheit. Das war nicht meine Absicht. König Henry …«

»Muss in der Öffentlichkeit gesehen werden, Earl Percy«, unterbrach ihn Margaret. Die Reaktion war eine tiefe Röte, die unter dem Netz der violetten Äderchen auf Wangen und Nase Percys Gesicht überzog. »Wie gut, dass einige von uns schon geplant haben für das, was getan werden muss, wenn Henry zurückkommt. Denn daran habe ich nie gezweifelt, Earl Percy. Ich habe daran geglaubt, und meine Gebete sind erhört worden.«

»Wie Ihr meint, Hoheit«, erwiderte Earl Percy mit säuerlicher Miene. Margaret nickte energisch, als hätte er einer sonnenklaren, längst beschlossenen Sache zugestimmt.

»Wenn der König aufsteht, werde ich mit den Vorbereitungen für eine Gerichtsreise durch das Land beginnen. Vor einer Stunde ging ich durch die Halle von Westminster, Mylord. Viele Stände der Rechtsanwälte sind mit staubigen Tüchern verdeckt und viel zu lange nicht mehr benutzt worden. Es ist mehr als ein Jahr, seit die Rechtsgelehrten des Oberhofgerichts in England unterwegs waren, um Gerichtsverhandlungen abzuhalten und Urteile zu fällen. Gibt es eine bessere Gelegenheit, sich zu zeigen, als den Bewohnern Englands das Recht zu bringen? Ihre Beschwerden anzuhören, Gerechtigkeit walten zu lassen und Übeltäter zu bestrafen? Eine prunkvolle königliche Reise, mit zwei Dutzend Richtern, mit den Sheriffs der Grafschaften und tausend Bewaffneten. Alle adligen Häuser sollen den König willkommen heißen! Vom ersten bis zum letzten Mann sollen sie sehen, dass Lancaster wieder da ist und regiert. Ein Haus, das einen Thronfolger und die Unterstützung der mächtigsten Lords hat.

Das ist der Weg, den mein Mann jetzt gehen muss, und kein anderer.«

Earl Percy wandte den Kopf und sah in das trübe Morgenlicht, das durch die Fenster fiel. Buckingham sah ihn mit leicht amüsiertem Blick von der Seite an. Während seines Aufenthalts in Windsor hatte Buckingham sich an Margarets französischen Akzent gewöhnt, es klang entzückend, stand allerdings in großem Kontrast zu ihren energischen Äußerungen. Earl Percy lernte erst jetzt die Entschlossenheit der jungen Königin kennen, vielleicht war es ein zu stark gewürztes Mahl für ihn, um es zu verdauen.

»Euer Hoheit wollen also den Frieden durch königlichen Befehl erreichen«, sagte Earl Percy endlich. Seine Hände, die er trotz des warmen Feuers in seinem Pelzmantel vergraben hatte, waren zu Fäusten geballt. »Glauben Euer Hoheit wirklich, dass ein Mann wie York sich so einfach fügen wird? Oder jemand wie Salisbury? Erwartet Ihr, dass die beiden fortan in angemessenem Abstand hinter dem König her schreiten?« Der Alte zögerte einen Augenblick, als ihm ein Gedanke kam. Eindringlich sah er die dunkelhaarige junge Frau an, die dort auf dem Stuhl saß und ihn erwartungsvoll ansah. »Oder glauben Euer Hoheit womöglich, dass sie diesem Ruf nicht folgen werden, womit sie ihren Eid brechen würden und als Hochverräter festgenommen werden könnten? Das … wäre allerdings eine Lösung, die ich begrüßen würde, Mylady.«

Jetzt sah auch Margaret ihn an, und wieder empfand sie eine instinktive Abneigung gegen diesen Mann. *Er hat grausame Augen,* dachte sie – aber er war auf der Seite ihres Mannes, was immer sein Grund dafür sein mochte. Und das allein zählte.

»Wenn mein Mann diese drei riefe und sie nicht kämen, gäbe das einen Krieg, der England zerbrechen könnte. Nein, ich glaube nicht, dass man diese Wunden so einfach verarzten und vergessen kann. Wenn wir einen Fehler machen, wird eine Fäulnis einsetzen, die auch das gesunde Gewebe vergiftet.« Sie sprach ruhig und mit Überzeugung, aber ihre Worte waren von einer Dringlichkeit, dass die beiden Männer keine Antwort darauf wussten. »Mylords, ich hatte nicht die Absicht, York einzuladen, meinen Mann zu begleiten, genauso wenig wie Salisbury und Warwick. Sollen diese drei ruhig ratlos an ihren Fingernägeln kauen, wenn der König von England seine glühendsten Anhänger um sich schart. Soll York ruhig sehen, mit welcher Macht er es zu tun bekäme, wenn er es wagen sollte, seine Fahne zu erheben.« Margaret beugte sich vor, ihr Blick wirkte entschlossen. »Ich habe keinen Zweifel, dass York eine Bedrohung bleibt. Wenn so ein Mann erst einmal die Macht kennengelernt hat, wird er nicht ruhen, bis er sie wieder hat. So ging es auch meinem Vater mit all den Kronen, nach denen er griff, und immer vergeblich. Doch mein Mann ist erst gestern erwacht. Er muss seine Macht zeigen und unter dem Banner der drei Löwen durchs Land ziehen. Man muss ihn sehen, kraftvoll und vital, ehe wir uns der Bedrohung durch York und Salisbury zuwenden. Warwick ist vielleicht noch zu retten, ich weiß es nicht. Versteht Ihr? Könnt Ihr mir folgen, Mylord Percy?«

Die doppelte Bedeutung dieser letzten Frage war dem Alten nicht entgangen. Sein Mund bewegte sich, als wollte er ein Korn aus seinem Backenzahn entfernen. Wortlos beugte er den Kopf und sah unter seinen buschigen Augenbrauen auf.

»Natürlich, Euer Hoheit. Ich bin sicher, wir wünschen uns alle dasselbe. Einen starken König. Ein Ende der Nevilles und all derer, die sie mit ihrem giftigen Einfluss zum Hochverrat anstiften. König Henry hat meine Unterstützung, bei meiner Ehre und der Ehre meines Hauses.«

Margaret lehnte sich zurück. Hiermit hatte der Mann sie praktisch entlassen. Er würde Henry folgen und nicht den Wünschen seiner französischen Gemahlin. Sie neigte den Kopf, als akzeptierte sie seine Worte, aber innerlich kochte sie.

Buckingham gähnte, herzhaft und lange, bis Margaret ebenfalls ein Gähnen unterdrücken musste.

»Ich glaube, der König wird heute erst spät aufwachen«, sagte Buckingham, indem er sich erhob. »Ich muss jetzt auch etwas schlafen, ehe ich vor Müdigkeit umfalle.«

Earl Percy stand ebenfalls auf, beide Männer verneigten sich vor Margaret und entschuldigten sich. Sie sah hinter ihnen her und vermutete, dass sie ihr Gespräch irgendwo weiterführen würden, wo sie nicht mithören konnte. Sie legte die Hände ineinander und sah ins Feuer. Sie brauchte Earl Somerset. Und sie brauchte Derry Brewer. Und mehr als alles andere war es nötig, dass ihr Mann und seine Lords auf sie hörten. Es war ganz klar, dass sie verhandeln wollten, ohne ihre Stimme zu hören. Es war empörend, aber sie würde sich nicht zurückdrängen lassen. Henry war ihr Mann. Und sie war seine Frau. Sie würde immer da sein, egal, welchen Weg sie einschlugen.

Margaret stand auf und ging durch die innere Tür zum Schlafgemach ihres Mannes. Leise schnarchend lag er unter warmen Decken, sein langes dunkles Haar war gelöst und lag wirr auf dem Kopfkissen. Er sah friedlich aus, sein Gesicht hatte eine gesunde Farbe. Jetzt spürte auch Margaret, wie müde sie nach der langen Nacht war. Sie warf ihren Mantel ab, legte sich neben ihn und zog die Decken über sich. Sie legte sich dicht neben ihn, um seine Wärme zu spüren. Bei der Berührung murmelte Henry etwas, wachte aber nicht auf, und bald war sie an seiner Seite eingeschlafen.

9

York stand da, die Hände auf die hölzerne Brüstung gestützt, und man merkte ihm seinen Stolz an, als er zusah, wie sein Sohn seine Position einnahm. Sein ältester Sohn Edward, Earl von March, war dreizehn Jahre alt, aber größer und stärker als mancher drei Jahre ältere Junge in der Stadt. Er hob das Schwert und grüßte seinen Vater, ehe er mit dem Knauf das Visier seines Helmes herunterklappte.

»Sieh dir das an«, sagte York leise. Salisbury, der an einem Pfeiler lehnte, lächelte. Er und York waren seit fast einem Monat im Schloss von Ludlow, wo sie Pläne schmiedeten und versuchten, sich an die Veränderung ihrer Lebensumstände zu gewöhnen. Von dieser massiven Festung aus hatten sie Reiter zu ihren anderen Besitztümern geschickt und ihre Hauptmänner samt deren besten Leuten hierherbeordert, bis das Dorf und die umliegenden Felder einem Militärlager glichen. Für dieses Jahr bestand keine Gefahr, dass mit Überfällen von Wales aus gerechnet werden musste, nachdem sich diese Nachricht von der Grenze aus nach Westen ausgebreitet hatte. Ludlow war zum größten bewaffneten Heerlager im Lande geworden, und immer noch trafen weitere Männer ein. Salisbury war froh, die komplizierte Beschaffung von Verpflegung, Bier und Ausrüstung für so viele Menschen einmal für kurze Zeit vergessen zu können, um diesem begabten Jungen beim Waffentraining zuzusehen.

Zwei Männer standen Edward im Übungshof gegenüber, der vollständig von einem Kreuzgang aus grauem Stein umgeben war. In ihren eleganten Rüstungen wandten sie sich York zu, hoben ebenfalls grüßend das Schwert und beugten die Köpfe. Jameson, der Schmied, war von riesiger Statur. Er war einen Kopf größer als der Junge, und sein Brustkorb war ungefähr doppelt so breit. In deutlichem Gegensatz dazu war Sir Robert Dalton sehr schlank, er bewegte sich elegant und mit perfekter Balance, die Füße stets fest auf dem Boden.

York hob die Hand, und ein junger Trommler in der Ecke des Hofes fing an, einen martialischen Rhythmus zu trommeln, sodass jedem, der diesen Klang vom Schlachtfeld her kannte, das Herz höher schlug.

Alle drei hatten Schilde an den linken Arm gebunden, die sie in der Krümmung festhielten. Der Junge bewegte sich mühelos, obwohl Salisbury fand, dass sein Schild ein wenig zu groß für ihn war. Earl Edward machte ein paar langsame Schritte nach rechts, hielt den Schild hoch und vermied so, dass beide Männer ihn gleichzeitig angreifen konnten. Er hielt sein Schwert gerade vor sich ausgestreckt, wie die Zunge einer Schlange, die jeden Moment hervorschießen konnte.

Jameson griff zuerst an. Der große Mann stieß ein mächtiges Gebrüll aus, das von allen Seiten widerhallte, womit er seinen jungen Gegner erschrecken und einschüchtern wollte. Schnell schwang der Schmied sein Schwert auf Edwards linker Seite, es krachte gegen den Schild, den dieser in einigem Abstand vom Körper gehalten hatte, um den Aufprall abzufedern. Der Mann und der Junge lieferten sich einen wahren Hagel von Hieben und Schlägen, sie bearbeiteten sich gnadenlos und nutzten jede kleinste Lücke in der Verteidigung aus. Das Ganze dauerte nicht länger als ein paar Atemzüge, und ihre bemalten Schilde waren bereits völlig ramponiert und zerkratzt, als der hünenhafte Mann zurücktrat.

»Weiter, Jameson!«, erklang die kecke Stimme des Jungen hinter dem Visier. »Oder seid Ihr etwa schon außer Atem?«

Ehe der große Mann etwas erwidern konnte, trat sein Gefährte blitzschnell vor. Für Sir Robert waren Geschwindigkeit und Geschick weitaus wichtiger als für den Schmied. Er täuschte an und drehte sich, seine Füße fanden stets die beste Position um vorzustoßen, dann duckte er sich und schlug Edwards Klinge weg, sobald sie der seinen zu nahe kam. Dieses Gefecht war eher wie ein Tanz, aber die Zuschauer zuckten zusammen, als sein Schwertgriff Earl Edward gegen den Leib schlug, dass er taumelte. Sir Robert legte sofort nach, er bedrängte Edward und trieb ihn zurück, schneller und immer schneller kamen die Hiebe, sodass die Hand, die den Schild hielt, bis in die Schulter taub sein musste. Edwards Vater sah unbewegt zu, wie Sir Robert auf den Jungen eindrosch, sein Auge stets auf dem Schild, das rechte Bein gestreckt vor sich. Fast geduckt holte der Junge plötzlich aus und zielte auf dieses Bein, ein tiefer Hieb, gerade über dem Fußknöchel. Sir Robert schrie vor Schmerz auf. Er war schnell genug und konnte verhindern, dass er stürzte, aber er zog sich humpelnd zurück.

Edward von March reckte sich zu seiner vollen Länge auf, halb blind vom Schweiß, aber inzwischen so wütend, wie nur ein dreizehnjähriger Junge sein kann. Jetzt war er es, der mit Gebrüll losstürmte, sodass der schlanke Ritter abermals seinen Schild heben musste. Edward hob sein Schwert wie zum Schlag, doch plötzlich sprang er zur Seite und warf sich auf den Schmied, der ihn umtänzelte. Dieser Schachzug überraschte beide Männer. Edwards Schwert schlug mit voller Wucht gegen den Halskragen von Jamesons Rüstung und betäubte ihn für einen Moment. Von einem Erwachsenen wäre dieser Schlag tödlich gewesen.

Im ersten Schock tat der noch immer humpelnde Sir Robert Dalton einen Schritt vorwärts und legte sein Schwert an den Hals des Jungen.

»Tot«, sagte er laut und deutlich. Die beiden Älteren schoben ihre Visiere hoch, das des jungen Earls war jedoch verbogen und er mühte sich vergeblich damit ab. Der Schmied ließ schmerzhaft seinen Kopf kreisen, dann trat er heran, packte den Rand des Visiers und zog daran, bis es knirschend aufging.

»Was in aller Welt war das denn?«, fragte Jameson mit seiner tiefen Bassstimme. »Ihr zielt auf meinen Hals, obwohl Ihr jemanden direkt vor Euch habt?«

Der junge Earl zuckte die Schulter, alle sahen, wie stolz er war.

»Ich habe Euch kalt erwischt, und das wisst Ihr auch, Jameson. Und wenn ich aufs Schlachtfeld ziehe, werde ich Leute haben, die mir Rückendeckung geben. Vielleicht werdet Ihr auch dabei sein, wenn Ihr bis dahin nicht zu alt seid. Dann würdet Ihr Sir Robert den Kopf einschlagen, nachdem ich angefangen hätte und ihn Euch überließe, und ich würde derweil einen zweiten erledigen.«

Der Schmied lachte über sein ganzes breites Gesicht.

»Ja, so würde ich's machen. Ich habe lange genug damit verbracht, mit Euch zu trainieren. Ich würde mich von sonst niemandem ins Bockshorn jagen lassen, nach all den Schlägen, die ich eingesteckt habe.« Es war klar, dass ihn der Trainingskampf nicht weiter verletzt hatte, obwohl er noch viel Aufhebens von seinem schmerzenden Hals machte und ihn immer wieder streckte und drehte.

»Gut gemacht!«, rief York von der Seite des Hofes. »Hör auf deine Lehrer, Edward. Jedes Mal, wenn ich dich sehe, bist du ein Stück gewachsen, und jedes Mal bist du schneller geworden.«

Die Schwertkämpfer verbeugten sich tief, als sie York sprechen hörten, und Edward wurde vor Freude über das Lob tiefrot und hielt stolz seine Klinge in die Höhe.

»Er bewahrt stets einen kühlen Kopf«, sagte Salisbury, dessen Stimmung sich bei der kindlichen Freude seines Freundes auch aufgehellt hatte. »Hat eine gute Balance, die wichtigste Bedingung für schnelles Agieren. Und er hat gute Lehrer.« York versuchte es mit einem Schulterzucken abzutun, aber man sah ihm an, wie gut es ihm tat, seinen Ältesten so geschickt kämpfen zu sehen.

»Edward ist mutig, und Jameson und Sir Robert wissen, wie man das Beste aus ihm herausholt. Er wird nicht viele antreffen, die so stark sind wie der Schmied, und Sir Robert wurde erst in Frankreich und dann in England ausgebildet. Ich habe nicht viele gesehen, die besser mit der Klinge kämpfen. Ich glaube, in ein paar Jahren wird man mit dem Jungen rechnen müssen.«

Die Männer drehten sich um, als sie vom anderen Ende des Kreuzgangs Schritte hörten. Salisbury sah, dass es seine Schwester war, die Duchess Cecily, Yorks Frau und die Mutter des übermütigen jungen Mannes, der jetzt im Übungshof eine Schar unsichtbarer Gegner mit dem Schwert erledigte. Salisbury kam sich alt vor beim Anblick dieses Jungen, dessen wirkliche Kämpfe noch in ferner Zukunft lagen.

»Wir haben Edward beim Üben zugesehen, Cecily«, rief Salisbury seiner Schwester zu, als sie näher kam. »Er zeigt großes Talent. Aber wie könnte es anders sein, bei diesen Vorfahren? Ich würde gern wissen, ob sein Namensvetter Edward in dem Alter auch schon so groß war! Der Junge wächst wie ein Bohnenstengel, man sieht nur einmal nicht hin, schon ist er wieder einen Zoll größer. Er wird noch größer als dein Mann, da bin ich sicher.« Salisbury sah, wie seine Schwester ihren Jüngsten an ihre Brust drückte, den sie in einem gestickten Tragetuch bei sich hatte. Das Kind schrie mit erstaunlicher Lautstärke, es war ein wütendes, hohes Geheul, das schon aus der Entfernung schwer zu ertragen war. Salisbury merkte, wie Yorks Gesicht sich verfinsterte.

»Und wie geht es meinem Neffen?«, fragte Salisbury, bemüht, munter zu klingen.

»Es geht ihm immer noch nicht gut. Ich sah, wie der Arzt versuchte, ihn zu strecken, aber er schrie so sehr, dass ich es nicht mehr ertragen konnte. Geschah das auf deinen Befehl?« Sie sah ihren Mann scharf an, der den Blick abwandte.

»Ich habe vorgeschlagen, dass sie es versuchen, Cecily, mehr nicht. Der Arzt schien der Meinung zu sein, dass er vielleicht ein paar Jahre lang eine Art hölzerne Schiene tragen sollte, damit er gerade wächst. Ich kenne geschickte Handwerker, die so etwas bauen könnten, wenn du einverstanden wärst.« Das Geschrei erreichte eine solche Lautstärke, dass York mit mürrischer Miene einen Finger ins Ohr steckte.

»Allmächtiger, hört euch das an! Dieses Kind schläft überhaupt nicht mehr, es schreit nur noch! Ich dachte, wenn man sein Rückgrat gerade biegen könnte, würde es ihm besser gehen.«

»Oder es brechen, damit er stirbt!«, fauchte Cecily. »Ich will von dieser Schiene nichts mehr hören. Von jetzt an überlässt du die Sorge um Richard mir. Ich lasse ihn nicht von irgendwelchen Dummköpfen quälen, die seinen Körper verdrehen, als sei er ein Putzlappen.«

Salisbury, dem es unangenehm war, Zeuge dieser ehelichen Auseinandersetzung zu sein, entfernte sich ein Stück, um den beiden etwas Privatsphäre einzuräumen. Er hörte Yorks Antwort und biss sich peinlich berührt auf die Lippe. Die beiden Eheleute waren offenbar so wütend, dass es ihnen egal war, ob man sie hörte oder nicht.

»Cecily«, sagte York so laut, dass es das Geschrei des Kindes übertönte. »Wenn du wirklich Mitleid mit ihm hättest, würdest du ihn in einer frostigen Winternacht aussetzen. Er ist jetzt zwei Jahre alt und schreit immer noch Tag und Nacht! Glaub mir, die Spartaner hatten in dieser Sache die richtige Einstellung. Der Arzt sagt, sein Rückgrat ist verkrümmt und es wird noch schlimmer. Er wird nie schmerzfrei sein, und er wird es dir nicht danken, wenn du ihn als Krüppel aufwachsen lässt. Willst du meinem Haus diese Schande antun – einen verkrüppelten Sohn? Und wenn er darüber verrückt werden sollte, willst du ihn dann in einem abgelegenen Haus von Dienern betreuen lassen, wie einen kranken Hund oder einen Schwachkopf? Es ist keine Sünde, ihn der Kälte auszusetzen und sterben zu lassen, das hat Pater Samuel mir versichert.«

Cecilys Antwort klang wie ein wütendes Zischen, das ihren Bruder zusammenzucken ließ.

»Du wirst ihm kein Haar krümmen, Richard Plantagenet, hast du mich verstanden? Ich habe im Namen deines Hauses bereits fünf Kinder verloren. Und ich habe sechs lebende

Kinder und bin schon wieder schwanger. Ich glaube, ich habe den Yorks gegenüber meine Pflicht erfüllt. Und wenn ich dieses Kind hier behalten will, selbst wenn es niemals laufen sollte, dann ist das nicht deine Sache. Ich habe genug getan, genug Kinder geboren. Dieses Kind braucht mich mehr als alle anderen, und ich werde mich selbst um es kümmern, wenn es sein muss. Versprich mir, dass du dich nicht mit den Ärzten verschwörst, Richard. Versprich mir, dass ich nicht dauernd in Angst leben muss, dass sie ihm irgendein Gift verabreichen.«

»Natürlich brauchst du das nicht«, knurrte er. »Aber ich sage dir, dieses Kind hat dich um den Verstand gebracht, Cecily. Kinder sterben nun mal, das ist der Lauf der Welt. Manche wachsen auf und werden groß und stark – und manche armen kleinen Teufel müssen eben leiden, wie dieser hier, sie können nicht leben und nicht sterben. Ich wünschte nur, ich hätte diesem nicht meinen Namen gegeben. Wenn ich geahnt hätte, dass er so ein kleines Häufchen Elend …«

»Hör auf«, unterbrach Cecily ihn mit Tränen in den Augen. Ihr Mann holte tief Luft.

»Wenn du schwanger bist, bist du immer wie ausgewechselt, Cecily. Ich verstehe dich nicht mehr. Aber beruhige dich. Mach mit ihm, was du willst. Ich habe noch mehr Söhne.« Er wandte sich ab und starrte hinaus in den Übungshof, wo sein Ältester gerade einen Holzpfosten attackierte, der mit Stoff und Leder umwickelt war, wütend hieb er auf das Ding ein. York spürte noch eine ganze Weile den ärgerlichen Blick seiner Frau auf sich, doch er sah sie nicht mehr an, und schließlich ging sie weg.

Salisbury kehrte zu seinem Schwager zurück, ließ ihm aber Zeit, sich zu beruhigen. Beide Männer blickten hinaus in den

Hof, wo Edward den Übungspfosten in zwei Teile zerlegt hatte und ein Triumphgeschrei anstimmte, als er fiel. Der Gegensatz zwischen den beiden Söhnen hätte größer nicht sein können.

»Er wird der Schrecken der Schlachtfelder sein«, sagte Salisbury, der hoffte, damit etwas von Yorks stolzer Freude wieder zurückzubringen. Stattdessen sah York mit gerunzelter Stirn über den Hof. Sein Blick schien auf etwas ganz anderes gerichtet.

»Vielleicht muss er das gar nicht sein«, sagte er mit rauer Stimme. »Vielleicht kann ich ja noch mit Henry Frieden schließen. Du hast ihn ja gesehen, Richard, endlich stand er da wie der Mann, der er sein sollte. Zum ersten Mal erinnerte er mich an seinen Vater. Das war vielleicht der merkwürdigste Moment meines Lebens. Der König schickte mich fort wie einen geprügelten Hund, und doch schwoll mir das Herz in der Brust, als ich ihn so stark sah!« Die Erinnerung daran ließ York abermals verwundert den Kopf schütteln. »Wenn ich ihm nur klarmachen kann, dass ich keine Bedrohung für ihn bin, muss mein Sohn vielleicht gar nicht kämpfen, solange Henry lebt. Mein Haus und mein Name sind allein meine Angelegenheit, und meine Pflicht besteht darin, Titel und Ländereien als Edwards Erbe zu bewahren.«

»Ich würde mich freuen, wenn ihr euch versöhnen könntet«, sagte Salisbury, der nur mühsam sein Entsetzen verbergen konnte. »Aber du sagst doch selbst, der König sei von zu vielen Feinden der Yorks umgeben, die ihm alles Mögliche einflüsterten – dazu kommt, dass seine französische Königin ebenfalls gegen dich ist. Ich gehe davon aus, dass man dich noch nicht aufgefordert hat, an seiner großen Gerichtsreise teilzunehmen?«

»Bist du denn aufgefordert worden?«, fragte York. »Ich habe noch nichts gehört. Dukes und Earls und einfache Barone werden den König begleiten, aber du und ich nicht. Und Männer, die ich seit Jahren kenne, beantworten meine Briefe nicht mehr. Was ist mit deinem Sohn Warwick?«

Salisbury schüttelte den Kopf.

»Der ist auch in Ungnade gefallen, wie es aussieht. Mein Bruder William ist nach London gerufen worden. Earl Percy ist zwar mit einer Neville *verheiratet*, aber er ist ebenfalls auf der Seite des Königs. Was, glaubst du, hat das zu bedeuten?«

Yorks Ton klang seit der Auseinandersetzung mit Cecily immer noch etwas gereizt, als er antwortete.

»Es bedeutet, dass man Gift in König Henrys Ohren geträufelt hat, das bedeutet es. Dieses ganze Gerede, ›das Reich zu schützen vor denen, die den Frieden bedrohen‹! Wer sollte sonst damit gemeint sein, wenn nicht das Haus York und Salisbury. Ja, und Warwick wohl auch, falls der auf unserer Seite sein sollte? Es scheint reine Bosheit zu sein, mich jetzt anzuschwärzen, nach allem, was ich für den Thron der Lancaster getan habe. Mein Gott – du und ich, wir haben doch sogar seinen Sohn zum Prinzen von Wales ernannt! Und während der König vor sich hindämmerte, haben wir England vor all denen geschützt, die nur darauf gelauert hatten, hier das Ruder zu übernehmen. Vielleicht hätte ich die Kontrolle des Kanals den Franzosen überlassen und sie unsere Küsten überfallen lassen sollen, oder ich hätte die Korruption dieser bestechlichen Lords ignorieren sollen, als ich gerufen wurde, um über ihr Verhalten zu Gericht zu sitzen. Bei Gott, ja, ich habe Feinde, so viele, dass man sie nicht mehr zählen kann. Alle, die ich einst zu meinen Freunden zählte, sind von mir abgefallen, einer nach dem anderen, und sind unter Königin Margarets Fittiche geschlüpft. Ich habe Exeter geschrieben, Richard. Trotz aller Differenzen ist der Mann nun einmal mit meiner ältesten Tochter verheiratet. Ich dachte, wenn es zum Äußersten kommt, könnten er und ich … Nun ja, egal. Er hat mir nicht einmal geantwortet. Selbst das Haus meiner eigenen Tochter will nichts mehr von mir wissen.«

»Etwas anderes hättest du auch nicht erwarten sollen. Er musste sich in Pontefract deinem Willen beugen, Richard, und das wird Exeter dir nicht so leicht verzeihen. Nein, Exeter steht ganz auf der Seite der Percys – und die stehen in der Gosse. Aber du hast auch Verbündete«, erwiderte Salisbury. »Ich habe dir meine Unterstützung zugesagt. Mein Name ist unlösbar mit dem deinen verbunden, gemeinsam werden wir siegen oder untergehen. Und mein Sohn Warwick kommt auch nach Ludlow und bringt mehr als tausend Bewaffnete mit.« Selbst hier, im Inneren dieser mächtigen Festung, flüsterte Salisbury jetzt nur noch. »Wir sind stark genug, um ihnen zu begegnen, wenn sie uns zu Verrätern erklären sollten.«

»Um Gottes willen, *nein,* das will ich auf keinen Fall«, sagte York. »Du sagtest mir bei meiner Hochzeit mit Cecily, die Nevilles würden immer auf meiner Seite sein, weißt du noch? Und du hast immer Wort gehalten, wenn es darauf ankam, und dafür bin ich dir dankbar.« Seine Hände umklammerten die Brüstung, dass seine Knöchel weiß wurden.

»Aber mein Vater wurde wegen Hochverrats hingerichtet, Richard. Kannst du verstehen, dass ich diesen Weg nicht gehen möchte? Sollte mir der Thron zufallen, werde ich nicht ablehnen, natürlich nicht! Meine ganze Kindheit unterstand ich einem Vormund, wegen dieses Schandflecks, der die Ehre meines Hauses besudelte. Soll der Name York denn für immer mit Hochverrat in Verbindung gebracht werden?« Er beugte sich vor, seine Stimme war jetzt ein heiseres Flüstern. »Ich sage dir, ich werde nicht die Waffen gegen ihn erheben. Das kann ich nicht, so wie er jetzt dasteht. Solange Henry krank war und man dachte, er würde sterben, war das etwas anderes. Aber jetzt ist er erwacht – und er ist nicht mehr der, der er vorher war. Du warst dabei, du hast es auch gesehen! Vielleicht hat sein Geist sich erholt, während er schlief, ich weiß es nicht. Vielleicht hat Gott in seiner unendlichen Gnade ihm seinen Verstand zurückgegeben. Alles ist anders, jetzt, wo das Lamm aufgewacht und wieder ein Mann ist. Es ist alles neu.«

Im Hof sammelte der Earl von March seine Sachen zusammen, um zu gehen. Er hatte seinen Helm abgenommen, sein Haar war dunkel und nass vom Schweiß. Salisbury sah, wie der Junge in der Hoffnung auf Anerkennung zum Kreuzgang hinüberblickte, aber sein Vater sah ihn nicht.

»Wenn ich nur eine Stunde mit dem König sprechen könnte«, brach es aus York heraus und seine Hände packten die Brüstung so fest, als wollte er sie zerbrechen. »Wenn ich mich darauf verlassen könnte, dass er meine Briefe liest, oder wenn man diese Einflüsterer loswerden könnte, könnte man diesen Furunkel aufschneiden. Somerset! Hast du schon gehört, dass er ihn zum Duke gemacht hat? Und zum Oberbefehlshaber von Calais? Mein Titel – weg! Den Mann, den ich ins Gefängnis warf, hat er auf allen Straßen Londons als ›treuen und loyalen Untertan‹ ausrufen lassen – was natürlich nicht zuletzt gegen mich gerichtet war. Somerset, Percy, Exeter, Buckingham und Derry Brewer. Diese Männer leben und gedeihen wie Unkraut, und mein König geht zugrunde. Ich sage dir, er wird wieder untergehen, solange diese Männer um ihn sind.«

Salisbury empfand bei diesen Worten nichts als Unmut. Bisher war York ein Fels in der Brandung gewesen, der die Interessen der Nevilles unerschütterlich verteidigte. Aber ein einziges Treffen mit dem genesenen König schien diesen Fels mittendurch gespalten zu haben. Salisbury ließ sich jedoch seine Enttäuschung nicht anmerken, als er ihm antwortete.

»Es ist doch gleichgültig, was sie gegen uns vorbringen, kein König kann ohne seine drei mächtigsten Lords regieren. Ich bin sicher, das wird auch Henry merken. Aber, mein Freund, unbewaffnet können wir nicht vor ihn treten, sonst würden wir ihm wie Fische ins Netz gehen. Aber mit deinen und meinen Soldaten, um unsere Sicherheit zu gewährleisten, wird König Henry sich unsere berechtigten Klagen anhören müssen. Ich werde jedenfalls nicht still dasitzen und abwarten, bis Leute wie Earl Percy mich zum Hochverräter erklären! Genauso wenig wie du. Wir müssen fest und entschlossen vorgehen, dann ist bis zum Sommer alles vorüber, und wir haben Frieden. Warum denn nicht? Es ist ja nichts passiert, was nicht wiedergutzumachen wäre. Jedenfalls noch nicht.« Salisbury hatte den Eindruck, als spreche er gegen eine Wand. York hörte ihm gar nicht zu. Geistesabwesend stand er da, offenbar immer noch verärgert über seine Frau.

»Es tut mir leid, dass dein Sohn … verwachsen ist«, sagte Salisbury.

York zuckte die Schultern und schüttelte den Kopf. »Ich habe schon einige Kinder begraben. Und es werden noch einige folgen. Es ist mir gleich, was aus diesem kränklichen Jungen wird, ich fürchte nur, es könnte zu anstrengend für seine Mutter werden.« Er sah seinen Freund an, in seinen Augen stand Schmerz. »Cecily ist regelrecht besessen von ihm. Manchmal wünschte ich, der kleine Kerl würde einfach … Ach, ist auch egal. Komm, du wirst Hunger haben. Meine Köchin soll dir etwas Gutes kochen. Die kann mit einem Stück Fisch wahre Wunder vollbringen.«

York schlug seinem Freund auf die Schulter. Zusammen gingen sie in Richtung der großen Halle, und bei dem Gedanken an ein gutes Essen vergaßen sie vorübergehend ihre Sorgen.

10

Nach den ersten harten Frösten war der Winter in diesem Jahr fast mild gewesen. In den königlichen Gemächern im Tower brannten dennoch in allen Kaminen noch Feuer, mitunter sogar auf beiden Seiten des Raumes, weil man sich bemühte, die alte Festung vor Kälte und Feuchtigkeit zu schützen, die vom Fluss her durch die Mauern drang.

Derry Brewer hatte sich in den letzten Wochen und Monaten gut erholt. Sein Haar war nachgewachsen und vom Barbier des Königs persönlich in Form gebracht worden, seine Gesichtsfarbe hatte den gelben, wächsernen Farbton verloren, den man bekommt, wenn man zu viele Sorgen und nicht satt zu essen hat. Auf Anordnung der Ärzte Hatclyf und Fauceby hatte er jeden Morgen Rindfleischbrühe und Grünkohl gegessen, bis er fast platzte, gefolgt von anderthalb Litern Dünnbier – fast dieselbe Diät, die man dem König verabreicht hatte, um sein Blut wieder zu kräftigen. Derry war den Kohl gründlich leid, der ihn bereits im Traum verfolgte, auch wenn er hinterher seinen Mund mit französischem Brandy aus seinem Flachmann ausspülte. Er war froh, dass er wieder zu Kräften kam, genau wie Samson, als er sein Haar wieder wachsen ließ.

Auch der König hatte wieder Farbe bekommen, stellte Derry fest. Zwar saß Henry noch immer ziemlich ruhig da, aber sein Blick war hellwach und sein Gesicht war keine schlaffe

Maske mehr. Dieses offensichtliche Interesse überraschte alle, die ihn vor seinem Zusammenbruch gekannt hatten. Derry, der nicht weit entfernt dem König gegenübersaß, hatte Mühe, ihn nicht anzustarren. Während seiner Krankheit war dieser Mann nur ein Schatten dessen gewesen, was er jetzt war, anders konnte man es nicht beschreiben. Er wusste, dass Margaret noch immer eine gewisse Zerbrechlichkeit bei ihm befürchtete, wie bei einem Gefäß, das bei der leisesten Erschütterung zerspringen könnte. Doch irgendwie schien der lange Schlaf den König geheilt und seinen gebrochenen Willen wiederhergestellt zu haben, trotz der vielen Risse, die noch unter der Oberfläche liegen mochten.

Henry merkte, dass man ihn musterte, und sah mit fragendem Blick hoch, doch im selben Moment senkte sein Meisterspion den Blick auf seine Stiefelspitzen. Derry hatte schon viele Formen von Wahnsinn kennengelernt, er konnte durch Wut, Trauer oder vom Trinken verursacht werden, doch mitunter konnte er auch aus dem Nichts entstehen, wie ein plötzlicher Sommerwind. Er wusste, dass das menschliche Gemüt seinen eigenen Gesetzen unterlag, die weitaus komplizierter waren als die Umlaufbahnen aller Sterne und Planeten zusammen. Und welcher Teufel oder welche Krankheit es auch immer gewesen sein mochte, die dem König seinen Willen geraubt und ihn zum Kind gemacht hatte – sie war verschwunden. Dieser Mann hier war wieder gesund.

Derry atmete tief ein und war selbst überrascht, als seine Augen sich mit Tränen füllten. Den Kopf immer noch gesenkt wischte er sie schnell weg, ehe jemand es bemerkte. Stattdessen bemühte er sich, an seine Arbeit zu denken, mit all den kleinen Ärgernissen, die sie mit sich brachte. Er hatte bereits ein paar Gerüchte im Keim ersticken müssen, dass der Verstand des Königs jetzt auf andere Art und Weise beeinträchtigt sei. Die Bewohner Londons hatten einen schlimmen Hang zu Klatsch und Tratsch, musste er immer wieder feststellen. Die geringste Veranlassung genügte, um zischelnd und hinter vorgehaltener Hand alle möglichen Gerüchte weiterzugeben, von Teufeln oder Bastarden oder Juden, die unerkannt wichtige Ämter innehatten. Er hatte ja selbst so manche Lüge dieser Art in Umlauf gebracht, aber viel schwerer war es, so ein Gerücht wieder aus der Welt zu schaffen. Manchmal, so dachte Derry, brauchten die Menschen entweder einen guten Hirten oder einen kräftigen Tritt in den Hintern.

Während Derry mit hängendem Kopf dasaß, schritt Somerset ruhelos im Zimmer auf und ab, voll nervöser Energie, die wahrscheinlich zum Teil von seiner Gefangenschaft herrührte. Edmund Beaufort war viele Monate im Tower eingesperrt gewesen. Interessiert beobachtete Derry die nervöse Spannung des Mannes. Von dem früher so ruhigen Somerset war nicht viel übrig geblieben, trotz aller Bequemlichkeiten während seiner Haft, denn aufgrund seines Ranges hatten ihm zwei große Zimmer, ein weiches Bett, ein Schreibtisch und ein Diener zugestanden. Zumindest eins war klar, nämlich, dass er Yorks Feind war. Es war für Derry eine große Befriedigung, dass dessen Name jetzt geschmäht werden konnte, ohne dass man Konsequenzen zu fürchten brauchte. Somerset war zum Dank für seine loyale Unterstützung zum Duke gemacht worden, eine Geste des Königs, die für die Anhänger von York und Salisbury eine klare Botschaft enthielt. Bei diesem Gedanken musste Derry grinsen.

»Euer Hoheit«, sagte Somerset, »sämtliche Gasthäuser der Stadt sind von Richtern und Anwälten belegt. Der Tower quillt fast über von Bewaffneten, all unsere besten Männer, die Euch auf dem Weg nach Nordengland schützen werden. Jetzt warten wir nur noch auf eine Handvoll Namen, von denen Henry Holland, der Duke von Exeter, der wichtigste ist.«

»Mein Vetter Exeter hatte vierhundert Mann – vorher«, sagte König Henry leise. Mit »vorher« pflegte er die Zeit vor seiner Krankheit zu bezeichnen. »Ein ziemlicher Hitzkopf, der junge Holland, wenn ich mich recht erinnere. Er hat meine Botschaft erhalten?«

»Allerdings, Hoheit«, erwiderte Somerset. »Die Rolle wurde ihm persönlich übergeben. Ich glaube, er ist durch seine Gefangenschaft in Wales sehr geschwächt, aber er hat geschworen, zu kommen. Auch er hält nichts von York.«

»Trotzdem, er ist immerhin mit Yorks Tochter verheiratet«, warf Margaret ein. Sie saß neben ihrem Mann. Auch hier wich sie nicht von seiner Seite. »Durch diese Verbindung kann er immer noch ins Wanken geraten.«

»Nein«, widersprach Henry. »York hat ihn bestraft, weil er aufseiten der Percys war. Exeters Loyalität steht außer Frage. Alles, was er ist, ist er durch mich. Auch wenn er mit einer Plantagenet verheiratet ist, zweifle ich nicht an ihm, genauso wenig wie ich an Percy zweifle, der mit einer Neville verheiratet ist. Aber ich werde nicht auf ihn warten. Gibt's noch etwas?«

Somerset wandte sich um und setzte seinen Weg entlang der Teppichkante vor dem Feuer fort. Da er nicht gleich antwortete, ergriff Derry die Gelegenheit, etwas vorzubringen.

»Euer Hoheit, es macht mir immer noch Sorgen, dass wir uns weder mit York noch mit Salisbury ins Benehmen gesetzt haben. Somerset und ich mögen unsere Einwände gegen diese beiden haben, aber solange sie nicht nach London gerufen werden, um den Treueeid zu leisten, fürchte ich ihre Armeen. Zusammen mit dem jungen Warwick verfügen sie über mehr Land und mehr Männer als jede andere Fraktion außer dem Königshaus selbst. York ist der reichste Mann Englands, Hoheit. Können wir ihn wirklich ignorieren?«

Es hatte eine Zeit gegeben, das wusste Derry, da hätte der König am Ende seiner Rede genickt und gesagt: »Wie Ihr meint, Derry«, noch ehe er fertig gesprochen hatte. Es war befremdlich, dass er jetzt jeden Vorschlag sorgfältig erwog, statt eilfertig zuzustimmen. Doch es war Margaret, die sprach, ehe ihr Mann antwortete.

»Es gibt hier hoffentlich keine Lauscher, Master Brewer, oder?«

»Natürlich nicht, Euer Hoheit. Draußen wachen meine besten Leute. Niemand kann uns hören.«

»Dann lasst mich offen sprechen. Es wird keinen Frieden geben, solange York lebt. Er neidet meinem Mann den Thron und wird bei der erstbesten Gelegenheit versuchen, den König zu stürzen. Wir haben diese großartige Versammlung zu einer Gerichtsreise erklärt, und das soll sie auch sein, aber es ist auch eine Demonstration der Macht. Die Lords, die zusammen mit ihrem König nach Norden ziehen, werden sehen, dass das Haus Lancaster jede nur erdenkliche Unterstützung hat. Sie werden sehen, dass der König genesen ist, durch Gottes Gnade, und dass er das Land regiert. Wenn York und Salisbury uns herausfordern sollten, werden Tausende sich ihnen entgegenstellen. Dann werden wir dieses Problem endlich lösen können.«

Mit gerunzelter Stirn hörte Derry zu.

»Mylady, wenn York und Salisbury zu Verrätern werden, wenn sie ihre Banner gegen den König von England erheben sollten, dann glaube ich nicht, dass das Ergebnis so sicher ist. Das Risiko ist zu groß, dass man nicht auch stolpern könnte. Natürlich haben York und Salisbury Feinde, aber viele sind auch der Ansicht, dass man ihnen ihre Loyalität schlecht gedankt hat. Ich kenne nicht die geheimsten Gedanken aller Lords, Euer Hoheit, ich weiß nur, dass viele von ihnen noch immer Sympathien für die beiden haben. Ich weiß auch, dass viele der Meinung sind, man sollte sie zurückholen und vielleicht sogar für ihre Leistungen belohnen.«

Er senkte den Kopf, weil Margarets Blick immer finsterer geworden war, und sah ins Feuer. »Mylady, ich könnte mich damit abfinden, wenn wir Ludlow angreifen würden, wenn wir es belagerten und York aushungerten oder die Burg zerstörten. Diese andere Geschichte, diese Gerichtsreise nach Nordengland, ist doch nur eine Ablenkung, bei der nichts Gutes herauskommen kann. York ist ein kluger Mann, ein kluger und rachsüchtiger Mann, der vermögend ist und über Soldaten verfügt. Mir wäre es lieber, man würde ihn ausschalten, statt ihn bloß zu ignorieren.«

»Ich kenne ihn besser als Ihr, Master Brewer«, sagte König Henry nachdenklich. »Und obwohl ich seine innersten Gedanken auch nicht kenne, weiß ich, dass er mit Geschenken und Versprechungen nicht zurückgewonnen werden kann. Wie Ihr schon sagtet, er kann ja kaum noch höher aufsteigen, mit all seinen Titeln und seinem Vermögen. Wenn ich ihn rufen ließe, würde ich mir eine Natter an die Brust legen, die ich nur höflich bitten könnte, mich nicht zu beißen. Nein, meine Frau hat recht, Master Brewer. Ich habe hier in London eine loyale Armee, und mit der werde ich gen Norden reiten, nach Leicester. Wenn York sein Seelenheil aufs Spiel setzen will, wenn er seinen Schwur brechen und ewige Verdammnis riskieren will, dann werde ich ihm antworten ...«

Seine Worte erstarben, und er blickte ins Leere, während die Anwesenden mit wachsender Sorge warteten. Schließlich schüttelte Henry den Kopf, sah verwirrt um sich und lief tiefrot an. »Was sagte ich gerade?«

»York, Euer Hoheit«, sagte Somerset etwas unbehaglich. Der Duke war blass geworden, sein Gesichtsausdruck spiegelte sich in dem von Derry Brewer und der Königin, die beide um Henrys seelische Stabilität fürchteten. Derry überlief es kalt bei dem Gedanken an einen neuen Zusammenbruch des Königs.

»York ... ach ja«, fuhr Henry fort. »Wenn er seine Anhänger gegen mich aufwiegeln sollte, würde dieser Verrat einen Aufstand im Land auslösen. Jeder meiner Earls, jeder Duke, jeder Baron, jeder Ritter würde zu Schwert, Bogen oder Lanze greifen und sich gegen ihn stellen. Jedes Dorf und jede Stadt! Niemand rührt den König an, Somerset. Der König ist unantastbar, von Gott gesalbt. Und jeder, der sich gegen mich stellt, wird in der Hölle schmoren. Das ist die Antwort für Leute wie York und Salisbury. Ich werde in Frieden nach Nordengland ziehen, aber sollte er sich auch nur einen Schritt aus seiner Festung herauswagen, werde ich ihm mit Krieg antworten.«

König Henry schwieg, er rieb sich den schmerzenden Kopf und schloss die Augen.

»Margaret, würdest du so gut sein und Hatclyf rufen lassen? Er macht ein ausgezeichnetes Schmerzmittel, und mir brummt der Schädel.«

»Natürlich«, sagte Margaret und stand auf. Derry stand ebenfalls auf, aber sie drängte auch die anderen aus dem Zimmer und rief nach den Ärzten. Ein Diener eilte los, um sie zu holen.

Die Tür hatte sich hinter Derry geschlossen. Er stand in dem wesentlich kälteren Korridor und blickte Somerset kurz an, dessen Gesicht verriet, dass er seine eigenen Sorgen teilte. Er war sich sicher, keiner von beiden würde den plötzlichen Rückfall des Königs erwähnen. Die Vorstellung, dass Henrys Klarheit nur von kurzer Dauer sein könnte, war so furchtbar, dass Derry erschauerte und sich ganz elend fühlte. Und wenn man diese Möglichkeit auch nur aussprach, dann konnte sie auch Wirklichkeit werden. Doch wenn man schwieg, konnten beide sich einreden, sie hätten es sich nur eingebildet.

»Können wir einen Krieg vermeiden, Brewer?«, fragte Somerset unvermittelt.

»Natürlich, Mylord. Die Frage ist nur, ob wir ihn vermeiden *sollten!* Ich bin fast der Überzeugung, dass unsere zornige junge Königin recht hat. Vielleicht sollten wir diese Gerichtsreise als Vorwand vergessen und die königliche Armee gleich gegen York ziehen lassen. Ein Sieg hängt stets auch vom richtigen Moment des Angriffs ab. Ich möchte nicht die beste Gelegenheit verpassen, die wir vielleicht jemals haben werden.«

Während Derry sprach, sah Somerset ihn eindringlich an.

»Aber …«, begann er. Derry verzog den Mund.

»*Aber* – ja, es gibt Hunderte Aber, Mylord. *Aber* Königin Margaret hat natürlich recht, dass der König sich zeigen muss, nachdem er die Regierungsgeschäfte so lange nicht hat wahrnehmen können. *Aber* York ist noch kein Verräter, auch wenn die Königin ihn aus vollem Herzen hasst. Ich bin weiß Gott kein Freund von ihm, doch immerhin hat er Margarets Sohn zum Prinzen von Wales ernannt und hat als Protektor geschickt und diplomatisch regiert. Allerdings würde ich Salisbury nicht auf hundert Meilen an Earl Percy heranlassen, die beiden hassen sich. Und York? Ich kann mir nicht vorstellen, dass er die Hand nach dem Thron ausstreckt. Auch wenn ich den Mann nicht leiden kann, ist er doch noch immer sehr auf seine Ehre bedacht. Und wenn es zum Krieg kommen sollte, könnten wir den Kampf auch verlieren, Mylord. Und wir hätten keine zweite Chance, noch einmal von vorn anzufangen und es besser zu machen.«

»Königin Margaret sieht in York eine Bedrohung für ihren Mann und ihren Sohn«, sagte Somerset. »Ich glaube nicht, dass sie sich zufriedengeben wird, ehe sie seinen Kopf auf einer Stange sieht.«

»Und der König hört auf sie«, sagte Derry und sah nachdenklich vor sich hin. »Leute wie wir – Leute wie Ihr oder Earl Percy können sich von morgens bis abends den Mund fusselig reden, und bei Nacht wird sie immer noch da sein und ihm ihre Ansicht zuflüstern.« Derry seufzte laut. »Wenn wir einen Keil zwischen York und Salisbury treiben könnten, oder zwischen Salisbury und seinen Sohn, würden wir vielleicht nur einen verlieren und die anderen beiden behalten, damit sie vom König wieder in Gnaden aufgenommen werden. Ich weiß, dass Königin Margaret den jungen Warwick bewundert und es nicht gern sähe, wenn er zusammen mit seinem Vater umkäme. Ich würde ihm schreiben, Mylord. Man müsste natürlich die Worte klug wählen …«

»Earl Percy meinte, wir sollten Yorks Sohn, Edward von March, nicht außer Acht lassen«, sagte Somerset leise. »Er hat laut darüber nachgedacht, ob Yorks Tod – durch Krankheit oder einen Unfall – nicht auch ein Ende dieser Bedrohung wäre.«

Derry blickte dem anderen in die Augen und sah, wie angespannt er war.

»Und was habt Ihr ihm geantwortet, Mylord?«

»Ich habe ihm gesagt, er soll sich zum Teufel scheren, Brewer. Und ich hoffe, Ihr würdet ihm dasselbe sagen, wenn er Euch so einen schändlichen Vorschlag machen sollte.«

Derry nickte. Er mochte Somerset, einen Mann, der stets sagte, was er dachte.

In diesem Moment kam Doktor Hatclyf schwitzend den Korridor entlanggerannt, nachdem er einmal quer durch den Tower gelaufen war.

»Entschuldigung, Mylord, Master Brewer«, sagte er. »Der König hat mich gerufen.«

Die beiden Männer traten zur Seite, und der Arzt schlüpfte durch die Tür und schloss sie hinter sich.

Derry wandte sich wieder an Somerset. »York schreibt Briefe, Mylord. Ich habe von einigen Abschriften erhalten, von loyalen Männern, die York misstrauen.«

»Hochverrat?«, fragte der Duke hoffnungsvoll.

»Keineswegs. Aus jedem seiner Worte spricht sein Respekt für den König, aber er beklagt sich bitter über Euch und Percy und die anderen Berater des Königs. York weiß nicht, was er von dem neuen König halten soll. Er kann nicht recht glauben, dass er nicht mehr das Lamm ist, der bartlose Junge. Ich möchte, weiß Gott, dass York fällt, Mylord. Ich wünsche mir nichts sehnlicher, als auf dem Schlachtfeld an seiner Leiche zu stehen. Solange er lebt, bedroht er meinen König, schon allein durch seine Macht und die Unterstützung der Nevilles – egal, ob er jemals nach dem Thron greifen sollte oder nicht.«

Frustriert und müde stieß Derry mit dem Fuß auf dem Fliesenboden gegen einen losen Stein, der davonflog.

»Ich kann es nur noch einmal wiederholen«, fuhr er fort, »wenn wir mit dem Schwert aufeinander losgehen, können wir nicht sicher sein, wer gewinnt. Es muss einen anderen Weg geben, eine andere Lösung des Problems. Und zusammen werden wir sie finden. Bis man in die Trompeten stößt, Mylord. Bis zu dem Moment haben wir noch die Chance, York gefügig zu machen. Wenn sie erst ertönen, haben wir versagt.«

»Und *wenn* sie ertönen?«, fragte Somerset, obwohl beide die Antwort wussten.

»Dann werden wir beide unser Möglichstes tun, York zu töten, sowie alle, die an seiner Seite stehen. Wir werden unser Leben dafür einsetzen, ihn umzubringen, wenn es sein muss. Wenn die Diplomatie versagt, Mylord Somerset, muss es Krieg geben – und dann will ich York nicht triumphieren sehen, solange ich lebe.« Er lächelte bitter. »Schließlich würde er auch keinen von uns beiden am Leben lassen.«

Somerset nickte nachdenklich.

»Wisst Ihr, Derry, als ich noch ein Junge war, habe ich mich im Sommer mal davongestohlen, um einen Jahrmarkt zu besuchen. Ich wollte den Dorfmädchen nachstellen, wollte trinken und mir von Zigeunerinnen meine Zukunft weissagen lassen. Mein Vater merkte gar nicht, dass ich nicht in meinem Zimmer war. Sicher habt Ihr so etwas auch gemacht.«

Derry grinste und zuckte die Schultern.

»Ich glaube, meine Kindheit war etwas weniger … behütet, Mylord, aber erzählt weiter.«

»Natürlich trank ich zu viel Met und Bier, und ich weiß auch noch, wie ich mit einem Mädchen geschäkert habe, das darauf bestand, erst bezahlt zu werden, ehe sie sich mit mir ins Gras legte. Die Erinnerungen an diese Nacht sind ziemlich nebelig, aber ich erinnere mich deutlich an die Zigeunerin in ihrem bunten Zelt. Sie hat mir im Dunkeln aus der Hand gelesen, während sich alles um mich drehte und ich schwer damit zu tun hatte, nicht zu kotzen.«

Seine Augen glänzten, ein seliges Lächeln umspielte seine Lippen. Derry verschränkte die Arme.

»Und? Wurdet Ihr ausgeraubt? Oder war sie das Mädchen im Gras?«, wollte er wissen.

»O Gott, nein, so betrunken war ich auch wieder nicht. Nein, sie sagte, Somerset würde ›unter der Burg‹ sterben, nicht auf dem Schlachtfeld. Und auch nicht an einer Erkältung oder einer sonstigen Krankheit. Ich hatte ihr den Namen meines Vaters nicht gesagt, Derry, aber sie wusste ihn trotzdem.«

Derry blickte auf den Siegelring mit dem Familienwappen, den der Duke am Finger trug.

»Solche Leute haben ein besonderes Geschick, verräterische Anzeichen zu finden, Mylord. Ich bin sicher, sie ließ sich für ihre Weissagung gut bezahlen und erzählte dem nächsten Kunden dasselbe.«

»Ihr glaubt nicht an solche Sachen? Ich habe seitdem in einem Dutzend Schlachten gekämpft und bin nie verletzt worden, Derry. Kein einziger Kratzer. Ich bin auch noch nie krank gewesen und kenne doch ein Dutzend Leute, die jung gestorben sind, nein – eher zwei Dutzend, die eine schwere

Krankheit hatten und im Fieber ihr Leben ausgeschwitzt haben. Versteht Ihr? Wenn andere um mich herum starben, war ich wie durch einen Zauber geschützt. Und wisst Ihr, warum?« Somerset trat dicht an ihn heran, um Derry mit leuchtenden Augen sein Geheimnis anzuvertrauen. »Ich bin nie in Windsor gewesen, in dreißig Jahren nicht ein einziges Mal. Es ist die Residenz des Königs, die größte Burg im Lande. Welche andere Burg könnte sie denn mit der ›Burg‹ gemeint haben? Versteht Ihr jetzt?«

Plötzlich musste Derry so laut auflachen, dass der Duke erschrocken zusammenfuhr.

»Verzeiht, Mylord«, rief Derry amüsiert. »Verzeiht, ich wollte mich nicht über Euch lustig machen …«

Somerset wirkte verletzt, und Derry, der sein gekränktes Gesicht sah, bemühte sich nach Kräften, eine ernste Miene zu machen.

»Damit wollte ich nur sagen, dass York nicht mein Ende sein wird, auch wenn er mich hasst«, sagte Somerset pikiert. »Ich befürchtete es eine Weile, als ich im Tower war. Vorhersagen sind oft ziemlich vage, und ich dachte, dies könnte die Burg sein, in der ich sterben würde. Aber ich wurde befreit und kann wieder meinem König dienen. Ich werde vor nichts mehr Angst haben, weder vor York noch vor Salisbury noch … vor sonst etwas.«

Derry, der sich verstohlen Lachtränen aus den Augenwinkeln wischte, nickte. »Ich wünschte, ich hätte auch so einen Talisman oder das Wort einer Zigeunerin. Ich wünschte, ich wüsste, ob die Bedrohung von York ausgeht oder von Salisbury oder vielleicht von einem großen Unbekannten, den ich noch gar nicht bemerkt habe, weil er sich bislang in einem finsteren Winkel versteckt hält.«

Somerset war noch nicht versöhnt, seine Kiefer wirkten angespannt.

»Es gibt solche Kräfte, Derry, sie existieren wirklich, ob sie nun von Teufeln kommen oder von Engeln, ob Ihr daran glaubt oder nicht. Eigentlich wollte ich Euch damit eher beruhigen und nicht zur Zielscheibe Eures Spottes werden. Und jetzt wünsche ich Euch eine gute Nacht.« Damit neigte der Duke kurz den Kopf und ging. Noch immer amüsiert, starrte Derry hinter ihm her.

11

Richard von Warwick kam gegen Ende April in Ludlow an,
zusammen mit seinem Bruder John sowie etwas über zwölfhundert Mann – eine gewaltige Verstärkung des Heeres, das
hier rund um die Festung lagerte. Sechshundert davon waren
erstklassige Bogenschützen, die sich ihrer Bedeutung sehr
bewusst waren und mit großspurigem Selbstbewusstsein da-
herkamen. In kürzester Zeit hatten sie rund um die Burg
Schießstände aufgebaut, wo sie von früh bis spät trainierten.
Der Rest der Männer kämpfte mit Axt und Klinge. Sie waren,
durch Lehnspflicht an ihren Herrn gebunden, aus Warwicks
Besitzungen in den Midlands und im Norden Englands zusammengezogen und ausgerüstet worden. Sein Vater sowie
York waren äußerst belustigt, weil Warwick alle seine Leute
in knallrote Tuniken gesteckt hatte, die sie über ihren Rüstungen trugen, blutrot, mit Krappwurzel gefärbt. Als ihr Befehlshaber war er selbst ebenfalls in Rot gewandet, allerdings
von einem weißen Streifen unterbrochen.

Yorks Stimmung hatte sich deutlich verbessert, nachdem
sich das Heer von Ludlow so deutlich vergrößert hatte. Er
hatte unter der wochenlangen quälenden Untätigkeit gelitten, hatte Briefe geschrieben, Boten ausgesandt und versucht, Anhänger zu mobilisieren, während der König in London immer mehr zu Kräften kam und seine große Reise
vorbereitete. York bestand darauf, die Ankunft von Salisburys

Söhnen zu feiern. Er hatte ein paar Fässer mit altem französischem Wein aus dem Keller gerollt und dafür gesorgt, dass alle einen vollen Becher hatten, um auf ihre Anführer zu trinken.

Am nächsten Morgen vermisste man York, der, wie sich herausstellte, schnarchend in seinem Zimmer lag. Warwick und sein Bruder hatten das Gelage besser überstanden. Bei Tagesanbruch machten sie sich bereit, um mit ihrem Vater auf die Jagd zu gehen. Sie ritten hinaus durch das ausgedehnte Feldlager, während die Soldaten gerade über kleinen Feuern ihr Frühstück zubereiteten. Sie erhoben sich respektvoll, als die Edelleute vorbeiritten, nahmen aber gleich darauf ihre Beschäftigungen wieder auf und fuhren fort zu essen, zu polieren, zu reparieren und Klingen zu schleifen. Warwicks Ankunft im Lager hatte die allgemeine Anspannung, die seit Wochen herrschte, nur noch erhöht. Eine Armee dieser Größe rief man nicht zusammen, um sie faul in der Frühlingssonne herumsitzen zu lassen.

»Eine wahre Augenweide, deine roten Männer«, rief Salisbury seinem Sohn zu, als sie einen Feldweg entlangritten. »Ich bin sicher, unsere Feinde werden von dem Anblick ganz geblendet sein.«

Warwick sah seinen Bruder John an und rollte mit den Augen. Beide Söhne genossen diesen morgendlichen Ritt. Die Sonne schien, sie waren voller Energie und hatten eine schlagkräftige Armee hinter sich.

»Ich wollte ihnen damit ein Gefühl der Zusammengehörigkeit geben, Vater, sie sollen sich miteinander verbunden fühlen. Mit den roten Tuniken werden sie sich im Feld erkennen und auf den ersten Blick wissen, wer Freund oder Feind ist. Du wirst es schon sehen, wenn es so weit ist.«

Salisbury schnaubte verächtlich, konnte den Stolz auf seinen Sohn aber nicht verbergen.

»Ich vermute, die Bogenschützen werden sich über diese leuchtenden Zielscheiben ebenfalls freuen«, sagte er.

»Meine Bogenschützen tragen dasselbe Rot«, erwiderte Warwick. »Sie werden jeden Spott mit ihren Pfeilen beantworten. Es hat mich zwar ein Vermögen gekostet, extra neues Tuch dafür einfärben zu lassen, aber die gemeinsame Farbe gibt ihnen ein ganz anderes Selbstbewusstsein, Vater, das schwöre ich.«

Die drei Nevilles ritten vorbei an den Wachen und Spähern, die Yorks Burg umgaben, entfernten sich aber nicht so weit, dass sie nicht sofort hätten umkehren können, wenn sie von einem Feind entdeckt worden wären. Auf den Straßen um Ludlow gab es in diesem Jahr keine Wegelagerer und Briganten, die hatten sich in andere Städte verzogen, wo es kein Feldlager vor den Toren gab. Trotzdem waren sie immer bedroht. Nach London waren es mehr als hundert Meilen, so weit, dass es einem schon fast wie ein anderes Land vorkam. Und doch hatten zwei von ihnen Percys Angriff auf Johns Hochzeitszug miterlebt, und es wäre auch hier leichtsinnig gewesen, sich ohne die nötige Vorsicht in der Umgebung aufzuhalten.

Salisbury blieb an einer kleinen Holzbrücke stehen und winkte Richard und John nahe zu sich heran, sodass er leise sprechen konnte. Es würde ein warmer Tag werden, rote und grüne Libellen standen über der Wasseroberfläche, und man konnte beobachten, wie sie kleine Insekten fingen.

»Hier sind wir allein«, sagte Salisbury und blickte sich nach allen Seiten um, »und möglicherweise werden wir keine weitere Gelegenheit haben, unter uns zu sein und reden zu können.« Seine Söhne sahen sich an, stolz darauf, in die Pläne ihres Vaters eingeweiht zu werden.

»Unser Freund York ist nicht sehr tatendurstig. Ich glaube zwar, man kann ihn immer noch so weit bringen, sich König Henry mit seinen Leuten zu nähern, aber er hofft nach wie vor, dass die Angelegenheit ohne Blutvergießen aus der Welt geschafft werden kann.«

»Und du, Vater?«, fragte John. Mit seinen vierundzwanzig Jahren war er der kleinste der drei, dunkelhaarig, mit schmalen Hüften, aber breiten Schultern. Maud, seine Frau, hatte seit dem Angriff auf die Hochzeitsgesellschaft bereits ein Kind geboren. Er war aus einem einzigen Grund nach Ludlow gekommen, und sein eisiger Ton verriet deutlich, dass er von einer Änderung der Pläne nichts hielt.

»Beruhige dich, John. Du solltest mich besser kennen, um an mir zu zweifeln. War ich nicht auch dabei? Ich weiß, was wir den Percys schulden. Der Alte wird an der Seite des Königs sein, dazu mindestens einer seiner Söhne. Ich vermute, dass er seinen Ältesten in Alnwick gelassen hat. Sicher wird Egremont seinen Vater begleiten – und auf den haben wir es schließlich abgesehen, obwohl ich keinen Moment daran zweifle, dass es der Alte war, der ihm damals den Befehl gab.«

»Aber was ist, wenn York unbedingt Frieden will?«, fragte John. »Ich bin von weither gekommen, Vater. Ich habe für diese Sache meine Familie und meinen Besitz zurückgelassen und geschworen, nicht eher zu ruhen, bis die Percys, diese Hunde, umgebracht sind. Ich werde nicht tatenlos zusehen, wie York und Lancaster sich versöhnen, mit neuen Treueschwüren und Trinksprüchen auf ihre Gesundheit.«

»Nun mal langsam, John«, sagte Warwick leise. Sein Bruder war nur ein gewöhnlicher Ritter und hatte lediglich sechs Leute mitgebracht. Die Armeen seines älteren Bruders und seines Vaters gaben ihm mehr Einfluss, als er von sich aus gehabt hätte, aber sein Groll war weitaus größer. Vielleicht war das der Grund, warum John Neville seinem Bruder jetzt einen ärgerlichen Blick zuwarf, ehe sein Vater antwortete.

»Die Nevilles haben zweitausend Mann gegenüber Yorks tausend. Ich habe vor, ein Exempel zu statuieren, was die Feinde unseres Hauses betrifft, und ich werde mich von niemandem davon abhalten lassen. Genügt dir das, John? Soll York ruhig weiter darüber nachgrübeln, was Somerset dem König einflüstert. Unser Problem sind die Percys. Wenn die mit dem König nach Norden reiten, werden sie ein Zusammentreffen mit uns nicht überleben, das schwöre ich.«

Salisbury streckte die Hand aus, die seine Söhne nacheinander ergriffen, um das Versprechen zu besiegeln.

»Wir sind drei Nevilles«, sagte Salisbury stolz, »und es gibt Leute, die müssen erst noch lernen, was es bedeutet, sich mit einem Neville anzulegen. Aber das werden sie, ich verspreche es euch. Sie werden es lernen, auch wenn König Henry selbst sich gegen uns stellen sollte.«

Er schlug erst Richard, dann John auf die Schulter, während ihre Pferde ungeduldig tänzelten und sich spielerisch gegenseitig zwickten.

»Und jetzt schlagt auf den Busch und scheucht das Wild heraus, damit euer alter Vater etwas vor den Speer bekommt. Wir sollten etwas nach Ludlow mitbringen, außerdem ist es eine gute Übung für euch. Wenn wir die Percys abfangen wollen, müssen wir bald aufbrechen, damit wir dem König auf seinem Weg nach Norden begegnen.«

Margaret stand vor ihrem Mann und wischte mit einem öligen Lappen über seine Schulterplatten, die in der Frühlingssonne glänzten. Sie waren allein, obwohl es um den Palast von Westminster von Bewaffneten und Pferden nur so wimmelte, die sich in Hunderten von kleinen Trupps versammelt hatten. König Henrys Halbbruder, Jasper Tudor, hatte in der vergangenen Woche die Nachricht mitgebracht, dass sich im Nordwesten, rings um die Burg von Ludlow, ein Heer zusammengefunden habe. Durch diese Neuigkeit hatten die Vorbereitungen eine Dringlichkeit bekommen, die bisher gefehlt hatte. Noch immer gab es ältere Lords, die nicht daran glaubten, dass York oder Salisbury ihre Banner gegen den König erheben würden, trotzdem bekam die geplante Gerichtsreise jetzt schon eher den Charakter eines Feldzugs, weil immer mehr Lords ihre besten Soldaten verpflichteten mitzureiten.

»Du wirst mit unserem Sohn in Windsor bleiben, wo er sicher ist, Margaret«, sagte Henry und sah sie an. »Egal, was geschieht.«

»Mir wäre es lieber, du würdest noch einen oder zwei Monate warten«, erwiderte sie. »Du wirst jeden Tag kräftiger, und schließlich gibt es immer noch die Garnison in Calais. Wenn du die Männer von dort herbeorderst, würde das Plantagenet sicher den Wind aus den Segeln nehmen, was immer er auch planen sollte.«

Henry lachte auf und schüttelte den Kopf.

»Und die Tore von Calais weit offen lassen? Ich habe schon zu viel Land in Frankreich verloren, um auch noch meine letzte Festung dort aufzugeben. Ich habe zweitausend Mann, Margaret – und ich bin der König von England, geschützt von Gott und dem Gesetz. Bitte, wir haben oft genug darüber gesprochen. Ich werde die Römerstraße nach Norden nehmen, bis Leicester. Ich werde reiten, denn man soll mich sehen. Und dann werden diejenigen meiner Lords, die immer noch schwanken, wohl beschämt ihren Irrtum einsehen. Der Duke von Norfolk hat noch nicht reagiert. Exeter behauptet, immer noch krank zu sein. Herrgott noch mal, ich muss gesehen werden, Margaret. Und wenn sich alle, die auf meiner Seite stehen, in ihrem Glanz und ihrer Macht gezeigt haben – dann werde ich York und Salisbury zu Hochverrätern erklären. Ich werde das Kainsmal auf ihre Stirn setzen, und sie werden sehen, dass die geringe Unterstützung, die ihnen noch geblieben ist, zerrinnt wie Schnee an der Sonne.«

Margaret wischte ihm einen Ölfleck von der Stirn.

»Ich mag es nicht, wenn du fluchst, Henry. Früher hast du das nicht gemacht.«

»Da war ich ein anderer«, sagte Henry, dessen Stimme plötzlich heiser klang. Sie sah ihn an, in seinen Augen stand Furcht, auch wenn er sie zu verbergen suchte. »Ich war ein *Ertrinkender*, Margaret, das Wasser schlug mir über dem Kopf zusammen, und ich konnte nicht um Hilfe rufen. Dieses Schicksal würde ich meinem schlimmsten Feind nicht wünschen.«

»Jetzt bist du stärker denn je«, sagte Margaret. »Du solltest nicht mehr davon reden.«

»Aber ich fürchte mich«, flüsterte er. »Ich spüre sie, diese Schwäche, als dürfte ich nur eine kurze Zeit in der Sonne sein und müsste dann wieder zurück in den Schatten. Es ist, wie wenn man gegen das Meer kämpfte, Margaret, gegen riesige, kalte, grüne Wogen. Ich errichte … Dämme, aber trotzdem kommen sie herein und wollen mich mit sich ziehen.« Ihm war Schweiß auf der Stirn ausgebrochen, und Margaret wischte ihn ab. Ihr Mann erschauerte. Doch dann zwang er sich zu einem Lächeln.

»Aber ich lasse sie nicht durch, das verspreche ich dir. Ich werde eine Festung errichten, um sie zurückzuhalten. Und jetzt, wenn du damit fertig bist, mich wie eine Trompete zu polieren, sollte ich gehen und aufs Pferd steigen. Ich habe einen langen Weg vor mir, ehe ich heute Abend ausruhen kann.«

Er beugte sich herunter und küsste sie, und er spürte, wie kalt ihre Lippen waren.

»So! Das wird mich warm halten«, sagte er lächelnd. »Beschütze unseren kleinen Edward, Margaret. Eines Tages wird er England regieren, wenn ich nicht mehr bin. Aber heute gehört England *mir*.«

York führte den Zug aus Ludlow an. Zusammen mit seinem Sohn Edward ritt er an der Spitze einer Kolonne von Männern, die lachend und schwatzend auf schmalen Wegen ritten, ehe sie die breite Straße erreichten, die einst die Römer gebaut hatten. Sie war mit großen, flachen Steinen gepflastert und führte von Süden nach Norden, fast über die gesamte Länge des Landes. Hier waren sie mindestens ebenso schnell wie seinerzeit die römischen Legionen und schafften mühelos zwanzig Meilen am Tag. Natürlich aßen seine dreitausend Mann mehr, als die Wirtshäuser am Wege liefern konnten, obwohl sie regelmäßig bis auf den letzten Bissen und den letzten Tropfen Bier geplündert wurden. York hatte ein Vermögen für die Nachschubkolonne ausgegeben, die den marschierenden Männern und Pferden folgte. Jedes Mal, wenn haltgemacht wurde, machte sich eine Schar von Bediensteten daran, Feuer anzuzünden, um in riesigen Kesseln Eintöpfe aus Pökelfleisch für die müden und hungrigen Männer zu kochen.

Am ersten Tag kamen sie bis Royston, am nächsten Tag bis Ware, wo York sie halten und rasten ließ. Salisbury und seine Söhne ritten ins Dorf, um Quartiere zu suchen, während York zurückblieb, um das Errichten der Lager zu überwachen. Er lobte seine Hauptleute und versuchte, sich einen Eindruck von ihrer Stimmung zu verschaffen.

Die drei Nevilles hatten ihre Pferde einem Stallburschen übergeben und schickten sich an, in das einzige Wirtshaus im Ort zu gehen.

»Wann werden wir den Zug des Königs erreichen?«, fragte John Neville seinen Vater. »Wissen wir denn überhaupt, welche Route er nimmt?«

»Wir sind schließlich nicht auf Fasanenjagd«, erwiderte Salisbury. »Wenn der König London verlässt, wird er samt seinen Lords und Richtern auf der Römerstraße nach Norden ziehen. Sie werden nicht schwer zu finden sein. Fragt sich nur, was York machen wird, wenn er keine andere Wahl hat, als dem König bewaffnet entgegenzutreten.«

»Hältst du das für so sicher?«, fragte Warwick. Der Schankraum des Wirtshauses war leer, trotzdem wagte er nur zu flüstern.

»Ich glaube nicht, dass die Männer rund um den König den Duke von York oder mich jemals wieder in seine Nähe lassen werden. Sie fürchten ihn – genauso wie sie uns fürchten. Die Percys werden keinen Frieden wollen, Junge. Der Alte weiß schon jetzt, woher der Wind weht. Es ist seine letzte Chance, den Nevilles eins auszuwischen, und er kann es gar nicht erwarten. Und mir ist es gerade recht. Ein Frieden unter diesen Umständen hat keinen Sinn.«

»Ich glaube aber nicht, dass York zu einer Schlacht bereit ist«, sagte Warwick. »Mir scheint, es ist ihm ernst mit seinen Vorsätzen, alte Wunden zu heilen.«

Salisbury schüttelte den Kopf. Er tat einen Zug aus seinem Zinnkrug und schmatzte genießerisch.

»Trotzdem«, sagte er leise.

Umgeben von den grünen Feldern und Wiesen der Bauern von Kilburn hatte man das königliche Lager errichtet. Als London hinter ihnen lag, hatte König Henry Halt befohlen, um über die Mittagszeit drei Stunden lang hier Gericht zu halten. Seine zwei Dutzend Richter hatten eine Anzahl von Klagen angehört, sechs Männer freigelassen, die monatelang im Gefängnis geschmachtet hatten, mehr als dreißig zu einer Geldstrafe verurteilt und weitere elf Männer zum Tode. Es mochte lange gedauert haben, bis man in Kilburn endlich wieder zu Gericht saß, aber nun, wo es so weit war, wurde nicht lange gezögert. König Henry ließ Galgen aufbauen und ritt durch die jubelnde Menge, die mit dabei sein wollte, wenn der königliche Zug für Gerechtigkeit sorgte.

Die Stimmung in dem zweitausend Mann starken Heer war ausgelassen. Man unterhielt den König mit Waffen- und Reitkünsten und hoffte auf ein Zeichen seiner Anerkennung. Thomas, Lord Egremont, gewann zwei Schaukämpfe und hatte seine Gegner so schwer getroffen, dass sie später auf ihren Pferden festgebunden werden mussten, um nicht herunterzufallen. Während dieser Kampfspiele versorgten die Händler der umliegenden Orte sie mit Bier, Brot und Fleisch und wurden mit Silber bezahlt.

Der erste Tag der Reise war gut verlaufen, und König Henrys Stimmung war gut, als er seinen Herolden befahl, die Heerstraße zu verlassen und in der Gegend von Watford Quartiere für die Nacht zu suchen. Bei Einbruch der Dunkelheit kam er in einem Herrenhaus unter, zusammen mit seinem Halbbruder, Jasper Tudor, sowie Earl Percy und Egremont. Henry stellte fest, dass er etwas zu viel von dem guten Met getrunken hatte, der hier gebraut wurde, doch obwohl seine Ärzte jederzeit in Rufweite waren, fühlte er sich besser und stärker denn je. Er freute sich auf weitere zwölf Tage wie diesen, ehe sie Leicester erreichen würden. Er ging spät zu Bett, obwohl er wusste, dass er es am nächsten Morgen bereuen würde, wenn sie nach St. Albans weiterzogen. Dort wollte er eine Pause einlegen und in der Abtei beten, diesem ältesten christlichen Heiligtum Englands. Man hatte ihm erzählt, dass Abt Whethamstede während seiner Krankheit nach Windsor gekommen war und ihn, Henry, ebenfalls untersucht und ausgiebig abgetastet hatte. Henry freute sich darauf, dem Abt, der ihn nur wie tot daliegend gesehen hatte, zu zeigen, dass er wieder auf den Beinen war. Ehe er einschlief stellte er sich vor, wie er dem Abt mit festem Griff die Hand schütteln würde und wie dieser vor dem König von England und seinen treuen Lords niederknien würde.

Der König und die meisten seiner Gäste waren schon zu Bett gegangen, nur Earl Percy, sein Sohn Thomas und der jüngere Tudor saßen noch am Tisch. Es war nicht so leicht, ein ruhiges Plätzchen für ein vertrauliches Gespräch zu finden, und der Earl hoffte, der walisische Halbbruder des Königs würde sich bald zurückziehen. Jasper Tudor, Earl von Pembroke, hatte ziemlich viel getrunken und war in einem Zustand, wo man nicht mehr wahrnimmt, wie die Zeit vergeht. Earl Percy versuchte ständig, sein Gähnen zu unterdrücken, er wusste nur zu gut, dass man mit dreiundsechzig Jahren nicht mehr frisch und munter aus dem Bett springt, wenn man nur wenige Stunden geschlafen hat. Er spielte mit seinem Weinbecher auf dem Tisch und beobachtete den Earl, der Weintrauben in die Luft warf und mit dem Mund auffing. Dabei warf der junge Waliser den Kopf so weit zurück, dass er Gefahr lief, rückwärts vom Stuhl zu kippen.

»Ich habe Eure Mutter gut gekannt, Pembroke«, sagte Earl Percy plötzlich. »Sie war eine ehrfurchtgebietende Dame und dem alten König Henry eine gute Ehefrau. Ich war bei ihrer Krönung der Zeremonienmeister, wusstet Ihr das?«

Jasper Tudor rückte umständlich seinen Stuhl zurecht, ehe er antwortete. »Das wusste ich, Mylord. Aber ich war noch ein Kind, als sie starb. Ich kann nicht sagen, dass ich sie kannte, was ich sehr bedaure.«

Earl Percy knurrte.

»Aber Euren Vater kannte ich überhaupt nicht. Er war ein einfacher walisischer Soldat und später Heerführer, das ist alles, was ich über Owen Tudor weiß. Und doch hat er im Geheimen eine Königin geheiratet, und zwei Earls als Söhne! Das nenne ich einen Aufstieg, und alles in nur einer Generation.«

Jasper Tudor war von kleiner Statur und hatte dichte schwarze Locken, die er ziemlich lang trug. Als Earl Percy mit ihm sprach, richtete er sich gerade auf. Er spürte etwas Feindseliges in den Worten des alten Mannes, deshalb spielte er jetzt mit seinem Messer und schnitt Rillen in die Tischplatte.

»Mein Vater lebt noch, und er ist ein großartiger Mann«, sagte er, während er ein Auge zukniff und über den Tisch hinweg blickte.

»Und er hat Glück, für einen Waliser«, sagte Earl Percy und trank seinen Becher leer. »Jetzt seid Ihr hier, sein Sohn, in der Gesellschaft des Königs von England und seines Hofstaats.«

»Mein Bruder hat mich rufen lassen, und ich kam, um den walisischen Zweig meiner Familie zu vertreten«, erwiderte Jasper vorsichtig. »Ich habe hundert walisische Bogenschützen mitgebracht, die sich im Laufe der letzten Jahre in England einen ziemlichen Ruf erworben haben.« Er hielt die Hand hoch, als wolle man ihn unterbrechen. »Nein, Mylord, nicht nötig, mir dafür zu danken. Obwohl ich feststelle, dass es in diesem königlichen Heerzug zu wenig Bogenschützen gibt. Aber ich weiß, meine Jungs werden, wenn es nötig ist, ihre Pflicht tun.«

»Ich hoffe, Ihr haltet sie an der kurzen Leine«, sagte Earl Percy leichthin und starrte hoch zu den Deckenbalken. »Ich habe Waliser erlebt, die sich wie die Wilden aufgeführt haben. Es ist ein unheimliches Land, und manche Leute bezeichnen alle Waliser als ehrlose Diebe, aber dazu zähle ich nicht.«

»Ich bin froh, das zu hören, Mylord«, sagte Jasper. Seine Stimme war jetzt gefährlich leise, und wer ihn kannte, wusste, dass das die Ruhe vor dem Sturm war. »Dasselbe sagen wir von den Engländern im Norden.«

»Nun, das ist nicht weiter verwunderlich«, sagte Earl Percy. »Trotzdem, ich bin froh, Leute wie Euch in der Nähe des Königs zu wissen. Wer weiß, welche Orden er Euch dafür noch umhängen wird. König Henry ist nicht kleinlich. Die ganze Linie ist schon immer sehr großzügig gewesen.«

Jasper Tudor stand auf, er schwankte leicht.

»Ich glaube, für heute habe ich genug. Ich gehe zu Bett. Gute Nacht, Mylord Northumberland, Baron Egremont.« Er stolperte aus dem Raum in Richtung Treppe, wo man ihn noch eine Zeit lang herumpoltern hörte.

Earl Percy grinste und sah hinüber zu seinem Sohn, der fast genauso betrunken war wie der Waliser.

»Hoffentlich zählen die Diener morgen die Silberlöffel«, sagte er. »Diese Waliser sind wie Elstern, musst du wissen, alle miteinander.«

Thomas grinste, aber er konnte kaum die Augen offen halten, und sein Kopf fiel ihm immer wieder auf die Brust.

»Du solltest auch zu Bett gehen, Thomas. Diese ganze Reise ist ein bisschen wie eine Jahrmarktsveranstaltung. Aber ihr jungen Kerle solltet auf der Hut sein, jetzt, wo die Nevilles sich für den Krieg rüsten. Verstehst du? Mein Gott, Junge, wie viel hast du heute Abend denn getrunken?«

»Ich verstehe schon«, sagte Thomas, ohne die Augen zu öffnen.

»Da bin ich nicht so sicher. Ich traue keinem Neville, der mir unter die Augen kommt, und noch viel weniger einem, der hinter meinem Rücken herumschleicht und Gott weiß was im Schilde führt. Geh jetzt und schlaf deinen Rausch aus, damit du morgen früh frisch bist und deinen König beschützen kannst – und deinen Vater. Gute Nacht. Trunning wird beim ersten Hahnenschrei auf den Beinen sein, das verspreche ich dir. Und wenn du verschläfst, soll er dir einen Eimer Wasser über den Kopf schütten. Geh jetzt! Gott mit dir.«

Stöhnend stand Thomas auf und hielt sich am Tisch fest.

»Nacht«, sagte er und taumelte, als er die Tischplatte losließ.

Earl Percy war endlich allein und schnitt sich auf dem Holzbrett Käsescheiben ab. Jetzt, wo niemand ihn mehr beobachten konnte, nahm sein Gesicht wieder den üblichen düsteren Ausdruck an. Die große Reise des Königs hatte gut angefangen, aber er konnte sich über Henrys Genesung nicht richtig freuen, solange Salisbury und seine Söhne zusammen mit York irgendwo dort draußen waren. Mit der Genesung des Königs waren die Gebete der Familie Percy erhört worden. Die Nevilles hatten die Voraussetzung für ihre Machtposition verloren, aber Earl Percy wusste, dass sie gerade deshalb jetzt umso gefährlicher waren. Er zog eine Grimasse und zwang sich, einen weiteren Becher Wein zu trinken, bis sich alles in seinem Kopf drehte. Denn er wusste, ohne Wein würde er nie einschlafen können.

12

Am nächsten Morgen brummte nicht wenigen Männern im Gefolge des Königs der Schädel, allenthalben sah man blasse, verkaterte Gesichter. Aber der Tag war klar, die Luft frisch, und die Stimmung in dem großen Feldlager war gut. Die Hälfte der Anwesenden war beritten, folglich gab es ganze Herden wiehernder, schnaubender Pferde, die beim Anlegen der klirrenden Halfter wild die Köpfe hochwarfen. Die Oberrichter, die in der Stadt kein Quartier mehr gefunden hatten, erhoben sich in den Zelten steif von ihren Lagern und gähnten und kratzten sich, während ihre Diener hin und her eilten, um ihnen aufzuwarten.

Alle Lords, die mit König Henry reisten, hatten sich in der Umgebung der Stadt Watford ihren eigenen Schlafplatz gesucht und mit den Bannern ihres Hauses markiert, sodass Hunderte von bunten Fahnen im Morgenwind flatterten. Doch in der auf den ersten Blick reichlich chaotisch wirkenden Menge herrschte in Wirklichkeit ein festes System, in dem die Familien nach Namen, Rang und Bedeutung geordnet waren. Der Rauch von den Kochfeuern hing über dem Feld wie eine Wolkenbank, die sich immer tiefer senkte.

Um acht Uhr hatte der Tross alles zusammengepackt, die Pferde waren gesattelt und standen bereit. Die Percys lagerten der Marschroute am nächsten und stellten mit mehr als sechshundert Rittern und Axtkämpfern das bei Weitem größte

Kontingent, sodass niemand dem Earl die Position als Anführer streitig machte. Sowohl Somerset als auch Buckingham standen zwar im Rang über ihm, aber zusammen hatten
die beiden es auf kaum zweihundert Soldaten gebracht, eine
Streitmacht, die für sie eine große Investition bedeutete, im
Heer des Königs aber praktisch unterging. Es gab weitere
Adlige, die um eine möglichst günstige Position wetteiferten,
wobei der Platz direkt neben dem König oft per Würfel entschieden oder sogar gekauft wurde. Die Kolonne setzte sich
in Bewegung, und Späher eilten voraus, um nach Bedrohun-
gen Ausschau zu halten, wobei allerdings ihre Nähe durch die
Raben und Krähen, die von den Bäumen aufstoben, deutlich
genug angekündigt wurde.

Im Herrenhaus hatte König Henry seine volle Rüstung angelegt. Er war noch vor Sonnenaufgang aufgestanden und
in die Kapelle gegangen. Strahlender Glanz umgab ihn, als er
auf seinem großen Schlachtross in leichtem Trab an der Kolonne entlangritt. Sein Helm hatte einen gezackten goldenen
Reif um die Stirn, er war mit dem Panzer genauso unlösbar
verbunden wie die Königswürde mit seinem Träger. Ihm folgten Ritter und Herolde, alle mit Löwenbannern, als er mit
seinem Pferd schließlich die gepflasterte Römerstraße nach
Norden erreichte.

Henry fühlte sich hellwach und voller Energie, der Anblick
der vielen Menschen, die die Hälse nach ihm reckten, tat ihm
gut. Sie jubelten beim Anblick des Königs, ein spontaner Ausbruch von Stolz und Freude. Gerade weil der Jubel ganz un-
geplant und oft geradezu misstönend war, erfreute es Henry
umso mehr. Er hatte den Anfang des Zuges erreicht und nahm
seinen Platz hinter den ersten drei Reihen ein, dort, wo auch
die Lords Percy und Buckingham ritten.

»Gott segne Euch«, sagte Henry. Beide Männer lächelten und verbeugten sich, so tief sie es im Sattel vermochten. Sie spürten die gute Laune des Königs, die sich auf alle in seiner Nähe übertrug.

Henry ließ sich in den Sattel sinken und befühlte verschiedene Teile seiner Rüstung und die Satteltaschen, als wolle er seine Ausrüstung überprüfen. Aber das war nur der äußere Schein, in Wahrheit waren seine Gedanken ganz woanders, während er jetzt seinem Pferd den Hals klopfte und die Ohren liebkoste. Er traute seiner Genesung immer noch nicht ganz und hatte es sich zur Gewohnheit gemacht, sich völlig auf sich selbst zu konzentrieren. Dann atmete er tief und langsam durch, horchte auf seinen Körper und auf seinen Geist, um sich zu vergewissern, dass alles in Ordnung war. Natürlich schmerzten seine Knochen und Muskeln, die nach der langen Zeit des Liegens noch schwach waren. Doch sein Kopf war klar, und er packte die Zügel wieder fester. Er war zufrieden. Er blickte zurück auf die Kolonne und sah die Augen der wartenden Soldaten auf sich gerichtet. Für viele war dies sicher ein Moment, von dem sie noch ihren Enkeln erzählen würden, wie der König von England sie angesehen und gelächelt hatte. Henry nickte ihnen zu, dann wandte er sich um und blickte nach vorn. Die Sonne schien, und er war bereit. Er wünschte sich nur, Margaret könnte ihn jetzt sehen.

»Mylords, Gentlemen«, sagte er laut. »Weiter geht's!«

Im Gleichschritt setzten sich die Reihen der Ritter und Axtkämpfer in Bewegung. Die Kolonne war zu breit für diese Römerstraße, sodass sie zu beiden Seiten in die Felder hinein reichte. Henry kam der Gedanke, dass sein Vater wahrscheinlich mit ebenso vielen Männern unterwegs gewesen war, als er bei Azincourt die Franzosen besiegt hatte. Ihm schwoll das Herz, als er sich diesen Mann vorstellte, den er nie gekannt hatte, er fühlte sich ihm in diesem Moment näher als jemals zuvor. Er schloss die Augen. Vielleicht war der Geist seines Vaters in diesem Moment bei ihm. Zwar mochte es nur eine Gerichtsreise sein, mit Richtern, Schreibern und hohlwangigen Advokaten, aber es war doch auch der Feldzug einer Armee, und Henry empfand Freude und Genugtuung bei dem Gedanken.

Ohne feindliche Bedrohung um sich herum schwatzten die Männer beim Marschieren und Reiten, und ihre Gesprächsthemen waren so verschieden wie bei jeder beliebigen Gruppe von Waschfrauen. Während der ersten sechs Meilen stieg die Sonne stetig höher und sorgte für einen warmen, klaren Frühlingstag.

Hinter der Wand aus Rittern bemerkte König Henry den Späher nicht sogleich, der da zurückgaloppiert kam und wild mit dem Arm fuchtelte, während er sein Pferd über ein gepflügtes Feld hetzte und dabei Kopf und Kragen riskierte. Der Mann gehörte zu Henrys Leuten, deshalb ignorierte er die Fragen, die ihm zugerufen wurden und drängte sich unwillig durch die Reihen, wo man versuchte, nach seinem Mantel zu fassen und ihn festzuhalten. Earl Percy wechselte einen Blick mit seinem Sohn, und sowohl er als auch Egremont hielten an. Sie ließen die marschierenden Männer an sich vorbeiziehen und blieben zurück, um näher beim König zu sein.

»Junker James, kommt näher!«, rief Henry, als er den jungen Mann erkannte. Er winkte ihn heran, und der Späher verbeugte sich tief im Sattel, dann brauchte er einen Moment, um zu Atem zu kommen, ehe er sprechen konnte.

»Bei St. Albans steht eine Armee, königliche Hoheit. Ich sah die weiße Rose von York, den Adler von Salisbury und Warwicks Bären mit dem weißen Stab auf rotem Grund. Ihr Lager ist östlich der Stadt, allerdings sah ich in der Stadt selbst keine Spur von ihnen.«

Earl Percy war nahe genug herangeritten, um jedes Wort zu verstehen, und der alte Mann schien im Namen seines Königs vor Empörung zu platzen.

»Darf ich ihn befragen, Euer Hoheit?«, sagte Percy mit einer leichten Verbeugung. Henry nickte. Sollten die Männer ruhig sprechen, er brauchte Zeit zum Nachdenken.

»Wie viele?«, bellte Percy den Späher an. »Wie groß ist das Heer? Du hast ja bewiesen, dass du gute Augen hast.«

»Sie standen dicht beieinander, Mylord. Eng zusammengedrängt, wie Schilfrohr. Ich würde sagen, mehr als wir hier haben, aber ich bin mir nicht sicher, denn unsere Kolonne zieht sich in die Länge, aber die dort standen still.«

»In welcher Formation?«, schrie Percy ungeduldig. Der junge Mann fing an zu stottern, er ahnte, dass von seinen Worten womöglich abhing, ob sie in die Schlacht ziehen würden oder nicht. Er war gerade sechzehn Jahre alt und noch nicht erfahren genug, um die richtigen Antworten zu geben.

»Ich ... nein, Mylord ... ich ...«

»Spuck's schon aus, Junge! Sehen sie aus, als wollten sie kämpfen oder nicht? Haben sie ihre Piken schon vor sich hingestreckt, oder zeigen sie immer noch nach oben? Waren die Pferde gesattelt? Brannten die Feuer noch, oder waren sie schon gelöscht?«

Der junge Späher machte seinen Mund auf, um zu antworten, aber im selben Moment mischte sich Thomas, Lord Egremont, ein.

»Wo war der Versorgungszug? War er ganz hinten? Und welche Banner waren der Stadt am nächsten?«

»Ich … glaube, sie hatten Piken, Mylords. Ich kann mich nicht erinnern, ob ich Feuer sah, auch nicht, ob die Pferde gesattelt waren. Nein, wartet … ja, ich sah Ritter an der Spitze, in Rüstung. Aber nicht alle, Mylords.«

»Es reicht, Mylords«, sagte König Henry zu Vater und Sohn. »Lasst den Jungen in Ruhe. Wir werden es früh genug wissen. Wie weit ist es noch bis zur Stadt, zwei, drei Meilen? In einer Stunde können wir dort sein.«

Earl Percy runzelte die Stirn und strich sich mit der Hand übers Gesicht, ehe er antwortete.

»Euer Hoheit, wir sollten anhalten und über unsere eigene Formation nachdenken. Wenn wir in die Schlacht reiten, würde ich die Männer eine breitere Linie bilden lassen, die Pferde an den Flanken. Ich würde Tudors walisische Bogenschützen nach vorn bringen und …«

»Ich sagte, es reicht«, unterbrach Henry ihn energisch. Seine Stimme war klar und fest, und der Earl verstummte, als hätte man ihm einen Schlag versetzt. Henry spürte fast, wie die Umstehenden die Ohren spitzten, und seine Finger trommelten nervös auf das Sattelhorn.

»Wenn die Rose, der Adler und der Bär hier sind, um Krieg zu führen, Lord Percy, dann seid versichert, dass ich sie nicht enttäuschen werde. Wir haben immer noch Zeit, um uns auf eine Schlacht vorzubereiten, wenn wir wissen, was vor uns liegt. Ich werde aber unsere Pferde nicht schon hier auf weichem Boden bis zur Erschöpfung antreiben, wenn wir einer bequemen Straße in die Stadt folgen können.« Sein Blick fiel auf den Späher, der alles genau verfolgte, mit offenem Mund wie ein Dorftrottel.

»Sorgt dafür, dass es weitergegeben wird, bis ins hinterste Glied, Junker James. Lasst die Leute wissen, was wir vorhaben, und was uns heute möglicherweise noch blüht. Und sucht Derry Brewer, wo immer der sich herumtreibt. Ich möchte wissen, was er darüber denkt. Bringt ihn hierher, dann reitet wieder voraus und behaltet den Feind im Auge. Mein Dank und meinen Segen für Eure Dienste.«

Der Späher lief rot an vor Stolz und rutschte fast aus dem Sattel, so tief verbeugte er sich vor seinem König. Er hatte Angst, dass ihm die Stimme versagen könnte, also drehte er wortlos sein Pferd um, stieß ihm in die Flanken und galoppierte ans Ende des Zuges.

Richard von York ritt am Rande eines gepflügten Feldes entlang und gab sich Mühe, nicht in die tiefen Furchen zu geraten, während er zur Stadt hinüberblickte, wo der Kirchturm der Abtei weithin zu sehen war. Das Key Field, das rechts von ihm lag, war bevölkert von dreitausend Mann, die auf seine Befehle warteten. Er versuchte, sich seine Unruhe nicht anmerken zu lassen, als er an der Ostgrenze der Stadt entlanggaloppierte und über ihre Köpfe hinwegblickte. Er hatte keine Ahnung, was dieser Tag bringen würde. Würde sich doch noch alles zum Guten wenden, oder würde es das Ende für ihn sein? Salisbury und Warwick waren zurückgeblieben, als er sein Tempo beschleunigte, aber sein Sohn Edward blieb an seiner Seite und strahlte seinen Vater an, glücklich darüber, dabei zu sein. Sie ritten an den Rückseiten der Fachwerkhäuser entlang, wo man sie aus offenen Fenstern neugierig anstarrte.

Es ärgerte York, dass anscheinend weder Salisbury noch Warwick seine Sorge teilten. Der König zog mit großem Aufgebot nach Norden, und York wusste, dass es eine gefährliche Provokation war, sich ihm mit einer Armee in den Weg zu stellen. Und doch hatte er sich Salisburys Argumenten beugen müssen, die dieser in den vergangenen Monaten immer wieder vorgebracht hatte. Sie konnten sich dem König nicht unbewaffnet nähern. York hatte seine Spione in Westminster, und sie alle hatten von einer wachsenden Feindseligkeit ihm gegenüber berichtet. Salisburys Informanten waren sogar noch weiter gegangen und erzählten, dass der Duke von Somerset und die Königin laut über seine Hinrichtung nachdachten. Der bloße Gedanke war empörend. Wenn er und die Nevilles allein kämen, könnte man sie sofort festnehmen und an Ort und Stelle verurteilen. Der König hatte seine Richter und sein Siegel mitgebracht und wurde von seinen Lords begleitet. Mehr war nicht nötig.

York hielt sein Pferd an und sah von Osten her zu den Stadttoren hinüber. Vor ihm lagen drei Wege, ebenso gut sichtbar wie die drei Stadttore von St. Albans. Eine Entscheidung hatte er bereits getroffen. Er würde *nicht* mit eingezogenem Kopf in Ludlow sitzen und abwarten. Schließlich war York der Lieutenant des Königs in Frankreich und Irland gewesen, er konnte nicht dasitzen und warten, dass andere über sein Schicksal entschieden. Er wusste, wenn er diesen feigen Weg gewählt hätte, wäre der König nach Leicester gezogen – wo er York und Salisbury umgehend zu Hochverrätern erklärt hätte. Darüber waren sich vor allem Salisburys Männer vollkommen einig. Und was immer auch passieren mochte, dies musste mit allen Mitteln verhindert werden.

York zog seinen Panzerhandschuh aus, legte ihn über das Sattelhorn und wischte sich den Schweiß ab, dann blickte er nach Süden, wo die Straße sich über die Hügel zog. Er hatte zwar eine Streitmacht, mit der er angreifen konnte, doch es war ein Weg, der ins Ungewisse führte, eine Entscheidung, die ihn endgültig zum Hochverräter machen würde. Er würde vor seinem ältesten Sohn als Eidbrüchiger dastehen, eine Vorstellung, die ihm schwer zu schaffen machte. Mit einer solchen Tat würde er das ganze Land in gerechtem Zorn gegen sich aufbringen. Er hätte nie mehr Frieden und würde nie mehr ruhig schlafen, vor Angst, dass gedungene Mörder ihn bei Nacht umbringen könnten. York erschauerte und ließ unter dem Harnisch seine Schultern kreisen. Er wusste, dass es solche Menschen gab. Vor zweihundert Jahren war König Edward I. in seinen eigenen Gemächern von einem Wahnsinnigen angegriffen worden, konnte ihn aber mit einem Stuhl abwehren. So ein Schicksal wollte er nicht.

Er konnte nicht wegrennen, doch er wagte auch nicht zu kämpfen. Das Vorgehen, für das er sich entschieden hatte, mochte seinen Verbündeten als fauler Kompromiss erscheinen, aber vielleicht gelang es auf diese Weise, doch noch zu verhindern, dass alles in einer Katastrophe endete. York wandte sein Pferd um und sah Salisbury und Warwick entgegen, die den Älteren genau beobachteten und jede Veränderung seines Gesichtsausdrucks registrierten.

»Wenn der König in Sichtweite ist«, sagte York, »wird es keine unüberlegten Manöver geben, ist das klar? Mein Befehl lautet: stillstehen, abwarten. Die königlichen Truppen werden schon angriffslustig genug sein, wenn sie sehen, wie viele unserer Leute sie hier erwarten. Es genügt ein Idiot, wirklich nur ein einziger, der ihnen im falschen Moment eine Beleidigung zubrüllt – und alles, was wir geplant und worum wir gebetet haben, ist zunichte.«

York und Salisbury standen sich auf dem frisch gepflügten Feld gegenüber, ihre Söhne betrachteten sie und schwiegen.

»Ich sagte ja bereits, dass ich damit einverstanden bin, Richard«, erwiderte Salisbury. »Ihr wollt versuchen, diesen Furunkel aufzuschneiden. Ich verstehe. Meine Leute werden mir gehorchen, darauf habt Ihr mein Wort. Schickt Euren Abgesandten zum König und stellt die Forderungen, auf die wir uns geeinigt haben. Ich glaube aber, dass der König uns gar nicht erst anhören wird, und wenn doch, dass er nicht auf unsere Forderungen eingehen wird. Aber das habe ich ja bereits mehrmals gesagt. Jetzt liegt die Sache bei Euch, Richard. Meine Männer werden nicht angreifen, solange man sie nicht angreift. Aber anderenfalls kann ich für nichts garantieren.«

York verzog das Gesicht und kratzte seine spröde, juckende Haut. Ihm gefiel es nicht, dass sein Sohn jedes Wort mitbekam, und zum ersten Mal wünschte er, er hätte ihn in Ludlow gelassen. Mit seiner Körpergröße und der kräftigen Gestalt wirkte Edward wie ein junger Ritter, besonders wenn sein Visier heruntergeklappt war. Und doch war er erst dreizehn Jahre alt. Der Junge glaubte immer noch fest daran, dass sein Vater im Recht war, dagegen sah York selbst nur lauter Sackgassen vor sich. Missmutig schluckte er. Er zog seinen Panzerhandschuh wieder an und zerrte daran, bis jeder Finger an der richtigen Stelle saß, dann ballte er die Faust so fest, dass sie zitterte.

»König Henry wird mich anhören«, sagte er so zuversichtlich er konnte. »Wenn er sich zu einer Aussprache oder zum Frieden bereiterklärt, werde ich noch heute Vormittag vor ihn treten. Ich werde kniend jeden Treueschwur ablegen, den er als mein rechtmäßiger König von mir verlangt. Das wäre mir am liebsten, Mylord Salisbury. Wir hätten Frieden und würden wieder unsere alten Posten einnehmen, Ihr als Kanzler und Euer Sohn als Captain von Calais.«

»Und Ihr?«, fragte Salisbury. »Welchen Titel würdet Ihr vom König verlangen?«

York zuckte gleichgültig die Schultern.

»Oberster Rat vielleicht, oder Lordkonstabler von England – solange der Name bedeutet, dass ich wieder in Gnaden angenommen bin. Das ist nicht mehr, als was mir für meine Dienste zusteht.«

York blickte angestrengt nach Süden, er wartete auf die ersten Anzeichen der königlichen Armee. Der Wind frischte auf, und es wurde kühler. Er merkte nicht, wie Salisbury und Warwick sich ansahen und dann schnell wieder den Blick senkten.

»Er wird mich anhören«, wiederholte York.

Derry Brewer rannte am Rand der Kolonne entlang, angetrieben von dem jungen Späher, der nicht begreifen konnte, warum er kein Pferd haben wollte. Derry hatte sich nicht die Mühe gemacht, ihm zu erklären, dass er keine Ahnung hatte, wie er sich auf einem Pferd halten sollte, selbst wenn er es geschafft hätte aufzusteigen. Stattdessen war er einfach losgerannt. Dabei hatte er allerdings nicht berücksichtigt, dass die Kolonne ja auch weiterzog, wodurch sich die Entfernung von einer Meile, die er vom König entfernt war, mindestens verdoppelte. Als er endlich keuchend und schweißüberströmt bei der Spitze ankam, konnte er kaum sprechen.

Edmund, der Duke von Somerset, sah amüsiert auf den krebsroten Meisterspion herunter. Selbst das mürrische Gesicht von Earl Percy hellte sich etwas auf.

Derry rang so schwer nach Atem, dass er die Hand ausstrecken und sich am Steigbügel des Königs festhalten musste.

»Euer Hoheit, hier bin ich«, japste er.

»Halb tot und fast zu spät«, murmelte Buckingham rechts hinter ihm, was ihm einen wütenden Blick einbrachte.

»Ich warte schon geraume Zeit auf Euren Rat, Master Brewer«, sagte der König missbilligend. »Lernt endlich reiten, das ist ein Befehl! Leiht Euch eins der Ersatzpferde und lasst Euch von einem der Späher Unterricht geben.«

»Ja, Euer Hoheit. Tut mir leid«, erwiderte Derry noch immer schnaufend. Er war wütend auf sich selbst, denn es hatte eine Zeit gegeben, da konnte er leicht dreimal so weit rennen und wäre am Ziel immer noch frisch genug für einen Ringkampf gewesen.

»York und Salisbury stehen vor uns, Master Brewer, zusammen mit Warwick. Mein Späher berichtet von einer Armee mindestens so groß wie diese Kolonne hier. Ich muss wissen, was sie vorhaben, Brewer, ehe ich mit meinen Leuten in die Stadt marschiere.«

Derry hatte die Neuigkeit schon gehört, während er gerannt war. Er hatte Zeit zum Nachdenken gehabt, aber er hatte zu wenig Einzelheiten, um einen Plan schmieden zu können.

»Euer Hoheit, es ist unmöglich zu wissen, was York vorhat. Ich hatte nicht damit gerechnet, dass er Ludlow verlassen würde, aber nachdem er es getan hat, stellt das selbstverständlich eine Bedrohung dar, die wir nicht ignorieren dürfen. Er hat sich darüber empört, wie Somerset und Percy Eure königliche Hoheit beeinflussen. Vielleicht sucht er nur eine Möglichkeit, um seine Argumente vorzubringen, wenn Ihr ihm sicheres Geleit garantiert. Aber ich würde dem Mann nicht trauen, Euer Hoheit. Vielmehr würde ich Earl Percy ans Ende des Zuges schicken.«

»*Was?*«, bellte Percy sofort empört. »*Du* schickst mich *nirgendwohin*, du unverschämter Hurensohn! Wie kannst du es wagen, dem König solche Ratschläge zu geben? Ich werde dich auspeitschen lassen, du …«

»Ich habe Master Brewer gerufen, um seinen Rat einzuholen«, sagte König Henry über das Gezeter des alten Mannes hinweg. »Und ich wäre Euch sehr verbunden, wenn Ihr schweigen würdet, solange er spricht. Ich allein werde entscheiden, wie sein Rat zu beurteilen ist.«

Earl Percy gehorchte mit finsterem Gesicht, aber der Blick, mit dem er den Meisterspion ansah, verhieß nichts Gutes.

Derrys Atem hatte sich endlich beruhigt.

»Die Fehde zwischen Percy und den Nevilles ist doch kein Geheimnis, Euer Hoheit. Egal, was York beabsichtigt, auf keinen Fall sollte man zulassen, dass die Soldaten dieser beiden Häuser aufeinanderstoßen. Hunde raufen sich nun mal, Euer Hoheit. Die Loyalität zu ihren Herren könnte zu Blutvergießen führen, auch wenn die Herren selbst sich nichts als Frieden wünschen.«

»Ihr glaubt also, York hat eine Armee mitgebracht, nur damit ich ihn anhöre?«, sagte der König und starrte die Straße entlang in die Ferne. Weniger als eine Meile entfernt sah man bereits die ersten Häuser der Stadt, und er musste eine Entscheidung treffen.

»Ich glaube, wenn er kämpfen wollte, hätte er uns in offenem Gelände erwartet«, erwiderte Derry. »Schlachten werden nicht in der Stadt geschlagen, Euer Hoheit. Ich war in London, als Jack Cade dort ankam, und ich erinnere mich noch gut an das Chaos in jener Nacht. Es war keine Taktik möglich, keinerlei Manöver, wie sie auf dem Schlachtfeld die Regel sind, nur panikartiges Gerenne und kaltblütiges Morden in allen Straßen und Gassen. Wenn York vorhat anzugreifen, wird er seine Armee nicht in St. Albans einmarschieren lassen.«

»Mein Dank, Master Brewer«, erwiderte König Henry. Eine Erinnerung kam ihm, und er musste lächeln, als er weitersprach. »In der Tat, was wäre ich nur ohne euch.«

Derry verneigt sich.

»Ich danke Euch, Majestät«, sagte er, »Ihr ehrt mich.« Und wieder musste er denken, dass dieser König, der hier mit klaren Blick stolz zu Pferde saß, keinerlei Ähnlichkeit mit einem Ertrinkenden hatte. Dann betrachtete er den noch immer wütenden Earl Percy und hoffte, dass dem Alten klar geworden war, welche Bedeutung der König seinem Urteil beimaß. Er hatte schließlich schon genug Feinde.

»Die Stadt liegt dort drüben, und bisher gibt es keine Anzeichen dafür, dass Yorks Truppen uns entgegenkommen«, sagte Henry. Er umklammerte die Zügel mit der rechten Faust, und Derry sah, wie der Zorn in ihm hochstieg und sein Gesicht rot färbte. »Und doch stellt sich mir dort eine Armee entgegen, ein Stolperstein auf meinem Weg. Das kann nicht geduldet werden, Mylords. Jedenfalls nicht von mir. Wir werden St. Albans nicht verlassen, ehe ich weiß, was sie im Schilde führen – und wenn sie Verräter und Verdammte sind, dann werde ich die Straße zurück nach London mit ihren Köpfen säumen, mit jedem Einzelnen, der dort auf uns wartet!«

»Soll ich ans Ende gehen, Euer Hoheit?«, fragte Earl Percy den König, wobei er Derry immer noch feindselig ansah.

»Nein«, erwiderte Henry, ohne zu zögern. »Führt den Zug in die Stadt, Earl Percy. Lasst die Trompeten erschallen und die Banner flattern. Lasst alle wissen, dass ich hier bin und dass ich mich von niemandem einschüchtern lasse. Sollen sie Tod und ewige Verdammnis fürchten, wenn sie die Hand oder das Schwert gegen ihren rechtmäßigen König erheben.«

13

Die Glocken von St. Albans schlugen zehn, als die Kolonne des Königs in die Stadt einzog. Die Uhr der Abtei galt als ein technisches Wunderwerk, da sie nicht nur die Stunden schlug, sondern auch jede Mondfinsternis vorhersagen konnte, wobei die Mönche nichts weiter tun mussten, als die Gewichte regelmäßig hochzuziehen, um den Mechanismus in Gang zu halten.

Das Geläut hallte durch die verlassenen Straßen, aber an allen Fenstern konnte man nervöse, angespannte Gesichter beobachten. Keiner der Bewohner hatte heute das Haus verlassen, weder um zur Arbeit zu gehen noch um einzukaufen. Die Geschäfte und die Marktstände waren leer oder lagen nur als Einzelteile aus Holz und Zeltleinwand herum, weil ihre Besitzer geflohen waren.

Alle Gespräche erstarben, als König Henrys Männer in die Stadt einmarschierten. Sie wussten, dass auf der rechten Seite, gleich hinter den hohen Häuserreihen in der Ebene vom Keyfield, ein schlagkräftiges Heer auf sie wartete. Obwohl sie sich fürchteten, waren sie doch fest entschlossen und zogen zu Pferd oder zu Fuß mit ihrem König den Hügel hinauf, wo Henry mit seinen gold-rot-weißen Bannern an der Spitze der Kolonne deutlich zu erkennen war. In einer Schlacht, in der der König persönlich zugegen war, konnte man sein Glück machen, aber auch schnell wieder verlieren, und wahrscheinlich dachte jeder der Männer zumindest einen Augenblick lang daran, dass er vielleicht an diesem Tag zu den Auserwählten gehören könnte, die der König für eine mutige Tat belohnen oder sogar adeln würde. Für viele war dies ihre einzige Chance, zu Wohlstand und Ansehen zu kommen.

Im Zentrum der Stadt befand sich der Marktplatz, ein langgezogenes Dreieck, das ringsum von den Häusern wohlhabender Kaufleute umgeben war, an einer Ecke stand die St. Peterskirche. Noch ehe die Kirchenglocken abermals schlugen, hatte die Spitze des Zuges den Marktplatz erreicht, und der König hielt sein Pferd an. Der Rest der Kolonne folgte, und schließlich standen seine Lords und deren Gefolge so dicht gedrängt, dass man die Fußsoldaten weiter hinten zurückhalten musste. Sobald sie abgesessen waren, schickten Somerset und Percy Männer los, um sich einen Überblick über das feindliche Heer zu verschaffen. Die Hauptleute traten entlang der Straßen die Türen der Wirtshäuser ein, um die Vorräte an Bier zu sichern, falls etwa einige der Männer es vorziehen sollten, in den Kellern zu verschwinden und den Tag dort zu verbringen. Andere brachen unter dem entsetzten Geschrei der Eigentümer die Türen von Wohnhäusern auf oder suchten sich kurzerhand ein freies Plätzchen auf der Straße, um auf den Tross zu warten oder sich sonst irgendwie Feuerholz und Töpfe zu beschaffen und sich ein Mittagessen zu kochen. Wenn die Armee Yorks nicht vor den Stadtmauern gestanden hätte, wäre es ein heiterer Morgen gewesen, aber unter der drohenden Gefahr machten sich die Männer mit grimmigen Mienen an ihre Arbeit.

Auf dem Hügel schlug man ein Lager für den König auf. Man grub Pflastersteine aus der Straße aus und hämmerte Pfähle in den Boden, um das große Zelt zu sichern, in dem

Henry sich ungestört ausruhen konnte. Der König saß ab und wartete geduldig, bis ein Tisch und Bänke abgeladen und durch die Reihen der beschäftigten Soldaten herbeigeschleppt waren. Es dauerte nicht lange, bis man einen Rückzugsort für Henry und seine Lords geschaffen hatte, wo sie sitzen konnten und vor Wind und neugierigen Blicken geschützt waren.

Der König überließ den Stallburschen sein Pferd, um es zu füttern und zu striegeln, dann rief er nach Percy, Somerset, Buckingham und Derry Brewer. Er zog seine Panzerhandschuhe aus und nickte den Dienern zu, die eine Kanne Wein, einen Becher und einen Teller mit kaltem Braten brachten. Die vier Männer, die er hatte rufen lassen, blieben in respektvollem Abstand stehen und erwarteten seinen Befehl.

König Henry tat einen langen Zug aus dem Becher und schmatzte genießerisch. Er bemerkte seine Ärzte, die in der zweiten Reihe hinter den Wachen standen, und mit gerunzelter Stirn unterzog er sich wieder einmal insgeheim seiner inneren Prüfung. Nein, es war alles in Ordnung, beruhigte er sich selbst. Er wusste, dass er kurze Absencen hatte, dass er dann den Faden verlor und nicht wusste, was um ihn herum geschah, aber diese Momente gingen sehr schnell wieder vorüber. Er brauchte diese alten Quacksalber mit ihren Tränken nicht.

»Mylords, Master Brewer, ich glaube, hier werden wir heute nicht zu Gericht sitzen. Unser einziges Anliegen wird dieser verräterische Pöbel dort draußen sein. Was berichten die Späher? Was schlagt Ihr vor?«

Somerset sprach als Erster. Seine Späher waren schon durch die Stadt geritten, lange ehe der König sie erreicht hatte. Seinem Gesicht nach zu urteilen, hatte er nichts Erfreuliches zu berichten.

»Euer Hoheit, von Osten her führen drei Wege in die Stadt. Zwei sind enge Straßen, eher Gassen. Vor der Stadt gibt es viel Dornengestrüpp, und mit etwas Geschick könnte man diese beiden Straßen damit blockieren. Die dritte Straße ist breiter und schwerer zu blockieren. Man müsste Tische aus den Häusern holen, vielleicht sogar Deckenbalken und Pferdetränken.« Er sagte nicht, dass er den Befehl dazu bereits gegeben hatte und dass vierzig Männer damit beschäftigt waren, diese Seite der Stadt zu sichern. Es gab Dinge, die man nicht aufschieben konnte, und Somerset wartete nur noch darauf, dass der König nickte.

»Ihr wollt also, dass ich mich hinter Dornengestrüpp verstecke?«, fragte Henry leise. »Ich ... das gefällt mir nicht, Lord Somerset. Noch keine dreißig Meilen von London entfernt, und der König von England ...« Er verstummte und trommelte mit den Fingern auf die Tischplatte.

Es folgte eine kurze, unbehagliche Stille. Derry schluckte nervös. Er vermutete, dass der König eine seiner kurzen Absencen hatte, und zog es vor, zu sprechen, auch wenn Henry es vielleicht nicht hörte.

»Euer Hoheit, auch wenn es Eure Ehre kränkt – aber dort draußen lauern drei Wölfe, und niemand lässt die Haustür offen, wenn derart hungrige Augen hereinstarren.« Er unterbrach sich, als König Henry blinzelte, kurz den Kopf schüttelte und ihn dann verwirrt ansah. »Ehe wir sicher sind, was York, Salisbury und Warwick vorhaben, Hoheit, ist es nur klug, ihnen erst einmal die Tür zu versperren.«

»Ja, ja, natürlich, Derry«, sagte Henry. »Wie Ihr meint. Ich vertraue Eurem Urteil.« Die Augen des Königs wurden wieder klarer, er hob den Kopf und merkte, dass Percy ihn mit merkwürdigem Blick anstarrte.

»Nun, Earl Percy? Wollt Ihr da stehen bleiben wie eine Säule?«, fragte Henry und starrte zurück. »Wie viele sind dort in der Ebene von Keyfield? Jetzt könnt Ihr mir sicher all die Fragen beantworten, die Ihr heute früh Junker James gestellt habt.«

Earl Percys Mund wurde zu einer schmalen Linie. Gott hatte dafür gesorgt, dass sein größter Feind sich jetzt gegen den König stellte, aber das merkwürdige Verhalten Henrys erschütterte sein Vertrauen wie eine flackernde Kerzenflamme im Wind.

»Meine Leute sagen, es seien dreitausend, Euer Hoheit. Sie berichten, unter Warwicks Leuten gebe es mindestens vierhundert Bogenschützen, die alle Rot tragen. Vielleicht weitere zweitausend sind Pikeniere und Axtkämpfer, der Rest beritten. Eine beachtliche Streitmacht, Euer Hoheit – und alles Verräter, wie Ihr ganz richtig sagt. Salisbury ist mit seinem Sohn da; zwei schlaue Männer, die für Eure königliche Autorität bisher nichts als Verachtung gezeigt haben. Es ist vollkommen verständlich, dass sie, seit sie in Ungnade gefallen sind, verletzt und wütend sind. Einen anderen Grund kann ich mir nicht vorstellen, weshalb sie jetzt hier stehen und den König bedrohen sollten.«

Henry tat einen langen Zug aus dem Weinglas, das von dem wartenden Diener sofort wieder gefüllt wurde.

»Dreitausend?«, wiederholte er. »Bei Gott, dann ist es also wahr. York und Salisbury sind zu mächtig geworden, wenn sie es sich leisten können, eine solche Armee auszurüsten und zu ernähren.« Der König sah seinen Meisterspion eindringlich an. »Brewer. Ohne die Männer meines Haushalts, ohne die Richter, Küchenjungen, Boten und so weiter, wie viele kämpfende Männer habe ich dann?«

»Nicht mehr als fünfzehnhundert, Euer Hoheit, allerdings könnten wir noch hundert Diener und Küchenjungen bewaffnen, wenn es nötig wäre.«

»Außerdem sind unsere Soldaten von ausgesuchter Qualität«, fügte Percy hinzu. »Die persönlichen Wachtrupps Eurer Lords, Hoheit. Jeder von denen ist zwei oder mehr von denen wert, die die Nevilles dort draußen haben, und zweifellos schlottern sie vor Angst bei dem Gedanken, ihren König zu belagern.«

»Dort steht *York*, Lord Percy«, sagte Somerset gereizt. »Ihr scheint nur an Vater und Sohn der Nevilles zu denken, dabei hat York das Kommando, York, der ehemalige Protektor. Was zählt, ist die Loyalität der Männer gegenüber York, nicht Euer kleiner Zwist.« Noch ehe Percy ihm eine wütende Antwort geben konnte, richtete Somerset wieder das Wort an den König.

»Euer Hoheit, habe ich Eure Zustimmung, die drei Straßen in die Stadt verbarrikadieren zu lassen? Wir können nicht gegen so viele anstürmen, aber wir können dafür sorgen, dass die Dornen es ihnen so schwer wie möglich machen, wenn sie *uns* angreifen sollten.«

»Ja, gebt den Befehl dazu«, erwiderte Henry, der noch immer voll Sorge daran dachte, wie viele dort draußen auf ihn warteten. Somerset rief einen seiner Männer herbei und sorgte dafür, dass alle hörten, wie er ihm den Befehl zum Errichten der Barrikaden gab. Der verwirrte Mann wusste, dass die Arbeiten dazu bereits angefangen hatten, und Somerset schickte ihn mit einem unsanften Stoß wieder auf den Weg, ehe er eine Frage stellen konnte.

Als Somerset wieder zur Gruppe um den König trat, war Henry aufgestanden. Sein Gesicht war vom Wein leicht gerötet, aber er schien hellwach und entschlossen.

»Schickt einen Mann auf den Kirchturm dort am Marktplatz, er soll die Glocken läuten, wenn von irgendeiner Seite angegriffen wird. Ich werde mich in dieser Stadt nicht einkreisen lassen. Gentlemen, beten wir darum, dass die, die mir dort draußen auflauern, über die wahren Konsequenzen ihres Vorgehens noch nicht richtig nachgedacht haben. Ich werde nicht hier weggehen, ehe diese Bedrohung niedergeschlagen ist oder sich aufgelöst hat. Sollen sie kommen, wenn sie es für nötig halten. Wir werden diese Stadt in eine Festung verwandeln, an der sie sich die Köpfe einrennen werden. Tut Eure Pflicht. Was immer York und Salisbury auch vorhaben …«

König Henry unterbrach sich, weil es vor dem Zelt, das als Pavillon diente, anscheinend einen Tumult gab. Ein Bote in Schwarz mit einer weißen Rose auf der Schulter versuchte, sich einen Weg durch eine Gruppe von Soldaten zu bahnen, die ihn bei jedem Schritt anrempelten und schubsten. Er hatte bereits eine blutende Platzwunde am Kopf und rief verzweifelt und mit weit aufgerissenen Augen nach dem König.

»Ihr dort, lasst ihn durch!«, befahl Henry laut und energisch, sodass die Soldaten sofort von ihm abließen. »Zurücktreten!«

In der unruhigen Menge bildete sich eine Gasse. Blass und schwer atmend kniete der Bote auf dem Straßenpflaster und hielt eine Schriftrolle hoch, die mit weißem Wachs versiegelt war und die Rose von York trug. Mit der freien Hand berührte er die Wunde an seinem Kopf und starrte erschrocken auf das Blut an seinen Fingern.

Obwohl von dem Mann keine Bedrohung auszugehen schien, war es Somerset, der die Rolle nahm und das Siegel erbrach, damit kein potenzieller Mörder auch nur in Reichweite des Königs kam. Der benommene Bote wurde weggeführt, damit er nicht mithören konnte, während der Duke las, wobei sich sein Gesicht immer weiter verfinsterte.

»Nun?«, fragte Henry ungeduldig.

»York möchte mich sprechen, Euer Hoheit«, sagte Somerset säuerlich. »Er möchte, dass man mich zu ihm bringt, zusammen mit Earl Percy. Er behauptet, wir hätten einen schlechten Einfluss auf Eure Majestät und hätten Lügen über York verbreitet bezüglich seiner Pflichttreue, seines Glaubens und seiner Loyalität. Er bittet Euch um Gnade und Vergebung, weil er mit einer Armee gekommen ist, aber ...« Er las weiter und bewegte die Lippen. »... er bittet um nichts weiter für sich selbst – nur um eine gerechte Verurteilung dieser ›widerwärtigen Verleumder‹ an Eurem Hofe.«

»Werde ich auch erwähnt?«, fragte Derry Brewer.

»Nein«, sagte Somerset, ohne aufzusehen.

»Ach, soll er doch zum Teufel gehen«, sagte Derry ungehalten. »Ich bin dem Mann seit Jahren ein Dorn im Fleische und jetzt stehe ich nicht mal auf seiner Liste? Das ist ärger, als von ihm bedroht zu werden, Mylord!« Somerset musste über seine Empörung lachen, während er weiterlas. Derry seinerseits beobachtete den König und hoffte, er hatte fürs Erste einen Zornesausbruch verhindert. Henry war sehr still und blass geworden, während Somerset laut vorlas.

»Ich werde nicht dulden, dass einer meiner Lords derartige Forderungen an mich stellt«, sagte Henry fast im Flüsterton. »Antwortet ihm, Somerset. Lasst Euren Boten laut und deutlich verkünden, dass York, Salisbury und Warwick zu Geächteten werden, zu Verrätern und Eidbrüchigen, wenn sie nicht augenblicklich von hier abziehen, um Gnade bitten und mein Urteil erwarten. Das sagt Ihr ihnen, und weiter nichts. Dann werden wir ja sehen.«

Derry sah, dass Earl Percy strahlte. Dieser windige Frühlingstag konnte kaum besser für ihn verlaufen, jetzt, wo auch der Zorn des Königs sich gegen die Feinde der Percys richtete. Somerset verneigte sich und ging. Derry blieb nur noch so lange, bis der König ihn ebenfalls entließ, dann folgte er ihm. Er fasste den immer noch blutenden Boten Yorks mit festem Griff am Arm, und die kleine Gruppe machte sich auf den Weg zu den Barrikaden.

Wie Derry feststellte, mussten Somersets Leute sofort mit der Arbeit angefangen haben, nachdem sie in der Stadt angekommen waren. Nicht nur hatten sie Berge von Dornengestrüpp ausgerissen und aufgeschichtet, sie hatten auch Dutzende schwerer Tische und Stühle zusammengebunden und quer über die drei Straßen aufgestapelt, die vom Osten in die Stadt führten. Es war kein unüberwindliches Hindernis – wie jedes Hindernis, das von Menschen gebaut war, konnte es auch von Menschen wieder eingerissen werden. Doch Jasper Tudor hatte auf eigene Initiative seine walisischen Bogenschützen hierhergebracht: kleine dunkle Männer mit langen Bögen aus Eibenholz, die diese Barrieren verteidigten und sogar hinaufkletterten, um weit genug blicken zu können. Derry überlief es kalt bei der Vorstellung, eine solche Position anzugreifen. Er beneidete Yorks Truppen nicht um ihr Vorhaben.

Somerset half Yorks Boten, über das Hindernis aus Holz und Dornen zu klettern, obwohl der Mann protestierte, weil er sich dabei die Kleider zerriss. Derry merkte, dass der Bote noch im Weggehen jedes Detail der Bogenschützen genau registrierte. Er schien nicht glücklich über das, was er sah.

Von irgendwo auf der anderen Seite kam ein Stein geflogen, und einer der walisischen Bogenschützen wich fluchend aus, um nicht getroffen zu werden. Derry presste zornig den Mund zusammen.

»Mylord Tudor!«, rief er laut, »wissen Eure Männer nicht, dass der König Befehl gegeben hat, hier abzuwarten und nicht anzugreifen?« Eigentlich entsprach das nicht ganz den Tatsachen, es war mehr für diejenigen gedacht, die sich sonst vielleicht vor Wut oder bei einer schmerzhaften Verletzung vergessen hätten. Der Bogenschütze, der dem Stein ausgewichen war, funkelte ihn böse von seinem Platz oben auf der Barrikade an, aber Earl Jasper Tudor sprach auf Walisisch mit ihm, bis der Mann kurz nickte und sich dann wieder umdrehte und hinausstarrte. Wieder kam ein großer Stein geflogen. Er verschwand im Dorngestrüpp, und Derry fluchte leise vor sich hin. Somerset war gerade dabei, seinen Boten zu instruieren, aber das Problem war, dass bewaffnete Männer bei Gefahr für Leib und Leben unberechenbar sind. Derry hörte, wie ein Waliser jemandem auf der anderen Seite, den er nicht sehen konnte, eine Beleidigung zurief. Die Umstehenden brüllten vor Lachen, und Derry sank der Mut. Die Barrikade bestand zum größten Teil aus trockenem Holz. Zwar standen Eimer mit Wasser bereit, falls man sie anzünden würde, aber ein Brand konnte auf verschiedene Art und Weise entfacht werden.

Somersets Bote nickte, er hatte seine Botschaft verstanden und jetzt halfen ihm die Waliser, hinter Yorks Mann her über die Barrikade zu klettern. Der Bote war blass, als er sich auf den Weg machte, denn die Soldaten auf der anderen Seite würden ihn ebenfalls nicht schonen.

Somerset ging zu Derry, der mit ernstem Gesicht durch die Lücken im Dorngestrüpp spähte.

»Wenn York vernünftig ist, zieht er seine Leute hier zurück, ehe jemand einen Pfeil in den Hals bekommt oder etwas Falsches herüberruft«, sagte Somerset.

»Das sind Salisburys Leute, Mylord. Und es sieht ganz danach aus, als ob sie es darauf abgesehen hätten, einen Zusammenstoß zu provozieren. Mylord, solltet Ihr hören, dass Earl Percy hierherkommen will, dann versucht mit allen Mitteln, ihn davon abzuhalten. Die Percys und die Nevilles haben noch alte Rechnungen zu begleichen, und ich will nicht, dass sie das ausgerechnet hier und jetzt machen, wenn Ihr mich versteht.«

Derry hatte noch nicht fertig gesprochen, als eine neue Salve von Steinen geflogen kam und einen der Bogenschützen umriss, der schreiend in die Dornen fiel und zwischen zwei schwere Eichentische rutschte. Die Männer neben ihm brüllten zornig los, und Derry sah, wie einer von ihnen, dem das Blut übers Gesicht lief, die Zähne fletschte und seinen Bogen spannte. Jasper Tudor schrie einen Befehl, aber der Schütze ließ den Pfeil schwirren und brach kurz darauf in Triumphgeheul aus. Ein halbes Dutzend weiterer Männer nahmen dies als Signal zum Angriff, und Tudors Befehle gingen in dem allgemeinen Gebrüll auf beiden Seiten unter.

Durch den Lärm hindurch hörte Derry einen Schmerzensschrei und verlor fast das Gleichgewicht, als die ganze Barrikade in Bewegung geriet und anfing, gefährlich zu schwanken. Er merkte, dass sie mit Äxten bearbeitet wurde und zog sein Sax-Schwert aus der Scheide am Gürtel.

»Barmherziger!«, murmelte er. »Mylord Somerset, wir brauchen hier mehr Leute!«

Wie als Antwort auf sein Gebet kam ein Trupp Soldaten mit gezogenen Schwertern auf die Straßensperre zugelaufen.

Somerset teilte sie in Reihen ein, und Derry trat zurück, um das weitere Vorgehen zu verfolgen. Die Barrikade war ein massives Hindernis, egal ob es sich auf der anderen Seite um einen kleinen Trupp wütender Männer handelte oder um einen gezielten Angriff von Salisburys besten Leuten. Sie würde eine Weile standhalten, solange Tudors Bogenschützen ihre Salven losschickten. Diese suchten sich vorwiegend Ziele in der Nähe aus und riefen sich gegenseitig die Anzahl ihrer Treffer zu. Zu Derrys Verblüffung schien einer Verse zu deklamieren, die von den anderen Bogenschützen im Sprechchor beantwortet wurden.

Somerset sah, wie Derry ungeduldig von einem Bein aufs andere trat.

»Geht nur, Brewer«, sagte er, »ich habe die Sache hier im Griff!«

Derry rannte los, er umrundete das Fachwerkhaus eines reichen Händlers und erreichte die zweite und dritte Barrikade. Diese waren noch dichter als die erste, denn sie blockierten enge Gassen bis zu zwei Mann hoch und wimmelten von Soldaten, die auf beiden Seiten am Fachwerk der Häuser hinaufkletterten, um einen Blick auf den Feind zu werfen.

»Haltet die Position!«, rief Derry ihnen zu, als er sie erreichte, er scherte sich nicht darum, ob er Befehle geben durfte oder nicht. »Hier kommen sie nicht vorbei!« Die Barrikaden waren solide genug, stellte er fest, während er den Hügel hinauf zum Marktplatz rannte, wo der König und der größte Teil seiner Leute noch immer dicht beieinandersaßen. Unterwegs traf Derry auf Schritt und Tritt Männer, die von ihrem Essen oder einer kurzen Rast aufsprangen, um sich auf den Weg in Richtung des Tumults zu machen, von dem er gerade herkam. Es herrschte ein unbeschreibliches Chaos, in dem sich anscheinend niemand zuständig fühlte, Befehle zu erteilen. Derry verfluchte insgeheim York und Salisbury, während er den Hügel hinaufhetzte, bis seine Kehle und seine Lunge wie Feuer brannten.

York hatte die Hände hinter dem Rücken geballt, als er Somersets Boten entgegentrat. Vor dem Duke und dem Earl von Salisbury war der Mann auf die Knie gesunken, aber da er nicht das Wappen des Königs, sondern das von Somerset trug, wusste York bereits, was er sagen würde, noch ehe er den Mund aufgemacht hatte. Yorks Gesicht wurde noch finsterer, als der Mann nervös seine Botschaft hervorstotterte. Die Worte, die König Henry im Beisein seiner loyalen Lords im eigenen Zelt gesprochen hatte, trafen die Anwesenden in Yorks Zelt wie ein Schlag ins Gesicht.

»... dann m-müsst Ihr von hier abziehen und das Urteil des Königs erwarten und ...« Der Bote räusperte sich und kratzte sich unter Yorks kaltem Blick am Kopf. »... und ihn um Gnade bitten.« Er machte den Mund zu und beugte den Kopf und betete im Stillen, dass man ihn für diese Botschaft nicht verprügeln oder gar töten würde. Hinter ihm, in der Nähe der Stadt, entstand ein Tumult, er hörte zornige Schreie. Der Bote schluckte schwer.

»Geächtet und eidbrüchig?«, wiederholte York verwundert und schüttelte den Kopf. »König Henry bietet mir nichts weiter an als *Ächtung?*«

»Ich habe nur die Worte des Königs wiederholt, Mylord. Ich ... ich darf ihnen nichts hinzuzufügen.«

Die Schreie im Hintergrund waren zu einem Gebrüll angeschwollen, und York blickte von dem unglücklichen Gegenstand seines Zornes hoch.

»Salisbury? Schickt jemanden aus, um nachzusehen … Ach nein, ich gehe selbst.« Er schritt an dem Boten vorbei, ohne ihn zu entlassen. Salisbury folgte ihm, und der Mann blieb in dem leeren Kommandozelt zurück und wischte sich den Schweiß von der Stirn.

York fluchte, als er über das Feld blickte und die Barrikade an der Neustraße schwanken sah, wobei Schreie über das Feld drangen. Er sah Bogenschützen auf dem instabilen Bauwerk herumklettern, die schossen und gleichzeitig versuchten, nicht herunterzufallen.

»Eure Männer sollten sich zurückziehen, damit sie außer Reichweite sind«, fauchte York. »Dann ruft die Hauptleute zusammen.« Salisbury nickte wortlos. Er ließ sich nicht anmerken, dass alles zu seiner Zufriedenheit lief. Die Chance für einen Frieden war mit ein paar kurzen Worten des Königs vertan, wofür Salisbury Henry in diesem Moment am liebsten gesegnet hätte.

Die Sonne hatte noch immer nicht ihren Höchststand erreicht, als zweiunddreißig Männer sich um York versammelten. Jeder von ihnen war ein Veteran und so erfahren, dass er von seinem edlen Herrn zum Befehlshaber ernannt worden war. York sah ihre Entschlossenheit und wählte seine Worte entsprechend.

»Ich habe König Henrys Boten empfangen«, fing er an und ließ seinen Zorn über den Verrat, den er empfand, durchklingen. Hunderte von Soldaten kamen angerannt und gesellten sich zu der kleinen Gruppe von Hauptleuten, weil sie merkten, dass hier gerade über ihr Schicksal entschieden wurde. Die Barrikaden blieben zurück, und die walisischen Bogenschützen sandten den Soldaten Schmährufe nach. Etwa ein Dutzend Tote lagen bereits am Fuße des Dornengestrüpps und erkalteten.

»Es war mein Wunsch, diese Angelegenheit ohne Blutvergießen zu regeln«, fuhr York mit strenger Stimme fort, »aber mein Wunsch wurde mir verwehrt. König Henry hat falsche Berater um sich, die keinerlei Bedenken haben, die Namen von York und Salisbury in den Dreck zu ziehen. Ja, und Warwicks ebenfalls.« Seine Wut übermannte ihn, sodass er anfing zu schreien. »Aber täuscht euch nicht! Mein Hass gilt nicht dem König! Ich bin kein Verräter, obwohl es ein paar arme Narren gibt, die mich so bezeichnen – und die jeden Mann hier zum Verräter machen würden. Ich glaube nämlich, meine Bitte um Gerechtigkeit ist gar nicht bis zum König vorgedrungen, sondern ist von diesen Schurken und Lügnern abgefangen worden. Wenn der König meine Argumente gehört hätte, hätte er mir eine Audienz gewährt, dessen bin ich sicher.« Er hielt inne und blickte auf die versammelte Menge, die ihn jetzt hörte. Ihm schwoll die Brust, während Salisbury wortlos dabeistand und wartete, welche Wirkung der Zorn seines Freundes auf die Männer haben würde.

»Stattdessen werde ich geschmäht! Von niedrigeren Rängen aus der Gegenwart des Königs verdrängt! Alle, die heute hier in Keyfield stehen, werden gejagt und als Verräter gehenkt werden, wenn wir diese Sache heute nicht entscheiden. Das ist die Wahl, vor die man mich gestellt hat. Soll ich mich davonschleichen? Soll ich meinen König den Einflüsterungen dieser Verräter überlassen und auf ein Urteil warten, welches Yorks Ende besiegeln würde?«

Das war zu viel für die Männer, die sich hinter den Hauptleuten versammelt hatten. Mit lautem Gebrüll sicherten Sie ihm ihre Unterstützung zu. Viele von ihnen waren in Yorkshire geboren, und ihre Loyalität galt vor allem dem Haus der Yorks. Selbst unter Warwicks rot gekleideten Männern wurden Fäuste in die Luft gereckt, und auch hier wurde lauthals der Tod der königlichen Berater gefordert.

»Sie haben schon jetzt das Blut unschuldiger Männer vergossen, die nichts weiter wollten als Frieden!«, schrie York ihnen entgegen und deutete hinter sich auf die Leichen am Fuße der Barrikaden. »Jetzt sollen sie meine Antwort bekommen. Ich werde ihnen antworten, indem ich ihr Dornengestrüpp niederreiße und den König aus ihren Klauen befreie.«

Immer mehr Leute jubelten ihm zu, ihr Atem ging schneller, und sie reckten die Fäuste.

»König Henrys Sicherheit ist eure Verantwortung, genauso wie meine«, warnte York sie alle. »Ihm darf kein Haar gekrümmt werden, bei eurer Ehre und bei eurem Leben. Ich bin kein Verräter! Und um mich herum sehe ich auch keine.«

Die Jubelrufe waren immer lauter geworden, sodass York sich nur noch schreiend Gehör verschaffen konnte.

»Männer!«, wandte er sich an seine Hauptleute. »Kehrt zu Euren Männern zurück. Wir werden uns einen Zugang in die Stadt verschaffen und König Henry vor denen retten, die ihn festhalten. Geht, Gentlemen, geht im Zorn! York hält links die Stellung, Salisbury in der Mitte, Warwick rechts. Und jetzt formiert euch. Nehmt die Stadt ein. Schützt den König. Gott schütze den König!«

Nachdem er die letzten Worte gebrüllt hatte, rannten die Hauptleute auf ihre Positionen, gefolgt von Hunderten ihrer Männer, die von dort, wo York stand, auseinanderströmten und sich über das Feld ergossen. In wenigen Minuten hatten sich die Männer in drei Gruppen aufgeteilt und ihre Rüstungen und Waffen ergriffen, jetzt standen sie da, bereit, loszumarschieren.

Salisbury, Warwick und Yorks Sohn Edward sahen erwartungsvoll zum Duke von York, als dieser sich ihnen zuwandte, das Gesicht noch immer rot vom Schreien. Salisbury schüttelte bewundernd den Kopf.

»Mein Gott, Richard. Eben habe ich wieder deinen Urgroßvater gesehen. Das Blut lässt sich eben nicht verleugnen.«

»Denk daran, dass ich ursprünglich Frieden wollte«, sagte York mit einem Blick auf seinen Sohn. Er ließ ihn nicht aus den Augen, er wollte, dass er verstand. »Ich werde König Henry von denen befreien, die ihn in Geiselhaft haben, mehr nicht. Das ist mein Befehl. Mögen sie mich einen Verräter nennen – aber ich werde keiner sein.«

Edward schluckte schwer und nickte, er war stolz.

»Bleib an meiner Seite, Junge«, sagte York jetzt in ruhigerem Ton. Er hob den Kopf, um den offiziellen Befehl zu geben.

»Earl Salisbury, wenn Ihr mir die Ehre erweisen würdet – Eure Position ist in der Mitte. Earl Warwick, Eure ist der rechte Flügel. Es gibt drei Straßen in diese Stadt, Gentlemen. Alle sind verbarrikadiert und bewacht. Ich wette, ich werde vor Euch auf dem Hügel sein.« Sie grinsten, wie er gehofft hatte, doch sein Gesicht wurde ernst. »Schützt den König, Gentlemen, wenn es sein muss, mit Eurem Leben. Das ist unser Hauptanliegen. Unsere Fehde gilt Somerset, Buckingham und Percy, nicht Henry von Lancaster. Euer Wort darauf!«

Alle drei schworen es bei ihrer Ehre, und York nickte zufrieden.

»Der Morgen ist nicht mehr jung«, sagte er. »Nutzen wir das Tageslicht.«

14

Jasper Tudor hatte seine walisischen Bogenschützen auf die drei Barrikaden verteilt, auf jede Barrikade jeweils dreißig Mann und einen erfahrenen Hauptmann. Er hatte gewusst, dass sie eine wertvolle Unterstützung des königlichen Zuges darstellten, aber er hatte nicht erwartet, dass sie lebensnotwendig für seine Verteidigung werden könnten. Die Häuser, die an das Keyfield grenzten, hatten auf der Rückseite alle ein oder zwei hohe Fenster, die jetzt perfekt für diese Aufgabe waren, denn seine Waliser konnten von hier aus Pfeile auf die Angreifer regnen lassen. Tudor verspürte eine große Befriedigung, bekam aber auch Angst, als die Barrikaden anfingen zu schwanken. Er wusste, dass dies mehr war als nur ein Überfall, es war auch kein vorübergehendes Scharmützel. Dort draußen in der Ebene standen drei Armeen, die mit Gebrüll näher rückten.

Die Barrikaden ächzten und schwankten. Tudor hörte, wie im Inneren etwas nachgab und brach, es war ein anderes Geräusch als das dumpfe Dröhnen der Bogensehnen, das ihn von allen Seiten umgab. Yorks Soldaten benutzten ihre langen Piken, um mit den Haken hinter die Seile zu greifen und daran zu zerren, wobei sie von den anderen durch Schilde geschützt wurden. Die Barrikaden wären im Nu zerstört gewesen, wenn Tudors Männer nicht gewesen wären. Aus dieser lächerlich kurzen Entfernung von nur zwölf Fuß durchbohrten ihre Pfeile einen Soldaten nach dem anderen. Lachend zählten sie mit und riefen sich die Anzahl ihrer Opfer zu. Einer der Hauptleute rezitierte Verse aus dem Kriegsgedicht von Gododdin, was die, die Walisisch verstanden, noch mehr anfeuerte, die übrigen allerdings eher störte.

Tudor sah, wie der Sohn Percys, Lord Egremont, mit einer Schar Axtkämpfer den Hügel heruntergestürmt kam. Egremont überblickte die Situation sofort und grinste Tudor an, ein Zeichen seiner Anerkennung für das, was dieser hier leistete, während er seine eigenen Leute anwies, sofort in jede Bresche zu springen. Ohne die Bogenschützen wären die Barrikaden schon längst gefallen, ehe er hier angekommen wäre, aber noch immer sorgten sie für hohe Verluste auf der Gegenseite und leerten dafür ihre Köcher, bis ihre Schultern von der unablässigen Belastung schmerzten.

Tudor trat zurück, weil neben ihm Stücke zerbrochener Lehmziegel herunterfielen. Ein paar seiner Leute waren in das Haus gegangen, das die Gasse überblickte, und hatten im Obergeschoss ein Loch in die Wand getreten. Einer beugte sich weit heraus, innen von einem Freund festgehalten, und suchte den günstigsten Angriffswinkel. Tudor sah gerade hoch zu ihm, als ein Pfeil vom Feld ankam, durch das Wams des Mannes drang und ihn dem Griff seines Freundes entriss, sodass er kopfüber aufs Pflaster schlug. Tudor hörte, wie Egremont erschrocken einen Fluch ausstieß, aber beide hatten natürlich gewusst, dass auch York über Bogenschützen verfügte. Diese waren inzwischen in der vordersten Linie angekommen, was es wesentlich schwerer machte, die Gasse zu verteidigen, denn nun ging es nur noch darum, wer schneller reagierte und schoss. Jetzt, wo auf der anderen Seite Bogenschützen nur darauf warteten, dass ihre Köpfe auftauchten, wagten Tudors Männer nicht mehr, länger als einen Herzschlag lang zu zielen. Dadurch litt ihre Zielgenauigkeit, während Yorks Pikeniere Schwachstellen in den Barrikaden ausnutzten und bei jedem Busch und jedem Stück Holz, das sie herauszerrten, in Jubel ausbrachen. Auf dieser Seite der Straße sah Tudor, wie Egremonts Männer weitere schwere Tische heranschleppten und mit entwurzeltem Dornengebüsch verstärkten. Es schien, als würden die Barrikaden von innen genauso schnell erhöht und verstärkt, wie sie von außen eingerissen wurden.

Jasper Tudor sah Egremont an, der zu ihm getreten war. Egremont war lediglich ein Baron, während Tudor ein Earl war, also machte Egremont eine tiefe Verbeugung, was Tudor mit Genugtuung erfüllte. Egremont war von größerer und kräftigerer Statur als er, mit den breiten Schultern des Schwertkämpfers, der seit frühester Jugend trainiert hatte. Andererseits war Jasper Tudor ein Halbbruder des Königs. Er lächelte zur Begrüßung.

»Ich habe einen Läufer zu meinem Vater geschickt«, sagte Egremont. »Ich glaube, wir können sie hier aufhalten, aber wir brauchen mehr Männer, vor allem, um die Barrikaden weiter zu verstärken.« Er runzelte die Stirn, und Jasper Tudor verstand sofort. Männer wie Egremont waren für den Kampf auf dem Schlachtfeld ausgebildet, und nicht für die Verteidigung von Barrikaden. Wenn Yorks Soldaten durchbrechen sollten, würde es ein blutiges Gemetzel geben, aber im Moment war es nichts anderes als eine aufreibende, mühsame Pattsituation. »Wisst Ihr etwas über die weiteren Pläne, außer, dass wir die Straßen halten sollen?«, fragte Tudor. Mit düsterem Gesicht schüttelte Egremont den Kopf.

»Noch nicht. Der König kann weiß Gott nicht ewig in dieser Stadt eingeschlossen bleiben. Ich glaube, ich habe Boten in Richtung Süden reiten sehen, aber falls sie Verstärkung anfordern sollten, können wir hier bestimmt noch eine Woche warten.«

»Und inzwischen könnte natürlich auch Verstärkung für York eintreffen«, sagte Tudor und rieb sich das Gesicht.

»Mein Vater sagt, dass Ihr Waliser schlaue Kerle seid, genau wie die Schotten«, sagte Egremont schmunzelnd. »Habt Ihr nicht eine Lösung, wie man sie besiegen kann? Ich habe keinen größeren Wunsch, als Salisburys Kopf noch heute auf einer Stange zu sehen, zusammen mit den Köpfen seiner Söhne. Auf jeden Fall wird es seiner Familie nach dieser Niedertracht sehr schlecht ergehen. Das ist wenigstens etwas, was mir eine gewisse Befriedigung verschafft.«

»Ich habe den Eindruck, dass Euer Vater meine Landsleute nicht besonders mag«, sagte Tudor vorsichtig.

»Stimmt, er nennt Euch Trolle«, erwiderte Egremont leichthin, »aber Eure Bögen, die schätzt er sehr. Ich selbst muss mir noch mein Urteil bilden.«

»Über die Bögen oder die Menschen?«

»Über die Menschen. Ich würde jetzt einen ordentlichen Palast dafür eintauschen, wenn wir mehr von Euren Bogenschützen hierhätten, so viel ist sicher. Sie mögen vielleicht silberne Löffel klauen, aber bei Gott, schießen können sie.«

Mit erstaunt hochgezogenen Augenbrauen starrte Earl Tudor den jungen Baron an, dann merkte er, dass dieser ihn nur aufziehen wollte, und lachte leise.

»Sie haben sich bei mir beklagt, dass sie gar nicht erst an die Löffel rankommen. Jedes Mal, wenn sie in ein Haus gehen, stürzt sich eine Eurer englischen Jungfrauen auf sie und zerrt sie in eine Kammer. Ich glaube eher, eure silbernen Löffel werden nächstes Jahr gebraucht werden, um ein paar walisische Bastarde zu füttern.«

»Ja, so hat er Euch auch schon genannt«, sagte Egremont. Er schlug Tudor auf die Schulter, und beide lachten, die Spannung war verflogen. Thomas streckte die Hand aus, und Jasper Tudor schlug ein, beide drückten, als wollten sie den anderen zerquetschen.

Im selben Moment kamen dreihundert Bewaffnete den Hügel herunter, sie waren in Percys blau-gelbe Wappenröcke gekleidet und trugen seine Banner. Egremont sah auf, froh darüber, die Männer seines Vaters zu erblicken.

»Wir können sie hier aufhalten, den ganzen Tag oder auch die ganze Woche, wenn es sein muss. Auch wenn es mich ärgert, dass wir nicht zurückschlagen können, können wir ihnen von den Barrikaden aus doch erheblichen Schaden zufügen. Auf jeden Fall ist wenigstens der König in Sicherheit. York und die Nevilles haben sich die falsche Stadt für ihren Angriff ausgesucht – und die falsche Methode.«

Eine Stunde lang beobachtete Warwick unbeeindruckt, wie Pikeniere im Schutz eines Schildwalls versuchten, eine Barrikade niederzureißen, die so hoch war wie er auf seinem Pferd. Den ganzen Morgen über hatte er sich seinen Ärger nicht anmerken lassen. Sowohl sein Vater als auch York hatten ihre Gründe, warum sie hier waren, aber dabei hatten sie sich gegenseitig ihre Hauptleute blockiert. York wollte sich dem König in Frieden nähern, während Warwicks Vater keinen anderen Wunsch hatte, als die Percys zu fassen zu bekommen. Das Ergebnis war, dass sie jede Gelegenheit versäumt hatten, die größere Armee, die sie nach St. Albans mitgebracht hatten, auch einzusetzen. Hätte es in Warwicks Macht gestanden, die Sonne noch einmal aufgehen zu lassen, dann hätte er den König auf der Straße abgefangen, im offenen

Gelände. König Henry hätte keine andere Wahl gehabt, als sich zu ergeben, anderenfalls hätten sie seinen Zug mit der Anzahl ihrer Kämpfer und Bogenschützen einfach überwältigt und niedergemetzelt. Stattdessen hatten sein Vater und York sich in eine Lage gebracht, wo ihre dreitausend Mann sich durch die engen Gassen der Stadt quälen mussten wie durch einen Trichter. Der Vorteil des größeren Heeres war verschenkt, und Warwick konnte nur Gott danken, dass er wenigstens seine Bogenschützen dabeihatte, um sich gegen die Pfeile der Waliser von der anderen Seite zu wehren. Ohne seine Rotmäntel wäre es ein furchtbares Abschlachten geworden. Doch die Barrikaden hielten Stand, auch wenn sie von beiden Seiten aus schwer bearbeitet wurden. Warwick biss frustriert die Zähne zusammen. Er hatte den Gedanken, Feuer zu legen, wieder verworfen, als er die Fachwerkhäuser auf beiden Seiten sah. Damit würde im Nu die ganze Stadt in Flammen stehen und zu einem Scheiterhaufen für den König werden. York hatte unmissverständlich klargemacht, dass er ein solches Vorgehen nicht billigen würde, also blieb den Soldaten nichts anderes übrig, als zu versuchen, die Barrikaden einzureißen.

Warwick gab dem Pferd die Sporen und ritt weiter an der äußeren Stadtmauer entlang. Er sah den Turm der St. Peterskirche über den Dächern und spürte deutlich, dass er beobachtet wurde. Er kniff die Augen zusammen und versuchte, sich nichts anmerken zu lassen. St. Albans war eine alte Stadt, die sich von der Hauptstraße aus in alle Richtungen ausdehnte. Einige der Häuser hatten Gärten an der Rückseite, und er bemerkte, dass hinter dem kurzen Holzzaun seitlich eines großen weißen Wohnhauses kein weiteres Gebäude stand – der Blick an der Hauswand entlang schien frei.

Die Soldaten des Königs hatten die Straßen blockiert, und natürlich hatten sein Vater und York ihre ganze Aufmerksamkeit auf diese Barrikaden konzentriert. Je länger Warwick die Hauswand anstarrte, desto mehr fragte er sich, warum man andere Möglichkeiten, in die Stadt zu kommen, völlig außer Acht gelassen hatte. Er hatte damals in London gekämpft, als Jack Cade mit der Rebellenarmee aus Kent in die Stadt eingedrungen war. Vielleicht war es die Erinnerung an diesen Überfall und die Jagd durch die Seitengassen, die ihn jetzt auf den Gedanken brachte, nach einem anderen Weg zu suchen.

Einer seiner Lehnsritter trabte gerade vorbei, hinter ihm ein Dutzend Axtkämpfer.

»Gaverick! Sir Howard!«, rief er ihnen zu und bekam eine Gänsehaut vor Aufregung. Als der Ritter sein Visier hochklappte und suchend um sich blickte, winkte Warwick ihn näher heran. Die Gruppe blieb stehen, seine Männer begrüßten jede Gelegenheit, um auszuruhen.

»Ich brauche … dreihundert frische Männer. Hundert von meinen roten Bogenschützen, der Rest mit Äxten und Schilden. Schnelle Leute, Sir Howard – Männer, die rennen und sofort alles verwüsten können, wenn wir erst einmal drinnen sind. Lasst keine Hörner blasen. Wir werden aus den Fenstern der Stadt mit scharfen Augen beobachtet, die jede Neuigkeit sofort den Anhängern des Königs zutragen. Bringt die Leute hierher und haltet Euch bereit, mir zu folgen.«

Einen Augenblick lang wanderte der Blick des Ritters hinüber zu York und Salisbury, die den Angriff auf die Barrikaden verfolgten. Warwick schüttelte den Kopf, noch ehe Sir Howard eine Frage stellen konnte.

»Nein. Ich will York nicht damit behelligen, ehe ich weiß, was daraus wird.« Warwick war siebenundzwanzig Jahre alt und hatte die Dienste von Männern wie Sir Howard erst vor sechs Jahren geerbt. Er versuchte, so selbstsicher wie möglich aufzutreten, und konnte nur auf die Loyalität seiner Männer hoffen.

»Sehr wohl, Mylord«, sagte Sir Howard steif und verbeugte sich. »Ihr dort drüben – bleibt hier bei Lord Warwick und macht keine Schwierigkeiten.« Das Letztere sagte er mit Blick auf einen düster dreinblickenden Kerl, der sich bereits hingesetzt hatte und in seinen Beuteln nach etwas Essbarem suchte. Der Mann sah ihn trotzig an, während er mit den Zähnen ein Stück Trockenfleisch abriss. Warwick sah, wie Sir Howard den Mund aufmachte und etwas sagen wollte, es dann aber bleiben ließ. Er kehrte mit seinem Pferd um und ritt dorthin zurück, wo der Hauptteil des Heeres stand.

Warwick sah hinter ihm her und kniff nachdenklich die Augen zusammen. Dann drehte er sich zu den Männern um, die dem Beispiel des ersten gefolgt waren und sich ebenfalls hingesetzt hatten. Warwick zögerte, dann stieg der Ärger in ihm hoch, über sich selbst ebenso wie über die Männer.

»Aufstehen! Los, auf, alle Mann. Ich verlange, dass ihr bereit seid zu marschieren und zu kämpfen.«

Keiner der Männer erwiderte etwas, aber einige von ihnen sprangen sofort auf. Andere nahmen sich mehr Zeit und wirkten verärgert. Warwick starrte zurück, bis nur noch der Erste übrig war, der am Boden saß, und ihn mit einem schiefen Grinsen ansah.

»Wie heißt du?«, fragte Warwick, »dass du dich einem Befehl auf dem Schlachtfeld widersetzt?«

Jetzt stand der Mann schnell auf, er war ein Hüne mit breiten Schultern, dessen Gesicht unter dem schwarzen Bart fast gänzlich verschwand.

»Fowler, Mylord. Ich hatte den Befehl nicht gehört, Mylord. Ich werde Euch schon folgen, um mich braucht Ihr Euch keine Sorgen zu machen, Mylord.«

Es klang unverschämt, was auch beabsichtigt war, aber die anderen Männer reagierten mit Unbehagen. Warwick merkte, dass der Mann nicht beliebt war, vielleicht kannten sie ihn schon als Querulanten. Doch er brauchte zornige Männer für das, was er vorhatte.

»Du hast dir Zeit gelassen mit dem Aufstehen, Fowler. Du wirst mit mir als Erster in die Stadt gehen. Entweder du bleibst zurück und lässt dich aufhängen, oder du kämpfst und verdienst dir eine Beförderung.« Warwick zuckte die Schultern, als sei es ihm völlig egal. »Entscheide dich jetzt, wir werden ja sehen, wie es ausgeht.«

Einen Moment herrschte Totenstille, während Fowler seinem Blick standhielt, in seinen dunklen Augen war eine nur mühsam beherrschte Feindseligkeit.

»Ich werde tapfer kämpfen, Mylord«, sagte der Mann schließlich. »Eine Chance, einem Gefolgsmann des Königs meine gute Stahlklinge in den Bauch zu stoßen? Die würde ich mir nicht nehmen lassen, auch nicht für zweimal Weihnachten im Jahr. Das heißt, wenn Ihr uns anführt, Mylord.«

»Worauf du dich verlassen kannst«, erwiderte Warwick, dem die aufmüpfige Art des Mannes ganz und gar nicht gefiel. Ihr Wortwechsel wurde unterbrochen, weil Sir Howard zurückkam, und der junge Earl auf seinem Schlachtross plötzlich von Hunderten weiterer Männer umgeben war.

»Da man uns beobachtet, werde ich jetzt nicht auf den Weg deuten, den wir nehmen wollen«, rief Warwick, als es wieder still geworden war und sie auf seine Befehle warteten. »Mein Plan ist, durch die Gärten der Häuser in die Stadt zu gelangen, dann den Hügel hinauf, dorthin, wo der König ist. Alle, die einen Hammer besitzen, hier nach vorn. Schlagt alles kurz und klein, was uns im Weg steht. Ich will nicht, dass wir über Zäune klettern müssen, wie Jungs, die Äpfel geklaut haben.« Er hielt inne, und die Männer lachten leise. »Wenn wir einen Weg nach drinnen gefunden haben, bleiben wir nicht stehen. Falls sie weitere Barrikaden errichtet haben, schwenken wir seitlich ab und greifen die erste Linie der Verteidigung an. Das ist mein Befehl. Unser Schlachtruf ist ›Warwick‹, aber erst dann, wenn wir durchgebrochen sind. Ist das klar?«

Dreihundert Stimmen murmelten: »Ja, Mylord«, und Warwick saß ab. Er sah, wie Fowler die Augenbrauen hochzog, aber der Weg, den er nehmen wollte, war nur zu Fuß begehbar. Auf seine Rüstung wollte er allerdings nicht verzichten, egal, wie stark sie ihn behinderte. Wieder musste Warwick an Cades Aufstand und die dunklen Gassen Londons denken, und ihn überlief ein kalter Schauer.

Er zog sein Schwert, nahm seinen Schild vom Rücken und steckte die Hand durch den Griff.

»Mir nach! Hämmer und Äxte voraus.«

Es war unmöglich, in einem schweren Panzer zu rennen. Warwick ging, so schnell er konnte, und dreihundert Männer folgten ihm. Erst sah es so aus, als wollten sie den Schildwall an den Barrikaden verstärken, aber dann führte Warwick sie gezielt an der Rückwand der Häuser entlang. Das Geräusch, das sie machten, war kein Klingen und Klirren von Rittern zu Pferd, es war das Trampeln und Dröhnen bewaffneter Krieger, die alles abschlachten würden, was sich ihnen in den Weg stellte.

Als Warwick das Haus erreichte, bei dem er einzudringen gedachte, hob er die Hand, und alle blieben stehen. Fowler hatte Wort gehalten, er war so dicht hinter Warwick geblieben, dass der junge Earl sich fast bedrängt fühlte. Jetzt stand Fowler bereit, die Augenbrauen hochgezogen.

»Pack mich an den Stiefeln und heb mich hoch, Fowler«, befahl Warwick. »Ich muss auf die andere Seite sehen.«

Der große Mann grunzte, legte seine Axt hin und packte Warwick, den er mit einem solchen Ruck hochhob, dass dieser fast über den Zaun geflogen wäre.

Warwick atmete erleichtert auf, als er das oberste Brett zu fassen bekam und sich festhalten konnte. Ein schmaler Pfad, gerade breit genug für eine Person, führte am Haus entlang. Vorn versperrte zwar ein Tor den Blick auf die Straße, aber es sah vielversprechend aus.

»Runter, Fowler«, sagte Warwick. Der Mann schien bereit, ihn den ganzen Tag am Zaun festzuhalten, aber schließlich ließ er los, und Warwick landete klirrend und unsanft auf den Füßen. Verärgert sah er hoch, doch er reichte dem Mann gerade bis zum Ende seines Bartes, daher sagte er nichts. Fowler sah auf den jungen Adligen hinab, und auf seinem Gesicht breitete sich ein übermütiges Grinsen aus.

»Ich danke dir«, sagte Warwick, was mit einem Schulterzucken quittiert wurde. Er wandte sich zu den Männern um. »Dieser Zaun muss weg, dann dringen wir in die Stadt ein. Wenn wir es bis zur Hauptstraße schaffen, brüllen wir ›Warwick‹ und jagen den Leuten des Königs erst einmal einen gehörigen Schrecken ein. Die meisten sind hier unten, um die Barrikaden zu verteidigen, aber der König wird gut bewacht sein. Wir werden mehr wissen, sobald wir erst auf dem Hügel sind. Ich hoffe, ihr habt kräftige Lungen und könnt schnell genug rennen.«

»Solange Ihr es nur könnt, Mylord«, murmelte Fowler.

»Schnauze, Fowler«, fuhr Warwick ihn an. Einen Moment ragte der Hüne wie drohend neben ihm auf, aber dann schob einer der Axtkämpfer Fowler unsanft zur Seite.

»Ja, halt's Maul, du großes Arschloch«, sagte ein anderer. »Oder wärst du lieber wieder dort hinten bei den Barrikaden? Mir ist es hier lieber.« Warwick sah, dass der Sprecher einer seiner rotgewandeten Bogenschützen war. Erfreut stellte er fest, dass das Tuch säuberlich gebürstet war. Offenbar war der Mann stolz, es zu tragen.

Fowler schnaubte und senkte trotzig den Kopf, aber er merkte, dass die allgemeine Stimmung gegen ihn war. Warwick wollte nicht länger warten.

»Reißt den Zaun nieder«, rief er. »Äxte und Hämmer an die Arbeit.«

Die Stelle war so schmal, dass nicht mehr als drei Mann gleichzeitig arbeiten konnten. Die Pfosten waren aus starkem Eichenholz, aber der Zaun war alt. In kürzester Zeit war er zerlegt, und Warwick war der Erste, der den schmalen Weg an der Hauswand entlang ging, Fowler nach wie vor dicht hinter ihm.

Das Gewicht seiner Rüstung und der Waffen allein hätte genügt, um das marode Tor am anderen Ende zu durchbrechen. Die Männer an der Spitze schwangen ihre Hämmer, das Tor flog auseinander und seine Einzelteile landeten auf der Straße. Auf der linken Seite hörten sie jetzt den Tumult von der Barrikade, die ihnen am nächsten war, das Brüllen und die Schreie der wütend kämpfenden Männer. Vor ihnen lag zwischen zwei Häuserzeilen eine schmale Gasse, die zum Hügel hinauf führte.

»Los, weiter! Niemand bleibt stehen!«, rief Warwick nach hinten. Er merkte, wie zwei Soldaten in den Farben der Percys erschrocken stehen blieben. Doch noch ehe sie einen Laut von sich geben konnten, hatten die Axtkämpfer sie bereits niedergestreckt, und die nachfolgenden Männer trampelten über sie hinweg.

Die Sonne hatte jetzt fast ihren Höchststand erreicht, und es wurde warm, als Warwicks Leute den Hügel hinaufhasteten. Keiner von ihnen kannte die Stadt, aber der König würde sich mit Sicherheit am höchsten Punkt aufhalten. Solange es nach oben ging, konnten sie ihn nicht verfehlen.

Von irgendwoher hörte Warwick jetzt, wie Alarm geblasen wurde, gefolgt von dem Geschrei der Männer, die auf beiden Seiten durchgebrochen waren. Er musste grinsen bei dem Gedanken, wie sein Vater und York reagieren würden, wenn sie hörten, dass er bereits in der Stadt war. Die Männer an den Barrikaden würden ihre Posten verlassen müssen, um ihn aufzuhalten. Jetzt würde es sich auszahlen, dass York über mehr Soldaten verfügte.

Wie sie so den Hügel erstürmten, stellte Warwick bestürzt fest, dass ihm das Atmen zunehmend schwerfiel, sein Herz hämmerte wie wild, und der Schweiß brannte ihm in den Augen. Er hatte sein Visier hochgeklappt, aber in eiserner Rüstung bergauf zu laufen, verlangte eine fast übermenschliche Anstrengung, und er fragte sich, ob er vielleicht die Spitze nur erreichen würde, um dort vor Erschöpfung tot umzufallen.

Frauen kreischten vor Angst und riefen sich aus den Fenstern Warnungen zu, als sie vorbeiliefen, doch seine dreihundert Mann drangen in die Stadt ein wie ein glatter Dolchstoß – sie begegneten kaum einem Menschen. Vor sich sah Warwick jetzt eine Hauptstraße, die quer über den Hügel führte, der hier offensichtlich seinen höchsten Punkt erreichte. Er konnte sein Glück kaum fassen, obwohl er mit seinem Kräften fast am Ende war, als er kurz vor der Straßenkreuzung stehen blieb, sich gegen eine Mauer lehnte und den Helm vom Kopf zerrte, um wieder Luft zu bekommen. Sir Howard sah sich um, dann wandte er sich an den Mann neben Warwick.

»Fowler!«, sagte er, »reck mal deinen Hals und sag mir, was du siehst.«

Fowler verzog mürrisch den Mund, aber er wusste, dass es keinen Zweck hatte, zu widersprechen. Er drängte sich zur Kreuzung vor und spähte um die Ecke, wobei ihm der Mund offen stehen blieb.

»Nun?«, rief Warwick hinter ihm.

»Kein Mensch auf hundert Meter«, sagte Fowler und wandte sich zu ihm um. Seine Augen waren weit aufgerissen, und er schüttelte verwundert den Kopf. Mit Ehrfurcht in der Stimme sagte er schließlich: »Und ich hab den König gesehen.«

»Seine Banner?«, wollte Sir Howard wissen, der es ihm jetzt gleichtat und ebenfalls um die Ecke spähte.

»Nein, den König selbst, so wahr ich hier stehe. Da sind Hunderte von Männern um ihn und eine Art Zelt, so groß wie ein Haus.«

Warwicks Atem hatte sich beruhigt, als Sir Howard zu ihm trat und seinen Befehl erwartete. Alle, die mit ihm gekommen waren, warteten jetzt auf seine Anweisungen. Warwick zog einen Handschuh aus, um sich den Schweiß vom Gesicht zu wischen. Eigentlich hatte er dieses Glück gar nicht verdient, aber er würde die Gelegenheit trotzdem beim Schopf packen. Der Durchbruch in die Stadt war ihnen gelungen, jetzt war es müßig, sich zu wünschen, er hätte tausend Mann mitgebracht statt nur dreihundert.

»Wollt Ihr warten, Mylord?«, fragte Sir Howard, der offenbar dieselben Gedanken hatte. »Ich kann einen Boten zurückschicken und mehr Leute anfordern.«

»Nein. Diesen Garten, durch den wir gekommen sind, kann man genauso leicht blockieren wie die Gassen«, sagte Warwick. »Man hat uns gesehen, und zehn Mann würden ausreichen, um den Weg dort zu halten bis zum Jüngsten Tag. Nein, Sir Howard, wir werden hier und jetzt Lärm schlagen. Wir greifen an. Die Leute an den Barrikaden werden heraufkommen, um den König zu schützen, sie haben gar keine Wahl. Und dann können unsere Leute die Barrikaden endlich einreißen, und wir haben sie von zwei Seiten.«

Die Vorstellung, die Waffen gegen den König und sein Gefolge zu erheben, war ernüchternd. Bogenschützen und Axtkämpfer sahen sich beklommen an. Viele bekreuzigten sich, weil sie Gottes gerechte Strafe fürchteten. Doch niemand trat zurück, und Fowler strahlte, als hätte man ihn zum Hauptmann ernannt.

»Bogenschützen auf die andere Straßenseite«, sagte Warwick mit gepresster Stimme. »So weit auseinandergezogen wie möglich. Ich will nicht, dass ihr mir in den Rücken schießt, deshalb bekommt ihr jetzt eine Chance, sie lahmzulegen, ehe wir hinein gehen. Ihr müsst diese Stellung hier halten, falls wir auf zu viele treffen und uns zurückziehen müssen.«

»Mylord, darf ich etwas sagen?«, fragte Sir Howard und räusperte sich. Warwick runzelte die Stirn, aber dann trat er mit dem Mann zur Seite, um nicht von den anderen gehört zu werden.

»Was gibt's?«, wollte Warwick wissen. »Wir dürfen keine Zeit mit langem Palaver verschwenden, Sir Howard. Also schnell.«

»Wenn Ihr Eure Bogenschützen in der Straße schießen lasst, könnte es den König treffen, Mylord. Habt Ihr daran gedacht? Ein Pfeil macht keinen Unterschied zwischen königlichem und gewöhnlichem Blut.«

Warwick starrte ihn an. Als der Vater und der Bruder seiner Frau gestorben waren, hatte er zwischen Schottland und Devon ein Dutzend Schlösser und über hundert Herrenhäuser geerbt. Mit diesem außerordentlichen Reichtum waren auch mehr als tausend Soldaten in seine Dienste gekommen, die er als der neue Earl von Warwick geerbt hatte. Sir Howard war sein Lehnsmann, und Warwick wusste, dass er absoluten Gehorsam von ihm verlangen konnte. Er bemerkte, dass der Mann leicht zitterte, weil ihm vollkommen klar war, dass er schon allein durch diese Frage seinen Lehnseid und seine Ehre aufs Spiel setzte. Sir Howard Gaverick war nicht dumm, aber Warwick wusste auch, dass die Zeit drängte.

»Ihr könnt Euch zurückziehen, Sir Howard, wenn Ihr glaubt, dass Ihr mein Vorhaben nicht billigen könnt. Ich habe nur diese eine Möglichkeit, und ich werde die volle Verantwortung dafür tragen, egal, wie es ausgehen sollte. Wenn Ihr lieber gehen wollt, werde ich, nachdem wir gesiegt haben, Euch oder die Euren nicht bestrafen. Darauf habt Ihr mein Wort, aber entscheidet Euch jetzt, und zwar schnell.«

Damit ließ Warwick den Älteren stehen, der ihm mit großen Augen nachsah. Als der junge Earl sich schließlich umdrehte, sah er, wie Sir Howard allein durch die Reihen der wartenden Männer den Hügel hinunterging.

»Bogenschützen!«, rief Warwick. »Die Sache muss heute entschieden werden. Ihr habt alle gehört, was Mylord York sagte. Wenn wir hier versagen, werden wir als Verräter gejagt werden. Rang und Reichtum sind heute in dieser Stadt für niemanden ein Schutz. Ich befehle, dass ihr eure Pfeile über diese Straße schickt. Und zwar jetzt! Brüllt ihnen meinen Namen entgegen und lasst sie wissen, dass wir hier sind.«

Dreihundert Kehlen brüllten: »Warwick!«, so laut sie konnten, was den Lärm der hundert Bogenschützen übertönte, die sich zu Reihen formierten, den Köcher tief an der Hüfte. Ein Herzschlag später zischte der erste Schwarm von Pfeilen die St. Petersstraße hinunter. Ein weiterer Herzschlag brachte die Antwort: Schmerzensschreie und wilde Panik auf dem Marktplatz, auf dem der König stand.

15

Die Männer im königlichen Zelt zuckten unwillkürlich zusammen, als der Ruf »Warwick« ertönte. Es klang so nahe, dass jedes Gespräch augenblicklich erstarb. Der König, der gerade von draußen hereingekommen war, drehte sich abrupt nach dem Lärm um. Buckingham holte Luft, um einen Befehl zu geben, aber dazu hatte er gar keine Zeit mehr, denn schon drang ein Schwarm Pfeile durch die Zeltwände, und der königliche Haushofmeister sank getroffen nieder.

Derry Brewer warf sich zu Boden. Buckingham sah, wie etwas aufblitzte und hob die Hand um sich zu schützen, aber nicht schnell genug. Ein Pfeil prallte von der Schulterplatte eines Ritters ab und traf Buckingham im Gesicht. Er stieß einen dumpfen Schmerzenslaut aus, hob die Hand und spürte, dass der Schaft in seinem Oberkiefer steckte. Sein Mund war voll Blut. Unfähig zu sprechen, taumelte Buckingham gegen König Henry. Er wusste, dass er nur deshalb noch am Leben war, weil der Pfeil beim ersten Aufprall den größten Teil seiner Wucht eingebüßt hatte.

Der junge König stand völlig reglos, sein Gesicht war blasser denn je. Durch die Tränen, die ihm übers Gesicht liefen, sah Buckingham jetzt, dass auch Henry getroffen worden war. Ein Pfeil war durch die Fuge zwischen Hals und Schulterplatte seines Panzers gedrungen und steckte fest, die blutige Spitze ragte auf der andere Seite heraus. Buckingham, noch unter Schock, fing an zu keuchen und spuckte einen schwarzen Blutklumpen aus. Er wankte auf die andere Seite des Zeltes und stellte sich zum Schutz zwischen den König und die Pfeile, die immer noch durch die Zeltwand drangen. Buckingham hob den Kopf, aber er konnte kaum noch etwas sehen.

Auch Earl Percy hatte seinen blau-gelben Schild in Richtung der Pfeile erhoben und warf sich vor den König, um ihn zu schützen. Der Earl presste die Lippen zusammen, als er sah, wie stark Buckingham blutete, dann schrie er auf, als Henry plötzlich taumelte und fiel. Derry Brewer kroch geduckt zu ihm hin, blieb am Boden hocken und deckte den König mit seinem Körper.

»Ärzte!«, brüllte Percy. Scruton, der königliche Wundarzt, kam gerannt, ohne sich um die Pfeile zu kümmern, die immer noch durch die dicke Zeltleinwand drangen. Weitere Schilde wurden hochgehoben, bis sie einen geschlossenen Schutzwall um den König bildeten.

»Lasst mich durch«, brummte Scruton Derry Brewer an, der nickte und zur Seite rutschte. Unter dem Schutz der Schilde kauerte der Meisterspion keuchend am Boden, während Scruton die Wunde untersuchte.

Buckingham spürte Übelkeit in sich aufsteigen. Bei jeder Bewegung schabte der Pfeil an seinem Kieferknochen entlang. Er merkte, wie sein Gesicht rund um die Wunde anschwoll, seine Lippen waren bereits unförmig dick. Es kostete ihn große Mühe, nicht in Panik zu geraten und an dem Schaft zu zerren. Mit einem Ruck riss er sich vorn einen losen Zahn heraus, dann fing er grimmig und entschlossen an, den Pfeil zu lockern. Er ignorierte das Blut, das vorn an seinem Wams herunter lief, doch schließlich übermannte ihn ein Schwindelgefühl. Langsam ließ Buckingham sich auf ein Knie sinken und legte sich hin. Während Scruton sich um den König kümmerte, erschien Hatclyf jetzt an Buckinghams Seite und öffnete seine Ledertasche mit den Instrumenten. Hatclyf zog dem Duke die Hände vom Gesicht und durchtrennte mit einer mächtigen Schere den Schaft des Pfeils, dann legte er dem Duke die Hand auf die Stirn, um ihn festzuhalten, während er mit einem Rasiermesser die Pfeilspitze frei schnitt. Dann riss er sie mit einer eisernen Pinzette entschlossen heraus, wobei er einen weiteren losen Zahn mitnahm und Buckinghams Gaumen der Länge nach spaltete. Buckingham würgte, er drohte zu ersticken. Er setzte sich auf und erbrach eine große Menge Blut, aber der Arzt konnte nichts weiter tun, als dem Verwundeten ein Bündel zusammengeknüllter Tücher an die zerfetzten Lippen zu drücken, ehe Buckingham ohnmächtig wurde.

Innerhalb des Zelts war nur ein Mann sofort getötet worden, was unter den Umständen fast ein Wunder war. Alle anderen sahen sich jetzt erschrocken an, weil man hörte, wie rennende Menschen sich dem Zelt näherten. Draußen lagen viele weitere Tote und Verwundete. Ritter, selbst mit Pfeilen im Panzer, kamen angehumpelt, um den König zu schützen, andere lagen am Boden und hauchten ihr Leben aus. Der Pfeilhagel hatte aufgehört, stattdessen hörte man jetzt wieder den Schlachtruf »Warwick«, der immer lauter wurde.

»Hierher, Männer der Percys! Schützt Euren König!«, brüllte Percy aus Leibeskräften. Fahnenträger und Ritter stürmten aus allen Richtungen herbei, sie waren die ersten Truppen, die den Hügel erreichten. Ihre Lage schien aussichtslos, jetzt, da Henry getroffen worden war, obwohl noch niemand wusste, ob seine Verletzung tödlich war oder nicht.

»Mylord Percy, jemand sollte den Befehl erteilen, dass die untere Stadt gehalten werden muss!«, rief in diesem Moment Derry Brewer. »Der König ist verletzt, und wenn alle unsere Leute hierherkommen, dann werden York und Salisbury auch nicht mehr weit sein. Bitte, Mylord, gebt den Befehl!«

Doch Earl Percy ignorierte Derry, behandelte ihn wie Luft. Fluchend rannte dieser davon, um Somerset zu suchen. Er hatte gerade das Zelt verlassen, als es krachend zusammenfiel. Ein tragender Pfosten war gebrochen, und der König und sein Wundarzt verschwanden unter Bahnen von Zeltleinwand. Scruton bemühte sich gerade mit äußerster Vorsicht, dem König den Pfeil herauszuschneiden, ohne die Blutgefäße an dessen Hals zu verletzen. Die Hände des Arztes waren von königlichem Blut besudelt, sodass er Mühe hatte, den Schaft festzuhalten. Henrys Hände fuhren immer wieder an die Wunde, und schließlich befahl Scruton einem der königlichen Kammerdiener, ihm die Hände festzuhalten. Der Mann war fassungslos vor Schreck, als er seinen gefallenen König sah, und Scruton musste erst energisch werden, ehe der Diener es wagte, seinen Herrn festzuhalten, damit der Arzt seine Arbeit tun konnte. Ringsumher bemühten sich Ritter darum, die Zeltleinwand wegzuzerren, bis der König schließlich unter freiem Himmel lag.

Warwicks Soldaten kamen mit erhobenen Schwertern und Schilden die St. Petersstraße heraufgerannt und brüllten vor wilder Freude, als sie sahen, welches Chaos sie angerichtet hatten. Die Wachen des Königs traten ihnen entgegen und bildeten einen Schildwall, um den ersten Ansturm abzufangen. Immer mehr Männer kamen auf beiden Seiten dazu, bis beide Truppen aufeinanderprallten.

Derry Brewer musste sich mühsam gegen den Ansturm der Männer wehren, die ihm entgegenkamen, als er den Hügel hinunterrannte. Er schrie ihnen zu, sie sollten ihre Position weiter verteidigen. Das Leben des Königs war zwar in Gefahr, weiß Gott, aber wenn sie jetzt alle die Barrikaden verließen, wären sie alle erledigt. Je weiter Derry sich vom Marktplatz entfernte, desto mehr Männer sah er ankommen, die offenbar alle den Hügel hinauf wollten. In der unteren Stadt ertönte lautes, dumpfes Freudengebrüll, als York und Salisbury feststellten, dass die Barrikaden nicht mehr bewacht waren. Die Soldaten des Königs zogen sich vor ihnen zurück, und die Hindernisse fielen.

Derry Brewer blieb voller Entsetzen mitten auf der Straße stehen, und die Männer, die an ihm vorbeieilten, schlugen ihm auf die Schulter. Schließlich drückte er sich an eine Hauswand, wo man ihn nicht weiter beachtete. Seit der König in Gefahr war, konnte offenbar niemand mehr einen klaren Gedanken fassen. Loyale Soldaten, fast wahnsinnig vor Wut, waren bereit, jeden umzubringen, der es wagen sollte, sich dem König auch nur zu nähern. Derry schluckte schwer, sein Mund war völlig ausgetrocknet. Ihm war schon vorher klar gewesen, dass er auf dem königlichen Zug nach Norden nicht von großem Nutzen sein würde. Der Meisterspion eines Königs arbeitete im Geheimen, er entlarvte Verräter oder schnitt im Dunkeln Kehlen durch. Aber jetzt, am helllichten Tag und auf offener Straße, war er nichts weiter als ein weiterer Gegner, und noch dazu ohne schützende Rüstung.

Derry starrte den Hügel hinunter, wo Yorks Leute gerade die Barrikade durchbrachen und fieberhaft Dornengestrüpp und Tische zur Seite schleuderten. Einige der Soldaten, die ihre Posten dort verlassen hatten, blickten jetzt zurück und erkannten die Gefahr. Trotzdem entschieden sie sich, mit den anderen den Hügel hinaufzurennen, vielleicht hofften sie, dass man sich dort sammeln würde, um dann gemeinsam zurück in die Stadt zu ziehen und zu kämpfen. Derry schüttelte verzweifelt den Kopf. York hatte eine weitaus größere Armee, doppelt so viele Soldaten wie König Henry. Die Sache konnte nur einen Ausgang nehmen, besonders jetzt, wo der König verwundet war. Gott hatte wohl gerade beide Augen geschlossen, als dieser Bogenschütze seinen Pfeil abgeschossen hatte, der einen so verheerenden Schaden hatte anrichten können.

Derry holte tief Luft, sein Herz raste und seine Hände zitterten. Er könnte entkommen, da war er sich fast sicher. Er hatte sich, gleich nachdem sie in die Stadt gekommen waren, nach einem Fluchtweg umgesehen, wie es seine Gewohnheit war. Die Abtei erhob sich über St. Albans, und Derry wusste, dorthin würde er es schaffen. Es wäre nicht schwer, sich eine Mönchskutte zu besorgen. Damit könnte er sich entweder unter den Mönchen verstecken oder nach Westen den Weg aus der Stadt nehmen, ehe York und Salisbury den Marktplatz erreichten. Derry wusste, wenn er das täte, würde er am Leben bleiben und könnte der Königin Nachricht bringen. Jemand musste sich auf den Weg zu ihr machen, sagte er sich. Irgendjemand musste die Katastrophe überleben, die sich hier anbahnte. Warum sollte er nicht derjenige sein? Er sah eine Seitenstraße, die die Hauptstraße schnitt und bergab führte. Hier könnte er dem Ansturm der Männer entkommen und einfach verschwinden, wie er es in der Vergangenheit schon so oft getan hatte. York würde ihn nicht am Leben lassen, das war so sicher wie der Sonnenuntergang. Derry sah Yorks frische, ausgeruhte Truppen den Hügel hinaufziehen, geradewegs auf ihn zu. Die Straße zwischen den beiden Armeen hatte sich geleert, und auf dem Marktplatz drängten sich die Soldaten des Königs. York und Salisbury dürsteten nach Blut, und Derry stand als Einziger zwischen ihnen.

»Jetzt mach schon«, redete er sich selbst zu. »Renn endlich los, du dämlicher Kerl!« König Henry war vielleicht schon tot. Derry hörte das Waffengeklirr auf dem Marktplatz, er hörte auch das Trampeln marschierender Stiefel auf Straßenpflaster, das immer näher kam, bis die ganze Stadt zu erbeben schien. Die Nevilles und die Percys waren wild entschlossen, sich gegenseitig umzubringen. Doch Derry wusste, dass er keine Wahl hatte. Sein Platz war beim König. Es war ganz einfach, etwas anderes kam gar nicht infrage. Schweren Herzens machte er sich auf den Weg zurück, dorthin, wo er hergekommen war.

York hatte den schmalen Zug rotgewandeter Soldaten gesehen, die zügig den Hügel hinauf zur St. Petersstraße marschierten. Vom Keyfield aus konnte er den Marktplatz nicht sehen, aber er glaubte, gehört zu haben, wie der Name Warwick gerufen wurde, ehe der Wind ihn davontrug. Die Sonne hatte ihren Höchststand erreicht, als seine Männer an den Barrikaden in Triumphgeheul ausbrachen. York verstand nicht, warum die Barrikaden plötzlich nicht mehr verteidigt wurden, aber natürlich ergriff er die Chance und setzte jeden Mann, den er hatte, ein, um den Weg endgültig freizuräumen. Seine Männer kletterten über zerbrochenes Holz und Dornengestrüpp und räumten es beiseite, ohne dass jemand sie daran hinderte.

Die Truppen Yorks waren schneller als die von Salisbury und kamen als Erste in der Innenstadt an. York hielt sein Pferd an und starrte ungläubig auf die Scharen, die den Hügel hinaufstürmten. Wieder hörte York, wie aus der Richtung des Marktplatzes »Warwick« gebrüllt wurde, und eine Handbewegung in diese Richtung genügte als Signal für seine Hauptleute, um ihre Truppen anzutreiben. Gott hatte diesen Moment gesegnet, und York war entschlossen, diese Gelegenheit beim Schopfe zu packen. Er sah seinen Sohn durch die Bresche reiten und rief ihn zu sich.

Zu seiner Rechten brachen jetzt auch Salisburys Leute durch, von Yorks Soldaten mit Pfiffen und höhnischem Gelächter empfangen, weil sie es erst jetzt geschafft hatten. York sah Salisbury selbst nicht, aber der Earl würde den Weg zum König schon allein finden. Er trabte bergauf, dorthin, wo gekämpft wurde, er ließ seine rechte Schulter kreisen und packte seinen Schild mit festem Griff, gleichzeitig klappte er sein Visier herunter und sah die Welt jetzt nur noch durch einen schmalen Schlitz. Seine Fahnenträger ritten zu seinen beiden Seiten, und seine Leute schrien: »York«, während sie den Hügel hinaufstürmten, bereit, ihre Wut, die sich an den Barrikaden in ihnen aufgestaut hatte, jetzt an denen auszulassen, die sie errichtet hatten.

Als sie sich der St. Petersstraße näherten, erblickte York ein einziges Chaos. Auf der einen Seite des Marktplatzes wurde gekämpft, das hörte er. Doch die Soldaten des Königs, die er in einiger Entfernung vor sich sah, schienen nichts anderes im Sinn zu haben, als sich immer weiter zurückzuziehen, offenbar gab es niemanden, der sie kommandierte. Er lenkte sein Pferd in die erste Reihe seiner Soldaten und blieb im Schritt neben ihnen. Immer wieder sah er, wie einzelne Kämpfer des Königs stehen blieben und ihn hasserfüllt anstarrten, nur um sich dann umzudrehen und sich eilig aus dem Staub zu machen. Plötzlich kam ihm ein Gedanke, als sich ihm drei Mann mit Äxten in den Weg stellten, die aussahen, als wollten sie die Waffen auch einsetzen.

»Bei Gott, macht den Weg frei und beschützt lieber Euren König!«, brüllte York sie an. Fast musste er lachen, als auch diese kehrtmachten und sich in den Tumult hinter ihnen stürzten. York schüttelte den Kopf, er verstand nicht, was hier vor sich ging. Seine Hauptleute hatten ihre Männer im Griff, sie schickten sie in die Seitenstraßen, um den dreieckigen Marktplatz vollständig zu umstellen. Dabei trafen sie auf Salisburys Leute, die denselben Plan hatten, und beide Seiten brüllten die Namen ihrer Schutzherren, um sich nicht aus Versehen gegenseitig anzugreifen.

Am Rande des eigentlichen Marktplatzes wurde York endlich von drei entschlossenen Reihen der Weg versperrt. Er sorgte sich um seinen Sohn und dankte Gott, dass zumindest keine Bogenschützen darunter waren, nur einer der Glücksfälle an diesem Tag, der voller Überraschungen war. Misstrauisch betrachtete er den Schildwall, aber seine Männer marschierten ohne Zögern weiter und fingen jetzt sogar an zu rennen, wobei die Hauptleute alle Hände voll zu tun hatten, die Kontrolle über sie zu behalten. York hörte, wie sie brüllend verlangten, dass man ihn durchlasse, und sowohl er als auch Edward ritten im Schritttempo weiter und beachteten kaum die kämpfenden, sterbenden Männer zu beiden Seiten, als sie den Schildwall durchbrachen. Jetzt sah York Pfeile, die über die Köpfe hinweg zischten. Schnell stieg er ab, er wollte sich nicht unnötig zur Zielscheibe machen. Edward von March und seine Fahnenträger ließen sich ebenfalls zu Boden gleiten, und ihre Pferde waren bald in der kämpfenden Menge verschwunden. Völlig überwältigt blickte Yorks Sohn um sich und umklammerte sein Schwert, das er ausgestreckt vor sich hielt.

Es war, als bewegten sie sich im Traum. Immer wieder versuchten Soldaten, zu der kleinen Gruppe um York vorzudringen, wurden jedoch jedes Mal von fluchenden Männern in den Farben Yorks überwältigt, die den königlichen Truppen hoffnungslos überlegen waren. Auf offener Straße ritt York ungehindert über das Kopfsteinpflaster, bis er zu seiner Verblüffung plötzlich vor einem Haufen zerrissener Zeltleinwand stand und den König am Boden liegen sah.

York blickte um sich, und endlich verstand er das Durcheinander und die Panik der königlichen Soldaten. Irgendwo rechts von ihm bemerkte er Salisbury, der, immer noch zu Pferde und anscheinend zum Äußersten entschlossen, mit Percys Soldaten kämpfte und gleichzeitig versuchte, dorthin vorzudringen, wo York stand.

Wieder schwirrten Pfeile, und York sah, dass einer nahe der Stelle, wo der König lag, auf das Pflaster schlug und zersplitterte. Er drehte sich zu Edward um, der zusammengezuckt war, sich aber gerade noch rechtzeitig ducken konnte. York musste den Mut des Wundarztes bewundern, der sich nicht aus der Ruhe bringen ließ, als er jetzt den Hals des Königs verband, wobei er immer wieder durch Henrys unruhig tastende Hände behindert wurde.

Henry blickte auf, als Yorks Schatten auf sein Gesicht fiel. Er riss die Augen auf, schüttelte den Kopf und zuckte vor der Berührung des Arztes zurück. Scruton stieß einen leisen Fluch hören, als der Verband sich wieder rot färbte. In seinem Kampf um das Leben des Königs hatte er den Duke noch gar nicht wahrgenommen. Jetzt fiel Henrys Kopf zur Seite, er verdrehte die Augen und verlor das Bewusstsein.

Einen Moment stand York da und starrte ihn an, in der Hand das gezogene Schwert, das jetzt überflüssig war. Er merkte allerdings, dass die Kämpfe zwischen Percys und Salisburys Leuten immer erbitterter wurden, in die auch einige von Warwicks Rotröcken verwickelt waren. York fasste einen Entschluss und wandte sich zu seinen Fahnenträgern um. Was immer er erwartet oder erhofft hatte – dies hier mit Sicherheit nicht.

»Bringt den König in die Abtei, damit er in Sicherheit ist. Bewacht ihn gut, bei Eurem Leben und Euren guten Namen – die Abtei ist heiliger Boden. Edward – du wirst mitgehen.«

York berührte den Wundarzt an der Schulter, der daraufhin seine Tätigkeit unterbrach.

»Tretet zurück, Sir. Ihr könnt den König in die Abtei begleiten, aber er muss von hier weggebracht werden.«

Zum ersten Mal blickte Scruton auf und erstarrte fast vor Schrecken, als er York sah, der in voller Rüstung vor ihm stand. Der Arzt hatte gewusst, dass es um die Truppen des Königs schlecht stand, aber jetzt, wo der Mann, der das alles verursacht hatte, mit gezogenem Schwert neben ihm stand, konnte er nur noch stottern.

»Er darf nicht … kann nicht … Mylord, er darf nicht bewegt werden.«

»Doch. Weil es notwendig ist. Tretet zur Seite, damit meine Männer ihn in Sicherheit bringen können. Ich werde nicht dulden, dass mein König hier auf der Straße von wild gewordenen Männern zertrampelt wird.«

Scruton stand auf, wischte sich die blutigen Hände an der Schürze ab und verstaute seine Instrumente und die Leinenbinden wieder in die Tasche. Einer von Yorks Rittern packte

Henry unter den Armen, ein zweiter nahm die Füße, und mit lauten Rufen bahnten sie sich einen Weg aus dem Chaos. Der König stöhnte, halb bewusstlos, unfähig, zu sprechen. York rief zwei weitere Hauptmänner und ein Dutzend kräftiger Soldaten hinzu, um den Zug zu begleiten, er befahl, jeden zu töten, der sich ihnen in den Weg stellen sollte, ohne Rücksicht auf Rang oder Wappen. Seine Befehle hatten Vorrang vor allen anderen, dafür würde er sorgen. Und was noch wichtiger war, auch sein Sohn würde in Sicherheit sein. Der königliche Wundarzt hatte sich wieder beruhigt und ging hinter der kleinen Gruppe her, die den König vom Kampfplatz trug und den Weg zur Abtei einschlug. York sah seinem Sohn nach, bis alle hinter dem Kampfgetümmel verschwunden waren.

Salisbury war entweder abgesessen oder sein Pferd war getötet worden. Der Earl hatte sich inzwischen bis an den Platz mit den blutigen Pflastersteinen und der zerrissenen Zeltleinwand vorgekämpft und keuchte vor Anstrengung. Er war hochrot und schwitzte. Sir John Neville deckte seinem Vater den Rücken, falls jemand versuchen sollte, sie von hinten anzugreifen.

»Wo ist der König?«, wollte Salisbury wissen. York wandte sich um und klappte sein Visier hoch, ehe er antwortete.

»Ich habe ihn in die Abtei bringen lassen. Er ist schwer verwundet, aber jetzt habe ich ihn, lebend.« Das Wissen, gesiegt zu haben, ließ seine Brust anschwellen. »Ich werde befehlen, dass die Trompeter das Signal zum Waffenstillstand blasen. Jetzt gibt es nichts mehr, worum wir kämpfen müssten.«

»Nein!«, fauchte Salisbury. »Das wirst du *nicht* tun. Hier gibt es noch einiges für mich zu tun, ehe wir fertig sind. Versprich es mir, bei unserer Freundschaft. Du wirst nicht das Signal geben lassen, Richard. Percy und Egremont leben noch. Für mich ist die Schlacht noch nicht zu Ende.«

Vater und Sohn funkelten ihn wild entschlossen an, doch York hielt ihren Blicken stand.

»Die Schlacht ist beendet«, sagte er mit fester Stimme. »Habt ihr nicht gehört, dass ich sagte, wir haben den König?« Da das Oberhaupt der Nevilles nicht antwortete, deutete York auf seine Brust. »Du hast einen Eid geleistet, mir zu folgen, Salisbury.«

Er sah, wie das Gesicht des Älteren schmerzlich zuckte. Sein Sohn John wollte etwas sagen, aber York sah ihn kalt an.

»Halte den Mund, Junge.«

Wütend senkte Sir John Neville den Blick.

»Mein Eid gilt«, sagte Salisbury tonlos. Er war wütend, teils über die Demütigung seines Sohnes, aber auch, weil er an seine Ehre erinnert worden war. »Gib mir nur eine Stunde. Mehr nicht. Wenn ich diese Hunde bis dahin nicht erledigt habe, gebe ich selbst das Signal. Du hast mein Wort.«

»Also gut – eine Stunde. Ich werde es meinen Herolden sagen«, erwiderte York, der die Sache nicht eskalieren lassen wollte. Salisbury wandte sich um, er wollte sehen, welchen Verlauf die Kämpfe rings um den Marktplatz nahmen. York blieb stehen und beobachtete ihn. Er sah jetzt klar, zum ersten Mal. Das Schicksal des Hauses York, selbst das Schicksal des Königs, war niemals Salisburys Anliegen gewesen. York blickte in die Runde auf seine Männer, die dastanden und auf seinen Befehl warteten.

»Bahnt uns einen Weg zur Abtei«, sagte er. »Gebe Gott, dass Henry noch am Leben ist. Ich muss mit meinem König sprechen.«

16

Nachdem York den Marktplatz verlassen hatte, übernahm Salisbury das Kommando und gab brüllend den Befehl zum Angriff auf Percys Soldaten. Sowohl Earl Percy als auch Lord Egremont waren gezwungen gewesen, sich nach dem misslungenen Gefecht auf dem Marktplatz zurückzuziehen und weiter unten in der St. Petersstraße in Sicherheit zu bringen. Salisbury hatte auch Somersets Banner in der Nähe dieser Gruppe gesehen, doch dann war der Fahnenträger tödlich verletzt worden, und das Banner war zu Boden gesunken und verschwunden. Sie wurden von Soldaten in roten Röcken schwer bedrängt, und Salisbury schoss es durch den Kopf, dass diese auffällige Farbe doch ganz nützlich war, besonders jetzt, wo sämtliche Fahnen zerfetzt oder zertrampelt waren.

Mit müdem Seufzer schlug er seinem Sohn John auf die Schulter.

»Bleib dicht bei mir«, sagte er. In geschlossenen Reihen folgten ihnen Nevilles Soldaten. Mit jedem Schritt spürte Salisbury sein Alter, aber die körperliche Schwäche war vergessen, sobald er daran dachte, dass die alte Fehde jetzt ein für alle Mal entschieden würde. York und der König waren aus dem Zentrum des Geschehens verschwunden. Jetzt ging es nur noch um die Nevilles und die Percys, wobei die Streitmacht der Nevilles zwei- bis dreimal so stark wie die ihrer Feinde war.

Salisbury und sein Sohn verfolgten sie auf der St. Petersstraße und kamen gerade rechtzeitig, um zu beobachten, wie Somerset und seine Männer gewaltsam in ein Wirtshaus eindrangen. Hundert Meter weiter wurden die Percys von Warwick bedrängt, wobei ihnen kaum Platz zum Atmen blieb und schon gar nicht die Zeit, um sich eine Strategie zu überlegen. Somerset saß in der Falle, und jetzt sah Salisbury die Chance, York einen Gefallen zu tun, damit dieser in seiner Schuld stünde. Er blieb stehen, sammelte seine Leute vorn an der eingetretenen Tür des Wirtshauses und schickte weitere an die Hintertür, sodass ein Entkommen nicht möglich war. Drinnen war es dunkel und still, anscheinend hatte niemand große Lust, sich den Schwertern und Äxten zu stellen, die draußen auf sie warteten.

»Für jeden Ritter einen Beutel Gold, für die Bürger einen Ritterschlag«, verkündete Salisbury den Soldaten, die um ihn standen. »Und wer Somerset umbringt, kann seine Belohnung selbst wählen.«

Das reichte, um auch die Unentschlossenen anzuspornen. Sie rannten zur Tür, und vier von ihnen zwängten sich hindurch. Salisbury wartete, während man von drinnen erstickte Schreie und das Klirren von Metall auf Rüstungen vernahm. Jetzt wagten sich weitere seiner Männer in das Haus, das Krachen und die Schmerzensschreie wurden lauter, und Salisbury kaute nervös auf der Unterlippe. Er wollte keine Zeit verlieren, denn Percy sollte ebenfalls noch erledigt werden.

»Schneller! Noch mehr von euch, dort hinein!«, bellte er. Er hatte noch nicht fertig gesprochen, als eine Gestalt aus der Tür trat, die alle zum Verstummen brachte.

Somersets Rüstung war von Blut überströmt, das ungehindert über das geölte Metall rann und auf die Schwelle tropfte.

Er atmete schwer, aber als er Salisbury erblickte, hellte sich sein Gesicht auf, und er hob mit beiden Händen seine schwere Axt hoch. Von denen, die in das Haus gegangen waren, um mit ihm zu kämpfen, war keine Spur, ebenso wenig von seinen eigenen Wachen. Somerset war allein.

»Neville!«, rief Somerset und trat einen Schritt hinaus in die Sonne. Er schien die bewaffneten Männer zu beiden Seiten gar nicht zu bemerken. »Neville, du elender Verräter!«, brüllte er. Einer von Salisburys Rittern wollte sich auf ihn stürzen, aber Somerset fuhr herum und seine Axt traf den Mann mit einem gewaltigen Schlag in den Hals, noch ehe dieser einen Hieb landen konnte.

»Hierher, Neville!«, schrie Somerset heiser. »Komm schon, du Lump!« Es war ein grausamer Anblick, wie der blutüberströmte Duke dort stand und sie herausforderte. Die Soldaten standen in abergläubischer Furcht da und starrten ihn an. Somerset trat auf die Straße heraus, und Salisbury bereitete sich auf einen Angriff vor. Ein kräftiger Soldat machte zwei Schritte auf ihn zu, schwang das Schwert und traf die Seite seiner Rüstung, sodass eine große Delle entstand und Somerset nach Luft schnappte. Der Gegenschlag fuhr aufwärts in die Rippen des Mannes und zerschnitt sein Kettenhemd, dass die Ringe wie verstreute Münzen auf dem Pflaster tanzten. Der Soldat fiel auf sein Gesicht, und mit großer Anstrengung hob Somerset nochmals seine Axt. Als er sie auf den Rücken des Mannes niedersausen ließ, stieß er versehentlich an das Wirtshausschild, das über ihm hing. Salisbury sah, wie Somerset aufblickte, während er seine Axt aus dem Toten zog.

Das Wirtshaus hieß *Zur Burg*, und auf dem Schild war das grob gemalte Bild eines Festungsturmes in Grau und Schwarz. Beim Anblick des Bildes wich das Blut aus Somersets Gesicht, und er schloss für einen Moment die Augen. Seine Kraft und seine Wut schienen ihn verlassen zu haben, plötzlich fühlte er sich leer.

Salisbury machte eine schnelle Bewegung, und zwei Ritter stürzten herbei und versetzten Somersets Rüstung in Höhe der Kniegelenke zwei heftige Schwerthiebe. Mit einem lang-gezogenen Schrei ging er zu Boden und wurde erst still, als ein Dritter herbeieilte, mit der Axt auf Somersets Hals zielte und Metall und Knochen durchschlug.

Einen Augenblick lang rührte sich niemand, die Hälfte der Männer waren Zeuge des Mordes an einem königlichen Duke geworden, und mit diesem Schrecken mussten sie erst fertig-werden. Viele von ihnen bekreuzigten sich, blickten hinüber zu Salisbury und warteten gespannt darauf, wie er reagieren würde.

»Das war für York«, sagte Salisbury. »Aber noch sind wir nicht fertig. Jetzt ist Percy dran.«

Salisbury und sein Sohn John ließen den Toten liegen und gingen die St. Petersstraße hinunter, dorthin, wo Warwick sich befand. Salisburys Leute folgten schweigend und warfen im Vorbeigehen einen beklommenen Blick auf die Leiche des königlichen Beraters.

Die dezimierten Truppen Warwicks hatten den Feind auf dem Marktplatz unter Druck gesetzt und kämpften jetzt gegen die standhaftesten von Earl Percys Soldaten, während ihr edler Herr, der König, in Sicherheit gebracht wurde. Auf bei-den Seiten gab es keinerlei Schonung, aber Warwick hatte weniger Leute und verdankte es nur der engen Straße, dass er nicht eingekreist und überwältigt werden konnte. Nach-dem sein Vater ihn eingeholt hatte, hatte Warwick Earl Percy und Baron Egremont gegen die Front eines anderen Wirtshauses gedrängt, dass *Die Gekreuzten Schlüssel* hieß. Gleich dahinter war eine Seitenstraße, und Warwicks Leute versuchten mit allen Mitteln, Percy zu erreichen, ehe die Männer dort eine Chance zur Flucht hatten.

Warwick blickte voll Sorge zurück, als er das Geräusch marschierender Stiefel hörte, dann atmete er erleichtert auf, als er die Adler, die Kreuze und die Rauten auf den Schilden der Truppe seines Vaters sah. Er erhaschte einen Blick auf seinen Bruder John, und der jüngere Warwick nickte ihm zu, ein privater Moment des Verstehens mitten im Chaos dieses Tages. Dies waren die Männer, die Johns Hochzeitsgesellschaft angegriffen hatten, und Warwick nickte und bestätigte seinem Bruder, dass er recht handele.

Salisbury führte auf dieser Straße zwei- bis dreihundert seiner besten Leute an, dem Rest seiner Soldaten überließ er die Stadt, um sie nach Gutdünken zu sichern. Irgendwo in der Ferne hörte man Hornsignale, aber Salisbury ignorierte sie und gab neue Befehle, als sie auf Warwicks Rotröcke stießen und gemeinsam versuchten, den Feind zu erreichen.

Bei dem Gedanken auf einen erneuten Ansturm fühlte sich Earl Percy von Northumberland völlig erschöpft. Er war gezwungen gewesen, sich auf der Hauptstraße immer weiter zurückzuziehen. Der Helm war ihm vom Kopf geschlagen worden, und sein schweißnasses weißes Haar flatterte im Wind. Sein Gesicht war grau, und er konnte kaum noch sein Schwert heben, das er mit beiden Händen festhielt. Zusammen mit seinem Sohn Thomas stand er in der zweiten Reihe seiner Truppen, prächtig anzusehen in Blau und Gelb. Das Oberhaupt des Hauses Percy wäre schon längst gefallen, wäre da nicht dieser kleine, drahtige Mann im Kettenhemd und mit dem Stilett gewesen. Trunning erlaubte niemandem, sich seinem Herrn zu nähern. Er fuhr dazwischen und stieß mit beängstigender Genauigkeit entweder in den Sehschlitz oder eine andere Fuge des Panzers. Er allein war für mindestens ein halbes Dutzend Tote auf dieser Straße verantwortlich, und Warwick hätte viel darum gegeben, wenn er jetzt auch nur einen seiner Bogenschützen gehabt hätte, die er in der Eile, den Marktplatz zu erreichen, zurückgelassen hatte.

Die Truppen Percys zogen sich abermals zurück, und damit öffnete sich jetzt links von ihnen eine Seitenstraße. Warwick hörte, wie Earl Percy seinen Soldaten zurief, dies seien die Männer, die den König getötet hatten. Er wurde bleich. Die Worte des alten Mannes feuerten die Soldaten aufs Neue an, sie drängten voran und gewannen wieder ein paar Meter an Boden. Aus den Ritterrüstungen tropfte frisches Blut auf die Straße. Warwick konnte nur zusehen, wie die Männer seines Vaters ihre Piken an den Schilden vorbeischoben, wie sie zielten und zustießen, bis die Spitzen beim Herausziehen rot waren, nur um sofort wieder zuzustoßen. Er sah, wie Earl Percy sich mit Lord Egremont beriet. Schließlich schob der Ältere seinen Sohn weg und deutete auf die offene Straße hinter ihnen. Egremont war rot im Gesicht und wollte seinen Vater nicht verlassen, doch dieser umarmte ihn noch einmal und stieß ihn unsanft in Richtung der Straße.

Salisbury kam keuchend angerannt und packte seinen Sohn an der Schulter.

»König Henry ist nur verwundet, aber er könnte immer noch sterben«, sagte er. »Du hast deine Sache gut gemacht. Wir verdanken es deinem Durchbruch, dass es heute so gut für uns gelaufen ist.«

»Wo ist York?«, fragte Warwick, der Percy und Egremont nicht aus den Augen ließ. Die beiden Männer schienen gar nicht zu merken, dass um sie herum gekämpft wurde, als Percy jetzt wieder auf die offene Straße deutete. Ein paar Wachen beugten den Kopf, als Percy ihnen befahl, seinen Sohn zu begleiten. Der Mutigste von ihnen packte Lord Egremont an den Armen und führte ihn rückwärts davon, obwohl Thomas sich noch immer wehrte und nach seinem Vater rief. Der Alte wandte seinem Sohn den Rücken zu und blickte den Nevilles entgegen. Warwick fluchte leise. Vielleicht bildete er es sich nur ein, aber Earl Percy schien ihn mit einem Ausdruck bitteren Stolzes anzusehen.

»York ist zur Abtei gegangen, vielleicht will er beim König ein paar Tränen vergießen – oder beten«, sagte Salisbury. »Soll er. Unser Platz ist hier. Wir haben noch etwas zu erledigen.« Sein Vater holte tief Luft. Dann brüllte er, dass es weithin zu hören war: »Bringt sie um! Im Namen derer von *Salisbury!* Von *Warwick!* Von *Neville!* Bringt sie alle um!«

Die Männer kämpften wieder entschlossener, wobei sie den Vorteil hatten, dass jetzt die Soldaten fehlten, die mit Egremont gegangen waren. Warwick sah, wie der kleine Kerl mit dem Stilett zwischen zwei kämpfenden Rittern auftauchte und sein Ziel fand, als wüsste er, nach welcher Seite sie ausweichen würden. Wie ein Schatten schlüpfte Percys Schwertmeister zwischen die Kämpfenden. Er täuschte nach links und geriet in die zweite Reihe, weil ein Soldat nach der falschen Seite auswich. Einen Herzschlag später war er durch die Lücke geschlüpft und stand ihnen gegenüber. Trunning warf sich auf Salisbury, aber sowohl Warwick als auch John Neville hatten die Gefahr erkannt. Sie begegneten seinem Stoß mit ausgestreckten Schwertern, und Trunning wurde regelrecht aufgespießt. Selbst jetzt grinste er sie noch mit blutigen Zähnen an und streckte den Arm aus, um John Neville seinen

Dolch in die Schulter zu rammen. John schrie vor Schmerz auf, als der Mann die Klinge drehte, bis das Blut über das glänzende Metall strömte. Mit einem Ruck riss Warwick sein Schwert zurück, zog es quer über Trunnings Kehle und ließ ihn fallen.

Salisbury stieß ein lautes Triumphgeheul aus, als er sah, wie Earl Percy mit klirrender Rüstung zu Boden ging. Ein Leibwächter des alten Mannes stand über dem Gefallenen, um die Soldaten Nevilles mit Schwert und Schild abzuwehren. Der Ritter kämpfte tapfer, er schien unerschöpfliche Kraft zu haben, doch konnte er nicht einen Schritt von der Seite seines Herrn weichen. Egal, nach welcher Seite er sich drehte, um einen Angreifer zu töten, sofort war ein weiterer da, bis schließlich ein Axtkämpfer mit kraftvollem Schlag sein Knie zerschmetterte. Er fiel und wurde getötet.

Die Truppen der Percys waren von dem alten Mann getrennt worden, sodass Warwick und Salisbury endlich in seine Nähe kamen. Earl Percy war noch am Leben, aber seine Lippen waren blau verfärbt. Stöhnend setzte sich der Alte auf und stützte sich auf die Ellbogen.

»John! Hierher!«, befahl Salisbury. Der Arm seines Sohnes hing schlaff herunter, der Muskel war an der Schulter durchtrennt. Er hatte Trunnings Dolch mit der linken Hand herausgezogen und war kreidebleich vor Schmerzen. Aber sein Gesicht war von Wut verzerrt, als er vor seinem Feind stand.

»Auch mein Tod macht Euch nicht weniger zum Verräter«, sagte Earl Percy, dessen Atem pfeifend ging. Er hatte seine Worte und seinen Blick auf Salisbury gerichtet. John Neville schüttelte nur den Kopf. Mit dem Dolch, der noch nass von seinem eigenen Blut war, stieß er dem alten Mann von unten her ins Kinn. Earl Percy streckte sich und stieß einen knurrenden, zischenden Schmerzenslaut aus. Die Klinge ragte aus seinem Mund heraus und zwang seinen Kopf nach oben. Wässriges Blut spritzte, als John sie herauszog und Percys Kehle durchschnitt. Die drei Nevilles sahen, wie der Earl zur Seite fiel. Seine Augen brachen, aber sein Mund bewegte sich immer noch stumm.

»Wo ist Egremont?«, fragte Salisbury seine Söhne. Warwick zeigte zu der offenen Straße hin, wo eine Gruppe von Reitern in der Ferne verschwand. Von irgendwo ertönten wieder Hornsignale, und Salisbury presste den Mund zusammen. Er hatte York sein Wort gegeben, außerdem machten sich jetzt auch bei ihm Erschöpfung bemerkbar. Salisbury sah seinen Sohn John an und legte ihm die Hand auf die Schulter.

»Wir haben gesiegt, John. So weit kann Egremont gar nicht rennen, dass wir ihn nicht einholen könnten. Aber es reicht. Für heute sind wir fertig.«

»Gib mir hundert Mann, und ich reite hinter ihm her«, erwiderte John Neville. Einen Moment dachte er tatsächlich, sein Vater würde zustimmen, aber als der Earl den Kopf senkte, war es vor Müdigkeit, nicht zum Zeichen seiner Einwilligung.

»Nein. Hör auf mich. Du wirst deine Chance noch bekommen.«

Der Earl atmete tief durch, den Blick auf die Leiche seines ältesten Feindes gerichtet.

»Genug!«, rief Salisbury. Zu seiner Linken kämpften immer noch ein paar Männer auf beiden Seiten, und zum dritten Mal hörte er Yorks Hornsignal aus der Ferne. Die Stunde war um, und er hatte sich gerächt. »Die Trompeter sollen blasen. Genug, habe ich gesagt. Steckt die Schwerter ein. Niemand muss mehr sterben. Wer leben will, soll sein Schwert einstecken.«

Die blutenden, keuchenden Männer vernahmen es und gaben sich der verzweifelten Hoffnung hin, dass dies alles tatsächlich zu Ende sein könnte, dass sie den Tag überleben würden. Soweit Salisburys Stimme zu hören war, legten die Männer die Waffen nieder, dann auch die übrigen, nachdem die Hauptleute der Nevilles den Befehl weitergegeben hatten und weitere Trompetenstöße durch die Stadt schallten, bis das Signal des Waffenstillstands jede Straße und jedes Haus erreicht hatte.

Richard von York ging über das Pflaster zu den mächtigen Außentoren der Abtei. Noch immer konnte er hinter sich den Lärm hören, das Klirren von Rüstungen und das Brüllen von Männern, die entschlossen waren, sich auf diesen engen Straßen gegenseitig umzubringen, wo kaum genügend Platz war, um ein Schwert zu schwingen. Er blickte zurück, als ein gewaltiger Schrei aus vielen Kehlen ertönte, aber er hatte keine Ahnung, was er zu bedeuten hatte. Salisburys Worte beunruhigten ihn. Sie ließen alles, was in den vergangenen Monaten passiert war, in einem völlig anderen Licht erscheinen. Yorks Ziel war es immer gewesen, die falschen Berater von Henrys Seite zu verdrängen, ehe sie das Königshaus ins Verderben stürzen konnten. Jetzt wurde ihm klar, dass Salisburys Hauptanliegen gewesen war, Percy zu beseitigen. Dabei hatte es anfangs so ausgesehen, als seien sie mit einem gemeinsamen Ziel nach St. Albans gezogen. York schüttelte den Kopf, als könne er damit all seine Sorgen und Bedenken loswerden. Er war todmüde und hungrig, aber hier in der

Abtei lag König Henry, von dem York nicht einmal wusste, ob er überhaupt noch lebte.

Die Männer, die den König in Sicherheit gebracht hatten, standen noch vor den Toren, sie wollten lieber an diesem ruhigen Ort warten, als sich wieder ins Kampfgetümmel zu stürzen. Edward von March stand etwas verlegen unter ihnen, sein Rang und seine Jugend waren eine Schranke, die er nicht überwinden konnte. Die Männer nahmen Haltung an, als York auf sie zuging. Es waren ohne Ausnahme erschöpfte und zerschundene Soldaten, die heute bereits schwer gekämpft hatten, und doch war es ihnen unangenehm, hier fernab vom Kampfgeschehen herumzustehen. Aber York bemerkte sie kaum, ihn beschäftigte zu stark der Gedanke, was er hier in diesem weitläufigen Gebäude wohl vorfinden würde. Der Abt war nirgends zu sehen, doch seine Abtei war heiliger Grund und Boden, ein Ort der Zuflucht. York erschauerte unter seiner Rüstung, als seine Leute die Tore für ihn aufstießen und er eintrat. Mit hoffnungsvollem Gesicht ging sein Sohn einen Schritt auf ihn zu, aber York schüttelte den Kopf. Er wusste weder, was in der Abtei auf ihn wartete, noch was er tun würde.

»Nein, Edward. Bleib hier.« York trat ein und wartete, bis sich die Tore wieder hinter ihm schlossen. Er blickte auf.

Die Farbenpracht, die ihn empfing, war schwindelerregend, jede Säule, jede Wand schrie förmlich nach Aufmerksamkeit. Ein riesiger Christus am Kreuz nahm seinen Blick gefangen, prächtig in Rot und Blau und Gold, die Farben so hell, als seien sie gerade erst aufgetragen worden. Gemälde und Fresken mit Bibelszenen soweit das Auge reichte. Es war einfach überwältigend, und York war sich seiner schmutzigen Rüstung schmerzlich bewusst, als er da stand und das lange Kirchenschiff entlang bis zu dem steinernen Lettner blickte. Dahinter befand sich der Altar, und dort lag der König wie eine leblose Puppe. Es waren nur zwei Personen bei ihm, und mit blassen Gesichtern blickten sie jetzt auf den Mann, der sich vorkam wie ein Wolf, der in einen Schafstall eindrang.

York blieb kurz hinter der Schwelle stehen und lehnte seinen Schild gegen eine Steinsäule, die sich hoch über ihm erhob. Mit schmerzenden Händen löste er den Gürtel mit dem Schwert, legte die Waffe neben den Schild und richtete sich auf. Das Haupt des Hauses Lancaster lag hilflos vor ihm, ein Vetter, der von demselben Kriegerkönig Englands abstammte und den lediglich ein dazwischen geborener Sohn statt York auf den Thron gebracht hatte. York hob den Kopf, er ließ sich nicht einschüchtern durch die Wandgemälde, auf denen Verdammte in die feurige Hölle fuhren. Seine Rüstung knirschte und seine Schritte hallten, als er durch das lange Kirchenschiff ging.

Es waren etwa hundert Schritte, bis er vor dem König von England stand. Henry lebte noch. Er saß auf dem kalten Steinboden, ein Bein angewinkelt, den Rücken an den Altar gelehnt. York sah, wie der König ihn beim Näherkommen beobachtete. Sein Gesicht war blass wie ein Leichentuch. Man hatte Henry den Kragen und die Schulterstücke seiner Rüstung abgenommen, Hals und Achselhöhle waren dick verbunden. Scruton, der Wundarzt, trat zur Seite, als York näher kam, den Kopf beugte und die Hände wie zum Gebet zusammenlegte.

An der Schmalseite des Altars lag der Duke von Buckingham. Der Atem des Dukes war ein kurzes, schmerzhaftes Japsen, er hatte schreckliche Schmerzen zu ertragen. Der Duke drehte mühsam den Kopf zu ihm her, und es überlief York kalt, als er dessen blutigen, schrecklich zugerichteten Mund sah. Buckinghams rot geränderte Augen tränten immer noch, und York wusste nicht, ob der Grund die schmerzende Wunde oder die verlorene Schlacht war.

York blieb stehen und starrte hinab auf die Männer, die vor ihm lagen. Obwohl er sein Schwert zurückgelassen hatte, trug er immer noch seinen Dolch an der rechten Hüfte. Er wusste, wenn er sich jetzt entschließen sollte, zuzustechen, könnte keiner der drei ihn daran hindern.

Ein Flattern über ihm ließ ihn nach oben blicken. Er sah mehrere Tauben, die hoch oben durch den Raum flogen, dieses irdische Sinnbild himmlischer Ewigkeit. Er bekreuzigte sich und war sich wieder bewusst, dass er auf heiligem Boden stand. Er spürte die Gegenwart Gottes in diesem riesigen, kalten Gewölbe, und wie unter einem Zwang musste er abermals den Kopf beugen.

York ließ sich vor dem König aufs Knie nieder.

»Eure Majestät, es schmerzt mich, Euch verwundet zu sehen«, sagte er. »Ich möchte Euch für alles, was ich getan habe, um Vergebung und um Eure Begnadigung bitten.«

In seinem Bemühen, etwas aufrechter zu sitzen, drückte Henry die Hände auf den Steinboden, bis sie weiß wurden. Sein Blick war verschwommen, er versuchte vorsichtig, den Kopf etwas zu drehen und betrachtete den Mann, der eine solche Verwüstung angerichtet hatte.

»Und wenn ich Euch nicht gewähre, um was Ihr bittet?«, flüsterte er.

York schloss für einen Moment die Augen. Als er sie wieder öffnete, war sein Blick hart und entschlossen.

»Dann muss ich darauf bestehen. Eure Begnadigung für alles, was heute passiert ist. Für mich und alle, die mit mir gekommen sind. Man hat mich einen Verräter genannt, Euer Majestät. Das wird man mich nicht noch einmal nennen.«

Henry sackte zusammen, sein Rückenpanzer kratzte am Stein entlang, als er wieder in seine alte Stellung zurücksank. Er wusste, dass sein Leben von der Gnade eines einzelnen Menschen abhing – es war ein sehr dünner Faden. Der König seufzte.

»Wie Ihr meint, Richard. Ich werde Euch nicht zur Verantwortung ziehen für das, was Ihr getan habt. Natürlich, Ihr habt ganz recht …« Die Augenlider des Königs schlossen sich mit leisem Zittern, und York merkte, dass der Arzt sich anschickte, näher zu treten. York hob die Hand, um ihn aufzuhalten. Er streckte die Hand aus und legte dem König den Panzerhandschuh an die Wange.

Bei der Berührung mit dem kalten Metall öffnete Henry erschrocken die Augen.

»Wer ist da?«, sagte er. »Immer noch Richard? Was wollt Ihr von mir?«

»Ihr seid mein König«, sagte York leise. »Ich begehre nichts weiter, als Euch zur Seite zu stehen. Ihr braucht gute Berater, Vetter. Ihr braucht mich.«

»Wenn Ihr meint«, erwiderte Henry. Seine Stimme war nicht viel mehr als ein Hauch. Eine große Müdigkeit hatte ihn übermannt und ihm jeden Willen genommen. York nickte zufrieden. Er stand auf, doch er konnte seinen Blick nicht vom König abwenden.

Buckingham versuchte, etwas zu sagen, seine Worte waren ein unartikuliertes Gestammel, bei dem sein Mund aufs Neue anfing zu bluten.

»Der König ist ein guter Mensch. Zu gut, Richard. Wenn *er* Euch nicht Verräter heißt – dann tue *ich* es.«

York konnte ihn kaum verstehen. Er hätte den verwundeten Duke einfach ignorieren können, aber er schüttelte den Kopf.

»Eure Worte sind Schall und Rauch, Buckingham. Man wird Euch verhaften, und ich vermute, das Lösegeld, das Ihr bezahlen werdet, wird meine Kosten decken.«

Buckingham bemühte sich, trotz seiner grässlichen Wunde deutlicher zu sprechen. »Welches Verbrechen wollt Ihr mir anhängen? Ich habe nur dem König gedient!«

»Ihr habt Euch gegen seine loyalen Lords erhoben, Buckingham. Ihr habt Euch gegen York und gegen Salisbury gestellt, als wir versuchten, den König vor falschen Ratgebern zu schützen. Ihr werdet nie mehr verständlich sprechen können. Eine gespaltene Zunge hattet ihr vorher schon. Aber wenn Ihr weiter so anmaßend mit mir sprecht, dann sind Eure heutigen Leiden noch nicht vorüber.«

Buckingham wollte einen Fluch ausstoßen, aber ein neuerlicher Blutstrom ergoss sich aus seinem Mund, und seine Worte waren nicht zu verstehen.

»Der König lebt, und er wird am Leben bleiben«, sagte York laut. »Und ich bin ein loyaler Diener des Hauses Lancaster.«

Mit einem mitleidigen Lächeln blickte er auf den würgenden und spuckenden Buckingham, dann drehte er sich auf dem Absatz um, schritt durch das Kirchenschiff hinaus und rief nach seinen Männern.

Derry Brewer stand an einen Pfeiler des Querschiffs gelehnt und starrte traurig vor sich hin. Er war durch eine Seitentür in die Abtei gelangt und in einen Raum geschlüpft, wo Mönchskutten an Haken hingen, von denen er kurz entschlossen eine anzog. Nach seiner Erfahrung mit den Franziskanern war auch die Robe eines Benediktiners kein Problem für ihn.

Er wollte gerade gehen und hatte sich die Kapuze tief ins Gesicht gezogen, als er Yorks Stimme hörte, die er so gut kannte wie kaum eine andere. Derry hatte von seinem Versteck aus die Begegnung von Anfang bis Ende mitgehört, und seine Finger umklammerten das Sax-Schwert, das unter der Kutte an seinem Gürtel hing. Einen Moment lang hatte er fast damit gerechnet, Zeuge von Henrys Ermordung zu werden. Doch York hatte sich beherrscht, und Derry hatte voll Entsetzen miterleben müssen, wie der König gedemütigt wurde.

Als York durch das Kirchenschiff zurückging, wusste Derry schließlich, dass alles in Scherben lag. Er hatte gesehen, wie Somerset fiel, kaltblütig ermordet. Dann war Derry in die Abtei gerannt und hatte nur noch an Flucht gedacht. Er zog sich die Kapuze über den Kopf und hielt den Kopf gebeugt. York, Salisbury und Warwick hatten gesiegt, sie hatten alles erreicht, was sie erreichen wollten. Derry spürte, wie ihm Tränen in die Augen stiegen. Er wischte sie mit dem Ärmel der Kutte weg und ärgerte sich über seine Sentimentalität. Er faltete die Hände in den Ärmeln und mit der gleitenden Gangart, die zu seiner Verkleidung passte, verließ er seinen gefallenen König.

17

London war der Mittelpunkt der Welt, oder so schien es wenigstens seinen Bewohnern. Die Toten waren begraben, die Wunden der Überlebenden waren vernarbt. Die Ängste und die dunklen Erinnerungen waren verblasst, vertrieben und hinausgefegt vom Jubel der Menge. In Scharen hatten sich die Londoner schon lange vor Tagesanbruch eingefunden. Die einzigartige Gelegenheit, den König und die Königin von England zu sehen, wollten sie sich nicht entgehen lassen. Keiner von ihnen war auf dem Hügel von St. Albans dabei gewesen. Obwohl die Stadt kaum zwanzig Meilen von London entfernt lag, waren die Metzger, die Gerber und die Ratsherren von London nicht dort gewesen. Sie hatten Henry nicht fallen sehen, noch hatten sie miterlebt, wie die Barrikaden niedergerissen wurden. Sie wussten nur, dass die Feindschaft zwischen den Häusern beendet war, dass König Henry seinen rebellierenden Lords verziehen hatte und dass wieder Frieden herrschte. Es schien, als sei die ganze Stadt entlang der Prozessionsroute auf der großen, breiten Straße zur St.-Pauls-Kathedrale zusammengeströmt. Die Menschen drängten sich hinter den farbenfroh gekleideten Soldaten, deren Gesichter Ernst, Pflichtbewusstsein, aber auch eine gewisse Nervosität erkennen ließen. Hier und da gab es ein kleines Handgemenge, etwa wenn jemandem der Geldbeutel abgeschnitten wurde oder Straßenkinder wild kreischend durch die Menge tobten, aber insgesamt war alles friedlich.

Am Vortag hatte es geregnet, daher waren die Straßen sauberer als gewöhnlich. Der Julitag war klar und warm angebrochen, und schon bei Sonnenaufgang waren Hunderte von Wagen unterwegs gewesen, um dem König den Weg zu bereiten, indem die Frauen, die auf ihnen standen, die Straße mit trockenen, sauberen Binsen bedeckten, auf denen Henry und Margaret später trockenen Fußes entlangschreiten würden. Zwar würden Nässe und Schmutz sie danach wieder aufweichen, aber wenigstens war die Straße für kurze Zeit sauber und wie neu.

Über das Blutvergießen von St. Albans hatte man so schnell wie möglich den Schleier des Vergessens gebreitet. Jetzt freute man sich darauf, dass der König und die Königin sich auf den Straßen der Hauptstadt zeigen würden. Nach diesem Tag würde niemand mehr von Verrat oder Bürgerkrieg sprechen. Die Menschen hatten nur noch Augen für den Triumphzug durch das Herz von London, angeführt von gestriegelten und herrlich herausgeputzten Schlachtrossen. Die Fahnen von mindestens einem Dutzend Adelshäusern flatterten im Wind, alle überragt von den Bannern Lancasters und Yorks, die jetzt friedlich nebeneinander hergetragen wurden.

Hinter sechs Dutzend Reihen von Rittern folgten Bedienstete des Königshauses in ihren prächtigsten Kleidern, die aus Körben Blumen und sogar Münzen in die Menge warfen. Bettelnde Hände streckten sich ihnen entgegen, aber so manche Frau warf den gut Aussehenden unter ihnen auch Kusshände zu. Ihr Erscheinen wurde von allgemeinem Jubel begleitet, doch plötzlich schien die ganze Menge den Atem anzuhalten. Für kurze Zeit hörte man nur noch ehrfürchtiges

Flüstern, doch dann brauste ein Applaus und ein so begeisterter Jubel auf, dass die Häuser auf beiden Straßenseiten zu beben schienen.

Auf den weißen Binsen schritt König Henry ganz allein einher. Sein Mantel, die Tunika und die Hose waren von tiefstem Blau, auf seiner Brust in Gold gestickt die drei Löwen »passant gardant«, liegend, aber bereit zum Sprung. Sein Mantel wurde von einer silbernen Schnalle gehalten.

Er sah weder nach links noch nach rechts, während er hinter den Hunderten von Menschen her schritt, die vor ihm gingen, noch schien er die dampfenden Haufen von Pferdeäpfeln zu bemerken, die die Schlachtrosse auf dem Weg hinterlassen hatten. Wer trotz der Freudentränen in den Augen noch sehen konnte, hätte bemerkt, dass der König sehr bleich war. Aber er ging doch aufrecht und würdevoll. Die Nachrichten über die Schlacht von St. Albans hatten sich im ganzen Land ausgebreitet. Es kursierten abenteuerliche Geschichten, die immer weiter ausgeschmückt wurden, es gab Gerüchte über Henrys Verletzung, ja, sogar über seinen Tod. Deshalb hatte York befohlen, der König müsse sich zeigen, müsse zeigen, dass er lebte und wohlauf war. Bereits am Morgen hatte der König das Parlament eröffnet und sich neue Treuegelöbnisse angehört, allen voran von Richard von York als seinem glühendsten Anhänger. Weltliche und geistliche Herren hatten vor ihm gekniet, Henrys Hand ergriffen und ihm auf Leben und Ehre Treue geschworen. Jetzt blickte er mit leeren Augen um sich und folgte den anderen.

Hinter Henry schritt Königin Margaret mit dem Duke von York, dessen Brust vor Stolz geschwellt war, während er ihre Hand hielt und sie nicht mehr losließ. Im Stillen wünschte York, dass Henry die jubelnde Menge zur Kenntnis nehmen würde. Dieser blasse König machte ihm Sorgen, steif und unbeteiligt schritt er einher, als sei jeder Lebensfunke in ihm erloschen. York und Margaret gingen drei Schritte hinter ihm, zu weit entfernt, um ein Wort mit ihm zu wechseln. Stattdessen hob York die Hand und grüßte die Menschen, die dicht gedrängt die Straße säumten und aus den oberen Fenstern der Häuser hingen. Blumen und Binsen wurden zertrampelt, denn immer wieder drängte die Menschenmenge gegen die Absperrung der Soldaten. Einige hielten ihre Stangen quer vor sich und hatten so eine Barriere geschaffen, weil die Londoner in ihrer Begeisterung kaum im Zaum zu halten waren.

»Seht nur, wie sie den König lieben«, sagte York zu Margaret gewandt. Sie antwortete nicht, und er beugte sich näher zu ihr herab, sodass seine Lippen fast ihr Ohr berührten. »Sie lieben Euren Mann!«, rief er gegen den Lärm der Menge an. Margaret sah ihn mit einem so kalten Blick an, dass er seine Augen schnell wieder abwandte und lieber die jubelnde Menge betrachtete. Diese großartige Prozession durch London war Salisburys Idee gewesen, der mit seinen zwei Söhnen etwas weiter hinten folgte. Vielleicht sollte es eine Entschädigung sein für ihren wütenden Wortwechsel auf dem Marktplatz von St. Albans – York wusste es nicht. Jedenfalls würden die Bewohner Londons sehen, dass das Haus York wieder das volle Vertrauen des Königs genoss. Es würde im Zusammenhang mit seinem Namen keine Gerüchte, kein Geflüster mehr geben. York spürte, wie die Königin ihre Hand bewegte, beide Hände waren schweißnass, weil sie sich schon so lange umklammert hielten, und er packte sie fester, weil er fürchtete, sie könne ihm ihre Hand entziehen. Er sah nicht, wie sie zusammenzuckte. Ebenso wenig sah er, dass sie sich um ein möglichst ausdrucksloses Gesicht bemühte. Dieser Tag gehörte York, daran gab es für Margaret keinen Zweifel. Ihr Mann schritt dahin wie ein Gefangener vor seinen Scharfrichtern, und sie sehnte sich danach, neben ihm zu gehen und ihm zu zeigen, dass sie für ihn da war. Doch sie hatte keine Wahl, sie musste hinter ihm gehen. Aber sie starrte Henrys Rücken an, als könne sie ihn dadurch trösten und ihre Liebe spüren lassen.

St. Paul lag vor ihnen, die alte Kathedrale, vor der sich schon seit dem Morgengrauen eine noch größere Menschenmenge eingefunden hatte, um zu sehen, wie der König aus Yorks Händen seine Krone empfing. Es gab kein größeres Zeichen der Macht, und Yorks Stimmung besserte sich erheblich, als er sich dem mächtigen Gebäude näherte. Gott und das Glück waren auf seiner Seite gewesen. Wäre Henrys Verletzung auch nur ein winziges Stück höher am Hals gewesen, wäre Prinz Edward jetzt König. Aber der König lebte – und York würde regieren. Dafür dankte er Gott. Er hatte ja bereits Tag und Nacht Messen lesen lassen, aus reiner Dankbarkeit für sein Glück.

Warwick war Captain von Calais geworden, dieser wohlhabenden Hafenstadt, als Anerkennung dafür, dass er in St. Albans den König gerettet hatte. Salisbury war wie früher wieder Lordkanzler des Königs, doch eigentlich war Percys Tod sein schönster Lohn, es war sein Triumph in der Fehde zwischen seinem Haus und Northumberland. York hatte für sich den Titel des Konstabler von England verlangt und auch bekommen, damit hatte er Befugnisse, im Namen des Königs Befehle zu erteilen. Und was vielleicht das Wichtigste war, Henry hatte für die Männer, die in die Schlacht verwickelt gewesen waren, brav alle Begnadigungen unterzeichnet. Damit waren sie frei von aller Schuld und unbefleckt in ihrer Ehre. An diesem Sommertag mit seinem blauem Himmel waren die Häuser von York und Lancaster zusammen wiederauferstanden.

Als Margaret hoch sah zu dem Mann, der neben ihr ging, hätte ihr Blick genügt, einem das Blut in den Adern gefrieren zu lassen. Wenn diese Farce erst vorüber war, dieser Mummenschanz, bei dem der König aus würdelosen Händen die Krone überreicht bekam, dann würde sie sehen, wer wirklich noch auf ihrer und Henrys Seite stand. Wenn die Menschen wieder in ihren Häusern waren und Ruhe eingekehrt war, dann würde man weitersehen. Sie hatte viel gelernt, seit sie als junges Mädchen nach England gekommen war. Sie würde nichts überstürzen. Aber wenn die Zeit reif war, dann würde sie handeln.

York spürte, dass ihr Blick auf ihm lag. Er sah hinunter auf die Königin, die an seiner Seite schritt, und er sah mit Erleichterung, wie Margaret lächelte.

—

TEIL
ZWEI

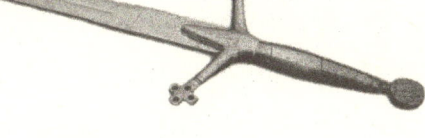

1459–1461

Das englische Königreich
war ohne Regierung ... denn der König war
einfältig ... Er kümmerte sich nicht
um die Wirtschaft, führte keine Kriege.

ANONYMER CHRONIST
(15. Jahrhundert)

18

Derry Brewer stand im strömenden Regen und sah der Kolonne bewaffneter Soldaten entgegen, die sich auf der breiten Allee dem Schloss von Kenilworth näherte. Es gab keinerlei Schutz vor dem Wolkenbruch, der auf sie herniederprasselte. Sie ritten mit gebeugtem Kopf, etwa hundertvierzig Mann in voller Rüstung, ihre durchnässten Banner hatten sich um die Fahnenstangen gewickelt. Doch sie waren alle hellwach und jederzeit auf einen Angriff vorbereitet, denn trotz der vier Jahre Frieden brodelte es im Land wie unter dem Deckel eines siedenden Kochtopfes.

Derry stellte sich mitten auf der Straße den Reitern in den Weg. Er hatte sechs kräftige Männer mitgebracht, um ein ernst zu nehmendes Hindernis zu bilden. Zusätzlich blockierten zwei weiße Ackergäule den Weg, mächtige Tiere, die selbst ein Schlachtross noch an Gewicht und Muskelkraft übertrafen. Denn Derry hatte Zweifel gehabt, ob die Besucher wegen eines einzigen Mannes anhalten würden, noch dazu in diesem Sauwetter, zumal das Schloss, wo ihnen Sicherheit und Wärme winkten, bereits in Sicht war. Er hob die Hand, und obwohl er völlig durchnässt war, versuchte er so selbstbewusst wie möglich aufzutreten. Wilfred Tanner an seiner Seite hob das königliche Banner hoch, ein rotgoldener Blitz, den man schon aus der Ferne erkennen würde. Der magere kleine Schmuggler bebte fast vor

Stolz über die Auszeichnung, die Farben des Königs tragen zu dürfen.

Es war kaum eine Stunde nach dem Mittagsläuten, doch die Regenwolken hatten alles in ein dunkles Grau getaucht. Derry starrte den ankommenden Reitern entgegen, er wartete auf den Moment, wo sie ihn sehen und es dem Duke melden würden, der hinter ihnen ritt. Derry konnte nicht mehr als die ersten zwei Reihen erkennen, aber irgendwo in dieser Schar Soldaten befand sich der Mann, den er sprechen musste.

»Im Namen des Königs, stehen bleiben!«, brüllte Derry gegen den Wind an. Er fluchte leise, weil niemand sich darum zu kümmern schien. Die Kolonne kam klirrend näher, ohne dass sie langsamer wurde. Derry wusste, wenn der Anführer keinen Befehl gab, würden sie geradewegs in seine armselige kleine Gruppe hineinreiten und sie beiseiteschieben. Weiß Gott, in England herrschte in diesem Jahr genug Misstrauen. Jeder kleine Baron, jeder Ritter, jeder Nachbar sammelte Männer um sich und deckte sich mit Waffen ein. Unter dem Kessel hatte sich so viel Hitze gebildet, dass er jeden Moment überkochen konnte.

Als die erste Reihe nur noch wenige Schritte von ihm entfernt war, hörte Derry, wie jemand einen Befehl bellte. Er wurde durch die Reihen weitergegeben, und schließlich kam der Trupp zum Stehen, ehe Derry umgerissen wurde. Sie standen so nahe vor ihm, dass Derry mit ausgestrecktem Arm das feuchte Maul des ersten Pferdes hätte streicheln können, doch er tat es nicht. Kein Reiter hatte es gern, wenn ein anderer sein Pferd berührte.

Der Regen hatte sich noch verstärkt, doch wenigstens donnerte es nicht. Der Himmel hatte einfach seine Schleusen geöffnet, und der Regen eines Monats ergoss sich an einem einzigen Tag. Riesige Wasserlachen wurden aus Tausenden kleiner Rinnsale gespeist, die sich überall gebildet hatten. Der Regen trommelte auf den bewaffneten Reitertrupp, ein blechernes Hämmern, das mit jedem Windstoß an- und abschwoll.

»Wer seid Ihr, dass Ihr Euch uns in den Weg stellt?«, rief ein Ritter aus der zweiten Reihe. »Ihr behindert den Duke von Somerset. Macht Platz!«

Derry spürte, dass die Ritter zur Gewalt bereit waren. Sie waren für den Kampf gerüstet und wirkten nervös. Da niemand das Visier hochgeklappt hatte, war nicht zu erkennen, wer zu ihm gesprochen hatte. Sie hätten genauso gut silberglänzende Statuen sein können, eingehüllt in blaue Mäntel, die allerdings vor Nässe fast schwarz wirkten.

»Ich möchte mit Henry Beaufort, dem Duke von Somerset sprechen«, sagte Derry laut und deutlich, »dessen Vater ich gut gekannt habe und einst meinen Freund nannte. Ich spreche im Namen von König Henry und Königin Margaret. Ihr seht, ich habe hier niemanden, der Euch bedroht, aber auf Befehl des Königs muss ich mit Somerset sprechen, ehe Ihr in das Schloss reitet.«

Die Männer in den ersten Reihen starrten ihn durch die Sehschlitze ihrer Visiere an. Weiter hinten reckte man die Hälse und Derry sah einen, der unter seinem Mantel die Farben der Somersets trug, einen durchweichten Wappenrock, eingefasst mit Blau und Weiß, schräg geviert mit goldener Lilie und den englischen Löwen. Derrys Augen blieben an dem schlanken Mann haften, und es berührte ihn schmerzlich, als er an dessen Vater dachte. Einer der Ritter beugte sich zu ihm hinüber und flüsterte ihm etwas zu, was Derry nicht hören konnte. Er war erleichtert, als der junge Duke den Kopf schüttelte und sein Schlachtross mit den Fersen antrieb, um durch die Menge der Männer zu ihm nach vorn zu kommen. Das riesige Pferd hatte, genau wie sein Besitzer, Brust und Kopf mit Eisen gepanzert, die Platten bewegten sich bei jedem Schritt des Tieres. Gegenüber einem unbewaffneten Menschen war diese Rüstung allein schon eine Waffe, und Derry schluckte hart. Er wusste, eine ungeschickte Bewegung würde genügen, um ihn zu verletzen.

Derry starrte ihn immer noch an, als Somerset sein Visier hob, sodass man seine Augen sah, die durch den Regen blinzelten.

»Euer Gnaden, ich heiße Derry Brewer. Ich kannte Euren Vater.«

»Er hat von Euch gesprochen«, erwiderte Henry Beaufort widerwillig. »Er nannte Euch vertrauenswürdig, aber darüber will ich mir lieber selbst ein Bild machen. Weswegen wollt Ihr mich sprechen?«

»Ein Wort unter vier Augen, Mylord, bei meinem Namen, meinem Treueschwur und meiner Position als Diener des Königs.«

Derry wartete, während der junge Mann ihn kühl musterte, aber noch ehe Somerset etwas erwidern konnte, ergriff einer der Ritter das Wort.

»Mylord, mir scheint es verdächtig, dass man uns hier im Regen mitten auf der Straße aufhält! Lasst uns zum Schloss reiten und dort hören, um was es geht.«

»Es *ist* dringend, Mylord«, antwortete Derry, der immer noch wartete. »Und ich bin unbewaffnet.«

Die Andeutung, dass man denken könnte, er zögere womöglich nur aus Angst oder Vorsicht, war genug, um Somerset wütend zu machen. Er saß ab, ging auf Derry zu und reckte sich drohend vor ihm auf. Derry wandte sich um und ging, gefolgt von dem jungen Duke, ein paar Schritte, bis sie außer Hörweite der Männer waren. Diese verfolgten es mit Misstrauen, bereit, ihren Pferden bei der ersten falschen Bewegung die Sporen zu geben.

»Was wollt Ihr?«, zischte Somerset dicht an Derrys Ohr. »Ich bin hierhergerufen worden, mit nichts weiter als einem königlichen Siegel, das meine Anwesenheit befiehlt. Was habt Ihr mir Wichtiges zu sagen, dass ich hier im Regen stehen muss?«

Derry atmete erleichtert auf.

»Unter Euren Begleitern ist ein Mann, Mylord, der vor weniger als einem Monat dem Earl von Salisbury Papiere zugespielt hat. Er wurde dabei von meinen Leuten beobachtet, die dem Mann gefolgt sind, mit dem er sich getroffen hat.«

»Ein Verräter?« Somerset war überrascht. »Warum habt Ihr mir dann diese Nachricht nicht schon früher gebracht?«

Derry merkte, wie ihm trotz des kalten Regens heiß wurde.

»Es ist manchmal von Nutzen, wenn man weiß, wer nicht vertrauenswürdig ist, Mylord, ohne dass man sie gleich alle festnimmt. Dadurch kann man dafür sorgen, dass sie ihren Herren falsche Informationen bringen, wenn Ihr wisst, was ich meine.«

»Und doch haltet Ihr mich jetzt auf«, sagte Somerset und sah den durchnässten Meisterspion missmutig an.

»Ihr werdet in Kenilworth von Plänen erfahren, die nicht für seine Ohren bestimmt sind, Mylord. Ich hielt es für einfacher, dass wir das Problem still und unauffällig hier auf der Straße lösen statt in Gegenwart der Königin.«

»Ich verstehe. Und wie heißt der Mann, von dessen Schuld ich nichts weiter als Euer Wort habe?«

Derry hörte deutlich das Misstrauen heraus und zuckte unwillkürlich zusammen.

»Sir Hugh Sarrow, Mylord. Und daran gibt es keinen Zweifel. Schickt ihn zurück, wenn Ihr wollt, aber wenn Ihr es tut, wird er den Grund wissen und zu Euren Feinden überlaufen.«

Somerset sah zurück zu seinen finster dreinblickenden Männern.

»Sir Hugh? Er gehörte bereits zu den Leuten meines Vaters! Ich kenne ihn seit meiner Kindheit!«

»Trotzdem, Mylord. Er darf nicht ins Schloss und hören, was für Eure Ohren allein bestimmt ist. Euer Vater hat mir vertraut, Mylord. Denn dies ist meine Aufgabe – Verräter aufzuspüren und sie mir zunutze zu machen – oder sie unschädlich zu machen.«

»Mein Vater mag Euch gekannt haben, Master Brewer. Aber ich kenne Euch nicht. Und wenn ich mich weigere?«

»Es tut mir leid, aber dann wird auch Euch der Eintritt ins Schloss verweigert.« Derry hatte Mühe, ruhig zu bleiben, er wusste, dass Männer wie Henry Beaufort absoluten Gehorsam gewohnt waren. »Solange dieser Mann frei herumläuft, Mylord, werdet Ihr nicht eingelassen werden. Ihr könntet ihn fesseln und in einer Zelle warten lassen, während Ihr mit der Königin sprecht. Ich würde es begrüßen, wenn ich ihn befragen könnte, aber er gehört zu Euren Leuten. Es hängt von Euch ab.«

Derry fuhr zusammen, als Somerset sich umdrehte und brüllte.

»Sir Hugh Sarrow! Hierher zu mir!«

In den Reihen entstand Bewegung, als ein Mann nach vorn geritten kam, absaß und etwas steifbeinig zu seinem Herrn und Derry Brewer trat.

»Nehmt Euren Helm ab, Sir Hugh«, sagte Somerset. Das schmale, ängstliche Gesicht des Ritters kam zum Vorschein, zum Teil hinter einem großen Schnurrbart versteckt. Seine braunen Augen wanderten nervös zwischen den beiden Männern hin und her.

Somerset stand so dicht neben Derry, dass dieser seinen warmen Atem spürte.

»Ich bin dem König gegenüber loyal, Master Brewer. Der Tod meines Vaters schreit immer noch nach Vergeltung, und die werde ich mir nicht entgehen lassen. Wenn dies eine Prüfung meiner Loyalität ist, ist das meine Antwort.« Ohne eine Warnung zog er sein Schwert und holte aus, drehte sich in der Hüfte und legte seine ganze Kraft in den Hieb gegen den bloßen Hals des Mannes. Die Klinge traf auf den Rand des Ringkragens ehe sie in den Hals drang, sie schlug einen Funken, der sofort von Blut und Regen gelöscht wurde.

Sir Hugh taumelte unter der Wucht des Hiebes. Sein Gesicht war leichenblass, mit weit aufgerissenen Augen griff er sich an die Kehle, dann brach er klirrend im Schlamm zusammen.

Derry starrte auf den jungen Mann, der vor ihm stand. Jetzt erkannte er eine Wut in ihm, die er vorher nicht wahrgenommen hatte.

»Somit wäre dies erledigt«, sagte Somerset. »Ist das alles, Master Brewer? Ich bin durchnässt, mir ist kalt, und ich weiß immer noch nicht, was mich in Kenilworth erwartet.«

»Ich danke Euch für Euer Vertrauen, Mylord«, sagte Derry, der wie vor den Kopf geschlagen war. Er winkte seinen Gefährten, die jetzt den Weg freigaben. Somerset ging zurück und stieg wieder auf sein Pferd. Als die Kolonne an Derry vorbeiritt, drehten sich Dutzende von Helmen nach ihm um, man betrachtete ihn voll Misstrauen und Ablehnung. In sicherem Abstand wartete er am Straßenrand, seine Aufgabe war erfüllt.

Als sie alle vorbei waren, gab Derry seinen Männern ein Zeichen. Sie spannten die Ackergäule vor den Leichnam in der Rüstung und zerrten ihn über die aufgeweichte Straße in Richtung Schloss.

Margarets Gesicht wirkte entschlossen, als Derry Brewer und ein weiterer Mann eintraten und sich verbeugten. Das Haar des Meisterspions war regennass und glatt, aber er hatte trockene Kleider angezogen, ehe er vor die Königin trat. Sie wusste nicht, was Derry seinem Begleiter zur Warnung gesagt hatte, aber er schien vor Angst zu schlottern, als er vor die Königin von England trat. Der Mann an Derrys Seite war spindeldürr, sein wirrer brauner Haarschopf sah aus, als hätte er versucht, ihn hastig mit den Händen und etwas Spucke zu glätten. Zitternd versuchte er, es Derry nachzutun, er streckte ein Bein vor und machte eine tiefe Verbeugung. Margaret sah belustigt, wie Derry den Arm ausstreckte und ihn festhielt, ehe er dabei das Gleichgewicht verlor.

Trotz des Wolkenbruchs, der heute auf die Burgmauern niedergegangen war, hatte der lange Sommer des Jahres '59 Kenilworth eine große Trockenheit beschert. Der Putz des Schlosses hatte Risse bekommen, und die saftigen, grünen Weiden hatten sich in trockene, braune Flächen verwandelt, soweit das Auge reichte. Doch Margaret liebte diesen Ort.

Vor drei Jahren waren mit Seilwinden sechsundzwanzig großkalibrige Feldschlangen auf die Mauern und Türme heraufgezogen worden, genug, um auf eine Viertelmeile im Umkreis alles mit Kanonenkugeln zu zerschießen, falls sich ein

Feind heranwagen sollte. Margaret hatte York und Salisbury nichts von ihrer Absicht wissen lassen, es gab keinerlei Anzeichen dafür, dass sie mit ihrem jetzigen Leben nicht restlos zufrieden war. Derry Brewer war der Einzige, dem sie sich anvertraute, auf ihn konnte sie sich verlassen. Unter dem Vorwand, der König müsse aus gesundheitlichen Gründen dringend aufs Land, hatten sie gemeinsam dafür gesorgt, dass Henry seine Gemächer im Palast von Westminster verlassen durfte. Sobald sie aus London heraus waren, hatte Margaret ihn nach Norden gebracht, ehe überhaupt jemand mitbekam, was sie planten. Sie hatte in den drei folgenden Jahren Hunderte von empörten Briefen und Botschaften empfangen, aber was konnte York machen? Ohne den König konnte kein neues Parlament einberufen werden. Recht und Gesetz im Land fingen an zu bröckeln, doch Kenilworth war eine Festung. Selbst York würde es nicht wagen, eine Armee aufzubieten, um Henry von seiner Frau zu trennen.

»Tretet näher, Master Brewer«, sagte Margaret. »Und bringt Euren ... Begleiter mit, ich möchte mir ein Bild von den Leuten machen, die Ihr im Namen meines Mannes beschäftigt.«

Derry richtete sich auf und sah ihren verschmitzten Blick. Er lächelte.

»Dieses Prachtexemplar hier ist Wilfred Tanner, Euer Hoheit. Er ist mir im Laufe des letzten Jahres äußerst nützlich gewesen. Früher war er Schmuggler, allerdings kein besonders guter.«

»Derry!«, zischte Tanner, entsetzt darüber, dass er seinen früheren Beruf erwähnt hatte.

»Aber jetzt steht er in königlichen Diensten«, fuhr Derry unbeirrt fort, »er reist mit mir über Land und schließt Verträge für Euch ab.« Er hielt eine mit Pergamenten vollgestopfte Ledertasche hoch. »Hier sind wieder etwa fünfzig, Euer Hoheit. Unterschrieben von Männern, die bei ihrer Ehre geschworen haben, Euren Kavalieren beizutreten.«

»Ihr leistet mir gute Dienste, Master Brewer. Der König hat oft von Eurer Loyalität gesprochen. Ich weiß, wenn er hier wäre, würde er seiner Dankbarkeit Ausdruck geben für all das, was Ihr in den letzten Jahren für ihn getan habt.«

Bei der Erwähnung des König bildete sich eine Falte auf ihrer Stirn, stellte Derry fest. Margaret war noch keine dreißig und in den Jahren seit ihrer Heirat geradezu aufgeblüht. Ihr Haar war dunkel und zu einem glänzenden Zopf geflochten, der ihr fast bis zur Hüfte reichte. Derry starrte sie an und fragte sich, ob sie wusste, wie sie auf Männer wirkte. Er vermutete, dass sie es sehr genau wusste. Sie saß auf einem hohen Stuhl mit kunstvollem Schnitzwerk und trug ein Kleid aus dunkelblauer Seide, das ihre Figur wirkungsvoll zur Geltung brachte. Und in den sechs Jahren seit der Geburt von Prinz Edward hatte auch keine zweite Schwangerschaft die Nähte ihres Kleides auf die Probe gestellt. Derry legte den Kopf etwas auf die Seite und betrachtete die Königin, dabei verspürte er jedoch nicht die geringste Leidenschaft, lediglich das Vergnügen, ja, fast eine gewisse Ehrfurcht, wie ein Mann sie beim Betrachten einer schönen Frau eben empfindet. Aus einem der großen Fenster fiel Licht auf die Königin, es ließ ihre Augen glänzen und in der Luft um sie herum den Staub golden tanzen.

»Diese neuen Männer, die wir rekrutieren«, fragte Margaret, »sind sie Kavaliere der Königin? Oder meines Mannes?«

»Diese sechsundvierzig haben auf Euch geschworen, Mylady. Wilfred hat ihnen Euer Dienstabzeichen mit dem Schwan verliehen, das sie mit Stolz tragen. Ich glaube, ich werde ein weiteres Gros davon brauchen, wenn wir wieder losziehen. Sie sind mancherorts geradezu in Mode, und viele machen sie ihren Frauen zum Geschenk.«

»Wenn wir sie einberufen, Master Brewer, dann müssen sie aber mein Wappen selbst tragen, oder die Antilope meines Mannes. Denn egal, was Mode ist, unsere Kavaliere müssen sich an ihren Dienstabzeichen erkennen können.«

Derry machte eine wegwerfende Handbewegung.

»Ob Kavaliere des Königs oder der Königin – sie dienen der Krone, Euer Hoheit. Es war eine Freude, die Begeisterung in Städten und Dörfern zu sehen. Wo immer ich auf *Vergeltung* auftauche, behandelt man mich wie einen Edelmann.«

»Auf Ver…? Ach so, ich verstehe. Aber ist das nicht ein ziemlich ausgefallener Name für ein Pferd, Master Brewer?«

»Nun, er ist tatsächlich ein ziemlich rachsüchtiges Tier, Mylady. Der Name passt zu ihm, genau wie die Arbeit zu mir passt. Und Wilfred hier hat schon eine ganze Reihe von Verehrerinnen, nur weil er meine Tasche mit den Papieren und Dienstabzeichen trägt.«

Margaret lachte, und Wilfred Tanner wurde tiefrot und versuchte, Derry mit dem Ellbogen anzustoßen, aber der war außer Reichweite.

Ein Kammerdiener der Königin war lautlos auf Filzschuhen hinter den beiden Männern in das Audienzzimmer getreten, und Derry und Wilfred Tanner fuhren erschrocken hoch, als er die Königin ansprach. Und obwohl es verboten war, in Margarets Gegenwart Waffen zu tragen, sah sie mit Interesse, wie die Hände der Männer instinktiv an eine bestimmte Stelle der Tunika oder des Ärmels fuhren. Sie besannen sich schnell und sahen sich verlegen an.

»Euer Hoheit – Henry Beaufort, Duke von Somerset, und Sir John Fortescue, Oberrichter am Oberhofgericht«, meldete der Diener und trat zurück, damit sie die beiden Männer sehen konnte.

Wie zur Antwort verbeugte Derry sich abermals.

»Darf ich bleiben, Mylady? In meiner Rolle als Euer Berater möchte ich hören, was die beiden Männer zu sagen haben.«

Margaret neigte den Kopf und gestattete Derry, sich mit Wilfred Tanner auf eine Seite des Zimmers zurückzuziehen. Dort blieben sie unauffällig stehen, doch Derry Brewer beobachtete alles mit gerunzelter Stirn. Am anderen Ende des Zimmers traten zwei sehr unterschiedlich aussehende Männer ein.

Henry Beaufort, Duke von Somerset, war gerade dreiundzwanzig Jahre alt. Derry hatte seinen Vater gut gekannt, und ihm fiel auf, dass der Sohn nur wenig Ähnlichkeit mit ihm hatte, aber inzwischen wusste er, dass hinter dem neutralen Gesichtsausdruck eine mörderische Wut schwelte, die auch nach vier Jahren nicht abgekühlt war. Beaufort, der vielleicht etwas größer als sein Vater Edmund war, trat mit anmutiger Bewegung vor die Königin. In den vier Jahren seit der Schlacht von St. Albans waren Bärte wieder modern geworden, und der junge Somerset war offenbar bemüht, sich einen wachsen zu lassen, allerdings bisher ohne großen Erfolg. Er bestand aus einem Gestrüpp aus braunen und rötlichen Zotteln und einem schütteren Schnurrbart, dessen Enden über dem Mund etwas in die Höhe standen.

»Euer Hoheit«, sagte Somerset mit einer eleganten Verbeugung. Als er sich aufrichtete, nahm er mit den Augen Derry kurz zur Kenntnis.

»Seid mir willkommen, Mylord Somerset«, sagte Margaret. »Bitte geduldet Euch einen Moment, damit ich Euren Begleiter begrüßen kann.«

Derry zog leicht die Brauen in die Höhe, als er sah, wie der junge Mann errötend zur Seite trat. Der Duke war noch nicht verheiratet, und Derry überlegte, ob man ihn wohl darüber belehren sollte, dass es unvorsichtig war, die Königin im Beisein anderer so unverhohlen anzustarren. Doch er erinnerte sich an den plötzlichen Zornesausbruch auf der Straße und entschied sich dagegen. Derry fand, dass der Mann eigentlich ganz gut aussah, wenn auch auf etwas langweilige Art. Er ertappte sich dabei, dass er sich über sein gewelltes Haar strich, dann schüttelte er amüsiert den Kopf über die allgemeine Torheit der Männer.

Sir John Fortescue, der hinter dem jungen Duke eintrat, war ganz in Schwarz gekleidet, von dem wallenden Überwurf, der über der Brust zusammengerafft war, bis hinunter zu den wollenen Strümpfen und den schwarzen Lederstiefeln. Trotz seiner zweiundsechzig Jahre war sein volles Gesicht nahezu faltenlos. Er erinnerte Derry an manche Ordensleute, die ihr ganzes Leben schlaffgesichtig im Gebet verbringen, sodass sie nicht altern wie andere Menschen. Fortescue trug keinen Bart, lediglich auf der Oberlippe hatte er einen dünnen Schnurrbart, der in der Mitte dunkel war, an den Enden über dem breiten Mund jedoch weiß wurde. Er war stets bemüht, die fehlenden Zähne auf der einen Seite des Ober- und Unterkiefers zu verbergen, was seinem Gesicht selbst im Ruhezustand einen ironischen Ausdruck gab. Seine verbleibenden Zähne waren gelb und groß, aber eine Hälfte seines Mundes war völlig zahnlos. Derry nahm Fortescues Blick in seine Richtung wahr. Der Oberrichter des Königs war berühmt für seinen Scharfsinn, und Derry merkte, dass er in diesem kurzen Augenblick durchschaut und als unwichtig eingestuft worden war, genauso wie Tanner neben ihm, der sich vor Verlegenheit wand. Kein Zweifel, Fortescue würde auch Somersets Verliebtheit mit demselben kalten Blick und seinem schiefen Lächeln zur Kenntnis nehmen.

»Darf ich näher treten, Euer Hoheit?«, sagte Fortescue. Seine Stimme war laut und fest, wie man es von einem Mann erwartete, der als Richter im Saal seine Stimme erhob. Derry hörte das leise Zischen, das durch die fehlenden Zähne verursacht wurde.

»Natürlich dürft Ihr, Sir John«, erwiderte Margaret. Sie sah, dass Fortescue die anderen Personen im Raum ansah und sprach zu ihm, ehe er etwas sagen konnte. »Ihr könnt allen, die in diesem Raum sind, vertrauen – oder Ihr vertraut niemandem. Auch wenn Ihr Euch gegenseitig nicht kennt, ich kenne Euch alle und weiß, dass Ihr loyal seid.«

Die vier Besucher schwiegen und sahen einander an. Mit gerunzelter Stirn musterten sowohl der Duke als auch der Richter Wilfred Tanner, der sich den Stoppelbart rieb und zu wünschen schien, lieber sonst wo zu sein als in diesem Raum. Er hatte schon mit zu vielen Richtern zu tun gehabt.

Die Atmosphäre blieb angespannt, und Margaret wurde ungeduldig.

»Mylord Somerset, Gentlemen, *Freunde*. Im Namen des Königs spielt Ihr alle eine Rolle in einem weitaus größeren Plan. Master Brewer hier hat um meinetwegen zwei Jahre auf der Straße verbracht und loyale Männer rekrutiert, die empört sind über die Behandlung, die ihr König von seinen mächtigsten Lords erfährt. York, Salisbury und Warwick haben den

Thron verhöhnt, und damit England und seine Krone. Sie haben zu den Waffen gegriffen und die edelsten Ratgeber des Königs ermordet, und dennoch fuhr kein Blitz vom Himmel und hat sie erschlagen. Sie stolzieren noch immer mit erhobenem Kopf umher, während edlere und bessere Männer als sie unter der Erde liegen.«

Margaret merkte, dass sie die Hand zur Faust geballt hatte, jetzt öffneten sich ihre weißen Finger wie eine aufbrechende Blume.

»Ich habe seitdem keine Nacht mehr geschlafen, ohne über eine Strafe für diese Leute nachzudenken. Sir John kam zu mir, um mir die rechtliche Lage zu erklären, aber was bedeutet ein Gesetz, auch wenn es ein Gesetz von England ist, wenn man es nicht durchsetzen kann? Wie viele habt Ihr auf die Kavaliere der Königin eingeschworen, Master Brewer? Wie viele sind es jetzt insgesamt?«

Derry war überrascht. Die Frau, die dort so ruhig saß und ihren Standpunkt darlegte, hatte jede Spur von Heiterkeit verloren. Wieder hatte er das Bild der jungen Königin vor sich, wie sie die Nachricht von der Verwundung ihres Mannes und Yorks Sieg empfangen hatte. Nicht mit Trauer hatte sie reagiert, sondern mit Empörung und Wut. Gewiss, sie war innerlich zerbrochen, aber die Scherben waren messerscharf und konnten verletzen.

»Neuntausend Männer sind bereit, das Schwanenwappen zu tragen, Hoheit. Ich kann mich nicht für jeden von ihnen verbürgen, aber rund achthundert Ritter haben ebenfalls den Eid auf Euch abgelegt, der Rest sind Knappen, Bauern und Schmiede. Sie müssen von guten Männern geführt werden, aber sie haben geschworen, Euch zu treu zu dienen und zu beschützen.«

»Und das zweite große Unternehmen, Master Brewer? Teilt Sir John mit, wie viele die Antilope meines Mannes tragen werden, wenn der König von seinen Feinden bedroht wird.«

»Achttausend, Euer Hoheit. Von Dorset bis Northumberland haben sie sich im Marschieren und Kämpfen geübt. Sie warten nur auf den Befehl des Königs.«

»Ich danke Euch, Master Brewer«, sagte Margaret. »Nun, Sir John? Seid Ihr zufrieden? Freuen Euch diese Zahlen?«

Sir John Fortescue hatte fasziniert zugehört. Er verbeugte sich, ein Lächeln auf den Lippen.

»Euer Hoheit, ich bin überwältigt. Ich glaube, es sind genug. Nein, ich bin ganz sicher.«

Der Richter hätte noch weitergesprochen, aber Henry Beaufort räusperte sich. Er mochte erst seit vier Jahren Duke sein, aber soweit Derry es beurteilen konnte, hatte er bereits etwas von der Arroganz seines Standes angenommen. Der junge Mann hob lediglich einen Finger, worauf der Oberrichter des Königs augenblicklich verstummte.

»Euer Hoheit, das sind gute Nachrichten«, sagte Somerset. »Ich fühle mich geehrt, zu diesem Kreis gehören zu dürfen.« Dann blickte er zu Wilfred Tanner, und ein Zweifel huschte über sein Gesicht. »Ich würde jede Führungsposition in diesem … wie habt Ihr es genannt, Mylady? In diesem ›großen Unternehmen‹ akzeptieren. Ihr könnt auf meine Loyalität zählen, bis zum letzten Hornsignal.«

»Nun, das freut mich zu hören, Lord Somerset«, erwiderte Margaret kühl. »Einen Mittelweg gibt es hierbei nicht, dazu haben die Vorbereitungen zu lange gedauert. Heute Morgen habe ich mit den Lords Buckingham, Clifford, Grey und Audley gesprochen. Die Edelleute meines Mannes werden entweder auf seiner Seite sein oder sich gegen ihn stellen. Und ich sage Euch hier und jetzt, er wird mit denen, die die falsche Entscheidung treffen, kein Erbarmen haben.«

Derry sah mit stillem Vergnügen, wie Henry Beaufort abermals mit erhobenem Finger um Erlaubnis zum Reden bat. Margaret presste den Mund zusammen, aber sie nickte.

»Euer Hoheit, wenn diese Armeen nur ausrücken, wenn der König bedroht ist, dann muss ich fragen, wo ist diese Bedrohung? Selbst ohne Parlament scheint York doch ganz zufrieden mit dem, was er erreicht hat. Warwick ist in Calais. Salisbury gibt seine Feste und Jagdgesellschaften, aber man kann doch von keinem sagen, dass er eine direkte Bedrohung für den König darstellte.«

Während Somerset sprach, hatte Margarets Gesichtsausdruck sich immer mehr verfinstert.

»Richtig. Sie denken, sie haben auf der ganzen Linie gesiegt. Das ist eine gute Frage, die auch mich sehr beschäftigt hat. Ich dachte, sie sei unlösbar, bis Sir John mir die Sache mit der Verunehrung erklärte. Das ist es, worauf sie reagieren werden, Mylord. Der Felsbrocken, der ihnen die Köpfe einschlagen wird.«

Somerset nickte und legte den Finger an die Lippen. Derry war sofort klar, dass der junge Duke keine Ahnung hatte, um was es sich dabei handelte. Alle sahen Fortescue an, der es genoss, im Zentrum der Aufmerksamkeit zu stehen.

»Es ist ein Gesetz für Verräter«, sagte er. »Ein sehr altes Gesetz, und selten angewandt. Mit dem königlichen Urteil einer Verunehrung verliert ein Adliger all seine Privilegien, seine Titel, sein Erbrecht. Sein gesamter Besitz geht an den König. Der Verurteilte wird ein einfacher Bürger. Es ist, kurz gesagt, der Tod eines adligen Hauses.«

»York wird niemals dulden, dass das zur Anwendung kommt«, sagte Derry sofort, wie er es vorher mit der Königin abgesprochen hatte. Verärgert sah er, dass Sir John ihm lächelnd mit dem Finger drohte.

»Das Gesetz der Verunehrung wurde für ganz extreme Fälle der Bedrohung des Königshauses geschaffen, Master Brewer. Diejenigen, die es in das englische Recht aufgenommen haben, wussten, dass es Situationen geben würde, wo die Zeit knapp ist und die Verräter gefährlich nahe am Ziel sein könnten. Dafür sind nur sehr wenige Beweise notwendig. Und obwohl es irgendwann parlamentarisch abgesegnet werden muss, genügt es zunächst, wenn es die Zustimmung des Königs hat, besiegelt wird und von einem beschlussfähigen Gremium von Lords in Kraft gesetzt.«

Derry tat nachdenklich und rieb sich die Stirn, womit er Somerset den Eindruck vermitteln wollte, als sei dies alles auch für ihn neu.

»Sir John hat diese Verfügung vorbereitet«, sagte Margaret, »und mein Mann hat zugestimmt, sie zu besiegeln. Die Lords Percy und Egremont haben mit dem Tod ihres Vaters einen ebenso großen Verlust erlitten wie viele andere. Zusammen mit Euch, Mylord Somerset, werden sie die Kavaliere meines Mannes befehligen.« Ihr Ton gestattete keine Widerrede, und Somerset beugte zustimmend den Kopf. »Wenn die Verunehrung einmal beschlossen ist, Gentlemen, kann sie nicht mehr rückgängig gemacht werden. Es ist eine Kriegserklärung. Das Haus York wird fallen. Oder es wird kämpfen – und *trotzdem* fallen.«

Ihre Stimme zitterte, und mit Recht, dachte Derry. York würde sich gebärden wie ein tollwütiger Hund, wenn er davon erfuhr, das war sicher. Die Königin würde mit einem einzigen Pergament einen Krieg anzetteln.

Mit blitzenden Augen fuhr Margaret fort. Endlich, nach Jahren der Vorbereitung, hatte sie erreicht, was sie wollte.

»Mein Mann wird einen Rat seiner loyalen Lords nach Coventry einberufen, wo man sie verlesen wird. In London geschieht gar nichts, Gentlemen. Coventry ist nur fünf Meilen von hier entfernt. Es liegt im Herzen unseres Landes und ist dafür bestens geeignet. Master Brewer, Ihr werdet die Männer zusammenrufen, die der Krone Dienst und Leben gelobt haben. Sagt ihnen, was Ihr wollt, aber schickt auch den Letzten von ihnen aufs Feld hinaus und lasst sie Übungen abhalten. Für meine eigenen Kavaliere habe ich schon einen Befehlshaber, nämlich James Tuchet, Baron Audley. Mein Mann wird seine Armee selbst befehligen.«

»Ich kenne Lord Audley«, erwiderte Derry. »Er ist ein echter Veteran, im Dienste ergraut. Ich habe an Eurer Wahl nichts auszusetzen, Hoheit. Allerdings muss ich fragen, ob König Henry genug Kraft besitzt für das, was da auf uns zukommt?«

Verlegen hatte er beim Sprechen den Blick gesenkt. Er und Margaret hatten ausgemacht, dass er diese Frage stellen sollte, doch er fühlte sich in dieser Rolle nicht wohl, auch wegen der Lügen, mit denen die Königin antworten würde. Hier wurden derart schwerwiegende Entscheidungen getroffen, und der König glänzte durch Abwesenheit. Derry spürte förmlich den scharfen Blick, mit dem Margaret ihn ansah.

»Mein Mann ist bereit, Master Brewer. Seine Gesundheit ist angegriffen, aber seine Kräfte nehmen mit jedem Tag zu. Macht Euch um ihn keine Sorgen.« Sie machte eine wegwerfende Handbewegung, wie um das Thema zu beenden. »Ich habe eine Ladung neuer Piken und Bleikeulen für meine Kavaliere angeschafft und in den Waffenkammern von Kenilworth lagern lassen. Ich möchte, dass Ihr sie Euch anseht und dafür sorgt, dass sie dort hinkommen, wo sie gebraucht werden. Und in einem Monat werdet Ihr die Nachricht von Yorks Verunehrung verbreiten. Setzt Eure Mundpropaganda in Gang, damit auch York und Salisbury davon erfahren. Dann werden sie kommen. Und wir werden sie erwarten.«

»Sehr wohl, Euer Hoheit.« Derry musste an den letzten großen Plan des Königshauses denken, der darin bestanden hatte, den Frieden zu sichern, indem man dem Thronerben eine französische Braut besorgte und im Gegenzug die Gebiete von Maine und Anjou abtrat. Derry war einer der Architekten dieses Plans gewesen, und ein Teil des Ergebnisses war diese Königin, die jetzt vor ihm stand. Doch Lord Suffolk war tot, London war überfallen worden, und fast alle Gebiete Englands in Frankreich waren verloren gegangen. Und es lief Derry kalt über den Rücken bei dem Gedanken an ein neues Vorhaben, bei dem man abermals Landbesitze und Adelshäuser umherschieben würde wie Figuren auf einem Schachbrett. Die Wellen, die diese frühere Katastrophe ausgelöst hatte, waren die Ursache für ihre gegenwärtigen Probleme – und sie zogen immer noch weitere Kreise.

Vorläufig musste er seine Bedenken jedoch zurückstellen. Er ließ sich aufs Knie fallen, was Wilfred Tanner ihm sofort nachmachte, während Somerset und Sir John Fortescue dabei standen.

Margaret ließ die kühle Maske der Autorität fallen und machte wieder ein freundliches Gesicht.

»Man hat ein Essen vorbereitet. Es würde mir eine große Freude sein, wenn Ihr mir dabei Gesellschaft leisten würdet, Gentlemen. Zweifellos habt Ihr noch weitere Fragen, die beantwortet werden müssen. Bitte, folgt meinem Kammerherrn, ich werde ebenfalls gleich zu Tisch kommen.«

An diesem Abend, nachdem die Glocken der Schlosskapelle zur Komplet geläutet hatten, entließ Margaret den letzten der Männer, die sie an diesem Tag besucht hatten. Sie hatte zwei Dutzend Soldaten und Lords empfangen, außerdem mehrere Händler, die die beiden Armeen mit Waffen und Ausrüstung versorgen sollten. Die vielen Gesichter verschwammen ihr vor dem geistigen Auge, als sie mit einer Lampe durch die Korridore zu den Gemächern ihres Mannes ging, hoch oben im Ostturm des Schlosses.

Mit einem gemurmelten Gruß an die Wachen vor Henrys Tür schlüpfte sie hinein und ging durch den Vorraum. Das einzige Geräusch war das Rascheln ihres Kleides und das leise Geräusch ihrer Lederschuhe auf dem Steinfußboden.

»Wer da?«, fragte Henry von drinnen. Margaret lächelte müde, als sie seine Stimme hörte. Es war ein guter Tag, wenn er wach und aufnahmefähig war. König Henry hatte außergewöhnlich lange Schlafphasen und war manchmal einen ganzen Tag lang nicht ansprechbar. Seine wenigen wachen Stunden verbrachte er oft mit gefalteten Händen in der Kapelle. Wochen und Monate konnten vergehen, in denen er außer diesen Beschäftigungen kaum ein Lebenszeichen von sich gab, er aß und trank mit trüben Augen, ohne wahrzunehmen, was er zu sich nahm. Die Phasen der Besserung traten langsam ein, wie wenn ein Mensch aus tiefem Schlaf erwacht. Margaret konnte gar nicht mehr zählen, wie oft seine wachen Sinne zurückgekehrt waren, wie oft sie neue Hoffnung geschöpft hatte und immer vergeblich. Völlig unverhofft konnte es passieren, dass sie ihn angekleidet und voll Energie antraf und sie lebhaft über ihre Pläne sprechen konnten. Solche Phasen konnten einen Tag, eine Woche oder gar einen Monat anhalten, ehe er wieder in Benommenheit versank und für die Welt um ihn her verloren war. Sie wusste nie, wie sie ihn vorfinden würde.

Sie trauerte noch immer, weil ihre Liebe für ihn erloschen war. Dies war nicht über Nacht passiert, und noch immer gab es Momente, wenn trotz all ihrer Traurigkeit ein Rest von Glut aufflackerte. Solange sie zurückdenken konnte, war sie ihm mehr Mutter als Frau gewesen. Vielleicht war das der Kern des Problems. Wie so vieles andere war ihre Liebe zu Henry im Laufe der Jahre einfach versickert, war Faser um Faser aus ihr herausgezogen worden. Das Seltsame daran war, dass es ihr nichts ausmachte. Ob Mutter oder Frau, sie würde nicht eher ruhen, bis seine Feinde kalt in der Erde lagen. Mehr hatte York ihr nicht gelassen, und sie machte diesen Mann dafür verantwortlich, dass Henrys Krankheit wiedergekommen war. Jedes Mal, wenn sie daran dachte, wie Henrys Verfassung vor St. Albans gewesen war, wie zuversichtlich seine Augen geleuchtet hatten, dann wollte ihr das Herz brechen. Er hatte die Chance gehabt zu leben, sich lebendig zu fühlen – aber York hatte sie ihm genommen und ihn wieder ins Dunkel gestürzt.

»Ich bin's, Henry, Margaret«, sagte sie. Zu ihrer Überraschung saß er im Bett, umgeben von einem Wust von Büchern und Papieren.

»Ich hörte vorhin Männerstimmen. Ich wollte aufstehen und zu ihnen hinausgehen, aber …« Er schüttelte den Kopf, er konnte diese Müdigkeit nicht erklären, die ihm alle Willenskraft nahm und jedes Vorhaben zu einer unüberwindlichen Anstrengung machte.

Margaret raffte ihre Röcke zusammen und setzte sich neben ihn. Sie betrachtete die Papiere, die um ihn auf der Bettdecke lagen. Er sah ihr Interesse und wies mit der Hand auf die Dokumente.

»Verunehrungsurkunden, Liebes. Und sogar die Magna Carta. Das alles hat man mir gebracht, obwohl ich mich nicht erinnere, danach gefragt zu haben.«

Margaret verbarg ihren Unmut, während sie die Sachen zusammenräumte. Sie schwor sich, den Diener zu bestrafen, der ihrem Mann diese Dokumente gebracht hatte. Unter strengster Geheimhaltung hatte sie sich aus den Archiven in London eine große Anzahl von Schriften bringen lassen, um die wenigen, die sie wirklich brauchte, unauffällig in der Menge der anderen verschwinden zu lassen. Und dann waren offenbar die letzten, wirklich wichtigen Bündel bei Henry statt bei ihr gelandet.

»Ich habe sie kommen lassen, Henry. Ich wollte nicht, dass du mit Arbeit behelligt wirst, solange es dir noch nicht gut geht.«

»Nein, ich finde es interessant!«, sagte er strahlend. »Ich habe den ganzen Tag darin gelesen. Diese Verunehrungsurteile sind wahre Schauermärchen, mein Liebes. Es gefriert einem förmlich das Blut bei der Vorstellung, was sie angerichtet haben. Hast du die Hinrichtungsprotokolle von Hugh le Despenser und seinem Sohn gelesen? Der Vater wurde zerstückelt und den Hunden vorgeworfen, der Sohn …«

»Das will ich gar nicht hören, Henry«, erwiderte Margaret. »Ich bin sicher, sie haben verdient, was immer man mit ihnen gemacht hat, wenn sie sich gegen ihren rechtmäßigen König aufgelehnt haben.«

»Ich glaube aber, sie standen an seiner Seite, Margaret. Die Despensers unterstützten Edward den Zweiten, aber nachdem die Verunehrung über sie ausgesprochen war, wurde der Sohn erst geschleift, dann ritzte man Verse gegen die Sünde in seinen Körper, dann …«

»Henry, bitte! Genug davon. Du machst mir ja eine Gänse-haut. Du solltest jetzt ruhen, statt dich mit solch schreckli-chen Dingen zu beschäftigen. Wie willst du jetzt schlafen, wenn dir solche Sachen im Kopf herumgehen?«

Der König machte ein schuldbewusstes Gesicht.

»Du hast recht, Margaret. Es tut mir leid. Ich wollte dich nicht erschrecken. Ich werde die Sachen weglegen.«

Margaret räumte die Papiere zu einem großen Stapel zu-sammen, den sie unter den Arm nahm. Eines der Bündel wurde von einer alten Eisenklammer zusammengehalten, in der sie sich den Finger einklemmte, sodass sie vor Schmer-zen die Luft einzog. Rote Blutstropfen quollen aus ihrer Fin-gerspitze, und sie merkte, wie auch ihr Mann erschrocken den Atem anhielt und wegsah. Sie steckte den Finger in den Mund, verärgert darüber, dass jetzt ein Blutfleck auf dem weißen Laken war. Nach St. Albans konnte ihr Mann kein Blut mehr sehen. Er hatte den Fleck noch nicht gesehen, aber wenn er ihn bemerkte, würde er wirklich nicht mehr schlafen können.

Sie räumte die Papiere weg und wühlte in der Truhe am Fuß des Bettes, um ein sauberes Deckbett herauszunehmen, dick gesteppt gegen die Kälte.

»Lieg jetzt still, mein Lieber«, sagte sie und ging schnell und geschickt ans Werk. Sie nahm die Decke ab und legte eine neue auf, wobei sie seine nackten Beine unter dem Nachthemd sah. Henry legte sich zurück, sein Gesicht entspannte sich. Er gähnte, als Margaret sich wieder neben ihn setzte und ihm über die Stirn strich.

»Siehst du? Es hat dich doch ermüdet«, sagte sie.

»Aber du nimmst doch das Licht nicht mit, Margaret? Ich mag es nicht, wenn ich im Dunkeln wach liege.«

»Ich lasse es hier, neben deinem Bett. Und deine Diener sind ja immer in Hörweite.«

Sie fuhr fort, ihm über die Stirn zu streichen, und er schloss die Augen.

»Ich liebe dich, Margaret«, murmelte er.

»Ich weiß«, sagte sie. Und völlig grundlos kamen ihr die Tränen.

Als sein Atem gleichmäßig ging und sie sicher war, dass er schlief, trug die Königin die Papiere in ein anderes Zimmer, wo sie eine Lampe auf den Tisch stellte und sich eingehend mit dem Schicksal der Familie Despenser beschäftigte, nachdem man die Verunehrung gegen sie ausgesprochen hatte. Als sie las, dass das maßgebliche Dokument auf Befehl einer französischen Königin ausgestellt worden war, die nach England gekommen war und Edward den Zweiten geheiratet hatte, setzte Margaret sich überrascht auf. Man konnte wahrhaftig aus der Geschichte lernen, und fast glaubte sie die Stimme ihrer Landsmännin vor hundert Jahren zu hören. Margaret rührte sich nicht vom Fleck, völlig versunken und fasziniert saß sie am Tisch, bis die Sonne aufging.

19

Salisbury rieb sich das frisch rasierte Gesicht mit einem kalten, feuchten Tuch ab, um die Poren zu schließen und das Brennen zu lindern, das Rankins Rasiermesser hinterlassen hatte. Er hatte an diesem Morgen keine Wette mit seinem Diener abgeschlossen, sondern das Schaben wortlos über sich ergehen lassen, bis er fertig war und Rankin sich zurückgezogen hatte. Mit seinen sechzig Jahren spürte Richard Neville sein Alter. Er verbrachte jeden Morgen eine Stunde mit schweißtreibenden Übungen, um seinen Schwertarm stark und seine Gelenke geschmeidig zu halten. Er war nie dick gewesen, und obwohl die Haut an Hals und Wangen schlaff wurde, hatte sich kein Fettpolster darunter gebildet. Dennoch, das Alter sorgte dafür, dass er schwächer wurde, wie sehr er sich auch anstrengte, den Prozess aufzuhalten. Früher war ihm jede Entscheidung leichtgefallen, er konnte weit in die Zukunft planen und wusste genau, was er wollte und wie er es erreichen würde. Jetzt konnte er nur den Kopf schütteln, wenn er an diese jugendliche Selbstsicherheit dachte. Das Leben war damals so viel einfacher gewesen, als seine einzige Aufgabe darin bestand, eine starke Familie hervorzubringen und dafür zu sorgen, dass sich das Blut der Nevilles mit dem Blut sämtlicher Adelshäuser in England vermischte.

Seine Frau Alice kam geschäftig ins Zimmer, gerade als Rankin es eilends verließ. Mit einem Blick erkannte sie die Stimmung ihres Mannes, während sie eine Schale mit Äpfeln auf die Anrichte stellte. Das Schloss von Middleham war mit reichen Obstgärten gesegnet, und der Apfelwein, der hier hergestellt wurde, war so gut, dass man ihn hätte verkaufen können. Es war typisch für ihren Mann, dass er es nicht tat, lieber gestattete er seinen Bediensteten, ihn in den Fässern im Schlosskeller altern zu lassen und deren Inhalt selbst zu trinken.

Alice sah zu, wie Salisbury sich Gesicht und Hals trocknete. Sie merkte, dass seine Gedanken woanders waren, er wusste nicht, wo er das Tuch hinlegen sollte, deshalb trat sie zu ihm und nahm es ihm ab.

»Du siehst ernst aus«, sagte sie und berührte seinen Arm. Sie waren seit fast vierzig Jahren verheiratet und zusammen in ihrem »sanften Joch«, wie er es nannte, alt geworden. Diesen Ausdruck hatte er oft verwendet und sie damit amüsiert, eine Redensart von vielen, die er oft gebrauchte, nur um sie zum Lachen zu bringen. Der kleine Scherz hatte sich im Laufe der Jahre abgenutzt, aber die Erinnerung und die gegenseitige Zuneigung waren geblieben.

»Ist es ein Wunder, wenn man sich mit so etwas befassen muss?«, murmelte Salisbury. Er stand am Fenster und sah hinaus auf die goldenen Felder von Middleham, die sich bis zum Horizont erstreckten. In der Ferne sah er Gestalten, Männer, Frauen, Pferde, die damit beschäftigt waren, auf seinen Feldern den Weizen zu mähen und die Garben einzufahren. An jedem anderen Tag hätte ihn dieses Bild erfreut, vom Lauf einer Welt, wie sie sein sollte, von Menschen, die die Früchte der Erde ernteten und sich bei Sonnenuntergang einen wohlverdienten Krug Bier schmecken ließen. Er starrte auf die gelben Blätter, mit denen sich der Herbst ankündigte, aber er sah durch sie hindurch, weit in die Ferne.

Alice brauchte nicht lange über den Grund für die Sorgen ihres Mannes nachzudenken. Seit der Bote vor zwei Tagen erschienen war, war das Schloss in Aufruhr. Zwei Dutzend Männer auf schnellen Pferden waren losgeprescht, um Ritter und Bewaffnete zusammenzutrommeln, wo immer sie sich gerade aufhielten.

»Richard von York ist mein Lord, dem ich Treue geschworen habe«, sagte Salisbury. Er sprach wie zu sich selbst, obwohl er sich zu seiner Frau umgedreht hatte und ihre Wange berührte. »Ich habe ihn groß gemacht, so groß, dass er sich den Thron hätte nehmen können. Und als es so weit war, hat er nicht danach gegriffen. Hätte er es getan, dann gäbe es jetzt diese Bedrohung nicht und niemand würde Gerüchte von einer Verunehrung verbreiten, die uns alle vernichten könnte. Zum Teufel mit seiner Unentschlossenheit, Alice! Wie oft muss man einem Menschen denn die Krone hinhalten, ehe er zugreift? York hätte in St. Albans König werden können, und damit wäre die Sache erledigt gewesen. Er war zu zögerlich, vielleicht hatte er auch Angst, schließlich befand er sich in einem geweihten Haus Gottes. Und jetzt? Vier Jahre Frieden hatten wir, und alles, was wir erreicht haben, ist, dass der König wieder stark geworden ist – oder vielmehr, dass die Königin das Heft in die Hand genommen hat. Und jetzt so etwas! Das Haus York, durch das königliche Siegel bis in die Grundfesten erschüttert, und ich habe keine Wahl, Alice! Nicht geringste Wahl. Wieder einmal muss ich aufs Schlachtfeld. Ich muss zur Waffe greifen und alles aufs Spiel setzen, was ich mir geschaffen habe.«

»Du wirst nicht versagen, Richard«, sagte Alice mit fester Stimme. »Du hast noch nie versagt. Du hast den Nevilles durch dein Geschick und deine Klugheit bisher immer geholfen, und sie haben davon profitiert. Du bist ihnen allen ein guter Hirte gewesen – jawohl, so ist es, und auch anderen, die unseren Namen nicht tragen. Du hast ja selbst gesagt, dass du mehr Soldaten zusammengebracht hast, als jedes andere Haus. Du bist in den Jahren des Friedens nicht untätig gewesen! Du hast so viele zu deinen Fahnen gerufen, während andere auf der faulen Haut lagen. Du kannst zuversichtlich sein!«

Salisbury brummte leise, es freute ihn, dass seine Frau das sagte. Er hatte nie zur Prahlerei geneigt, aber er war stolz darauf, dass sie seine Fähigkeiten anerkannte und zu würdigen wusste.

»Mein Vater hat mich immer davor gewarnt, dieselbe Schlacht zweimal zu schlagen, Alice. Er sagte, wenn ich gewänne, müsse ich dafür sorgen, dass mein Feind so gründlich erledigt ist, dass er sich nie wieder erheben kann.«

»Und wenn du verlieren würdest?«, fragte sie. Salisbury lächelte bei der Erinnerung.

»Dasselbe habe ich ihn auch gefragt. Er sagte, wenn ich verliere, müsste ich mein Geschick in die Hände anderer legen. Die Antwort sei eben immer, *nicht* zu verlieren.« Er seufzte und schüttelte den Kopf. »Und hier stehe ich nun und muss York in einem Krieg unterstützen, in dem mit einem einzigen Hieb oder mit einem Pfeil alles vorbei sein kann. Dafür bin ich zu alt, Alice. Ich merke es an meinen steifen Gelenken, an meinem langsameren Denken. Das ist etwas für jüngere Leute. Viel lieber würde ich hierbleiben und bei der Ernte zusehen.«

Alice kannte ihren Mann gut und wählte ihre Worte sorgfältig, um seinen Ehrgeiz anzustacheln und ihn aus dieser düsteren Stimmung herauszulocken.

»Dann solltest du vielleicht deinem Sohn das Kommando überlassen. Hast du etwas darüber gehört, ob Richard aus Calais zurückkommt? Wenn er hier wäre, würde er nicht ablehnen, das weißt du, mein Lieber. Er würde die Banner der Nevilles zusammen mit denen von Warwick tragen.«

Alice sah, wie ihr Mann den Unterkiefer vorschob und sein Blick entschlossener wurde.

»Er ist ein guter Befehlshaber«, sagte er. »Ich bin immer noch ganz stolz, wenn ich daran denke, wie er bei St. Albans seine Männer geführt hat.«

»Und deine, mein Herz. Sie sind ihm gefolgt, als er das Signal geben ließ. Du hast mir oft erzählt, wie gut er in seinem roten Rock aussah.«

Salisbury kaute nachdenklich an der Unterlippe, dann hob er den Kopf.

»Aber er ist noch jung – und vielleicht noch nicht abgebrüht genug«, sagte er. Alice verkniff sich ein Lächeln und nickte. »Und er ist jetzt drei Jahre in Frankreich gewesen, während ich alle Gerüchte über diesen Königshof von Lancaster mitbekommen habe. Nein, ich muss sie anführen, Alice. Warwicks Zeit kommt noch, vielleicht schon bald. Er hat mir keine Nachricht davon überbracht, dass diese Kavaliere der Königin marschieren und exerzieren. Und von diesen Kavalieren des Königs, die dort im Norden umherreiten mit Bögen und Piken und eisernen Keulen. Wo wären wir ohne die Leute, die ich dafür bezahle, dass sie mir von solchen Dingen berichten? Verloren, Alice. Gott allein weiß, ob der König jemals wieder von seinem Krankenlager aufsteht. Ich habe niemanden in Kenilworth, der mir etwas über ihn berichtet, schon seit einem Jahr nicht mehr. Zwei starke junge Männer, und beide sollen tödliche Unfälle gehabt haben! John Donnell, der sich angeblich erhängt hat, obwohl ich ihn als lebenslustigen Menschen kannte, der bestimmt nicht zu Schwermut neigte! Und Sir Hugh Sarrow, der mit durchgeschnittener Kehle in einem Haus von zweifelhaftem Ruf aufgefunden wurde … Es klingt doch merkwürdig, dass dem Mann angeblich im Bett eine derartige Verletzung zugefügt wurde, Alice. Ich wusste schon vor zwei Jahren, dass ich Ritter und Soldaten sammeln muss, auch wenn es mich finanziell ruiniert. Sie hätten mir am liebsten die Augen ausgekratzt. Aber ich wusste es. Wenn sie wollten, dass ich blind bin, dann musste es etwas geben, das ich nicht sehen sollte. Nein, es ist die Königin, diese Wölfin, die hinter dieser Bedrohung steckt, nicht Henry. Dieser arme, gebrochene Kerl ist ihr völlig ausgeliefert – und ihren Höflingen und Ratgebern. Und zweifellos haben die Percy-Söhne den Tod ihres Vaters auch noch nicht verschmerzt. Die haben das geplant – und ich muss ihnen darauf antworten, oder zusehen, wie mein Lebenswerk sich in Rauch auflöst.«

»Sehr gut, Richard«, sagte Alice. »Das klingt schon besser. Ich hoffe, du wirst dafür sorgen, dass unserem Sohn nichts geschieht!«

»So gut ich kann«, erwiderte er. »Und so Gott will, werden wir die Sache beenden.« Er beugte leicht den Kopf, sodass ein Schatten auf sein Gesicht fiel. »Und das sage ich dir, Alice, wenn Henry fallen sollte, dann werde ich nicht zögern, ebenso wie York. Nicht, wenn mein Haus und meine Titel in Gefahr sind. Ich werde zuschlagen und diesen Krieg mit all seinem Geflüster und diesen Intrigen beenden. Denn wenn York erledigt ist, ist Salisbury der Nächste – und dann Warwick. Auf eine Verunehrung werden weitere folgen, bis wir aus England vertrieben sind. Und eher würde ich sterben, als das zuzulassen.«

»Du bist ein alter Fuchs«, sagte sie und trat so dicht vor ihn, dass er sie in die Arme schloss und sein Kinn auf ihren Kopf legte. »Komm nur gesund zu mir zurück, wenn es vorüber ist. Mehr verlange ich nicht.«

»Das werde ich«, sagte er, und mit den Lippen auf ihrem Haar tat er einen tiefen Atemzug. Er spürte, dass sie zitterte. »Ganz ruhig! Mach dir keine Sorgen um mich, mein Liebes! Ich habe dreitausend Mann – und York weitere zweitausend. Unser Sohn bringt zweitausend seiner Rotmäntel mit, fast die Hälfte davon aus der Garnison von Calais. Siebentausend Mann, Alice! Und es sind keine Bauern mit Hacken und Mistgabeln, sondern gute Soldaten in Kettenpanzern. Eine starke eiserne Klinge, mein Herz, die die Truppen der Königin aufhalten oder gar vernichten wird. Sind wir nicht zu einer großen Versammlung nach Coventry gerufen worden? Auf Befehl des Königs, der mir erlaubt, mit meiner Armee durchs Land zu ziehen, was nicht sehr klug war. Wir werden nicht bei Nacht, sondern bei Tage marschieren, zu dieser Versammlung, die der König einberufen hat. Ich sage dir, noch vor dem ersten Frost werden wir mit diesen Feinden fertig sein. Ich werde dieses Unkraut ausreißen und in alle Winde zerstreuen, diese verderbliche Saat einer verderblichen Rasse. Bei meiner Ehre, Alice, das werde ich.«

Das Meer lag zwanzig Meilen hinter ihnen, aber Warwick konnte es noch immer in seinen Kleidern riechen, diese Mischung aus Salz und Feuchtigkeit, die seine Laune immer hob. Er war auf der Überfahrt von Frankreich von der Gischt kräftig bespritzt worden, und seine nackten Unterarme schmeckten salzig. Im Kreis der Fackeln hob er seinen Zinnkrug und jubelte mit den Männern, als Edward von March einen weiteren Ritter klirrend aufs Kreuz legte. Ihr erster Abend auf englischem Boden seit fast vier Jahren hatte für die sechshundert Männer aus Calais kein Ende gefunden. Viele von ihnen hatten getanzt und Freudentränen vergossen, als sie das Land ihrer Väter betraten, sie hatten sich gebückt und die Erde berührt oder gar eine Handvoll davon in ihren Beutel gesteckt. Sie hatten die Niederlage Frankreichs vor zehn Jahren hinnehmen müssen, dazu lange Perioden ohne Bezahlung, als es danach aussah, als würde ganz England jeden Moment in Flammen aufgehen. Keiner von ihnen war mehr jung, sie alle waren graubärtige Veteranen, die die Annehmlichkeiten der Heimat so lange entbehrt hatten, dass sie sie vergessen hatten. Selbst ihr Hauptmann, Andrew Trollope, hatte sich verstohlen ein paar Tränen abgewischt, als Warwick ihm gesagt hatte, es würde endlich nach Hause gehen.

Warwick sah mit Vergnügen, wie Yorks Sohn sich unter der wild geschwungenen Stange seines Gegners wegduckte, mit der freien Hand das Bein des Mannes ergriff und ihn anhob, sodass er gegen zwei weitere Männer taumelte. So ein Nahkampf barg immer gewisse Gefahren, selbst wenn er mit hölzernen Stangen ausgetragen wurde statt mit Stachelkeulen oder Klingen. Doch mit seinen noch nicht ganz achtzehn Jahren ließ der Earl von March im Kampf erfahrene Ritter wahrlich alt aussehen – und die Männer waren begeistert und jubelten über jeden Treffer. Warwick hörte, wie Edward unter seinem Helm lachte, seine Stimme klang für einen so jungen Mann überraschend tief. Nicht zum ersten Mal freute Warwick sich auf das Gesicht des alten York, wenn er sehen würde, was für ein Hüne sein Sohn geworden war. Mit seinen sechs Fuß und vier Zoll und der kräftigen Statur überragte Edward sogar noch seinen legendären Namensvetter, den König mit dem Spitznamen »Longshanks«. Warwick hatte die besten Waffenschmiede in Frankreich beauftragt, um dem jungen Earl regelmäßig neue Rüstungen anzupassen. Doch während andere Jungen während solcher Wachstumsschübe vorübergehend an Kraft einbüßten, war March unter den Veteranen von Calais zum Mann geworden, hatte täglich mit ihnen trainiert und sich jeden Trick, jede Finte zu eigen gemacht, die sie ihm zeigen konnten.

Warwick sah, wie die beiden treuesten Gefährten des jungen Earls ebenfalls jubelten und jede seiner Bewegungen mit Kennermiene verfolgten. Jameson, der Schmied, war selbst bereits ein Hüne, aber auch er musste inzwischen zu March emporblicken. Sir Robert Dalton hatte das Schwerttraining der gesamten Garnison von Calais zu seiner Aufgabe gemacht, er behauptete, noch nie im Leben so viel Rost und eine solche Trägheit gesehen zu haben. Ihre Loyalität zu Yorks Sohn war ganz offensichtlich, ebenso wie ihr Stolz, wenn sie ihn beim Kampf beobachteten. Der Earl würde im Krieg ein gefürchteter Mann sein, davon war Warwick überzeugt. Er war mehr als einen Kopf größer als die meisten erwachsenen Männer und konnte mit solcher Kraft zuschlagen, dass meist ein einzelner Hieb genügte.

Neben Warwick saß fröhlich grinsend Captain Trollope, der dem Bier und dem Met bereits reichlich zugesprochen hatte.

»Jetzt wettet niemand mehr gegen ihn«, sagte Trollope, als er den Becher hob und mit Warwick anstieß. »Auf Eure Gesundheit, Mylord. Früher habe ich dabei ganz schön verdient, aber jetzt? Nicht einmal, wenn er es mit dreien oder vieren zugleich aufnimmt.«

Der letzte der kämpfenden Ritter glaubte eine Gelegenheit zu sehen, dem jungen Earl das Bein wegzuziehen. Er bückte sich und griff danach, wurde aber hoch in die Luft gehoben und mit metallenem Krachen zu Boden geworfen, dass ihm die Luft wegblieb. Er zappelte hilflos mit den Armen, wie ein Käfer, der auf den Rücken gefallen war. Die Soldaten brüllten vor Begeisterung, und Warwick musste grinsen, als March angewankt kam und sich klirrend neben ihm ins Gras fallen ließ. Er keuchte und strahlte eine Hitze aus, dass es sich anfühlte, als säßen sie neben einem Ofen. Warwick sah, wie Sir Robert und Jameson im Kreis der Fackeln aufstanden und zu ihrem jungen Schüler kamen. Er winkte, um für alle drei neue Krüge mit Bier bringen zu lassen.

Yorks Sohn kämpfte mit seinem Helm und schimpfte, er sei verbeult und er könne ihn nicht abnehmen. Er zog immer ungeduldiger daran, bis das Metall knirschte und etwas zu brechen schien, worauf sein erhitztes Gesicht und die wirre schwarze Haarmähne zum Vorschein kamen.

»Mein Gott, ich dachte, ich kriege ihn überhaupt nicht mehr runter! Den wird sich der Waffenschmied ansehen müssen, ehe ich ihn wieder tragen kann. Habt Ihr das gesehen, Richard? Captain Trollope? Ah, Sir Robert! Setzt Euch zu mir. Habt Ihr diesen letzten Kerl gesehen? Den hätte ich glatt über ein Scheunendach schmeißen können. Aber er hätte fast mein Bein erwischt, wenn er nur stark genug gewesen wäre, es hochzureißen.«

Der keuchende Atem des Earls roch nach süßem, starkem Bier. Warwick reichte ihm den vollen Krug und grinste, als Edward ihn mit seinen gepanzerten Händen ergriff und bis auf den letzten Tropfen leerte, worauf er sich den Schaum von den Lippen leckte. Seit seinem letzten Wachstumsschub hatte Edward Muskeln bekommen, dass selbst erfahrene Krieger in seiner Gegenwart die Augen niederschlugen. Zusam-

men mit seiner Jugend hätte das alles einem Furcht einflößen können, wenn Edward nicht so gutmütig gewesen wäre.
Mehr als einmal hatte Trollope ihn mit einer der Doggen von
Calais verglichen – riesige Hunde, die man vor hundert Jahren aus England zur Zucht eingeführt hatte. Die mächtigen
Tiere hatten keine Spur von Bösartigkeit in sich, vielleicht, weil
sie vor keinem anderen Hund Angst zu haben brauchten.

Während Warwick über die Briefe seines Vaters beunruhigt
war, die ihn heimgerufen hatten, schien Yorks Ältester dies
alles als ein großes Abenteuer zu betrachten, das außerdem
noch seinem Wunsch entgegenkam, Vater und Mutter wiederzusehen.

Warwick machte ein mürrisches Gesicht, als March jetzt laut
rülpste. Er überlegte, ob er ihn daran erinnern sollte, dass
dieser Kasernenhofstil bei Hofe nicht angebracht sein würde.
Doch dann schüttelte er lächelnd den Kopf. Mit seinen zweiunddreißig Jahren war er schließlich weder Edwards Vater
noch der Vater sonst eines jungen Mannes, auch wenn er es
sich gewünscht hätte. Er hatte eine Frau und zwei Töchter zurückgelassen, und wenn er Yorks Sohn, diesen großen
Ackergaul, betrachtete, dann konnte man leicht ein wenig
neidisch werden. Er schob den Gedanken beiseite. Er hatte
ja noch Zeit, eine ganze Schar von Söhnen zu zeugen, und außerdem war Edward für ihn eher wie ein jüngerer Bruder, der
bei allem, was er tat, Warwicks Zustimmung suchte.

Warwick und Captain Trollope wechselten amüsierte Blicke, als der Earl zwei weitere Humpen leerte, wobei ihm das
Bier über Kinn und Brust lief.

»Wir müssen früh raus und abmarschieren, Edward«, sagte
Warwick. »Es wird dir schwerfallen, im Sattel zu bleiben, wenn
du so viel Bier trinkst.«

»Ich habe einfach einen Mordsdurst«, erwiderte dieser und winkte, um sich einen vierten Humpen bringen zu lassen. »Man kriegt einen trockenen Hals, wenn man Männer durch die Luft schleudert.«

Warwick lachte, er gab es auf. Er wusste aus Erfahrung, dass der Earl am nächsten Tag stöhnend fragen würde, warum man ihn nicht zurückgehalten hätte. Dabei war bekannt, dass es nie leicht war, ihn von etwas zurückzuhalten, egal worum es ging. Denn trotz Edwards Gutmütigkeit war er zu Wutausbrüchen fähig, die er allerdings gut zu beherrschen verstand. Die Männer spürten es manchmal, dann zogen sie sich zurück. Wie bei einer dieser riesigen Doggen wollte kein vernünftiger Mensch es riskieren, einen derartigen Wutausbruch zu erleben.

Zu Warwicks Überraschung leerte Edward den vierten Humpen ins Gras und schickte den Diener, der ihn sofort wieder füllen wollte, weg.

»Also gut, es reicht. Mir schwirrt der Kopf, und ich will nicht derjenige sein, der uns morgen früh aufhält. Wie viele Tage reiten wir bis Ludlow, ehe ich meinen Vater wiedersehe?«

»Acht bis zehn, das hängt vom Zustand der Straßen ab«, erwiderte Warwick. »Sind sie gut, können wir zwanzig Meilen am Tag schaffen, und wenn wir westlich an London vorbeireiten, noch mehr.«

»Dann also nur acht Tage«, sagte der junge Mann. Er schloss einen Moment die Augen gegen den Rausch. »Mein Vater braucht diese Leute, und ich werde an seiner Seite stehen. Ich bestimme die Geschwindigkeit, Warwick. Du brauchst nur mitzuhalten.«

Warwick kommentierte diese Prahlerei nicht, er wusste, March war tatsächlich fähig, dieses Tempo durchzuhalten. Die

Archivare in Calais hatten ihnen erklärt, was eine Verunehrung bedeutete, und die Bedrohung des Hauses York betraf den Earl von March genauso wie seinen Vater. Die Ländereien und das Einkommen, über das Edward bereits jetzt verfügte, würden ihm genommen werden, ganz abgesehen von der noch weitaus größeren Demütigung, den Namen York und das Herzogtum, das er einst erben würde, zu verlieren.

Captain Trollope rutschte unruhig auf seiner Bank herum – seine Beine waren steif geworden. Mit seinen fünfzig Jahren fühlte er sich alt, im Vergleich zu Warwick und vor allem zu Yorks Sohn. Doch die beiden jungen Männer hatten ihn nach England zurückgebracht, und dafür war er zutiefst dankbar.

»Ich bete darum, Mylords, dass diese Verunehrung ohne Blutvergießen abgewendet werden kann. Wir haben von der Sache in St. Albans doch sogar bis Frankreich gehört, wie York den König vor seinen zweifelhaften Ratgebern gerettet hat und ihn in den Schutz der Abtei brachte. Das war eine bewundernswerte Tat. Kein Zweifel, der Vater des Königs wäre jedem Mann dankbar gewesen, der seinen Sohn rettete.«

Warwick zog die Brauen in die Höhe. »Ihr kanntet König Harry?« Der Captain schüttelte den Kopf.

»Ich war noch ein Junge, als er starb, Mylord, aber ich wünschte, ich hätte ihn gekannt. Es gab keinen besseren König als den alten König Hal, der Frankreich für uns erobert hat.«

»Und Männer wie Somerset und Suffolk haben es wieder verloren«, erwiderte Warwick. »Es ist, wie ich schon sagte. Dieser König Henry ist nichts weiter als ein Kind, das im Körper eines Mannes steckt. Er ist umgeben von Höflingen und Lords, die in seinem Namen handeln, und jeder von ihnen fühlt sich selbst wie ein kleiner König. Mein Vater hatte die Wahrheit erkannt, als er Percy und Somerset erledigte. Jetzt sind sie wieder stark geworden, eitle Gockel, die von dieser französischen Königin umschmeichelt und verhätschelt werden.«

Captain Trollope war rot geworden und sah weg, er antwortete nicht. Unter normalen Umständen war Königin Margaret über alle Kritik und jeden Zweifel erhaben, sie stand schließlich weit über den schäbigen Machenschaften der englischen Lords und Hofbeamten. Selbst die Andeutung einer Kritik war dem Captain schon unheimlich. Aber noch ehe Warwick seine Sorgen zerstreuen konnte, ergriff Edward das Wort. Nach dem vielen Bier sprach er lauter als gewohnt.

»Wenn Verunehrungen ausgesprochen werden, dann sollten sie Percy, Egremont und Somerset betreffen. Unsere Väter haben den Schlangen die Köpfe abgeschlagen, aber jetzt sind die Söhne an ihre Plätze gerückt. Es wäre besser, diese Namen würden ein für alle Mal aus dem Adelsverzeichnis verschwinden, damit sie nie wieder aufstehen können. Diesen Fehler werde ich nicht machen, wenn das hier erledigt ist.« Er sah mit rot umränderten Augen in die Runde und funkelte die Männer an. »Mein Vater hat den König gerettet und wird es auch wieder tun, aber er hat sich zu milde gegenüber den Häusern gezeigt, die vernichtet werden müssten. Das wird *mir nicht* passieren.«

Einen Moment war es still, und Warwick presste die Lippen fest zusammen, obwohl die anmaßende Rede dieses Jünglings ihm ganz und gar nicht gefallen wollte. Er war überrascht, als Captain Trollope antwortete.

»Die Engländer von Calais werden Euch beistehen, Mylords. Das haben wir geschworen. Natürlich nicht gegen den König, was Hochverrat wäre, aber ganz bestimmt gegen die, die in seinem Namen handeln.«

Warwick sah, wie besorgt der alte Mann war. Das ganze Gerede über Politik und Adelshäuser schien ihn nervös zu machen und zu verwirren. Wie viel einfacher war es doch, einem klar erkennbaren Feind gegenüberzustehen, den man erledigen konnte.

»König Henry wird nicht ins Feld ziehen«, sagte Warwick entschieden. »Er ist wie ein Mönch, der von morgens bis abends betet, wenn er nicht im Garten arbeitet oder schläft. Und solange König Henry sicher in Kenilworth liegt und schläft, braucht Ihr Euch um Eure Loyalität keine Sorgen zu machen. Das Einzige, was wir zu tun haben, ist denen gegenüberzutreten, die in seinem Namen regieren, wie Ihr schon sagtet, und sie zu besiegen. Wir werden nach Ludlow ziehen, und sie werden kommen. Es wird eine harte, blutige Angelegenheit werden, aber wir werden siegen.«

»Wir werden sie vernichten«, fügte Edward hinzu, der sich am Boden ausgestreckt hatte und gähnte. »Das Haus York wird fortbestehen. Und dann werde ich mich daran erinnern, wer meine Freunde sind – und wer meine Feinde.«

Der Bote kam mitten in der Nacht in Kenilworth an. Das ganze Schloss wurde wach, und Königin Margaret wurde aus dem Bett geholt. In einen Morgenmantel gehüllt, empfing sie den jungen Mann im Audienzsaal, das Haar lose zusammengebunden, das Gesicht rosig und schlafwarm.

»Euer Hoheit, ich habe eine Nachricht von Baron Audley. Ich soll Euch nur das Wort ›Vergeltung‹ überbringen.«

Trotz der angespannten Situation musste Margaret lachen. Sie wusste, nur Derry Brewer konnte auf die Idee kommen, als Passwort für eine so ernste Sache den Namen seines geliebten Pferdes zu wählen. Der Bote sah sie verständnislos an.

»Das genügt«, sagte sie, »also sprecht.«

Der Reiter war ein erfahrener Mann. Er schloss die Augen und wiederholte die Worte, die er hatte auswendig lernen müssen, weil man nicht riskieren wollte, ihm eine schriftliche Botschaft mitzugeben. Er wusste nicht, dass innerhalb einer Stunde ein zweiter Bote mit derselben Nachricht eintreffen würde – Derrys Sicherheitsmaßnahme, falls einer von ihnen überfallen würde.

»Euer Hoheit, Salisbury ist aufgebrochen. Er marschiert gen Süden nach Ludlow. Die Kavaliere der Königin werden sich ihm in den Weg stellen, damit er nicht mit Yorks Leuten zusammentreffen kann. Wo Warwick und March sind, ist noch nicht bekannt. Lord Audley bittet untertänigst darum, dass man Buckingham, Percy, Egremont und Somerset informiert und die Kavaliere des Königs darauf vorbereitet, auszurücken. Darüber hinaus, Gottes Segen und viel Glück.«

Der Bote machte die Augen auf. Auf seiner Stirn standen Schweißperlen der Erleichterung, dass er seine Aufgabe erfüllt hatte.

»Werdet Ihr zu Lord Audley zurückkehren?«, fragte Margaret. Der Mann nickte, trotz seiner Müdigkeit stand er kerzengerade da. »Sagt ihm, die Percys und Somersets sind mit den Kavalieren des Königs bei Coventry, bewaffnet und bereit zum Abmarsch. Buckingham und mein Mann werden mit ihnen ins Feld ziehen. Gebt Audley Gottes Segen und meine besten Wünsche. Das ist alles. Ihr müsstet wohl eigentlich essen und Euch ausruhen, aber die Zeit drängt. Mein Haushofmeister wird Euch Proviant für den Rückweg mitgeben.«

»Ihr seid sehr gnädig, Euer Hoheit«, erwiderte der Bote mit müder Stimme. Er schloss die Augen und wiederholte murmelnd die Botschaft, um sie sich einzuprägen. Eilig verließ er den Saal, während Margaret sich auf die Lippen biss, als sie darüber nachdachte, wie sie es schaffen könnte, ihren Mann reitfertig zu machen. Alles hing von ihm ab, und seit St. Albans hatte er keine Rüstung mehr getragen.

20

Die Kavaliere der Königin waren ein bunt zusammengewürfelter Haufen, stellte Baron Audley fest. Viele von ihnen waren in seiner Heimat, dem Herzogtum Cheshire aufgewachsen, aber sie stammten auch aus Shropshire und den Herzogtümern in der Umgebung. Zu zweit, zu dritt und im Dutzend waren sie aus den Dörfern gekommen. Einige von ihnen waren nichts weiter als Strauchritter, frei herumziehende Ritter, die im Gebüsch schliefen und keines Herrn Wappen oder Farben trugen, bis auf den Silberschwan der Königin, den sie sich auf die Brust geheftet hatten. Doch wenigstens waren diese Männer für den Kampf ausgebildet, auch wenn sie arm und schlecht ausgerüstet waren. Der Rest bestand aus Landarbeitern, Schmieden, Bauleuten, Metzgern und Knappen. Sie kamen aus allen Bevölkerungsschichten, geeint durch ihre Loyalität zum König und ihre Wut auf York.

Das Bindeglied zwischen ihnen allen war Derry Brewer, überlegte Audley, als der Meisterspion auf seinem mageren Pferd durchs Lager auf ihn zutrabte. Brewer war über die Dörfer geritten und hatte seine Werbestände aufgeschlagen, an denen er loyale Männer zur Verteidigung von König und Königin aufforderte. Zusammen mit Wilfred Tanner war Derry auf die entlegensten Höfe geritten und hatte Söhne, Brüder und Väter angeworben, jeden, der bereit war, sein Zeichen auf das Pergament zu setzen und sich im Gegenzug das silberne Abzeichen anstecken zu lassen. Audleys Aufgabe war es in den vergangenen Monaten gewesen, aus diesen Söhnen, Knappen und Handwerkern brauchbare Soldaten zu machen. Einige von ihnen hatte er schon ein halbes Jahr oder länger in seiner Obhut, während andere so unerfahren waren, dass sie nicht wussten, wie herum sie eine Pike halten sollten. Es war das reinste Chaos, und als sie sich vor einigen Wochen getroffen hatten, war Brewer für Audley zu einem willkommenen Helfer geworden. Nur waren Brewers Erinnerungen an große Schlachten sehr persönlicher Natur, von der Taktik des Schlachtfeldes verstand er nicht viel. Als junger Mann war er Fußsoldat gewesen, und sein Kampfhorizont beschränkte sich auf die Reihen, die vor und hinter ihm marschierten. Vielleicht war das der Grund, warum Derry eine offizielle Position bei den Kavalieren abgelehnt hatte. Er hatte Audley gesagt, er spiele bereits zu viele Rollen und könne keine weitere übernehmen. Der Baron schmunzelte, als er an diese Respektlosigkeit dachte, während Brewer neben ihm anhielt.

»Sie machen sich, Mylord«, sagte Derry und saß ab. »So viele habe ich seit Frankreich nicht mehr gesehen. Ich habe gehört, die Waffen und Rüstungen der Königin sind eingetroffen. Seid Ihr zufrieden?«

»Nein. Ich werde nicht eher zufrieden sein, bis ich Salisburys Kopf rollen sehe«, erwiderte Audley. Er war sich dabei bewusst, dass viele der Männer in Hörweite waren, deshalb sprach er noch lauter. »Aber sie werden ihnen die Stirn bieten, unsere Gallants. Wir haben dreimal so viele wie Salisbury. Er ahnt nicht, was auf ihn zukommt. Ich würde mein Leben auf diese Leute setzen.« Die Männer, die ihn hörten, grinsten den alten Befehlshaber mit dem weißen Schnurrbart an und wiederholten seine Worte für die, die es nicht gehört hatten.

»Eigentlich würde ich aber mit diesen Männern lieber gen Ludlow ziehen – und gegen York selbst«, fuhr Audley mit leiserer Stimme fort. Er hob die Hand, ehe Derry widersprechen konnte. »Ja, ich weiß, es ist wichtiger, erst Salisbury auszuschalten, ehe er sich mit York und Warwick zusammentun kann. Das gebietet schon die Vernunft. Aber trotzdem lässt es mir keine Ruhe. York stellt die eigentliche Bedrohung für unseren König dar. Er ist derjenige, den die Feinde Lancasters auf dem Thron sehen wollen. York ist das Herz dieser Rebellen, und ich möchte, dass er bestraft wird und ihm seine Titel entzogen werden. Schließlich warte ich darauf schon seit vier Jahren.«

Jedem anderen Befehlshaber hätte Derry auf die Schulter geklopft, aber Audley war ein zurückhaltender alter Herr, der von Vertraulichkeiten dieser Art nichts hielt. Stattdessen nickte Derry.

»Ihr sollt nicht umsonst gewartet haben, Mylord. Sobald wir mit Salisbury fertig sind, wenden wir uns nach Süden und stoßen zu den Kavalieren des Königs. Und ehe das Jahr um ist, sind wir den Ärger los.«

»Das ist wohl etwas voreilig, Master Brewer«, sagte Audley und schüttelte den Kopf. »Dies ist kein Ausflug, kein Waldspaziergang. Salisburys Leute sind bestens ausgebildet und verfügen über gute Waffen. Wenn wir ihnen zahlenmäßig nicht so überlegen wären, wäre ich nicht so zuversichtlich.«

»Aber das sind wir. Und Ihr seid es«, sagte Derry zwinkernd. Der Ältere knurrte.

»Na ja, wir werden sehen. Auf jeden Fall muss Salisbury an uns vorbei, wenn er nach Ludlow will. Aber der Mann ist raffiniert, Brewer. Ich habe ihn im Norden erlebt, dem macht keiner etwas vor. Ich habe es mir zum Prinzip gemacht, die gewonnenen Banner nicht zu zählen, bevor die Schlacht vorbei ist. Das wollte ich Euch nur gesagt haben.«

Während die beiden sich unterhielten, hatte sich das unübersehbar große Heer von Margarets Kavalieren in drei große Gruppen geteilt, die von Captains und Sergeants kommandiert wurden. Für Audley waren sie immer noch ein ziemlich unordentlicher Haufen, in denen längst nicht alle in Reih und Glied marschierten. Doch der weitaus größte Teil der Männer, die sich hier in der Heidelandschaft von Blore Heath zusammengefunden hatten, waren immerhin gut genährt und strotzten vor Zuversicht, neuntausend starke, junge Burschen, die ihren Eid auf die Königin geleistet hatten. Ihre Begeisterung hatte Derry anfangs verblüfft. Das Abzeichen mit dem silbernen Schwan war eigentlich nur erfunden worden, um die beiden Armeen voneinander zu unterscheiden. Es war zu schwer, eine große Streitmacht mitten in einer Kampagne zu unterteilen, wenn es darauf ankam, schnell zu reagieren. Doch die Schwanenabzeichen waren mit Begeisterung begrüßt worden und wurden mit Stolz getragen. Die jungen Männer aus den Dörfern Englands waren entflammt von der Idee, für ihre belagerte Königin zu kämpfen und deren Sache zu ihrer eigenen zu machen. Derry hatte Hunderte abweisen müssen, die dieses Abzeichen ebenfalls tragen wollten, und ihnen stattdessen die Antilope des Königs angeheftet.

Zwölfhundert der Kavaliere hatten gute Bögen aus Eibenholz, jeder einzelne war der Größe des Trägers angepasst und kostete den halben Jahreslohn eines Soldaten in Silber. Derry hätte sich Bogenschützen wie Thomas Woodchurch gewünscht, aber die hatte er nicht. Doch leidlich begabte Bogenschützen gab es in jedem englischen Dorf, wo jeden Sonntag Zielscheiben zerschossen wurden. Die Bogenschützen der Kavaliere würden den Himmel mit Pfeilen füllen, wenn es so weit war, und ihn verdunkeln wie Starenschwärme im Herbst. Siebentausend weitere trugen Kettenhemden und waren mit Äxten und eisernen Keulen bewaffnet, um Helme zu zerschlagen und Männer zu töten, die schon am Boden lagen. Ganz am Schluss folgten gemessenen Schrittes achthundert Berittene. Derry hätte sich drei- bis viermal so viele gewünscht, aber Streitrosse kosteten ein Vermögen, und nur wohlhabende Männer konnten es sich leisten, zu Pferde aufs Schlachtfeld zu ziehen. Der König und die Königin hatten immense Summen aufbringen müssen, um die Strauchritter mit Pferden auszurüsten – Männer, die die nötigen Fähigkeiten mitbrachten, sich aber eine Ausrüstung für die Schlacht nicht leisten konnten. Derry hatte sich zuletzt vor einem Jahr alle Quittungen angesehen, sich seitdem aber geweigert, das wieder zu tun, denn noch immer flossen Ströme von Silber aus der königlichen Schatzkammer. Kettenhemden und Helme waren sündhaft teuer, beim Gedanken schon allein an diese Kosten brach ihm der Schweiß aus, aber es hatte keinen Zweck, halbe Sachen zu machen. Yorks Reichtum war legendär, und er würde sich bei der Ausrüstung seiner Leute bestimmt nicht lumpen lassen.

Audley winkte seinen Männern, die ihm den Tritt zum Aufsteigen und sein Pferd brachten, einen dunkelbraunen Wallach, der schnaubte und ungeduldig stampfte. Derry war erleichtert, dass das Pferd deutlich jünger war als sein Besitzer. Er selbst stieg ebenfalls auf, froh darüber, dass er endlich wieder auf *Vergeltung* saß.

»Ich habe diesen Ort mit Bedacht gewählt, Master Brewer«, rief Audley. »Blore Heath liegt auf Salisburys Weg nach Ludlow. Seht Ihr dort vorn? Ungefähr eine halbe Meile von hier, diesen

Hügel mit Eichen und Ginster? Dort werden wir im Schatten der großen Hecke warten, und wenn wir rauskommen, werden wir Salisburys dreitausend Mann einkesseln und zerschlagen.«

»Das klingt etwas überstürzt, Mylord«, erwiderte Derry. Audley sah zum Herbsthimmel auf.

»Und wenn schon. Auf diesen Moment habe ich lange gewartet. Diese Verräter haben die Ehre des Königs beschmutzt und ihn gezwungen, sich nach Kenilworth zurückzuziehen, obwohl er Herr über ganz England ist. Es ist mir eine Genugtuung, seine Keule zu sein, Master Brewer, sein Werkzeug. So Gott will, werden wir sie hier zur Strecke bringen.« Der Baron trieb sein Pferd an, er wollte neben den marschierenden Kavalieren reiten, man sollte ihn sehen.

Im Schloss von Ludlow starrte York über die Zinnen nach Norden, wo er hoffte, Salisbury zu sehen, der ihm zur Hilfe kommen sollte. Im Westen hörte er das Rauschen des Teme, des Flusses, der sich um das Schloss zog, über den im Süden die Brücke zum Dorf Ludford führte. Er drehte sich um, atmete in tiefen Zügen die feuchte Luft ein und versuchte, ruhig zu bleiben. Salisburys Briefe hatten das ganze Schloss in Aufruhr versetzt. York umklammerte die Steine der Zinnen so fest, dass es schmerzte, als er an den Verrat an seinem Haus und seinem Namen dachte. König Henry hatte damit nichts zu tun, davon war er überzeugt. Das konnte nur die französische Königin sein, die sie alle an ihren seidenen Fäden tanzen ließ wie Marionetten. Er wusste, dass sie seine Feindin war, seit sie den König entführt hatte und in Kenilworth versteckt hielt. Sie hatte so schnell gehandelt, wie er es nie erwartet hätte, und die Wut darüber schwelte in ihm wie eine nie erlöschende Glut. Es konnte nur ihr Einfluss sein, der den wesentlich schwächeren Männern den Mut gab, sich ihm zu widersetzen. Verunehrung! Schon allein das Wort war Gift, eine Bedrohung, auf die er mit aller Härte reagieren musste, egal, wer zuerst davon angefangen hatte. Der kühle Abendwind half ihm, sich etwas zu beruhigen, doch diesmal würde er sich nicht zurückhalten wie in St. Albans. Wenn ihm der König noch einmal in die Hände fallen sollte, würde er sein Schwert sprechen lassen und allen, die sein Haus und seinen Namen bedrohten, mit einem einzigen Hieb antworten. York spürte noch immer das Entsetzen, das ihn ergriffen hatte, als seine Schreiber alte Unterlagen ausgegraben hatten und ihm die Reichweite dieses Dokuments erklärten, das das Siegel des Königs trug. Das Ende einer königlichen Linie, das Ende eines königlichen Urenkels, ganz zu schweigen von den Titeln, die York nicht würde vererben können.

Er dachte an seinen außergewöhnlichen Sohn, der vor zwei Tagen mit Warwick zurückgekommen war. York war vor Stolz fast geplatzt, als er sah, zu was für einem hünenhaften Kerl Edward herangewachsen war. Keiner seiner anderen Söhne hatte eine solche Körpergröße und Statur. Der Jüngste war noch immer verwachsen, führte jedoch im Übrigen mit seinen sieben Jahren ein leidlich normales Leben. Aber der Unterschied zwischen Yorks Söhnen konnte gar nicht größer sein, und York hatte Edward zu Ehren ein Festmahl gegeben, bei dem er bemerkte, wie Richard sie beide beobachtet hatte. Sie hatten wichtige Dinge zu besprechen, und er hatte den mürrischen kleinen Jungen mit einer Handbewegung weggeschickt. Mit einem Kämpfer wie Edward war das Haus York nie stärker gewesen – und gerade jetzt, wo die Gefahr am größten war.

York griff nach dem Krug Madeira, den er vorsichtig auf die Zinnen gestellt hatte. Er war bereits leicht betrunken, doch er hatte das dringende Bedürfnis, seine Sorgen etwas zu dämpfen, wenn sie schon nicht zu verscheuchen waren. Offensichtlich hatte man in der Garnison von Calais viele gute Männer herangebildet. Salisburys Sohn hatte seine Zeit dort gut genutzt. Er hatte fremde Schiffe im Kanal geplündert, Schiffe aus Spanien, aus Lübeck oder aus jedem anderen Land, deren Kapitäne es wagten, zu dicht an der Küste entlangzufahren. Nach Yorks Einschätzung hatte sich Warwick zu einer Führungspersönlichkeit entwickelt und war nicht nur jemand, der durch Heirat zu einem Titel gekommen war. Niemand, der ihn jetzt sah, würde sein Recht, Truppen zu befehligen, infrage stellen.

»Und gegen uns nichts weiter als Schwäne und Antilopen«, murmelte York. Warwick hatte, als er sich mit seinen zweitausend Mann Ludlow näherte, marschierende Kolonnen gesehen. Sie waren nicht aufgehalten worden, dazu waren sie zu viele, aber es war unübersehbar, dass man sich überall im Land rüstete, und York hatte keine Ahnung, wie viele er gegen sich haben würde. Er dankte Gott, dass er und Salisbury in den Jahren des Friedens so viele Leute angeworben und ausgebildet hatten. Wenn Salisbury erst da war, würden sie siebentausend Soldaten haben. Das würde ausreichen gegen diese Schar von »Kavalieren«, die man mit romantischen Vorstellungen von der Gunst der Königin zum Narren gehalten hatte.

Als sein Rausch langsam in Unwohlsein umschlug, fragte York sich, ob die Königin ihren Mann vielleicht auf ein Pferd binden und den jubelnden Untertanen vorführen würde. Es war zu dumm, dass Kenilworth eine Festung war, ebenso unzugänglich für Spione wie für Boten. Vielleicht hatte der König sich ja wieder erholt und konnte tatsächlich unter seinem Banner reiten. Bei diesem Gedanken war es ihm, als würde ihm ein Messer in die Rippen gestoßen. Er trank den Krug leer, und in seinem Kopf drehte sich alles. Salisbury und Warwick konnte er vertrauen. Er konnte seinem Sohn vertrauen, und den Männern aus Calais, die er nach Ludlow mitgebracht hatte. Aber im restlichen Land würde es nur heißen, der König werde abermals angegriffen. Man würde York zischend einen Verräter nennen, wo immer er hinkam, es sei denn, er machte die schlimmsten Befürchtungen wahr und griff selbst nach dem Thron.

Er nickte, wandte sich wieder nach Norden und spähte hinaus, aber die einzigen sichtbaren Lichter waren die Sterne.

»Komm schon, alter Freund«, nuschelte er und hob den Becher in Salisburys Richtung. »Komm endlich und lass mich machen, was ich schon längst hätte machen sollen. Diesmal werde ich mich nicht drücken.«

Der König weinte, und die Tränen liefen ihm übers Gesicht, während Margaret und zwei Diener ihn mühsam in seine Rüstung zwängten. Margaret hatte einen hochroten Kopf, ihr war das Benehmen ihres Mannes peinlich, obwohl die Männer Henry schon jahrelang pflegten. Sie ging gröber mit ihm um als die beiden Diener, zerrte Henrys Gliedmaßen hin und her und ließ ein Scharnier nach dem anderen zuschnappen.

»Lasst uns jetzt allein«, sagte sie und schob sich gereizt eine Haarsträhne aus dem Gesicht. Die beiden Diener verließen eilig das Zimmer, ohne sich noch einmal umzudrehen.

Henrys Rüstung knirschte, als er sich aufs Bett setzte. Margaret kniete vor ihm, sie hob die Hand und strich ihm übers

Gesicht, während er blinzelnd seine Schluchzer unterdrückte wie ein Kind.

»Es wird kein Blut fließen, Henry, das habe ich dir doch schon gesagt«, versicherte sie ihm. Sie war so verzweifelt, dass sie an sich halten musste, um ihm keine Ohrfeige zu geben. »Du musst mit deinen Kavalieren hinausreiten. Man muss dich sehen, in der Rüstung und mit fliegenden Fahnen. Somerset und Buckingham werden das Kommando führen, zusammen mit Earl Percy und Baron Egremont. Und ich werde die ganze Zeit an deiner Seite sein.«

»Das kann ich nicht«, murmelte Henry und schüttelte den Kopf. »Du weißt nicht, was du von mir verlangst.«

»Ich verlange nichts weiter, als dass du dich wie der König von England benimmst!«, fauchte Margaret ihn an. Die Worte trafen ihn, doch ihm war, als würde er ertrinken. Sein Gesicht wurde schlaff, und der letzte Funke von Aufmerksamkeit verlosch in seinen Augen. Margaret konnte nicht länger an sich halten, sie schüttelte ihn so fest, dass sein Kopf hin und her flog.

»Wach auf, Henry! Ich habe das ganze Land in Bewegung gesetzt, um dich hierherzubringen. Halb England ist deinetwegen nach Kenilworth gekommen. Ich habe mit Erpressung, Bestechung und Drohungen tüchtige Männer zusammengetrommelt, aber jetzt hängt alles von deinem Willen ab, oder du wirst alles verlieren. Und was wird das Leben deines Sohnes dann wert sein? So viel wie eine Kerze im Wind, Henry. Ach was, nicht einmal das. Jetzt tu mir den Gefallen und steh auf. Erheb dich und stell dich in deiner Rüstung aufrecht hin. Und nimm dein Schwert in die Hand.«

Henry rührte sich nicht von der Bettkante, zusammengesunken saß er da und starrte ins Nichts. Margaret stand auf, in ohnmächtiger Wut sah sie ihn an. Achttausend Mann hatten sich verpflichtet, für den König zu kämpfen. Sechstausend davon waren Soldaten, die seine Lords mitgebracht hatten. Alle waren gekommen, von Somerset und Northumberland bis hinunter zu einem Dutzend kleiner Lords wie John Clifford, der nach dem Tod seines Vaters bei St. Albans zum Baron gemacht worden war. Doch ein Viertel der königlichen Armee bestand aus derben Rekruten aus Städten und Dörfern. Margaret wusste, Henrys Anwesenheit würde sie befeuern, damit sie standhaft blieben, wenn Kanonen donnerten und Pfeile flogen und sie sich vor Angst in die Hosen machten. Sie hatte sich an die Hoffnung geklammert, dass es eine belebende Wirkung auf Henry haben würde, wenn man ihm die Rüstung anzog, egal in welcher Phase seiner Krankheit er sich gerade befand. Die Ärzte des Königs hatte von stärkenden Tränken gesprochen, die man ihm in Branntwein heimlich verabreichen konnte, die ihn beleben und zurück ins Leben holen würden. Sie hatte gehofft, dass sie sie nicht brauchen würde, aber vielleicht gab es keine andere Möglichkeit.

»Ach, dann bleib eben dort liegen. Soll dein Panzer doch von deinen Tränen verrosten«, sagte sie so wütend, dass ihre Stimme gehässig klang. »Ich werde drei Tage fort sein, höchstens vier. Wenn ich zurückkomme, werden deine Ärzte dir Feuer unterm Hintern machen. Sie werden dich *zwingen*, aufzustehen! Hörst du mich, Henry? Auch wenn du den Rest deines Lebens in diesem Zustand verdämmerst, du wirst noch diesen Monat gegen York ins Feld reiten. Für mich und deinen Sohn, wenn du es schon nicht für dich selbst tust.«

Ihr Mann sah sie mit großen, überraschten Augen an.

»Natürlich, wenn du es willst, Margaret. Wenn du meinst, es muss sein, dann werde ich es tun.«

Sie sah ihn zweifelnd an. Dann holt sie tief Luft und fegte ohne ein weiteres Wort aus dem Zimmer. Die Diener des königlichen Schlafgemachs saßen zusammengedrängt etwas abseits im Korridor, und Margaret ging zu ihnen.

»Ich werde ein paar Tage nicht da sein. Außer Euch darf niemand mit dem König sprechen, solange ich fort bin. Kein Einziger, bis ich wieder da bin. Doktor Hatclyf soll sich bereithalten, ihm nächsten Dienstagmorgen ein Abführmittel zu geben und ihm eine Medizin zu verabreichen. Dann wird der König aufstehen und mit seinen Lords und Kavalieren losziehen. Ist das klar?«

Die Männer verbeugten sich ängstlich und murmelten Zustimmung, sie merkten, dass sie wütend war. Margaret ging an ihnen vorbei, hinunter zu den Ställen, wo drei gesattelte Pferde warteten. Ihre eigenen Kavaliere würden bald kämpfen, die erste Armee, die auf sie selbst eingeschworen war. Alles Weitere konnte warten, bis sie diese Schlacht gesehen und den ersten Triumph des Hauses Lancaster miterlebt hatte, ein Feuer, dessen Glut sie so lange am Leben gehalten hatte. Es war Freitagabend, und sie würde reiten wie der Teufel, um zu sehen, wie Salisbury bei Blore Heath vernichtet wurde. Selbst Derry Brewer wusste nicht, dass sie dort sein würde, sie nahm lediglich zwei Schwertkämpfer mit, um sich vor Wegelagerern zu schützen.

21

Blore Heath war eine weite, karge Fläche, Meile um Meile mit nichts als Heide, Ginster und braunem Gras bewachsen. Salisburys dreitausend Mann waren in den letzten sechs Tagen gut vorangekommen. Sie waren querfeldein gezogen und hatten Straßen nur benutzt, wenn diese direkt zu ihrer südwestlichen Route nach Ludlow passten. Mit Fußsoldaten und der Kavallerie allein wäre der Weg in vier strammen Etappen zu schaffen gewesen, aber zusammen mit den Wagen kamen sie in dem von Sümpfen durchzogenen Gelände sehr viel langsamer voran. Salisbury hatte von Anfang an damit gerechnet, dass dies nicht einfach ein Überfall oder ein kurzes Scharmützel sein würde. Er rechnete damit, dass es mindestens ein Jahr dauern würde, bis wieder Frieden herrschte und er nach Hause zurückkehren könnte – also passte er die Geschwindigkeit seinen langsamsten Gespannen an, auf denen sich Verpflegung und Ausrüstungsgegenstände befanden, daneben Werkzeug, Ersatzgeschirre für die Pferde und sogar eine kleine Schmiede, kurz alles, was er für den Feldzug brauchen würde. Die Alternative wäre gewesen, sich unvorbereitet in die Schlacht zu stürzen oder sich in Bezug auf Hilfe und Materialien auf York zu verlassen. Jeden Morgen ärgerte Salisbury sich über die verlorene Zeit, doch jedes Mal erneuerte er seinen Entschluss und zog weiter, die Wagen ganz am Ende. Allein die Hälfte des letzten Tages hatten sie dadurch verloren, dass sie die schweren Gespanne eine Böschung hinab und durch das Flussbett ziehen mussten, obwohl es mit Hunderten von Männern eigentlich gar nicht so schwierig war.

Wenigstens waren sie jetzt auf trockenem Heideboden. Vor ihnen lag eine braune Hügellandschaft, die sich endlos nach Süden erstreckte. Salisbury hatte gute Landkarten. Er hatte den kürzesten Weg nach Ludlow gewählt, und sie zogen weiter, so schnell es ging. Sie hatten die Heide bereits halb passiert und hielten auf einen Bachlauf zu, für den die Karte keine Brücke aufwies, als einer ihrer Späher angaloppiert kam. Salisbury überlegte gerade, wie sie dieses Hindernis überwinden könnten, als der Reiter neben ihm anhielt. Zwei weitere kamen näher, und er merkte, dass er Herzklopfen bekam.

»Vor uns liegen Bewaffnete, Mylord. Hinter einer Senke habe ich Piken und Banner gesehen.«

»Wie viele?«, fragte Salisbury und starrte in die Ferne, als könne er über Hügel und Täler hinwegblicken.

»Das konnte ich nicht sehen, Mylord, aber es waren viele. Ich bin gleich umgekehrt, um es Euch zu melden.«

Beide wandten sich dem nächsten Mann zu, der gerade ankam. Er keuchte und führte grüßend die Hand an die Stirn.

»Wie viele?«, fragte Salisbury wieder. Jetzt kam auch der dritte Reiter in gestrecktem Galopp an, und schon verbreitete sich die Nachricht durch die marschierenden Kolonnen.

»Zwei- bis dreimal so viele wie unsere, Mylord.«

Der zweite Späher deutete in die Ferne, während er sprach.

»Sie haben sich dort hinter diesem Hügel mit den Bäumen und den Ginsterbüschen versteckt.«

Salisbury befahl der Kolonne anzuhalten, sein Kommando wurde von Hauptmann zu Hauptmann weitergegeben, bis das gesamte Heer auf der Heide zum Stillstand gekommen war. Alle waren sich deutlich der Tatsache bewusst, dass es hier keinerlei Schutz für sie gab. Der dritte Späher bestätigte die Anzahl der auf sie wartenden Gegner, und Salisbury fluchte leise. Er hatte gehofft, sie hätten sich getäuscht und dass seine Feinde unmöglich eine derartige Anzahl von Soldaten zusammenbringen konnten.

»Also schön. Reitet los und seht Euch das Gelände an, das zwischen uns und ihnen liegt und sucht eine geeignete Stelle, wo wir den Bach überqueren können.« Salisbury wandte sich an die anderen beiden Späher. »Ihr beiden, versucht so nahe wie möglich an sie heranzukommen, aber wenn sie Euch verfolgen, bleibt außer Reichweite. Ich brauche Euch, um sie im Auge zu behalten. Jetzt geht!«

Die drei Reiter galoppierten wieder los, und Salisbury blieb mit einem unguten Gefühl zurück. Ohne die Späher wäre er geradewegs in einen Hinterhalt marschiert. Und angesichts der zahlenmäßigen Überlegenheit des Feindes, hätte er am liebsten sofort den Rückzug angetreten, aber bei diesem Gedanken biss er die Zähne zusammen, denn er wusste, das kam nicht infrage. Wenn er nicht zu York durchkam, würden die Armeen des Königs seinen engsten Verbündeten belagern und ihn töten. Dann würde es auch nicht mehr lange dauern, bis sie mit ihren Verunehrungsurkunden nach Middleham kämen. Salisbury drückte mit Daumen und Zeigefinger seinen Nasenrücken und kniff die Augen zusammen. Sein Sohn Warwick würde Ludlow inzwischen erreicht haben, und damit gab es keine Alternative mehr. Egal, wie die Chancen standen, er *musste* kämpfen. Er murmelte ein Gebet, das eigentlich eher einer Gotteslästerung gleichkam, dann rief er seine Hauptleute zu sich.

Sechzig Mann kamen an die Spitze geritten, ihre Gesichter waren ernst und angespannt. Die Nachricht hatte sich bereits verbreitet, und Salisbury sah, wie einige der Soldaten den Boden berührten. Er runzelte unwillig die Stirn über diesen Aberglauben der Männer, die damit der Erde mitteilen wollten, sich für ihr Blut bereitzumachen.

»Lasst die Wagen an unsere rechte Flanke bringen«, befahl er und gab sich Mühe, zuversichtlich zu klingen. »Zum Glück haben wir die Falle rechtzeitig entdeckt.« Er musste an die Hochzeitsgesellschaft seines Sohnes denken, als Percys Armee versucht hatte, sie zu vernichten. Damals hatte er gewonnen, weil er durch seinen Rückzug den Misserfolg ihrer Aktion erzwungen hatte. Seine Anspannung ließ etwas nach. Er brauchte auch diese Armee vor ihm nicht zu bezwingen. Er musste nur das Aufeinandertreffen überstehen, dann konnte er einen Bogen um sie herum schlagen. Seine Wagen würde er zurücklassen müssen, aber er konnte auch ohne sie den bewaffneten Rückzug bis Ludlow durchhalten, das höchstens zwei Tagesmärsche südlich von hier lag. Wenn er seine Späher vorausschickte, würde York ihm vielleicht sogar mit Verstärkung entgegenkommen. Es gab also einen Ausweg, er musste nur den richtigen Zeitpunkt abwarten, um von hier wegzukommen. Dann würden sie weitermarschieren.

Die Wagen kamen von hinten angerumpelt, zweiundvierzig schwere Karren, beladen mit Waffen und Rüstungen, Verpflegung und Hufeisen und mit Werkzeug aller Art. Jetzt waren sie am nützlichsten als Blockade, um seine Flanke zu schützen, aber inzwischen wusste Salisbury auch, dass er nicht angreifen konnte. Er musste weiterkommen, musste Ludlow erreichen. Doch die Gesichter seiner Leute hellten sich auf, als eine solide Wagenburg Gestalt annahm und er zuversichtlich nickte. Schließlich hatte er jahrelang in den nördlichen Marken mit den Schotten gekämpft, bis diese am Ende waren. Salisbury hatte in seinem Leben schon Dutzende von Schlachten mitgemacht, und er wusste, dass die Truppengröße allein noch nicht der Garant für einen Sieg war. Taktik und Disziplin waren genauso wichtig. Vielleicht war es an der Zeit, einmal herauszufinden, welche Art von Männern sich für den König einzusetzen bereit war.

»Bogenschützen nach vorn!«, brüllte er über die Köpfe hinweg. »Langsam in Schussweite vorrücken. Wir werden diesen Bauern zeigen, wie eine richtige Armee kämpft.«

Die Männer jubelten pflichtschuldigst, aber während sie wieder in Gleichschritt verfielen, sah er immer noch, wie einige von ihnen sich bückten und das trockene Gras berührten, dann bekreuzigten sie sich und murmelten Gebete. Gleichzeitig wurden die Zugpferde angetrieben, um die rechte Flanke mit den Holzwagen und ihren eisenbeschlagenen Rädern zu schützen. Die Bogenschützen spannten die Sehnen und machten die Köcher an der Hüfte bereit, sie strichen mit den Händen über die weißen Gänsefedern und pendelten mit den Armen, um die Muskeln zu lockern. Salisbury löste seinen Schild, der hinter ihm auf der Kruppe des Pferdes gelegen hatte, und schob ihn sich über den gepanzerten Unterarm, wobei er mit Befriedigung feststellte, wie schwer er war. Er brauchte nicht zu gewinnen, sagte er sich wieder. Er brauchte nur an ihnen vorbeizukommen. Danach konnten diese Hurensöhne seine Wagen haben und ihn bis nach Ludlow verfolgen, wenn sie wollten.

Sie näherten sich dem Bach, der immer breiter wurde, und als sie schließlich davorstanden, fluchte er leise. Wieder musste er anhalten lassen. Der Bach hatte das Bett Gott weiß wie lange ausgewaschen, sodass es jetzt vom Ufer bis zum reißend dahinfließenden Wasser vier Fuß tief hinunterging, die man auf der anderen Seite mühsam wieder hinaufklettern musste. Es wäre schon ein schwieriges Hindernis gewesen, wenn sie sich nicht gegen einen zahlenmäßig überlegenen Feind hätten in Acht nehmen müssen. Salisbury blickte nach oben und sah eine Wolke von Pfeilen, die sich wie ein Schwarm Spatzen aus den Bäumen hinter dem Hügel löste.

Audley war zufrieden. Die Streitmacht vor ihm betrug kaum ein Drittel seiner eigenen. Und was noch besser war, er hatte meilenweit im Umkreis den besten Ort für dieses Aufeinandertreffen gewählt. Schon allein um ihn zu erreichen, musste Salisbury den Bach überqueren und eine steile Böschung hinaufsteigen, und das alles, während Pfeile auf seine Leute herabregneten. Audley beobachtete, wie von beiden Seiten Pfeile aufstiegen, die erst zu schweben schienen, doch dann an Geschwindigkeit zunahmen, wenn sie herabstürzten und auftrafen. Die meisten verfehlten ihr Ziel, und die wenigen, die seine Position auf dem Hügel erreichten, verschwanden im Ginstergebüsch, ohne dass es einen Schmerzensschrei gegeben hätte. Audley verzog den Mund zu einem grimmigen Lächeln. Er konnte noch eine letzte Karte ausspielen, und jetzt hatte er den richtigen Moment dafür gefunden.

»Mannschaft an die Kanonen. Feuer auf den Feind!«, schrie Audley nach hinten. Sofort drehte er sich wieder um, damit es ihm nicht entging, und obwohl er darauf vorbereitet war, zuckte er zusammen, als rechts und links von ihm Kanonendonner ertönte. Er sah zwei unscharfe schwarze Punkte, die zwischen den gepanzerten Männern auf der anderen Seite des Baches verschwanden. Einer schien gar nichts getroffen zu haben, während der andere mehrmals aufsprang und Männer umwarf, sodass man seinen Weg an den fallenden Gestalten verfolgen konnte. Audley stieß einen leisen Pfiff aus, er wünschte sich nur, er hätte ein Dutzend dieser schweren Geschütze statt nur diese zwei.

»Nachladen und feuern!«, brüllte er. »Auf die Mitte zielen!« Die Kanoniere rannten umher wie aufgeregte Ameisen, und er funkelte sie wütend an, als Minuten verstrichen und sie immer noch nicht bereit waren.

Salisbury war nicht untätig gewesen, als er sah, wie schutzlos sie dem Bombardement ausgeliefert waren. Der gesamte mittlere Block seiner Truppen zog sich zurück und ließ Tote zurück, dort, wo die Kanonenkugel oder ein Pfeil sie niedergestreckt hatte.

Audley verzog unwillkürlich das Gesicht, als die Kanonen abermals feuerten und die Explosionen die Luft zerrissen. Diese zweite Salve war weniger erfolgreich, eine Kugel grub sich tief in den Boden ein, die zweite tötete einen Mann, der sich umgedreht hatte, um wegzurennen. Trotzdem trieb sie Salisburys Truppen jetzt zu größerer Eile an, weil sie in Panik gerieten. Audley fuhr herum, als die Kavaliere der Königin jetzt mit wildem Gebrüll losrasten, weil sie sahen, dass ihre Feinde vor ihnen davonrannten.

»Halt, stehen bleiben!«, schrie Audley sie an. »Captains! Haltet sie zurück!« Wütend sah er, dass die Hauptleute jedoch nichts ausrichten konnten. Einige seiner Männer stürmten bereits über die Hügelkuppe und rasten auf der anderen Seite hinunter, auf den Bach zu. Audley fluchte, seine Stimme wurde heiser vom Brüllen, als er den anderen befahl, auf ihren Positionen zu bleiben.

Tausende von Männern stürmten an ihm vorbei, die Gesichter wild verzerrt vor Mordlust.

»Verdammt noch mal!«, rief Audley. »Schnell, mein Pferd!«

In der rennenden Meute seiner Männer wurde er hin und her geworfen. Audley kochte vor Wut über diese hohlköpfigen Nichtsnutze, die in ihrem blinden Eifer, die fliehende Armee fertigzumachen, alle Vorteile ihres Standortes vergaben. Er hatte neuntausend Mann gegen die dreitausend des Feindes, und es konnte doch nicht sein, dass sie sich von diesen gut ausgebildeten Soldaten bis auf einen traurigen Rest umbringen ließen! Als er aufs Pferd stieg, sah er die ersten in den Bach springen und durch das hoch aufspritzende Wasser auf die andere Seite waten.

Vor ihnen, wo jenseits des Baches das Gelände anstieg, waren Salisburys Truppen stehen geblieben und hatten sich wieder ordentlich formiert. Audleys Herz klopfte bis zum Hals, als sie mit festem Gleichschritt auf seine Männer zukamen, die sich noch immer durch den Bach und die Uferböschung hinauf quälten.

Mit einem einzigen absurden Ansturm hatten die Kavaliere der Königin alle Vorteile verloren – bis auf einen. Noch immer waren sie dem Feind zahlenmäßig überlegen, aber dafür marschierten Salisburys Soldaten jetzt bergab, und gegen Männer, die langsam müde wurden.

Audley trieb sein Pferd an, trabte den Abhang hinunter und warf sich ohne zu zögern in den Bach. Von dort aus rief er den Kavalieren zu, stehen zu bleiben und ihre Stellung zu halten, aber der Bach war breiter und tiefer, als sie vermutet hatten, und noch immer kämpften Männer bis zur Erschöpfung in den Fluten, während immer mehr nachrückten. Hunderte standen zitternd im Wasser und riefen den vorderen zu, sie sollten endlich weiter vorwärts gehen, weil sie darauf warteten, ans Ufer zu klettern.

Vor ihnen stand Salisburys erste Reihe, eine Wand aus Schwertern und Axtkämpfern, die einen Schildwall gebildet hatten. Audley sah, dass sich an den Flügeln die Berittenen formiert hatten, offenbar warteten sie auf seine eigenen Reiter und Sergeants. Die waren in einer langsamen Prozession zum Bach heruntergekommen, die Erfahreneren von ihnen sahen keinen Grund zur Eile. Audley konnte seine Reiter nicht auf der anderen Seite des Flusses lassen, obwohl er sein Schicksal verfluchte, und gleichzeitig die Disziplinlosigkeit dieser jungen Dummköpfe, die er anführte. Er zerrte das Horn, das irgendwo an seinem Knie baumelte, an seine Lippen und blies das Doppelsignal zum Angriff. Das wirkte beruhigend auf die Fußsoldaten, weil sie merkten, dass Baron Audley bei ihnen war und Kommandos gab.

Salisburys Truppen drängten Schritt für Schritt weiter voran, sie beherrschten jetzt den Hügel auf dieser Seite des Baches und töteten jeden, der es auf die andere Seite schaffte. Es gab ein grauenvolles Gemetzel, und die Kavaliere, die jetzt den sicheren Tod vor sich sahen, wurden von Angst gepackt. Tausende von ihnen waren immer noch auf dem Trockenen und hatten es im Ansturm mit ihren brüllenden, wütenden Gefährten noch nicht einmal bis zum Bach geschafft. Audley hatte sich mit seinem Pferd hindurchgekämpft und ein Dutzend Hauptmänner um sich gesammelt. Weitere vier- oder fünfhundert Männer waren so besonnen, stehen zu bleiben und die Stellung zu halten. Salisbury erkannte die Gefahr, und seine Hornsignale schallten über die Heide, während seine Männer die Gegner schwer bedrängten und seine Bogenschützen von den Flanken auf sie schossen, bis das Wasser im Bach sich von den vielen Leichen rot färbte.

Die Männer um Audley wurden von einer dichten Reihe gepanzerter Soldaten niedergemäht, die mit Furcht erregender Effizienz zu Werke gingen. Er hörte das Donnern der Hufe, als Salisburys Reiterei die seine angriff und die Gegner so hart aufeinanderprallten, dass der Boden erbebte, während die Fußsoldaten unbeirrt weiterkämpften. Ein Reitertrupp stürmte geradewegs durch den Trupp seiner Strauchritter und schwang dann herum auf die Flanke der Kavaliere, die sie hinwegfegten, bis sie Audley selbst erreicht hatten. Er hatte kaum Zeit, Schild und Schwert zu heben, da krachte auch schon eine Axt gegen seine Brust und machte eine tiefe Delle in seinen Panzer, sodass er Blut hustete. Er merkte, wie seine Kräfte schwanden, als er dem Gegner mit dem Schwert einen mächtigen Hieb versetzte, der ihn zwischen Hals und Schulter traf und ihn taumeln ließ. Zwei weitere kamen auf ihn zu, und Audley sah eine erhobene Keule. Er konnte sein Schwert nicht mehr rechtzeitig zurückziehen, und die schwere eiserne Waffe traf auf seinen Helm, zertrümmerte ihm den Schädel, und er fiel zu Boden.

Die Kavaliere der Königin wurden jetzt von allen Seiten bedrängt, nach wie vor regneten Pfeile auf sie herab. Diejenigen, die noch immer auf der anderen Seite des Baches waren, verloren angesichts eines so schrecklichen Gegners jeglichen Mut, weiterzukämpfen, und fingen an, sich zurückzuziehen. Zweitausend Kavaliere jedoch kämpften bei Audleys Leiche weiter, wobei manche verzweifelt nach den anderen riefen, die sie in Scharen davonlaufen sahen. Sie wussten, dass man sie abschlachten würde, wenn sie sich zum Bach zurückziehen würden. Also kämpften sie weiter und wurden von Pfeilen oder von Männern, die besser ausgerüstet waren als sie selbst, getötet. In ihrer Kampfeswut schafften sie es ab und zu, in Salisburys Reihen eine Bresche zu schlagen, aber es nützte nichts, denn sofort rückten neue Schilde nach, bis auch die Letzten von ihnen niedergemetzelt waren.

Das kalte Wasser des Baches war tiefrot vom Blut der Leichen, die stellenweise so hoch aufgeschichtet darin lagen, dass ein Mensch trockenen Fußes auf die andere Seite gelangen konnte. Von Salisburys Leuten hatte keiner den Bach überquert, sie hatten sich darauf beschränkt, die zu vernichten, die auf ihre Seite gekommen waren.

Als das Kämpfen vorüber war, begab sich Salisbury hinunter zum Flussufer. Es war kurz vor Sonnenuntergang, und er sah hinüber zum Hügel auf der anderen Seite und fragte sich, ob die Kanonen wohl noch dort oben standen. Von den Kavalieren war nichts mehr zu sehen. Sie waren alle geflohen.

Er ließ seinen Kopf kreisen, um seinen Nacken zu entspannen, der sich steif anfühlte, obwohl er während des ganzen Kampfes keinen einzigen Hieb ausgeteilt hatte. Vielleicht eintausend seiner Leute waren tot. Ein schrecklicher Verlust, den er sich nicht leisten konnte, auch wenn er den Sieg davongetragen hatte. Dreimal so viele oder noch mehr lagen tot im Bach oder am Ufer. Seine Leute sammelten Hunderte von silbernen Schwanenabzeichen ein. Sie strahlten über ihre Beute und riefen ihren Freunden zu, sich ebenfalls zu bedienen.

Salisbury rief seine Hauptleute von der Plünderei zurück und sah sie mit ernstem Blick an, beschloss dann aber, ihre ausgebeulten Taschen zu ignorieren.

»Schafft meine Wagen über den Bach, ehe es dunkel wird. Ich will herausfinden, wo die Kavaliere ihr Lager aufgeschlagen haben. Aber dann müssen wir weiterziehen.« Er wusste, sie erwarteten jetzt irgendein anerkennendes Wort, aber er hatte ein Drittel seiner Armee verloren, Männer, die er und York verdammt nötig gebraucht hätten.

»Mylord, gebt Ihr uns Zeit, damit wir uns um die Verwundeten kümmern können?«, fragte einer der Hauptleute. Salisbury sah ihn unwillig an, verärgert darüber, dass er gezwungen war, diese Entscheidung zu treffen.

»Ich sehe keine Percys hier, und auch keine Somersets. Also wartet dort irgendwo im Feld noch eine weitere Armee auf uns, und ich muss Ludlow erreichen. Wer gehen kann, muss langsam nachkommen. Lasst ein gutes Messer zurück für die, die die Nacht nicht überstehen werden. Wir haben hier einen halben Tag verloren, Gentlemen. Wir dürfen nicht noch mehr Zeit verlieren. Macht Euch bereit zum Abmarsch.«

Seine Hauptleute nickten. Sie grinsten nicht mehr, sondern wandten sich wieder den Aufgaben zu, die ihr Rang mit sich brachte. Einer nach dem anderen wandte sich um, wobei sie im Gehen einen letzten Blick auf die Heide warfen, die hier zum Schlachtfeld geworden war – und auf den Bach, dessen Wasser noch tagelang rot sein würde.

Margaret erhob sich in ihrem Versteck, in dem sie so lange reglos gehockt hatte. Es war mehrere Stunden her, seit sie sich hier niedergelassen hatte, auf einem Hügel im Osten der Heide, von wo aus sie einen guten Blick auf Audleys Truppen und Salisburys Armee hatte, die hier durchs Land zog. Sie war blass vor Entsetzen über das, was sie hier gesehen hatte, Bilder von Grausamkeit und Gewalt, die jetzt in der Dämmerung immer wieder vor ihren Augen erschienen und die sie am liebsten weggewischt hätte wie lästige Fliegen. Heute früh hatte sie sich vorgestellt, dass zwei Heere sich in säuberlicher Formierung, in Reih und Glied, gegenüberstehen würden – aber nicht dieses Chaos, diesen brüllenden Wahnsinn, wo Männer sich in den Bach stürzten und darin ertranken oder aus nächster Nähe von lachenden und johlenden Gegnern zerhackt und von Pfeilen erschossen wurden … Sie schauderte. Diese Männer hatten den Eid auf sie geschworen und ihren Schwan getragen. Sie waren voller Vertrauen und tatendurstig hierhergekommen, bereit, für König und Königin zu kämpfen. Sie wandte ihre Augen von dem Bach ab, der immer noch dunkel war vom Blut der Toten, die darin lagen. Ihr war kalt, und sie fühlte sich klein und hilflos in der einfallenden Dämmerung. Sie wusste nicht, was nach einer Schlacht passierte, ob Salisbury dablieb, um die Gefallenen zu begraben, oder gleich nach Ludlow weiterzog. Noch immer waren Dutzende seiner Reiter auf den Hügeln zu sehen, und plötzlich bekam sie Angst, dass einer von ihnen sie erkennen und verfolgen könnte.

Bei dieser Vorstellung wurde ihr die Kehle trocken, und sie rang nervös die Hände. Am Fuße des Hügels warteten zwei ihrer Männer auf sie. Sie hatte ihnen nicht gestattet, hier heraufzukommen, denn wenn irgendjemand sie gesehen hätte, hätte es eine Katastrophe gegeben. Heute früh waren sie ihr wie starke und grimmige Kämpfer vorgekommen, aber jetzt, als sie den Hügel wieder hinunterging, erschienen sie ihr genauso verwundbar wie die anderen Männer, die an diesem Tag so elendig umgekommen waren.

Wortlos stieg Margaret aufs Pferd, sie traute sich nicht zu sprechen. Als hinter ihr ein Hornsignal ertönte, duckte sie sich ängstlich in den Sattel. Die Schatten wurden immer länger, und sie hatte ein Gefühl, als würde sie bereits verfolgt. Sie ließen die Heide hinter sich und ritten etwa eine Meile, wobei sie sich immer wieder umsahen.

Im ersten Dorf, in das sie kamen, sah Margaret das Feuer einer Schmiede, in der der Schmied trotz der späten Stunde noch am Werk war. Noch immer dachte sie an eine mögliche Verfolgung und wie Salisbury jubeln würde, wenn man sie festnähme. Fast wäre sie weitergeritten, doch dann hörte sie, wie Nägel in ein Hufeisen gehämmert wurden. Sie zog die Zügel an.

»Holt den Schmied heraus«, sagte sie, erleichtert, dass ihre Stimme fester klang, als sie befürchtet hatte.

Der Mann, der auf ihren Befehl herauskam, wischte sich die Hände an einem öligen Tuch ab. Er sah den eleganten Mantel der schönen Frau, die auf ihn herabblickte, und machte vorsichtshalber eine tiefe Verbeugung.

»Braucht Euer Pferd ein neues Eisen, Mistress?«, fragte er. Er streckte den Arm aus und tätschelte den Hals des Pferdes, zuckte aber sofort zurück, als einer der Begleiter sein Schwert zog, ein Geräusch, das der Mann gut kannte.

»Ich möchte, dass alle abgenommen und verkehrt herum angenagelt werden«, sagte Margaret. In ihrer Kindheit, auf Saumur, hatte ihre Mutter oft erwähnt, dass Wilderer diesen Trick benutzten, sodass jeder, der sie reitend verfolgte, eine Spur fand, die in die entgegengesetzte Richtung führte. Es war ein einfacher Trick, aber der Schmied starrte sie überrascht an und blickte auf die Straße hinter ihnen. Margaret merkte, er hatte erraten, dass sie aus der Richtung kamen, wo heute die Schlacht gewütet hatte. Auf seinem rußigen Gesicht zeigte sich Verwirrung und auch ein wenig Angst.

»Gebt dem Mann einen halben Nobel für seine Arbeit«, sagte Margaret. Der Schmied machte große Augen und fing die Goldmünze auf, die man ihm zuwarf. Sorgfältig steckte er sie ein. Margaret saß ab, und der Schmied stellte keine weiteren Fragen. Er hob jeden Huf an, zog schnell und geschickt die Nägel heraus. Die krummen warf er in einen Beutel, um sie später gerade zu hämmern, jetzt ersetzte er sie durch ein Dutzend gerader Nägel, die er fest einschlug. Er verlor keine Zeit, die kleine Gruppe, die dauernd die Straße hinabblickte, hatte ihn nervös gemacht. In kürzester Zeit waren alle drei Pferde verkehrt herum beschlagen, und sie konnten wieder aufsteigen. Margaret zögerte, sie hatte das Gefühl, sie sei dem Schmied eine Erklärung schuldig.

»Ihr habt dem Königshaus einen großen Dienst erwiesen, guter Mann«, sagte sie. »Im Namen des Königs bitte ich Euch darum, dass niemand erfährt, was Ihr für uns getan habt.«

Der Schmied war sich der bewaffneten Männer sehr bewusst, die ihn ebenfalls anblickten. Er trat zurück, nickte und hielt die Hände hoch, bis er wieder sicher in seiner warmen Schmiede war.

Margaret trieb ihr Pferd an. Während sie gewartet hatten, war die Nacht hereingebrochen, aber der Mond schien hell vom klaren Himmel, und die Straße war gut. Margaret ritt im Galopp. Sie wollte so schnell wie möglich zurück nach Kenilworth, nach Hause, wo sie sicher war.

22

Salisburys Männer kamen humpelnd in Ludlow an, erschöpft und mit wunden Füßen. Der Earl, dem sie folgten, hatte sie fünfzig Meilen am Stück marschieren lassen, getrieben von der schrecklichen Vorstellung, Yorks Burg könnte bereits attackiert werden. Sie kamen an und konnten kaum noch stehen, jedoch war von einer Belagerung nichts zu sehen. Salisbury dankte seinen Hauptleuten und erteilte ihnen die Erlaubnis, an Ort und Stelle ihr Lager aufzuschlagen, neben den viertausend anderen Kämpfern, die bereits da waren.

Yorks Soldaten sahen, wie Salisburys hungrige Männer sich um die Kochkessel drängten, manche ließen sich auch einfach nur ins Gras fallen, um endlich zu schlafen. Die neu Angekommenen hatten auf ihrem Gewaltmarsch ihre Wagen zurückgelassen, und als sich tief am Himmel der Mond zeigte, gingen Hunderte von Yorks Sergeanten unter den Männern umher und verteilten Wolldecken und Wasser. Sie teilten auch ihr Bier und ihre Fleischrationen mit ihnen und erfuhren dafür von ihnen die letzten Neuigkeiten über die Schlacht.

Natürlich hatte die Ankunft von Salisburys Armee die Spannung in dem großen Feldlager um Ludlow noch weiter ansteigen lassen. Zusätzliche Reihen spitzer Palisadenpfähle wurden in den Boden gerammt, und viele der Männer segneten im Stillen den Fluss, der sich im Süden und im Westen um die Burg zog, wodurch der Feind sich ihnen nur von Osten her nähern konnte.

Salisburys Wagen kamen am nächsten Tag an, sodass die Männer jetzt ihre Zelte aufschlagen und Yorks Leuten die geliehenen Sachen zurückgeben konnten. Einen weiteren Tag später trafen die gehfähigen Verwundeten ein, die vor Erschöpfung wankten und sich beim Anblick der riesigen Zeltstadt erleichtert ins Gras fallen ließen. Achthundert Mann fehlten beim Appell.

Am Abend des dritten Tages brachten Yorks Späher die Nachricht, von der alle gewusst hatten, dass sie kommen würde. Die Kavaliere des Königs waren nur noch zwölf Meilen entfernt. In Ludlow wurde noch einmal für eine reichliche Mahlzeit gesorgt, dann mussten schadhafte Ausrüstungen repariert und Waffen geschärft werden. Die Reiter kümmerten sich um ihre Tiere, während die Bogenschützen ihre Positionen an den Flanken der Burg einnahmen. Wieder wurden Salisburys Wagen zu einer Barrikade zusammengeschoben, die im Süden, über die Brücke von Ludford her, den Weg versperrte.

Als es Nacht wurde, versuchten Yorks Männer ein wenig Schlaf zu finden, was nicht allen gelang. Wer von Albträumen geplagt wurde, wartete voller Bangen auf den neuen Tag, von dem niemand wissen konnte, was er brachte. Ludlow war eine Festung, aber ebenso wie die dicken Burgmauern war auch der Fluss hinter ihnen ein wirksamer Schutz. Jeder Soldat wusste, dass sie im äußersten Notfall in der Burg Zuflucht finden würden. Allerdings war auch allen klar, dass, falls es so weit käme, die Schlacht verloren wäre und die Burg fallen würde. Sie allein waren Schild und Schwert, auf sie kam es an, nicht auf die Zinnen von Ludlow. Als sich die Wachen um Mitternacht ablösten, glitzerte das Lager unter einem leichten Raureif. Die Wachen stampften mit den Füßen, bliesen sich in die Hände und warteten auf das erste Morgengrauen.

Der Mond verschwand im Süden. Seine Helligkeit ließ schnell nach, und als sich am schwarzen, sternklaren Himmel langsam die ersten Grautöne zeigten, stiegen Salisbury und Warwick die Treppe zum höchsten Punkt der Burg hinauf. Angestrengt starrten sie nach Osten. York und Edward von March waren bereits dort oben und unterhielten sich leise, als Neville und sein Sohn die letzte Stufe nahmen.

»Kommt her, man kann sie bereits sehen«, sagte York und winkte sie heran. Salisbury kniff die Augen zusammen und blinzelte in die Dunkelheit, wo man ganz in der Ferne winzige Lichtpunkte ausmachen konnte, die sich kaum merklich bewegten.

»Wie viele?«, fragte Salisbury.

»So viele, wie du auf der Heide am Leben gelassen hast – und dazu die Armee des Königs«, erwiderte York. Er hatte am ersten Abend vor Wut geflucht und gewettert, als er erfuhr, dass Salisbury derart viele hatte entkommen lassen. Sein Freund hatte den Wutausbruch über sich ergehen lassen. Er wusste, dass York sich ebenfalls nur fürchtete. Natürlich hätte Salisbury die Kavaliere der Königin weiter verfolgen und abschlachten können. Aber genauso gut hätten auch sie sich wieder zusammenfinden und ihn überwältigen können. Stattdessen hatte er sich entschieden, seinen ursprünglichen Plan umzusetzen, nämlich das Heer bei Ludlow zu verstärken. Es war müßig, sich jetzt zu wünschen, es wäre anders gelaufen.

Die Reihen der Fackeln in der Ferne wurden immer länger, sie erstreckten sich über den ganzen Horizont, wie die vier Männer mit grimmigem Schweigen feststellten. York kannte das Gelände im Osten besser als jeder andere. Er rieb sich den Nacken und schüttelte den Kopf.

»Es könnte immer noch ein Trick sein«, sagte er. »Vielleicht haben sie die Reihen mit den Fackeln einfach so weit auseinandergezogen, damit es nach mehr aussieht.«

Das glaubte er allerdings selbst nicht, und die anderen erwiderten auch nichts. Erst bei Tageslicht würde sich herausstellen, wie groß die Armee des Königs wirklich war, die hier auf Ludlow zumarschierte.

»Ludlow ist noch nie bezwungen worden«, sagte York schließlich. »Diese Mauern werden noch lange nach uns stehen, egal wie viele Gerber und Schmiede sie da zusammengetrommelt haben, um uns wieder einmal anzugreifen.«

Der Himmel hinter dem heranziehenden Heer wurde langsam heller. York zuckte unwillkürlich zusammen, als er die dunklen Umrisse von Kanonen sah, die die Armee mitbrachte. Neugierig lehnte er sich so weit über die Mauer hinaus, dass Salisbury ihn am liebsten am Arm gepackt hätte, damit er nicht hinunterstürzte. Tatsächlich, sie hatten ein Dutzend der schweren Feldschlangen nach Ludlow mitgebracht, jede von ihnen in der Lage, eine Eisenkugel eine Meile weit durch die Luft zu schleudern. Selbst an Burgmauern wie denen von Ludlow würden sie schreckliche Verwüstungen anrichten.

»Sie wollen uns brechen«, murmelte Salisbury. Er merkte, dass seine Worte York wütend machten, aber jetzt, so kurz vor Sonnenaufgang, war es hell genug, dass alle die Größe der königlichen Streitmacht sehen konnten. Im grauen Morgenlicht konnten sie die einzelnen Banner noch nicht klar erkennen, aber allein die Anzahl war Furcht einflößend, es waren mindestens doppelt so viele wie die, die sie in Yorks Namen hatten verpflichten können.

»Dort ist die Fahne von Percy«, sagte Edward und deutete in die Ferne. »Lord Gray ist dort. Dann Exeter. Buckingham. Und dort links Somerset, sehr ihr ihn? Ist das nicht das Banner der Cliffords?«

»Ja, ist es«, sagte York. »Ein ganzer Haufen von Taugenichtsen und vaterlosen Jungen, wie es aussieht. Ich hätte Buckingham in St. Albans die Kehle durchschneiden sollen, als er mit gespaltenem Gesicht vor mir lag. Haltet Ausschau nach dem Löwenbanner des Königs oder nach dem Schwan der Königin. Ich bin mir sicher, dass diese Wölfin auch dabei ist.«

In einer halben Meile Entfernung machte die königliche Armee halt. Ihre lauten Hornsignale hätten Tote auferweckt, zumindest aber auch den letzten von Yorks Soldaten, der es irgendwie geschafft haben sollte, noch immer zu schlafen. Die Fackeln wurden gelöscht, als es heller wurde, und York und Salisbury konnten nur mit Bestürzung zusehen, wie Dutzende von Rittern vor den ersten Reihen hin und her ritten, mit den flatternden Bannern der Häuser, die sie repräsentierten, angeführt von drei goldenen Löwen auf rotem Grund. Es war ein Auftritt, der Furcht einflößen und für Verwirrung sorgen sollte – und er verfehlte seine Wirkung nicht.

In der ersten Reihe richteten die Mannschaften der Kanoniere die großen schwarzen Eisenrohre auf und schoben Holzblöcke darunter. York ballte die Fäuste, als er sah, wie Kohlebecken entzündet wurden und Männer Säcke mit körnigem schwarzem Pulver heranschleppten. Dünne Rauchfähnchen stiegen über der königlichen Armee auf. Die Männer auf den Zinnen hörten, wie jemand einen Befehl gab, gefolgt vom Donner einer Explosion und einer Rauchwolke, hinter der die Hälfte der königlichen Armee verschwand.

Eine Eisenkugel hatte man jedoch nicht fliegen sehen. Das Feuer und der Rauch waren lediglich eine Machtdemonstration gewesen, und niemand, der sie gesehen hatte, zweifelte noch daran, dass die nächste Salve Menschen zerreißen und die Burgmauer zerschmettern würde. Doch sie kam nicht. Stattdessen löste sich ein Herold aus der Menge, begleitet von sechs Reitern. Zwei von ihnen gaben Hornsignale, während die anderen das königliche Löwenbanner trugen. Sie erreichten den Rand von Yorks Feldlager, wo der Herold mit lauter Stimme etwas verkündete. Seine Worte drangen nicht bis auf die Zinnen vor, auch wenn die vier Männer sich anstrengten, sie zu hören. Unwillig sah York, wie der Herold, nachdem er seine Worte verkündet hatte, aus ihrem Blickfeld verschwand und offenbar in die Burg geritten kam. Man würde ihn einlassen, damit er dem Herrn von Ludlow seine Botschaft überbringen konnte.

York wandte sich an die Earls, die neben ihm standen. Sein Blick blieb an seinem Sohn hängen, der in seiner Rüstung dastand und sie alle um mindestens einen Kopf überragte. York war blass wie die anderen auch, sein Stolz und seine Zuversicht waren dahin. Er wusste, gleich würde man den königlichen Herold zu ihm heraufgeleiten, deshalb sprach er schnell, solange sie noch allein waren.

»Ich hatte nicht damit gerechnet, dass Henry selbst gegen mich ins Feld ziehen würde«, sagte er. »Weiß der Himmel, wie sie das geschafft haben, aber ich bin mir nicht sicher, ob die Männer unter diesen Umständen noch bereit sind zu kämpfen.« Die Gewissensqual, die die Männer auf den Zinnen empfanden, würde jeder Soldat dort unten ebenfalls verspüren. Es war eine Sache, die Waffen gegen einen feindlichen Lord zu erheben, besonders gegen jene, die York als Verräter und einen schlechten Einfluss auf König und Königin bezeichneten. Aber es war etwas ganz anderes, gegen den König persönlich ins Feld zu ziehen. Jeder konnte deutlich sehen, wie das Zelt mit den königlichen Bannern jetzt mitten unter seinen Truppen errichtet wurde.

»Die Hälfte von ihnen sind Bauernsöhne«, sagte Edward in die Stille hinein. »Mit denen könnten wir leicht fertigwerden. Bei Blore Heath sind sie ebenfalls irgendwann weggerannt. Lasst Warwick und mich mit unseren zweitausend Mann auf die Flanke losgehen. Wir treiben sie vor uns her, während der Rest die Mitte angreift. Unsere Männer sind Veteranen, Sir. Von denen ist jeder Einzelne zwei von denen da wert.« Doch schon beim Sprechen merkte der Earl von March, wie verzweifelt Salisbury und sein Vater waren. Hilfe suchend sah er Warwick an, doch auch der schüttelte den Kopf.

Salisbury blickte zur Treppe hinüber, ob man ihn von dort aus hören konnte.

»Mein Vater hat viele Überfälle auf sein Land erleben müssen«, sagte er plötzlich, »alle vom selben schottischen Laird angeführt. Ralph Neville war ein vorsichtiger Mann, aber ein Mal hatten sie ihn auf offenem Gelände erwischt, und die anderen waren in der Überzahl. Er wusste, wenn er dablieb und kämpfte, würde er alles verlieren.«

Die anderen drei hörten zu. Wieder sah Salisbury zur Treppe.

»Er schickte seine Diener vor, drei kräftige Kerle mit zwei Kästen voll Silber, die sie mitten auf dem Feld stehen ließen, während die Schotten sich langsam heranschlichen, wie die Wölfe, die sie ja auch sind. Vielleicht waren sie durch diese unerwartete Beute misstrauisch geworden, vielleicht lag es auch daran, dass sie schon gehört hatten, dass der Earl ein gerissener Feind war. Jedenfalls vermuteten die Männer des Laird eine Falle, und bis sie merkten, dass es keine war, hatte mein Vater sich schon auf eine Festung zurückgezogen und war außer Reichweite.«

»Und was wurde aus dem Silber und seinen Leuten?«, fragte Edward. Salisbury zuckte die Schultern.

»Die waren verloren. Die Männer wurden umgebracht, und das Silber verschwand im Langhaus des Laird. Mit dem neu gewonnen Vermögen haben sie sich dann so schrecklich besoffen, dass sie immer noch schliefen, als es dunkel war und die Männer meines Vaters sie überfielen. Er hatte mehr als genug Leute mitgebracht, und sie waren einfach den Spuren gefolgt, die die Schotten mit den schweren Kisten auf dem Feld und im Wald hinterlassen hatten. Die Leute meines Vaters brachten den Laird in seinem eigenen Haus um und schlachteten die Männer seines Clans ab, ehe sie aufwachen und sich verteidigen konnten. Am Morgen holten sie dann die Kisten und brachten sie zurück über die Grenze. An diese Geschichte dachte mein Vater in seinen letzten Lebensjahren immer wieder gern zurück. Besonders wenn es kalt war, dann pflegte er zu sagen, die Erinnerung daran wärme ihm das Herz.«

Beim Geräusch von Schritten auf der Treppe hob Salisbury warnend die Hand und brach seine Erzählung ab. Der Herold des Königs war in Rosenrot und Blau gekleidet, wie ein Eichelhäher zwischen Krähen erschien er auf dem Dach. Er keuchte etwas und verbeugte sich ächzend vor den drei Earls. York nahm er als Letzten zur Kenntnis.

»Mylords, ich spreche im Namen Seiner königlichen Majestät, König Henry von England, Irland und Frankreich, Protektor des Reiches, Duke von Lancaster und Cornwall, Gott segne seinen Namen.« Der Herold hielt inne und schluckte schwer unter den kalten Blicken der Männer, zu denen er sprach. »Mylords, ich soll ausrichten, dass der König alle begnadigen wird, die sich mit Waffen gegen ihn erhoben haben. Er wird jeden verschonen, der seine Begnadigung unverzüglich annimmt.« Er musste seinen ganzen Mut zusammennehmen, ehe er weitersprach, auf seiner Stirn erschienen kleine Schweißperlen. »Außer dem Duke von York, dem Earl von Salisbury und dem Earl von Warwick. Diese Männer werden zu Verrätern erklärt und müssen den königlichen Streitkräften und den königlichen Behörden übergeben werden.«

»Und der Earl von March?«, wollte Edward wissen, der schwer beleidigt war, dass er nicht erwähnt worden war. Nervös blickte der Herold auf den hünenhaften jungen Mann und schüttelte den Kopf.

»Dieser Name wurde mir nicht genannt, Mylord. Ich … kann nicht …«

»Geht, Sir«, sagte York plötzlich. »Ich werde zur Mittagsstunde durch meinen eigenen Boten die Antwort schicken. Geht Ihr direkt zum König zurück?«

»Ja, Mylord. Seine Hoheit erwarten Eure Antwort.«

»Dann steht König Henry also dort unten bei seinen Truppen? Er ist persönlich im Feld anwesend?«

»Ich habe ihn mit eigenen Augen gesehen, Mylord. Das schwöre ich. Ich kann auf Eure Antwort warten, wenn Ihr es wünscht.«

»Nein«, erwiderte York mit einer energischen Handbewegung. »Geht jetzt zu Eurem Herrn zurück.«

Der Herold verbeugte sich wieder und verschwand, worauf er von Yorks Bediensteten aus der Burg begleitet wurde.

Salisbury sah, wie York sich wütend anschickte, Befehle zu geben. Deshalb ergriff er schnell das Wort, als der Herold gegangen war.

»Die Geschichte meines Vaters, die ich vorhin erzählte, ist der Schlüssel zu unserer Situation. Heute können wir es nicht mit ihnen aufnehmen. Wir haben weder die Leute noch die Burgmauern, um dieser Armee zu widerstehen.«

»Willst du etwa, dass ich *wegrenne?*«, fragte York und sah seinen ältesten Freund entgeistert an.

»Hat der König nicht angeboten, alle zu begnadigen?«, gab Salisbury zurück. Der Herold hatte seinen Plan unterstützt, ohne es zu wissen. Salisbury musste jetzt nur noch die richtigen Worte finden, um York zu überzeugen und seinen verletzten Stolz zu besänftigen. »Sag deinen Hauptleuten, sie sollen auf deine Rückkehr warten. Sag ihnen, dass der König nichts weiter ist als Percys Marionette, vielleicht auch eine Schachfigur seiner französischen Königin.« Er hob die Hand, weil York widersprechen wollte, und fuhr unbeirrt fort. »Sag ihnen, du kommst im Frühjahr zurück. Und dass ein Anführer sich den Ort, wo er kämpfen will, selbst aussucht – und ihn sich nicht von seinen Feinden vorschreiben lässt! Der König ist weiß Gott nicht beliebt. Er hat Kenilworth kaum verlassen seit … Wie lange ist es her? Drei Jahre lang ist kein Parlament einberufen worden, im Land herrscht keine Ordnung mehr. Er stößt auf wenig Gegenliebe – weitaus mehr Menschen wollen dich. Soll er deine und meine Leute erst einmal begnadigen, Richard! Lass sie nach Hause ziehen, in der Gewissheit, dass dies nur eine Atempause vor dem nächsten Angriff ist, wo wir dieses königliche Gesindel kurz und klein schlagen werden, einen Lord nach dem anderen, bis zum letzten Mann!«

Den Mund leicht geöffnet, starrte York ihn an. Er sah aus, als fühle er sich verraten, und jetzt ergriff Salisburys Sohn auch noch Partei für seinen Vater.

»Wir können hier nicht gewinnen«, sagte Warwick leise. »Ihr wisst, dass es so ist. Wir würden mit Sicherheit alle sterben. Mir wäre es ebenfalls lieber, wir lassen ihnen jetzt diesen kleinen Triumph – und kommen dann zurück und überfallen sie, wenn sie trunken von ihrem Erfolg vor sich hin dösen. Schließlich kommt es am Ende doch darauf an, dass man Sieger bleibt, Mylord York, und nicht, wie man es erreicht hat.«

Yorks Wut schien zu verrauchen. Er ließ den Kopf hängen und lehnte sich zurück an die Mauer der Zinnen. Er ignorierte Warwick, sah Salisbury jedoch fast flehend an.

»Du meinst, wir könnten nach diesem Verlust noch einmal zurückkommen?«, fragte er. Seine Stimme klang heiser vor Schmerz.

»Sie haben uns hier überrascht. Das nächste Mal überraschen wir sie. Daran ist nichts Unehrenhaftes, Richard. Wenn es so wäre, würde ich sofort mit dir ins Horn stoßen und die Sache heute auf die eine oder andere Weise zu Ende bringen. Aber willst du wirklich, dass ich unnötig mein Leben aufs Spiel setze?« Salisbury hob stolz den Kopf. »Natürlich, wenn du es befiehlst, werden wir bis zum letzten Mann kämpfen. Wir werden es den Leuten des Königs so schwer …«

Ein lautes Trampeln und Klirren von unten unterbrach ihn, und alle vier blickten über die Zinnen auf die versammelten Armeen. Warwick schrie entsetzt auf, als er die Fahnen der marschierenden Soldaten sah.

»Was machen die denn da?«, fragte er schockiert. »Das ist ja Captain Trollope, der mit meinen Leuten abmarschiert! Was hat das zu …« Er verstummte, als die Reihen der sechshundert Veteranen aus Calais eine weiße Fahne schwenkten und sich den königlichen Truppen näherten. Sie wurden von den ausgestreckten Lanzen der feindlichen Pikeniere empfangen, aber jetzt kamen ihnen auch Berittene entgegen. Sprachlos sah Warwick, wie die Reihen sich öffneten und die marschierende Kolonne einließ.

»Mein Gott, jetzt ist alles aus«, sagte Salisbury. »Wir hätten diese Männer gebraucht.« Er wandte sich an York. »Es ist keine Kleinigkeit, sich gegen den König zu stellen, mein Freund. Wenn du von hier weggehst, können wir unsere Hauptleute auf unsere Rückkehr vorbereiten. Ich schwöre dir, ich werde nicht müßig sein. Ich schicke jedem einen Brief, in dem ich meine Loyalität gegenüber dem König gelobe und ihn lediglich darum bitte, dass er uns hilft, Henry vor dem Einfluss falscher Ratgeber zu bewahren …«

»Ich kann hier nicht weggehen!«, fiel York ihm verzweifelt ins Wort. »Verstehst du nicht? Wenn wir heute Abend hier weggehen, wird die Verunehrung wirksam, bei jedem von uns! York und Salisbury, dahin! Warwick dahin! March dahin! Mein Lebenswerk, mein Haus, mein Name, geschändet durch ihre Gesetze, vernichtet und ausgelöscht! Verdammt sollst du sein. Verdammt auch König Henry und seine französische Hündin. Nein, eher sterbe ich hier, innerhalb dieser Mauern.«

»Ich würde lieber am Leben bleiben«, entgegnete Warwick trocken auf Yorks leidenschaftlichen Ausbruch. »Ich möchte leben, damit ich jedes Gesetz, das sie erlassen, rückgängig machen kann. Ich möchte leben, damit ich Macht über das Parlament bekomme, damit sie diese Verunehrungsurkunden zerreißen müssen. Und ich möchte leben, damit ich mich an meinen Feinden rächen kann, zusammen mit anderen, die anerkennen, dass das Haus York königlicher Abstammung ist. Das ist mein größter Wunsch, Mylord. Doch mein Vater hat wahr gesprochen. Wenn Ihr es verlangt, werde ich an Eurer

Seite stehen, wenn die Soldaten Euer Haus vernichten, zusammen mit allen, die Ihr liebt. Ich werde an Eurer Seite stehen, wenn sie losgelassen werden und foltern und vergewaltigen und alles, was Euch wert und teuer ist, niederbrennen und zerstören. Darauf habe ich mein Wort gegeben, das ist mein Schwur. Mein Schicksal liegt in Eurer Hand.«

York sah die drei Männer an, die auf seine Entscheidung warteten. Er war hin- und hergerissen zwischen zwei Möglichkeiten, die beide so entsetzlich waren, dass er nur vor sich hin starren und den Kopf schütteln konnte. Endlich, nach langem Nachdenken, nickte er.

»Ich habe noch Freunde in Irland. Leute, denen Verunehrungen egal sind und die mich auf meinen Besitztümern dort schützen würden. Kommt Ihr mit?«

»Ich nicht«, sagte Salisbury. »In Calais bin ich für die Beamten des Königs auch nicht erreichbar, aber es liegt näher an Kent. Nahe genug, um in einer dunklen Nacht nächstes Jahr zurückzukommen.«

»Warwick?«, fragte York.

»Calais«, sagte Warwick mit Entschiedenheit.

»Edward?«, sagte York und sah seinen Sohn an, der sie alle wie ein Baum überragte. Der junge Mann wirkte verunsichert.

»Wenn Ihr es erlaubt, Vater, möchte ich auch lieber zurück nach Frankreich. Nirgendwo kann man sich besser eine Armee beschaffen und leichter zurückkommen.«

Wenn die Entscheidung seines Sohnes ihn enttäuschte, so ließ York es sich jedenfalls nicht anmerken. Er nickte und schlug Edward auf die Schulter.

»Es gibt einen Pfad und eine kleine Brücke hinaus auf die Wiesen im Westen von Ludlow. Es ist ein selten benutzter Weg, der uns weit von hier wegführt. Ich muss noch mit meiner Frau sprechen, ehe ich gehe, und mit meinen Hauptleuten, damit sie wissen, was sie erwartet. Was die Rückkehr anbetrifft, was haltet Ihr von April, in sechs Monaten also?«

»Gebt mir neun Monate, Mylord«, erwiderte Warwick. »Neun Monate, bis dahin habe ich genug Leute zusammen, um alles zurückzuerobern, was wir verloren haben.«

York nickte. Er gab sich den Anschein von Zuversicht, obwohl er sich von einer eiskalten Trostlosigkeit fast wie gelähmt fühlte.

»Also gut. Dann erwarte ich auf Ehrenwort am ersten Juli Nachricht von Eurer Landung, von Euch allen. Euer Wort darauf, dass Ihr nächstes Jahr am ersten Juli wieder Euren Fuß auf englischen Boden setzen werdet oder für immer treulose Männer und Eidbrüchige sein werdet. Mit Gottes Hilfe werden wir ihnen diese Schande heimzahlen.«

Alle drei Earls gaben ihm ihr Versprechen, indem sie Richards Arm ergriffen und vor ihm niederknieten. Dann verließen sie in düsterer Stimmung ihren Versammlungsort, um ihre Flucht vorzubereiten.

Als es Abend geworden war, wurden in der Burg von Ludlow und im gesamten Dorf davor Fackeln entzündet. Die großen Tore wurden aufgestoßen, und die ersten Ritter kamen herein und trugen die Banner der Adelshäuser, zu denen sie gehörten. Still und reglos stand Cecily, Duchess von York, im Burghof, doch die Reiter trabten an ihr vorbei, um ihren Mann zu suchen. Die Männer vermuteten ganz offensichtlich eine Falle. Sie stürmten die Burg, traten Türen ein und jagten den Bediensteten Angst und Schrecken ein, die mit gesenktem

Kopf dastanden und jeden Moment eine Klinge im Rücken erwarteten.

Zwei Stunden später kam Königin Margaret an der Spitze ihrer Kavaliere in die Burg geritten. Sie saß im Damensattel auf ihrem Pferd, und Thomas, Lord Egremont, half ihr beim Absteigen. Ihr Gesicht drückte eisige Verachtung aus, als sie vor Yorks Frau stand und die Ältere mit kalter Faszination betrachtete.

»Wie es scheint, ist Euer tapferer Gemahl fortgelaufen«, sagte Margaret. »Also ist er doch nur ein Feigling.«

»Und der Eure ist nirgendwo zu sehen. Schläft er oder betet er?«, erwiderte Cecily mit gespielter Freundlichkeit. Margarets Augen verengten sich, als Cecily fortfuhr. »Ihr habt heute gewonnen, meine Liebe, aber mein Mann wird sich holen, was ihm zusteht. Daran solltet Ihr keinen Moment zweifeln.«

»Nun, Ludlow steht ihm jedenfalls nicht länger zu«, sagte Margaret. Sie deutete auf die Mauern rundum und lächelte die ältere Frau an, die ihr einst Furcht eingeflößt hatte. »Das Schloss wird verkauft werden, jetzt, wo York nicht mehr adlig ist, zusammen mit jedem Stein und jedem Stück Land, das ihm einst gehörte. Wo werdet Ihr Euer müdes Haupt dann hinlegen, Cecily? Ohne Diener, um Euch aufzuwarten, und ohne Namen und Titel – bis auf den, Frau eines Verräters zu sein? Ich habe die Urkunden gesehen, sie alle tragen das stolze Siegel meines Mannes. Und Ihr werdet, wenn dieser Monat herum ist, auch bei Salisbury und Warwick keine Zuflucht finden. Auch gegen sie wird die Verunehrung ausgesprochen werden. Damit hätte diese unheilige Dreifaltigkeit dann endlich ein Ende.«

Cecily von York zuckte zusammen, jedes dieser Worte traf sie wie ein Schlag. In der Ferne hörte man Schreie, denn die

Soldaten des Königs stürmten jetzt durch Ludlow und kannten bei ihrer Suche nach York keine Rücksicht.

»Ich habe kein Kind, sondern einen Mann geheiratet, meine Liebe«, sagte Cecily. »Wenn Ihr dasselbe getan hättet, würdet Ihr vielleicht verstehen, warum ich keine Angst habe.«

»Ich habe einen *König* geheiratet«, fauchte Margaret, wütend über die ruhige Überlegenheit der anderen.

»Ja, in der Tat. Und dafür hat er Frankreich verloren. Kein besonders guter Tausch, findet Ihr nicht?«

Margaret war so wütend, dass sie Cecily von York am liebsten geohrfeigt hätte. Vielleicht hätte sie es auch getan, wenn nicht in diesem Moment Cecilys Kinder herausgebracht worden wären. Edmund, der Älteste, hatte einen Arm um seine zwei jüngeren Schwestern gelegt. Mit seinen sechzehn Jahren war er fast so groß wie ein Mann, obwohl er über seinen Beinkleidern nur eine gegürtete Tunika und keine Waffe trug. Auf der Hüfte trug er Richard, seinen jüngsten Bruder, der sich wie ein Kätzchen an ihn klammerte und mit weit aufgerissenen Augen um sich blickte.

Cecily drehte sich um und streckte die Arme nach dem Kind aus.

»Komm zu mir, Richard«, sagte sie lächelnd, worauf der Kleine ihr so heftig in die Arme sprang, dass sie unter seinem Gewicht schwankte. Ängstlich kuschelte sich der kleine Junge in den sicheren Arm der Mutter. Er wimmerte leise, bis Cecily ihn beruhigend auf die Stirn küsste. Dann wandte sie sich wieder an Margaret und zog in stummer Frage die Brauen hoch.

»Ich muss meine Kinder jetzt von hier fortbringen, es sei denn, Ihr wollt mir noch etwas sagen?« Eins der kleinen Mädchen fing beim Anblick der vielen Soldaten an zu schluchzen.

Cecily beruhigte sie, sie wartete immer noch darauf, dass die Königin sie entließ. Margaret biss sich auf die Lippe, aber sie empfand keine Freude daran, als sie Yorks Frau wegschickte. Sie stand da und starrte hinter ihnen her, wie sie durch das Tor hinausgingen. Sie war verwirrt, denn sie empfand nichts als Neid und Traurigkeit.

23

Margaret atmete tief ein, sie genoss die Düfte, die durch den Palast von Westminster zogen. Vor drei Tagen war Weihnachten gewesen, und obwohl der achtundzwanzigste Dezember der Tag des Herodes war, an dem der alte Tyrann den Kindermord befohlen hatte, war es auch der Tag, an dem in den königlichen Küchen aus den Resten des Wildbrets, das man im Palast verspeist hatte, Pasteten bereitet wurden, um sie im Volk zu verteilen. Dazu nahm man die Innereien – die Herzen, die Lebern, die Hirne sowie die Füße und die Ohren – und schmorte alles, bis es eine dicke, würzige Fleischmasse bildete, mit der man große Pasteten füllte. Diese wurden dann vom Küchenpersonal nach draußen getragen, wo sie von den Menschen, die sich vor dem Palast versammelt hatten, mit Jubel begrüßt wurden. Die Pasteten wurden in dicke Scheiben geschnitten und noch warm nach Hause getragen und dann sofort von den Familien verzehrt. Margaret hatte eine Scheibe dieser Pastete gekostet. Sie mundete ihr durchaus, aber sie fand es doch lästig, hinterher die Fleischfasern aus den Zähnen entfernen zu müssen.

Aus dem hohen Fenster blickte sie hinunter auf die Menschen, als gerade die Köche herauskamen, jeder mit einem schweren Blech voller Pasteten und einem Messer am Gürtel, um sie zu zerteilen. Ihr fiel auf, dass keine Jungen und Mädchen in der Menge waren. Am Tag des Herodes wurden sie zur Erinnerung an die Grausamkeit dieses Königs häufig geschlagen, deshalb machten sich die Gesellen und Dienstmägde von London lieber unsichtbar und verrichteten still ihre Arbeit, um ihre Meister nicht an diese Tradition zu erinnern. Es waren nur Männer und Frauen vor dem Palast, die sich erwartungsvoll um das Küchenpersonal drängten. Viele von ihnen hatten Tücher oder Körbe mitgebracht, in denen sie ihren Anteil nach Hause trugen.

Margaret strich sich über den Bauch, der sich schwer und voll anfühlte nach den Schlemmereien der vergangenen Tage. Sie hatte in der Abtei von Westminster den Weihnachtsgottesdienst besucht, und ihr Mann hatte halbwach neben ihr gesessen. Draußen hatten sich Weihnachtssänger versammelt, um mit Gesang und Tanz die Geburt Christi zu feiern, doch sie waren nicht hereingelassen worden, weil es die Gemeinde gestört hätte, wie es hieß. Daraufhin war ein Handgemenge entstanden, das zu einer regelrechten Schlägerei ausartete, bis Margarets Wachen mit Knüppeln dazwischen gegangen waren und sie unsanft mit Tritten und Stößen zerstreut hatten.

Derry Brewer räusperte sich im Hintergrund, und Margaret drehte sich um. Sie lächelte, als sie ihn dort in seinen besten, sorgfältig gebürsteten Kleidern stehen sah. Es war schwer, seine jetzige Erscheinung mit dem mageren, vor Kälte zitternden Mönch in Einklang zu bringen, der vor fünf Jahren bei ihr in Windsor angekommen war. Derry hatte zugenommen, seine Hüften und Schultern waren deutlich breiter geworden. Doch er sah immer noch kraftvoll aus, wie ein Bär, der auch mit zunehmendem Alter seine Schlauheit nicht eingebüßt hatte. Bei diesem Gedanken strich sie sich leicht über den Leib. Der Kummer und die Unruhe hatten dafür gesorgt, dass sie selbst alles andere als zugenommen hatte. Vielleicht lag es auch daran, dass sie nach Edward nicht wieder schwanger geworden war. Dieser Gedanke erfüllte sie mit Trauer, aber sie zwang sich zu einem Lächeln, als sie jetzt ihren Meisterspion begrüßte.

»Was gibt's Neues, Derry? Mein Kammerherr sagt mir, dass heute Nachmittag auf den Straßen von London Jungen und Mädchen verprügelt werden. Ich vermute, er hat sich da einen Scherz erlaubt, weil er weiß, dass ich in Frankreich aufgewachsen bin. Oder stimmt das?«

»Es ist vorgekommen, Mylady, wenn Lehrlinge zu frech und übermütig werden und ihre Meister die Geduld verlieren. Es hat an diesem Tag schon regelrechte Prügeleien gegeben. Allerdings nicht jedes Jahr. Doch wenn Ihr gern so etwas sehen möchtet, kann ich es leicht für Euch arrangieren.«

Margaret schüttelte lachend den Kopf.

»Wenn nur alle meine Wünsche so leicht zu erfüllen wären, Derry. So ähnlich hatte ich mir das Leben als Königin vorgestellt, als ich ein Mädchen war und zum ersten Mal den Kanal überquerte.« Bei diesen Worten musste sie an den Mann denken, der sie nach England begleitet hatte, William de la Pole, der Duke von Suffolk, und ihre Augen wurden traurig. Doch sie riss sich zusammen und fragte: »Wie geht Eure Arbeit voran, Derry? Ist die Flotte bald komplett?«

»Ich lasse jeden Schiffbauer an der Südküste Tag und Nacht arbeiten. An neuen Schiffen, aber auch an alten, die repariert werden müssen. Jedenfalls wird die Flotte bis zum Frühjahr bereitstehen, Mylady. Wir werden Schiffe haben, um mit einer Armee überzusetzen, wie Frankreich sie seit '46 nicht mehr gesehen hat. Es wird ausreichen, um Salisbury, Warwick und March in Calais gnadenlos auszuräuchern, da bin ich ganz sicher. Wenn sie sich weiter nach Frankreich zurückziehen sollten, wäre Calais unbewacht. Und der König von Frankreich würde es nie gestatten, dass englische Soldaten durch sein Land marschieren oder gar Lager aufschlagen. Wir werden Calais für England sichern, Mylady, daran gibt es keinen Zweifel. Wir werden den Feinden des Königs diese Bastion wegnehmen, was immer sie auch vorhaben sollten.«

»Und danach York, in Irland«, sagte Margaret. Es klang wie eine Frage, und Derry beantwortete sie, wie er sie schon viele Male vorher beantwortet hatte.

»Mylady, Ihr wisst, dass ich gesagt habe, Irland ist eine wilde Gegend – und York ist dort sehr beliebt, was noch auf die Zeit zurückgeht, als er dort Lieutenant des Königs war.« Er räusperte sich angelegentlich. »Er hat Freunde in Irland, die glauben, dass das Haus York … nun ja, dass die Yorks die eigentlichen Thronerben sind. Sie werden Widerstand leisten.« Derry holte tief Luft, bevor er fortfuhr. »Mylady, es ist keine große Sache, mit einer Flotte zwanzig Meilen weit über den Kanal nach Calais zu segeln. Dort können wir den Hafen blockieren und eine Armee an Land absetzen, mit Kanonen und allem, was wir brauchen, aber ich hoffe, sie werden sich ergeben, ehe wir gezwungen sind, die Mauern zu schleifen. Ich möchte nicht, dass der französische König womöglich noch auf die Idee kommt, diesen Konflikt für seine Zwecke zu nutzen! Aber Irland … ist etwas anderes, Mylady. Wenn man an der unwegsamen Ostküste mit einer Armee landen wollte, müsste man sich auf einen regelrechten Feldzug einstellen. Die Männer wären mindestens für ein Jahr oder länger von England weg, während sie zu Hause viel eher gebraucht würden. Die Iren sind ein mürrisches Volk. Ihre Lords würden diesen Angriff auf ihre Autorität sehr übel nehmen, und ein einziger Funke könnte das Pulverfass entzünden und einen Aufstand auslösen. Wie ich bereits sagte, ein solches Vorgehen kann ich nicht empfehlen, zumindest nicht dieses Jahr. Bitte, lasst mich noch einmal über York nachdenken, wenn wir Calais in unserer Gewalt haben. Gott ist mit denen, die vorausschauend handeln, Mylady, er zeigt ihnen, was ihr Ehrgeiz sie kosten würde.«

Margaret verzog enttäuscht den Mund.

»Ich kann mich einfach nicht damit abfinden«, sagte sie. »Wir hatten ihn schon in die Enge getrieben, und doch ist er uns entwischt und hat meine Kavaliere der Lächerlichkeit preisgegeben. Versteht Ihr, Derry? Ich habe mit angesehen, wie Salisbury gute Männer abschlachtete, die aus Liebe zu mir ins Feld gezogen waren. Wo ist die Strafe für diese Untat? Wo bleibt da die Gerechtigkeit, wenn Salisbury und sein Sohn jetzt sicher in Frankreich sitzen und York in Irland? Sie müssen in Ketten nach Hause gebracht werden, Derry! Zur Strafe dafür, was sie mich gekostet haben, und für alle ihre Drohungen.«

»Ihr habt ja recht, Hoheit. Es wäre für mich wie Weihnachten und Ostern zusammen, wenn York und Salisbury zurückgebracht würden und vor Gericht kämen. Ich war in St. Albans, Mylady. Ich kenne die Schuld, die sie auf sich geladen haben – und die wird bleiben. Aber sie werden dafür bezahlen, das schwöre ich. Wir werden sie ausräuchern wie Füchse, mit sechzig Schiffen, bis obenhin voll mit Soldaten und Kanonen. Ich bitte Euch nur um Geduld.«

Margaret nickte widerwillig und deutete mit einer Handbewegung an, dass er entlassen war. Als Derry sich verbeugte, merkte er, dass sein Rücken schmerzte. Mein Gott, er wurde alt! Er überlegte, was an diesem Tag noch anstand und ob er noch für eine Stunde Schwerttraining mit einem der königlichen Wachsoldaten Zeit hätte. Er hatte schließlich auch noch reiten gelernt wie ein Ritter. Jetzt war er ebenso entschlossen, wie ein Ritter kämpfen zu lernen, obwohl es seinen Stolz ziemlich verletzte, wenn er dabei herumgeschubst wurde und Schläge einstecken musste wie ein Kind. Er nahm sich vor, heute noch einmal so richtig ins Schwitzen zu kommen, egal was es ihn kostete.

Margaret war ans Fenster getreten und wieder musste sie lächeln, als sie die Londoner Menschenmengen sah. In wenigen Tagen würde das neue Jahr beginnen, und von diesem Jahr erhoffte sie sich viel. Erst Calais, dann York, wo immer er sich versteckt halten mochte. Die Feinde ihres Mannes würden erbarmungslos gejagt werden, und Henry würde endlich in Ruhe und Frieden leben können. England würde aus dieser Leidenszeit gestärkt hervorgehen, dessen war sich Margaret sicher, genau wie sie selbst härter und stärker geworden war. Sie erinnerte sich noch gut daran, wie naiv und unschuldig sie einst war, ein kleines Mädchen, das gebrochenes Englisch sprach. Kein Vergleich mit der Frau, die sie jetzt war.

Für eine dunkle Nacht im Januar war die See ruhig. Das musste sie auch sein für das, was Warwick vorhatte. Er und seine Gruppe handverlesener Männer hatten den Sturm ausgesessen, der drei Tage lang auf dem Kanal getobt hatte, und sich damit getröstet, dass in diesem Wetter eine königliche Flotte ebenfalls nicht in See stechen würde.

Das Jahr 1460 war noch jung, seit ihrer Flucht aus Ludlow waren gerade drei Monate vergangen. Während York nach Irland aufgebrochen war, waren Salisbury, Warwick und Edward von March mit einem Fischerboot nach Frankreich entkommen. Das war für alle der Tiefpunkt gewesen, obwohl die drei Earls, sobald sie die Festung von Calais erreicht hatten, sich unverzüglich an die Pläne für ihre Rückkehr gemacht hatten. Später hatte sie Salisburys Bruder William, Lord Fauconberg, besucht und hundert Mann sowie zwei solide Karavellen mitgebracht, die in den geschützten Docks festgemacht wurden. Fauconberg, der offiziell als Anhänger des Königs galt, brachte auch Nachricht von einer Flotte der Lancasters, die in Kent gebaut wurde, Schiffe, mit denen im Frühjahr zehntausend Mann oder noch mehr transportiert werden sollten. Falls die Männer noch irgendwelche Zweifel gehabt haben sollten, was sie in der Zukunft zu erwarten hatten, so hatten sie damit die Antwort. Die Verunehrung war gegen sie alle in Kraft getreten, und man würde ihnen auch hier im Exil keine Ruhe lassen.

In den frühen Morgenstunden dieses eiskalten Wintertages lag der Hafen von Sandwich völlig still da. Warwick und Salisbury gingen zusammen den menschenleeren Kai entlang, Edward von March nur einen Schritt hinter ihnen. Rund vierzig Männer folgten ihnen, sie hatten unregelmäßige Gruppen von sechs bis zwölf Mann gebildet. Insgesamt waren in dieser Nacht zweihundert Veteranen nach England herübergekommen, alle in einfachen, derben Kleidern aus Wolle und Leder. Rüstungen oder Kettenhemden wären für die lautlose Arbeit, die sie vorhatten, nur ein Hindernis gewesen. In der Dunkelheit konnten sie gut als königliche Schiffsbesatzung oder kentische Fischer durchgehen. Allerdings war Sandwich im Laufe der Jahrhunderte schon oft von den Franzosen überfallen und geplündert worden. Immer wieder waren feindliche Schiffe über den Kanal gekommen, und Warwick wunderte sich ein bisschen, dass jetzt noch keine Kirchenglocken läuteten, um die Bewohner zu warnen.

Das Glück blieb ihnen treu. Sie hatten ihre vier kleinen Boote zwischen den Schiffen der königlichen Flotte festgemacht, vierzig an der Zahl, die hier, von nur wenigen Laternen beleuchtet, vor Anker lagen. Die Stadt selbst lag schwarz unter dem nächtlichen Himmel. Viele ihrer Bewohner waren es gewohnt, schon lange vor Tagesanbruch aufzustehen, aber Warwick und sein Vater hatten ihre Ankunft so geplant, dass sowohl die Fischer als auch die Besatzungen der königlichen Schiffe noch schliefen.

Warwick fuhr herum, als ein erstickter Schrei von einer der Handelskoggen kam, die knarrend auf dem Wasser schaukelten. Den genauen Ursprung konnte er nicht ausmachen, denn die Schiffe lagen so dicht nebeneinander, dass seine Leute, nachdem sie das erste erklommen hatten, einfach auf das nächste springen konnten. Die Schiffe, die weiter draußen vor Anker lagen, erreichten Warwicks Männer mit kleinen Booten. Sobald sie die Leiter am hölzernen Schiffsrumpf vor sich hatten, konnten sie lautlos hinaufklettern. Dann liefen sie barfuß über das Deck und erstachen oder erschlugen die armen Kerle, die das Schiff bewachen sollten. All das ging ganz lautlos vor sich. Die Besatzungen der königlichen Flotte waren alle an Land, und jedes Schiff war nur mit ein paar jungen Leuten bemannt, die die Aufgabe hatten, die Lampen zu hüten und nach Franzosen Ausschau zu halten.

Warwick blickte aufs Meer hinaus und erschrak, als sein Vater ihn am Arm packte. Aus einer Seitenstraße, die zum Wasser führte, sahen sie einen Lichtschein näher kommen. Vielleicht war die Anwesenheit so vieler Soldaten des Königs schuld daran, dass die Nachtwächter weniger aufmerksam waren als gewöhnlich. Als Warwick und March auf sie zurannten, hörten sie Gelächter und argloses Geplauder. Warwick spürte den großen Schatten von Edward von March neben sich. Es war vergebliche Mühe gewesen, diesen jungen Riesen in die Wollkleidung eines Fischers zu stecken, denn jeder, der ihn erblickte, wusste sofort, dass es sich um einen Soldaten handelte.

Eine kleine Gruppe von sechs Männern kam um die Ecke und blieb erschrocken stehen. Warwick sah, dass einer von ihnen eine große Handglocke trug, mit der er die ganze Stadt wecken konnte. Er schluckte.

»Die Franzosen«, zischte einer der Nachtwächter und hob schon die Glocke hoch.

»Jetzt mach mal langsam, du Dummkopf«, sagte Warwick energisch. »Sehen wir etwa wie Franzosen aus?«

Der Mann zögerte und wippte auf den Fußspitzen, als wollte er jeden Moment davonlaufen. Der Anführer der Gruppe zog die Blende seiner Laterne zurück, sodass der Lichtschein auf die Männer fiel, die jetzt hinter Warwick ankamen. Der Wächter räusperte sich, er wusste, ein falsches Wort und er wäre ein toter Mann.

»Wir wollen keine Schwierigkeiten, wer Ihr auch sein mögt«, sagte er und versuchte, trotz seiner zitternden Stimme mit einer gewissen Autorität zu sprechen. Seine Augen wanderten zu Edward, der aussah, als würde er nicht zögern, Gewalt anzuwenden.

»Die Earls Warwick, Salisbury und March«, erwiderte Warwick. Es war ihm egal, wer erfuhr, dass sie hier gewesen waren. Er wollte nichts weiter, als die Schiffe in seinen Besitz bringen und weg sein, ehe die Sonne aufging. Schließlich konnten die königlichen Mannschaften sie nicht mit Fischerbooten verfolgen.

Der Nachtwächter kam näher und sah ihn eindringlich an. Zu Warwicks Überraschung grinste er. Ohne sich umzudrehen flüsterte er seinen Gefährten zu, sie sollten nicht wegrennen.

»Dann müsst Ihr uns fesseln«, sagte er. »Sonst werden wir am Morgen von den königlichen Soldaten aufgehängt.«

»Blödsinn, Jim!«, zischte der Mann mit der Glocke. »Auspeitschen werden sie uns auf jeden Fall.«

»Das wirst du überleben«, fuhr der Nachtwächter ihn an. »Und wenn du jetzt mit der Glocke läuten solltest, wirst du die Peitschenhiebe von mir bekommen.«

Mit gerunzelter Stirn hatte Warwick diesen Wortwechsel verfolgt. Er hatte sich auf einen kurzen, heftigen Kampf mit den Wächtern eingestellt, dann vielleicht eine eilige Flucht zu den letzten Schiffen im Dock, wenn die Stadt erwachte und die Eindringlinge verfolgte. Doch noch immer berieten sich die Männer mit aufgeregtem Flüstern, und Warwick drehte sich zu Salisbury und March um. Yorks Sohn zuckte ratlos die Schultern.

Plötzlich trat der Mann mit der Laterne auf seinen Gefährten zu und entriss ihm frustriert die Handglocke, die einen dumpfen Ton von sich gab.

»In Ordnung, Mylord. Wir werden euch keine Schwierigkeiten machen.«

»Kenne ich Euch?«, fragte Warwick.

»Jim Wainright, Mylord. Wir kennen uns nicht, aber vor ein paar Jahren habt Ihr mich durch dunkle Gassen verfolgt.« Wainright grinste schief und zeigte ein paar Zahnlücken. »Ich war damals bei Jack Cade.«

»Ach«, erwiderte Warwick vorsichtig. Endlich hatte er verstanden. Nach dieser schrecklichen Nacht waren Tausende von kentischen Männern mit ihrer Beute nach Hause zurückgekehrt. Er fragte sich, wie viele von ihnen noch immer mit Stolz an diesen Aufstand zurückdachten.

»Es war nicht recht, was sie mit Cade und seinen Kumpels gemacht haben«, sagte Wainright und hob trotzig den Kopf. »Diese Jungs hier wissen nicht, wie es war, aber ich weiß es. Wir wurden von der Königin begnadigt, Mylord, alles mit Brief und Siegel – und dann schickten sie trotzdem diesen Sheriff Iden hinter uns her. Der Hundesohn hat mich viele gute Freunde gekostet. Alles Männer, die begnadigt worden waren, genau wie ich.« Er unterbrach sich und sah sich nach seinen Gefährten um, damit diese nicht etwa auf den Gedanken kämen, sich davonzuschleichen. »Die Mannschaften des Königs hier sprechen von den Rebellen in Calais, wir hören es alle. Ich schätze, Ihr wart damals auf der falschen Seite, aber vielleicht habt Ihr inzwischen dazugelernt.«

»Vielleicht habe ich das«, sagte Warwick leise. Der Mann lachte.

»Das habe ich mir gedacht, Mylord.« Wainright blickte nach rechts, wo ein schwarzes Schiff sich vom Dock löste, sein Segel wurde von lautlosen Gestalten gehisst.

»Aha, also sind's die Schiffe, nicht wahr? Ihr habt es auf die königlichen Schiffe abgesehen?«

Warwick nickte und war erstaunt, als Wainright laut lachte.

»Mann, die werden schön fluchen, das ist sicher. Aber wenn ich's mir überlege, nein, ich werde nicht auf Seiten der königlichen Mannschaften sein. Jetzt habe ich die Chance, ihnen die Sache mit Jack Cade heimzuzahlen.« Wainright kratzte sich nachdenklich das Kinn. »Und wenn Ihr Leute braucht,

Mylord, dann könnt Ihr gar nichts Besseres tun, als sie Euch in Kent zu suchen, das will ich nur sagen. Es gibt noch viele außer mir, die wegen dieser Nacht eine große Wut im Bauch haben. Und viele finden es auch nicht gut, was da in Ludlow passiert ist.«

»Was ist denn in Ludlow passiert?«, fragte Warwick leise. »Wir sind gegangen, als es keine Hoffnung mehr gab, aber nicht eher.« Der Nachtwächter wirkte verlegen.

»Es heißt, man hat diese ehrbaren, tapferen Soldaten des Königs auf das Dorf losgelassen«, sagte Wainright. »Benahmen sich schlimmer als französische Plünderer. Zu Weihnachten hat das ganze Land davon geredet. Sie haben Frauen vergewaltigt und wahllos Leute umgebracht. Muss schrecklich gewesen sein. Und König Henry hat sie nicht davon abgehalten, hat es nicht mal versucht, heißt es. Das sage ich Euch, Mylord, Ihr braucht nur ›Kent‹ zu rufen, wenn es so weit ist, dann werdet Ihr ja sehen, was passiert. Wir mögen es nicht, wenn die Männer des Königs Frauen und Kinder umbringen, und das ist die Wahrheit. Ihr bekommt mehr als nur ein paar Freiwillige zusammen, wenn es um Rache geht. Und vergesst nicht, wir sind in den Tower eingedrungen. Wir haben zwar keine Kettenhemden und all die anderen Sachen, aber ein Mann aus Kent braucht das auch nicht. Der ist schnell rein und wieder raus.«

Salisbury hatte dem Gespräch wortlos zugehört. Er sah zu den langsam verblassenden Sternen hoch und tippte seinem Sohn auf die Schulter.

»Wir sollten gehen«, murmelte er. »Fessle diese Männer und nimm das letzte Schiff.«

Während sie gesprochen hatten, hatte die Reihe der Koggen und Karavellen sich gelichtet wie ein schadhaftes Gebiss.

Jetzt war nur noch ein halbes Dutzend übrig, ihre Laternen waren gelöscht und die Decks leer.

Warwick nickte. Er hatte sich auf einen Kampf in den Docks eingestellt und wartete immer noch darauf, dass jeden Moment die Kirchenglocken anfangen würden zu läuten. Es war Zeit, zu gehen.

»Ich danke Euch, Master Wainright«, sagte er. »Und ich werde daran denken, was Ihr mir gesagt habt.«

»Tut das, Mylord. Wenn es um einen guten Zweck geht, ist Kent dabei. Vielleicht auch bei einem weniger guten, aber ein guter Zweck wäre besser.«

Im Handumdrehen waren die sechs Nachtwächter gefesselt. Warwick ließ zweien der Männer von seinen Soldaten ein paar blaue Flecke beibringen, wofür er sich entschuldigte, aber Wainright verschonte er. Der Glaubwürdigkeit halber versah man den einen oder anderen außerdem mit einer blutigen Nase. Es war nur noch eine Stunde bis zum Morgengrauen, und er wusste, man würde die Männer erst bei Tagesanbruch finden.

Warwick schickte March und seinen Vater auf verschiedene Schiffe, wo jeder das Kommando über eine kleine Mannschaft übernahm. Er wartete bis ganz zum Schluss, ehe er auf das letzte Schiff sprang und das Ruder ergriff, um es aus dem Hafen zu steuern. Die Ebbe hatte eingesetzt, und es waren nur wenige Männer nötig, das Segel aufzuziehen und in den Morgenwind zu setzen. Sie ließen eine lange, leere Kaimauer zurück, stellte Warwick lachend fest, als er sich umblickte.

Als sie den Hafen verlassen hatten, wurde die See unruhiger. Sie waren zu wenige Leute, um jedes einzelne Schiff auf hoher See zu manövrieren, deshalb stiegen sie in die Boote und verbanden mittels der hängenden Taue die Schiffe untereinander, denn ein gut bemanntes Schiff konnte leicht ein weiteres ziehen. Die Sonne ging auf, und die Küste von Calais war bald in Sicht.

Die Segel blähten sich im Wind, und Warwick verspürte plötzlich große Lust, einen Shanty zu singen, den er aus seiner Jugend kannte. Seine Stimme klang über das Wasser, und wer das Lied kannte, sang mit, während sie ihre Beute nach Calais in Sicherheit brachten.

24

An der Küste von Frankreich war der Frühling gekommen und hatte laue Winde mitgebracht. Möwen und Kormorane tummelten sich am blauen Himmel. Die gestohlene Flotte war sehr nützlich gewesen. Die Anhänger Yorks waren an der englischen Küste entlanggesegelt, um diejenigen der Soldaten und Lords aufzunehmen, die sich ihnen im Kampf gegen das Haus Lancaster anschließen wollten. Als es Juni wurde, war die Festung von Calais bis zum Platzen mit englischen Soldaten angefüllt, die jeden freien Winkel belegten, sogar bis in die Ställe hinein. Zweitausend von ihnen würden den Kanal überqueren und in England einfallen, achthundert sollten zurückbleiben. Weder Warwick noch Salisbury wollte riskieren, dass die Festung Calais, die letzte englische Besitzung auf französischem Boden, während ihrer Abwesenheit verloren ging. Nein, die Festungsmauern von Calais mussten gut bewacht werden, egal was sonst noch auf dem Spiel stand.

Warwick war in den Monaten seit seinem Ausflug nach Kent nicht müßig gewesen. Die Worte des Nachtwächters hatten ihn sehr beschäftigt, und kaum eine Nacht verging, ohne dass eine kleine Kogge unbemerkt über das dunkle Wasser glitt, an Bord die besten Rekrutierer, die er finden konnte. Als der Frühling in den Sommer überging, traf man in jeder Stadt und in jedem Dorf von Kent auf Warwicks Leute, die alle mobilisierten, die Jack Cade rächen und die Untaten von Ludlow vergelten wollten. Vor zehn Jahren war Jack Cade mit fünfzehntausend Mann nach London marschiert. Und auch wenn einige von ihnen aus Essex und weiter entfernten Grafschaften kamen, hier in Kent waren der König und seine Hofbeamten immer noch nicht beliebter als vor zehn Jahren. Eine neue Generation war unter dem Joch grausamer Strafen und erdrückender Steuerlasten herangewachsen. Nachdem das Urteil der Verunehrung von York, Salisbury und Warwick bekannt geworden war, war jede gute Nachricht Warwick hochwillkommen und hob seine Stimmung.

Ende Juni waren sie so weit. Nur das schlechte Wetter hielt sie noch zurück, die See war zu stürmisch, um eine Überfahrt zu riskieren. Warwick, der an das Versprechen dachte, das er York gegeben hatte, wurde mit jedem verlorenen Tag ruheloser, aber der Sturm musste sich erst legen. Seine Flotte aus achtundvierzig kleinen Schiffen war ausreichend, um die zweitausend Mann zu transportieren, danach würde die Hälfte der Garnisonsbesatzung die Schiffe wieder nach Frankreich zurückbringen. Nachdem Captain Trollope auf die Seite des Königs übergelaufen war, taten die Soldaten von Calais alles, um die Earls zu unterstützen.

Während sie in die Boote sprangen, um zu den Schiffen hinauszurudern, musste Warwick unwillkürlich an die alten Römer denken, die sich schon vor eintausendfünfhundert Jahren eine Flotte hatten bauen müssen, um ihre Legionen über den Kanal nach Kent zu bringen. Warwick hatte zwar zunächst den Weg in die andere Richtung genommen, doch Legionen, wie sie die Römer besessen hatten, hätte er auch gern gehabt. Das Ziel war dasselbe: London. Zwar hatten sie hier in Calais eine königliche Garnison, die sie nicht wagten, unbeaufsichtigt zu lassen, aber in London war das Parlament, dort saßen die einzigen Leute, in deren Macht es stand, die Verunehrung wieder rückgängig zu machen. London war der Schlüssel zu England, das war schon immer so gewesen.

Der Wind war noch immer stark, als die Flotte in See stach, aber wenigstens blies er in Richtung der englischen Küste. Die grauen Wolken hingen tief und sorgten für Nieselregen, sodass die Männer, die dicht gedrängt in den Schiffen saßen, bald völlig durchgefroren waren. Doch es war nur ein Katzensprung, und nach einer Stunde konnte man bereits die Landzunge sehen, wo sie landen würden. Ein Schiff nach dem anderen kam an, jedes mit nur so viel Segel, wie sie unbedingt brauchten. Die Kapitäne konnten nicht zu dicht an den Strand heranfahren, weil sie die Schiffe nicht beschädigen wollten. Es dauerte ziemlich lange, die Männer mit dem Boot an Land zu bringen, und schon war die örtliche Bürgermiliz auf den Beinen, die im Hafen und an den Kais nach Verstärkung rief, um die Invasion zurückzuschlagen. Aber sie waren viel zu wenige, um gegen so viele Bootsladungen von Soldaten etwas ausrichten zu können. Es gab einen kurzen Kampf, dann gab die Miliz auf. Am Kai blieben mehrere Leichen zurück, der Rest floh.

Warwick landete an einer Stelle der Küste, die etwas weiter entfernt lag. Hier, wo der lange Kiesstrand eine gute Möglichkeit zur Verteidigung bot, positionierte er seine Bogenschützen. Niemand hielt ihn auf, als er mit den restlichen Leuten in die Stadt marschierte und zusah, wie seine Schiffe umkehrten, Segel setzten und wieder in See stachen. Doch immer noch kamen Hunderte von kleinen Booten herein, die sich wie Treibholz aneinanderdrängten. Manche der Nussschalen hatten Pech und kenterten, wenn eine große Welle sie traf, und Männer in Kettenhemden verschwanden im Wasser und wurden nie mehr gesehen.

Nahe der Stelle, wo Warwick an Land gegangen war, ließ man zwei Handelskoggen bis ganz an den Strand treiben. Die Schiffe blieben auf der Seite liegen, und ihre Kapitäne legten vom tiefsten Punkt des Decks Plankenstege bis an den Strand, auf denen ein Dutzend Pferde mit verbundenen Augen an Land geführt wurde. Die Schiffe waren zwar ruiniert, aber Männer wie Salisbury waren zu alt, um die sechzig Meilen nach London zu marschieren.

Die Sonne ging unter, als die letzten Schiffe der Flotte im Dunst des Kanals verschwanden und sie allein zurückblieben. Im feinen Nieselregen saßen die Männer um ihre Feuer. Sie aßen und tranken, schützten sich so gut es ging vor der Nässe und versuchten, ein paar Stunden Schlaf zu finden.

Am nächsten Morgen marschierte eine Kolonne unbekannter Männer durch die Stadt. Warwicks Soldaten sprangen auf, bereit zum Angriff. Doch es war nicht die Bürgermiliz, die zurückgekommen war. Es waren auch keine Soldaten des Königs. Nein, die Neuigkeit von der Landung hatte sich herumgesprochen, und dies waren Hunderte von Männern aus Kent mit Äxten, Schlachtmessern und Piken. Sie hielten bei den Docks inne, und Warwick musste lächeln, als er den Nachtwächter Jim Wainright für vier Pennys Tageslohn in seine Truppe aufnahm. Die Armee des Earls machte sich auf den Weg gen Westen, und aus den anfangs wenigen Hundert wurden Tausende, zu denen in jeder Stadt noch weitere dazukamen.

Warwick und sein Vater grüßten vom Pferd herab die jubelnden Menschen in Städten und Dörfern, kentische Familien, die sie als Retter begrüßten, anstatt in ihnen eine Bedrohung der Krone zu sehen. Es war schwindelerregend, und Warwick konnte kaum glauben, welchen Erfolg seine Rekrutierer gehabt hatten. Das Volk von Kent hatte sich wieder erhoben, und diesmal war *er* der zündende Funke gewesen, der das Feuer entfacht hatte. Im Stillen fragte er sich, wie viele von ihnen wussten, dass er damals gegen sie gekämpft hatte, in jener dunklen Nacht, als sie in die Hauptstadt eingedrungen waren.

Er war sich der Ironie der Situation sehr bewusst. Auf Jack Cades Spuren würden sie sich auch diesmal in Southwark sammeln und über die Brücke von London auf den Tower zumarschieren, die einzige Macht, die sie würde aufhalten können.

Nach drei harten Tagesmärschen erreichten sie schließlich das Südufer der Themse. Warwick hatte eine Zählung angeordnet und stellte fest, dass sich ihnen inzwischen mehr als zehntausend Männer angeschlossen hatten. Sie mochten zum Teil unbewaffnet und zum Kämpfen nicht ausgebildet sein, aber damals für Cade waren diese Männer sehr nützlich gewesen. Warwick erinnerte sich nur zu gut an die blutige, chaotische Nacht.

Zusammen mit seinem Vater und Edward von March ging Warwick bis an das südliche Ende der Londoner Brücke, ohne sich um die Bewohner zu kümmern, die sie angafften, als sei heute Jahrmarkt.

»Ich sehe nirgendwo Soldaten des Königs«, sagte Salisbury. »Unsere Leute sind zwar müde, aber die schwächsten von ihnen sind wohl schon gestern zurückgeblieben. Ich würde reingehen.« Man sah ihm seinen Stolz an, als er seinen Sohn anblickte. Es war klar, die Entscheidung darüber lag bei Warwick. Diese mächtige Schar kentischer Männer verdankten sie Warwicks Werbern. Sie erwarteten ihre Befehle von dem jungen Earl, nicht von seinem Vater. Dasselbe galt für Yorks Sohn, und es war wie eine Offenbarung für Salisbury gewesen, als sie gelandet waren. Er konnte seinem Sohn vertrauen, dass er sie gut führen würde. Auch wenn es nicht ganz einfach für ihn war, war er doch nie so dumm gewesen, sich an einen Posten zu klammern. Trotz Salisburys Kriegserfahrung wusste er jetzt, dass er für seinen Sohn zurücktreten würde, allerdings für keinen anderen als ihn.

Warwick spürte, dass sein Vater mit ihm zufrieden war, und dankte dem Himmel für seine Jahre in Calais. Ein Vater vergisst es nicht, wenn sein Sohn stiehlt oder lügt oder sich in seiner ersten Verliebtheit lächerlich macht. Doch Warwick hatte in diesen paar Jahren, in denen sie voneinander getrennt waren, das Glück gehabt, ohne den strengen Blick des Vaters erwachsen zu werden.

»Den neuesten Berichten zufolge ist die Garnison im Tower tausend Mann stark«, sagte Warwick. »Vielleicht ergeben sie sich, aber darauf setze ich nicht zu viel Hoffnung. Ich weiß nur, dass wir ihnen keine Gelegenheit geben dürfen, uns aus London heraus zu verfolgen. Entweder wir verschaffen uns einen Weg in den Tower, oder wir sperren sie in ihren eigenen Mauern ein. Ihr kennt beide den Plan. Unsere einzige Chance auf Erfolg ist rasches Handeln. Jeder Tag, den wir hier verlieren, ist einer mehr für die Truppen des Königs, um sich zu vergrößern und sich vorzubereiten.«

Er erwähnte die Verunehrung nicht, die inzwischen rechtswirksam geworden war. So wie die Dinge jetzt standen, an diesem fünften Juli 1460, hatten sie sämtliche Titel und Besitztümer verloren. Obwohl keiner von ihnen es erwähnte, schmerzte es sie doch wie eine offene Wunde, durch die sie langsam verbluten würden. Doch nach Ludlow waren die Soldaten des Königs zunächst wieder nach Hause auf ihre Höfe und Landsitze zurückgekehrt. Warwick und sein Vater setzten alle Hoffnung darauf, König Henry zu erreichen, noch ehe seine Lords sich wieder sammeln konnten. Wenn sie erst den König und sein Siegel in Händen hatten, konnte jedes Gesetz wieder rückgängig gemacht werden.

Edward von March hatte zugehört, und der Stolz, den Vater und Sohn empfanden, war ihm nicht entgangen. Wie eine Statue stand er in seiner Rüstung da, ohne Helm. Auch er war geritten, allerdings auf einem Pferd, das eher gewohnt war, einen Pflug zu ziehen, als einen Menschen zu tragen. Das Tier graste hinter ihm, aber das ruhelose Meer der kentischen Männer wogte vor Ungeduld und wartete zusammen mit den gepanzerten Soldaten auf den alles entscheidenden Befehl.

»Ich werde nicht noch eine Nacht auf der kalten Erde liegen, wenn ich in einem guten Bett schlafen und Fleisch und Bier haben kann«, sagte Edward. »Wenn die Männer schon bis hierher gekommen sind – ganz gleich, ob sie erschöpft sind, die eine Meile werden sie auch noch marschieren können.« Im Gegensatz zu Salisbury war Edward noch frisch, seine Kraft und Ausdauer waren unerschöpflich. Jeden Morgen war er der Erste gewesen, der auf den Beinen war und fröhlich pinkelnd dastand, ehe er seine Rüstung anlegte und nach seinen Dienern rief, dass sie ihm sein Frühstück brachten. Er sprühte förmlich vor Eifer, was Warwick durchaus anerkannte, andererseits konnte der junge Earl aber auch ziemlich anstrengend sein, wenn man zu lange neben ihm her ritt.

»Na gut«, sagte Warwick. »Ich sehe schon, Ihr beide werdet keine Ruhe geben, ehe wir in der Stadt sind. Bring die Ritter und alle anderen, die eine Rüstung tragen, nach vorn, Edward. Cade wurde damals von Bogenschützen begrüßt, und ich möchte, dass Waffen und Schilde bereit sind.«

»Es sieht ziemlich sicher aus«, sagte Edward, der zwischen die Häuser und Geschäfte auf ihrer Seite der Brücke spähte. »Ich würde sofort hinübergehen.« Er tat einen Schritt vorwärts, und Warwicks Gesicht wurde finster.

»Wenn du erst das Kommando hast, kannst du machen, was du willst, Edward. Aber bis dahin wirst du, verdammt noch mal, machen, was ich sage.«

Der junge Earl hielt seinem Blick ohne Verlegenheit stand.

»Dann such dir jemand anderes, um die Ritter zu holen. Ich jedenfalls werde die Stadt als Erster betreten. Das schulde ich der Ehre meines Vaters.«

Warwick sah wütend auf diesen jungen Riesen. Doch dann pfiff er mit entschlossenem Gesicht nach einem Meldegänger, um den Befehl weiterzugeben. Seine Autorität war in Gegenwart seines Vaters herausgefordert worden, aber es hätte zu viele Männer gebraucht, um den Earl von March von einem einmal gefassten Entschluss abzuhalten. Jetzt war nicht der Zeitpunkt, um zu streiten, und Warwick entschied sich, einzulenken, auch wenn seine Stimme gepresst klang, als er den Befehl gab, sich zu versammeln.

Die Männer, die eine Rüstung anhatten, kamen mit erhobenen Schilden und Waffen angerannt, und hinter ihnen sammelten sich die Scharen der kentischen Männer. Die Veteranen aus Cades Armee erzählten jedem, der es hören wollte, ihre Geschichten, als sie das letzte Mal hier gestanden hatten. Die Stimmung war gut. Nur Warwick wirkte unruhig, als man in die Hörner stieß und die erste Reihe Soldaten die von Häusern gesäumte Londoner Brücke betrat.

Unbehelligt überquerten sie die Themse, und noch immer jubelte und winkte man ihnen zu, als sie die Straßen auf der anderen Seite des Ufers erreichten. Warwick brüllte einen Befehl, und die Vorhut der Bewaffneten wandte sich nach rechts, in Richtung Tower und der königlichen Garnison.

25

Lord Scales war puterrot vor Aufregung, als er den Wehrgang des Tower entlangschritt und hinunter auf die Straßen
sah. Aus dieser luftigen Höhe konnte er die Armee sehen, die
sich in etwa einer Meile Entfernung auf der anderen Seite
des Flusses gesammelt hatte. Es überlief ihn kalt, als er Hornsignale hörte, die verkündeten, dass sie in London einmarschiert waren. In diesem Moment hätte er alles darum gegeben, wenn er tausend Mann mehr gehabt hätte.

Jack Cades Aufstand hatte er noch lebhaft in Erinnerung, auch wenn er schon zehn Jahre zurücklag. Es hatte
ihn lange geschmerzt, dass es damals nicht gelungen war,
die Stadt zu verteidigen, nicht zuletzt aufgrund der Rolle,
die er selbst dabei gespielt hatte. Scales hatte das grausame
Schlachten hautnahe miterlebt. Die Aufständischen hatten
die Stadt in ein Leichenhaus verwandelt. In jener schrecklichen Nacht war jegliche Ordnung zusammengebrochen. Die
Vorstellung, dass sich das jetzt wiederholen könnte, verursachte ihm schmerzhaftes Herzklopfen, und er ballte zitternd
die Fäuste.

Seine Belohnung für die Nacht vor zehn Jahren war eine
Leibrente von jährlich hundert Pfund gewesen, dazu die Be-
nutzung eines königlichen Handelsschiffs. Damit war Scales
ein wohlhabender Mann geworden, denn er hatte einen kleinen Handel mit Tuch und Wolle begonnen. Das Kommando

über den Tower war seine letzte Aufgabe, ehe er vollends in den Ruhestand gehen würde, eine Pfründe mit großzügiger Pension und Dienerschaft. Scales wusste, dass er mit dreiundsechzig Jahren nicht mehr in der Lage war, mit Schwert und Schild einem bewaffneten Aufstand entgegenzutreten. Seine Gelenke schmerzten bei der kleinsten Anstrengung, und sein Atem ging schwer.

Auf den Mauern warteten die Gruppen der Kanoniere auf seinen Befehl. Sein einziger Trost war, dass die Schutzmaßnahmen seit Cades Aufstand verstärkt worden waren. Sollte abermals ein feindliches Heer versuchen, das Torhaus zu zerstören, so hatte er jetzt schwere Kanonen, die im Nu alles auf der Straße zu blutigem Brei schießen konnten. Katapulte standen ebenfalls auf den Zinnen bereit, mit denen jederzeit die schrecklichste aller Waffen über die Mauern geschleudert werden konnte, viel schlimmer noch als die Kanonen aus Bronze und Eisen. Scales bekreuzigte sich und küsste den Ring mit dem Familienwappen an seinem Finger. Er würde nicht zulassen, dass jemand in den Tower eindrang.

»Sollen sie nur kommen«, murmelte er und starrte in den Dunst über dem Fluss, wo viele noch darauf warteten, die Brücke zu überqueren. Aus dieser Entfernung sah er diese Meute aus Kent nur als einen Schandfleck, der dort drüben immer kleiner wurde, während die Männer in die City eindrangen. Wütend stellte er fest, dass die Bewohner Londons offensichtlich nichts unternahmen, um sie aufzuhalten. Eigentlich hätte man erwarten sollen, dass sie sich an den Schrecken und die Verwüstung beim letzten Überfall noch erinnerten. Aber nein, der Wind trug Jubelrufe zu ihm herauf, und die Dummköpfe schwangen ihre Mützen vor Begeisterung über die Männer, die ihre Hauptstadt in Brand setzen würden. Nun ja, auch wenn ganz London ringsum in Flammen aufgehen sollte, den Tower würden sie nicht bekommen, das schwor sich Scales.

Es war ein schwacher Trost. Seine Aufgabe war es, die braven Bürger vor dem Pöbel zu schützen, aber er konnte ihnen nicht helfen. Es war ihm klar, dass er die einzigen Soldaten befehligte, die es in London gab, abgesehen von den paar Ratsherren, die ihre eigene Leibgarde hatten. Er biss die Zähne zusammen, sein Blick war jetzt kalt und ganz ruhig. Die Adligen im Dienste des Königs waren alle im Norden, entweder auf ihren eigenen Besitztümern oder in der Nähe von Coventry. Scales hatte zu wenig Leute, um sich hinauszuwagen, egal welche Gräueltaten er von hier oben mit ansehen sollte. Er konnte nichts weiter tun, als dem genauen Wortlaut seines Auftrags zu folgen und den Tower zu halten, bis Verstärkung kam. Wieder blickte er auf die Reihe der Kanonen, die alle nach Westen über die Stadt ausgerichtet waren. An der Südseite floss die Themse, dort gab es keine Brücke, also brauchte er nicht zu befürchten, dass jemand von dort kam. Der Tower war eine Festung, und er würde sich jedem Eindringling mit Feuer und Schwert entgegensetzen.

»Bereit machen!«, brüllte er, dass es von den ehrwürdigen Mauern widerhallte. Achthundert seiner Leute standen stramm. Die Kanoniere prüften ein letztes Mal ihre Kohlebecken und Lunten. Die eisernen Kanonenkugeln und die Säcke mit dem Schießpulver waren bereits an Ort und Stelle. Der Weiße Turm erhob sich über ihnen, und Scales dachte wieder an das Blutvergießen, das er schon einmal hier gesehen hatte. Er schüttelte den Kopf. Nein, das würde nicht wieder passieren.

Warwick, Salisbury und March ritten nebeneinander in östlicher Richtung die Straße an der Themse entlang, die zum Tower führte. Da sie nur langsam vorankamen, wurde die Menge hinter ihnen aufgehalten, aber immer mehr Menschen drängten sich an den Pferden vorbei und rannten voraus. Alle drei hatten die Schwerter gezogen und badeten geradezu in der jubelnden Menge, die anscheinend nur auf eine Gelegenheit gewartet hatte, um ihrem Zorn freien Lauf zu lassen, egal, was die Earls oder die Männer von Kent jetzt vorhaben mochten. Warwick sah Hunderte mit Keulen und langen Messern durch die Straßen eilen. Sein Pferd wurde von den Menschen, die sich vorbeidrängten, geschoben und gestoßen, und er hatte Mühe, zu begreifen, was hier vor sich ging. Er hatte sich vorgestellt, einen Aufstand anzuführen. Doch das hier, schien bereits außer Kontrolle zu geraten, bevor es überhaupt angefangen hatte.

Von einem Anführen konnte keine Rede mehr sein. Jeder wusste, wo die königliche Garnison sich befand, und zusammen mit Warwicks Armee strömten sie zum Tower und feuerten sich gegenseitig an. Frauen und Kinder mischten sich unter die Menge, die immer schneller vorwärtsdrängte, sodass Warwick und sein Vater ihre Pferde schließlich zum Trab antreiben mussten, um Edward von March nicht aus den Augen zu verlieren. Sir Robert Dalton und der groß gewachsene Jameson wichen dem jungen Earl nicht von der Seite und hielten Ausschau, ob irgendwo Gefahr drohte. Edward saß sorglos auf seinem Pferd und ließ sich in der Menge mittreiben, offensichtlich genoss er das Chaos.

Seit über drei Jahren war kein Parlament mehr einberufen worden. Weit hinter ihnen lag der Palast von Westminster, feucht und mit geschlossenen Fensterläden, dort brannte kein wärmendes Feuer mehr, dort fiel kein menschliches Wort. Warwick wusste, man hatte König Henry nach Kenilworth in Sicherheit gebracht, aber er hatte keine Ahnung, wie es dem Land ohne eine funktionierende Regierung inzwischen ergangen war. Wie es schien, waren die Beamten des Königs nicht zimperlich vorgegangen, nachdem man es ihnen überlassen hatte, Gesetz und Ordnung durchzusetzen. Wohin Warwick auch blickte, er sah nichts als blinden Hass. Als Cade in London einmarschiert war, hatten die braven Bürger sich in ihren Häusern verbarrikadiert. Jetzt aber waren sie es, die vorausgingen.

Die Menge schwoll immer mehr an, bis jede Gasse, jeder Platz mit Menschen vollgestopft war, die alle zum Tower drängten, wo sich die Garnison der verhassten königlichen Soldaten befand. Das Gelände unterhalb der Mauern war frei, eine große gepflasterte Fläche. Ein perfektes Schlachtfeld, wie Warwick sofort erkannte. Die Menge schrie und brüllte ihren Zorn hinauf zu den Zinnen, und viele blickten erwartungsvoll auf die Männer aus Kent, als müssten diese unverzüglich zum Torhaus vordringen und es einreißen.

Warwick und sein Vater zogen die Zügel an und blieben stehen. Doch in den brodelnden Menschenmassen war kein Halten, und so wurden sie bald an die Mauer gedrängt. Die Pferde stampften und tänzelten unruhig, das Gedränge machte sie zunehmend nervös.

Salisbury starrte hinauf zum höchsten Punkt der Mauer, er nahm dunkle Gestalten und Rauchfahnen wahr und kniff die Augen zusammen. Die schwarzen Öffnungen der Kanonenrohre ragten über die Menge hinaus und waren schräg nach unten gerichtet. Doch immer noch strömten mehr Menschen herbei, sie füllten jeden Winkel und jeden Flecken Erde, bis man sich kaum noch bewegen konnte.

»Siehst du die Kanonen?«, rief Salisbury seinem Sohn zu und zeigte nach oben. Warwick nickte, der Lärm war zu groß, um zu antworten. Um sie herum herrschte das reine Chaos, und er sah, wie einige seiner Hauptmänner mit Knüppeln Männer zurückdrängten, um sich Platz zu verschaffen. Sie hatten hochrote Gesichter und waren heiser vom Brüllen.

»Gebt ihnen Äxte, diesen Männern von London!«, rief Salisbury so laut er konnte. Einige in der Meute hörten es und brachen in Jubel aus. »Sie sollen sich einen Weg ins Torhaus bahnen!«

Warwick verstand nur jedes dritte Wort, aber er machte seinen Leuten durch Gesten klar, sie sollten sich zum schwächsten Punkt der Festung begeben. Hier war Cade damals eingedrungen, und jetzt würden sie es wieder tun.

Hoch über sich hörte Warwick, wie jemand einen Befehl gab, worauf aus vielen Kehlen eine Antwort kam. Er sah nach oben, und plötzlich befiel ihn Panik …

Mit boshaftem Blick verfolgte Scales, wie die Menschenmenge auf dem freien Platz um den Tower herum anschwoll. Dies war nichts weiter als Pöbel, ein primitiver Haufen, der die Gelegenheit witterte, zu plündern und sich zu bereichern. Sein Leben lang hatte Scales für Recht und Ordnung gesorgt, und jetzt waren sie hier, eine wildgewordene Meute mit weit aufgerissenen Mäulern, die es sich in den Kopf gesetzt hatte, alles zu zerstören. Zwar waren auch Soldaten in Kettenhemden darunter, aber sie konnten die Massen nicht zurückdrängen. Hunderte von Kehlen schrien Jack Cades Namen, als wollten sie ihn durch ihr Rufen von den Toten auferwecken.

Immer mehr wurden es, und Scales merkte, wie ihm unter der Tunika der Schweiß herunterlief. Fast körperlich spürte er den Hass, den diese Menschen empfanden. Menschen, die in den Gesetzen keinen Sinn mehr sahen und bereit waren, sich in einer Orgie von Gewalt über sie hinwegzusetzen. Er hatte befürchtet, sie würden in der City ihr Unwesen treiben, aber stattdessen waren sie hierher, zu ihm gekommen.

Er beugte sich vor, klammerte sich an der Mauer fest und starrte nach unten. Dutzende von Männern mit Äxten hatten sich zu einem Keil formiert, und man konnte ihre Absicht deutlich erkennen, als sie durch die Menge auf das Torhaus zumarschierten. Scales fluchte, als er dahinter zwei Männer auf Pferden sah, wie Felsen in der Brandung. Er glaubte, die Blicke dieser Reiter auf sich zu spüren. Ungläubig schüttelte er den Kopf, als er die Wappenröcke Salisburys und Warwicks erkannte. Wut erfasste ihn angesichts dieses Verrats königlicher Earls. Aber nein, erinnerte er sich dann, sie waren ja jetzt auch nur noch Bürgerliche.

Drei der Kanonen auf der Mauer waren zum Feuern vorbereitet, aber zunächst ohne Kugeln. Als die brodelnde Meute den Platz unten vollständig gefüllt hatte, holte Scales tief Luft.

»Warnschüsse! Ohne Kugeln!«, brüllte er, dass es vom Weißen Turm hinter ihm widerhallte.

Eine dreifache Explosion folgte, lange Feuerzungen schossen aus den Rohren und hüllten die Mannschaft in Rauch ein, der mit körnigen Partikeln durchsetzt war. Scales konnte die Menge unten nicht mehr sehen, bis der Rauch sich verzogen hatte. Er hörte Schreie, aber sie drängten weiter nach vorn. Gegen das äußere Tor wurden Äxte geschwungen, und er stieß einen lauten Fluch aus, es war ihm egal, wer ihn hörte.

Nein. Er würde den Tower nicht preisgeben. Scales war bleich, als er nach oben sah, wo seine Kanoniere auf weitere Befehle warteten. Sie fürchteten sich, und dazu hatten sie allen Grund, denn wenn sie erst eingedrungen waren, würde keiner von ihnen diesen Wahnsinn überleben.

»Holt das Griechische Feuer«, befahl Scales. Mit großen Sprüngen liefen die Männer von der Mauer nach unten, wo sie in den Vorratsräumen verschwanden und bald darauf mit deutlich langsameren Schritten wieder herauskamen. Jeder trug einen großen Tontopf, den er mit beiden Armen fest umklammerte. Sie trugen sie vorsichtig wie kleine Kinder und schwitzten vor Angst, dass einer versehentlich auf das Pflaster fallen könnte.

Scales schlug das Herz bis zum Hals. Es schlug so schnell, dass ihn schwindelte und ihm alles vor den Augen verschwamm. Er beugte sich über die Zinnen und schrie zu den Menschen hinunter, sie sollten sich zerstreuen, doch ihre Antwort waren nur Flüche aus wutverzerrten Gesichtern. Immer noch hörte er vom Torhaus her die Schläge der Hämmer und Äxte, und er trat vom Rand zurück, weil er das, was jetzt folgte, nicht mit ansehen wollte.

»Kanonen! Kugel laden und Feuer!« Er war zu leise. Die Kanoniere konnten ihn nicht hören, also ging er über dem Wehrgang zu ihnen und wiederholte den Befehl, worauf alles in Bewegung geriet. Er sah nicht nach unten, als die ersten Kanonen donnerten, worauf laute Schreie folgten. Eine Kanone nach der anderen schoss in die Menge, die in Panik auseinanderstob.

Scales blieb bei einem der kleineren Katapulte stehen und legte die Hand auf das Tau, das als Antriebsfeder diente. Es war aus Pferdehaar gedreht, stärker als ein Männeroberschenkel. Die Tonkugeln waren bereits an Ort und Stelle, aus jeder hing ein Stoffstreifen als Lunte. Drei dieser Katapulte standen hier auf der Mauer, und Scales bekreuzigte sich und murmelte ein Gebet, während er den Männern zunickte.

Die Lunten wurden entzündet und die Katapulte umgehend zum Abschuss gebracht. Niemand auf den Mauern wollte zu nah bei dieser tödlichen Mischung stehen, wenn sie erst einmal brannte. Selbst die Kanoniere traten von ihren Geschützen zurück, falls eine der Tonkugeln zerbrechen und auslaufen sollte.

Noch immer hing dichter Rauch in der Luft, und Scales beobachtete, wie die Kugeln brennende Bögen in der Luft beschrieben und aufschlugen. Er schloss die Augen.

Einige Sekunden schien die Menge stumm vor Entsetzen. Dann setzten die Schreie wieder ein, immer lauter und lauter, das Heulen von Verdammten. Flammen vermischten sich mit dem Rauch der Kanonen und verbreiteten eine Gluthitze, sie setzten alles in Brand, was sie berührten. Scales erschauerte. Er selbst hatte die Herstellung des Griechischen Feuers überwacht, eine grausame Mischung aus Naphtha und Nitro, Schwefel und gebranntem Kalk. Es blieb an allem haften, was es berührte. Auch Wasser konnte dieses Feuer nicht löschen, im Gegenteil, es fachte es nur noch stärker an. Er hörte das Aufklatschen, als brennende Menschen in die Themse sprangen, wo das Höllenfeuer weiterbrannte, bis sie schreiend ertranken.

Scales hob den Kopf. Die Kanoniere starrten ihn an und warteten auf neue Befehle. Aber er mied ihren Blick, stumm ging er zurück an seinen Beobachtungsposten auf der Mauer. Er ballte die Faust beim Anblick der Menge, die jetzt davonstob wie flüchtende Ratten. Noch immer brannten einige, schreiend taumelten sie umher und setzten andere durch ihre Berührung in Brand, bis sie in sich zusammensackten und verstummten. Der Gestank war bestialisch, und Scales hörte, wie einige seiner Leute sich erbrachen, als sie merkten, was da so stank.

Scales atmete auf. So unschön dies alles sein mochte, jetzt wusste der Pöbel wenigstens, was ihn erwartete. Der Tower würde mit Eisen und Feuer verteidigt werden. Er würde nicht fallen.

Warwick sah die ersten Flammen, die über die Köpfe der Menge hinwegzischten. Wieder blickte er auf die Anzahl der Kanonen, die sich ihnen entgegenreckten, und mit bleichem Gesicht wandte er sich an seinen Vater.

»Ruf die Leute zurück! Wir müssen das Torhaus nicht einreißen, wir müssen nur dafür sorgen, dass die Garnison hier in London bleibt. Wenn sie auf ihre eigenen Leute schießen sollten, haben wir keine andere Wahl.«

Salisbury war sprachlos, als er sah, wie viele Frauen und Kinder in der Menge waren. Angewidert blickte er hoch zu den Zinnen. Er konnte nicht glauben, dass der Befehlshaber diese Menschen abschlachten würde, die er eigentlich zu beschützen geschworen hatte.

Er wusste nicht, ob es blinde Wut oder Panik war, als die Menge jetzt noch entschlossener gegen die Mauern drängte. Salisbury sah, wie Axtkämpfer das Torhaus in Angriff nahmen. Er wusste, dass man sie zurückrufen müsste. Er setzte das Horn an die Lippen, aber er bekam kaum Luft, sodass er keinen Ton herausbrachte. Stattdessen warf er das Horn seinem Sohn zu, und Warwick blies das Signal zum Rückzug.

Über ihnen erhob sich jetzt weißer Rauch, und er hörte es donnern. Eisenkugeln, die eine Meile weit fliegen konnten, wurden in die Menschenmenge geschossen und töteten Dutzende auf einmal, in großen Blutlachen lagen sie da. Der Lärm der Menge wurde zu einem Stöhnen wie von einem verwundeten Tier, als sich plötzlich alle umwandten und durch jede Lücke, die sich ihnen bot, aus der Umgebung des Towers zu entkommen suchten. Noch immer hörte man Kanonenkugeln einschlagen, man war nirgendwo mehr sicher.

Warwicks Kopf fuhr hoch, etwas hatte ihn gestreift und auf seiner Wange einen blutigen Kratzer hinterlassen, wie von einer Klinge. Eine Kanonenkugel war ganz in seiner Nähe vorbeigeflogen, zu schnell, als dass er sie hätte sehen können. Er wollte gerade Gott für sein Glück danken, als sein Pferd anfing zu husten und Blut aus seiner Nase spritzte. Warwick sprang ab und trat schnell zur Seite, als das Tier auch schon zusammenbrach. Wo die eisernen Kugeln auf das Pflaster trafen, entstanden scharfe Splitter, die in die Menge spritzten. Wieder blies Warwick zum Rückzug und wurde fast von einem Mann und einer Frau umgerannt, die in blinder Panik an ihm vorbeihasteten.

In dem allgemeinen Wut- und Schmerzgebrüll hatte niemand die Katapulte gehört. Warwick sah, wie drei schwarze Kugeln von der Mauer geflogen kamen. Sie waren viel langsamer als Kanonenkugeln und verdutzt verfolgte er ihre Bahn. Sie verschwanden in der Menge. Drei Feuer flammten auf, brennende Flüssigkeit sprang hoch und spritzte in die Menge, die verzweifelt versuchte, die Flucht zu ergreifen.

In Panik wichen die Menschen vor der Hitze zurück, und die Schreie derjenigen, die das Feuer erfasst hatte, waren markerschütternd. Warwick blieb dicht am Pferd seines Vaters, aber sie wurden zurückgedrängt. Er erblickte Edward von March, der in dem Chaos ebenfalls sein Pferd verloren hatte. Obwohl Jameson und Sir Robert immer noch bei ihm waren, konnten sie auch zu dritt dem Andrang der Menge nicht standhalten. March schlug zu, um sich Platz zu verschaffen, denn wer in diesem Wahnsinnsgedränge fiel, der stand nicht wieder auf, er wurde gnadenlos zertrampelt.

Vom Rande des Platzes hörte man Stimmen, die die Umstehenden schreiend aufforderten, ihnen zu folgen. Soweit Warwick und sein Vater es sehen konnten, waren es die Londoner selbst, die zurück zur Brücke wollten, und jetzt rannten Tausende in die entgegengesetzte Richtung, weg vom Tower. Warwick stand eng an die Mauer gedrückt neben dem Pferd seines Vaters, um sie vorbeizulassen. Das Schlachtfeld leerte sich genauso schnell wie es sich mit Menschen gefüllt hatte, zurück blieben nur die Blutlachen, brennende Leichen und schwarzer Rauch. Hoch oben beugten sich die Soldaten des Königs über die Mauern, zeigten mit den Fingern auf sie und schrien etwas.

Warwick sah Edward von March vorbeistolpern, mitgerissen von der Menge. Jameson, der Schmied, war noch bei ihm, aber Sir Robert Dalton war in dem Gewühl verschwunden. Warwick streckte die Hand aus, erwischte Edward mit etwas Mühe am Brustpanzer und befreite ihn aus der Horde, die ihn umgab. Jameson folgte ihm, schwer atmend stützte er sich mit dem Arm gegen die Mauer.

Mit erschrocken aufgerissenen Augen nickte March Warwick wortlos seinen Dank zu. Seine Kraft hatte in diesem Gedränge nichts ausrichten können. Zum ersten Mal im Leben hatte er Angst gehabt. Noch immer rannten die Menschen an ihnen vorbei, und die drei Earls konnten nichts tun, als hilflos zusehen. Dutzende ihrer eigenen Männer hatten direkt am Fuß des Tower gestanden, als das Griechische Feuer in die Menge geschleudert wurde. Und immer noch brannte es, die Flammen flackerten auf den Toten und selbst auf den Pflastersteinen.

»Wir sollten uns weiter zurückziehen«, sagte Salisbury. Er sah bleich und mitgenommen aus, erschöpft von der Angst und dem unkontrollierten Ansturm der Menge.

Ein paar Meter vom Kampfplatz vor dem Tower zweigte eine Seitengasse ab, und die drei Earls machten sich auf den Weg dorthin, wo man am anderen Ende schon das graue Wasser der Themse sah. Ihre Männer folgten ihnen, doch immer wieder blickten sie sich nervös um.

»Geht schon«, sagte Salisbury und lenkte sein Pferd dorthin. Wenigstens waren sie hier vor den Kanonen sicher. Die kurze Straße war nur sechs oder sieben Häuser lang und endete am Fluss, auf dem verbrannte Leichen vorbeitrieben.

Einige der Soldaten deuteten auf die andere Seite, und als Warwick hinüberblickte, sah er ein Heer von Männern, anscheinend alles Londoner, die jetzt am gegenüberliegenden Ufer entlangrannten. Sein erster Gedanke war, dass sie in ihrer Todesangst über die Brücke gelaufen waren, aber das ergab keinen Sinn, denn sie schienen alle dasselbe Ziel zu haben. Völlig verwirrt starrte Warwick hin.

Auch die andere Seite des Flusses war inzwischen bebaut. Die Stadt hatte sich ausgedehnt, und auf dem begehrten Gelände rund um die einzige Brücke Londons waren Wohn- und Geschäftshäuser entstanden. Aber auch für Lagerhäuser und Fleischmärkte war dies eine bevorzugte Lage. Immer wieder sah Warwick die Schar der rennenden Männer zwischen den Häusern auftauchen.

»Was machen die denn da drüben?«, fragte March. Warwick zuckte die Schultern. Die Londoner kannten ihre Stadt besser, als er sie jemals kennen würde. Jetzt machten die Männer auf einem Platz halt, wo sie sich sammelten und schließlich versuchten, mit Gewalt in ein Gebäude einzudringen. Es war ein Backsteinbau, der niedrig und solide direkt am Ufer der Themse stand.

»Die scheinen Waffen zu suchen«, sagte Salisbury. »Ist das etwa ein Arsenal?«

Einer der Soldaten in seiner Nähe fing plötzlich an, laut zu fluchen. Warwick wusste, dass der Mann Londoner war, und er rief ihn zu sich.

»Ich weiß, was das ist, Mylord«, sagte der Mann, der vor Überraschung geschockt schien. »Es ist ein königliches Waffenlager, dort werden auch Kanonen hergestellt.«

Verblüfft wandten sich alle wieder zum Fluss um, und tatsächlich wurde gerade eine schwarze Kanone nach draußen auf den Uferweg gerollt – gezogen und geschoben von einem Pulk kräftiger Londoner. Das eiserne Kanonenrohr hatte etwa die gleiche Länge wie die, die vom Tower aus in die Menge geschossen hatten. Obwohl es äußerst mühsam war, die Lafette mit diesem großen Gewicht zu bewegen, schob die brüllende Meute sie immer weiter, bis sie genau gegenüber der Südseite des Towers stand, auf dessen Mauer keine Kanonen postiert waren.

Säcke mit Schießpulver hatten sich ebenfalls gefunden, und mehrere Männer kamen mit eisernen Kugeln im Arm angewankt. Warwick reckte den Hals und sah, wie die Soldaten im Tower aufgeregt auf den Mauern hin- und herliefen. Der Fluss war eine Viertelmeile breit, aber gegen eine Kanone bot das schnell fließende Wasser keinen Schutz.

Donnernd löste sich die erste Kugel, traf auf die Mauer und prallte zusammen mit Steinbrocken und Mörtel auf den Uferweg. Tausende Gesteinsbrocken ließen das Wasser aufspritzen. Ein wilder Schrei ertönte vom gegenüberliegenden Ufer, aber es war kein Freudenschrei, eher ein Wolfsgeheul, das einschüchtern sollte. Das Warten auf den nächsten Schuss schien unerträglich lang, aber jetzt hatten sie eine zweite Kanone aus dem Waffenlager gezerrt und neben der ersten in Stellung gebracht. Wieder und wieder krachten die Eisenkugeln gegen das alte Mauerwerk, bis ein großer Riss entstand und schließlich ein Teil der Ringmauer nach außen umfiel.

Sprachlos verfolgte Warwick, wie die Londoner jetzt ihr Ziel geringfügig veränderten und mit einem einzigen Schuss ein Stück Mauer von der Größe eines Pferdes herausbrachen. Zunächst konnte man nicht viel sehen, aber als Rauch und Staub sich gelegt hatten, waren die Männer, die sich an den Kanonen abgemüht hatten, außer sich vor Freude.

Jetzt ließen sie die Kanonen stehen und rannten wieder am Flussufer entlang zur Brücke. Warwick hatte keinen Zweifel, ihr Ziel würde diese Öffnung sein, und er schüttelte den Kopf bei dem Gedanken, was für ein Blutbad diese Männer anrichten würden.

»Das wär's dann wohl«, sagte er zu seinem Vater. »Sie haben es geschafft. Bleibst du hier und sorgst für Ordnung? Ich habe hier schon genug Zeit verloren, und mein Ziel war ja eigentlich nicht der Tower, und London auch nicht.«

»Geh mit Gott«, sagte Salisbury und sah erst seinen Sohn, dann Edward von March an. Eigentlich war er erleichtert, zurückbleiben zu können, statt seinen alten Knochen den sechzig Meilen weiten Ritt nach Coventry zuzumuten. »Lass mir ein paar Hundert Soldaten da, und ich behalte die Meute hier im Auge. Aber ich vermute, ihre Wut wird mindestens so lange brennen wie das Griechische Feuer. Mein Gott, ich hätte nie gedacht, miterleben zu müssen, wie dieses Teufelszeug gegen meine eigenen Landsleute eingesetzt wird. Das wird jemand noch bitter bereuen.«

Der ältere Earl setzte sich im Sattel zurecht, und sein Sohn und March rannten mit zwei Dutzend weiterer Männer los, wobei sie schon ins Horn stießen, um die anderen wieder zu sammeln. Salisbury wusste, es würde eine Ewigkeit dauern, bis die Männer aus Kent sich wieder beruhigt hatten und geordnet den Marsch in Richtung Norden antreten würden. Doch er war stolz auf seinen Sohn. In all diesem Chaos hatte Warwick sein Ziel nicht aus den Augen verloren. Trotz der Gräuel, die sie hier erlebt hatten, war London nur die erste Etappe.

Es wurde schon dunkel, als Warwick und March ihre Armee an der Nordseite der Stadtmauer endlich wieder gesammelt hatten. Im Laufe der Abendstunden war langsam wieder so etwas wie Ruhe eingekehrt. Seine Hauptleute hatten die Männer aus Kent zusammengetrommelt. Sie waren kaum zu bändigen gewesen. Sie waren Zeugen einer Grausamkeit gegen Unschuldige geworden, Frauen und Kinder waren in der Menschenmenge am Tower verbrannt. Dieses Unrecht schrie nach Vergeltung, und sie wollten Blut fließen sehen. Warwick musste sie erst eindringlich daran erinnern, dass ihr eigentliches Ziel der König selbst war. Das hatte bei den meisten schließlich Wirkung gezeigt.

Inzwischen läuteten in London die Glocken, angeführt vom dumpfen Dröhnen des Old Edward im Palast von Westminster, von dem sie nur eine Meile entfernt waren. Es war stock-finstere Nacht. Ringsum spürte man die Körperwärme von zehntausend Menschen. Vor ihnen lag die Straße aus guten römischen Pflastersteinen. Warwick wünschte nur, er hätte genug Zeit, um ein paar dieser Kanonen aus London mitzunehmen, aber mit diesen schwerfälligen Dingern würden sie ewig bis nach Coventry brauchen. Und er wusste, jetzt hing alles davon ab, wie schnell er war. In einem Stall nahe der Stadtmauer hatten seine Männer zwei Zugpferde gefunden. Die Tiere schnaubten und wieherten unwillig, sie hielten nicht viel davon, Männer in Rüstung tragen zu müssen.

»Sechzig Meilen!«, brüllte Warwick plötzlich. »Nur sechzig Meilen auf guter Straße – und dann werdet ihr sehen, wie die königliche Armee vor Angst schlottert. Menschen, die mir alles genommen haben – Menschen, die auch euch alles nehmen würden. Im Namen von Warwick, im Namen von March – in Namen von York und Jack Cade! Kommt ihr mit mir?«

Die Antwort war ein wütendes Knurren und Stampfen, und er ritt ihnen voran nach Norden.

26

Thomas, Lord Egremont, blickte lieber auf seine Stiefelspitzen als in das verärgerte Gesicht der Königin. Er stand unter einem ausladenden Zeltdach, wo der siebenjährige Prinz seiner Mutter am Rockzipfel hing und mit unaufhörlichen Fragen ihre Aufmerksamkeit verlangte. Doch Margaret beachtete ihn gar nicht, sondern funkelte nur den Sohn des alten Percy an.

»Euer Hoheit«, versuchte Thomas es erneut. »Ich habe meine schnellsten Reiter zu meinem Bruder geschickt. Sie können nicht fliegen, aber ganz bestimmt ist mein Bruder mit seiner Armee schon nach hier unterwegs, um Euren Gemahl zu beschützen. Abgesehen davon habe ich die Männer, die ich mitgebracht habe, und meine Leibwache.«

»Das ist nicht genug!«, sagte Margaret. Wütend beugte sie sich jetzt zu ihrem Sohn hinunter und packte ihn unwirsch am Arm. Sie merkte, dass sie das Kind erschreckt hatte, darum gab sie sich Mühe, in freundlichem Ton mit ihm zu sprechen. »Edward, *Schätzchen*, würdest du dich bitte jetzt mit etwas anderem beschäftigen und aufhören, mir ununterbrochen Fragen zu stellen? Lauf und such Lord Buckingham, der wollte dir doch seine neue Rüstung zeigen.« In freudiger Erwartung rannte der kleine Junge los, und Margaret konnte sich wieder dem jungen Lord Egremont zuwenden. Thomas bedauerte, dass das Kind nicht mehr da war, es hatte als willkommene Ablenkung gedient.

»Mylord Egremont, wenn Ihr mir nicht dieselbe Anzahl Männer versprechen könnt, die wir in Ludlow hatten, dann habe ich keine Wahl. Dann muss ich mit meinem Mann nach Kenilworth zurückgehen und darauf warten, dass wir angegriffen werden! Es handelt sich um den König von England! Er wäre gezwungen, vor einem Pöbel von Verrätern zu fliehen!«

Egremont schüttelte den Kopf. Er vermutete, Margaret sagte ihm das nur, um ihn zu schockieren oder zu beschämen, obwohl er ja ihre Einschätzung teilte. Sobald die Späher des Königs die Armee der Nevilles am Südufer der Themse entdeckt hatten, waren sie mit dieser Nachricht nach Norden galoppiert. Die völlig erschöpften Männer hatten nur zwei Tage gebraucht, um das königliche Lager zu erreichen. Gott allein wusste, wie viel Zeit sie dadurch gewonnen hatten, dass sie ihre Pferde fast zuschandengeritten hatten. Auch falls Yorks Earls sich nur für kurze Zeit in London aufhalten sollten, wären sie immer noch wesentlich langsamer als die berittenen Späher. Im königlichen Lager hatte sich, seit diese Nachricht eingetroffen war, große Unruhe verbreitet, und jeder Mann, den man nicht unbedingt brauchte, wurde losgeschickt, um Soldaten zu mobilisieren und die Adligen von ihren Landsitzen zu holen.

»Mylady, ich verstehe Euren Ärger, aber wenn Ihr Euch nach Kenilworth zurückziehen würdet, hätten wir mehr Zeit, um Eure Kavaliere von ihren Höfen und Landsitzen zusammenzurufen. Mein Bruder und Lord Somerset sind schon unterwegs. In zwei bis drei Tagen wird sich die Anzahl, die jetzt hier steht, verdoppelt haben. Dann ist es unwichtig, ob Yorks Leute Euer Schloss belagern. Belagerungen kann man auch von außen aufbrechen.«

»Das also ist Euer Rat, Lord Egremont?«, sagte Margaret ungläubig. »Nachdem gegen York, Salisbury und Warwick die Verunehrung ausgesprochen worden ist? Nachdem diese edlen Häuser für tot erklärt wurden und ihre Titel und Besitztümer in alle Winde zerstoben sind? Nach dem großen Sieg des Königs bei Ludlow, wo seine Feinde bei Nacht und Nebel geflohen sind, sagt Ihr mir, ich soll mich zurückziehen?«

Thomas wandte den Blick ab.

»Nein, Mylady«, sagte er schließlich, »das tue ich nicht. Wir haben Zeit – und wir haben fünftausend Mann. Lord Buckingham, Baron Grey und ich reichen aus, um den König hier im Feld zu schützen. Aber wenn Ihr Euch trotzdem entschließen könntet, Euren Sohn und König Henry in Sicherheit zu bringen, wäre mir deutlich wohler. So wie die Dinge im Moment stehen, kann ich den Ausgang nicht vorhersagen. Salisbury und Warwick werden inzwischen auf dem Weg nach Norden sein. Wir wissen nicht, wie lange sie in London geblieben sind oder ob sie noch auf ihren früheren Besitztümern waren, um ihre Armee aufzustocken. Genauso wenig wissen wir, wie viele Leute sie haben und wie gut sie ausgebildet sind, obwohl ich in dieser Hinsicht nicht viel erwarte. Es ist mir sehr unangenehm, das vorzuschlagen, aber Kenilworth ist nur dreißig Meilen entfernt. Ich würde mir wesentlich weniger Sorgen machen, wenn ich die königliche Familie in Sicherheit wüsste.«

Ehe Margaret etwas antworten konnte, erschien Lord Grey hinter Egremont in dem königlichen Zelt. Er verbeugte sich vor der Königin. Da er älter war als der Sohn Percys, begrüßte er diesen nur mit einem knappen Nicken. Margaret hatte keine Ahnung, ob Lord Egremont etwas von Greys unappetitlichen Neigungen wusste. Doch was immer auch der Grund sein mochte, die beiden Männer waren sich offenbar nicht besonders sympathisch.

»Euer Hoheit, Lord Egremont, meine Reiter melden die Armeen von Warwick und March.« Grey schwieg einen Moment, er überlegte, wie weit sie gekommen sein mochten in der Zeit, die seine Späher gebraucht hatten, um ihm die Nachricht zu bringen. »Sie sind ungefähr … zehn Meilen südlich von hier und kommen schnell voran. Hat der König Befehle für mich?«

Obwohl sie schockiert war über diese Nachricht, drehte Margaret sich zu Henry um, der im Hintergrund auf einer gepolsterten Bank saß. Er hatte die Augen geöffnet und trug eine Rüstung, aber weder rührte er sich, noch zeigte er irgendwelches Interesse für das, was um ihn vorging. Ein Ausdruck von Verachtung zuckte über Greys Gesicht, als die Königin ihren Blick abgewandt hatte. Er war gekommen, um einem König zu dienen, der sich angeblich von seiner Krankheit erholt hatte. Stattdessen hatte Grey einen Schwachkopf vorgefunden, der nicht einmal ansprechbar war.

Margaret bemerkte den mürrischen Blick des Barons und fuhr in schärferem Ton als beabsichtigt fort.

»Zehn Meilen?« Sie sah Egremont an, der genauso erschrocken war wie sie. »Wie viele Männer sind es, Lord Grey? Wisst Ihr das?«

»Acht- bis zwölftausend, Euer Hoheit. Einige in Kettenhemd oder Rüstung, aber die meisten ohne. Meine Männer sprechen von einer Meute, die von halbwegs ausgebildeten Soldaten angeführt wird.«

»Dann bleibt es bei dem erteilten Befehl, Mylord. Schützt den König. Haltet die Stellung. Habe ich mich klar ausgedrückt?«

Grey biss die Zähne zusammen und nickte steif. Noch einmal warf er einen Blick auf die Gestalt in der glänzenden Rüstung, die dort im Hintergrund saß.

»Jawohl, Mylady. Klar und deutlich. Ich danke Euch«, sagte er, drehte sich auf dem Absatz um und verschwand.

Egremont sah ihm nach. Das waren beunruhigende Nachrichten, und er überlegte, was er einer solchen Menge entgegenzusetzen hatte. Er starrte ins Leere und kaute an seiner Lippe.

»Nun, Thomas?«, fragte Margaret. »Wie geht es jetzt weiter? Soll ich Buckingham holen lassen?«

»Sie sind viel näher, als ich erwartete, Mylady«, sagte er. »Sie müssen einen wahren Gewaltmarsch auf der Römerstraße absolviert haben. Und in London haben sie sich offensichtlich nicht lange aufgehalten. Bestimmt werden sie erst einmal erschöpft sein, wenn sie ankommen, und das ist gut für uns. Aber diese Masse …« Er verstummte und schüttelte wieder den Kopf. »Und sie sind schon fast hier. Jetzt ist nicht mehr genug Zeit, um auf die Männer meines Bruders zu warten, oder die von Exeter oder Somerset oder von wem auch immer. Wenn nicht innerhalb der nächsten Stunde Verstärkung eintrifft, haben wir nur die, die im Moment hier sind – und, Mylady, das ist nicht genug.« Er wollte Grey zurückrufen, um zu erfahren, wie viele Berittene in der feindlichen Armee waren. Sein Gehirn arbeitete fieberhaft, als er sich an diesen Strohhalm klammerte.

»Ihr solltet jetzt gehen, Hoheit. Nehmt Euren Sohn und Euren Gemahl und reitet nach Kenilworth.«

»Wenn es meinem Mann nicht gut geht, Thomas, dann kann er auch nicht reiten.«

Egremonts Anspannung zeigte sich in seiner Antwort, die so ungehalten klang, dass sie erschrak. »Dann rettet Euch und

Euren Sohn, Mylady! Rettet wenigstens etwas! Nehmt einen Wagen aus dem Tross und legt König Henry darauf! Versteht Ihr? Wir sind hier auf freiem Gelände, und sie sind uns zahlenmäßig weit überlegen. Wir können spitze Pfähle einschlagen, ja, und vielleicht können wir sie für kurze Zeit aufhalten, aber es wird eine harte und blutige Angelegenheit werden, und niemand weiß, wie sie ausgehen wird. Wollt Ihr, dass Prinz Edward das miterlebt? Ich bin Euer getreuer Diener, Hoheit, und ich habe mit den Nevilles auch noch eine Rechnung offen. Überlasst es mir, für Euch und für den König zu kämpfen.«

Margaret war blass geworden, einen solchen Ton war sie nicht gewohnt. Sie machte große Augen, doch sie hatte auch seine Angst und seine Anspannung deutlich herausgehört.

»Also gut, Thomas. Sucht meinen Sohn und bringt ihn zu mir. Wir brauchen drei gesattelte Pferde. Ich kümmere mich um meinen Mann.«

Lord Egremont rannte los, als sei er einer Falle entkommen. Margaret ging zu Henry, der sie beobachtet zu haben schien. Vorsichtig setzte sie sich neben ihn und sah ihm fest in die Augen. Instinktiv ergriff sie seinen Arm. Doch da war nur das kalte Metall der Rüstung.

»Hast du das gehört? Kannst du aufstehen, Henry? Hier sind wir nicht mehr sicher. Wir müssen fort von hier.«

»Wie du meinst«, flüsterte er, es war kaum mehr als ein Hauch. Doch er rührte sich nicht.

»*Henry!*«, fuhr sie ihn an und schüttelte ihn. »Steh auf, bitte Henry, wir müssen reiten. Komm jetzt!«

»Lass mich hier«, murmelte er und wich zurück. Seine Augen schienen jetzt etwas lebendiger, und sie fragte sich, wie viel er wirklich von der Situation begriff.

»Das werde ich nicht tun«, sagte sie. Erschrocken fuhr ihr Kopf hoch, als sie in der Ferne Trompetensignale hörte. Panik erfasste sie, und sie fing an zu zittern. War es möglich, dass sie schon so nahe waren? Lord Grey hatte doch gesagt, zehn Meilen! Sie ließ ihren Mann sitzen und trat hinaus in die Sonne, wo sie in der Ferne die Kolonne sah, die auf das königliche Lager zukam. Entweder Grey hatte sich geirrt, oder die Männer aus Kent waren die letzten Meilen gerannt. Verwirrt und mit wachsendem Entsetzen schüttelte Margaret den Kopf und spähte zurück in das Dämmerlicht des Zeltes. Zitternd stand sie da, hin- und hergerissen zwischen zwei Pflichten.

Der Klang von Hufen und Zaumzeug sagte ihr, dass ein Diener mit Pferden vor dem Zelt angekommen war. Margaret hätte vor Erleichterung weinen können, als der kleine Edward mit glänzenden Augen hereingerannt kam.

»Bucky sagt, dort kommt eine Armee an!«, rief der Junge und hüpfte aufgeregt von einem Bein aufs andere. »Und er sagt, das sind richtige Arschlöcher!« Das letzte Wort hatte er absichtlich genuschelt, um die Sprache des Mannes nachzuahmen, der seit St. Albans einen gespaltenen Gaumen hatte und nicht mehr deutlich sprechen konnte.

»Edward!«, sagte Margaret streng. »Lord Buckingham hätte dir ein solches Wort nicht beibringen sollen, aber er ist ein zu tapferer Mann, um sich über ihn lustig zu machen.« Sie sprach fast, ohne zu denken, sie war viel zu sehr mit dem Problem beschäftigt, wie sie ihren Mann in Sicherheit bringen konnte. Einen Moment schloss sie die Augen, weil sie merkte, dass sie zitterte. Draußen wurde der Lärm der marschierenden Armee immer lauter, man hörte Klirren und Stampfen. Rufe ertönten über das Feld, die den König warnten, sich bereit zu machen. Sie eilte zu ihrem Mann und gab ihm einen energischen Kuss auf die Wange.

»Bitte, Henry. Steh jetzt auf! Dort draußen kommen Soldaten, und es wird gekämpft werden. Bitte, komm mit!«

Er hatte die Augen geschlossen, doch sie hatte den Eindruck, als hörte er sie. Es war keine Zeit mehr zu verlieren. Es brach ihr das Herz, aber jetzt musste sie zwischen ihrem Mann und ihrem Sohn wählen.

»Dann also nicht«, sagte sie. »Es tut mir leid, aber ich muss Edward in Sicherheit bringen. Gott schütze dich, Henry.«

Warwicks Pferd hatte unter dem Gewicht eines Reiters in Rüstung schwer gelitten. Er hatte es gepeitscht und es mit den Sporen traktiert, bis es blutete, um so schnell wie möglich Northampton zu erreichen, aber er wusste, zum Kämpfen würde er absteigen müssen. Das Tier war es gewohnt, Wagen mit Gerstensäcke für die Londoner Brauer zu ziehen und würde beim Klirren von Waffen und dem Geruch von Blut bestimmt in Panik geraten.

Edward von March neben ihm ritt einen noch elenderen Gaul. Da er nicht riskieren wollte, dass das Tier zusammenbrach, war Edward gezwungen gewesen, seinen Panzer abzulegen. Die Männer, die ihn begleiteten, hatten mit Stolz die schweren Eisenteile entgegengenommen und gemeinsam geschleppt, während der junge Earl in braunem Wollzeug weiterritt. Sein Gesicht war vor Scham rot gewesen, und niemand hatte gewagt, auch nur ein Wort darüber zu verlieren.

Ein Schrei ertönte aus den vorderen Reihen, als das Lager des Königs in Sichtweite kam. Sie hatten die weite Strecke in kürzester Zeit zurückgelegt, aber jetzt sahen sie ein, dass es sich gelohnt hatte. Auf offenem Feld, dem Besitztum einer

Abtei, flatterte König Henrys Löwenbanner. Die königliche Armee wirkte klein im Verhältnis zu dem unübersehbaren Heer, das aus dem Süden anmarschiert kam, aber Warwick sah auch, dass alle Soldaten des Königs Kettenhemden trugen, und ihm sank das Herz beim Anblick Hunderter von Reitern und Bogenschützen. Seine kentischen Männer hatten keine Piken, um sich der Kavallerie entgegenzustellen, und durch ihre große Anzahl allein würden sie nur kurzfristig etwas gegen die gut ausgebildeten Soldaten ausrichten können. Er merkte, wie ihm der Schweiß ausbrach, und dieses einzige Mal wünschte er sich tatsächlich, dass sein Vater an seiner Seite wäre. Er musste Entscheidungen treffen, die entweder Sieg oder völlige Vernichtung bedeuten würden. Die Sonne hatte ihren Höchststand noch nicht erreicht, und er konnte die große Angst nicht abschütteln, die ihn erfasst hatte.

»Wirst du Baron Grey beim Wort nehmen?«, fragte Edward von March und brachte sein Pferd näher an ihn heran. Als ältester Lord hatte Warwick das Kommando über die Armee. Er hatte Edwards plötzlichen Ungehorsam an der Brücke von London nicht vergessen, aber außer ihm hatte er jetzt niemanden.

»Das ist ja gerade der Haken, Edward«, erwiderte er unbehaglich. »Wie kann ich wissen, ob ich ihm vertrauen kann?«

Lord Greys Späher hatten sie seit gestern beobachtet und waren auch heute den ganzen Morgen in ihrer Nähe gewesen. Einer von ihnen war mit erhobenen Händen zu ihnen gekommen, um zu zeigen, dass er keine Waffe trug. Er hatte ein unglaubliches Angebot gemacht, und Warwick war sich noch immer nicht sicher, ob es nicht ein Trick war, um sie der stärksten königlichen Truppe in die Arme zu treiben.

»Was haben wir zu verlieren?«, erwiderte March schulterzuckend. »Er wollte, dass wir ein rotes Banner zeigen, also zeigen wir es. Entweder er steht zu seinem Wort, oder wir erledigen ihn zusammen mit den anderen.«

Warwick versuchte, sich seine Verärgerung nicht anmerken zu lassen. Edward war sehr jung, er würde erst noch lernen müssen, zu welchen Hinterhältigkeiten Menschen fähig waren.

»Wenn er sein Wort hält, dann greifen wir seine Armee an der Flanke an. Siehst du sie, dort? Aber wenn der Mann gelogen hat, wenn es eine Falle ist, dann hat Buckingham seine besten Leute dort, die nur darauf warten, uns in Stücke zu reißen.«

Doch Edward von March ließ sich nicht beirren.

»Lass sie doch!«, sagte er und grinste übermütig. »Ich führe den Angriff, sobald ich erst meine Rüstung wieder anhabe. So oder so, wir machen sie fertig.«

Warwick ließ anhalten. Er saß ab und führte sein völlig erschöpftes Pferd zur Seite, während die Kolonne sich breiter formierte. Er hatte seine Hauptleute aufgefordert, unter den kentischen Rekruten für mehr Disziplin zu sorgen. Jetzt hörte er, wie sie aus vollem Hals Befehle brüllten, da sie wussten, dass die beiden Earls sie beobachteten. Gruppenweise formierten sich die marschierenden Männer neu, in langen Reihen und dichten Blöcken standen sie im Abstand von weniger als einer halben Meile der königlichen Armee im offenen Gelände gegenüber. Warwick hörte, wie im anderen Lager Warnsignale ertönten, worauf alles in Bewegung geriet. Achthundert Meter trennten sie, nahe genug, um Buckinghams Banner zu erkennen. In der Nähe war eine Abtei, und Warwick sah die dunklen Gestalten der Mönche, die sie beobachteten.

Hinter den königlichen Truppen befand sich ein Fluss, der nach dem letzten Sommerregen gut gefüllt war und schnell dahinströmte. Warwick wusste nicht, ob es irgendwo eine Brücke gab, aber auf jeden Fall würden Buckinghams Leute keine leichte Rückzugsmöglichkeit haben. Die Fahnen des Königs flatterten immer noch auf seinem Zelt, und wenn seine Gegenwart allein kein genügender Grund sein sollte, um die Stellung zu halten und bis zum letzten Mann zu kämpfen, würden sie durch den Fluss dazu gezwungen sein. Warwick fragte sich, ob die Königin ebenfalls in der Nähe war. Seine Erinnerungen an sie waren nicht ohne eine gewisse Wärme – für den König, der seine Familie enteignet hatte, konnte er hingegen nur Hass empfinden. Er schüttelte den Kopf und dachte daran, dass sein Vater davon überzeugt war, dass es in Wirklichkeit die Königin war, die Henry wie eine Schlange umklammert hielt.

»Langsam bis auf eine Viertelmeile vorrücken!«, befahl Warwick, als sie bereit waren. Es hatte eine Ewigkeit gedauert, bis sie einigermaßen geordnet dastanden, aber andererseits waren sie gesund und kräftig und konnten es gar nicht erwarten, auf die königliche Armee loszugehen. Sie rückten vor, die Männer und Söhne von Kent. Eintausendsechshundert Soldaten in Kettenpanzern bildeten die ersten Reihen, dahinter die Rebellen aus Kent. Zusammen bildeten sie einen eisernen Hammer mit einem Schaft aus Eichenholz. Warwick spürte, wie ihre Kampfbereitschaft sich immer mehr steigerte. Noch bremste er sie mit scharfen Befehlen, er hielt sie dicht zusammen und ließ sie langsam vorrücken. Er musste näher herankommen, um die Aufstellung des Feindes besser einschätzen zu können.

Plötzlich kam ihm ein Gedanke, der ihn nicht mehr losließ. Er schluckte. Er näherte sich dem König von England, und irgendwie war der Mann ja jetzt sein Feind. Noch vor einem Jahr hätte er jeden ausgelacht, der so etwas auch nur angedeutet hätte. Doch die Verunehrungen waren rechtskräftig geworden, und es gab eigentlich keinen Warwick mehr. Seine Männer achteten sehr darauf, diesen Titel weiterhin zu gebrauchen, wenn sie mit ihm sprachen, aber tatsächlich hatte er alles verloren, genau wie Salisbury und York. Edward von March schritt mit gezogenem Schwert neben ihm her, zweifellos in Erwartung eines großen, blutigen Gemetzels.

Wieder blieben sie stehen. Die Abtei auf der rechten Seite war jetzt viel näher. Auf der anderen Seite des Flusses konnte Warwick jetzt auch die Stadtmauer und die Kirchtürme von Northampton erkennen. Er blickte angespannt nach allen Seiten und sah, dass die königlichen Truppen einen Wald aus spitzen Pfählen um sich errichtet hatten. An den Flügeln standen die Bogenschützen. Es herrschte eine gespenstische Stille, als Edward von March sich ins Gras setzte und von Jameson die letzten Teile seiner Rüstung anlegen ließ. Sir Robert Dalton war seit London nicht mehr gesehen worden. March erinnerte sich, wie er in der Menge mitgerissen wurde und plötzlich ohne einen Ton verschwunden war. Der junge Earl vermisste diesen Mann an seiner Seite, er fühlte sich längst nicht so sicher wie mit ihm.

Warwick sah von den Kohlebecken der königlichen Soldaten Rauch aufsteigen und fluchte leise vor sich hin. Seine Männer hatten erst vor wenigen Tagen erlebt, was große Kanonen ausrichten konnten, es war noch frisch in ihrer Erinnerung. Man musste schon ein bisschen verrückt sein, um solchen Geschützen ohne Zaudern entgegenzutreten. Außerdem musste man, wie alle jungen Männer, fest daran glauben, dass es immer der Nebenmann sein würde, der fiel. Es war blanker Wahnsinn, aber er spürte, dass die Burschen aus Kent für diese Truppen, die ihnen gegenüberstanden, nichts als Verachtung empfanden. Von Angst keine Spur! Warwick betrachtete sie genauer. Ganz offensichtlich waren sie bereit, beim ersten Wort loszustürmen. Viele von ihnen sahen ihn an und warteten nur darauf, dass er den Mund aufmachte. Sie wollten, dass es endlich losging. Plötzlich dämmerte ihm, warum die Franzosen an diesen Armeen immer wieder gescheitert waren. Er merkte es an Edwards wüsten Flüchen, an seinen fahrigen Bewegungen, an der Art, wie die Männer ihre Axtstiele umklammerten und in den Händen drehten, als gelte es, jemanden zu erdrosseln. Sie *wollten* kämpfen. Und er würde ihnen diesen Wunsch erfüllen.

»Vorwärts!«, rief Warwick. Seine Hauptleute wussten, wie die ersten Angriffe auf die Soldaten des Königs zu erfolgen hatten. Da die beiden Armeen sich so nahe gegenüberstanden, wäre es unvorsichtig gewesen, genauere Befehle über das Feld zu brüllen, damit hätte Buckingham sofort gewusst, was er vorhatte. Stattdessen marschierte Warwick jetzt geradewegs und in flottem Tempo über den freien Streifen, der die beiden Armeen noch getrennt hatte.

Eine Wolke von Pfeilen erhob sich von beiden Flanken, und Warwick wurde fast übel vor Angst. Nur seine ersten Reihen waren durch Schilde geschützt, die königlichen Bogenschützen jedoch hielten sich ihre Schilde über den Kopf und verwundeten und töteten mit jeder neuen Salve Dutzende seiner Leute. Aber fast noch schlimmer war das Feuer und der Donner der Kanonen. Pfeile schwirrten über seine Männer hinweg und bohrten sich vor seinen Füßen in die Erde. Immer mehr Geschosse kamen geflogen und trafen auf menschliche Körper und auf Eisen. Er hörte Schmerzensschreie hinter sich, das Röcheln von Sterbenden, aber er blickte sich nicht um. Als sie auf zweihundert Meter heran waren, hatten alle instinktiv nur noch den einen Wunsch, endlich loszurennen und zu töten. Seine ersten Reihen verfielen keuchend in einen leichten Trab.

»Das rote Banner!«, schrie Warwick und wartete, bis sein Herold das rote Tuch an einer Lanze hochhielt und zehn Schritte damit ging, ehe er es zu Boden warf. Buckingham würde die Bedeutung nicht verstehen, aber es war das Signal, das Lord Grey verlangt hatte. Gleich würde Warwick wissen, ob der Mann ihn damit nur zum Narren gehalten hatte.

Als sie bis auf hundert Meter heran waren, gab Warwick den Befehl, nach links zu schwenken. Inzwischen trafen die Pfeile seine Männer aus nächster Nähe, sie drangen durch Kettenhemden und krachten auf Schilde. Warwick war erleichtert, dass er nicht auf einem Pferd saß, wo er ein willkommenes Ziel gewesen wäre. Seine beiden vorderen Reihen bewiesen ihre Erfahrung, indem sie auch beim Richtungswechsel ihre Formierung beibehielten. Die kentischen Burschen hinter ihnen kamen im flachen Winkel quer über das Feld, wodurch sie für Buckinghams Flanke eine ideale Angriffsfläche boten. Viele von ihnen blieben verwundet oder tot zurück.

Die Bogenschützen des Königs hatten sich hinter einem Wall aus spitzen Pfählen verschanzt, die vielleicht eine Kavallerie aufgehalten hätte, aber keine Fußsoldaten, die einfach nur drum herum gingen. Die Bogenschützen waren nicht darauf vorbereitet, dass plötzlich zehntausend Mann mit Geheul auf sie zugestürmt kamen und mit Äxten auf sie einhieben, während sie noch immer schossen und auszuweichen versuchten. Der Angriff im Hagel der schwirrenden Pfeile war grauenhaft gewesen, und die Zahl der Verletzten und Toten ging in die Hunderte, vielleicht sogar Tausende. Doch jetzt wurden die Männer des Königs von einer wahren Sturmflut überrollt. Sie wurden erschlagen und durchbohrt von Schwert- und Axtkämpfern, die sich derart in ihre Wut hineingesteigert hatten, dass sie kaum mehr wussten, was sie taten.

Wer immer das Kommando über die königliche Reiterei an der äußeren Flanke hatte, ordnete den Rückzug an, statt seine Männer diesem Angriff auszusetzen. Während die Bogenschützen ausgeschaltet wurden, wollte der Befehlshabende einen Bogen schlagen, Warwicks Flanke angreifen und sie zwischen dem Mittelblock und den gepanzerten Pferden in die Enge treiben. Ohne eigene Reiterei könnte Warwick sie nicht aufhalten. Seine Leute könnten gegen die Pferde nichts ausrichten und mit ihren Schilden nur gegen die Reihen der Fußsoldaten vorgehen.

Warwick hielt sich an die Abmachung. Er wartete ab, seine Leute hielten ebenfalls inne und warteten auf neue Befehle. Eine Weile versuchten sie lediglich, sich hinter einem Schildwall weiter voranzuschieben. Auf beiden Seiten gab es nach wie vor Tote. Wo sie aufeinandertrafen, verloren die Männer die Beherrschung und waren nicht mehr zurückzuhalten. Doch die beiden vorderen Reihen folgten mit strenger Disziplin der Order, und der Schildwall hielt Stand.

Warwick sah, wie vor ihm Lord Grey inmitten seiner Männer plötzlich mit dem Pferd kehrtmachte. Durch Zeichen gab er seinen Leuten zu verstehen, sich von Warwicks Armee abzuwenden und die Mitte der eigenen Armee anzugreifen, worauf sich auf dem Feld ein ohrenbetäubendes Gebrüll erhob. Warwicks Leute schrien wie wild ihren Triumph heraus, und Buckinghams Armee schrie nicht minder laut vor Entsetzen über diesen Verrat. Der Mittelblock kam ins Stocken, und Warwick preschte mit einer Geschwindigkeit voran, dass er beinahe in die Lücke gestürzt wäre, die plötzlich entstand, als die Männer zurückwichen, gegen die sie sich eben noch geworfen hatten. Lord Grey hatte ebenfalls Wort gehalten.

Edward von March rannte durch die Reihen der neuen Verbündeten und traf jetzt ebenfalls auf den völlig unvorbereiteten Mittelblock, wo er die Schilde, die ihm entgegengehalten wurden, mit gewaltigen Hieben zu Kleinholz machte. Warwick vergaß fast zu kämpfen, so überwältigt war er beim Anblick dieses hünenhaften jungen Kriegers, der Männer aufhob und wie Puppen zur Seite schleuderte. Zusammen mit Jameson bildete er die Spitze eines Keils, der tief in die Reihen um Buckingham vordrang.

Warwick blickte zurück zur Reiterei, die er noch immer fürchtete, aber jetzt stand sie dicht zusammengedrängt in einiger Entfernung. Die würde sich nicht mehr einmischen.

Jetzt, wo sie sich von Lord Grey verraten wussten, gaben Buckinghams Soldaten auf. Sie versuchten, einen geordneten Rückzug anzutreten, aber in ihrer Eile behinderten sie sich gegenseitig und wurden scharenweise umgebracht. Warwick sah, wie die Männer aus Kent sie verfolgten. Sie griffen jeden an, der in Reichweite war, und erschlugen mit ihren Äxten alle, die zu fliehen versuchten. Es war ein Gemetzel wie von Tobsüchtigen, aber seine zehntausend Mann waren nicht mehr zu halten. Sie waren von weither gekommen, um gegen die Soldaten des Königs zu kämpfen, und jetzt wussten sie, dass sie gesiegt hatten.

Im Zentrum der königlichen Armee entdeckte Warwick Buckingham, der vom Pferd abgeworfen worden war und am Boden hockte. Edward von March war nicht mehr zu halten. Mit Schwert und Schild bahnte er sich den Weg durch eine Gruppe von Rittern, von denen einige zu Boden gingen, behielt jedoch stets den gefallenen Duke im Auge. Die Männer rappelten sich auf, und ihr Blick verriet Mordlust, aber sofort war Jameson mit gezogenem Schwert an Edwards Seite, sodass niemand mehr wagte, den jungen Riesen anzugreifen, der sie so respektlos behandelt hatte. Warwick war noch ein paar Schritte entfernt, als Buckingham aufstand und sein Schwert erhob. Das entstellte Gesicht des Dukes war unter seinem Visier verborgen, aber Warwick bemerkte, dass er sich mit der linken Hand die Seite hielt, wahrscheinlich hatte er sich ein paar Rippen gebrochen.

Edward von March nickte ihm zu. Wartend stand er da und umfasste den Griff seines Schwerts mit beiden Händen.

»Seid Ihr bereit, Mylord?«, fragte March und seine Stimme klang hohl im Helm. Buckingham antwortete mit einem kurzen Nicken – im nächsten Moment war er tot. March hatte mit seinem Schwert auf die Schulterplatte gezielt und das Eisen durchschlagen, sodass die Klinge tief zwischen Hals und Schulter eingedrungen war. Warwick sah, wie er jetzt, den Stiefel auf Buckinghams Brust gesetzt, sein Schwert mit etwas Mühe wieder herauszog. Einige Männer des Königs versuchten, sich zu ergeben, aber Warwick hatte das Banner der Percys gesehen und rührte das Signalhorn an seinem Gürtel nicht an. Das Töten ringsum ging weiter. March kam angetrabt, seine Rüstung war mit Blut bespritzt, und Jameson an seiner Seite lächelte grimmig. Warwick blickte sie beide an, als der junge Earl seinen Helm vom Kopf nahm und sich mit der Hand durchs Haar fuhr.

»Hast du gesehen, wie ich Buckingham getötet habe?«, fragte March.

»Das habe ich«, sagte Warwick. Er hatte Humphrey Stafford gerngehabt, und es schoss ihm durch den Kopf, dass der Mann für seine treuen Dienste eigentlich ein würdigeres Ende verdient hätte. Doch so war es nun mal. Er war überzeugt, dass es im Moment in England niemanden gab, der es mit March und seinem Schwert aufnehmen konnte.

»Aber Egremont gehört mir«, sagte Warwick. March machte eine Bewegung, als lasse er ihm den Vortritt durch eine Tür, dann fuhr er plötzlich herum, als Jamesons Schwert jemanden traf, der auf sie zugekommen war. March lachte und klopfte dem großen Schmied auf die Schulter, und wieder einmal musste Warwick an die Doggen von Calais denken. Vielleicht hätte er etwas gesagt, aber er war bereits hundert Meter weit über Leichen gestiegen und sah gerade, wie vor ihm in einiger Entfernung die Fahne Percys wild hin und her schwankte und schließlich fiel. Warwick fluchte und stieß seine Männer zur Seite.

»Egremont! Der gehört mir!«, schrie er im Rennen. Plötzlich befürchtete er, diese Rache an dem Feind seiner Familie könnte ihm versagt bleiben. Seine Männer traten zurück, und er erblickte sechs Männer in Rüstung, die sich schützend um ihren Lord gestellt hatten. Thomas Percy stand da, die Hände auf den Knauf seines Schwerts gelegt, und gönnte sich offenbar gerade eine Atempause. Er klappte sein Visier hoch.

»Richard Neville!«, rief er aus. »Der einst ein Earl war. Wer ist denn dieser große Troll dort neben dir, Richard?«

»Lass mich ihn umbringen«, knurrte March.

»Nur wenn ich falle. Vorher nicht«, erwiderte Warwick. Er fühlte sich noch immer frisch, ihm war durch seine Leute das Kämpfen erspart geblieben. Er bemerkte, dass er irgendwo seinen Schild verloren hatte, aber einer seiner Männer hielt ihm seinen hin, den er ergriff und über seinen Arm schob. Seine Rüstung fühlte sich leicht an, und er war voll Zuversicht, obwohl Thomas, Lord Egremont, für sein kämpferisches Geschick bekannt war.

Der Lord der Percys trat vor ihn hin. Die angeschlagenen Ritter um ihn herum hatten es offenbar nicht eilig, weiterzukämpfen, da sie ohnehin umstellt waren. Die Stille, die jetzt eintrat, breitete sich über das ganze Feld aus, sodass die Kämpfenden voneinander abließen und auch die Männer des Königs jetzt lieber ihre Waffen wegwarfen, als sich töten zu lassen.

»Ergebt Ihr Euch, Thomas?«, fragte Warwick. »Es sieht ganz danach aus, als ob dieser Tag uns gehört.«

»Würdet Ihr es akzeptieren, wenn ich es täte?«

Warwick schüttelte lächelnd den Kopf.

»Nein, das würde ich nicht. Ich wollte nur sehen, ob Ihr es versuchen würdet.«

Als Antwort klappte Egremont sein Visier herunter und trat auf ihn zu. Sein erster Hieb traf auf Warwicks Schild, umgehend gefolgt von drei weiteren, die Warwick zurücktrieben. Der Lord der Percys war schnell, doch sein vierter Hieb schien schon weniger kräftig, und er taumelte. Warwick schlug ihm den Schild weg und versetzte ihm eine tiefe Delle in den Seitenpanzer.

Egremont ging aufs Knie, man hörte, wie er in seinem Helm keuchte. Warwick wartete. Egremont erhob sich wieder und gleichzeitig brachte er sein Schwert von unten hoch, zerschlug den Rand von Warwicks Schild, den er ihm fast vom Arm gerissen hätte. Warwicks Gegenschlag zielte auf dieselbe Stelle an Egremonts Seite wie vorher, und jetzt zerbrach der Panzer.

Wieder ging Egremont aufs Knie, er röchelte. Stöhnend zwang er sich ein zweites Mal, aufzustehen. Er schützte seine Seite, aber Warwick schwang sein Schwert jetzt quer und zielte auf seinen Hals. Thomas Percy brach zusammen und fiel auf sein Gesicht, sein Helm drückte sich ins Gras. Erst jetzt sah Warwick den ledernen Griff eines Dolches, der zwischen den Rückenplatten des Mannes herausragte. Egremont hatte während des gesamten Kampfes schon Blut verloren und musste gemerkt haben, wie seine Kraft ihn verließ. Er stand nicht wieder auf, und es war March, der ihm den Helm vom Kopf zog, unter dem das leblose, bleiche Gesicht hervorkam.

Warwick blickte um sich, auf die weggeworfenen Schwerter, auf die Toten, die überall lagen. Sein Herz schlug wild, als er seinen Helm abnahm und mit einem Siegesschrei in die Luft warf, der aus Tausenden kentischer Kehlen beantwortet wurde, ein großes, heiseres Gebrüll, das man meilenweit hören konnte.

Warwick wandte sich an March, er wusste, was immer der junge Earl jetzt auch sagen würde, nichts könnte seine Freude trüben.

»Jetzt der König?«, sagte March, amüsiert über Warwicks Gesicht.

»Richtig, der König«, erwiderte Warwick. Wie auf Kommando drehten beide sich um und blickten entschlossen auf das Zelt, das sich hinter ihnen erhob.

König Henry saß im Halbdunkel seines Zeltes. Er hatte seine Rüstung abgelegt und war in feines, aber schlichtes Tuch gekleidet – er trug eine lange Tunika und Beinkleider, beide in Schwarz. Der einzige Schmuck war das goldgestickte königliche Wappen auf seiner Brust. Als March gebückt eintrat, erschauerte er unwillkürlich bei dem Gedanken, dass der König die ganze Zeit wortlos hier gesessen hatte, während draußen Tausende ihr Leben ließen.

»Majestät?«, sagte Warwick. Er steckte sein Schwert in die Scheide, als er sah, dass keine Wachen hier waren, es gab nicht einmal einen Diener, der sich um den König kümmerte. Sie waren alle geflohen. Henry sah auf und runzelte die Stirn.

»Werdet Ihr mich töten?«, fragte er. Warwick sah, dass er zitterte. »Wird Blut fließen?«

»Wir sollten es tun«, sagte March und trat auf ihn zu. Unwillig blickte er sich um, als Warwick ihn von hinten fest am Arm packte. Es fühlte sich an, als umklammere er einen Ast, und beide wussten, dass March ihn mühelos abschütteln könnte.

Warwick sprach schnell und mit leiser Stimme.

»Wenn der König hier stirbt, erbt sein Sohn, Edward von Lancaster, den Thron. Ein Junge, der nicht viel für uns übrighätte.«

March stieß ein gereiztes Knurren aus, und Warwick sah mit Schrecken, dass der junge Earl einen langen Dolch in der Hand hatte.

»Was geht mich das an?«, brummte March mit einem Blick auf den schmächtigen Mann, der sie beide anstarrte. »Das ist eine Linie von Schwächlingen. Vor denen habe ich keine Angst.«

In Warwick stieg Zorn auf.

»Dann denk wenigstens an deinen Vater! Er wird nie wieder York heißen, wenn die Verunehrung nicht rückgängig gemacht wird. Wenn König Henry am Leben bleibt, kann sein Siegel und sein Parlament unseren Familien alles zurückgeben, was wir verloren haben.«

Er war erleichtert, als March die Klinge einsteckte, wenn auch widerwillig.

»Also gut«, sagte er. »Dann eben später. Aber ich kann keinen König gebrauchen, der mir mein Erbe streitig macht.«

Warwick ließ seinen Arm los. Ihm war übel bei dem Gedanken, wie nahe March daran gewesen war, diesen Mann zu ermorden, der sie immer noch mit großen, dunklen Augen anstarrte. Und im finster brütenden Blick Marchs lag nach wie vor die Bereitschaft zur Gewalt.

»Wir haben bekommen, was wir wollten, Edward«, sagte Warwick vorsichtig. Er sprach wie zu einem gefährlichen Hund, der jeden Moment zuschnappen könnte. »Wir nehmen den König mit nach London, wo dein Vater auf uns wartet. Beruhige dich also. Wir haben gewonnen.«

27

York fuhr mit der Hand über ein glattes weißes Viereck, das jetzt völlig leer war und darauf wartete, wieder bemalt zu werden. Die Paneele dieses Raumes hatten einst ein farbenfrohes Bild geboten, als sie noch die Wappen aller englischen Adelshäuser zeigten. In seiner Jugend war es immer eine besondere Freude für ihn gewesen, wenn er in den Palast von Westminster kam und hier das Wappen seiner Familie sah, das stolz neben all den anderen prangte. Das war jetzt vorbei. Die bunten Paneele zogen sich noch immer rings um die vier Wände des Raumes, und die Symbole der alten Familienwappen erzählten ihre Geschichten. Doch drei weiße Felder störten in der einst ungebrochenen Reihe. Die Wappen von York, Salisbury und Warwick waren von den königlichen Herolden entfernt worden. Drei Felder, aus denen man das Holz herausgerissen und den Hintergrund kalkweiß verputzt hatte. Es war ein kleiner Trost, dass das Wappen des Earl von March noch da war, schräg quadriert in Blau, Gold, Rot und Weiß. Anscheinend waren die königlichen Hofbeamten sich nicht sicher gewesen, ob dieser Titel mit unter die Verunehrung fallen sollte, da er bereits weitervererbt worden war.

Salisbury sah, wie der Duke in Gedanken mit der Hand über den weißen Putz fuhr.

»Jetzt kommen sie wieder dorthin, wo sie hingehören, Richard«, sagte er. »Alle Lügen der Königin sind durch das Siegel des Königs widerrufen. Es war mir eine große Genugtuung, wie diese elenden Parlamentarier herumgerannt sind und nach unserer Pfeife tanzen mussten.«

York blies die Wangen auf und stieß dann die Luft aus.

»Es war ein ganz übler Trick, den sie gar nicht erst hätten versuchen dürfen. Schließlich verkörpern unsere Familien bis ins Mark hinein England selbst. Und ich musste erleben, wie unsere Wappen mit groben Werkzeugen überall im Land entfernt und unkenntlich gemacht wurden. Diese verdammten Herolde waren nicht müßig, solange ich in Irland war. Das Schloss von Ludlow haben sie vollständig ausgeräumt – hast du schon gehört? Im Schloss von Sandal waren Wandteppiche und Statuen, so alt wie Rom selbst – jetzt ist alles weg. Sie haben sie einfach verschwinden lassen, und ich konnte mich nicht dagegen wehren. Ich werde den Rest meines Lebens damit zu tun haben, den Schaden wiedergutzumachen, den diese Verunehrung angerichtet hat.«

»Was soll ich erst sagen? Ein Teil meines Grundbesitzes gehört jetzt sogar den Percys, stell dir das vor! Solange Henry Percy am Leben ist, werde ich Teile meines Besitzes ohne Blutvergießen nicht zurückbekommen.«

Bei diesen Worten wandte York sich um und sah ihn an.

»Ich habe dir in Ludlow vertraut. Und du hast Wort gehalten. Zusammen mit deinem Sohn hast du mich aus dieser elenden Situation gerettet, aus einer Lage, die ich für nichts und niemanden noch einmal durchmachen möchte. Ich werde immer in deiner Schuld stehen.« Er streckte die Hand aus, und sie umfassten sich an den Unterarmen.

Von den Londoner Kirchtürmen ertönte das Mittagsläuten, und York und Salisbury wandten sich zur Tür.

»Wie geht es dem König?«, fragte Salisbury, als sie in den Korridor hinaustraten.

»Recht gut«, erwiderte York. »Bischof Kempe meint, er sei der angenehmste Gast, den er je hatte. Henry verbringt seine Zeit hauptsächlich in der Kapelle, sagt er, oder er liest. Man muss ihn nur daran erinnern, gelegentlich etwas zu essen.«

»Hast du schon darüber nachgedacht, was du mit ihm machen willst, jetzt, wo die Verunehrungen rückgängig gemacht worden sind?«

»Darüber *nachgedacht* habe ich schon oft«, erwiderte York steif. »Aber noch bin ich zu keinem Entschluss gekommen.«

Die beiden Männer gingen eine Treppe hinauf in die Weiße Kammer, die über dem Saal lag, in dem das Unterhaus tagte. Hier herrschte bereits lautes Stimmengewirr, das verstummte, als York eintrat.

Die Weiße Kammer war nicht viel mehr als ein Besprechungszimmer, wesentlich kleiner als das, in dem sich die Mitglieder des Parlaments versammelten. An beiden Seiten zogen sich Bänke entlang den Wänden, und es gab ein Rednerpult. Daneben befand sich der Platz für den König, ein einfacher Thron aus Eichenholz mit drei geschnitzten Löwen und vergoldeten Umrandungen, von dem aus man den ganzen Raum überblicken konnte. Heute war er leer. Yorks Gedanken waren noch immer bei seinen Verlusten, und er nahm die Versammlung der Lords kaum zur Kenntnis. Die war, was Anzahl und Rang der Teilnehmer anbelangte, auch ziemlich unbedeutend. Kein Percy war anwesend, kein Somerset, kein Clifford und auch sonst niemand, der für den König gekämpft hatte. York sah ein paar kleinere Barone, darunter auch Cromwell. Er blieb auf der Stufe zum Podium stehen und nickte Lord Grey kurz zu. Der Baron war seit der

Schlacht bei Northampton ziemlich fett geworden, stellte York fest, sein feistes Gesicht mit dem Doppelkinn hätte gut zu einem Bischof gepasst. Warwick hatte seinem Vater bis ins kleinste Detail berichtet, welche Rolle Grey bei diesem Sieg gespielt hatte. Es hatte ihm ein diebisches Vergnügen bereitet, wenn er sich vorstellte, wie das Heer des Königs glaubte, der Feind sei noch meilenweit entfernt, als er tatsächlich schon fast vor ihnen stand. Und was noch wichtiger war, Grey hatte Wort gehalten und seine Leute im richtigen Moment gegen Buckingham gewandt. Für einen so wichtigen Verrat war es nur recht und billig, dass er dafür Schatzmeister von England geworden war und von seinem neu gewonnenen Reichtum fett wurde.

York blieb vor dem Rednerpult stehen, und Salisbury trat vom Podium herab und setzte sich auf die Bank, auf der bereits Warwick, Edward von March und etwa zwanzig weitere Lords saßen. Sie sahen den Duke an, und Salisbury zog überrascht die Augenbrauen hoch, als York seine Hand auf den Thron des Königs legte, als beanspruche er ihn für sich. Er nickte kurz, und York lächelte.

Doch im nächsten Moment war sein Lächeln verschwunden, als auch andere der Anwesenden sahen, wo seine Hand lag, und verstanden, was er damit andeuten wollte. Von irgendwoher ertönte ein Zischen, und York runzelte die Stirn, ein anderer unter den Männern brummte verärgert. Die Gesichter, in die er blickte, drückten fast alle Missbilligung aus, lediglich March, Grey, Salisbury und Warwick hoben zustimmend die Hand. Es waren auch vier geistliche Lords zugegen, und zu seinem Ärger sah er, dass auch Bischof Kempe seinen mächtigen Kopf missbilligend hin und her wiegte. York überlegte, ob er die Unmutsbekundungen nicht einfach ignorieren und sich trotzdem auf den Platz des Königs setzen sollte. Doch jetzt trat William Oldhall, der Kanzler, in den Raum. Mit einem Blick erfasste er die Situation.

York nahm seine Hand vom Thron. Sofort wich die Spannung im Raum, und der Kanzler trat vor die Versammelten, um zu sprechen, doch in dem allgemeinen Gemurmel war seine Stimme kaum zu hören.

»Mylord, noch lebt der König«, flüsterte Oldhall York ins Ohr. »Und auch sein Thronfolger. Unter diesen Umständen wagen es diese Männer hier nicht, Eure Ambitionen zu unterstützen. Aber seid versichert, meine Arbeit hat Erfolg gehabt. Die vernünftigen Männer unten im Parlament haben debattiert und die beste Lösung auf den Weg gebracht. Wenn Ihr jetzt Euren Platz einnehmen wollt, Mylord. Ihr werdet mit dem Ergebnis zufrieden sein, das verspreche ich Euch.«

Widerwillig verließ York das Rednerpodium und setzte sich auf die Bank. Salisbury hieß ihn überschwänglich willkommen, als sei nichts Ungewöhnliches vorgefallen.

Oldhall eröffnete die Sitzung mit einem gemeinsamen Gebet, dann dankte er laut und mit blumigen Worten für die Aufhebung der Verunehrung für die Häuser York, Salisbury und Warwick. Diese offizielle Bekanntmachung wurde von den versammelten Lords mit Jubel begrüßt, was sehr dazu beitrug, Yorks düstere Stimmung aufzuhellen.

»Mylords, es ist mir eine große Freude, Euch in dieser Angelegenheit den Beschluss des Unterhauses mitzuteilen. Die Mitglieder haben sich überlegt, wie sie Richard Plantagenet, Duke von York, danken können. Danken für die Dienste, die er dem König erwiesen hat, indem er Seine Hoheit von den verräterischen Elementen befreit und letztlich in Sicherheit gebracht hat. Man hat einen einvernehmlichen Akt beantragt, nach dem York zum englischen Thronfolger ernannt werden soll. Die Wahl wird heute bei Sonnenuntergang stattfinden. Falls er angenommen wird, kann das neue Gesetz morgen schriftlich festgehalten und besiegelt werden.«

Yorks Stirn glättete sich, aufrecht saß er da und hörte kaum die Gratulationen all derer, die ihn eben noch so unwillig angeblickt hatten. In beiden Häusern war man zu feige, ihm zu erlauben, den Thron für sich zu beanspruchen. Jedoch war man willig genug, Henrys Schicksal in seine Hände zu legen und es ihm zu überlassen, was mit ihrem König geschah. In diesem Moment empfand er nichts als Verachtung für diese Männer, auch wenn sie ihm seinen größten Wunsch erfüllt hatten. Er sah sich um, auf der Bank hinter ihm saß sein Sohn, und sie wechselten einen Blick. Edward wusste, was dieser Blick zu bedeuten hatte. Er umklammerte die Bank mit beiden Händen und strahlte übers ganze Gesicht.

York lehnte sich zurück, plötzlich durchströmte ihn ein Gefühl von neuer Kraft. Bei Ludlow war er gezwungen gewesen, zu flüchten. Er hatte mit ansehen müssen, wie sein Land und seine Schlösser an andere verschenkt oder verkauft worden waren, an Leute, die kein Recht darauf hatten. Sein Name, seine Wappen waren von Wandteppichen und Stühlen abgerissen worden und überall im Land getilgt worden. Doch sollte er schließlich König werden, dann wäre das alles nichts weiter als ein kurzes, unerfreuliches Zwischenspiel gewesen. Er wusste, es war der Anwesenheit der Armee hier in London zu verdanken, dass die Herren des Parlaments plötzlich so eifrig und zuvorkommend waren. Lord Scales hatte das gewaltsame Eindringen in den Tower überlebt, er hatte ihn von innen verbarrikadiert und war auch der Rache der wütenden Londoner entgangen. Scales hatte lange genug ausgehalten, um sich schließlich Warwick ergeben zu können, als dieser mit dem König zurückkam. Aber das hatte ihn vor der wohlverdienten Rache nicht bewahrt. Es hatte nur zwei Tage gedauert, bis man zu seiner Zelle im Tower vorgedrungen war. York hatte später seine Leiche gesehen, aber nachdem er gehört hatte, welche Befehle Scales gegeben hatte, empfand er keinerlei Mitleid. Noch immer waren die Straßen vom Blut verfärbt. Doch was noch wichtiger war, an diesem Tag gab es nur eine Truppe in London, und die stand loyal zu York. Er hatte den König und die Stadt fest in der Hand, und das Parlament wusste es.

Er schloss einen Moment die Augen und spürte wieder den alten Schmerz. Er hatte Henry im Palast von Fulham weiter oben am Fluss besucht, hatte stundenlang mit ihm gebetet und versucht, den jungen Mann zu verstehen – sein Leiden zu verstehen. In all den Jahren der Auseinandersetzungen war York nie lange genug mit Henry zusammen gewesen, um den wahren Charakter des Königs kennenzulernen. Alles in ihm sträubte sich bei dem Gedanken, Henry zu töten. Es wäre Mord an einem Unschuldigen gewesen, die schwerste aller Sünden, egal, wie man es auch drehte und wendete. Er wäre ein Verdammter, daran gab es keinen Zweifel, doch gleichzeitig mit der Verdammung wäre er König. Er suchte fieberhaft nach Gründen, die ihm den nötigen Mut geben könnten, und wieder dachte er daran, wie seine Barmherzigkeit ihn selbst beinahe das Leben und seinen Besitz gekostet hätten. Als York die Augen wieder öffnete, stand sein Entschluss fest. Anstandshalber würde er zunächst eine Weile gar nichts unternehmen. Das Parlament würde ihn zum Thronfolger ernennen, und ehe das Jahr zu Ende war, würde Henry irgendwann in einen tiefen Schlaf fallen und nicht mehr aufwachen. York würde König sein – so wie sein Urgroßvater Edward. Und nach ihm würde sein Sohn auf den Thron kommen.

Er tat einen tiefen, erleichterten Atemzug, als ihm ein weiterer Gedanke kam, der ihn mit Freude erfüllte. Sein Sohn würde nicht für den Mord an einem Unschuldigen verdammt werden. Edward würde über das Haus York und ganz England herrschen – und welcher Vater konnte es sich versagen, seinem Sohn ein solches Geschenk zu machen, egal was es kostete? York nahm sich vor, noch heute an Cecily zu schreiben, die in Ludlow damit beschäftigt war, Hunderte von Handwerker bei der Renovierung des Schlosses zu beaufsichtigen. Er lächelte, als er daran dachte, wie sie reagieren würde. Nur noch ein Parlamentsbeschluss, und alle ihre Wünsche wären in Erfüllung gegangen. Die Welt wäre endlich wieder in Ordnung, nach viel zu vielen Jahren der Schwäche auf dem Thron. Vielleicht konnte er sogar die verlorenen Gebiete in Frankreich wieder zurückgewinnen. Wer könnte ihm das Recht dazu verweigern, wenn er erst König wäre? Großartige Pläne fingen an, in Yorks Kopf Gestalt anzunehmen, bis Salisbury ihn mit dem Ellbogen in die Seite stieß, was ihn in die Wirklichkeit zurückbrachte. William Oldhall sprach noch immer, und die Debatte war längst nicht abgeschlossen.

»... nein, Lord Grey, bisher gibt es keinerlei Nachricht über Königin Margaret und ihren Sohn. Mir wurde berichtet, sie sei über die Grenze nach Wales gegangen, aber wo sie sich aufhält ist unbekannt.« Oldhall sah York an, sein Unbehagen war ihm deutlich anzumerken. »Auf diesen Bänken sind heute leere Plätze, die eine deutliche Sprache sprechen. Wenn Mylord York erst Thronfolger ist, werden die edlen Lords, die jetzt nicht nach London gekommen sind, zweifellos auch wieder von sich hören lassen.«

York blickte zu Boden. Das hörte er nicht besonders gern. Er kannte die Namen derer sehr gut, die die Königin unterstützten. Percy, Somerset, Clifford, Exeter. Viel lieber dachte er an Leute wie Buckingham und Egremont, die ihm nicht mehr gefährlich werden konnten.

Bei der Nachricht über einen neuen Thronfolger würde Margaret sich vor Wut die Haare raufen. Bei dieser Vorstellung verzog er spöttisch den Mund, schließlich hatte er ihr die Verunehrung zu verdanken. Es bereitete ihm eine fast kindliche Freude, wenn er daran dachte, wie seine Peiniger jetzt leiden würden. Margaret hatte ihren Mann verloren. Wenn das Parlament gewählt hatte, würde sie das Erbe ihres Sohnes ebenfalls verlieren. Er lachte laut auf und unterbrach damit die Rede eines älteren Barons, der verstummte und ihn verwundert ansah. Jetzt musste auch Salisbury lachen. Er hatte York beobachtet und glaubte, seine Gedanken lesen zu können. Auch er genoss diesen Moment.

Margaret errötete, erfreut über die Aufmerksamkeit und die Komplimente. Zwar hatte ihr Mann Jasper und Edmund Tudor zu Earls gemacht, aber dennoch bewahrten sie in Gegenwart ihres Vaters respektvolles Schweigen.

Owen Tudor nahm ihre Hand, um sie in den Saal zu geleiten, und sie konnte sich gut vorstellen, wie er mit seinem charmanten, übermütigen Grinsen schon einmal eine französische Königin umgarnt hatte. Er war dreißig Jahre älter als sie, und obwohl der Haarkranz, der seine Glatze umgab, bereits weiß war, strahlte er eine große Vitalität aus. Seine Gesundheit zeigte sich in seinem sonnengebräunten Gesicht, den klaren Augen und seinem festen Griff. Er sah aus wie ein wohlhabender Gutsherr. Von dem Heerführer, der er einst gewesen war, merkte man nicht mehr viel.

Der junge Prinz Edward rannte an ihnen vorbei und kommentierte aufgeregt das Festmahl, das man aufgetragen hatte. Während Margaret ihren Ehrenplatz am Kopf der Tafel einnahm, war er nur schwer dazu zu bewegen, sich ruhig auf seinen Stuhl zu setzen. Edward war jetzt sieben Jahre alt, und für ihn war diese Reise nach Wales ein einziges Abenteuer. Da er in Kenilworth aufgewachsen war, hatte Pembroke ihn allerdings nicht sonderlich beeindruckt. Er war den ganzen Morgen umhergerlaufen und hatte die Dienerschaft in Beschlag genommen, die ihn vom ersten Augenblick an ins Herz geschlossen hatte.

König Henry hatte Pembroke Jasper Tudor geschenkt, aber jetzt saß er einen Platz vom Kopf der Tafel entfernt, den er bereitwillig seinem Vater überließ. Margaret sah, dass die drei Männer ein herzliches Verhältnis untereinander hatten, und sie merkte, wie ihre Spannung sich langsam löste, als sie an ihrem Wein nippte und die große duftende Lammkeule betrachtete, die den Mittelpunkt der Tafel bildete.

»Es tut mir gut, eine Familie zu sehen, in der man sich nicht bei jeder Gelegenheit gegenseitig an die Gurgel geht«, sagte sie. »Wenn ich nicht hätte hierherkommen können, dann weiß ich nicht, was ich sonst gemacht hätte.«

Owen Tudor sah sie an, und die Lachfältchen um seine Augen verrieten, dass es ihm eine Freude war, eine so schöne Frau an seiner Tafel zu haben. Er musste sie einfach anstrahlen, trotz der Katastrophen, derentwegen sie hierher, in das Land seines Sohnes, hatte flüchten müssen.

»Euer Hoheit …«, fing er an.

»Nennt mich Margaret, bitte.«

»Also gut. Margaret. Ich freue mich, dass Ihr Euch daran erinnert habt, dass Ihr hier Freunde habt. Meine Familie steht bei Eurem Gemahl tief in der Schuld, und die kann man nicht mit Wein und gebratenem Lamm abtragen – nicht einmal mit walisischem Lamm, dem besten, das es auf der Welt gibt.« Sie lächelte, und er winkte dem Diener, der ihr eine weitere dicke Scheibe des köstlichen Bratens auf den Teller legte.

»Nach dem Tod meiner ersten Frau habe ich, wie Ihr wisst, erneut geheiratet. In aller Heimlichkeit. Als die Sache dennoch bekannt wurde, nahm man mich gefangen, wusstet Ihr das? O ja, ich wurde ins Gefängnis von Newgate gesteckt, auf Anordnung des Sprechers des Unterhauses, William Tresham. Es waren nur ein paar Monate, aber ich versichere Euch, ich war nie glücklicher, die Sonne auf dem Gesicht zu spüren als damals, als sie mich wieder herausließen.«

»Aber warum hat man Euch eingesperrt?«, fragte Margaret verwundert.

Owen Tudor zuckte die Schultern. »Sie waren verärgert, weil ich es als einfacher Soldat gewagt hatte, die Witwe von König Harry zu heiraten. Das genügte, um die Schergen hinter mir her zu schicken. Ich hätte mich vielleicht in den Bergen verstecken können, aber ich konnte mir kaum vorstellen, dass sie mich einsperren würden. Und vielleicht wäre ich noch immer eingesperrt, wenn Euer Gemahl nicht den Befehl zu meiner Freilassung unterzeichnet hätte, Gott segne ihn. Er war gerecht gegen mich und hatte nichts dagegen, dass jemand seine Mutter genauso liebte wie er selbst.« Der alte Mann schüttelte den Kopf, als er sich daran erinnerte. »Sie war das Beste, was mir im Leben passiert ist. Meine

Catherine schenkte mir diese beiden Burschen hier, und Euer Gemahl machte sie zu Earls. Ich bin gesegnet worden, weitaus mehr als ich es mir in meinen wilden, jungen Jahren hätte träumen lassen. Und ich vermisse sie immer noch.«

Margaret sah mit Überraschung, dass er Tränen in den Augen hatte, die er schnell wegwischte. Es war unmöglich, diesen Mann nicht gernzuhaben.

»Ich wünschte, ich hätte sie gekannt«, sagte sie. Owen Tudor nickte.

»Und ich wünschte, Euer Gemahl wäre gesund und wohlauf. Es tut mir unendlich leid, zu hören, dass er krank ist. Und mit jedem Jahr klingen die Berichte schlimmer. Er hat schreckliche Dinge durchgemacht, die für jeden Menschen schwer wären, aber noch viel schwerer für einen König. Ich weiß, Margaret, wie die Hunde auf ein verwundetes Stück Wild losgehen. Sie können grausam sein.«

Jetzt war es Margaret, der die Tränen in die Augen traten. Sie senkte den Blick und spielte mit ihrem Weinglas, auf keinen Fall wollte sie riskieren, in Tränen auszubrechen.

»Ja, das waren sie«, sagte sie leise. »Henry wurde gefangen genommen, und viele brave Männer verloren ihr Leben, weil sie ihn retten wollten. Jetzt hat York ihn irgendwo versteckt. Wenn ich mir vorstelle …« Sie brach ab, ehe der Schmerz sie überwältigte.

»Und doch hättet Ihr in Kenilworth bleiben können, Mylady«, wandte Owen ein. Margaret sah, dass seine Söhne sich interessiert vorgebeugt hatten. »Es freut mich natürlich, und es ist mir eine größere Ehre, als Ihr ahnen könnt, dass Ihr zu uns gekommen seid, aber ich weiß immer noch nicht, warum.«

»Doch, Ihr wisst es«, sagte Margaret und trocknete sich die Augen. »Wenn ich dort geblieben wäre, wo ich sicher war, hätte das bedeutet, dass ich aufgebe. Es wäre das Ende gewesen. Stattdessen bin ich zu Euch gekommen. Weil ich eine Armee brauche, Owen. Es schmerzt mich wie ein glühendes Eisen, dass ich Euch darum bitten muss, aber wenn Ihr Euch uns gegenüber wirklich in der Schuld fühlt, dann kann ich nicht anders.«

»Ach, darum also geht es«, murmelte Owen Tudor und starrte vor sich hin. »Und natürlich ist es gar keine Frage, weder für mich noch für meine Söhne, Mylady. Wir haben bereits darüber gesprochen, nicht wahr, ihr beiden?«

»Sie können auf uns zählen, Mylady«, sagte Jasper Tudor entschieden. Sein Bruder Edmund stimmte ebenfalls zu, und alle drei Männer sahen angesichts ihres Schmerzes plötzlich sehr ernst aus. Der junge Prinz Edward war beim Anblick ihrer grimmigen Gesichter ebenfalls still geworden. Ein Diener brachte ihm klein geschnittenes Obst, und er zupfte seine Mutter am Ärmel, um es ihr zu zeigen. Margaret lächelte ihn an, doch sie konnte ihre Tränen nicht länger zurückhalten.

»Ich bin Euch allen sehr dankbar«, sagte sie. »Ich hatte darauf gehofft, als ich herkam, aber Ihr müsst wissen, dass alle, sowohl York als auch Salisbury, Warwick und auch March, meine Familie bedrohen. Ich werde jeden Mann in England und Wales auftreiben müssen, vielleicht auch noch von weiter her, um mich gegen sie zur Wehr zu setzen.«

»Von weiter her, Mylady?«, fragte Owen Tudor.

»Wenn Ihr mir ein Schiff gebt, könnte ich nach Schottland segeln und dort mit König James sprechen. Er hat früher York unterstützt, aber ich glaube, ich kann ihm ein Angebot machen, das er nur schwer wird ausschlagen können.«

Tudors Söhne waren gespannt, wie ihr Vater diesen Vorschlag aufnehmen würde. Schließlich nickte er.

»Ich würde es nicht so gern sehen, dass Schotten aus dem Hochland hierherkommen, Mylady. Es ist schon richtig, sie sind ein rauer Menschenschlag, und auf dem Schlachtfeld sind sie grausam. Aber Ihr solltet Euch auch darüber im Klaren sein, dass der König hart verhandeln wird, wenn Ihr seine Hilfe wollt. Was immer Ihr da plant – und ich will nicht danach fragen, es ist Eure private Angelegenheit –, König James wird stets den vollen Preis verlangen, und noch einen Penny obendrauf, wenn Ihr wisst, was ich meine.«

»Mir ist kein Preis zu hoch, um die Feinde meines Mannes zu vernichten«, erwiderte Margaret.

»Das würde ich ihm so nicht sagen, Mylady, sonst verlangt König James am Ende noch London – und wie gesagt, einen Penny obendrauf«, warnte Owen Tudor. Sie sah, dass er sie anzwinkerte, und musste trotz ihrer Sorgen lächeln. Sie zweifelte nicht daran, dass Königin Catherine ihn geliebt hatte, diesen derben, grundsoliden Waliser, der sie über den Tod ihres ersten Mannes hinweggetröstet hatte.

»Ich lasse ein Schiff für Euch fertig machen, Mylady«, sagte Jasper Tudor. »Die Herbststürme können schlimm sein, aber wenn Ihr jetzt noch segelt, sollte keine Gefahr drohen. Ich gebe Euch zwanzig Mann von meiner Leibgarde mit, das wird die Schotten beeindrucken.«

»Bist ein guter Junge«, sagte sein Vater. »Schließlich können wir die Königin und unseren Prinzen nicht allein in die schottische Wildnis ziehen lassen. Da wird König James schon etwas mehr erwarten. Aber macht Euch keine Sorgen. Ich werde die Waliser mobilisieren, Mylady. Vielleicht reite ich sogar selbst mit und zeige diesen Rotzbengeln, wozu ein alter Hund noch fähig ist.«

Jasper schnaubte belustigt, und Margaret war gerührt über die offenkundige Zuneigung unter den dreien. Das war etwas, das sie nie gekannt hatte.

»Ihr macht mir Hoffnung, Owen«, sagte sie. »Ich bete darum, dass mein Mann Euch danken kann, wie Ihr es verdient.«

»Es wäre mir eine Ehre«, erwiderte Owen Tudor. »Er ist ein guter Mensch. Die Welt braucht nicht noch mehr gerissene Gauner, Margaret. Davon haben wir schon genug. Hörst du auch gut zu, Junge?« Diese Frage war an Prinz Edward gerichtet, der mit weit aufgerissenen Augen stumm nickte. »Ich habe gesagt, wir brauchen gute Männer, um zu regieren. Und eines Tages wirst du das sein, wenn du König bist, das weißt du doch, oder?«

»Natürlich«, erwiderte der Junge von oben herab, worauf der alte Mann grinste, aber Margaret zog Edward am Ohr, dass er aufschrie.

»Etwas mehr Respekt, Edward«, sagte sie. »Du bist hier zu Gast.«

»Entschuldigung, Sir«, erwiderte der Junge, während er sich das Ohr rieb und seine Mutter böse ansah.

28

Derry Brewer glaubte, den Earl von Northumberland würde jeden Moment der Schlag treffen. Der Wind tobte und heulte um das Schloss von Alnwick, und fast klang es wie die Hornsignale, die zum Rückzug blasen. Henry Percy saß am Kopf der Tafel und war vor lauter Wut rot angelaufen.

»Lord Percy, wir verfolgen doch alle dasselbe Interesse«, versuchte Derry den Earl zu beruhigen. »Die Königin muss sich ihre Armee zusammensuchen, wo sie nur kann, wenn wir jemals wieder zu einem Frieden kommen wollen.«

»Aber ausgerechnet Schotten! Dann kann sie sich genauso gut gleich mit dem Teufel verbünden!«, sagte Henry Percy. Sein Mund blieb offen stehen, und er schüttelte den Kopf, dabei sah er so dümmlich aus, dass Derry fast lachen musste. Er wartete darauf, dass der junge Earl sich wieder beruhigte. Zu seiner Überraschung ergriff aber jetzt Somerset das Wort, ein Mann, der diese Feindschaft, die seit Generationen unter den Bewohnern der Grenzmark herrschte, kaum begreifen konnte.

»Mylords, Master Brewer, ich würde jede Streitmacht akzeptieren, ja, sogar eine französische, wenn wir dadurch die Möglichkeit hätten, dem Recht zum Sieg zu verhelfen. Ich gestehe, dass ich an der Niederlage von Northampton nicht ganz unschuldig bin. Wenn ich gewusst hätte, dass Yorks Anhänger auf dem Weg nach Norden sind, wäre ich da gewesen, um sie

zu vernichten. Wir alle haben uns an diesem Tag schuldig gemacht und sind mit verantwortlich dafür, dass König Henry
gefangen genommen wurde.«

»Mein Bruder Thomas ist dort *getötet* worden«, fauchte
Henry Percy. »Glaubt Ihr, das schmerzt mich nicht? Auch
am Tod meines Vaters ist York schuld. Und jetzt haben diese
Verräter, über die die Verunehrung ausgesprochen wurde, mir
auch noch meinen Bruder genommen.« Er schwieg einen
Moment, dann fuhr er resigniert fort: »Aber wahrscheinlich
habe ich schon so viel mitgemacht, dass ich es sogar akzeptieren könnte, wenn die Schotten nach England kämen, Master
Brewer. Ich bin nur dankbar, dass mein Vater das nicht mehr
miterleben muss.« Voll Bitterkeit schüttelte er den Kopf. »Ich
glaube, es hätte ihn umgebracht.«

»Ich weiß ja gar nicht, ob sie überhaupt kommen«, sagte
Derry. »Aber ich würde mich selbst mit dem Teufel verbünden, wenn wir dadurch …«

Baron Clifford fiel ihm ins Wort: »Sagt so etwas nicht,
Brewer. Nicht mal im Scherz. Der Teufel hört es – und er handelt danach.«

Derry biss die Zähne zusammen. Dann fuhr er fort.

»Nun, Mylords, ich habe miterlebt, wie York, Salisbury und
Warwick eine Katastrophe in einen Triumph verwandelt haben.
Ich habe erleben müssen, dass König Henry festgenommen
wurde und jetzt gefangen gehalten wird.« Er bezog Baron
Clifford mit ein, als sein Blick über sie hinwegschweifte. »Ihr
habt, Mylords, bei St. Albans Eure Väter verloren – und seitdem auch noch Brüder und Freunde. Und während dieser
ganzen Zeit sind die Verräter wieder erstarkt, und jede Münze,
die sie werfen, fällt für sie auf die richtige Seite. Die Verunehrungen sind vom Parlament rückgängig gemacht worden.

York hat sich zum Thronfolger gemacht. Was glaubt Ihr, wie lange wird König Henry noch am Leben bleiben, jetzt, wo er York ein Dorn im Fleisch ist? Ich sage Euch, Mylords, es ist die bittere Wahrheit – wir brauchen jeden loyalen Mann, denn wenn wir versagen, wird fortan das Haus York regieren. Es wird keinen Northumberland, keinen Somerset und keinen Clifford mehr geben. Sie werden Euch diese Verunehrung nicht vergessen, wenn sie Euch erst in ihrer Gewalt haben. Erbarmen gehört nicht zu den Charaktereigenschaften der Nevilles, wenn sie sich stark fühlen, Mylords. Ihr wisst, so ist es. Und deshalb sind mir Schotten und Waliser, ja, selbst Franzosen und … bei Gott, sogar Iren willkommen, wenn sie dazu beitragen, unseren rechtmäßigen König und die Königin wieder auf den Thron zu bringen! Ich würde meine unsterbliche Seele riskieren und bis zum letzten Atemzug dafür kämpfen, dass York endlich vernichtet wird. Ein anderes Ziel gibt es nicht.«

Die drei Lords konnten diesen Gefühlsausbruch nur stumm zur Kenntnis nehmen. Derry Brewer sah nach mehreren Wochen auf der Straße stark verdreckt aus. Sie wussten, er war in Wales und auch sonst überall im Land gewesen und hatte Männer angeworben. Er war während ihrer Unterredung höflich und zurückhaltend gewesen, aber jetzt hatte er sie seine Wut und seine Entschlossenheit spüren lassen.

»Wisst Ihr eigentlich schon, wo sie den König gefangen halten?«, fragte Somerset.

»Im Tower ist er nicht«, erwiderte Derry. »Der wird immer noch repariert, nachdem dieser Idiot Scales nicht verhindern konnte, dass der Pöbel eine der Mauern zerschossen hat. Mich überrascht nur, dass Salisbury ihm erlaubt hat, sich zu ergeben, wo doch ganz London nach seinem Blut schrie. Das ist ein Mensch, dessen Tod ich nicht bedaure, obwohl ich früher mal an seiner Seite gekämpft habe. Aber gegen die Bewohner Londons Kanonen und Griechisches Feuer einzusetzen! Es heißt, dass man Scales in seiner Zelle fand, mit durchschnittener Kehle. Ich würde dem Mann, der das gemacht hat, glatt ein Bier spendieren, wenn man ihn jemals ausfindig machen sollte.« Angewidert schüttelte er den Kopf. »Nein, Mylord, der König wird irgendwo dort in der Nähe sein. Ich lasse ihn suchen, aber es gibt tausend mögliche Häuser, und man hat keinerlei Anhaltspunkte, in welchem er sich befinden könnte.« Derry musste daran denken, wie er vor Jahren durch den Palast von Westminster gerannt war, als er William de la Pole suchte. Es kam ihm vor wie eine Erinnerung aus einem früheren Leben.

»Mylords, ich darf wohl von mir behaupten, dass ich König Henry wahrlich mein Leben gewidmet habe. Immer war es mein Bestreben, ihn vor seinen Feinden zu schützen. Es ist mir daher unerträglich, dass sie ihn jetzt in ihrer Gewalt haben und dass sein Leben praktisch am seidenen Faden hängt.« Er schloss die Augen und senkte den Kopf. »Vielleicht können wir ihn gar nicht mehr retten. Aber ich will, dass York diese Sache nicht überlebt, und wenn ich persönlich an seinem Wohnturm hochklettern und ihn im Schlaf erdolchen muss!«

Earl Percy gab ein leises Lachen von sich. Ihm gefiel Derry Brewers unverhohlene Rachsucht. Sie spiegelte genau das wider, was er selbst empfand, und er ergriff den Arm des Meisterspions, um ihm zu zeigen, dass er ganz auf seiner Seite war.

»Wir haben zwölftausend Mann, Master Brewer. Echte Soldaten mit Piken, Reiter und Kanonen. Wenn die Königin dazu noch ein paar große, zottelige Schotten mitbringt, dann werdet ihr sicher nicht an irgendeinem Turm hochklettern müssen. Wir werden Yorks Kopf auch so auf der Stadtmauer sehen.«

»Darum bete ich, Mylord«, erwiderte Derry.

Margaret zog ihren Mantel fester um die Schultern – der Wind war eisig hier im Norden. Am Anfang war die Seereise in der warmen Spätsommersonne fast angenehm gewesen. Eine Woche lang waren sie an der Küste entlanggesegelt, und sie hatte nichts weiter zu tun, als Pläne zu schmieden und Prinz Edward zuzusehen, der barfuß auf Deck herumkletterte. Seine Haut hatte sich erst gerötet und dann die bräunliche Tönung eines Bauernjungen angenommen. Sie selbst hatte sich gut vor der Sonne geschützt. Doch jetzt wurde es mit jeder Seemeile, die sie weiter nach Norden kamen, kälter und kälter. Margaret war überrascht, als beim Anlegen Eisregen aufs Deck prasselte.

Der Empfang, den man ihr bereitete, war alles andere als überschwänglich. Das hatte seinen Grund. Das Land trauerte. Die Lairds dreier Clans waren gekommen, um sie zu begrüßen. Sie verbeugten sich tief und teilten ihr mit, dass König James vor einer Woche ums Leben gekommen war. Einzelheiten erfuhr sie nicht, während man sie zu Pferd in die Lowlands brachte, gefolgt von Jasper Tudors Soldaten in ihren glänzenden Rüstungen. Die Schotten schienen nicht sonderlich beeindruckt von diesen Männern, aber Margaret hielt es nicht für einen Zufall, dass die Lairds viermal so viele Leute mitgebracht hatten als ihre kleine Truppe zählte. Es war ein Gefolge von mehr als hundert Mann, mit dem sie jetzt die englische Grenze hinter sich ließen.

Sie ritten drei Tage, ehe sie endlich eine große Burg an der Küste erreichten, die sich noch im Bau befand. Auf der einen

Seite fielen schwarze Klippen steil ins Meer ab, darüber kreisten schreiende Möwen. Margaret spürte, wie ihre Kräfte langsam zurückkehrten, auch wenn sie nach drei Tagen im Sattel Rückenschmerzen hatte. Sie hatte jeden Abend mit den Lairds in einem Wirtshaus gegessen und man hatte geplaudert, wobei jedoch ihr Anliegen für diesen Besuch nicht zur Sprache gekommen war. Sie hatten sie nur voll Mitleid angesehen, was sie geärgert hatte. Ihr war fast, als zöge sie in eine Schlacht. Immer wieder hatte sie wegen König James nachgefragt, war aber jedes Mal mit Seufzern und Schulterzucken abgespeist worden, worauf die Lairds regelmäßig in Schweigen verfielen und neuen Whisky bestellten, um auf den teuren Verstorbenen anzustoßen.

Etwas steif stieg Margaret vom Pferd, als gerade ein neuer Regenschauer von der See kam. Sie zog sich die Kapuze über den Kopf und eilte unter das nächste Dach, wobei sie Edward vor sich her schob. Am Tor standen Wachen, ebenso wie an jeder der anderen Türen. Die Männer trugen schwarze Tuniken und starrten sie neugierig an. Mit erhobenem Haupt folgte sie den Lairds und wurde schließlich in ein behagliches Zimmer tief im Inneren der Burg geleitet. Dieser Teil war schon möbliert, während andere Flügel noch im Rohbau waren. Prinz Edward rannte zum Fenster, das aus lauter kleinen Glasscheiben bestand, die mit Blei gefasst waren. Er blickte aufs Meer hinaus, während seine Mutter sich die Röcke glattstrich und ihr Haar feststeckte.

Sie hatte keine Ahnung, was sie hier erwartete, aber gewiss hatte sie nicht mit dieser hübschen, schwarzhaarigen jungen Frau gerechnet, die jetzt hereinkam und ohne große Umstände näher trat. Margaret erhob sich, und schon hatte die andere ihre Hände ergriffen und hielt sie fest.

Mary von Geldern sah zwar südländisch aus, aber sie sprach mit weichem schottischem Akzent.

»Ich wünschte, wir hätten uns unter glücklicheren Umständen kennengelernt«, sagte sie. »Aber wie es nun mal ist, sollt Ihr mir trotzdem willkommen sein. Und dieser reizende Junge ist Euer Sohn?«

»Das ist Edward«, sagte Margaret noch ganz verwirrt. Sie hatte wilde schottische Krieger erwartet, aber nicht diese Frau, die jünger war als sie selbst und der die Trauer ins Gesicht geschrieben stand.

»Was für ein hübsches, liebes Kind!«, rief Mary, kniete sich hin und öffnete weit die Arme. Etwas widerwillig ließ Edward sich umarmen, befreite sich aber schnell wieder. »Nun, Edward, wenn du in die Küche hinuntergehst, wirst du dort meinen Sohn finden. James ist ungefähr so alt wie du. Ich hoffe, ihr vertragt euch. Die Köchin wird euch Suppe geben, wenn ihr höflich darum bittet.«

Edward strahlte. Artig ließ er sich auf die Wange küssen, dann stürmte er aus dem Zimmer.

»James wird sich schon um ihn kümmern«, sagte Mary lächelnd, als sein Getrappel sich draußen entfernte. »Setzt Euch, Margaret, Ihr müsst mir alles berichten.«

Margaret setzte sich auf eine gepolsterte Bank und versuchte, ihre Gedanken zu ordnen.

»Ich hörte die traurige Nachricht von den Lairds, Mylady. Ich …«

»Nennt mich Mary! Sind wir nicht beide Königinnen? Mein Mann war zu verliebt in seine Kanonen, Margaret. Ich habe ihn oft vor diesen schrecklichen Dingern gewarnt, aber er wollte nicht hören. Habt Ihr sie schon gesehen? Sie sehen grausam aus und man baut sie, um damit zu töten. Und sie können ganz plötzlich explodieren und auch brave Menschen ins Jenseits befördern.« Ihre Augen füllten sich mit Tränen, und impulsiv streckte Margaret die Arme aus und umarmte sie. Mary schluchzte an ihrer Schulter und fasste sich nur mühsam wieder, aber schließlich löste sie sich und trocknete ihre Augen.

»Vor den Leuten meines Mannes muss ich gefasst sein, versteht Ihr? Sie dürfen mich nicht weinen sehen, weil sie sich dann fragen werden, ob ich als Regentin stark genug bin, bis mein Sohn erwachsen ist. Aber was soll das, ich plaudere hier wie ein Marktweib! Dabei habt Ihr viel größere Sorgen als ich, Margaret. Euch ist schreckliches Leid angetan worden. Euer armer Mann, von seinen Feinden gefangen genommen! Ich glaube, das könnte ich nicht ertragen, nein, ganz bestimmt nicht.«

Margaret sah sie überrascht an, und wieder stiegen Schuldgefühle in ihr auf. Sie hatte es vorgezogen, statt ihres Mannes ihren Sohn zu retten. Nein, sie hatte auch sich selbst in Sicherheit gebracht – und ihn zurückgelassen. Sie wollte sich keine tröstliche Lüge mehr gestatten. Ja, es war auch eine gewisse Bosheit im Spiel gewesen, gegenüber einem Mann, der sich einfach nicht zur Besinnung rufen wollte, wie sehr sie ihn auch darum bat. Und diese Schuldgefühle waren es, die hinter Margarets verzweifeltem Wunsch stand, Henry aus den Klauen seiner Feinde zu befreien. Sie wusste, sie würde alles für ihn tun.

Mary hatte sie wieder an den Händen gefasst, und Margaret spürte, wie ihre innere Schutzmauer zerbröckelte. Sie hatte vorgehabt, kühl und bestimmt aufzutreten, aber sie war völlig entwaffnet worden durch die Wärme dieser fremden Frau, die im selben Atemzug lachen und weinen konnte und so freundlich auf sie einsprach. Mary merkte, dass sie zitterte.

Sie machte eine Handbewegung, wie um ihre Traurigkeit zu vertreiben.

»Natürlich sind wir hier über alles informiert worden, meine Liebe. Mein Mann war zwar ganz auf Yorks Seite, aber darin war ich nie mit ihm einig! Ich glaube auch, James hätte einen anderen Ton angeschlagen, wenn einer *seiner* Lords sich gegen ihn gestellt hätte. Nein, Ihr und ich, wir sind uns da gleich. Wir wurden in ein fremdes Land gebracht, um Königin zu werden, wurden verheiratet und für eine hohe Mitgift verkauft. Ich weiß noch, wie stolz ich war, als William Crighton mich abholte, mein stolzer schottischer Krieger, um mich zu James zu bringen. Ach verdammt, ich heule schon wieder. Es ist alles noch zu frisch.«

»Mich hat William de la Pole nach England gebracht«, sagte Margaret leise. Auch ihr waren bei der Erinnerung die Tränen gekommen. Beide Frauen wischten sich gleichzeitig mit dem Handrücken über die Augen, sahen sich an und mussten plötzlich lachen.

»Die reinsten Heulsusen«, sagte Mary. »Die Lairds meines Mannes würden sich die Bärte raufen, wenn sie mich so sähen. Nun ja, wir werden es ihnen nicht auf die Nase binden. Wir werden behaupten, wir hätten uns gegenübergestanden und eiskalt verhandelt. Das werden sie zwar nicht glauben, aber wir können es trotzdem sagen. Eine französische Königin von England und eine portugiesische Königin von Schottland. Wir sind schon zwei seltsame Pflänzchen, Margaret: zwei Zweige Heidekraut.«

»Dann schäme ich mich auch nicht zu sagen, dass ich auf Eure Hilfe rechne, Mary«, erwiderte Margaret. »Ich brauche Leute, die mit mir nach England ziehen, wenn ich jemals eine Chance haben soll, meinen Mann zu befreien.«

Mary schniefte, dann nickte sie und fuhr sich mit der Hand über das eingebundene Haar.

»Das wusste ich schon, als Euer Master Brewer kam, um James Euren Besuch anzukündigen. Ich glaube, mein Mann hätte Euch mit leeren Händen zurückgeschickt, Margaret, aber das werde ich nicht tun! Ich werde keine Schwester abweisen, aber ich muss meinen Lairds irgendetwas als Gegengabe vorweisen können.«

Margaret nickte, im Stillen fragte sie sich, ob die Tränen und die Freundlichkeit der anderen nicht mindestens zu einem Teil gespielt waren. Ihre Zweifel mussten sich in ihrem Gesicht widergespiegelt haben, denn Mary beugte sich vor und legte fest die Hand auf ihren Arm.

»Ich werde nicht mit Euch feilschen oder auf die Geldsumme sehen. Ich *werde* Euch helfen, mit allem, was mir zur Verfügung steht. Sagt mir einfach, woran Ihr gedacht habt als Preis, Margaret. Ich werde mit allem einverstanden sein. Ihr bekommt viertausend Mann, eine ausgezeichnete Truppe mit stattlichen Kerlen, die für Euch kämpfen werden.«

Wieder kamen Margaret Zweifel. Wenn dies ein Verhandlungsgespräch sein sollte, dann war es entweder viel zu einfach oder am Ende noch komplizierter, als sie erwartet hatte. Fast sehnte sie sich jetzt nach der derben Unverblümtheit eines Owen Tudors.

»Ich hatte gehofft, Euer Mann würde zustimmen, dass wir meinen Sohn mit einer Eurer Töchter verloben. Deren Kinder würden dann auf dem Thron von England sitzen.«

»Einverstanden!«, sagte Mary und klatschte freudig in die Hände. »Ja, sicher! Meine Tochter heißt Margaret, sie wurde nach Euch benannt. Sie ist fünf Jahre alt und wird Eurem Sohn eine gute Königin sein, wenn sie erwachsen ist.«

»Nach mir benannt?«, sagte Margaret staunend.

»Nach der französischen Königin von England, die ihren Mann jahrelang vor den Wölfen schützte. Welchen besseren Namen hätten wir unserer Tochter geben können? Es ist wirklich eine Schande, dass wir uns nicht früher kennengelernt haben. Ich hätte Euch helfen können, wenn mein James es zugelassen hätte. Er war ein ganz außergewöhnlicher Mensch.« Ein Schatten huschte über ihr Gesicht, als sie an ihn dachte. Sie legte den Kopf auf die Seite, als hörte sie seine Stimme. »Ich erinnere mich, dass er immer von einer Stadt sprach, die für ihn wie ein Dorn in der Tatze eines Bären war, weil er sie wollte und nicht haben konnte. Vielleicht sollten wir, um sein Andenken zu ehren, diese noch zu unserer Abmachung hinzufügen – aber nein, das will ich nicht! Ich habe gesagt, ich unterstütze Euch mit viertausend Mann, und diese Verlobung ist genug, mehr als genug.«

»Von welcher Stadt sprecht Ihr?«, fragte Margaret kaum hörbar.

»Berwick, am Tweed. Liegt schon halb in Schottland, wie James zu sagen pflegte. Man müsste die Grenze nur um eine Meile verschieben. Es würde seiner Seele guttun, und ich hätte ihm eine Ehre erwiesen. Seine Lairds werden mich für ziemlich geschickt halten, wenn ich ihnen sagen könnte, dass ich Berwick erhalten habe.«

»Das tun sie gewiss jetzt schon«, murmelte Margaret. Sie war sich inzwischen sicher, dass die junge Frau das Gespräch von Anfang an in diese Richtung gelenkt hatte. Aber trotzdem, es war kein zu hoher Preis. Sie hatte Henry gegenüber eine zu große Schuld auf sich geladen, die sie nicht länger ertragen konnte. Allein bei der Vorstellung, dass York ihm etwas antun könnte, wurde ihr ganz schwindelig. Margaret senkte den Kopf.

»Berwick gehört Euch, Mary. Mein Mann macht sich nichts daraus, eine Meile Land zu verlieren, es ist nichts im Vergleich zu einem Königreich.«

Wieder ergriff Mary von Geldern ihre Hände und hielt sie fest.

»Dann sind wir uns einig. Die besten Krieger Schottlands werden mit Euch nach Süden ziehen. Mein Mann war das Haupt des Clans, versteht Ihr? Das Wort *clanna* bedeutet ›Kinder‹. Es waren alles seine Kinder, und er war ihnen ein guter Vater. Ich werde sie selbst aussuchen, nach Länge der Bärte, nach Muskelkraft und Geschick im Schwertkampf. Ich bin Eure Verbündete, Margaret. Wir werden auch die Verlobung sofort bekannt geben. Mögt Ihr jetzt mit mir zu Tisch gehen? Ich möchte von Euch noch so viel mehr über London hören und über Frankreich.«

York hörte, wie der Regen gegen die Fenster des Bischofspalasts prasselte. Das Zimmer des Königs wurde von einem Feuer im Kamin erhellt. Außerdem stand eine Lampe aus Kupfer und poliertem Eisen neben dem König, sodass er lesen konnte. Langsam glitt Henrys Hand über das Pergament des Stundenbuchs, in das er sich am liebsten vertiefte, und formte leise murmelnd die Worte.

Sie waren allein. Die Bediensteten des Bischofs waren alle mit ihrem Herrn flussabwärts nach London gefahren, und niemand hatte gesehen, wie York ankam und seinen regennassen Mantel abwarf. Er hatte die Tür mit einem Handgriff geöffnet und war mit der Lampe in der Hand durch leere Korridore gegangen, in denen nur seine Schritte hallten.

Jetzt saß York neben dem Stuhl des Königs am Feuer, so nahe, dass ein Beobachter glauben musste, sie würden sich flüsternd unterhalten Das Feuer war fast heruntergebrannt, trotzdem war es warm im Zimmer, das mit altem, goldbraunem Eichenholz getäfelt war. York fragte sich, wer damals König gewesen sein mochte, als diese Eichen gefällt wurden. Die Bretter waren bestimmt lange vor der Invasion der Normannen zugeschnitten worden, und selbst da musste das Holz schon alt gewesen sein. Athelstan? Nein, sicher noch früher. Vielleicht waren sie zum Trocknen gelagert und dann gehobelt worden, als die Königreiche von Wessex und Mercia noch nicht unter einem englischen König vereint waren. Fast war es York, als könne er die Last der Geschichte in diesem Raum spüren. Er sog den Geruch von Wachs und Holzrauch ein, als sei es feinster Weihrauch.

Zwischen den Männern stand ein kleiner runder Tisch, auf dem sich ein Becher, eine Flasche Wein und ein kleines Holzfläschchen mit einem Glasverschluss befanden. York betrachtete diese Gegenstände, er sah, wie sich die Regentropfen von seinem Mantel am Boden sammelten und im Feuer glänzten wie verschüttete Goldperlen.

Das Murmeln verstummte. York hob den Kopf und sah, dass Henry ihn mit mildem Interesse anblickte.

»Ich weiß, warum Ihr gekommen seid«, sagte Henry plötzlich. »Ich habe diese Krankheit so lange ertragen, dass es mir vorkommt, als seien mir ganze Jahre gestohlen worden. Aber ich bin kein Narr, bin es auch nie gewesen.«

York wandte den Blick ab. Er beugte sich weiter vor und saß da, die Ellbogen auf die Knie gestützt, und starrte auf die polierten Dielen des Fußbodens. Er hob auch den Kopf nicht, als der König weitersprach.

»Habt Ihr Nachricht von meiner Frau und meinem Sohn, Richard? Die Diener behandeln mich wie ein Gespenst, sie scheinen taub zu sein, und ihre Gesichter sind leer. Aber Ihr seht mich doch, oder? Und hören könnt Ihr mich auch?«

»Ich höre Euch, Majestät, und ich sehe Euch«, erwiderte York. »Eurer Frau und Eurem Sohn geht es gut, da bin ich sicher.«

»Margaret hat meinen Jungen Edward genannt, denselben Namen habt Ihr Eurem Sohn gegeben. Er ist ein lieber Bengel, immer fröhlich. Wie alt ist Euer Junge jetzt, dreizehn? Oder älter?«

»Er ist achtzehn und so groß, dass er fast alle anderen überragt.«

»Ach. Mir ist so vieles entgangen. Man sagt, ein Sohn sei des Vaters größter Stolz, eine Tochter dagegen sein Trost. Ich hätte auch gern Töchter gehabt, Richard, aber vielleicht bekomme ich ja noch welche.«

Yorks Blick wanderte zu den Flaschen auf dem Tisch.

»Vielleicht, Majestät.«

»Mein Vater starb, als ich noch klein war«, sagte Henry und blickte nachdenklich in den Raum, der von trübem goldenem Licht schwach erhellt wurde. »Er konnte nicht stolz auf mich sein, das war ihm nicht vergönnt. Manchmal wünsche ich mir, ich hätte ihn gekannt. Ich wünschte, er hätte mich gekannt.«

»Euer Vater war ein großartiger Mann, Majestät, ein großer König.« Yorks Kopf war noch weiter herabgesunken. »Wenn er nur ein Dutzend Jahre länger gelebt hätte, wäre jetzt vieles anders.«

»Ja, ich hätte ihn gern gekannt. Doch ich muss zufrieden sein. Ich werde ihn wiedersehen, zusammen mit meiner Mutter. Das ist mein Trost, Richard, wenn diese Krankheit mich niederdrückt. Der Tag wird kommen, wenn ich vor ihm stehen werde. Ich werde ihm erzählen, dass ich eine Zeit lang König war. Ich werde ihm von Margaret erzählen und von meinem Sohn Edward. Ob er von mir enttäuscht sein wird, Richard? Ich habe keine Kriege gewonnen wie er.« In dem trüben Licht wirkten seine Augen groß und dunkel und schienen voller Sorge, als er sich York zuwandte. »Aber wie wird er mich erkennen? Ich war ja noch ein kleines Kind, als er starb.«

»Er wird Euch erkennen, Majestät, und er wird Euch in seine Arme schließen.«

Henry gähnte, er blickte sich nach den Dienern um, die nicht da waren, und runzelte die Stirn.

»Es ist spät, Richard. Ich stehe jetzt immer sehr früh auf, noch vor Sonnenaufgang. Ich habe zu lange gelesen und habe Kopfschmerzen.«

»Soll ich Euch Wein einschenken, Majestät?«

»Ja, bitte. Das hilft mir, die Träume zu verscheuchen. Ich darf nicht träumen, Richard. Denn dann sehe ich schreckliche Dinge.«

York erbrach das Wachssiegel an der Weinflasche, zog den Papierstopfen heraus und füllte den Becher mit dem dunkelroten Wein, der im schwachen Licht fast schwarz aussah. Henry schien vergessen zu haben, dass er da war, in Gedanken versunken starrte er in die Glut des herunterbrennenden Feuers. York hätte genauso gut allein im Raum sein können, so still war es jetzt. York streckte die Hand nach dem Holzfläschchen aus. Schnell öffnete er den Glasverschluss an dem kleinen Scharnier, aber dann hielt er inne. Über Henrys Gesicht huschten Schatten, während er mit verschleiertem Blick ins Feuer sah.

York schloss die Augen und drückte den Handballen gegen seine Stirn, in der anderen Hand hielt er das offene Fläschchen.

Jetzt stand er so plötzlich auf, dass Henry erschrak und ihn ansah.

»Gott sei mit Euch, Majestät«, sagte York heiser.

»Ihr bleibt nicht?«, fragte Henry und blickte auf den Becher mit Wein.

»Das kann ich nicht. Im Norden werden Armeen zusammengezogen. Armeen, denen ich entgegentreten und die ich vernichten muss. Wenn Ihr aufwacht, werden Eure Diener wieder zurück sein.«

Henry nahm den Becher, setzte ihn an die Lippen, und ohne die Augen von York abzuwenden, trank er ihn aus.

»Ich wünsche Euch alles Gute, Richard. Ihr seid ein besserer Mensch, als sie alle ahnen«, sagte er, indem er den leeren Becher hinstellte.

Aus Yorks Kehle drang ein merkwürdig rauer Ton, wie ein Schmerzensschrei. Das Fläschchen immer noch mit der Hand umklammernd, verließ er fast fluchtartig das Zimmer. Henry wandte sich wieder dem Feuer zu, lehnte den Kopf gegen die Polsterung des Stuhles und merkte, wie der Schlaf ihn übermannte. Yorks Schritte hallten noch lange in dem leeren Gebäude wider, dann war schließlich alles totenstill.

29

Der Winter hatte das Land bereits fest im Griff, als York am Flussufer entlang zum Palast von Westminster ritt. Der Regen peitschte ihm ins Gesicht, das sich kalt und starr anfühlte wie eine Maske. Die Wolken hingen tief über der Stadt, und man sah weder Mond noch Sterne, sodass York auf seinem Pferd die fünf Meilen im Schritttempo zurücklegen musste. Als York schließlich völlig durchnässt und halb erfroren die königlichen Gemächer betrat, stellte er sich als Erstes vor das prasselnde Kaminfeuer, während sich auf dem Teppich kleine Pfützen rund um seine Füße sammelten. Die Morgendämmerung würde noch etwas auf sich warten lassen, und York war so müde, dass er leicht taumelte, als er mit geschlossenen Augen seine Hände der Wärme entgegenstreckte.

Yorks Mantel fing gerade an zu dampfen, als Salisbury ins Zimmer kam. Offenbar hatte man den Earl aus dem Bett geholt, denn sein graues Haar stand nach allen Seiten ab. Er wirkte um Jahre gealtert. Trotzdem war sein Blick scharf wie immer, als er die große dunkle Gestalt sah, die dort stand und in das zischende, knackende Feuer starrte. Salisbury wusste sehr wohl, wo York diese Nacht gewesen war, er konnte es kaum erwarten, ihm die Frage zu stellen, die ihm auf der Seele brannte. Doch als York ihn mit wilden, rot geränderten Augen ansah, blieb Salisbury das Wort im Hals stecken.

»Was gibt's Neues?«, fragte York, ohne den Blick vom Kaminfeuer abzuwenden.

»Nichts Näheres über die Anzahl der Männer, die sie inzwischen zusammenhaben. In diesem Wetter haben sich auch zu viele in Zelten oder hinter den Stadtmauern verkrochen.«

York runzelte die Stirn. »Aber wir müssen es wissen.«

»Ich kann keine Wunder vollbringen, Richard«, sagte Salisbury und wurde rot. »Ich habe sechs gute Männer in Coventry und drei in York, aber in Wales habe ich nur zwei – und von dort habe ich schon einen Monat nichts mehr gehört.« Es hatte ihn Jahre gekostet, um Spitzel in die Häuser ihrer Feinde einzuschleusen. Nach der Schlacht von St. Albans war Salisbury entschlossen gewesen, ein Netzwerk aufzubauen, das an Effizienz dem von Derry Brewer in nichts nachstehen sollte. Doch im Laufe der Zeit hatte Salisbury erkannt, wie schwierig dies war und mit welcher Klugheit sein weitaus erfahrenerer Gegner vorgegangen sein musste. Wie oft waren seine Männer ermordet aufgefunden worden, und fast immer hatte es so ausgesehen, als sei es ein Unfall gewesen. Doch einige konnten ihr Inkognito wahren. Still und unauffällig gingen sie ihrer Arbeit nach und meldete sich nur, wenn es etwas zu berichten gab. Und jetzt hatten sie berichtet, dass sich im Norden ein riesiges Heer sammelte.

Es ergab überhaupt keinen Sinn. Niemand kämpfte im Winter. Zum einen, weil eine marschierende Armee im Winter unterwegs nichts zum Plündern fand. Das nasse Wetter ruinierte Pfeile und Bögen, außerdem war auf den aufgeweichten, schlammigen Straßen das Fortkommen so mühsam, dass man an einem Tag höchstens die Hälfte der üblichen Strecke zurücklegen konnte. Hände, die steif vor Kälte waren, ließen die Waffen fallen, und in dunklen, stürmischen Nächten konnten ganze Armeen aneinander vorbeiziehen, ohne sich überhaupt zu bemerken.

Und trotzdem zogen ein paar mächtige Lords im Norden jetzt ihre Soldaten zusammen und pflanzten trotz Kälte und Schlamm ihre Banner auf. Und noch schlimmer, einer von Salisburys Spionen hatte von Werbern in Wales berichtet, wo sich Hunderte unter dem klatschnassen Banner der Tudors versammelt hatten. Niemand kämpfte im Winter. Also konnte nur Henrys Gefangenschaft der Grund dafür sein, dass sie in Richtung London marschierten, in einem verzweifelten Versuch, ihn zu befreien.

»Hast du schon etwas von deinem Sohn Warwick gehört?«, fragte York. Salisbury schüttelte irritiert den Kopf.

»Es ist noch zu früh. Es ist eine Sache, Männer in Kent im Sommer zusammenzutrommeln. Aber es ist etwas ganz anderes, wenn man sie jetzt, so kurz vor Weihnachten, aus ihren Dörfern herauslocken will.«

»London ist zu weit im Süden«, murmelte York und wandte sich wieder dem Feuer zu. »Zu weit weg, um alles unter Kontrolle zu halten.« Er sah Salisbury rot werden, als hätte er ihm eine Rüge erteilt, und nickte vor sich hin. Es war Salisburys Idee gewesen, London so lange zu ihrer Festung zu erklären, bis die Verunehrungen rückgängig gemacht waren. Eine Zeit lang war es auch ganz sinnvoll gewesen, als Tausende sich freiwillig meldeten, um sich ausbilden und ausrüsten zu lassen. Nach der grausamen Verteidigung des Tower durch Lord Scales waren sie nur so herbeigeströmt, von den Söhnen wohlhabender Familien bis zu den jungen Burschen aus den Armenvierteln der Stadt. Sie hatten den ganzen Herbst damit zugebracht, durch die Felder südlich der Themse zu marschieren und sich im Umgang mit Pike und Schild zu üben.

York schüttelte seine Finger aus, in die das Blut jetzt wieder zurückströmte, wobei die Wärme die Schmerzen nur noch verstärkte. Während er und Salisbury eine Armee aufgebaut hatten, war die Königin also auch nicht untätig gewesen und hatte ihr Gift in die Ohren der Tudor-Earls geträufelt. Vielleicht hätte er diese Frau ja sogar bewundern können, wenn sie nicht von Anfang an so offensichtlich gegen ihn gewesen wäre. Er wusste, solange Margaret und ihr Sohn am Leben waren, war er seines Lebens nicht sicher.

York fragte sich, wo sie im Moment wohl sein mochte, und ob sie schon gehört hatte, dass er jetzt offizieller Thronfolger war. Das war ihm ein kleiner Trost in der düsteren Stimmung, die ihn gefangen hielt. Seine Gedanken wanderten immer wieder zurück zu König Henry in seinem Zimmer im Bischofspalast, und ihm graute vor dem Moment, wenn Salisbury ihn danach fragen würde.

»Wir marschieren«, sagte York in diesem Moment in die Stille hinein. »Ich werde nicht warten, bis sie zu mir kommen. Wir nehmen alle bis auf dreitausend Mann mit in Richtung Norden. Wenn sie dort Armeen zusammenziehen, will ich sie sehen. Ich will wissen, wie viele es sind. Vielleicht wollen sie ja bis zum Frühjahr dort warten, dann können wir sie überraschen. Ja. Das ist besser als hier abzuwarten, bis andere über unser Schicksal entscheiden.«

»Dreitausend können hier gut für Sicherheit sorgen«, erwiderte Salisbury. Er legte ein neues Stück Holz aufs Feuer und hantierte mit dem Schüreisen.

»Das könnten sie wahrscheinlich, aber eigentlich können wir sie nicht entbehren«, sagte York. »Nein, ich werde keine ausgebildeten Soldaten in London zurücklassen. Wir brauchen ein schlagkräftiges Heer, um den Tudors den Weg zu versperren und sie davon zu überzeugen, dass sie besser in Wales bleiben. Mein Sohn kann mit dreitausend um Ludlow herum Stellung beziehen und die Grenze sichern. Er kennt die Gegend dort. Und wir werden mit Reitern für eine Verbindungskette sorgen, damit Nachrichten schnell hin- und hergetragen werden können. Dann eine weitere Verbindungskette zu Warwick in Kent, während er nach Norden zieht. Nein, wir brauchen London jetzt nicht. Die Wirtshäuser sind inzwischen sowieso alle ausgetrocknet.« York grinste und war froh, dass sich auch das Gesicht seines Freundes aufhellte.

»Ich will nach Hause«, sagte York leise. »Ich bin schon zu lange hier im Süden. In ein paar Monaten werde ich fünfzig, und ich bin müde. Geht es dir nicht auch so? Ich möchte meine Heimat wiedersehen, selbst wenn die Königin mit ihrer Armee dort auf mich warten sollte.«

»Ich verstehe dich. Und ganz ehrlich, mir geht es genauso. Sie haben dieses Jahr sechstausend Mann verloren, und dort, wo sie herkamen, ist die Ernte verfault, weil niemand sie einbringen konnte. Der Preis von Brot hat sich verdoppelt, wusstest du das? Und Bier kostet jetzt zwei Pennys das Pint, weil die Gerste knapp ist. Sie haben den Norden ausgeblutet. In manchen Gegenden herrscht Hungersnot, und alles wegen der Schlachten, die sie verloren haben. Ich hoffe, diese Kavaliere haben begriffen, was hinter den großen Versprechungen und den silbernen Abzeichen steckt. Noch ein Jahr wie dieses können sie sich nicht leisten.«

Während dieser Unterhaltung hatte jedoch eine ganz andere Frage stumm im Raum gestanden, die Salisbury bisher nicht zu stellen gewagt hatte. Er vermutete zwar, dass Yorks düstere Stimmung ihm die Frage bereits beantwortet hatte, aber dennoch sprach er sie jetzt aus.

»Mit König Henry haben sie eine Symbolfigur, um die sie sich versammeln können, einen Namen, um Leute zu mobilisieren, die sonst den Winter hinter ihrem Ofen verbringen würden. War der König … kränklich, als du zu ihm kamst?«

York untersuchte mit der Zunge ein Loch im Zahn, das ihm seit langer Zeit Schmerzen bereitete.

»Er war wohlauf, als ich ihn verließ.« Er wandte den Blick nicht vom Feuer ab, als Salisbury ärgerlich schnaubte und etwas murmelte.

»Der kränkste Mensch in England ist noch immer ›wohlauf‹? Es würde niemanden überraschen, wenn Henry im Schlaf das Zeitliche segnen würde, aber du bist der Meinung, dass es ihm gut geht? Um Gottes willen, Richard! Du bist der Thronfolger! Willst du vielleicht warten, bis er an Altersschwäche stirbt?«

»Das verstehst du nicht«, fuhr York ihn an. »Solange er lebt, haben wir den Vorwand, dass wir in seinem Namen handeln. Es gibt immer noch Leute, und es sind mehr als nur ein paar, die nur deshalb auf unserer Seite kämpfen, weil wir *den König verteidigen*. Du warst doch in Ludlow dabei. Du hast gesehen, wie Trollope mit seiner Truppe aus Calais auf die Seite des Königs umschwenkte, sobald er das Löwenbanner sah! Wenn Henry tot wäre, wären wir einen Teil unserer Armeen los. Solange Henry lebt, sind wir *im Recht*.«

Salisbury sah den Jüngeren nachdenklich an, er wusste, dass er sich etwas vormachte.

»Wenn Henry heute Nacht *auf irgendeine Weise* gestorben wäre, wärst du jetzt König. Ich dachte, das wäre dir klar. Du würdest morgen in London gekrönt, und das Löwenbanner wäre dein. Und all die Lords und braven Bürger, die so große Ehrfurcht vor König Henry haben, würden vor dir das Knie beugen – und für dich kämpfen! Herrje, ich hatte es befürchtet.«

Salisbury blickte sich im Raum um, ob auch kein Diener hereingekommen war, der mitgehört hatte. Er senkte seine Stimme zu einem durchdringenden Flüstern.

»Du warst derjenige, der darauf bestand, dass kein anderer es machen dürfe. Du hast gesagt, du würdest nicht dulden, dass jemand wie ein Dieb in sein Zimmer eindringt. Du hast gesagt, es dürfe kein Blut fließen. Hast du wenigstens das Fläschchen noch, oder hast du es etwa dortgelassen, damit seine Ärzte feststellen können, was darin ist?«

Getroffen von den Worten des Freundes griff York in die Tasche unter seinem Umhang und warf die kleine Flasche ins Feuer, wo die Flammen an ihr züngelten, bis das Holz sich schwarz färbte. Sie konnten beide hören, wie der Inhalt zu zischen begann, dann erschienen grüne Flämmchen um den Verschluss.

»Er ist wie ein Kind«, sagte York, »völlig unschuldig. Ich glaube, er wusste, was ich vorhatte, und er verzieh mir. Es wäre ungeheuerlich, wegen eines solchen Kindes mein Seelenheil aufs Spiel zu setzen.«

»Du wärst *heute Abend* König«, sagte Salisbury bitter. »Du und ich, wir hätten eine sichere Zukunft, unsere Familien und unsere Häuser wären für hundert Jahre alle Sorgen los. Dafür würde ich tausend Seelen der Verdammnis preisgeben, einschließlich meiner eigenen, und dabei ruhig schlafen wie ein Kind.«

»Ach, lass die lästerlichen Reden«, erwiderte York. »Dies ist kein Spiel, hier geht es um unser Seelenheil. Ich frage mich, wie es sein kann, dass du mich unbedingt zum König machen willst, mir aber trotzdem immer noch vorschreiben willst, was ich zu tun und zu lassen habe. Kenne ich dich denn eigentlich?«

York sah ihn an, und Salisbury schlug die Augen nieder. Eine Weile schwiegen sie.

»Du kennst mich sehr wohl«, sagte er endlich. »Vergib mir. Auch ich will nicht leichtfertig den Tod des Königs, nicht zuletzt, weil ich seinen Vater sehr geschätzt habe.« Er hob entschuldigend die Hände. »Also gut, Richard. Ich werde es nicht wieder erwähnen. Schick Edward nach Wales, und ich werde mit dir nach Norden reiten, obwohl mir meine alten Knochen schon bei dem bloßen Gedanken wehtun. Wir werden eine andere Lösung finden, ohne dass Henry sterben muss.«

Margaret drehte sich um, und ihr Gesicht hellte sich auf, als sie ihren Sohn sah. Der kleine Junge ritt stolz auf einem Pony, umgeben von gedrungenen Schotten. Die Lairds hatten ihn auf das Pferd gesetzt, damit er mithalten konnte, während sie alle zu Fuß gingen. Während der ersten paar Meilen hatte Margaret sich Sorgen um ihn gemacht, doch er war nur einmal abgerutscht. Ein junger Mann hatte ihn aufgefangen und wieder in den Sattel gesetzt, und der Junge hatte laut gelacht.

Sie sahen schon etwas Furcht einflößend aus, die Krieger dieses Clans, die Mary ausgewählt hatte, um mit Margaret nach England zu ziehen. Sie waren nicht besonders groß, von einigen Ausnahmen abgesehen. Sie hatten dichte Bärte, entweder rot, schwarz oder braun, und manche trugen sie als dicke Zöpfe, in die sie Amulette eingeflochten hatten. Sie sprachen ihre eigene merkwürdige Sprache, doch ein paar von ihnen schienen Französisch zu verstehen. Nur ganz wenige verstanden Englisch, zumindest taten sie so, als ob sie es nicht verstünden, obwohl sie sich bei der einfachsten Frage oft grinsend ansahen oder völlig grundlos in Gelächter ausbrachen.

Sie waren erbitterte Kämpfer, das merkte man ihnen an. Mary von Geldern hatte nicht übertrieben, als sie versprach, die Männer nach Kraft und Kampfgeschick auszusuchen. Jeder von ihnen trug eine lange gelbe Tunika, die bis zum Knie reichte, aber die Arme frei ließ. Margaret hatte am Geruch schnell erkannt, wer von ihnen sich Safran zum Färben leisten konnte und wer sich mit Pferdeurin beholfen hatte. Über dieser Kampfuniform trugen sie lediglich ein »brat«, wie sie es nannten, eine Decke, die am Hals mit einer Fibel zusammengehalten wurde und einen Umhang bildete. Nachts wickelten sie sich zum Schlafen darin ein. Diese Decken waren dunkelblau oder rot, andere wieder waren in Mustern aus Braun- und Grüntönen gewebt.

Margaret war überrascht, wie viele von ihnen unter ihrer Tunika und dem *brat* nackte Beine hatten. Ein paar wenige trugen enge Beinkleider wie ihre französischen Landsleute. Diese waren im Laufe der Jahre immer wieder mit Fett eingerieben worden, um die Kälte abzuhalten, dadurch hatten sie sich in der Form ganz und gar den Beinen des Trägers angepasst. Die behaarten Beine der anderen waren bis fast zum Oberschenkel nackt, wenn sie ihre Umhänge zusammenrafften und um die Hüfte festgürteten, um ungehindert marschieren zu können.

Die Tage waren kurz und düster, als sie endlich die Grenze erreichten. Sie marschierten, solange es hell war, dann schlugen sie ihr Lager auf, und die viertausend Männer wickelten sich in ihre *brats*, sodass sie aussahen wie Kokons, und saßen auf dem kalten, feuchten Boden. Ihr Proviant war knapp, obwohl sie jeden Hof und jedes Wirtshaus am Wegrand plünderten, außerdem hatten sie ein paar gute Bogenschützen an der Spitze, falls ihnen ein Kaninchen oder ein Reh über den

Weg laufen sollte. Nach einer Woche merkte Margaret, dass sie an Gewicht verloren hatte, aber sie fühlte sich kräftig, trotz der kargen Kost, die hauptsächlich aus Hafer und täglich ein paar Streifen Trockenfleisch bestand.

Es war schon Dezember, als sie York erreichten, wo sich die große Armee vor der Stadt sammelte. Die Stimmung der Schotten hellte sich auf, als sie die Zelte und die Männer in Rüstung erblickten, doch Margaret machte sich Sorgen. Immerhin hatte sie mit den Schotten alte Feinde nach England gebracht, auch wenn diese versprochen hatten, ihr treu zu dienen. Man konnte sich leicht vorstellen, dass eine unüberlegte Handlung oder ein unvorsichtiges Wort genügte, um diese jungen Schotten über die Männer herfallen zu lassen, zu deren Hilfe sie eigentlich gekommen waren.

Späher eilten ihren viertausend Mann voraus, um sie anzukündigen. Margaret versuchte, die Sache gelassen hinzunehmen, aber sie bemerkte, dass der Laird, dem sie gefolgt waren, sein Pferd umdrehte und auf sie zugeritten kam.

Andrew Douglas sprach Französisch und Englisch, aber gleichzeitig pflegte er auf Gälisch vor sich hinzumurmeln, fast so, als führe er Selbstgespräche. Sie wusste nicht genau, welche Rolle er am Hofe des schottischen Königs spielte, aber Mary hatte gesagt, er sei vertrauenswürdig. Der Laird war groß und von kräftiger Statur, einer der wenigen, die es vorgezogen hatten zu reiten, obwohl er sein Pferd mit mehr Kraft als Geschick handhabte. Der Blick, mit dem er sie ansah, schien stets voll Grimm, doch Margaret wusste inzwischen, dass das nur an seinem behaarten Gesicht lag, an seinem Bart, in dem sich ein Vogelnest hätte verstecken können, zusammen mit der dicken schwarzen Mähne, die ihm bis auf die Schultern reichte, und den buschigen Augenbrauen. Er behandelte sie stets mit Respekt, allerdings war sie nicht sicher, ob sein gälisches Gemurmel nicht vielleicht alles andere als respektvoll war.

»Mylady, es wäre am besten, wenn die Männer hier halt-machten, ehe sie die Hunde erschrecken, wenn Ihr wisst, was ich meine«, sagte er und fügte leise ein paar Worte hinzu, die sie nicht verstand. »Ich muss einen geeigneten Platz fin-den, wo sie ihr Lager aufschlagen können – flussaufwärts von diesen Burschen dort unten, damit sie nicht ihre Pisse trinken müssen.«

Margaret sah ihn an, sie wusste nicht, ob sie ihn richtig ver-standen hatte, wollte ihn aber auch nicht bitten, es zu wie-derholen. Da ihre Muttersprache Französisch war, war es ihr manchmal fast unmöglich, den schottischen Akzent zu verste-hen. Sie neigte zustimmend den Kopf, und er rief den Män-nern in seiner Nähe etwas in ihrer eigenen Sprache zu, wor-auf sie stehen blieben und ihre Schwerter und Äxte bereit machten. Wieder bekam Margaret Angst.

»Warum greifen sie zu den Waffen, Andrew? Hier sind doch keine Feinde.«

»Ach, das ist so ihre Art, Mylady. Sie haben einfach gern eine Klinge in der Hand, wenn Engländer in der Nähe sind. Nichts weiter als eine Angewohnheit. Kümmert Euch nicht darum.«

Margaret rief ihren Sohn. Liebevoll ruhte ihr Blick auf ihm, als er sein Pony antrieb und rot wurde, weil alle ihn be-obachteten, bis er schwer atmend, aber strahlend, an ihrer Seite war. In einiger Entfernung hatten sich etwa drei Dut-zend Männer aus den Reihen der Armee gelöst, die ihnen jetzt in leichtem Trab und mit erhobenen Bannern entgegen-kamen.

»Das dort ist der Duke von Somerset«, sagte Margaret, an den Laird gewandt.

»Ja, richtig, und Earl Percy«, erwiderte er. »Wir kennen sein Banner.«

»Und ich wäre Euch dankbar, wenn Ihr zu Ehren Eurer Königin und ihres Sohnes untereinander Frieden halten würdet«, sagte Margaret bestimmt. Sie war überrascht, als er lachte.

»Oh, wir wissen den Frieden schon zu schätzen – und wir wissen auch, wer unsere Verbündeten sind. Wenn Ihr die Clans etwas besser kennen würdet, dann wüsstet Ihr, dass Ihr Euch auf diese Burschen verlassen könnt.«

Trotz dieser beruhigenden Worte wurde Margaret zusehends nervöser, als die Reiter näher kamen. Doch dann stellte sie mit großer Erleichterung fest, dass Derry Brewer mitten unter ihnen war, und auch ihm war seine Freude deutlich anzusehen.

Somerset, als ältester Lord, war der Erste, der absaß und vor Margaret aufs Knie ging, gefolgt von Earl Percy und Baron Clifford. Die anderen Männer standen wortlos da, während ihre Herren die Königin und ihren Sohn begrüßten. Kühl betrachteten sie die schottischen Krieger, auch sie hatten eine Hand am Schwertgriff.

»Euer Hoheit, es ist mir eine Freude, Euch zu sehen«, sagte Somerset, als er aufstand. »Prinz Edward, seid uns willkommen.«

»Ich frage mich nur, welchen Preis Ihr für diese vielen Männer gezahlt habt, Mylady«, fügte Henry Percy stirnrunzelnd hinzu. »Man kann nur hoffen, dass die Schuldenlast nicht zu groß sein wird.«

Der junge Earl hatte die typische Percy-Nase, stellte Margaret fest, diesen gewaltigen Zinken, der das ganze Gesicht beherrschte. Er sah aus wie eine jüngere Ausgabe seines Vaters.

»Ich denke, das ist die Angelegenheit des Königs, Mylord Percy«, erwiderte sie kühl, sodass er errötete. »Und jetzt möchte ich Euch Lord Douglas vorstellen, den Befehlshaber dieser tüchtigen Krieger.«

Earl Percy merkte, dass Andrew Douglas ihm mit einer gewissen Zurückhaltung gegenübertrat. Der Schotte zeigte deutlich seine leere Handfläche, dann ergriff er Percys Hand, als mache er damit ein großes Zugeständnis. Als er sie wieder losließ, wandte der Earl sich abrupt von ihm ab und starrte, missbilligend auf der Lippe kauend, dieses schottische Gesindel an. Margaret merkte, wie Derry Brewer die beiden amüsiert beobachtete.

»Ich habe ein Lager abgesteckt, etwas vom Hauptteil des Heeres entfernt«, sagte Somerset stirnrunzelnd, weil er merkte, dass eine gewisse Spannung in der Luft lag.

»Lord Douglas, Ihr und Eure Männer werdet im Fall eines Angriffs an der linken Flanke kämpfen, dicht neben Clifford und meinen eigenen Leuten.«

»Und wo werdet Ihr stehen, Lord Percy?«, fragte Andrew Douglas betont harmlos.

»An der rechten Flanke«, erwiderte Percy, ohne zu zögern, und wurde rot. »Meine und Eure Leute haben eine gemeinsame Geschichte, die weit zurückreicht, und alte Rechnungen, die aber auf keinen Fall hier beglichen werden.« Seine Stimme klang fest entschlossen. »Ich erwarte, dass es keinerlei Schwierigkeiten gibt – und ich habe meinen Hauptleuten dasselbe gesagt. Aber natürlich kann ich Euren Leuten nicht gestatten, in die Stadt zu gehen, das habe ich den Ratsherren bereits zugesichert.«

»Das akzeptieren wir, Mylord«, erwiderte Douglas. »Gott bewahre, dass wir den braven Bürgern von York einen Schre-

cken einjagen sollten.« Der Schotte murmelte etwas Unver-
ständliches, worauf Percy rot anlief. Margaret fragte sich, ob
der Earl womöglich diese seltsame Sprache verstand, nachdem
er so viele Jahre die Grenze gegen Leute wie diese hier verteidigt hatte. Sie schickte ein schnelles Gebet zum Himmel,
dass sie hier keine Wölfe unter die Lämmer gebracht hatte.

»Hoheit«, sagte Somerset in ihre Gedanken hinein. »Mit
Eurer Erlaubnis habe ich Euch in der Stadt eine Unterkunft
beschafft, sodass Ihr Euch ausruhen könnt. Es ist ein Haus
in einer guten Gegend. Baron Clifford hat sich bereiterklärt,
diesen Männern zu zeigen, wo ihr Platz ist.« Andrew Douglas
lachte leise über die Doppeldeutigkeit seiner Worte. Ehe sie
zu ihrem Quartier begleitet wurde, stieg Margaret vom Pferd
und umarmte den Schotten, was die Umstehenden so überraschte, dass sie nur wortlos dastehen und ins Leere starren
konnten.

»Ich danke Euch, dass Ihr mich nach Hause gebracht habt,
Andrew. Was immer Eure Gründe sein mögen, ich weiß Eure
Dienste zu schätzen, und die Eurer Männer. Es sind brave
Leute.«

Der Schotte, der fast so rot geworden war wie Earl Percy,
starrte hinter ihr her, und Derry Brewer half der Königin wieder aufs Pferd. Dann schwang er sich grinsend auf *Vergeltung*
und trabte davon, die versammelten Edelleute und Fahnenträger hinter ihm her. Ein schwerer Regen hatte wieder eingesetzt und klatschte den Männern, die missmutig nach oben
blickten, ins Gesicht.

30

Weihnachten war gekommen, und es war eines der merkwürdigsten Weihnachtsfeste, die York und Salisbury jemals gefeiert hatten, nicht nur, weil sie es getrennt von ihren Familien verbracht hatten. Obwohl sie gen Norden in den Krieg marschierten, konnten sie den Tag, an dem Christi Geburt gefeiert wurde, nicht einfach übergehen – selbst wenn sie gewollt hätten, ihre Männer hätten solch ein Versäumnis als ein schlimmes Omen angesehen.

Der Bischof von Lincoln war etwas ratlos gewesen, als plötzlich in seiner Diözese achttausend Soldaten auftauchten, was selbst für die große Kathedrale auf dem Hügel zu viele Menschen waren. Diejenigen, die es geschafft hatten, sich in die Kirche zu drängen, standen geduldig Schulter an Schulter neben den Einheimischen, der Rest stand draußen, wo sie ehrfürchtig zu dem hohen Kirchturm hochblickten, der bis in die Wolken zu reichen schien. Wenigstens hatte der Regen ausgesetzt. Es war völlig windstill, allerdings war es kälter geworden, die Stadt war von Raureif überzogen, und die Männer auf dem Kirchplatz fingen bald an zu bibbern und sich in die froststarren Hände zu blasen. Doch es waren ein paar Stunden der Ruhe, in denen man nichts weiter hörte als das Singen, das undeutlich nach draußen drang. Es war, als halte die Welt den Atem an.

Sie hatten durch diesen Umweg zur Kathedrale fast zwei Tage verloren, aber York merkte, dass es den Männern wieder Mut gegeben hatte. Die Last, die sie auf ihren Schultern trugen, schien jetzt leichter. Zweifellos hatten viele von ihnen in der riesigen, kalten Kirche auch ihre Sünden gebeichtet und um Vergebung gebetet, damit sie, falls sie sterben sollten, wenigstens die Aussicht auf das ewige Leben hatten. Er selbst hatte dasselbe getan, und als er im Beichtstuhl kniete, war er zutiefst dankbar, dass er seine Seele nicht mit der Tötung des Königs belastet hatte. Das wäre zu viel zu ertragen, zu viel zu vergeben gewesen.

York war überrascht, dass ihm dieser langsame Marsch nach Norden nicht stärker zu schaffen machte. Die Römerstraße war mit großen, soliden Steinplatten gepflastert und führte durch Moore und dichten Mischwald aus Eichen, Birken und Eschen. Die Soldaten erklommen Hügelkuppen, von denen aus sie die dunkelgrüne Landschaft meilenweit überblicken konnten, ehe sie wieder in die bewaldeten Täler hinabstiegen und weitermarschierten.

Regen und Wind hatten nie aufgehört. Auf beiden Seiten der Straße tropfte er durch die Bäume, drückte auf die Stimmung der Männer und ließ ihre Kleider schwer wie Eisenrüstungen werden. Und doch, wenn York tief durchatmete, war es eine Luft, die er von früher her kannte. Die Politik und die Probleme Londons lagen weit hinter ihm, er genoss die Gesellschaft Salisburys, und ihre einzige gemeinsame Sorge war es, jeden Tag so viele Meilen wie möglich zurückzulegen. Die Verpflegung war knapp, und nach acht Tagen mit schmaler Ration konnte York mit Befriedigung feststellen, dass sein Bauch wieder überwiegend aus straffen Muskeln bestand und der Wanst verschwunden war, der ihm in den letzten Jahren ziemlichen Kummer bereitet hatte. Er fühlte sich gut bei Kräften und hellwach, sodass er es fast bedauerte,

mit seinen Leuten einer feindlichen Armee entgegenzuge-
hen. Trotz aller Zufriedenheit, die er verspürte, legte sich
diese Tatsache immer wieder wie ein Leichentuch über seine
Stimmung.

Er und Salisbury hatten weitere vierhundert Mann von
ihren eigenen Gütern mitgenommen, die sie auf ihrem Weg
aufsuchten, zumeist einsame Herrenhäuser, die lange im Fa-
milienbesitz gewesen waren und ihnen nach der Widerru-
fung der Verunehrung wieder zurückgegeben worden waren.
Yorks zweiter Sohn, Edmund, Earl von Rutland, gehörte auch
zu diesen Männern. Er war siebzehn und stolz wie ein Pfau,
dass er an der Seite seines Vaters marschieren und kämpfen durfte. Edmund war nicht so groß und breitschultrig
wie sein älterer Bruder, aber mit seinem schwarzen Haar
und den dunklen Augen sah er York sehr ähnlich, den er um
einen Zoll an Körpergröße überragte. Sein Vater begrüßte
seine Ankunft mit einem Ausruf der Freude, doch privat
vertraute er Salisbury an, er habe das Gefühl, dass Cecily
den Jungen damit beauftragt habe, ein Auge auf ihn, York, zu
haben.

York und Salisbury stellten jedes Pferd, das sie erübrigen
konnten, ihren Spähern zur Verfügung. Sie schickten die Männer zurück auf die Straße nach London und nach Westen in
Richtung der Grenze zu Wales. Andere ritten in Dreiergrup-
pen voraus nach Norden, damit mindestens einer überleben
würde, falls sie in einen Hinterhalt geraten sollten, und dann
zurückgaloppieren konnte. Im Feindesland gebot es die Vernunft, Späher weit vorauszuschicken, die wie emsige Bienen
hin und her schwirrten, Befehle entgegennahmen und be-
richteten, wie es vor ihnen aussah. Mit jedem Tag wurden
diese Nachrichtenketten länger, sodass die Neuigkeit, dass

Warwick im Süden schon in London eingetroffen war, bereits sechs Tage alt war, ehe sie Salisbury erreichte. Jetzt zog Warwick also mit den Männern aus Kent hinter ihnen her, doch die Männer hatte ihre Familien verlassen müssen und murrten, wie man den knappen Zeilen entnehmen konnte, die er seinem Vater zukommen ließ.

Die Nachricht von Edward von March war noch knapper. Er erwähnte das Schloss von Ludlow mit keinem Wort, bestätigte lediglich, dass er an Ort und Stelle war und richtete Grüße von seiner Mutter aus. York lächelte, als er den Einzeiler las, der mit »E. March« unterschrieben war. Er konnte sich vorstellen, wie sein Sohn sich fühlen musste, der einerseits für die Führung einer Armee verantwortlich war, andererseits aber ständig die Kommentare seiner Mutter über sich ergehen lassen musste. Dennoch, York war zufrieden. Alle waren in Bewegung. Trotz Regen, Kälte und Dunkelheit hatte er drei Armeen mobilisiert, die bereit waren, jede Streitmacht zu vernichten, die Königin Margaret zusammengetrommelt haben mochte. Fast hätte er seine Feinde gesegnet, weil sie sich an einem einzigen Ort versammelt hatten, obwohl es jetzt Winter war, immerhin konnte er sie so alle auf einen Schlag erledigen. Das Jahr ging zu Ende, und York war überzeugt, dass es gut für ihn lief. Bis zum Frühjahr würde er ganz England in seiner Hand haben.

Er dachte an den einsamen jungen Mann im Bischofspalast, der jetzt sicher neben seiner Lampe saß und las. York schüttelte den Kopf, er wollte dieses Bild wieder loswerden. Was mit dem König geschehen sollte, war ein Problem, das sich nicht von selbst lösen würde. Doch vorerst konnte er sich nicht darum kümmern, er musste jetzt nach vorn sehen.

Da er seine Späher so weit vorausgeschickt hatte, war es nicht mehr möglich, York und Salisbury zu überraschen, und niemand fand es weiter verwunderlich, als jetzt ein Knappe angaloppiert kam, der die Zügel auf den Pferdehals klatschen ließ, um sein müdes Tier zur Truppe zurückzutreiben. Als sie an Sheffield vorbeigekommen waren, dem Sitz des Earls von Shrewsbury, war York durch eine Gegend geritten, die ihm seit seiner Kindheit besonders vertraut war. Die große Stadt York lag nur noch zwei Tagesmärsche nördlich vor ihnen, und er hatte das Gefühl, als sei er nach Hause gekommen. Seine Männer ließen den Späher passieren, wie sie es schon oft getan hatten. Meist hatten sie nichts Neues zu berichten, und York begrüßte auch diesen jungen Mann lächelnd, als er absaß und sich verbeugte. Er war verschwitzt und merkwürdig blass, aber York zog nur die Augenbrauen hoch und wartete darauf, dass er wieder zu Atem kam.

»Mylord, bei York steht eine riesige Armee. So groß, wie ich noch nie eine gesehen habe.«

Ihr Weg führte gerade durch einen dunklen Wald. Die Straße war hier stark beschädigt, die Hälfte des Pflasters fehlte. Der Wald hatte sich auf beiden Seiten zur Straße hin ausgedehnt, gelegentlich wuchsen die jungen Bäume sogar zwischen den Pflastersteinen. York sah, wie Salisbury sein Pferd umwandte und näher kam, um mitzuhören.

»Sieht so aus, als habe dieser junge Mann unsere Beute aufgespürt«, sagte York und bemühte sich, sorglos zu klingen. »Wo sind deine Gefährten?«

»Mylord, ich … ich weiß es nicht. Wir sahen, dass die anderen ebenfalls Späher ausgesandt hatten, und danach bin ich nur noch so schnell wie möglich geritten. Ich habe sie aus den Augen verloren.« Der junge Mann klopfte mit zitternder

Hand den Hals seines Pferdes, der von langen Schaumfäden bedeckt war.

»Wie dicht warst du dran, ehe du umgekehrt bist?«, fragte York. Er war überrascht, dass der junge Mann rot wurde, so als ob er damit seinen Mut infrage gestellt habe. »Erzähle einfach, was du gesehen hast.« Ungeduldig wartete York, als der junge Mann seine Finger bewegte und leise vor sich hin murmelte.

»Es waren drei Bataillone, Mylord. Drei große Karrees, die bei der Stadt ihr Lager haben. Jedes von ihnen um die sechstausend Mann, wenn ich richtig geschätzt habe. Vielleicht ein paar weniger, aber ich würde sagen, insgesamt sind es bestimmt – achtzehntausend.«

York schluckte, ein Schauer lief ihm über den Rücken. Einem Heer dieser Größe hatte er bei Ludlow gegenübergestanden, aber der König hatte doch seit damals Tausende verloren, außerdem Befehlshaber wie Buckingham und Egremont. Die Königin und ihre Lords schienen Armeen wie Heuschreckenschwärme um sich zu sammeln, wo immer sie hinkamen. York blickte zu Salisbury hinüber, der mit finsterem Gesicht dastand. Der Name des Königs war eine große Hilfe, wenn es darum ging, trotz seiner Abwesenheit Freiwillige zu rekrutieren – oder vielleicht gerade wegen seiner Abwesenheit. York blickte Salisbury nicht an. Er dachte fieberhaft nach, während der Späher ihn anstarrte.

»Wenn sie unsere Späher gesehen haben, wissen sie auch, dass wir kommen«, sagte Salisbury. »Wie lange ist das her?«

Der junge Knappe wandte sich dem Frager zu.

»Ich sah sie gestern früh, Mylord. Ich musste einen großen Bogen schlagen, um an den Reitern vorbeizukommen, die mich verfolgten, aber es waren nicht mehr als zwanzig, höchstens dreißig Meilen. Weiter hinaus gehe ich nicht.«

»Und sie hatten einen ganzen Tag, um nach Süden vorzudringen, wenn sie sofort losmarschiert sind, als sie unsere Späher entdeckten.«

»Nein«, sagte York. »Wir haben noch weitere Späher im Abstand von sechs und zwölf Meilen. Von denen ist noch keiner zurückgekommen und hat etwas gemeldet. Die Armee der Königin ist also noch nicht weitergezogen, oder zumindest nicht sehr schnell.«

»Trotzdem, es sind zu viele, Richard«, sagte Salisbury leise. York sah ihn unwillig an. Er nahm sich einen Moment Zeit, um den erschöpften Späher zu entlassen und an seiner Stelle einen anderen loszuschicken. In diesem Moment war er mehr denn je auf sie angewiesen, wenn ein solch gewaltiges Heer vor ihm stand.

»Es sind viele, aber nicht zu viele«, sagte York mit Nachdruck. »Selbst wenn wir wegen der Jahreszeit jetzt nur die Hälfte der Männer aus Kent bekommen, bringt Warwick immer noch sechstausend mit – vielleicht mehr. Und mein Sohn hat auch dreitausend.« York kalkulierte, während er sprach. Wenn er Edward zurückrief, gäbe es im Westen niemanden, der die Tudors aufhielt. Jetzt hing alles davon ab, wie viele Warwick mitbrachte – und wie weit entfernt sie noch waren. York fluchte leise, und Salisbury nickte.

»Wir brauchen eine Festung«, sagte Salisbury. »Einen Ort, wo wir sicher sind, solange wir auf Verstärkung warten. Middleham ist zu weit weg und auch zu klein für achttausend Mann.«

»Dann eben die Festung Sandal«, sagte York. »Die liegt nicht mehr als zwölf Meilen von hier.«

»Daran ist die Armee der Königin vielleicht schon vorbei«, sagte Salisbury. »Ich möchte lieber nach Westen oder nach Norden gehen, vielleicht sogar zurück nach Ludlow.«

»Sie würden uns überrennen, ehe wir dort sind.« York rieb sich das Gesicht. »Und ich werde das Schicksal nicht herausfordern. Nein. Keiner der anderen Späher ist bisher zurückgekommen. Wir können Sandal erreichen. Die Festung ist fast wie eine Insel, sie liegt auf einem Hügel und ist nicht schwer zu verteidigen. Das genügt.«

»Mir gefällt es nicht, dieses Risiko einzugehen«, sagte Salisbury entschieden. »Wir marschieren direkt einem Feind entgegen, der doppelt so stark ist wie wir.« Er erschrak, als York lachte.

»Ich bin hier *zu Hause*, das ist meine Heimat. Deswegen bin ich durch Sturm und Regen marschiert. Dieses Jahr geht zu Ende – und damit diese letzte, große Jagd. Nach Sandal ist es nur noch ein paar Meilen. Ich fürchte weder dein ›Risiko‹ noch unsere Feinde, egal, wie stark sie auch sein mögen.« York schüttelte voll grimmiger Belustigung den Kopf. »Ich werde *nicht* vor ihnen davonlaufen. Weder heute noch an einem anderen Tage. Bei Ludlow war ich gezwungen zu fliehen, und das hat mir für den Rest meines Lebens gereicht. Sie werden mich nicht noch einmal von hinten sehen, das versichere ich dir.«

Sein Blick war hart, als er darauf wartete, ob Salisbury noch länger diskutieren wollte, während ihnen die Zeit davonlief.

»Zwölf Meilen bis Sandal? Bist du sicher?«, sagte Salisbury schließlich. York grinste den Freund an.

»Ich schwöre dir, es ist nicht weiter. Als Junge bin ich oft mit deinem Vater von York nach Sheffield zum Markt geritten, weißt du nicht mehr? Ich *kenne* diese Gegend. Noch vor Sonnenuntergang werden wir Sandal erreicht haben und in Sicherheit sein.«

»Dann sollten wir uns beeilen«, erwiderte Salisbury. »Denn die Sonne können wir nicht aufhalten.«

Die Armee, die vor der Stadt York ihr Lager aufgeschlagen hatte, war die größte, die Derry Brewer jemals gesehen hatte. Doch trotzdem machte er sich Sorgen. Er nagte an einer wunden Stelle an seinem Fingernagel herum, die sich entzündet hatte, presste die heiße, pochende Stelle gegen seine Zähne und spuckte aus, als er einen bitteren Geschmack im Mund verspürte. Tiefe, dunkle Wolken lagen über der Ebene, in der die Männer sich in einfachen Zelten vergeblich vor der allgegenwärtigen Nässe zu schützen versuchten. Sie hatten Latrinen gegraben, aber nach einer Nacht, in der es schwer geregnet hatte, waren die Gräben übergelaufen, und ein Strom von Unrat hatte sich ins Lager ergossen und sich mit den riesigen Wasserlachen vermischt. Krankheiten breiteten sich aus. Ständig hockten einige Hundert Mann stöhnend, mit heruntergelassenen gälischen Hosen über den Latrinengräben. Aus irgendeinem Grund schienen die Schotten davon stärker betroffen zu sein als die übrigen Soldaten, der Durchfall hatte sie zu wahren Elendsgestalten gemacht, die so schwach waren wie kleine Kinder.

Beim Zelt der Königin, dem größten weit und breit in der Ebene, stieg Derry vom Pferd. Er warf die Zügel von *Vergeltung* einem Diener zu und erklärte ihm, wie sehr sich das Tier über jeden noch so kleinen, verschrumpelten Apfel freuen würde, falls er so etwas auftreiben könne. Er versprach dem Jungen einen Silberpenny, dann begab er sich zu dem Zelt, wo Kriegsrat gehalten wurde. Er konnte die Stimmen Margarets und ihrer Lords schon von Weitem hören.

Drinnen im Zelt war das Prasseln des Regens unangenehm lauter. Das Zelt hatte Dutzende undichter Stellen, unter die man zwar Töpfe gestellt hatte, um das Wasser aufzufangen, doch die Feuchtigkeit drang überall durch. Auf dem durchweichten Zeltboden standen qualmende Kohlebecken, denn das Holz war grün und brannte schlecht. Derry breitete seinen Mantel zum Trocknen auf einer Bank aus und trat näher, um zuzuhören.

In der Mitte des Kriegsrats stand Lord Clifford, ein kleiner, schmächtiger Mann mit elegantem Schnurrbart, der bestimmt jeden Tag geschnitten werden musste, um in Form zu bleiben. Eigentlich war Clifford nur einer von vielen unbedeutenden Baronen im Land, doch er hatte den Tod seines Vaters bei St. Albans gegenüber Percy und Somerset geschickt zur Sprache gebracht, sodass sie ihm als Entschädigung für seinen Verlust einen Platz im Kriegsrat und weitere Privilegien zugebilligt hatten, die einem Mann seines Ranges sonst nicht zukamen.

Derry mochte diesen Clifford nicht. Er war überheblich und eingebildet und behandelte Derry für gewöhnlich wie Luft, als zähle seine Meinung überhaupt nicht. Aber das konnte ihm egal sein. Wie Luft behandelt zu werden war in Derrys Position oft von Nutzen.

Derry stand am Rande der Versammlung und bemerkte den hochgewachsenen rotbärtigen Schotten, der wie ein Wächter neben der Königin stand. Der Mann schien völlig unbeteiligt, aber er achtete genau darauf, was diese Männer sagten, die später in der Schlacht seine Gefährten befehligen würden. Derry nahm alle Einzelheiten mit einem Blick wahr und verhielt sich abwartend, wobei er nur mit Mühe den Gestank von Krankheit und Durchfall ignorieren konnte, der auch hier in der Luft hing und sich mit dem Geruch von nasser Wolle und modrigem Leder vermischte. Wenigstens ist es wärmer hier drinnen, dachte er dankbar.

»Wenn York den König mit nach Norden gebracht hat, dann natürlich als Gefangenen«, sagte Clifford in diesem Moment. »Ich habe meine Hauptleute angewiesen, königliche Banner nicht zu beachten, wenn sie welche sehen sollten. Sie alle wissen, dass König Henry niemals gegen Frau und Sohn zu Felde ziehen würde, deshalb befürchte ich auch keine Desertionen. Die einfachen Soldaten wollen nicht nachdenken, sie wollen klare Befehle bekommen. Doch sie sind wild entschlossen, Mylady. Ich glaube, der Anblick des Löwenbanners auf dem Schlachtfeld würde sie befeuern und ihnen das Gefühl geben, dass sie König Henry retten. Beten wir darum, dass York ihn mitgebracht hat! Es wäre sein Verderben.«

Margaret merkte, wie Derry Brewer näher getreten war. Sie winkte ihn heran und kümmerte sich nicht um Cliffords gereiztes Brummen, als Somerset und Percy für ihn Platz machten.

»Was gibt's Neues, Master Brewer?«

»Im Lager sind noch immer viele krank, Mylady, allerdings sind es heute weniger Fälle als gestern. Ich habe das in Frankreich auch schon erlebt, aber bisher haben wir nur ein paar der Schwächsten verloren. Ich glaube, mit Gottes Hilfe wird die Krankheit wieder abflauen und sich nicht weiter ausbreiten. Ich habe etwa sechzig der schwersten Fälle in die Stadt geschickt. Dort können sie gepflegt werden. Ich muss aber darauf bestehen, dass die Zahl der Pflegebedürftigen konstant gehalten wird – das heißt, wir nehmen nur so viele neue Männer auf, wie wir auch entlassen. Sonst ist bald die ganze Armee dort und lässt sich im Warmen Brühe reichen.« Er blickte auf die reglose Gestalt des Schotten an ihrer Seite.

»Die Jungs aus Schottland haben sich geweigert, Mylady. Es scheint, als wollten sie ihre Krankheiten lieber selbst auskurieren.« Der große Schotte nickte fast unmerklich, und Derry grinste.

»Hat dieser Mann nichts Wichtigeres zu berichten?«, meldete sich Lord Clifford jetzt mit viel zu lauter Stimme zu Wort. »Es ist doch bekannt, dass Leute im Lager krank sind, Brewer. Und wahrscheinlich haben wir auch Diebe, die ihre Freunde bestehlen. Na und?« Er blickte die anderen an, als erwartete er, dass sie Derry in den Regen hinauswerfen würden. Somerset schüttelte nur den Kopf und ignorierte den Baron. Er wandte sich an die Königin.

»Wir warten auf den Marschbefehl, Mylady. Werdet Ihr ihn heute geben? Es wird etwas dauern, bis wir das Lager aufgehoben haben, und das Tageslicht schwindet bereits. Ich möchte, dass die Männer zum Abmarsch bereit sind.«

Es wurde still im Zelt, die Männer sahen Margaret an und erwarteten ihre Antwort. Zwei tiefe Falten erschienen zwischen ihren Augenbrauen, und Derry bemerkte, wie sie nervös mit dem Zeigefinger ihrer rechten Hand ihren Daumennagel bearbeitete. Er konnte nachvollziehen, dass sie sich Sorgen machte, jetzt, wo so viele wichtige Lords auf ihre Entscheidung warteten. Sie hatte darauf bestanden, dass sie sich fügten, hatte sich auf ihre Stellung, auf ihre Privilegien berufen. Und jetzt zahlte sie den Preis. Sie musste einen Befehl geben, der sie alle in den Tod schicken konnte. Jeder dieser Männer hatte auch einen persönlichen Grund, warum er gegen York in den Krieg zog, aber das letzte Wort lag bei ihr, sie musste für ihren Mann und ihren Sohn entscheiden.

Margaret öffnete den Mund und schloss ihn wieder. Sie seufzte. Sie hatte bei Blore Heath ein schreckliches Massaker miterlebt. Bei Northampton hatte sie gesehen, wie Warwick und March ganze Armeen zerstört und auseinandergerissen hatten. Sie war Hunderte von Meilen gereist, um Leute zusammenzutrommeln, die mit ihnen nach London marschierten, um den König zu befreien. Doch ehe sie so weit war, war York nach Norden gezogen. Seine Anwesenheit zwang sie zur Entscheidung. Sie musste jetzt alles riskieren.

Das Kratzen am Daumennagel wurde heftiger, Derry konnte es sogar hören. Sie tat ihm leid, so einsam wie sie in der allgemeinen Stille dasaß. Sie hatte sich mit den Tudors und den Schotten verbündet, um sich deren Unterstützung zu sichern. Ihr Sohn Edward war mit der Tochter von König James verlobt worden, und damit hatte sie ihre eigene Zukunft aufs Spiel gesetzt. Derry konnte verstehen, dass sie sich davor fürchtete, erneut die Würfel in die Hand zu nehmen. Falls York es schaffte, die Männer, die hier in diesem Zelt versammelt waren, noch einmal zu besiegen, dann wäre das ein für alle Mal das Ende der Lancasters.

»Mylord Somerset pflegt zu sagen: ›Vorsicht gewinnt keine Kriege‹«, sagte Margaret schließlich. Ihr Gesicht wurde weicher, eine große Spannung schien von ihr abzufallen. Das fieberhafte Spiel mit ihren Fingern hörte auf, ihre Hände lagen schlaff im Schoß. Sie tat einen tiefen, fast krampfhaften Atemzug. »Gebt den Befehl, das Lager abzubrechen, Mylords. Wir ziehen gegen Yorks Armee ins Feld und gegen jeden, der an seiner Seite stehen mag. Denkt daran, Ihr kämpft für den König von England, der von schändlichen Verrätern gefangen gehalten wird. Das Recht ist auf Eurer Seite. Ich danke Euch. Jetzt geht mit Gottes Segen.«

Während der letzten Worte neigte sie kurz den Kopf, ihre grimmige Entschlossenheit war verschwunden. Jetzt sah sie nur noch müde und traurig aus. Die versammelten Lords verbeugten sich und dankten ihr mit einem Chor rauer Stimmen. Sie waren froh, endlich zu entkommen und zu ihren Männern zurückgehen zu können.

Derry wartete, bis sich das Zelt fast gänzlich geleert hatte. Nur der Schotte war noch bei der Königin geblieben und beobachtete ihn. Was immer sie jenseits der Grenze ausgehandelt hatte, die Schotten waren offenbar entschlossen, die Königin zu beschützen, bis die Sache erledigt war. Derry zwinkerte dem großen Mann zu. Als Antwort legte der seine Hand an den Griff des langen Messers, das er am Gürtel trug.

»Ich sollte wohl fragen, ob Ihr noch einen besonderen Befehl für mich habt, Mylady, aber vielleicht ist der Moment nicht *privat* genug.« Damit machte er eine etwas theatralische Kopfbewegung in Richtung des mürrisch dreinblickenden Kriegers, der einfach nur zurückstarrte.

Margaret wickelte eine Haarsträhne um ihren Finger, fester und immer fester. Ihre Stimme klang trostlos, als sie antwortete.

»Ihr habt immer gesagt, wenn das Kämpfen anfängt, dann ist Eure Arbeit beendet, Derry. Ihr seid mir eine größere Hilfe gewesen, als ich jemals ausdrücken kann, aber jetzt wird wieder gekämpft. Es ist die Stunde der Bogenschützen, der Axt- und Schwertkämpfer.« Einen Moment schloss sie die Augen. Dann fuhr sie fort.

»Derry, ich habe Salisbury schon einmal als Befehlshaber erlebt. Ich habe mit angesehen, wie er bei Blore Heath eine Armee dreimal so groß wie seine eigene vernichtet hat. Über York weiß ich nicht genug, um ihn zu fürchten, aber ich fürchte mich vor Salisbury. Werdet Ihr in meiner Nähe bleiben?«

»Natürlich werde ich das! Und im Übrigen habt Ihr mit Somerset und Percy tüchtige Männer, Mylady. Ihr braucht Euch keine Sorgen zu machen. Somerset ist ein hervorragender Heerführer. Sein Vater hat ihn gut ausgebildet, und die Jungs vertrauen ihm. Soweit ich gesehen habe, ist er für sein Alter sehr erfahren – und er ist sich nicht zu gut, einen Rat anzunehmen. Niemand von ihnen hat etwas für York übrig, Margaret. Sie wissen, was auf dem Spiel steht, und sie werden nicht versagen, das versichere ich Euch. Selbst die Schotten nicht, denke ich.«

Der große Mann neben Margaret gab ein mürrisches Grunzen von sich, und sie musste lachen.

»Reizt den Mann nicht, Derry. Der könnte Euch in der Luft zerreißen.«

»Na ja, er ist halb so alt und fast doppelt so groß wie ich«, erwiderte Derry. »Aber ich glaube, ich könnte es ihm zumindest ein bisschen schwer machen.« Auf dem Gesicht des Schotten breitete sich ein Grinsen aus, womit er Derry vermutlich zeigen wollte, was er von diesem Vorschlag hielt.

»Ich sollte mir mein Pferd bringen lassen, Derry«, sagte Margaret. »Habt Ihr das Eure auch in der Nähe?«

»*Vergeltung*? Den brauche ich nicht anzubinden. Er ist treu wie ein Hund, Mylady.«

Margaret lächelte, sie merkte, dass er versuchte, sie aufzuheitern.

»Dann wollen wir hoffen, dass sein Name ein gutes Omen ist.«

31

Die Festung Sandal thronte auf ihrem Hügel und überblickte hundertzwanzigtausend Morgen Land, fast zweihundert Meilen im Quadrat. Neben Bauernhöfen und Wäldern lagen auch ganze Städte und Dörfer innerhalb der Grenzen dieses Besitzes, und jede Kirche, jeder Hof, jeder Händler zahlte seinem Lehnsherrn den Zehnten. Zwar zog York Ludlow als Wohnsitz vor, aber er merkte, wie die Spannung von ihm abfiel, als er endlich wieder heimischen Boden betrat und die letzten paar Meilen der Straße auf die Burganlage zuritt.

Wie alle seine entfernter liegenden Besitztümer wurde auch Sandal in seiner Abwesenheit von einem zuverlässigen Vogt verwaltet, der dafür sorgte, dass die Burg stets für ihren Herrn bereitstand. York hatte es sich schon lange zur Gewohnheit gemacht, jedes seiner großen Häuser mindestens zweimal im Jahr zu besuchen, um die eingenommenen Gelder zu kontrollieren, ebenso wie die Kosten für Dienstboten, Vorräte und den sonstigen Unterhalt. Und Kosten gab es immer, sei es für ein neues Stallgebäude oder das Ausgraben eines Flusses, um Überschwemmungen zu verhindern.

Als York und Salisbury jetzt mit ihrer Armee die Grenze überschritten, wurde die Nachricht seines Nahens weitergegeben, bis sie Sir William Peverill in seinen Privatgemächern aufschreckte, der sofort aktiv wurde, um die nötigen Anordnungen zu treffen. Peverill war nicht mehr der Jüngste, doch die Ankunft des Dukes folgte einem eingespielten Ritual und bereitete ihm für gewöhnlich keine Kopfzerbrechen. Aus dem nahe gelegenen Dorf, Sandal Magna, wurden die Bediensteten, die zum Weihnachtsfest nach Hause gegangen waren, zurückbeordert. Kurz darauf liefen sie keuchend in Gruppen über die Straße zur Burg, um den Duke willkommen zu heißen.

Noch ehe der Duke die Straße am Fuß des Berges erreichte, die direkt zur Burg führte, hatte Peverill die übliche Menge Fleisch im Geiste bereits verdreifacht, doch als die Boten mit immer neuen Nachrichten herbeigeeilt kamen und er ihnen nähere Fragen stellen konnte, ahnte er, dass dies kein Routinebesuch des Duke werden würde. Metzger und ihre Gehilfen wurden mit Schlachtmessern in die Ställe geschickt, die in einiger Entfernung von den Hauptgebäuden lagen. Schweine lagen auf ihren Strohlagern, aber auch Hühner und selbst ein paar verschlafene Gänse waren vor der Winterkälte dort untergeschlüpft. Jetzt, wo es hieß, es seien Tausende von Soldaten im Anmarsch, würde man sie alle schlachten und braten müssen. Die zwölf Weihnachtstage waren noch nicht um, und Sir William wusste, dass York sicher eine Art Festgelage erwarten würde. Der Vogt ließ in den Hauptküchen alle Feuer anzünden, dazu noch weitere in zwei Kellerräumen, die nur bei ganz großen Festen gebraucht wurden. Knechte und Mägde eilten im Burghof hin und her, sie wischten und scheuerten, putzten Fenster und zogen zur Begrüßung ihre schönsten Kleider an.

York und Salisbury ritten nebeneinander her am Kopf der Kolonne, ließen aber selbst hier ihre Späher immer noch nach allen Himmelsrichtungen ausschwärmen. Salisbury war noch nie zuvor in Sandal oder der Festung gewesen und sah sich mit großem Interesse um. Die Felder und Wege wirkten gepflegt, und aus den Hütten im Wald kamen zahlreiche Köhler, um den Zug vorbeimarschieren zu sehen und vor ihrem Herrn die Mütze zu ziehen.

Während die Kolonne den Hügel hinaufmarschierte, schien der Wind mit jedem Schritt stärker und eisiger zu werden, er biss Hände und Gesichter, bis sie taub waren und die Männer vor Kälte zitterten. Salisbury entdeckte winzige Gestalten auf den Zinnen des Bergfrieds. Ihm graute bei dem Gedanken, eine Nacht dort oben verbringen zu müssen, um nach Feinden Ausschau zu halten. Eine halbe Meile im Umkreis von Sandal war alles gerodet worden, dahinter fingen dichte Wälder und offene Felder an, die sich nach allen Seiten zogen.

Zur Festung selbst gab es nur einen Zugang. Er führte über einen tiefen Burggraben, der den Zutritt zu Fuß und zu Pferde gleichermaßen erschweren sollte. Aufmerksam blickte York hinab, als sie zum Torhaus kamen, der unablässige Regen hatte für ein paar Fuß Wasser gesorgt. Die Zugbrücke war für ihre Ankunft herabgelassen worden, und er und Salisbury ritten gemeinsam über den engen Weg. Dann passierten sie das Torhaus und die dicken Mauern, die an der Basis zwölf Fuß dick waren.

Salisbury und York lenkten ihre Pferde zur Seite, und ließen die marschierenden Reihen passieren. Die Soldaten ergossen sich durch das Tor, als sollte es nie wieder ein Ende nehmen. Der Vorhof, auf dem sich jetzt die Soldaten drängten, war eine hufeisenförmige Fläche von nicht mehr als zwei Morgen, die von einem weiteren Graben umgeben waren, in dessen Mitte der solide Klotz eines Wachturms aus grauem Stein stand, der etwa dreißig Fuß tiefer lag als der eigentliche Burghof. In Kriegszeiten wäre dies ein zweites Hindernis. Von hier aus gelangte man nur über eine weitere Zugbrücke in den eigentlichen Festungshof. Der Wachturm verteidigte den einzigen Weg, der zum Bergfried hinaufführte, er überragte alles andere. Der Turm stand auf einer weiteren Erhebung – die letzte Zuflucht, falls die Burg jemals eingenommen werden sollte. Um ihn zu erreichen, müssten die Angreifer zwei Burggräben überwinden, dann den Hügel und schließlich eine dritte Zugbrücke. Wenn die hochgezogen war, war der Bergfried vom Rest der Festungsanlage völlig getrennt.

Sandal hatte nichts von der Eleganz, die Salisbury in Ludlow kennengelernt hatte. Die Festung glich auch nicht Middleham, seinem eigenen Wohnsitz. Die Anlage war zwar für den Kriegsfall gebaut worden, aber niemals in der Erwartung, dass einst achttausend Soldaten hier Schutz suchen würden. An der Rückseite des hufeisenförmigen Hofes befanden sich dicht an der Mauer eine Reihe von Hütten aus Holz. Die Türen standen offen, und die Dienerschaft stand aufgereiht davor, um ihren Lehnsherrn willkommen zu heißen. Hinter ihnen strömten die Soldaten herein, getrieben von Wind und Kälte, sodass die weiter hinten Eintreffenden jeden Raum und jeden Korridor bereits überfüllt vorfanden und sich wieder nach draußen durchkämpfen mussten, um einen Platz im Hof zu ergattern. Und noch immer trafen neue Soldaten ein, bis es in der gesamten Festung kein Plätzchen mehr gab, wo nicht ein Mann hockte und erwartungsvoll nach etwas Essbarem Ausschau hielt. Hoch über ihnen auf dem Bergfried flatterte das Banner Yorks und verkündete allen, dass der Hausherr anwesend war. Als York das sah, stieß er einen leisen Fluch aus und schickte einen Mann zum Bergfried und zum Wachturm, um die Fahnen wieder herunterzuholen.

Als es dunkel wurde, zündete man entlang der inneren Burgmauer Kerzen und Lampen an und brachte den vor Kälte zitternden Männern Kohlebecken, an denen sie sich wärmen
konnten. Außer den zersägten Tierhälften, die die blutbefleck-
ten Schlachter auf den Schultern hereintrugen, wurde jeder
Vorratsraum und jeder Keller nach Essbarem durchsucht, nach
Schinken, Bier, nach dicken Speckseiten, selbst nach Honig und
eingelegtem Obst – alles, was nur irgendwie geeignet war, den
Hunger so vieler Soldaten zu stillen.

Salisbury war einer der wenigen, die eigene Schlafgemächer
bezogen. Yorks Sohn Edmund ließ es sich nicht nehmen, ihm
persönlich den langen Weg durch die Korridore zu zeigen,
wobei er ungeschickt, aber liebenswürdig versuchte, Konver-
sation zu machen. Sie wurden von zwei Dienern begleitet,
die zu beiden Seiten der Tür respektvoll stehen blieben.

»Dieses Zimmer ist frei, Mylord«, sagte Edmund. »Und falls
Ihr etwas zu waschen oder zu reparieren habt, werden diese
beiden hier es für Euch erledigen.«

»Ich will nur wissen, wo ich schlafen kann«, erwiderte Salisbury. »Lass mir einen Augenblick Zeit, ich gehe gleich zu deinem Vater zurück.« Er verschwand durch die Tür, und Edmund
wartete ungeduldig, wie es die Höflichkeit einem Gast gegenüber gebot, selbst unter so außergewöhnlichen Umständen.

Die Gepäckwagen vor der Burg wurden immer noch ent-
laden, deshalb hatte Salisbury nicht viel bei sich. Wie versprochen, kam er schon nach kurzer Zeit wieder aus seinem Zimmer. Er hatte Schwert und Wehrgehänge abgelegt, zusammen
mit seinem Mantel. Offenbar hatte er sich Zeit genommen,
seine Hände in die Waschschüssel zu tauchen. Jetzt fuhr er
sich durchs Haar, als er zusammen mit Edmund den Weg zurückging.

»Du erinnerst mich an deinen Vater, als er so jung war wie du«, sagte Salisbury unvermittelt. Edmund grinste.

»Aber ich glaube, ich bin etwas größer, Mylord.«

Beide dachten in diesem Moment an Edward, und Salisbury nahm mit leichter Verwunderung zur Kenntnis, dass der junge Mann kurz die Stirn runzelte.

»Dein Bruder Edward ist der zweitgrößte Mensch, den ich je gesehen habe, nach Sir John de Leon, damals, als ich in Frankreich diente. Sir John war aber nicht so ... wohl geraten, nicht so ... nun ja ... gut aussehend.«

»Gut aussehend, Mylord?«, fragte Edmund mit leisem Lächeln.

Salisbury zuckte die Schultern, er war zu alt, um verlegen zu werden.

»Ja, so würde ich es nennen. Sir John war nicht nur der größte, sondern gleichzeitig der hässlichste Mensch, der mir je begegnet ist. Er war eigentlich ein bedauernswerter Kerl. Er konnte ein Fass, so schwer wie er selbst, hoch in die Luft werfen. Eine unübertroffene Leistung. Aber leider konnte er trotz seiner Größe nicht rennen. Er watschelte, Edmund, und zwar viel zu langsam, zumindest, um französischem Kanonenfeuer zu entkommen.«

»Es tut mir leid, das zu hören, Mylord. Ich hätte gern mal erlebt, dass mein Bruder zu jemandem aufblicken muss.« Edmunds trockener Humor gefiel Salisbury. Er mochte diesen Jungen.

»Du kennst bestimmt die Redensart – was zählt, ist nicht die Größe *im* Kampf ...«

»Sondern was zählt, ist die Größe *zum* Kampf«, erwiderte Edmund erfreut. »Ja, Mylord, das habe ich schon gehört.«

»Daran ist etwas Wahres, Edmund. Dein Vater, zum Beispiel, ist kein Riese, aber er gibt nicht auf, egal wie die Chancen stehen. Es ist schon gut, dass er alte Kumpane wie mich hat, die ihm Ratschläge geben können, meinst du nicht?«

»Er bewundert Euch sehr, Mylord. Das weiß ich.«

Sie hatten die Tür zum großen Saal erreicht, und Edmund stieß sie auf. Hier war es heller als draußen in den Korridoren, und plötzlich war auch die Stimme seines Vaters laut zu vernehmen.

»Ich gehe jetzt, Mylord. Ich muss mich um die Leute in den Küchen kümmern, wenn es heute noch etwas zu essen geben soll.«

Salisbury blieb auf der Schwelle stehen.

»Ach, und wenn du zufällig etwas kaltes Huhn finden solltest, oder auch nur ein Stück Brot oder eine Schale Milchreis, dann weißt du hoffentlich, wo du mich findest!«

Edmund nickte lachend.

»Ich sehe, was sich machen lässt, Mylord.«

Salisbury ging in den Saal, wo ihm die Hitze des großen Feuers und die Körperwärme vieler Menschen entgegenschlug. Der Kamin zog nicht besonders gut, und im Saal hing dicker Rauch, sodass die Männer in unmittelbarer Nähe des Kamins husteten. Drei kleine Hunde rannten aufgeregt umher, und einer pinkelte das Bein eines Mannes an, was seine Gefährten mit empörtem Geschrei quittierten, der Mann selbst brüllte ärgerlich auf und versetzte dem Hund einen Fußtritt. Salisbury war dankbar für die Wärme. Er ging so nahe wie möglich am Kaminfeuer vorbei, als er sich zu York durchdrängte.

»Dein Sohn ist ein feiner Junge«, sagte Salisbury.

York sah vom Tisch hoch, auf dem er Karten ausgebreitet hatte.

»Wer, Edmund? Ach so, ja, obwohl es mir lieber wäre, seine Mutter hätte ihn nicht hinter mir hergeschickt. Ich spiele mit dem Gedanken, ihn nach Ludlow zurückzuschicken, bis das hier vorbei ist.«

»Das … das würde ihm wohl gar nicht gefallen. Er möchte sich vor dir bewähren.«

»Das wollen alle Söhne«, sagte York etwas gereizter, als er es beabsichtigt hatte. »Entschuldige. Ich habe momentan so viele andere Dinge im Kopf. Trink erst einmal einen Becher Wein.« Sobald Salisbury den vollen Becher in der Hand hatte, beschrieb York mit dem Finger eine Linie auf dem Pergament. »Da. Ich habe einen Boten nach Süden zu Warwick geschickt, mit einem schnellen Pferd.«

»Und nach Westen? Egal, was die Tudors vorhaben, Edwards dreitausend Mann könnten wir auch gebrauchen.«

York schob die Becher und den Weinkrug hin und her, dann schüttelte er den Kopf.

»Nein, noch nicht. Unsere zweite Armee trifft in … in drei Tagen hier ein, spätestens in vier. Wenn Warwick sechstausend mitbringt, na gut, dann müssen wir Wales ausräumen. Aber vielleicht kommt er ja mit zwölf- oder gar fünfzehntausend Mann! Dein Junge ist beliebt in Kent, Richard – und jetzt haben sie auch noch eine Rechnung mit Scales offen. Ich denke, sie werden gegen den König ins Feld ziehen, sogar jetzt im Winter.«

Yorks Gesicht war skeptisch, und Salisbury fragte sich, ob der Duke seinen Sohn aus der Gefahrenzone heraushalten wollte. Aber mit so vielen weit geöffneten Ohren um sie herum konnte er nicht danach fragen. Er überlegte gerade, wie er die Frage umschreiben könnte, als die Tür aufflog und schwitzende Dienstboten große Platten mit Speisen hereintrugen.

Ein Jubelruf aus vielen Kehlen erscholl, der sich überall in der Burg wiederholte, als das Küchenpersonal nach und nach die vielen hungrigen Männer erreichte.

Sie waren zweihundert Meilen mit äußerst karger Verpflegung marschiert und fielen jetzt über die Schüsseln her wie hungrige Wölfe. Sie leerten sie bis auf den letzten Rest und fuhren mit den Fingern am Rand entlang, um auch die letzten Fettspuren zu erwischen. Salisbury sah betroffen zu, bis er merkte, wie ihn jemand an der Schulter berührte. Edmund war zurückgekommen, in der Hand einen Holzteller mit kaltem Braten und einem halben Laib Brot.

»Kein Milchreis?«, fragte Salisbury. »Nein, nur ein Scherz. Gott segne dich, Junge, dass du an mich gedacht hast.« Ihm knurrte der Magen.

Edmund verbeugte sich lächelnd und ging zurück in die Küche, um ebenfalls etwas zu essen.

York hatte die beiden kaum bemerkt, während er über seinen Karten brütete. Salisbury trat neben ihn und hielt ihm den Teller hin, und gemeinsam aßen sie im Stehen. Sie hörten, wie der Regen aufs Dach fiel und immer stärker wurde und zu einem ohrenbetäubenden Trommeln anschwoll.

»Ich beneide die Männer dort draußen nicht«, sagte York düster, »aber Sandal ist einfach zu klein für ein solches Heer. Warwick wird auf dem freigeräumten Land draußen kampieren müssen, wenn er kommt. Ich glaube, innerhalb dieser Mauern hätte nicht ein einziger Mann mehr Platz.«

»Das wird den Männern aus Kent ganz guttun, wenn sie mal merken, was richtig schlechtes Wetter ist«, sagte Salisbury vergnügt. »Ich hoffe nur, sie bringen etwas zu essen mit.« Er deutete auf die Platten, die alle leer waren. »Meine Güte,

Richard. Ich hoffe, du hast Vorräte für den Winter. Diese Kerle fressen dir die Haare vom Kopf.«

Er wandte sich um und erwartete, sein Freund würde amüsiert reagieren, doch zu seiner Überraschung sah der eher besorgt aus.

»Ich habe den Köchen gesagt, sie sollen versuchen, so viele wie möglich satt zu machen. Aber achttausend …! Schon diese eine Mahlzeit hat sämtliche Vorratskammern erschöpft. Wenn der Regen nachlässt, schicke ich morgen ein paar Leute auf die Jagd.«

Salisbury lächelte. Doch dann musste er so gähnen, dass seine Kiefer knackten.

»Du solltest etwas schlafen, Richard. Ob hungrig oder satt, du musst dich ausruhen. Wir sind beide nicht mehr die Jüngsten.«

»Du bist mir ein paar Jahre voraus, Alter«, erwiderte York. »Ich könnte vor lauter Sorgen jetzt sowieso nicht schlafen.«

»Also, ich kann mich kaum noch auf den Beinen halten«, sagte Salisbury mit einem erneuten mächtigen Gähnen, was offenbar viele im Saal ansteckte, die Männer ließen sich nieder, wo sie gerade waren, sie schubsten und drängten sich um die besten Plätze am Feuer. Die Hunde hatten sich bereits zusammengerollt. Der Lärm in der Burg flaute ab, und bald hatte sich die Stille der Winternacht über alle gesenkt.

»Ich gehe zu Bett«, sagte Salisbury. »Wenn meine Knochen morgen nicht rebellieren, werde ich losgehen und dir einen schönen Rehbock schießen. Den braten wir dann im Hof für die, die heute Abend zu kurz gekommen sind.«

York sah einen Augenblick von seinen Karten auf und lächelte, als der Ältere ein Auge zukniff, dann über die gedrängt daliegenden Männer am Fußboden stieg und verschwand.

Derry Brewer fluchte leise, als er durch hohes nasses Herbstlaub stapfte und sein Mantel zum tausendsten Mal im Dornengestrüpp hängen blieb. Er hielt seine Laterne hoch, jedoch ohne die Blenden aufzumachen. Es war kaum genug Licht, um seine Füße zu sehen. Sein Mantel war am Hals eng zusammengezogen und schnürte ihm die Kehle zu. Wütend zog er jetzt mit aller Kraft, wie ein angeschirrtes Pferd, bis der Stoff so plötzlich nachgab, dass er fast gestürzt wäre, dabei sank er mit einem Fuß bis zum Knöchel in eine tiefe Pfütze ein.

Der Wald war bei Nacht ein unheimlicher Ort, besonders für jemanden, der in der Großstadt geboren und aufgewachsen war. Derry hatte nie gewildert, es sei denn, man zählte das Ausrauben eines Metzgerladens als Wildern. Die Bäume hier waren nicht nur schwarz, sie waren völlig unsichtbar, und das Gestrüpp aus Farn und Dornen dazwischen war so dicht, dass er das Gefühl hatte, als sei seine Haut schon überall aufgerissen. Er blieb stehen und saugte an einer blutenden Wunde an der Hand. Er hatte schon mehrere Dornen mit den Zähnen herausgezogen. Am schlimmsten war es, wenn er über ein schlafendes Tier stolperte, das dann explosionsartig vor ihm auffuhr, ein Bündel aus Federn oder nassem Fell und angstvoll geweiteten Augen, das im Schein seiner Laterne auftauchte und kreischend oder fauchend im knackenden Unterholz verschwand, noch ehe er recht wusste, was es war. So weit von jeder menschlichen Behausung entfernt, konnte Derry auch nicht verstehen, warum es Vögel gab, die am Boden schliefen, nur um ihn dann flügelschlagend zu erschrecken, sobald er in ihre Nähe kam. Nein, wenn er die Wahl gehabt hätte – Derry hätte die Londoner Armenviertel diesem nächtlichen Wald allemal vorgezogen.

Er blickte nach rechts und links, um sich zu vergewissern, dass er mit der langen Reihe von Laternen Schritt hielt. Sie erstreckte sich, soweit er sehen konnte, in beide Richtungen, während die Armee immer tiefer in den Wald eindrang. Am Waldrand hatte Somerset allen Schweigen geboten, aber trotzdem fluchten die Männer, wenn ihnen Zweige ins Gesicht peitschten, die der Vordermann zurückgebogen hatte. Wer eine Rüstung anhatte, konnte ungehindert die dichteste Dornenhecke durchdringen, aber selbst dann konnte ein Fuß hängenbleiben, und wenn er hinfiel, machte es einen solchen Krach, dass er Tote wecken konnte. Derry rollte mit den Augen, als genau das einem Mann jetzt passierte, der aus vollem Hals anfing zu fluchen, weil er sich den Knöchel verstaucht hatte. Wenn die Situation nicht so ernst gewesen wäre, hätte Derry eine gewisse Komik darin gesehen. Aber so stolperte er nur finster entschlossen mit den anderen weiter und hatte das Gefühl, dass jeder Dorn und jeder Zweig, der ihm ins Gesicht peitschte, dass jedes Loch und jeder nasse Laubhaufen an seinen Kräften zehrte. Die Wintersonnenwende lag gerade hinter ihnen, dies waren die längsten Nächte des Jahres – aber diese Nacht hier schien überhaupt kein Ende zu nehmen.

Die Reihe der Laternen wanderte weiter. Es tropfte von den Bäumen, und sie alle waren völlig durchnässt. Zwar hatte der Regen zwischendurch mal aufgehört, aber unter den Bäumen tropfte es immer noch, was ihre Laune nicht gerade verbesserte. Der einzige tröstliche Gedanke für Derry war, dass so aufgeblasene Wichtigtuer wie dieser Clifford auch nicht reiten konnten und gezwungen waren, sich wie die anderen zu Fuß durchzukämpfen. Er wünschte, der Kerl würde in ein Dachsloch fallen, oder noch besser, irgendein bösartiges Tier würde nach ihm schnappen.

Es war keineswegs zufällig, dass sie ihre Späher rings um die Festung von Sandal postiert hatten. Derry Brewer hatte die Männer schon mehrere Tage zuvor ausgeschickt, aber als er diesen Vorschlag gemacht hatte, konnte Clifford nur verächtlich schnauben und hatte ihn hochmütig von oben herab angesehen. Als die Späher dann allerdings mit der Nachricht von Yorks Armee zurückgekommen waren, war von dem Baron nicht mehr viel zu sehen gewesen, und Derry konnte seinen kleinen Sieg leider nicht voll auskosten.

Wegen der dichten Wolkendecke konnte man weder Mond noch Sterne sehen, selbst wenn man durch das dichte Astwerk hätte blicken können. Derry machte sich Sorgen, sie könnten im Dunkeln entweder Sandal völlig verfehlen, oder, was noch schlimmer wäre, gerade bei Sonnenaufgang in das freie Gelände rings um die Festung gelangen. Er hatte die Burganlage von Sandal noch nie gesehen, und es war schwer, Pläne zu schmieden, wenn man keine genaue Vorstellung von der Umgebung hatte.

Er blickte prüfend in seine Laterne, um zu sehen, wie weit die Kerze heruntergebrannt war. Der Docht schwamm nur noch in etwas flüssigem Talg, und er suchte in seiner Tasche nach Ersatz. Es war viel einfacher, eine neue Kerze an der alten anzuzünden, als sich im Dunkeln mit dem Feuerstein abzumühen oder den nächsten Mann um Hilfe zu bitten. Ohne stehen zu bleiben, öffnete Derry die Seite der Zinnlaterne und griff hinein. Jetzt konnte er die Männer um sich herum besser sehen und bemerkte, wie eine Reihe marschierender Schotten sich nach ihm umdrehte, um zu sehen, wer sie da so hell beleuchtete. Ein Windzug ließ seine Kerze verlöschen, und er fluchte.

»Mach nicht so einen Krach!«, tönte es scharf etwa zwanzig Schritt hinter ihm.

Derry erkannte Cliffords Stimme, und in der pechschwarzen Dunkelheit war er versucht, sich zurückfallen zu lassen und dem Mann unerkannt eine saftige Ohrfeige zu verpassen. Doch er biss die Zähne zusammen und ging stattdessen auf die brennende Laterne zu, die am Kopf der Reihe neben ihm schaukelte. Hunderte von Männern schleppten sich hinter ihm her und waren alle von ihm abhängig, wenn sie die Richtung nicht verlieren wollten. Ohne ihn würden sie schnell vom Weg abkommen und sich rettungslos in den Wäldern verirren.

32

Salisbury wachte auf. Er fühlte sich alt. Sein Kreuz und seine Hüften waren völlig steif, und während draußen die Sonne aufging, konnte er nichts weiter tun, als dasitzen, die Beine ausstrecken und leise vor sich hin stöhnen. Aus dem dumpfen Ziehen wurde ein scharfer Schmerz, der jedoch allmählich nachließ, worauf sich alles zu lockern schien. Sein Gepäck war am Abend vorher abgeladen worden, die Bediensteten von Sandal hatten noch lange weitergearbeitet, nachdem alles zu Bett gegangen war. Er hatte gar nicht bemerkt, dass jemand in sein Zimmer gekommen war, aber jetzt stand eine Schüssel mit frischem Wasser da, und man hatte ihm eine saubere Hose und frische Unterwäsche bereitgelegt. Er nahm einen Leinenlappen und wusch sich damit den Schweiß- und den Pferdegeruch vom Körper. Ehe er sich ankleidete, suchte er tastend unter dem Bett, bis er einen Nachttopf aus dickem Steingut fand. Er stellte ihn vorsichtig auf die Truhe, und mit geschlossenen Augen und einem zufriedenen Seufzer entleerte er seine Blase.

Es klopfte leise an der Tür und Salisbury rief: »Herein!«, worauf zwei Diener eintraten.

Einer hatte ein Lederbündel mit Rasierzeug in der Hand, der andere brachte eine Schüssel mit heißem Wasser aus der Küche. Salisbury rieb sich das Kinn und fühlte die weißen Bartstoppeln. Alice pflegte immer zu sagen, er sehe aus wie ein alter Mann, wenn er sie wachsen ließ. Der Bursche, der jetzt das Rasiermesser an einem Ledergurt schärfte, schien ruhige Hände zu haben, aber trotzdem hätte Salisbury jetzt lieber Rankin bei sich gehabt. Es gehörte schon einiges Vertrauen dazu, einen Fremden mit dem Messer an seine Kehle zu lassen. Salisbury brummte und zog amüsiert über sein eigenes Misstrauen die Augenbrauen hoch, als er sich hinsetzte. Während der Barbier sein Kinn mit warmem Öl einrieb, hörte Salisbury seinen Magen knurren, was einer menschlichen Stimme so ähnlich klang, dass er leise lachen musste. Dort draußen würden achttausend Mann ebenfalls hungrig aufwachen, und es war einfach nichts für sie zu essen da.

Die Sonne war noch immer nicht ganz aufgegangen, als Salisbury zur Tür trat und in den Burghof hinausblickte. Er musterte den überfüllten Platz, der noch im Schatten der Burgmauer lag und von Reif glitzerte. Viele der Männer waren schon aufgestanden, sie stampften mit den Füßen, ließen die Arme kreisen und bliesen sich in die erfrorenen Hände. Andere lagen noch zusammengerollt da, schnarchend, seufzend und dicht aneinandergedrängt wie schlafende Hunde. Ein rühriger Hauptmann war dabei, eine Gruppe Männer, die drinnen geschlafen hatte, mehr oder weniger energisch nach draußen zu beordern. Er ignorierte ihre verschlafenen Flüche und sorgte dafür, dass die zitternden Jungs, die draußen geschlafen hatten, sich jetzt aufwärmen konnten. Salisbury nickte anerkennend. Ein guter Anführer hatte sich um seine Leute zu kümmern.

Der Earl erschauerte bei dem Gedanken an eine Winternacht unter freiem Himmel. Natürlich waren das alles junge Leute, aber der Dezember war fast vorüber und die Kälte unbarmherzig. Er blickte auf zum Wohnturm, den die Morgensonne in goldenes Licht tauchte. Drei Männer standen am höchsten Punkt und beobachteten das offene Land rings um die Festung. Dort oben blies ein so eisiger Wind, dass sie bis ins Mark erfroren sein mussten. Vor Sonnenaufgang wurde ihnen auch kein Kohlebecken gestattet, weil das Feuer ihre Sicht im Dunkeln behindert hätte. Salisbury beobachtete, wie die Männer sich langsam im Kreis drehten und ihren Blick in die Ferne schweifen ließen.

Der Earl schnappte sich einen vorbeigehenden Hauptmann und befahl ihm, einen Jagdtrupp zusammenzustellen. Es war einer der Vorteile seiner Stellung, dass er nur dazustehen und zu warten brauchte – dabei blies er lange weiße Atemwolken durch seine kalten Hände –, während der Mann Läufer in die Ställe schickte, um nach Freiwilligen zu rufen, denen man den ersten Zugriff auf alles versprach, was sie erlegen konnten.

Zunächst meldeten sich nur etwa dreißig Mann, doch als die Nachricht sich herumgesprochen hatte, waren es schließlich dreimal so viele.

Salisbury überquerte den Platz und ging zu den Männern, die sich am Torhaus versammelten. Er schloss seinen Mantel eng am Hals und wickelte sich fest in den dicken Stoff. In seiner Jugend hatte er Männer, die sich über Kälte beklagten, immer für Schwächlinge gehalten. Ihm hatte Kälte nie etwas ausgemacht, aber im Laufe der Jahre war er empfindlicher geworden. Der Wind fegte heulend über die Mauern und zerrte an den Männern, sodass sie unter der Wucht des Ansturms taumelten. Aber wenigstens war der Himmel klar, dafür musste man dankbar sein. Ehe die Sonne den letzten Winkel des Burghofs erreicht hatte, saßen Salisbury und drei seiner Hauptmänner bereits auf ihren Pferden und führten zweihundert Mann zu Fuß an, die sie auf die Jagd begleiten wollten. Erfreut stellte er fest, dass einige von ihnen sich mit Bogen und Köcher ausgestattet hatten. Sie würden alles erlegen müssen, was sie fanden, um die vielen Menschen in der Burg zu versorgen, von Vögeln und Kaninchen bis hin zu Füchsen, ja selbst Wölfen, die das Pech haben sollten, ihnen über den Weg zu laufen. In den Küchen würde man alles an Spießen braten. Aber Salisbury hoffte vor allem, dass sie ein schönes Reh oder gar einen Hirsch mitbringen würden.

Die Soldaten im Torhaus schickten einen Pfiff hinauf zum Bergfried. Dort blickten die fröstelnden Männer noch einmal in die Runde, dann riefen sie »Alles klar!« nach unten. Die Flügel des schweren Holztors wurden geöffnet und das Fallgitter hochgezogen. Sechs Soldaten schoben die Zugbrücke hinaus und ließen sie auf der anderen Seite des Grabens in die Vertiefung einrasten.

Salisbury blickte hinaus über das aufgeweichte Feld jenseits des äußeren Burggrabens, wo die Wasserpfützen in der Morgensonne glänzten. Zusammen mit den ersten Reihen der schwatzenden und lachenden Bogenschützen verließ er die Burganlage und bestieg sein Pferd. Vor ihnen lag der Wald, jenseits einer halben Meile offenen Geländes – eine künstlich geschaffene Sicherheitszone, die seit Jahrhunderten von den Burgvögten gepflegt wurde und nie zuwachsen durfte.

Jetzt, wo das Tor offen stand, änderte sich die Stimmung der Männer schlagartig. Plötzlich fühlten sie sich angreifbar. Unwillkürlich fuhren ihre Hände an die Schwertgriffe, und Hunderte, die vorher gelegen hatten, waren aufgestanden. Salisbury ritt hinaus, sein Herz schlug schneller – aus reiner Freude darüber, dass er Leben in seinen Gliedern spürte und sein Blut wieder in Wallung kam. Seine Hüften fingen wieder an zu schmerzen, aber er achtete nicht darauf, sondern hielt Ausschau nach einer günstigen Stelle, um in den Wald einzudringen. Die zweihundert Männer neben und hinter ihm fingen an zu rennen und ihre Bögen zu spannen. Die Zugbrücke hinter ihnen wurde wieder hochgezogen, der Burggraben gähnte weit und unüberwindbar. Das Fallgitter wurde heruntergelassen und rastete in die Öffnungen im Stein ein, das Burgtor wurde geschlossen. Salisbury blickte zur Burg zurück und sah, wie einer der Wachen auf dem Bergfried seine Hand hob. Er erwiderte den Gruß, während sein Jagdtrupp den gerodeten Streifen Land überquerte und auf den Waldrand zurannte, der noch immer tief im Schatten lag.

York wachte auf und fuhr im Bett hoch. Er wusste nicht, was ihn aus dem Schlaf gerissen hatte. Er war noch lange aufgeblieben, er hatte die Karten studiert und versucht, sich auf jede Möglichkeit eines Angriffs vorzubereiten. Jetzt drehte er sich noch mal um und wollte gerade wieder einschlafen, als abermals hoch über ihm ein Hornsignal ertönte.

Der Bergfried.

Er sprang aus dem Bett, warf sein Nachthemd ab, fuhr ohne hinzusehen in Hose und Tunika und fluchte, als er merkte, dass einer seiner Stiefel unter dem Bett verschwunden war. Sein Mantel hing über einem Stuhl, und er ergriff ihn, zusammen mit Schwert und Wehrgehänge, die er sich umschnallte, während er schon in den Korridor hinausstolperte. Wieder erklang das Horn, immer und immer wieder, es weckte auch den Letzten in der Burg und rief zu den Waffen gegen ein feindliches Heer. York fing an zu rennen, ungeduldig fuhr er sich mit den Fingern durchs Haar, das ihm ins Gesicht hing.

Als er in den Burghof trat, rutschte er auf den vereisten Steinen aus. Oben auf dem Bergfried deuteten die Wachen auf einen Punkt jenseits der Burgmauern. Am Torhaus versammelten sich bereits Soldaten, sie zogen ihre Kettenhemden über und hielten die Waffen bereit. York überquerte die zweite Zugbrücke über dem inneren Burggraben, rannte über den Vorhof und hörte, wie die drohende Botschaft von Mund zu Mund weitergegeben wurde. Earl Salisbury befand sich draußen, so viel hatte er bereits verstanden. Er war verwirrt und versuchte immer noch zu begreifen, was eigentlich los war.

Über die innere Treppe hastete er zum Bergfried hinauf, wo er keuchend ankam. Er starrte über das offene Grasland hinüber zum Waldrand, wo alles ruhig schien. Verwirrt wandte er sich an die Wachen, die ihn stumm beobachtet hatten.

»Was habt ihr gesehen?«, fragte er.

Der wachhabende Captain biss die Zähne zusammen, sein Blick wanderte hinüber zu einem jungen Mann, der verlegen auf seine Stiefelspitzen sah.

»Mylord, ich hatte mich gerade nach Süden gewandt. Der junge Tennen hier sagte, zwischen den Bäumen habe sich etwas bewegt, gerade als der Jagdtrupp im Wald verschwand. Vielleicht war es ja nichts weiter als aufgestörtes Wild, aber mein Befehl ...«

»Nein, nein, er hatte ganz recht«, erwiderte York. »Mir ist es lieber, ich werde grundlos aus dem Schlaf gerissen, als im Bett vom Feind überrascht zu werden. Sieh mich an, Junge. Erzähle mir, was du gesehen hast.«

Stammelnd berichtete der junge Mann, brachte es jedoch nicht fertig, den Duke von York anzusehen.

»Die ersten Reihen verschwanden ohne einen Laut, Mylord. Es war ganz still. Doch dann hörte ich einen Schrei und dachte, es ist Kampflärm. Die anderen stürmten alle gleichzeitig los, dann waren sie verschwunden, und ich blies ins Horn. Das ist alles, was ich weiß, Mylord. Es war mehr der Lärm, weniger das, was ich sah. Denn auf der Jagd schreit man doch nicht, oder?«

York wandte sich ab und starrte hinaus auf die Wälder, die ihm plötzlich düster und drohend erschienen.

»Wie viele sind nach dort draußen gegangen?«

Der Captain antwortete.

»Ich sah, wie sie sich am Torhaus sammelten, Mylord. Mindestens zweihundert. Einige hatten Bögen.«

»Also sind es keine Briganten. Ein paar abgerissene Räuber würden sich nicht mit zweihundert Soldaten einlassen.« York ließ seine Fingerknöchel knacken und ballte die Fäuste.

»Und seitdem hast du nichts weiter gehört?«, fragte er den jungen Mann.

Der schüttelte stumm den Kopf.

»Dann bleibt hier und haltet weiter Ausschau. Meldet alles, was ihr seht. Einen Tagesmarsch von hier liegt eine Armee. Wenn die in meinen Wäldern sind, will ich …«

Er unterbrach sich, als eine kleine Gruppe von Männern aus dem Wald kam und über das offene Gelände rannte. Es konnten nicht mehr als vierzig sein, und sie rannten wie die Hasen. York blieb der Mund offen stehen, als er merkte, dass sie zum Bergfried hochblickten und wild gestikulierten. Einige deuteten hinter sich auf den schattigen Wald.

»Jesus Christus!«, fauchte York und eilte die Treppe hinunter, so schnell er konnte. Er wäre beinahe gestürzt, als er die Stufen in seiner Hast verschwimmen sah und mit donnernden Schritten über die innere Zugbrücke in den Burghof eilte.

»Am Tor formieren!«, brüllte er schon von Weitem. »Zum Angriff fertig machen! Mein Pferd, hierher zu mir!«

Ihm war, als sei es erst einen Wimpernschlag her, seit er schlafend im warmen Bett gelegen hatte. York schüttelte den Kopf, er zwang sich zur Ruhe. Panik konnte ihm jetzt zum Verhängnis werden. Dort draußen war Salisbury, und er war angegriffen worden. Die einzig mögliche Antwort darauf war, denjenigen, der dort im Wald kämpfte, zu überwältigen. Jeder Mann in Sandal musste gegen den Feind eingesetzt werden.

York sah seinen Sohn Edmund unter denen, die gerade durchs Haupttor hinausziehen wollten. Sein Herz klopfte so stark, dass er dachte, er müsse ohnmächtig werden. Er streckte die Hand aus, hielt den jungen Mann fest und zog ihn dicht zu sich heran, als er sprach.

»Edmund, du gehst jetzt durch die Liebespforte nach draußen. Du kennst sie. Entferne dich so weit weg wie möglich von hier und warte, bis der Tag vorüber ist.« Das kleine Tor lag versteckt hinter Efeu an der Rückseite des Westflügels, unsichtbar für jeden Angreifer. Man hatte es die Liebespforte genannt, um seinen eigentlichen Zweck zu verschleiern, nämlich als Fluchtweg, wenn die Festung fallen sollte.

Sein Sohn sah ihn an, schockiert über dieses Ansinnen.

»Ist es denn ein Angriff? Die Truppen der Königin?«

»Ich weiß es noch nicht«, sagte York. »Auf jeden Fall aber wirst du nicht daran teilnehmen, Edmund. Nimm zwei Mann mit und geh durch die Pforte. Ich will mir heute nicht auch noch um dich Sorgen machen müssen.«

Er küsste ihn auf die Wange und umarmte ihn. »Jetzt geh!«

Edmund wollte etwas sagen, aber sein Vater drehte sich um, weil in diesem Moment sein Pferd und seine Rüstung gebracht wurden. York setzte sich auf einen hohen Schemel, während seine Diener ihm Beinschienen anlegten und Stiefel mit Sporen anzogen. Er sah, dass sein Sohn immer noch dastand und sehnsüchtig durch das große Tor blickte, das jetzt geöffnet wurde und durch das die verzweifelten Männer von draußen gerade wieder hereinkommen wollten.

»Geh schon!«, brüllte York ihn an, sodass Edmund sich erschrocken in Bewegung setzte.

York stand abrupt von seinem Schemel auf, als die Jäger angerannt kamen. Er packte einen von ihnen so heftig am Wams, dass es ihn fast umriss.

»Wer greift uns an?«, wollte York wissen.

»Ich habe keine Wappen gesehen, Mylord. Ich dachte, ich hätte jemanden ›Percy‹ rufen gehört, aber sie kamen aus allen Richtungen, und ich war …«

»Wie viele? Wo ist Salisbury?«, schrie York so heftig, sodass der Mann erschrocken zusammenzuckte.

»Das habe ich nicht gesehen, Mylord! Es waren viele, aber die Bäume! Ich weiß nicht …«

Mit wütendem Brummen schob York ihn weg. Seine Männer strömten über die Zugbrücke aus der Burg und schwärmten nach beiden Seiten aus, um Platz für die Nachrückenden zu machen.

Sowie er die Rüstung anhatte, ging York zu ihnen hinaus. Er führte sein Pferd am Zaum und hielt Helm und Schwert in der Hand. Außerhalb der Burgmauern spürte er den Wind, der über das offene Land fegte und Eis und Schnee ankündigte. Er stülpte sich den Helm über den Kopf und zog den Kinnriemen fest. Er nickte dem Soldaten zu, der ihm seine verschränkten Hände hinhielt, setzte den metallenen Stiefel darauf und schwang sich mit einer geschickten Bewegung aufs Pferd. Er hörte den Mann fluchen, weil einer der Sporen seinen Daumenballen zerschnitten hatte, aber York kümmerte sich nicht darum. Stattdessen hob er die Hand, um sie sogleich mit einer energischen Bewegung wieder zu senken.

Die Hauptleute erteilten brüllend den Befehl zum Abmarsch, obwohl die Hälfte der Leute die Burg noch nicht einmal verlassen hatte. Sandal war nicht gebaut worden, um Tausende gleichzeitig durch seine Tore hindurchzulassen, aber York sah im Geiste bereits Salisbury und seinen Jagdtrupp umstellt wie einen Bären von einer Hundemeute. Jede Minute, die verfloss, war ihm eine Pein, er konnte einfach nicht mehr länger warten. Im Schritt ritt er neben der ersten Reihe her und starrte mit wachsendem Grauen auf die dunklen Bäume. Lauschend hob er den Kopf, als irgendwo im Dickicht ein Horn ertönte, ein dünnes, schwaches Signal aus weiter Ferne.

»Mir nach!«, brüllte York. Er gab dem Pferd die Sporen, und es setzte sich in Trab. Die Männer verdoppelten ihre Geschwindigkeit. Sie hatten die sichere Zufluchtsstätte der Burg endgültig hinter sich gelassen und rannten atemlos mit ihm übers Feld.

Salisbury schrie vor Schmerz auf, als etwas an seinem Gesicht vorbeiflog, seine Schulter traf und im Gebüsch verschwand. Sein Pferd bäumte sich auf und trat nach jemandem, der seine Zügel ergriff. Der Wald wimmelte von Menschen, die lautlos aus allen Richtungen kamen. Salisbury hatte Gott gedankt, dass er sein Schwert mitgenommen hatte, mit dem er jetzt mit mächtigen Hieben nach allen Seiten ausholte, um sich die Angreifer vom Leibe zu halten. Seine Männer kämpften ebenfalls verbissen, um zu überleben und ihren Earl zu schützen. Er hatte völlig die Orientierung verloren und wusste nicht mehr, in welcher Richtung die Burg von Sandal lag, aber er wusste, wenn er überhaupt eine Chance haben sollte, musste er sich aus diesem Hinterhalt befreien.

Sie hatten kaum den dichten Wald erreicht, als der Angriff auch schon angefangen hatte. Salisbury hatte noch immer keine Ahnung, ob der Feind auf ihn gewartet hatte oder ob er in einen Hinterhalt geraten war, noch ehe sie diesen fertig vorbereitet hatten. Doch das war alles egal, wenn er jetzt nicht zurückweichen konnte. Und diese Chance schwand vor seinen Augen, als er sah, wie seine Soldaten systematisch niedergemetzelt wurden. Die meisten seines Jagdtrupps trugen Kettenhemden, diese waren wertvoll und wurden von ihren Besitzern nie zurückgelassen. Allerdings hatten die Männer keine Schilde mitgenommen und die wenigsten hatten schwere Klingen, die meisten hatten nur Dolche und kleine Äxte, die man im Gürtel tragen konnte. Die Männer hingegen, die sich hier im dunklen Wald auf sie stürzten, hatten Streitäxte und lange Schwerter, und auch sie trugen Helme und Kettenpanzer.

Einige von Salisburys Männern machten sich am Waldrand auf und davon, verfolgt von den Flüchen derer, die sie zurückließen. Er konnte es verstehen. Ja, weiß Gott, er verstand es. Wohin er auch blickte, schlichen sie sich heran, und sein Schwertarm wurde müde. Sie schienen aus dem dichten Farnkraut zu wachsen, ihre Gesichter zerkratzt, zerschnitten und grün gefärbt, mit wild gebleckten Zähnen, als sie seine Männer packten und auf sie eindroschen, bis sie Blut spuckten und zu Boden gingen.

Einer seiner Jäger hatte versucht, in sein Horn zu blasen, doch kaum hatte er einen Ton herausbekommen, drang ein Pfeil in seine Brust, und er brach zusammen. Ein anderer ergriff das Horn und versuchte, im Rennen zu blasen. Doch ein gepanzerter Arm erschien quer vor ihm wie ein Balken, sodass er dagegenprallte und auf dem Rücken landete. Das Horn warf er einem Kameraden zu. Dieser blies einen langen Ton, doch offensichtlich verließ ihn der Mut, und er rannte durchs dichte Unterholz davon, verfolgt von drei feindlichen Soldaten.

Salisbury blickte um sich, ihn packte das kalte Grauen, dazu ein Gefühl großer Hilflosigkeit. Er konnte nichts ausrichten. Es waren so unendlich viele, und rundum wurden seine Männer niedergemacht. Er gab dem Pferd die Sporen. Es setzte über einen Busch hinweg und schnaubte und wieherte schwer keuchend. Gleichzeitig kam ein Mann zwischen zwei Bäumen herausgerannt und stürzte sich mit einem gewaltigen Satz auf ihn. Salisbury schwang sein Schwert und merkte, dass seine Klinge getroffen hatte, doch im selben Moment landete er selbst auf dem Boden. Sein Pferd ging durch, und Salisbury konnte nur noch hinterhersehen, wie es mit fliegenden Steigbügeln entschwand.

Ein bärtiger Mann, der aus dem Nichts aufgetaucht war, warf sich auf ihn. Salisbury kämpfte, aber er war viel zu schwach. Der Mann fluchte laut auf Gälisch und hob eine Axt.

»Pax! Lösegeld!«, schrie Salisbury, der jede Pore und jeden Kratzer auf dem wilden Gesicht des Mannes dicht vor sich sah.

Zu seiner Erleichterung stand der Mann auf und trat einen Schritt zurück. Schwer atmend lehnte er sich auf den langen Stiel seiner Axt und betrachtete ihn. Als Salisbury sich aufsetzen wollte, um etwas zu sagen, holte der junge Schotte aus und schlug ihn bewusstlos.

York hörte das Pferd, ehe er es sah. Sein eigenes Tier kämpfte sich durch das Dickicht. Er hatte die Trampelpfade der Tiere verlassen müssen, um bei seinen Männern zu bleiben. Beim Klang der trappelnden Hufe zog er die Zügel an, und er verlor alle Hoffnung, als er Salisburys Pferd erkannte, das in Panik angerannt kam, völlig zerkratzt von den Dornen und Zweigen, durch die es sich in seiner Angst gezwängt hatte. Das verstörte Tier sah keine Möglichkeit, die Reihe der Männer, die ihm ihre Schilde entgegenhielten, zu durchbrechen. Daher blieb es abrupt stehen, drehte sich wild im Kreis und schlug mit den Hufen um sich.

»Lasst es durch!«, rief York den Männern zu und ritt weiter. »Sie können nicht mehr weit von hier sein.«

Er versuchte der Spur zu folgen, die das Pferd hinterlassen hatte, doch sie verlief so wild im Zickzack, dass es aussichtslos war. Er glaubte, Lärm vor sich zu hören und streckte den Arm aus, bis seine Hauptleute es sahen und die Geste wiederholten, damit die Männer hinter ihnen schwiegen.

Der Wald war still, alle Tiere waren längst geflohen. York reckte den Hals, um sich zu orientieren. Er hörte Männer laufen, hörte die Stimmen seiner Feinde. Auf seinem Grund und Boden.

Er deutete dorthin, wo der Lärm herkam, und als seine Männer weitermarschierten, sahen sie, wie der Wald vor ihnen in Bewegung geriet, eine Reihe von Soldaten, die sich so weit erstreckte, wie sie sehen konnten. Gleichzeitig erblickten sie Yorks Soldaten, und auf beiden Seiten erhob sich wütendes Gebrüll. York hob seinen Schild, klappte sein Visier herunter und erhob sein Schwert, bereit zuzuschlagen.

Die Armeen prallten aufeinander, es war kein Platz, um sich zu formieren oder irgendwelche Strategien anzuwenden.

Eine Reihe traf auf die andere, und jeder Tod bedeutete einen schweißüberströmten, keuchenden Mord, bei dem sich die Kämpfer nahe genug waren, um dieselbe Luft zu atmen und vom Blut des anderen bespritzt zu werden. York hieb auf jeden ein, der in Reichweite kam. Er nutzte die Größe seines Pferdes und sein langes Schwert mit verheerender Wirkung. Doch in den kurzen Momenten zwischen den Hieben sah er von links und rechts ganze Scharen neuer Soldaten ankommen. Ein weitaus größeres Heer als das seine schloss ihn vollkommen ein. York schrie seinen Schmerz um Salisbury heraus, aber er hatte keine andere Wahl.

»Geordneter Rückzug! Behaltet sie im Blick, aber zieht euch zur Burg zurück!«

Er wiederholte den Befehl und hörte, wie seine Hauptleute ihn rufend weitergaben, wobei sie bereits rückwärtsgingen. Es war eine entsetzliche Situation. Einige von Yorks Soldaten waren nichts weiter als einfache Burschen aus London, in aller Eile ausgebildet und jetzt völlig überwältigt von der entfesselten Grausamkeit, auf die sie nicht vorbereitet waren.

Die feindlichen Soldaten hörten den Befehl und drängten weiter vor. Yorks Gesicht wurde grimmig, als er sah, dass einige von ihnen blau-gelbe Wappenröcke trugen. Percys Männer, die gekommen waren, um ihre Lehnsherren zu rächen, die sie verloren hatten. Sich im Kreis drehend, wich er zurück. Immer wieder wandte er sein Pferd um und trabte ein paar Schritte, ehe er sich abermals zu seinen Verfolgern umwandte. Er wusste nicht mehr genau, wie weit er geritten war, seit er die Burg verlassen hatte. Jeder Schritt war eine Anstrengung, verfolgt von brüllenden Männern, die ihre Äxte schwangen und die Klingen sausen ließen, als mähten sie Gerste. Immer wieder stürzten Yorks Soldaten bei ihrem Rückzug, rappelten sich wieder auf und versuchten, den Feind mit einem Schildwall aufzuhalten, mussten aber gleichzeitig auf ihre Füße achten, um nicht über Wurzeln und Gestrüpp zu stolpern. Unwillkürlich drängten sie sich in der Mitte zusammen, weil sie die Sicherheit der Menge suchten, was allerdings die Männer an den Flanken ungeschützt ließ, die erbarmungslos niedergemetzelt wurden.

Als York sich wieder umdrehte, sah er, dass sich der Wald vor ihm lichtete. Er bekreuzigte sich und gab den Befehl, auf den alle warteten.

»Jetzt! Rennen und im offenen Gelände neu formieren!« Er hatte noch nicht fertig gesprochen, als seine Männer auch schon davonstürmten, und er musste galoppieren, um an der Spitze zu bleiben. Sein Pferd setzte über Büsche und Gestrüpp hinweg, und schließlich war er wieder draußen in der Wintersonne. Er hatte sich nicht geirrt. Vor ihm lag die Festung Sandal, und jetzt standen Tausende von Männern in ordentlichen Reihen auf dem gerodeten Streifen Land, keuchend, die Hände auf die Knie gestützt, mit grimmigen Gesichtern.

Mit dem frischen Wind, der über die offene Ebene pfiff, kam auch ihr Selbstvertrauen zurück. Sie wollten sich den Männern stellen, die ihnen im düsteren Wald einen grausamen Empfang bereitet hatten. Sie hoben ihre Waffen und brüllten ihnen ihre Herausforderung entgegen, während über die ganze Breite des Feldes hinweg Soldaten aus dem Wald auf sie zuströmten.

Die ersten wurden mit einer Reihe krachender Schilde und scharfer Schwerter begrüßt, aber es kamen immer mehr, sie ergossen sich über das Feld, teilten sich und umschlossen selbst die hinteren Reihen, die direkt vor der Festung standen. York wandte sein Pferd um und sah schottische Krieger, die über das Feld rannten und ihre Schwerter so niedrig hielten, dass man hochspringen musste, um ihnen auszuweichen, bis sie schließlich auf den Schildwall seiner Leute prallten. Sein Mut sank, als er sah, wie jetzt an den Flanken Bogenschützen auftauchten, geschützt von Hunderten weiterer Männer, die mit Schilden und Schwertern vor ihnen standen, sodass man nicht an sie herankam.

Einen Moment später flogen Pfeile, und bald wogte die Schlacht vor der Festung hin und her. Das gesamte Heer Yorks war im Einsatz, er hatte keinerlei Reserven, noch konnte er der Flut von Soldaten, die in immer größerer Zahl aus dem Wald kamen, etwas entgegensetzen. Hunderte von Angreifern wurden getötet, aber immer noch kamen mehr brüllende Männer dazu, die seine eigenen Reihen dezimierten. Pfeile schwirrten durch die Luft wie Vogelschwärme, sie töteten Männer oder zwangen sie, ihre Schilde über die Köpfe zu halten, sodass sie darunter ein leichtes Ziel für Schwert und Axt wurden.

York wurde mit seinen Leuten immer weiter zurückgedrängt, bis er mit seinem Pferd in der dritten Reihe stand, nicht mehr als fünfzig Meter vom Torhaus der Festung. Über die schmale Zugbrücke konnten sie sich nicht zurückziehen. Genau wie dieser enge Flaschenhals sie beim Verlassen am Morgen schon aufgehalten hatte, würde er auch jetzt sofort verstopft sein, wenn sie versuchten, sich in der Burg in Sicherheit zu bringen. York tat einen tiefen Atemzug, schloss die Augen und füllte seine Brust mit heimatlicher Luft. Als er seine Augen wieder öffnete, sah er Margaret.

Die Königin ritt eine braune Stute, um sich herum ein Dutzend bärtiger Schotten als Leibgarde. Sie bildeten eine Gruppe ganz am Ende des Schlachtfeldes, dort, wo der Wald anfing. York war nicht mehr als dreihundert Schritt von ihr entfernt. Er sah, dass sie lächelte. Er meinte, Derry Brewer neben ihr zu erkennen und schüttelte den Kopf.

York blickte lange und verzweifelt über das Schlachtfeld und hoffte auf einen Ausweg. Das Gemetzel um ihn herum ging mit unverminderter Heftigkeit weiter und jeder Augenblick brachte seine Männer der Niederlage näher. Es war zu Ende. Er atmete resigniert aus. Dann steckte er sein Schwert in die Scheide und hob die rechte Hand.

»Frieden!«, rief er, so laut er konnte. »Frieden! Ich ergebe mich. In Yorks Namen, legt eure Schwerter hin!« Er musste die Worte mehrmals wiederholen, ehe sie ihn hörten.

Seine Männer starrten ihn geschockt an, wahrscheinlich aber waren die meisten von ihnen erleichtert. Auch sie sahen, welchen Verlauf die Schlacht nahm. Die Männer in den hinteren Reihen legten ihre Klingen auf den Boden und hoben die Hände, um zu zeigen, dass sie keine Waffen mehr trugen. York hörte, wie auf der gegnerischen Seite der gleiche Befehl erteilt wurde. Der Waffenlärm erstarb. Dafür hörte man jetzt die Verwundeten und Sterbenden, die in der plötzlich eingetretenen Stille ein schauriges Klagelied anzustimmen schienen.

33

Es war keine einfache Aufgabe, eine ganze Armee zu entwaffnen. Männer, die jahrelang Schwerter und Äxte getragen haben, fühlen sich mit ihren Waffen verbunden. Die Eigentümer gaben sie höchst widerwillig ab und mussten mit ansehen, wie sie auf einen Haufen geworfen wurden, um zu verrosten oder irgendeinem nichtsnutzigen Tölpel in die Hand gedrückt zu werden. Der Wind heulte und zerrte an ihren Kleidern, und sie umschlangen vor Kälte zitternd ihre Körper. Alle Kampfeshitze war entwichen.

Lord Clifford umrundete zusammen mit einer Reitergruppe die Festung, um etwaige Kämpfer aus Yorks Armee aufzuspüren, die vielleicht noch im Hinterhalt liegen könnten. Auf dem gefrorenen Feld untersuchten die erschöpften Männer beider Seiten nicht nur ihre Ausrüstung auf Schäden, sondern auch ihre Körper nach Verletzungen, die sie bisher vielleicht noch gar nicht gespürt hatten. Viele fluchten, weil sie Schnittwunden oder sogar Einschusswunden von Pfeilen entdeckten und ungläubig anstarrten, um sie dann mit abgeschnittenen Stofffetzen ihrer Kleider zu verbinden.

Alle Männer Yorks wurden nach Klingen durchsucht. Nachdem man sich überzeugt hatte, dass sie keine Waffen mehr hatten, ließ Somerset ihnen die Kettenhemden abnehmen. Die Männer murrten und fluchten, aber sie wussten, es hatte keinen Zweck, sich zu widersetzen. Am Waldesrand häuften

sich die Ausrüstungsgegenstände: Helme und Schilde, Kettenhemden, Rüstungen und Äxte, alles quer durcheinander. Den
Toten wurde alles, was irgendeinen Wert hatte, abgenommen,
selbst die Stiefel wurden ihnen ausgezogen und auf einem Haufen gesammelt. Schließlich lagen alle Toten barfuß da. Dann
kamen die Soldaten noch einmal zurück, trugen sie weg und
legten sie, die Arme auf der Brust gekreuzt, nebeneinander
auf den hart gefrorenen Boden.

Es dauerte Stunden, und die Sonne stand schon tief, als
die ersten Überlebenden entlassen wurden. In kleinen Gruppen zu etwa zwölf Mann durften diejenigen, die gehen konnten, in Richtung Süden davonziehen. Viele Gesichter waren
von Verletzungen verunstaltet und blutverschmiert, andere
drückten die Hände auf Wunden oder saßen einfach nur da,
umklammerten totenbleich die Stümpfe ihrer abgeschlage-
nen Gliedmaßen und wiegten sich in hoffnungslosem Schmerz.
Diejenigen, die nicht mehr gehen konnten, wurden zurückgelassen, um vor sich hin starrend im kalten Wind zu sterben.

Derry Brewer sprach mit einigen von Yorks Hauptleuten,
die sich gerade auf den Weg machen wollten. Die abgekämpf-
ten, frierenden Männer würden versuchen, zu Fuß nach Hause
zu kommen, sie würden hungern und sich stehlend durchschlagen müssen, bis sie Sandal mit all seinen Erinnerungen
weit hinter sich gelassen hatten. Er hatte keinen Zweifel, dass
man viele der Überlebenden im Laufe des nächsten Monats
tot am Straßenrand finden würde, andere würde man beim
Stehlen erwischen und aufhängen. Derry erwähnte kurz, dass
die starken, unverletzten Männer unter ihnen es vielleicht
vorziehen würden, in der Nähe von Sheffield zu warten. Er
meinte, sie hätten vielleicht eine Chance, sich der Armee der
Königin anzuschließen, wenn diese zurück nach Süden mar-

schierte. Sie lachten ihm ins Gesicht, aber es war ein weiter Weg bis nach Hause, und sie hatten nichts zu essen. Derry wusste, einige würden sich daran erinnern und doch warten. Es tat ihm leid, gute Männer ziehen zu lassen, vor allem, da man noch nicht wusste, wie weit die Armeen von Warwick und March gekommen waren.

Die Sonne schickte sich an, hinter den Hügeln im Westen unterzugehen. Man hatte York das Schwert abgenommen, doch seine Rüstung hatte man ihm gelassen. Man hatte sein Pferd weggeführt, seine Hände waren auf dem Rücken gefesselt. Er wurde von zwei Soldaten bewacht, die jeden wütend anknurrten, der Lust verspürte, York anzuspucken oder ihm einen Faustschlag zu versetzen. Sie sprachen nicht mit ihm, und er blieb sich selbst überlassen, während seine Feinde die Trümmer der Schlacht wegräumten.

Der Sonnenuntergang ließ den Himmel in tiefem Gold erstrahlen, und Derry sah zum Horizont, bis seine Augen schmerzten. Jetzt stahlen sich auch die letzten seiner Leute fort in Richtung der Straße nach Süden, ein trostloser Strom von Menschen, die ihn an die Flüchtlingsströme vor zehn Jahren in Frankreich erinnerten. Blass, aber mit erhobenem Kopf stand er da, als sie an ihm vorbeizogen. Einige fluchten leise, doch weitaus mehr baten ihn flüsternd um Verzeihung. Er antwortete niemandem, sondern wandte sich um, dorthin, wo die Königin und ihre Lords standen.

Die Ebene vor Sandal war fast leer, als Derry Brewer angeschlendert kam.

»Dort sind einige Leute, die Euch sprechen möchten. Kommt mit.« Er nahm York beim Arm und zog ihn mit sich über das Feld, dorthin, wo die Königin stand.

York verzog das Gesicht bei dieser Behandlung.

»Vorsicht, Brewer. Ich bin von edlem Geblüt.«

Derry lachte leise, doch es war kein angenehmes Lachen. Er zerrte York bis an den Waldrand, wo ein Dutzend Edelleute und die Königin sie erwarteten. York hob den Kopf noch etwas höher, er wollte sich von ihnen nicht einschüchtern lassen. Er erblickte eine gefesselte Gestalt, die schwankend am Boden kniete. Ein erleichterter Ausdruck trat in sein Gesicht, als er sah, dass Salisbury am Leben war, obwohl der alte Mann am Kopf blutete und seine Augen trüb waren.

Derry führte den Duke dicht an Salisbury heran und drückte leicht auf seine Schulter, um ihm anzudeuten, dass er sich ebenfalls hinknien solle. Im ersten Moment wollte York sich diesem Befehl nicht beugen, doch der Strick um seine Handgelenke erinnerte ihn daran, dass er keine Wahl hatte.

Er kniete sich auf den schlammigen Boden und merkte, wie eiskaltes Wasser in seine Rüstung drang. Margaret trat vor ihn, den Kopf auf die Seite gelegt, und musterte ihn eindringlich. Neben ihr standen Somerset und Henry Percy, die fast ebenso zerschunden und ramponiert aussahen, wie York sich fühlte.

»Sollte ich Euch gratulieren, Mylady?«, fragte York. »Wie es scheint, bin ich Euer Gefangener.«

»Dazu brauche ich Euch nicht, um mir das mitzuteilen«, sagte Margaret. Ihre Augen glitzerten vor Bosheit gegenüber dem Mann, der ihren Mann gefangen genommen und ihren Sohn enterbt hatte. »Wo ist der König, Mylord? Das ist alles, was ich von Euch wissen will.«

»In Sicherheit«, erwiderte York. Er dachte einen Moment nach. »Wenn Ihr vorhabt, Lösegeld für uns zu verlangen, dann könnte König Henry vielleicht der Preis sein.«

Margaret schloss die Augen, ihre Hand ballte sich zur Faust.

»Nein, Mylord York. Nein. Ich habe geredet und *geredet*, ein ganzes Jahr lang. Ich lasse mich auf keinen Handel mehr ein. Es ist vorbei. Wenn Ihr mir nicht sagt, wo mein Mann gefangen gehalten wird, habe ich keine weitere Verwendung für Euch.« Sie wandte sich an Somerset, der in Rüstung und mit gezogenem Schwert dastand. »Salisburys Kopf, Mylord. Ich weiß schon einen Platz dafür.«

York erstarrte vor Schock und hilfloser Wut.

»Wie würde sein Tod Euch nützen? Zurück, Somerset!«

Verzweifelt drehte er sich um und sah, dass Salisbury ihn ebenfalls ansah, die Sehnen an seinem Hals standen hervor wie Drahtseile. Ihre Blicke trafen sich, und Salisbury zuckte die Schultern. Sein Gesicht war geschwollen und blutig. Der Earl sah auf, als Somerset neben ihn trat.

»Gott sei meiner Seele gnädig«, murmelte Salisbury. Er schloss die Augen und beugte sich zitternd vor.

Somerset hob das Schwert, so hoch er konnte, dann ließ er die Klinge mit aller Kraft niedersausen, und Salisburys Kopf fiel in den Schlamm. Entsetzt sah York, wie sein Körper einen Moment wankte und dann auf die Seite fiel. Er blickte Margaret an und sah seinen eigenen Tod in ihren Augen.

In diesem Moment ertönte in der Nähe ein Schrei, und die Edelleute um die Königin griffen nach ihren Schwertern, ließen sie aber wieder los, als sie sahen, dass es Lord Clifford war, der angeritten kam. Der Baron grinste, als er Salisburys Leiche erblickte, daneben York, kniend und gefesselt. Er trabte näher, dann stieg er ab und ging die letzten paar Schritte, bis er dicht vor York stand.

»Es ist mir eine Freude, Euch auf Knien zu sehen«, sagte Clifford, »und ich danke Gott, dass ich noch rechtzeitig komme. Ich habe nämlich einen jungen Mann an der Burgmauer überrascht, er hatte zwei Burschen bei sich. Er behauptete, er sei Euer Sohn, ehe ich ihn umbrachte.« York starrte Clifford an, der seine rechte Hand hob, in der er einen blutigen Dolch hielt.

Cliffords Häme schien Margaret den Moment ihres Triumphs zu verderben.

»Geht jetzt und kümmert Euch um Eure Leute, Baron«, sagte sie barsch.

Clifford machte ein beleidigtes Gesicht, aber er gehorchte und ging.

Müde und der Sache überdrüssig schüttelte Margaret den Kopf.

»Ihr habt so viel Leid verursacht, Richard«, sagte sie. »So viele Väter und Söhne mussten sterben, und nur, weil Ihr es nicht akzeptieren konntet, dass Henry auf dem Thron sitzt.«

»Ein Platz, der für ihn zu schade ist«, sagte York. »Denkt Ihr etwa, Ihr habt jetzt gewonnen?« Seine Stimme wurde mit jedem Wort kräftiger.

Salisburys Tod und der Mord an dem armen Edmund hatten ihn fassungslos gemacht. Aber Cliffords schäbiger Meuchelmord wirkte auf ihn wie ein kräftigender Wein, der seinen Stolz weckte und sein Herz stärker schlagen ließ. York richtete den Oberkörper auf, als der Duke von Somerset an seine Seite trat. Er spürte, wie er das blutige Schwert über ihm erhob und sah, dass Margaret nickte.

»Damit entfesselt Ihr lediglich den Hass unserer Söhne!«, rief York. »Gott stehe meiner Seele bei!«

Der Hieb mit dem Schwert kam quer, und Yorks Kopf rollte am Boden. Margaret atmete tief und erschauernd auf.

»Es ist zu Ende«, flüsterte sie. »Alle braven Männer sind gerächt.« Sie blickte die anwesenden Lords an. »Nehmt die Köpfe und setzt sie an der Stadtmauer von York auf Stangen.«

Fasziniert und angeekelt sah sie zu, wie die grausigen Köpfe aufgehoben wurden, deren Blut an den Armen der Männer entlanglief. Sie trat näher und berührte mit zitternder Hand Yorks schlaffes Gesicht.

»Setzt dem hier eine Papierkrone auf, er wollte doch immer die richtige tragen. Die Leute von York sollen sehen, welchen Preis er für diesen Ehrgeiz bezahlt hat.«

Der Soldat nickte und ging mit den Köpfen davon.

Noch blass von dem, was er hier erlebt hatte, trat Earl Percy neben die Königin.

»Und jetzt, Mylady?«

»Jetzt?« Sie wandte sich zu ihm um. »Jetzt geht's nach London. Jetzt wird mein Mann befreit.«

EPILOG

Edward von March grübelte. Seine Rüstung war verdreckt und mit Blut besudelt, und er war todmüde, aber obwohl seine Arme ihm wehtaten, hatte er das Gefühl, dass er sie erfolgreich gebraucht hatte. Es wurde dunkel, und er hörte die Schreie der Verwundeten auf dem Schlachtfeld, die erst verstummten, wenn man sie fand und ihnen die Kehle durchschnitt. Seine Leute marschierten in Reih und Glied, Rüstungen und Kettenhemden klirrten. Kein Siegesgeschrei, kein Lachen. Die düstere Stimmung des Earls hatte sich über alle gelegt. Stumm gingen sie an ihm vorbei, als er sich auf einem umgestürzten Baum ausruhte und vor sich hin starrte, sein Schwert auf den Knien.

Sein Vater und sein Bruder Edmund waren tot, umgebracht von diesen nichtswürdigen Hunden. Die Nachricht war vor ein paar Tagen über die Reiterkette, die sie errichtet hatten, zu ihm gelangt, gerade als die Armee der Waliser so nah gekommen war, dass sie angreifen konnte. March hatte getobt. In seiner besinnungslosen Wut hatte er seinen Männern befohlen, sich zu formieren, doch sie hatten ihn nur entsetzt angesehen. Sie hatten viertausend Soldaten gegenübergestanden, darunter die besten Bogenschützen der Welt, aber trotzdem hatte er sie angreifen lassen. Jetzt sah er rund um sich das Ergebnis: ein Feld, übersät mit Leichen, die langsam im Schlamm versanken. In namenlosem Zorn hatte er ihre Leben geopfert. Auch er selbst hatte wie von Sinnen immer wieder zugeschlagen, bis die Klinge seines Schwerts stumpf war, und trotzdem hieb er weiter um sich und zertrümmerte alles, was ihm in den Weg kam. Als er seinen Blutrausch gestillt hatte, war die Schlacht gewonnen, und die letzten Waliser rannten um ihr Leben vor diesem Riesen in seiner eisernen Rüstung, der Menschen wie totes Laub hinwegfegte.

Er wusste nicht, wie viele seiner eigenen Leute unter den Toten waren. Es war ihm egal, selbst wenn er sie alle verloren haben sollte. Owen Tudor war umgebracht worden, seine walisische Armee war abgeschlachtet, und seine Söhne hatten keine andere Wahl gehabt, als zu fliehen. Sie hatten sich gegen ihn erhoben, und sie hatten versagt. Nur darauf kam es an.

Mühsam stand Edward auf. Jetzt spürte er ein Dutzend Blutergüsse und Prellungen, von denen er vorher nichts gemerkt hatte. Aus den Panzerplatten an seiner Seite sickerte Blut, und er zuckte zusammen, als er drauf drückte und merkte, wie seine Rippen nachgaben. Es würde eine lange Nacht werden. Er blickte zum dunklen Himmel empor und sehnte sich danach, dass die Sonne wieder aufging. Er lebte, stellte er verwundert fest. Die leidenschaftliche Wut, die ihn wie ein Feuer verzehrt hatte, war erloschen. Er fühlte sich vollkommen leer. Er hatte sie den Blutpreis für seinen Vater zahlen lassen.

Er atmete tief auf und erinnerte sich wieder an die merkwürdige Erscheinung, die er am Morgen vor der Schlacht gehabt hatte. Die Sonne war aufgegangen, obwohl er sich darüber nicht hatte freuen können. Und gerade als sie voll über dem Horizont stand, waren zwei weitere Sonnen erschienen, auf jeder Seite eine, glänzende goldene Scheiben, die merkwürdige Schatten auf seine wartenden Truppen geworfen hatten. Seine Männer hatten sich erschrocken und wiesen sich gegenseitig auf diese Erscheinung hin. Aber die Dunkelheit in ihm war nicht gewichen. Er hatte darauf gestarrt, bis er fürchtete, blind zu werden, und er hatte die Wärme auf seinem Gesicht gespürt.

Er wusste nicht, ob diese Vision eine Art Segen war, den sein Vater ihm hatte zuteilwerden lassen. Edward hatte das Gefühl, als sei er unter den Strahlen dieser merkwürdigen Dreifaltigkeit wiedergeboren worden. Er war ein neuer Mensch. Er war achtzehn Jahre alt. Er war der Duke von York. Er würde den Thron erben.

DIE PERSONEN

Master **Allworthy**: Königlicher Leibarzt von Henry VI.

Alphonse: Stummer Diener von Vicomte Michel
Gascault

Margaret von **Anjou/Königin Margaret**: Tochter von
René von Anjou, Frau von Henry IV.

James Tuchet, Baron **Audley**: Soldat und Befehlshaber
der Armee der Königin

Saul **Bertleman (Bertle)**: Mentor von Derihew Brewer

Derihew (Derry) **Brewer**: Meisterspion von Henry VI.

Humphrey Stafford, Duke von **Buckingham**: Anhänger
von Henry VI.

Carter: Reiter im Gefolge von Richard Neville, Earl von
Salisbury

Charles VII.: König von Frankreich, Onkel von
Henry VI.

John Clifford, Baron **Clifford**: Sohn von Thomas de
Clifford

Thomas de Clifford, Baron **Clifford**: Anhänger von
Henry IV.

William Crighton, Lord **Crighton**: Schottischer
Edelmann, arrangiert die Hochzeit von James II. und
Mary von Geldern

Ralph Cromwell, Baron **Cromwell**: Kämmerer im
Haushalt von Henry VI.
Maud **Cromwell** (geborene Stanhope): Nichte und Erbin
von Baron Cromwell

Sir Robert **Dalton**: Schwertkämpfer und Kampfpartner von
Edward, Earl von March
Andrew **Douglas**: Schottischer Gutsherr und Verbündeter
von Henry VI.

Thomas Percy, Baron **Egremont**: Sohn von Henry Percy,
Earl von Northumberland
Henry Holland, Duke von **Exeter**: Schwiegersohn von
Richard, Duke von York

John **Fauceby**: Leibarzt von Henry VI.
William Neville, Lord **Fauconberg**: Bruder des Earls von
Salisbury
Sir John **Fortescue**: Oberrichter am englischen
Obergerichtshof
Fowler: Soldat in der Schlacht von St. Albans

Vicomte Michel **Gascault**: Französischer Botschafter am
englischen Hof
Sir Howard **Gaverick**: Lehnsritter im Dienst des Earls
von Warwick
Der stille **Godwin**: Franziskaner
Edmund Grey, Baron **Grey von Ruthin**: Anhänger
von Henry VI.
Mary von **Geldern**: Frau von James II. von
Schottland

William **Hatclyf**: Leibarzt von Henry VI.

Henry VI.: König von England, Sohn von Henry V.

Hobbs: Hauptmann der Wachen auf Schloss Windsor

Junker **James**: Kundschafter für die Armee Henrys VI. in der Schlacht von St. Albans

Jameson: Schmied und Kampfpartner von Edward, Earl von March

Edward Plantagenet, Earl von **March**: Sohn von Richard, Duke von York

John **Neville**: Sohn des Earls von Salisbury, Bruder von Warwick

John de Mowbray, Duke von **Norfolk**: Anhänger von Henry VI.

Henry Percy, Earl von **Northumberland**: Oberhaupt des Hauses Percy und Verteidiger der Grenze zu Schottland

Eleanor Neville, Countess von **Northumberland**: Frau von Henry Percy, Schwester des Earls von Salisbury

William **Oldhall**: Sprecher des Unterhauses

Jasper Tudor, Earl von **Pembroke**: Halbbruder von Henry VI.

Bruder **Peter**: Franziskaner

Rankin: Diener von Richard Neville, Earl von Salisbury

Edmund Tudor, Earl von **Richmond**: Halbbruder von Henry VI.

Edmund Plantagenet, Earl von **Rutland**: Sohn von Richard, Duke von York

Richard Neville, Earl von **Salisbury**: Oberhaupt des
Hauses Neville, Enkel des John von Gaunt

Alice Montacute, Countess von **Salisbury**: Frau von
Richard Neville, Earl von Salisbury

Thomas de Scales, Baron **Scales**: Befehlshaber der
königlichen Garnison im Tower von London

Michael **Scruton**: Königlicher Wundarzt

Edmund Beaufort, Duke von **Somerset**: Anhänger von
Henry VI.

Henry Beaufort, Duke von **Somerset**: Sohn von Edmund
Beaufort. Anhänger von Henry VI.

William de la Pole, Duke von **Suffolk**: Soldat und
Gesandter, der die Hochzeit von Henry VI. und
Margaret von Anjou arrangierte

Wilfried **Tanner**: Schmuggler und Freund von Derry
Brewer

Sir William **Tresham**: Sprecher des Unterhauses

Andrew **Trollope**: Captain der Calais-Garnison des Earls
von Warwick

Trunning: Schwertmeister von Henry Percy, Earl von
Northumberland

Owen **Tudor**: Zweiter Mann von Catherine de Valois
(Witwe von Henry V.)

Richard Neville, Earl von **Warwick**: Sohn des Earls von
Salisbury, der »Königsmacher«

Edward von **Westminster**: Prinz von Wales, Sohn von
Henry VI. nach der Heirat von Henry VI. und Margaret
von Anjou

Richard Plantagenet, Duke von **York**: Oberhaupt des Hauses York, Urenkel Edwards III.

Cecily Neville, Duchess von **York**: Frau Richards, des Dukes von York, Enkelin von John von Gaunt

HISTORISCHE ANMERKUNGEN

TEIL EINS: 1454–1455

Der Überfall der Percys auf die Hochzeitsgesellschaft der Nevilles fand etwas früher statt, als ich es hier geschildert habe, nämlich im August 1453, etwa zur selben Zeit, als König Henry VI. in geistige Umnachtung fiel. Es war ein Schlüsselereignis in den Jahren kleinerer Rangeleien zwischen den Familien, die beide versuchten, den Norden Englands zu kontrollieren und ihre Gebiete auszuweiten.

Dieser Angriff von Thomas Percy, Baron Egremont, war eines der brutalsten Ereignisse in diesem privaten Kleinkrieg, ausgelöst durch die Vermählung von Salisburys Sohn mit der Nichte von Ralph Cromwell, eine Verbindung, durch die Besitztümer, die die Familie Percy für sich beanspruchte, in die Hände der Nevilles fielen.

Doch das Hauptanliegen der »Schlacht von Heworth Moor«, nämlich Richard Neville, den Earl von Salisbury zu beseitigen, scheiterte. Es gab eine ganze Reihe weiterer Scharmützel, die ich nicht erwähnt habe, aber diese Fehde spielte eine Schlüsselrolle bei der Entscheidung, auf welcher Seite die Nevilles und die Percys bei der ersten Schlacht von St. Albans im Jahre 1455 standen – und deren Ergebnis.

Da ich nicht zu viele Hauptprotagonisten ins Spiel bringen wollte, bin ich auf Exeters Rolle im Norden nicht sehr ausführlich eingegangen. Obwohl er mit Yorks ältester Tochter verheiratet war, war er ein starker, brutaler Verbündeter der Percys. Dieser Bürgerkrieg zerriss ganze Familien. Eine der ersten Maßnahmen, die York als Lordprotektor ergriff, war, seinen Schwiegersohn Exeter in Pontefract Castle einsperren zu lassen und die Schlüssel Salisbury zu übergeben. Als König Henry sich 1455 wieder erholt hatte, wurde Exeter freigelassen, ebenso Somerset, der aus dem Tower befreit wurde und bald wieder als erster Ratgeber an der Seite des Königs war.

Es ist nicht bekannt, wer bei der Geburt von Edward von Lancaster, dem einzigen Sohn von Margaret und König Henry, anwesend war, jedoch war es nicht nur im Mittelalter üblich, dass bei einer königlichen Geburt zahlreiche Zeugen zugegen waren. Noch Albert, der Sohn Königin Victorias, erblickte im Beisein des Erzbischofs von Canterbury, zweier Herzöge und sieben weiterer Lords das Licht der Welt. Über Edward von Lancaster (manchmal auch Edward von Westminster genannt, weil er dort geboren wurde) gab es in der Tat Gerüchte, dass Somerset sein Vater sei, aber wahrscheinlich war das nichts weiter als eine böswillige Verleumdung aus den Reihen von Yorks Anhängern. Es besteht kein Zweifel, dass Somerset und York einander hassten wie die Pest.

Als Henry VI. am Weihnachtstag 1454 aus seinem Dämmerzustand erwachte, hatte er fast achtzehn Monate in dieser quasi Bewusstlosigkeit verbracht. Er hatte keinerlei Erinnerung an die Ereignisse in dieser Zeit, obwohl er nicht im Koma gelegen hatte. Was er erlebte, war wohl eher eine Art dissoziativer, apathischer Wachtraum. Er konnte sich nicht daran erinnern, dass man ihm seinen Sohn Edward, Prinz von Wales, gezeigt hatte. Obwohl er körperlich anwesend und theoretisch auch wach genug war, um den Huldigungskuss des neuen Erzbischofs von Canterbury zu empfangen, hatte er auch daran keinerlei Erinnerung.

In Wirklichkeit dauerte es allerdings zwei Monate, ehe König Henry 1455 wieder soweit bei Kräften war, dass er nach London reisen konnte. Dort entließ er York und Salisbury aus ihren Positionen und machte sich daran, seine Autorität im Land wieder zu festigen, indem er eine lange und prunkvolle Gerichtsreise von London aus nach Norden unternahm. Es war eine Phase großer Schaffenskraft (die einzige) für den König, der plötzlich eine ganz andere Persönlichkeit war als vor seinem Zusammenbruch. York und Salisbury begaben sich zur Burg von Ludlow.

Während seiner Zeit als offizieller Protektor hatte York mit Vernunft und Umsicht regiert. Obwohl er natürlich die Nevilles als seine Verbündeten bevorzugte, hatte er den gewaltigen Haushalt des Königs verkleinert, womit die Kosten für viele überflüssige Bedienstete, Ritter und sogar Pferde eingespart wurden. Es entspricht den Tatsachen, dass er Edward von Lancaster als Thronfolger bestätigte, vielleicht tat er es, weil die Sympathien im Land nach wie vor bei dem kranken König lagen. Im einundzwanzigsten Jahrhundert ist es vielleicht schwer vorstellbar, dass König Henry diese bedingungslose Loyalität allein seiner Abstammung und seiner Position verdankte. Ein König war ein von Gott Gesalbter und hatte das göttliche Recht, über seine Untergebenen zu herrschen. Es galt als Gotteslästerung, dies anzuzweifeln, und wenn man es tat, dann nur im Geheimen.

Eine Anmerkung zu den Titeln: es ist zwar richtig, dass »Euer Majestät« nicht die allgemein gebräuchliche Anrede für königliche Personen zur Zeit Henrys VI. war, doch auch wenn »Euer Hoheit« und »Euer Gnaden« gebräuchlicher waren, so war Erstere dennoch im Gebrauch. Ein Beweis dafür ist Yorks Brief vom Mai 1455, in dem er sich beim König über Gerüchte beklagt, die seine Feinde über seinen Glauben, seine Loyalität und sein Pflichtgefühl verbreiten, »unter den Fittichen Eurer königlichen Majestät«.

Zum Earl von Warwick (später als »Warwick, der Königsmacher« bekannt): Über seine Kindheit ist nichts bekannt, ebenso wenig über sein Aussehen. Der jüngere Richard Neville machte eine außerordentlich gute Partie, als er Anne Beauchamp, die Tochter des Earls von Warwick heiratete. Mit dem Tod des Earls erbte sein Sohn Henry den Titel, starb aber bereits im Alter von dreiundzwanzig Jahren. Er hinterließ eine dreijährige Tochter, die ebenfalls starb.

Somit gingen die Rechte auf den Titel auf Anne über – und auf ihren Mann, Richard Neville. Mit nur einundzwanzig Jahren wurde er Earl von Warwick, Newburgh und Aumarle, Baron von Elmley und Hanslape, Lord von Glamorgan und Morgannoc. Seine neuen Besitztümer waren: Gebiete im Süden von Wales und Herefordshire, einschließlich der Burgen von Cardiff, Neath, Caerphilly, Llantrussant, Seyntweonard, Ewyas Lacy, Castle-Dinas, Snodhill, Whitchurch und Maud's Castle. Caerphilly allein war eine Festung, die bis zu zehntausend Mann leicht standhalten konnte. In Gloucestershire kamen weitere sieben reiche Güter hinzu, in Worcestershire drei Güter, das Schloss Elmley und vierundzwanzig weitere Landsitze. In Warwickshire, außer der unglaublich eindrucksvollen

Burg und der ganzen Stadt selbst, neun Landsitze, einschließlich Tamworth. In Oxfordshire fünf Landsitze, außerdem Ländereien in Kent, Hampshire, Sussex, Essex, Hertfordshire, Suffolk, Norfolk, Berkshire, Wiltshire, Somerset, Devon, Cornwall, Northampton, Stafford, Cambridge, Rutland und Nottingham – insgesamt achtundvierzig weitere Landsitze. Im fernen Norden gab es nur einen Besitz: Barnard Castle am Fluss Tees. Also: zwölf große Burgen und einhundertdreiundvierzig Landsitze von der schottischen Grenze bis Devon, wodurch die Verbindung mit Anne Beauchamp zu einer der materiell lohnendsten in der englischen Geschichte wurde. Vielleicht ist es nicht überraschend, dass sein Vater ihm in seinem Testament nur zwei große Speiseplatten, zwölf kleinere Teller, einen Wasserkrug und eine silberne Schüssel hinterließ, außerdem ein Bett und vier noch nicht geschulte Pferde.

Der Schlacht von St. Albans im Jahre 1455 gingen mehrere Briefe voraus, die Richard von York dem König schickte, von denen ihn auch mindestens zwei erreichten, während er unterwegs war. Obwohl York es nicht wagte, Königin Margaret namentlich zu erwähnen, flehte er den König an, dem verderblichen Einfluss »von Verrätern, die den König umgeben« zu widerstehen, Männern wie dem Duke von Somerset. York war überzeugt, dass König Henry Leute um sich scharte, die nur Übles im Schild führten. Immer wieder beteuerte er seine Loyalität, doch ohne Erfolg.

Zusammen zählten die Armeen Salisburys und Warwicks etwa dreitausend Mann, die in der Ebene des Keyfield östlich von St. Albans ihr Lager aufschlugen und auf den König warteten. König Henrys Streitkräfte trafen um etwa neun oder zehn Uhr morgens ein, überquerten den Fluss von Halywell und marschierten den Hügel hinauf zum Marktplatz. Herolde tauschten Botschaften aus, jedoch lehnte Henry alle Forderungen Yorks ab. Es ist nicht bekannt, wann genau der Kampf begann, aber auf jeden Fall hatten die Soldaten des Königs Zeit, die drei Straßen, die aus dem Osten in die Stadt führen, zu blockieren.

In der Geschichte gibt es viele Beispiele dafür, dass zwei feindliche Streitkräfte, die sich gegenüberstehen, sich gegenseitig reizen, um den Ausbruch von Kampfhandlungen zu provozieren, unabhängig davon, was ihre Anführer beabsichtigen. Doch möglicherweise kam der Befehl dazu auch von Salisbury. Er zumindest hatte den deutlichen Wunsch nach einem Schlagabtausch, da er endlich Henry Percy, den Earl von Northumberland, und Thomas, Baron Egremont, in Reichweite hatte. Für Salisbury war der Moment gekommen, wo er ihnen den Angriff auf die Hochzeitsgesellschaft seines Sohnes heimzahlen und weitere alte Rechnungen begleichen konnte.

Es war der sechsundzwanzigjährige Earl von Warwick, der mit einem kleinen Trupp durch die Hintergärten in die Stadt eindrang und den Berg hinauf zum Marktplatz stürmte. Warwicks Bogenschützen schickten auf der St. Peter's Street ihre Pfeile voraus, und sowohl König Henry als auch der Duke von Buckingham wurden gleich zu Anfang getroffen und verwundet. Es ist auch historisch belegt, dass Buckingham im Gesicht getroffen wurde, was er jedoch überlebte.

Mit Warwicks Durchbruch fand die Pattsituation an den Barrikaden ein Ende. York und Salisbury drangen schnell in die Stadt ein, da die Männer, die die Barrikaden verteidigt hatten, sich jetzt aufmachten, um den König zu schützen. In kürzester Zeit waren der Marktplatz und die Straßen der Umgebung mit bis zu fünftausend kämpfenden Männern verstopft, die sich in ihrer Panik gegenseitig niedertrampelten. Die Beschreibung, die Abt Whethamstede nach der Schlacht von der Kampfszene lieferte, ist eindrucksvoll: »… hier ein Mann, dessen Hirn herausquoll, ein weiterer, dem man den Arm abgehackt hatte, dort ein dritter mit durchschnittener Kehle, ein vierter mit durchbohrter Brust, und der ganze Platz übersät mit den Leichen Gefallener.«

York selbst gab den Befehl, den verwundeten König in die Abteikirche zu bringen. Die Schlacht hätte jetzt zu Ende sein können, wenn nur York und Lancaster die Hauptgegner gewesen wären. Was jetzt passierte, ist nicht genau bekannt. Ich habe mich für das wahrscheinlichste Szenario entschieden. Nachdem man den König in die Abtei gebracht hatte, konzentrierte man sich auf das eigentliche Ziel der Schlacht: nämlich den Tod von Somerset und Percy.

Es stimmt, dass Somerset unter dem Schild des Wirtshauses »Castle« *(Zur Burg)* starb, womit sich eine Prophezeiung erfüllte, dass er »unter der Burg sterben« würde. Er hatte Schloss Windsor jahrelang gemieden, um dieser Prophezeiung zu entgehen. In einem Bericht über die Schlacht heißt es, Somerset sei aus dem Wirtshaus *Castle* getreten und habe mit der Axt vier Männer getötet, ehe er selbst getroffen wurde.

Am Rande sei noch erwähnt, dass der Earl von Wiltshire, Henrys Schatzmeister, dem Schlachtgetümmel entkam, indem er seine Rüstung ablegte und in die Abtei floh, wo er sich als Mönch verkleidete. Ich konnte der Versuchung nicht widerstehen, Derry Brewer diese Rolle zukommen zu lassen.

Die Prozession durch London, in der York Hand in Hand mit Königin Margaret hinter dem König her schritt und Henry in der St.-Pauls-Kathedrale seine Krone übergab, ist eine Verflechtung zweier tatsächlicher Begebenheiten. Historisch fand die erste Prozession nur wenige Tage nach der Schlacht von St. Albans 1455 statt, und in dieser ritt Henry durch London mit York an seiner rechten, Salisbury an seiner linken Seite, während Warwick mit dem Schwert des Königs vorausritt. Dieses »freudige« Ereignis ging in der St.-Pauls-Kathedrale zu Ende, wo der König angeblich darauf bestand, dass York ihm seine Krone überreichte. Wenn man davon ausgeht, dass Henry verstand, was hier passierte, musste diese Demütigung außerordentlich schmerzlich für ihn gewesen sein. Die zweite Prozession fand später statt, als York Hand in Hand mit Margaret durch die Stadt schritt, eine öffentliche Demonstration, dass der Zwist beendet war. Die traurige Wahrheit ist, dass der König zu diesem Zeitpunkt nichts weiter als eine Marionette Yorks war. Die wichtigsten Ratgeber des Königs waren bei St. Albans umgekommen, und es sollte vier Jahre dauern, bis das Haus Lancaster wieder in der Lage war, sich zur Wehr zu setzen.

TEIL ZWEI: 1459–1461

Die Jahre, die in diesem Roman fehlen, waren nicht ganz ohne Zwischenfälle. König Henry erlitt einen weiteren mentalen Zusammenbruch, dazu hatte er eine panikartige Furcht vor dem Anblick von Blut entwickelt, die er nie wieder loswurde. York wurde zum zweiten Mal zum Lordprotektor ernannt – und zum zweiten Mal kehrte der König nach London zurück und enthob ihn seines Amtes. Wiederholungen ergeben keine gute Storyline, doch dazu muss angemerkt werden, dass es diesmal doch etwas anderes war, weil Henry seinen Willen und seine geistigen Kräfte nicht vollständig wiedererlangt hatte. Obwohl York entlassen worden war, bekleidete er weiterhin verschiedene Regierungsämter, wodurch er mit einer gewissen Macht ausgestattet war. Er wurde sogar nach Norden geschickt, um den Schotten entgegenzutreten, die in seinem eigenen Namen als angeblich rechtmäßiger König zum Aufstand aufriefen! Wie man sich vorstellen kann, reichte seine bloße Anwesenheit aus, um die Sache zu beenden.

König Henry verbrachte einen Großteil dieser Jahre entweder schlafend oder im Gebet, und seine Gesundheit war äußerst labil. Also blieb es Margaret überlassen, sich mit der Bedrohung gegen ihre Familie auseinanderzusetzen, und aus dieser Zeit stammt ihre Reputation als gerissene Drahtzieherin – ein Sichtweise, die ich immer als ungerecht empfunden habe. Sie hatte tatsächlich ihren Mann nach Kenilworth gebracht und die Burg zur Verteidigung mit sechsundzwanzig Kanonen ausgestattet. Diese Waffen hatten eine (extrem unzuverlässige) Reichweite von etwa einer Meile, aber im Abstand von etwa vierhundert Metern wären sie verheerend gewesen und hätten die Burg zur damaligen Zeit uneinnehmbar gemacht. Doch was sonst hätte Margaret zum Schutz ihres Mannes und ihres Sohnes auch tun können?

Die Zahl der Männer, die Königin Margaret als »Kavaliere der Königin« (*Queen's Gallants*) anwarb, wird unterschiedlich geschätzt. Die Armee bei Blore Heath war sechs- bis zwölftausend Mann stark. Ungefähr die gleiche Anzahl unterzeichnete Verträge, im Falle einer Bedrohung für König Henry für ihn zu kämpfen. Danach gab es nur noch das Problem, eine solche »Bedrohung« auch zu schaffen. Die »Verunehrung«, also die gesetzliche Aberkennung der Adelsprivilegien (*Bill of Attainder*), die York und Salisbury zum Handeln zwang, war ein unglaublich wirksames, selten angewandtes Mittel der englischen Rechtsprechung, mit dem man ein Adelshaus mit einem Schlag auslöschen und seinen Angehörigen sämtliche Titel und allen sonstigen Schutz nehmen konnte. Zu Margarets Ratgebern, zu denen sie unbedingtes Vertrauen hatte, gehörte Sir John Fortescue, der Oberrichter am englischen Obergerichtshof. Zweifellos wird er die Hauptrolle beim Erlass dieses Gesetzes gespielt haben. Allein der Gedanke, dass dieses Gesetz angewandt werden könne, reichte aus, um York, Salisbury und Warwick erneut aufs Schlachtfeld zu treiben, genau wie Margaret es erhofft hatte.

Anmerkung zu Blore Heath: In dieser Schlacht, die manchmal als der eigentliche Beginn der Rosenkriege bezeichnet wird, erlitten die Kavaliere der Königin eine Niederlage, weil Salisburys Taktik geschickter war und er die Besonderheiten des Geländes besser nutzte. Seine Späher entdeckten Lord Audleys Hinterhalt, worauf er halten und seine rechte Flanke durch eine Wagenburg sichern ließ. Der Bach Hempmill Brook floss zwischen ihnen, und Salisbury täuschte einen Rückzug vor, um die Reiter der Kavaliere anzulocken, worauf er angriff und Hunderte von ihnen tötete. Audley befehligte den Gegenangriff und kam im Gefecht um. Geschätzte dreitausend Mann des Lancaster-Heeres wurden getötet, dagegen nur etwa tausend von Salisburys Armee, wobei es keine geringe Leistung war, angesichts einer derartigen Streitmacht zu überleben. Salisbury setzte seinen Marsch nach Ludlow fort, doch er bezahlte einen ortsansässigen Mönch dafür, während der ganzen folgenden Nacht immer wieder eine Kanone abzufeuern, um eine etwaige Verstärkung der Kavaliere abzuschrecken. Der Legende nach beobachtete Königin Margaret die Schlacht, und es gibt keinen Grund, daran zu zweifeln, zumal in diesem Zusammenhang auch das interessante Detail berichtet wird, dass sie von einem Schmied die Hufe ihres Pferdes mit umgedrehten Eisen beschlagen ließ, um Verfolger auf die falsche Fährte zu setzen. Schließlich waren die Kavaliere die erste Armee, die den Eid auf sie persönlich geleistet hatten. Es scheint logisch, dass Margaret sie im Einsatz gegen ihre Feinde sehen wollte.

Zu Edward, Earl von March: In heutiger Zeit ist eine Körpergröße von 6 Fuß, 4 Zoll (1,92 Meter) nicht besonders selten und unter hundert Menschen wird mindestens einer von dieser Größe dabei sein. Die heutige Durchschnittsgröße für einen Mann liegt bei etwa 1,72 Meter (für meine Begriffe ziemlich wenig). Doch im fünfzehnten Jahrhundert, als die geschätzte Durchschnittsgröße eines Mannes zwischen 1,60 und 1,70 Meter lag, muss der achtzehnjährige Earl von March auf dem Schlachtfeld ein wahrer Goliath gewesen sein. Das heutige Äquivalent wäre ein Krieger von etwa 2,08 Meter in eiserner Rüstung, der sich trotz seiner Körpergröße mit enormer Geschwindigkeit bewegen und mit großer Kraft kämpfen kann. Die Wirkung eines solchen Kriegers im Nahkampf kann nicht zu hoch eingeschätzt werden.

Es ist eine wichtige Tatsache, dass die Ernährung einer der wichtigsten Faktoren bei der Körpergröße einer Bevölkerung ist. Adlige Familien im Mittelalter hatten wesentlich öfter Fleisch und Fisch auf dem Speiseplan als Bürgerliche. Des-

halb waren sie insgesamt vermutlich größer als die Angehörigen der meisten anderen Klassen und waren schon deshalb
an Kraft überlegen, was durch ständiges Kampftraining von
Kindheit an noch weiter gefördert wurde.

Edward von March reagierte auf die drohende Verunehrung,
indem er im Spätsommer 1459 von Calais nach England zurückkehrte und sich mit den Truppen von York und Salisbury
zusammenschloss. In Ludlow erwartete sie eine Katastrophe.
Alle Hoffnung war dahin und den Schlüsselfiguren war nichts
anderes übrig geblieben, als zu fliehen. Es ist eine verbürgte
Tatsache, dass Captain Trollope sich weigerte, gegen eine Armee
zu kämpfen, die offensichtlich vom König angeführt wurde.
Seine Desertion mit den sechshundert Mann der Garnison
von Calais bedeutete den Wendepunkt der Schlacht und den
Grund für Yorks Niederlage. Trollope wurde später für seine
Dienste zum Ritter geschlagen.

Nach der Desertion ging die »Schlacht« bei der Brücke
von Ludford praktisch unblutig vonstatten. Die königliche
Armee hatte Yorks wesentlich kleinere Streitmacht eingekesselt und es kam nur zu einigen unwesentlichen Scharmüt-
zeln. York, Salisbury, Warwick und March fassten den außergewöhnlichen Entschluss, zu fliehen. Vielleicht sollte in
diesem Zusammenhang angemerkt werden, dass es unwahr-
scheinlich war, dass man Yorks Frau und Kinder getötet hätte.
York ging nach Irland, und Salisbury, Warwick und March
entkamen nach Calais, wo sie im November 1459 eintra-
fen. Normalerweise hätte diese Katastrophe das Ende ihrer
Bemühungen bedeuten müssen, und es ist bezeichnend für
ihre große Entschlossenheit und ihr Geschick, dass sie es
nicht war.

Wenn man in der Geschichte nachforscht, stößt man mitunter auf Begebenheiten, die einfach sensationell sind, und noch besser ist es, wenn diese nicht allgemein bekannt sind. Mit einem Handstreich, die einem Abenteurer wie Captain Hornblower alle Ehre gemacht hätte, stahl Warwick im Januar 1460 tatsächlich in Kent eine ganze königliche Flotte, indem er die Schiffe miteinander vertäute und mit ihnen über den Kanal nach Frankreich segelte.

Am 2. Juli brachte er mit dieser Flotte seine Armee nach England, und ging in Sandwich an Land. Zusammen mit seinem Vater und Edward von March marschierten sie dann siebzig Meilen durch Kent, wo unterwegs etwa zehntausend Mann aus der Region zu ihnen stießen. Einige von ihnen waren diesen Weg mit Sicherheit schon zusammen mit Jack Cade marschiert.

Es ist historisch verbürgt, dass Lord Scales die königliche Garnison im Tower befehligte, und dass er sowohl Kanonen als auch sogenanntes Griechisches Feuer gegen die rebellierenden Londoner einsetzte. Ein königliches Waffenarsenal auf der anderen Seite des Flusses wurde geplündert, man zielte mit Kanonen auf die Außenmauern des Tower und zerstörte sie. Es ist auch richtig, dass Scales die Außenmauer verbarrikadieren konnte und am Leben blieb, bis er sich ergeben musste. Er wurde in Haft genommen und ermordet.

Warwick und March ließen Salisbury mit einer kleinen Einheit in London zurück und machten sich eilig auf in Richtung Norden. Ihre Eile lohnte sich, denn sie überraschten König Henry mit nur fünftausend Mann, ehe der Hauptteil der Truppen die Armee des Königs verstärken konnte. Der plötzliche

Verrat des Barons Grey von Ruthin half ebenfalls. Er wechselte im entscheidenden Moment die Seiten, ließ König Henry im Stich und schlug sich auf die Seite von Warwick und March, die ihm im Gegenzug die Position als königlicher Schatzmeister *(Lord High Treasurer)* versprochen hatten.

Nur acht Tage und hundertundfünfzig Meilen nach der Landung in Kent wurde Henry gefangen genommen und Margaret gezwungen, mit ihrem Sohn, Edward von Lancaster, nach Wales zu fliehen. Es war eine erstaunliche Leistung an Taktik, Schlagkraft und Ausdauer. Es ist auch eine Tatsache, dass Warwick und March Henry einsam und verlassen im Zelt vorfanden.

Es gefiel mir, Owen Tudor in dieser Geschichte auftauchen zu lassen, hauptsächlich wegen seiner berühmteren Nachkommen. Er hatte Catherine de Valois geheiratet, die Witwe Henrys V. Seine beiden Söhne, Jasper und Edmund, sollten beide ebenfalls eine Rolle im Rosenkrieg spielen – worauf das Zeitalter der Tudors folgte.

König James II. von Schottland starb, wie geschildert, im August 1460 bei einem Unfall, als während einer Belagerung eine Kanone explodierte. Sein Sohn war zehn Jahre alt und Königin Mary von Geldern, die seinen plötzlichen Tod sicher noch nicht verkraftet hatte, musste Margaret empfangen und allein mit ihr verhandeln. Margaret gewann ihre Unterstützung, vielleicht, weil auch sie eine Ausländerin war, die einen schmerzlichen Verlust erlitten hatte.

Die genaue Anzahl der Schotten, die mit Margaret nach England zogen, ist nicht bekannt, aber es müssen Tausende gewesen sein, damit es sich lohnte. Die Vereinbarung war, dass Prinz Edward eine schottische Prinzessin heiraten sollte –

und dass Berwick-upon-Tweed wieder an Schottland fiel. In diesem Winter hatte Margaret ihre Armee und eine weitere riesige Streitmacht bei York versammelt. Es ist richtig, dass während der kalten Wintermonate Schlachten normalerweise unmöglich waren. Es lag nur an der skandalösen Tatsache, dass Henry gefangen gehalten wurde, weshalb man ein so großes Heer zum Jahresende ins Feld schickte.

Als York und Salisbury gegen Ende Dezember 1460 in Reichweite der Streitmacht der Lancasters ankamen, mussten sie feststellen, dass sie zahlenmäßig weit unterlegen waren. Die wahrscheinlichste Anzahl ihrer Leute liegt bei etwa achttausend Mann, verglichen mit etwa sechzehn- bis achtzehntausend unter Somerset, Northumberland und Clifford. Alle drei hatten bei St. Albans ihre Väter verloren.

York und Salisbury verschanzten sich in der Festungsanlage von Sandal, um hier auf Verstärkung zu warten, und stopften ihre Truppen in diese verhältnismäßig kleine Burg. Der Grund, warum sie diese am nächsten Morgen verließen, ist unbekannt. Doch da Sandal wohl einfach nicht groß genug war, ist es durchaus möglich, dass die Verpflegung knapp wurde. Vielleicht wurden sie auch von einem kleinen feindlichen Trupp in einen Hinterhalt gelockt. Was immer der Grund war, sie verließen die Burg und wurden am 30. Dezember 1460 besiegt. York wurde in der Schlacht getötet. Salisbury wurde gefangen genommen und enthauptet, und Yorks Sohn Edmund wurde von Clifford getötet, als er zu fliehen versuchte.

Es ist nicht bekannt, ob Margaret bei der Schlacht von Wakefield zugegen war, aber ihr Wunsch, dass York eine Papierkrone tragen solle, hat eine so »persönliche« Note, dass ich sie miteinbezogen habe. Im dritten Teil seines Königsdramas *Henry VI.* lässt Shakespeare sie bei der Schlacht ebenfalls anwesend sein.

Margaret von Anjou hat sich gerächt. Gegen alle Wahrscheinlichkeit hatte sie überlebt und mit angesehen, wie ihre zwei größten Feinde besiegt und enthauptet wurden. Und doch hat mich Yorks Tragödie berührt. Denn bei allem Ehrgeiz, den er entwickelte, war König Henry doch monatelang in seiner Macht und völlig hilflos, als er im Bischofspalast von Fulham festgehalten wurde. Wir werden nie wissen, welche privaten Gründe York hatte, aber es bleibt die Tatsache, dass er Henry nicht tötete, obwohl ihm damit die Krone sicher gewesen wäre. Er war ein vielschichtiger Mensch, den man nicht einfach als Schurken abtun kann. Ich konnte mich nicht des Eindrucks erwehren, dass weder York noch das Haus Lancaster diesen Machtkampf wirklich wollten. Die beiden Häuser fühlten sich zum Krieg gezwungen, weil jedes Angst vor dem anderen hatte.

Mit dem Tod von York und Salisbury bei der Burg von Sandal schien Margaret gesiegt zu haben. Doch in Wirklichkeit wurde die Fehde lediglich auf die Söhne beider Häuser übertragen.

Das Naturschauspiel, das sich dem Earl von March, jetzt Duke von York und Thronfolger, im Februar 1461 bot, wird in der Wissenschaft übrigens »Parhelion« oder »Nebensonne« genannt. Es kommt durch die Spiegelung des Sonnenlichts an Eiskristallen zustande, sodass es aussieht, als gingen drei Sonnen auf. Damals überzeugte Edward seine Leute davon, dass es ein Zeichen der Heiligen Dreifaltigkeit sei, ein gutes

Omen für die Schlacht bei Mortimers Cross, in der Owen Tudor getötet wurde. Später übernahm Edward dieses Symbol für sein eigenes Wappen, in dem die weiße Rose von York jetzt von den Flammen der Sonne umgeben war.

Conn Iggulden
London 2014

DANKSAGUNG

Unendlich dankbar bin ich der Mannschaft bei Penguin – Michael Joseph. Dafür, dass ihr so wunderschöne Bücher macht und alle möglichen Leute davon überzeugt, es einmal mit etwas »Mittelalterlichem« zu versuchen. Vielen Dank auch an Sie, meine Leser. Wenn Sie dieses Buch ausgewählt und sich zur Lektüre erkoren haben, freut mich das sehr! Schließlich muss ich meinen Sohn Cameron erwähnen, der mir geholfen hat, endlich einen guten Romantitel zu finden; knapp vor der Deadline!

Simon Scarrow

»Simon Scarrow stellt eine größere Konkurrenz
für mich dar, als mir lieb ist.« *Bernard Cornwell*

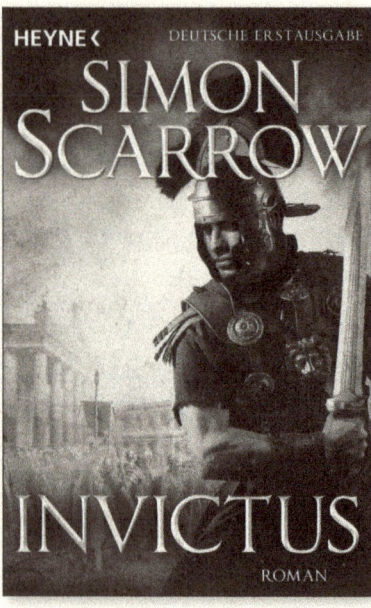

978-3-453-43897-2

Die Beute des Adlers
978-3-453-47118-4

Die Prophezeiung des Adlers
978-3-453-47119-1

Die Jagd des Adlers
978-3-453-47120-7

Centurion
978-3-453-43505-6

Gladiator
978-3-453-43506-3

Die Legion
978-3-453-43620-6

Die Grade
978-3-453-43621-3

Die Blutkrähen
978-3-453-47121-4

Blutsbrüder
978-3-453-47138-2

Britannia
978-3-453-47140-5